Laura Walden

DER SCHWUR DES MAORI-MÄDCHENS

Neuseelandsaga

BASTEI LÜBBE TASCHENBUCH
Band 16 659

1. Auflage: Mai 2012

Bastei Lübbe Taschenbücher in der Bastei Lübbe GmbH & Co. KG

Originalausgabe:

Copyright © 2012 by Bastei Lübbe GmbH & Co. KG, Köln
Textredaktion: Friedel Wahren
Titelillustration: © LOOK-foto/age fotostock
Umschlaggestaltung: Christina Krutz Design
Satz: Urban SatzKonzept, Düsseldorf
Gesetzt aus der Adobe Garamond
Druck und Verarbeitung: GGP Media, Pößneck
Printed in Germany
ISBN 978-3-404-16659-6

Sie finden uns im Internet unter
www.luebbe.de
Bitte beachten Sie auch:
www.lesejury.de

Der Preis dieses Bandes versteht sich einschließlich
der gesetzlichen Mehrwertsteuer.

PROLOG

Der Missionar beschleunigte seinen Schritt. Wenn er das Boot nach Paihia noch rechtzeitig erreichen wollte, musste er sich beeilen. Er schnaufte ein wenig, als er den Bergkamm überquerte, um die Abkürzung am Fluss entlang zu nehmen. Wie immer im Frühjahr hatte sich das ruhige Gewässer in einen reißenden Strom verwandelt. Er mochte die Wildheit der Natur. Das war einer der Gründe, warum er trotz der immerwährenden Sehnsucht seiner Frau nach den sanften, lieblichen Feldern der alten Heimat nicht zur Rückkehr zu bewegen war. Nein, am anderen Ende der Welt empfand er jene grenzenlose Freiheit, die ihm in England nicht vergönnt gewesen war. Einmal abgesehen davon, dass er hier eine überaus befriedigende Aufgabe zu erfüllen hatte. Was konnte schöner sein, als in die feierlich glänzenden dunklen Augen der Einheimischen zu blicken, wenn er sie taufte? Und er durfte nicht ohne Stolz von sich behaupten, dass er schon viele von ihnen zum christlichen Glauben bekehrt hatte. Ein markerschütternder Schrei riss ihn aus seinen Gedanken. Erschrocken blieb er stehen und blickte sich nach allen Seiten um. Als er sah, was dort ein paar Schritte vor ihm am Flussufer vor sich ging, durchfuhr ihn ein eiskalter Schauer.

Mit Musketen bewaffnete Maori trieben einen Jungen vor sich her und zwangen ihn, ins Wasser zu gehen. Der Reverend kämpfte mit sich. Sollte er sich bemerkbar machen und das Unglück verhindern? Das konnte gefährlich werden, denn er erkannte auf einen Blick, dass die Männer Fremde waren. Noch nie zuvor hatte er diese Art von Tattoos gesehen, die jene Maori wie einen edlen Schmuck und voller Stolz im Gesicht trugen. Gewöhnlich fürchtete er die Begegnung mit fremden Stämmen nicht, aber diese Männer machten keinen freundlichen Eindruck. Im Gegenteil, immer wenn der Junge sich umdrehte und um sein Leben schrie, schnitten sie Furcht erregende Grimassen, die fatal an jene erinnerten, die Maori-Krieger beim Haka zogen.

Der Junge stand bereits bis zu den Knien im kalten Wasser. Ein paar Schritte noch, und er würde vom Strom mitgerissen werden und jämmerlich ertrinken. Das konnte der Reverend trotz der Furcht vor diesen Männern nicht mit seinem Gewissen vereinbaren.

»Lasst den Jungen los!«, brüllte er so forsch wie möglich. Etwa ein Dutzend Gesichter drehte sich auf einmal zu ihm um. Der Häuptling in seinem schmückenden Federmantel gab seinen Leuten ein Zeichen zu schweigen. Dann trat er einen Schritt vor und schrie etwas zurück, was der Missionar nicht sofort verstand. Das bewies ihm endgültig, dass diese Maori Fremde waren, denn die Sprache der örtlichen Stämme war ihm inzwischen vertraut. Gut sogar, denn er unterrichtete schließlich in der Missionarsschule ihre Kinder. Überdies sprachen die meisten von ihnen inzwischen eine Art Maori-Englisch, sodass sie sich problemlos mit den Pakeha verständigen und vor allem Handel mit ihnen treiben konnten.

Wenngleich dem Reverend nicht wohl war, trat er scheinbar unerschrocken auf den Häuptling zu. Nun versuchte er, ihn auf dem in der Bay of Island üblichen Kauderwelsch anzusprechen.

»Woher kommt ihr?«

Der Häuptling zögerte, doch dann erwiderte er schroff: »Wir sind hier, um die Ahnen zu rächen.«

»Das ist nicht wahr!«, rief der Junge, der zitternd im kalten Wasser stand.

Er spricht gutes Englisch, stellte der Reverend erstaunt fest. Und er erkannte an dessen Kleidung, dass er offenbar der Sohn eines Häuptlings war. Sein Mantel war aus prächtigen Emufedern gefertigt. Der Junge hatte ihn nach oben gezogen, damit sich die Federn nicht voller Wasser saugten.

»Geh deines Weges!«, befahl der Häuptling und funkelte den Reverend aus seinen glühenden Augen an.

»Ich bewege mich nicht von der Stelle, bevor ich nicht weiß, was hier geschieht«, erwiderte er entschieden.

»Sie haben das Dorf meiner Eltern niedergebrannt und alle umgebracht!«, brüllte der Junge verzweifelt.

»Sein Vater und seine Männer haben einst unser Dorf überfallen und sich die schönsten Mädchen genommen. Und nun haben wir sie endlich aufgespürt, und das war die Strafe, doch unsere Ahnen werden erst Ruhe geben, wenn der Sohn des Häuptlings vom Fluss Kerikeri verschluckt wird.«

Ein lautes Aufheulen – ähnlich dem eines verletzten Tieres – ließ dem Reverend das Blut in den Adern gefrieren. Es kam nicht von dem Jungen, wie er irritiert feststellen musste.

»Was ist das?«, fragte er.

In diesem Augenblick trat hinter einem der Maori ein Mädchen hervor. Sie besaß große braune Augen, aus denen die nackte Angst sprach. Ihr Haar war lang, glatt und dunkel glänzend. Der Reverend schätzte sie auf acht oder neun Jahre, und er hatte noch niemals zuvor ein so hübsches Kind gesehen.

»Und was habt ihr mit dem Mädchen vor?«, wollte er wissen, ohne den Blick von der kleinen Schönheit zu wenden, doch da wurde sie bereits von einem der Männer an der Hand gepackt und hinter die Gruppe zurückgestoßen, sodass er sie nicht mehr sehen konnte.

»Wir werden sie mitnehmen und später mit einem der Unseren verheiraten. Wir haben zu wenig Frauen, seit sie uns überfallen haben«, erklärte der Häuptling ungerührt.

»Aber was können wir dafür? Du hast unsere Eltern getötet. Du gehörst in den Fluss!«, schrie nun der vor Kälte am ganzen Körper bebende Junge voller Wut.

»*To wahe hakirara!*«, brüllte der Häuptling zurück und machte seinen Männern ein Zeichen, den Jungen zu packen. Er hatte ihn soeben als Lügenmaul bezeichnet, und der gekränkte Maori schien nun kurzen Prozess mit dem verfeindeten Häuptlingssohn machen zu wollen.

Der Reverend atmete ein paarmal tief durch. Was sollte er nur tun? Gegen ein Dutzend zu allem entschlossener Krieger konnte er nichts ausrichten. Und mit Worten war der Häuptling offenbar nicht zu besänftigen. Oder doch? Der Reverend musste es versuchen.

»Gib ihn mir!«, verlangte er in scharfem Ton.

Der Häuptling wandte sich an seine Männer und übersetzte ihnen, was der Pakeha gerade von sich gegeben hatte. Ein lautes Lachen war die Antwort. Nein, mit frommen Worten oder gar einem Appell an die christliche Nächstenliebe kam der Reverend hier nicht weiter.

Er überlegte fieberhaft, womit er die Krieger sonst locken konnte. Da fiel ihm das Geld ein, das er sich soeben in der Missionsstation von Kerikeri hatte auszahlen lassen. Es war für die Bestellung neuer Bibeln aus London gedacht gewesen. Die müssen warten, sagte sich der Reverend. Er räusperte sich, bevor er dem kämpferischen Krieger ein Geschäft vorschlug.

Der Häuptling stutzte, dann brach er in lautes Gelächter aus, sodass dabei seine weißen Zähne hervorblitzten.

»Aber womit willst du handeln? Hast du Musketen?«

Der Reverend warf einen abschätzigen Blick auf die Reihe der Krieger, die bis unter die Haarspitzen bewaffnet waren.

»Wie ich sehe, habt ihr bereits ausreichende Waffengeschäfte getätigt.«

Der Häuptling lachte immer noch und bemerkte spöttisch: »In Kororareka bekommst du alles, was dein Herz begehrt.«

Der Reverend runzelte die Stirn. Ja, das Höllenloch des Pazifiks, wie dieser gottlose Ort inzwischen genannt wurde, war ihm seit Langem ein Dorn im Auge. Dort herrschte Gesetzlosigkeit. Hoffentlich hat der Häuptling bei seinem Aufenthalt in dem verfluchten Hafennest nicht mitbekommen, wie ehemals stolze Maori-Mädchen nachts zu den Schiffen rudern, um sich an die Seefahrer zu verkaufen, ging es dem Reverend durch den Kopf. Er war davon überzeugt, dass das den Zorn des fremden Häuptlings sicher noch verstärkt hätte, denn die Waffen nahmen sie gern, aber konnten sie auch mit den Schattenseiten der Käuflichkeit umgehen?

Die Männer hatten den Jungen mittlerweile von allen Seiten umzingelt, bereit, ihn in den Fluss zu werfen, falls er nicht freiwillig ging.

Wenn der Reverend ihn retten wollte, musste er endlich handeln, statt sich weiter tatenlos den Kopf zu zerbrechen. Vorsichtig zog er seine Börse aus der Umhängetasche und holte das Geld hervor. Und selbst wenn diese Kerle es in neue Musketen umsetzen würden, er musste es tun. Er konnte nicht zusehen, dass sie diesen Jungen wie eine Katze ersäuften.

Zögernd reichte er dem Häuptling das ganze Geld für die neuen Bibeln. Es war nicht gerade wenig.

»Gebt mir den Jungen, und es gehört euch«, erklärte er und versuchte kühl zu klingen. Wohl war ihm nicht, denn wie konnte er wissen, wie dieser Häuptling zu den Pakeha stand? Die Vertreter der örtlichen Stämme konnte der Reverend inzwischen einschätzen, aber dieser Stammesanführer, der offensichtlich aus dem Süden gekommen war, nur um sich an dem Stamm des Jungen zu rächen – wer weiß, wozu der imstande war? Was, wenn sie sich mein Geld nehmen und mich gleich mit ertränken?, schoss es dem Reverend durch den Kopf. Dann ist es Gottes Wille, versuchte er sich einzureden. Überzeugt davon war er allerdings nicht so recht, denn er hing an seinem Leben. Allein aus Liebe zu seiner Frau durfte er nicht im Kerikeri verschwinden. Ihm wurde ganz warm ums Herz bei dem Gedanken an sie. Er liebte sie mehr als sein

Leben. Nein, das konnte er ihr nicht antun. Und er durfte sie auch nicht mit ihrem gemeinsamen Sohn allein zurücklassen. Sie war dem Bengel nicht gewachsen. Er war ein wilder Bursche, und wer konnte schon wissen, wo er endete, wenn ihm die väterliche Strenge fehlte? Wenn er nur daran dachte, dass der Kerl trotz all der Schläge immer wieder nach Kororareka durchbrannte, nur um sich mit dem Abschaum herumzutreiben. Dabei war der Bengel erst vierzehn. Sein eigenes Aufseufzen riss den Reverend aus seinen trüben Gedanken. Er straffte die Schultern. Handeln musste er, nicht grübeln.

»Nun entscheide dich! Ich habe nicht ewig Zeit. Willst du mir den Jungen verkaufen oder nicht?«

Der Häuptling aber hörte ihm gar nicht mehr zu. Er war damit beschäftigt, das Geld zu zählen. In seinem Gesicht stand die Frage geschrieben, wie viele Musketen er wohl dafür bekommen würde.

Der Missionar setzte jetzt alles auf eine Karte. Er trat dem Häuptling entgegen und nahm ihm wortlos das Geld aus der Hand.

»Dann eben nicht«, murmelte er betont gleichgültig und wandte sich zum Gehen. Sein Herz klopfte wie wild, denn was sollte er tun, wenn der Häuptling ihn nicht zurückrief? Einfach nach Hause zurückkehren und so tun, als hätte er nichts gesehen? Er holte tief Luft und zählte leise und stumm bis drei.

»Warte, Pakeha! Nun warte doch!«, hörte er die schmeichelnde Stimme des Häuptlings hinter sich. Der Reverend verkniff sich ein Lächeln und wandte sich betont gleichgültig um.

Der Häuptling gab seinen Leuten ein Zeichen, den Jungen aus dem Wasser zu holen. Kaum waren sie mit ihm am Ufer angekommen, stieß der Häuptling ihn hinüber zum Reverend. »Nimm ihn! Die Ahnen werden uns nicht zürnen, wenn wir ihn verkaufen.«

Der Junge kam ins Straucheln, doch er fand im letzten Moment wieder festen Tritt unter den Füßen. Kaum war er auf dem Trockenen angelangt, verschränkte er trotzig seine Arme vor der Brust.

»Ich gehe nicht mit! Ich gehöre zu meinen Leuten«, verkündete er und reckte das Kinn trotzig vor.

Der Reverend starrte den störrischen Jungen fassungslos an. War das der Dank, dass er ihm das Leben gerettet hatte?

»Du gehörst nicht zu uns«, spuckte der Häuptling verächtlich aus.

»Aber sie gehört zu mir!«, erwiderte der Junge und deutete auf das Mädchen, das erneut zitternd hinter den Männern hervorgetreten war und sie alle stumm aus großen, schreckensweiten Augen anblickte.

»Sie spricht nicht mehr, seit unsere Eltern getötet wurden, und ich gehe keinen Schritt ohne sie«, erklärte der Junge mit fester Stimme.

Der Reverend war unschlüssig. War das Mädchen die Schwester? Er begriff, dass der Junge sie nicht zurücklassen wollte, aber er befürchtete, dass der Häuptling nicht bereit war, weitere Geschäfte mit ihm zu tätigen. Und vor allem, womit sollte er ihn bezahlen? Und noch etwas anderes bereitete ihm Unbehagen. Dem Jungen fehlte es an jeglicher Demut. Er war stolz. Zu stolz. Der Reverend schätzte ihn auf zehn oder elf Jahre. Jedenfalls für jünger als seinen Sohn, aber nicht minder eigensinnig. Ob dieser Junge ihm eines Tages ebenso viel Ärger bereiten würde wie sein eigener? Ja, der Reverend fühlte es beinahe körperlich. Ein kalter Schauer rieselte ihm über den Rücken. Doch nun konnte er nicht mehr zurück. Das hätte er sich vorher überlegen müssen. Wenn er auf leisen Sohlen umgekehrt wäre und sich fortgeschlichen hätte ... Ihm wurde mulmig zumute. Was holte er sich da ins Haus, und wie würde seine Frau reagieren, die ohnehin nicht so gut mit den Maori auskam? Sie behauptete immer, diese Menschen seien als Krieger geboren und spielten ihnen den Frieden nur vor, um jederzeit losschlagen zu können. Nämlich dann, wenn sie das Vertrauen der

Pakeha erschlichen hätten. Der Reverend teilte diese Ansicht nicht. Er glaubte daran, dass sie alle den Weg zu seinem Gott finden und ihre heidnischen Bräuche über kurz oder lang aufgeben würden.

In diesem Augenblick aber überfielen ihn gewisse Zweifel, jedenfalls was diesen Jungen betraf. Sein dunkles, für einen Maori auffallend kantiges Gesicht, das kein Tattoo schmückte, strahlte etwas Unbezähmbares aus, etwas, das ihm große Sorge bereitete.

Der Reverend straffte erneut seine Schultern. Es gab kein Zurück. Und mehr noch. Wenn er den Jungen schon mitnahm, dann nicht ohne das Mädchen. Er hatte das unbestimmte Gefühl, dass sie auf lange Sicht einen guten Einfluss auf ihn ausüben würde. Denn bei all ihrer Angst war zu erkennen, dass sie ein sanftmütiges Wesen besaß.

Da fiel dem Reverend seine goldene Taschenuhr ein, die er einst zur Geburt seines Sohnes von seinem Vater geschenkt bekommen hatte. Damals in England. Es war ein prachtvolles Stück und der einzige wertvolle Gegenstand, den der Reverend jemals besessen hatte.

Ohne zu zögern, öffnete er den Verschluss der Uhrkette, nahm sie in die Hand und reichte sie dem Häuptling.

»Du bekommst die Uhr, und ich darf das Mädchen mitnehmen!«

Der Häuptling hielt die Uhr gegen das Sonnenlicht, während er überlegte. Er rümpfte die Nase, und der Reverend befürchtete bereits das Schlimmste. Doch dann ging ein Strahlen über das Gesicht des Häuptlings.

»Kahurangi Pounamu!«, rief er begeistert aus und deutete auf die grün funkelnden Edelsteine, die den Uhrdeckel zierten.

Der Reverend nickte zustimmend. Er würde sich hüten, den Irrtum aufzuklären. Für die Maori war der Pounamu, der Greenstone, ein heiliger Schatz. Um den Hals trug der Häuptling ein Amulett aus diesem sattgrün schimmernden Stein, der der gewöhnlichen Jade nicht unähnlich war. Warum sollte er ihm die Illusion nehmen und erklären, dass es sich um vier winzige Smaragde handelte? Der Häuptling lächelte immer noch. In seinem Gesicht stand die Entschlossenheit geschrieben, dass er diese Uhr auf keinen Fall wieder hergeben würde.

»Gut, Pakeha. Sie ist ohnehin nicht so hübsch wie unsere Frauen. Sie ist viel zu mager«, verkündete der Häuptling gönnerhaft und rief dem Mädchen etwas auf Maori zu. Der Reverend meinte herauszuhören, dass sie nun dem Pakeha gehöre und zu ihm gehen solle, doch sie rührte sich nicht vom Fleck. Stattdessen starrte sie hilfesuchend den immer noch vor Kälte bibbernden Maori-Jungen an. Der blickte aufmunternd zurück, nahm sie entschlossen bei der Hand und trat auf den Reverend zu. Gemeinsam verließen sie unter den Blicken der Kämpfer diesen Ort des Schreckens.

Unterwegs sprachen die beiden Kinder kein Wort. Der Junge trug ein hochmütiges und abweisendes Gesicht zur Schau, das den Referend frösteln ließ. Noch bevor er zu Hause in Paihia seine Haustür öffnete, ahnte er, dass er einen großen Fehler begangen hatte, aber er wusste auch, dass er nicht mehr zurückkonnte. Es waren keine Hunde, die er an der nächsten Ecke wieder aussetzen konnte, sondern zwei Kinder Gottes, für die er die Verantwortung übernommen hatte.

Das hätte ich mir vorher überlegen sollen, durchfuhr es ihn. Nun gehören sie mir.

1. Teil

Der Missionar und seine Kinder

Ka mate, ka mate! ka ora! ka ora!
Ka mate! ka mate! ka ora! ka ora!
Tēnei te tangata pūhuruhuru
Nāna nei i tiki mai whakawhiti te rā
Ā, upane! ka upane!
Ā, upane, ka upane, whiti te ra!

'Tis death! 'tis death! (or: I may die)
'Tis life! 'tis life! (or: I may live)
'Tis death! 'tis death!
'Tis life! 'tis life!
This is the hairy man
Who brought the sun and caused it to shine
A step upward, another step upward!
A step upward, another ... the sun shines!

Aus: *Ka Mate*, ein Haka, komponiert von Te Rauparaha, Häuptling der Ngati Toa, 1810

Auckland, Februar 1920

Vivian stand mit vom Fahrtwind und vor Aufregung geröteten Wangen an der Reling des Dampfschiffes *Prinzessin Beatrice* und kam aus dem Staunen nicht mehr heraus. Vergessen waren die Strapazen der langen Reise, die ihr dank eines Billettes der zweiten Klasse nicht ganz so beschwerlich vorgekommen war.

Ach, Mutter, dachte sie wehmütig, wenn du dieses hellgrüne Wasser und diese kleinen verzauberten Inseln nur sehen könntest ... Sie seufzte. Ihre Mutter war tot und hatte ihr allein diese Fahrkarte und eine Adresse in Auckland hinterlassen. Und dazu einen Brief, den sie erst auf dem Schiff hatte lesen sollen, doch bislang war sie nicht einmal dazu gekommen. Ständig hatten ihr mitreisende junge Herren den Hof gemacht und ältere Herren versucht, sie unter ihre Fittiche zu nehmen.

»Du siehst aus wie ein aus dem Nest gefallener Vogel, den man einfach beschützen will und liebhaben muss«, hatte ihre Mutter stets geseufzt. Vivian fand das gar nicht. Sie war stark. Daran änderte auch ihre Größe nichts. Sie war klein und zierlich, besaß glattes, langes schwarzes Haar, das sie züchtig eingerollt und aufgesteckt trug, einen dunklen Teint und große braune Augen. Ihr außergewöhnliches Aussehen hatte ihr in London oft scheele Blicke der Frauen eingebracht, während die Männer sie sehnsuchtsvoll angestarrt hatten. Das hatte sie nur noch stärker werden lassen. Sie hatte sich schließlich damit abgefunden, eine Außenseiterin zu sein. Eine Exotin, wie die Mädchen in der Schule sie, nicht immer unbedingt nett gemeint, genannt hatten.

Natürlich hatte sie ihre Mutter mehr als einmal mit der Frage bedrängt, warum sie eine so dunkle Haut, dunkle Augen und dunkles Haar besaß, während deren eigenes Gesicht von vornehmer Blässe gewesen war. Ihre Mutter Mary hatte ihr etwas von einem italienischen Vorfahren erzählt.

O Mutter, dachte Vivian und fühlte die Schamesröte auf ihren Wangen brennen, während sie sich daran erinnerte, wie wütend sie diese noch kurz vor deren Tod angegangen war. Am Abend, als Mary ihr das Billett für die *Prinzessin Beatrice* und diese Adresse in Auckland gegeben hatte. Sie erinnerte noch den genauen Wortlaut ihres heftigen Streites.

»Du fährst nach Neuseeland zu deinem Vater«, hatte ihr die Mutter mit ihrer sanften und von der langen Krankheit bereits geschwächten Stimme zu erklären versucht.

»Zu meinem Vater?«, hatte Vivian wutentbrannt geschrien. »Du meinst doch nicht etwa den Mann, der dich nach meiner Geburt sang- und klanglos verlassen hat und in seine Heimat geflüchtet ist. Ans andere Ende der Welt, damit du ihn ja nicht findest, oder?«

»Vivi, du bist ungerecht, er hat immer für uns gesorgt.«

Vivians Antwort war ein hässliches Lachen gewesen. »Gesorgt? Er hat dir Geld geschickt. Er hat dich bezahlt.«

Ihre Mutter war in Tränen ausgebrochen, aber selbst das hatte Vivians Zorn nicht bezähmen können.

»Ich habe dich das noch nie gefragt, aber bevor du mich zu diesem Kerl schickst: Hat er vielleicht eine dunkle Hautfarbe? Habe ich das etwa von ihm? Ist er der Italiener?« Letzteres hatte sie mit einem spöttischen Unterton gesagt.

»Nein, dein Vater ist kein Italiener, kein ... nein, er ist hellhäutig wie ich«, hatte Mary gequält entgegnet.

»Ach, dann hat er dich vielleicht verdächtigt, dass ich von einem anderen Mann bin, und hat er sich deshalb aus dem Staub gemacht? Bin ich etwa von einem ganz anderen Mann als ihm, und du wolltest das vertuschen?«, hatte Vivian unbarmherzig spekuliert.

»Bitte, Vivi, nichts von alledem. Er ist dein leiblicher Vater. Warte, bis du auf dem Schiff bist. Ich habe dir ein paar Zeilen geschrieben, damit du verstehst, was . . .«

»Und warum sagst du mir nicht einfach die ganze Wahrheit? Hast du Sorge, ich würde dann nicht auf das verdammte Schiff gehen? Aber das werde ich auch ohne deinen Brief nicht tun. Ich bleibe bei dir!«

Mary hatte daraufhin nach ihrer Hand gegriffen und unter Tränen gefleht: »Es ist mein Letzter Wille. Er ist doch dein Vater. Versprich es mir!«

»Aber er will mich nicht. Glaubst du, ich fahre um die halbe Welt, damit er mich wieder zurückschickt?«

»Ich habe ihm geschrieben, dass und wann du ankommst.«

»Ach ja? Und er hat Freudensprünge aufgeführt?«

Mary schlug die Augen nieder. »Er freut sich auf dich.« Das klang schwach.

Vivian hatte kein Wort geglaubt, doch als ihre Mutter sich schließlich in Krämpfen gewunden und verzweifelt ihre Hand gedrückt hatte, war sie bereit gewesen, ihren Widerstand aufzugeben.

»Mutter, ich schwöre dir: Ich gehe auf dieses Schiff. Ich fahre nach Neuseeland«, hatte sie unter Tränen versprochen.

Daraufhin war Mary in einen tiefen Schlaf gefallen. In einen Schlaf, aus dem sie nicht mehr erwachen sollte. Aber das hatte Vivian erst am nächsten Morgen gemerkt, als sie ihre Mutter hatte waschen und ihr das Frühstück bringen wollen. Vivians durchdringender Schrei hatte sogar die Nachbarn herbeigeholt.

»Na, so allein, junge Frau? Gibt es jemanden, der Sie abholt, oder soll ich Sie in dem Wagen mitnehmen, der mich erwartet?«, hörte Vivian wie von ferne eine männliche Stimme fragen. Sie fuhr herum und blickte einem untersetzten älteren Herrn mit

19

schlohweißem Haar geradewegs in das vor Aufregung gerötete Gesicht. Wie sie diese Blicke anekelten. Was dachte sich so ein alter Mann eigentlich dabei, sie zu einer Autofahrt einzuladen? Würde er das auch bei der hochgewachsenen blonden Schönheit wagen, die links von ihr stand und ebenfalls fasziniert die Einfahrt in den Hafen von Auckland beobachtete?, schoss es Vivian durch den Kopf.

Täuschte sie sich, oder legte er seine Hand nun absichtlich so dicht neben ihre, dass sie einander berühren mussten? Wütend zog sie die Hand weg und wechselte, ohne ein Wort zu sagen, ihren Platz.

Die Inseln kamen immer näher, und Vivian schlug das Herz bis zum Hals. Das war mehr, als sie sich erträumt hatte. Noch niemals zuvor hatte sie so grünes Wasser gesehen. Sie hatte ein Buch über ihre neue Heimat mit an Bord genommen und es förmlich verschlungen. In diesem Werk wurden wahre Hymnen auf die unglaublich schöne Natur Neuseelands gesungen. Gletscher, tropische Wälder, Wasserfälle, weite Strände ... Und die Natur war das Einzige, worauf sich Vivian von Herzen freute, weil sie sich vorstellte, dass dieses ganze Land mehr zu bieten hatte als der Regent's Park. Das war die Art von Natur gewesen, die sie bislang gekannt hatte, abgesehen von den wenigen Ausflügen an die Küste. Auf das Meer war sie besonders gespannt gewesen ... Und nun war es von diesem unbeschreiblichen Grün.

Trotzdem wäre sie viel lieber in London geblieben, aber sie war erst achtzehn und hatte keine Verwandten in der Stadt. Die Eltern ihrer Freundin Jane hätten sie zwar gern bei sich aufgenommen, aber Vivians schlechtes Gewissen wegen ihres allerletzten Streites mit der Mutter war so übermächtig, dass sie sich nicht traute, sich deren Letztem Willen zu widersetzen. Außerdem hatte sie es ihr geschworen. In gewisser Weise sah sie diese Reise auch als Strafe dafür an, dass sie nicht in Frieden mit ihrer Mutter auseinandergegangen war. Hatte Mary nicht stets nach einem Streit ge-

20

beten, sich schnell wieder zu versöhnen? »Es kann ja einem von uns etwas zustoßen, und dann verzeihen wir uns nicht, dass wir uns im Bösen getrennt haben«, hatte sie stets gemahnt. Vivian hatte das nie so ganz ernst genommen. Nun musste sie schmerzhaft erkennen, wir recht ihre Mutter damit gehabt hatte. Vivian kämpfte mit den Tränen bei dem Gedanken, dass sie keine Gelegenheit mehr für eine Entschuldigung haben würde. Und erneut fragte sie sich, was dieser Mann, zu dem ihre Mutter sie geschickt hatte, für ein Mensch sein mochte. Töchterliche Gefühle wollten sich bei ihr jedenfalls nicht einstellen. Dazu hatte sie ihre Mutter viel zu sehr geliebt. Obwohl Mary immer nur gut von Peter gesprochen und sogar behauptet hatte, er habe sie geliebt, hatte das auf Vivian nicht abgefärbt. Sie war nicht bereit, ihm zu verzeihen, dass ihre Mutter ein Leben lang gelitten hatte. Ja, sie ging so weit, auch die tückische Krankheit, die Marys Körper langsam zerfressen hatte, auf den feigen Abgang ihres Vaters zurückzuführen. Was gab es Gemeineres als einen Mann Gottes, der eine junge Frau schwängerte, ihr die Ehe versprach und sich am Tag der Geburt des Kindes auf Nimmerwiedersehen absetzte? Vivian wurde allein bei dem Gedanken daran flau, diesem Kerl gleich begegnen zu müssen, doch dann zog das Anlegemanöver ihre ganze Aufmerksamkeit auf sich. An der Pier standen Hunderte von aufgeregt winkenden Menschen, als der Dampfer festmachte. Die Geräuschkulisse war gewaltig. Quietschendes Eisen, Stimmengewirr, das Tuten des Schiffshorns, eine Kapelle, die zu ihrer Ankunft spielte ...

»Ich bin gespannt, wer meiner ist«, sagte eine junge Rothaarige aus einem Pulk von Frauen direkt neben ihr kichernd und deutete nach unten. Vivian erblickte eine laut grölende Gruppe grobschlächtiger Kerle, die den Frauen Handküsse zuwarfen. Vielleicht stimmte es ja wirklich, was Jane ihr scherzhaft zum Trost mit auf den Weg gegeben hatte. »Ich beneide dich glühend, es soll in Neuseeland viel mehr heiratswillige Männer geben als hier. Also, wenn ich in London keinen finde, komme ich nach ...«

Unwillkürlich musste Vivian lächeln, doch das verging ihr schon in demselben Augenblick wieder. Du bist keine Frau zum Heiraten, hatte ihr einmal ein junger Mann, mit dem sie öfter ausgegangen war, an den Kopf geworfen, nachdem sie sich geweigert hatte, allein mit ihm in seine Wohnung zu gehen. Einmal abgesehen von der Erfahrung mit diesem unverschämten Kerl war sie ohnehin nicht sonderlich daran interessiert, eine Ehefrau zu werden. Sie träumte davon, für eine Zeitung zu schreiben. Ihre größte Angst war allerdings, so wie ihre Mutter allein mit einem Kind sitzen gelassen zu werden. Deshalb empfand sie kein großes Bedürfnis, überhaupt mit Männern auszugehen. Und das hatte sie ihre Verehrer an Bord auch zur Genüge spüren lassen.

Nachdem das Schiff festgemacht hatte, begann ein furchtbares Geschiebe und Gedränge. Weder die Auswanderer noch die Reisenden konnten es erwarten, endlich neuseeländischen Boden zu betreten.

Vivian aber ließ sich bewusst Zeit. Sie trödelte absichtlich, als könne sie die Begegnung mit ihrem Vater auf diese Weise doch noch vermeiden. Als eine der Letzten ging sie die Gangway hinunter. Die Menschenmengen am Pier hatten sich merklich gelichtet. Vivian seufzte. Es blieb ihr nichts anderes übrig, als nach ihrem Vater Ausschau zu halten. Sie erschrak. Wie sollte sie ihn erkennen? Ihre Mutter hatte ja nicht einmal ein Bild von ihm besessen. Und die Beschreibung, dass er groß, blond gelockt und stattlich war, traf auf mehr als die Hälfte der wartenden Männer zu.

Als sie schließlich mit ihrem Gepäck, drei unterschiedlich großen Koffern, an der Pier stand, wollte sie plötzlich jeglicher Mut verlassen. Ihr war zum Heulen zumute. Dagegen half auch kein Blick zurück auf die märchenhafte Bucht, in der das Schiff sie ausgeladen hatte. Sie fühlte sich so verloren und verfluchte ihre Entscheidung, dem Willen ihrer Mutter Folge geleistet zu haben. Wenn ich doch nur bei Jane sein könnte, dachte sie, als sie einen hochgewachsenen blonden Mann auf sich zusteuern sah. Sie stutzte. Das konnte unmöglich ihr Vater sein. Dieser Mann war jung, allerhöchstens Mitte zwanzig.

»Entschuldigen Sie, Sie sind nicht zufällig Vivian Taylor?« Er blickte sie prüfend an und fügte, bevor sie antworten konnte, hastig hinzu: »Nein, sorry, das sind Sie sicher nicht.«

Vivian hielt seinem Blick stand. »Warum sind Sie sich da so sicher?« Sie versuchte freundlich zu klingen, obgleich sie sich maßlos über sein ungläubiges Staunen ärgerte. »Sie zweifeln daran wegen meiner dunklen Haut, nicht wahr?«, fügte sie spitz hinzu.

Der junge Mann war sichtlich verlegen. »Sie haben recht. Man hat Sie mir nicht beschreiben können. Ihr Vater hat Sie wohl zuletzt als Säugling gesehen, wenn ich recht informiert bin. Und er ist nun einmal jemand, der beim ersten Sonnenstrahl einen Hut aufsetzen muss. Sonst bekommt er einen Sonnenbrand. Er ist ausgesprochen blass, würde ich sagen. Das sollten Sie übrigens auch tun, auch wenn Sie einen wesentlich dunkleren Teint als Ihr Vater haben.«

»Was sollte ich tun?«, fragte Vivian angriffslustig. Hatte dieser Kerl nichts Besseres zu tun, als ihr unter die Nase zu reiben, dass sie ihrem Vater so gar nicht ähnlich sah?

»Einen Hut aufsetzen! Die Sonne ist sehr kräftig in diesen Breiten.« Er lächelte sie gewinnend an und reichte ihr die Hand. »Ich bin Frederik, Sie können mich auch Fred nennen. Ihr Vater hat mich geschickt. Er war verhindert. Eine Hochzeit. Das Paar wollte unbedingt vom Bischof höchstpersönlich getraut werden.« Er lächelte immer noch, während er ihr herzlich die Hand schüttelte.

Spitzbübisch, wie Vivian fand, und sie konnte sich nicht helfen, der junge Mann war ihr trotz allem Vorbehalt gegen die neue Heimat sympathisch.

Aber wer in aller Welt war dieser Fred? Auch ein Geistlicher? Und hatte sie ihn gerade richtig verstanden, dass ihr Erzeuger der

Bischof von Auckland war? Sie konnte sich gerade noch verkneifen, ihn mit neugierigen Fragen zu überfallen. Er musste ja nicht unbedingt wissen, dass er ihr Interesse erweckt hatte.

Frederik nahm einen ihrer Koffer und hievte ihn auf die Ladefläche eines roten Wagens, einer Art kleinen Lastwagens.

»Nehmen Sie doch schon mal auf dem Beifahrersitz Platz«, schlug er vor und blickte sie aus seinen graugrünen Augen prüfend an. »Oh, verzeihen Sie. Rede ich zu viel? Sie sind ja völlig verstummt. Sie nehmen mir doch hoffentlich nicht übel, dass ich meinte, Sie könnten nicht Vivian sein.« Er lächelte entschuldigend.

Vivian erwiderte sein Lächeln. »Nein, so schnell verschlägt es mir nicht die Sprache. Was meinen Sie, was ich mir in meinem Leben schon alles anhören musste. *Na, zu lange in der Sonne gebraten? War dein Vater Indianer? Wissen Sie, dass mich Ihre Exotik schier verrückt macht?* Wenn ich jedes Mal beleidigt wäre, ich hätte viel zu tun. Und was meinen Sie, was ich früher alles angestellt habe, um blasser zu werden. Ich bin nicht in die Sonne gegangen, habe mich mit Talg eingeschmiert, mich abgeschrubbt, bis mir die Haut in Fetzen hing...«

»... um Himmels willen, nicht doch! Sie sind wunderschön – so, wie Sie sind.«

»Würden Sie das auch einer blassen weißen Frau, die Sie gerade einmal fünf Minuten kennen, so unverblümt sagen? Oder trauen Sie sich das nur bei einer Exotin wie mir?«, konterte Vivian und konnte ihm dennoch nicht wirklich böse sein.

Fred lächelte sie verschmitzt an. »Nein ... doch ... nein ... also, das würde ich sicher auch bei einer blassen Dame tun, aber ich habe selten eine Frau getroffen, die mich auf den ersten Blick so beeindruckt wie Sie. Und das liegt weniger an Ihrem wunderschönen Teint als vielmehr an Ihrer erfrischend offenen Art.«

Das verschlug Vivian die Sprache. Hoffentlich sieht er nicht, dass ich rot geworden bin, schoss es ihr durch den Kopf, während sie hastig auf den Beifahrersitz kletterte.

»Ich wollte Ihnen nicht zu nahe treten«, bemerkte er entschuldigend, als er die Tür hinter ihr schloss. Dann holte er ihr restliches Gepäck und fuhr mit ihr durch Auckland. Vivian kam aus dem Staunen nicht heraus. Es sah hier merkwürdig ländlich aus. In der Hauptstraße gab es zwar einige höhere Gebäude und sogar solche aus Stein, aber der Rest waren zweistöckige Holzhäuschen, die alle ein Vordach besaßen.

»Auckland muss Ihnen doch, gemessen an London, wie ein Dorf vorkommen«, bemerkte Fred.

Konnte er Gedanken lesen? Ohne sich ihm zuzuwenden, nickte sie eifrig. Sie bogen in eine Straße ein, in der nur noch kleine Einzelhäuser aus Holz standen, bis sie in einen Teil der Stadt kamen, der zwar auch von Holzhäusern gesäumt war, die aber ungleich prächtiger wirkten. Es schien ihr, als hätten sich die Bewohner dieses Viertels gegenseitig mit viktorianischen Verzierungen übertrumpfen wollen.

»Das ist Parnell«, erklärte ihr Fred. »Hier haben immer schon die reicheren Leute gewohnt. Und sehen Sie dort. Das ist Selwyn Court. Dort hat der erste Aucklander Bischof gelebt. Wir wohnen leider nicht ganz so hochherrschaftlich.«

Wir? Vivians Neugier wuchs. Wohnte er mit ihrem Vater unter einem Dach? Und schon rutschte es ihr heraus: »Sind Sie auch Geistlicher?«

Seine Antwort war ein kehliges Lachen. »Gott bewahre!«, rief er aus. »Ich bin Sklave beim *New Zealand Herald*.«

Vivian wandte sich interessiert zu ihm um. »Sie sind Reporter?«

Er nickte eifrig.

»Das wäre ich auch geworden, wenn man mich in London gelassen und nicht gezwungen hätte, in diesem letzten Ende der Welt zu versauern«, stieß sie wütend hervor. Erst an Freds betroffenem Blick erkannte sie, dass sie ihn mit ihren groben Worten beleidigt haben musste. Das war nicht ihre Absicht gewesen.

»Entschuldigen Sie, das ist mir nur so herausgerutscht. Ich wollte das nicht so sagen, ich . . .«, stammelte sie.

»Ich entnehme Ihren Worten, dass Sie nicht freiwillig, geschweige denn gern nach Auckland zu Ihrem Vater gereist sind.«

»Pah, Vater. Wenn ich das schon höre. Ich kenne den Mann doch gar nicht. Er hat meine Mutter mitsamt ihrem Neugeborenen, also mir, sitzen gelassen. Das ist alles, was ich von ihm weiß. Und das ist kein guter Grund, ihn aufzusuchen. Es war der Letzte Wille meiner Mutter, hierherzukommen. Und der ist mir heilig.« Letzteres sagte sie leise und traurig.

»Es tut mir leid. Ich bin ungeschickt. Ich wusste doch nicht, wie Sie zu ihm stehen. Wenn ich ehrlich bin, habe ich überhaupt erst vor einigen Wochen von Ihrer Existenz erfahren und . . .« Er unterbrach sich. »Wir sind da.« Er machte aber keine Anstalten auszusteigen, sondern musterte sie durchdringend. »Vivian, lassen Sie sich nicht von seiner manchmal recht groben Art abschrecken. Er ist im Grunde seines Herzens ein guter Mensch.«

»Danke für den Ratschlag, aber das passt in das Bild, das ich von ihm habe. Ich hege keine Illusion, was den Charakter dieses Menschen angeht, und werde ohnehin nur so lange hierbleiben, bis ich volljährig bin. Dann wird das erste Schiff zurück nach England meines sein.«

Fred sah sie beinahe mitleidig an. »Ich wollte nur vermeiden, dass Sie enttäuscht sind, wenn Sie ihn kennenlernen.«

Vivian aber hörte ihm gar nicht mehr zu. Sie sprang gehetzt aus dem Wagen, denn nun wollte sie es nur noch hinter sich bringen. Arm ist er nicht, dachte sie, als sie staunend das hochherrschaftliche Haus betrachtete. Mit Bitterkeit dachte sie an die Verhältnisse zurück, in denen sie mit ihrer Mutter hatte leben müssen. Ein bescheidenes Zimmerchen für sie beide, mehr war ihnen nicht vergönnt gewesen, während dieser Mann . . . Ach, sie wollte sich das Herz nicht unnötig beschweren. Und nun war es zu spät zur Umkehr. Sie hatte sich schon so vieles in ihrem Leben

26

erkämpft. Ihren hervorragenden Schulabschluss trotz des Widerstandes der Lehrer, die partout nicht an sie glauben wollten, oder den Gleichmut gegenüber den Sticheleien ihrer Mitschülerinnen. Sie würde die Zähne zusammenbeißen und diese drei Jahre klaglos überstehen.

Eine wohlige sommerliche Wärme, die sie jetzt erst richtig wahrnahm und die sie wie eine Wolke einhüllte, bekräftigte sie in ihrem Entschluss. Wie hatte ihre Mutter immer gesagt? Ach ja, alles im Leben habe sein Gutes. Ja, und die Luft hier am anderen Ende der Welt war ungleich lieblicher. Vivian atmete noch ein paarmal tief ein, bevor sie mit pochendem Herzen auf die Haustür zuging.

PARNELL/AUCKLAND, FEBRUAR 1920

Vivian saß am weit geöffneten Fenster und blickte versonnen in den Garten. Dabei sog sie staunend die fremden Gerüche tief ein und konnte sich nicht sattsehen an den intensiven Farben der ihr völlig fremden Blumen. Sie war in London höchstens bei einem Spaziergang durch den Park in den Genuss gekommen, frische Blumen zu betrachten. Auch die Geräusche waren ganz anders als in London. Wo zu Hause der Lärm der Stadt sogar durch die geschlossenen Fenster in die Wohnungen gedrungen war, herrschte hier eine angenehme schläfrige Ruhe.

Ein forderndes Klopfen an der Tür des geräumigen Zimmers, in das Fred sie vorhin gebracht hatte, ließ sie aufschrecken. Zu ihrem großen Bedauern hatte der junge Mann bald nach ihrer Ankunft zurück in den Verlag eilen müssen.

»Herein!«, rief Vivian und wandte ihren Blick neugierig zur Tür. Sie war enttäuscht, als eine ältere Frau eintrat. Und sie spürte sofort eine Aversion gegen sie in sich aufsteigen. Sie schätzte die hagere Fremde auf vierzig bis fünfzig Jahre. Was ihr auf Anhieb missfiel, war der Blick, mit dem diese Person sie unverschämt musterte.

»Wie war die Reise?«, fragte die Frau nun in unerwartet höflichem Ton und konnte ihr Erstaunen über Vivians Aussehen doch nicht verbergen. Dabei versuchte sie zu lächeln.

»Wie war die Reise?«, wiederholte sie.

»Gut, aber dürfte ich einmal erfahren, wer Sie überhaupt sind? Ich habe eigentlich meinen Vater erwartet.«

Das eben noch krampfhaft lächelnde Gesicht der Frau gefror zur Maske.

»Ich habe nur nett sein wollen, aber lassen wir das Drumherumgerede. Du kannst dir sicherlich vorstellen, dass ich auch nicht begeistert bin, eine erwachsene Tochter zu bekommen ...«

»... entschuldigen Sie bitte, aber ich bin nicht Ihre Tochter. Was erlauben Sie sich?«, fauchte Vivian, doch dann dämmerte es ihr. »Sind Sie ... ich meine ... sind Sie seine Frau?«

»Wer denn sonst? Ich bin Rosalind Newman«, gab die Frau des Bischofs empört zurück.

»Aber Sie werden schon verstehen, dass ich Sie nicht Mutter nennen werde, nicht wahr?«, erwiderte Vivian mit einem spöttischen Unterton.

»Das fehlte noch. Am liebsten wäre es mir, du würdest mich Misses Newman nennen, auch wenn wir unter uns sind. Ach, was hat sich deine Mutter nur dabei gedacht, dich uns zu schicken?«

»Das frage ich mich allerdings auch«, entgegnete Vivian wütend.

Diese Äußerung brachte ihr einen verwirrten Blick Rosalinds ein. »Heißt das, du hast es gar nicht gewollt?«

»Richtig, ich lege keinen Wert darauf, den Mann kennenzulernen, der sich mein Vater schimpft. Es ist der Letzte Wille meiner Mutter, und den habe ich zu respektieren.«

»Na gut. Es ist nicht zu ändern. Irgendwann rächt sich jeder Fehltritt.«

»Was wollen Sie damit sagen?«

»Entschuldige, das ist mir nur so herausgerutscht. Er hat sich immer bedeckt gehalten, was sein Verhältnis zu deiner Mutter angeht, aber jetzt wird mir so einiges klar. Ich konnte doch nicht ahnen, dass deine Mutter eine Maori war. Ich habe ja von deiner Existenz überhaupt erst kürzlich erfahren.«

Vivian schluckte trocken. *Ich habe ja von deiner Existenz erst kürzlich erfahren.* Das hatte sie heute schon einmal gehört. Aus Freds Mund. Aber hatte er sie auch für die Tochter einer Maori gehalten? Es war nicht eben viel, was Vivian über die Maori wusste. Nicht mehr und nicht weniger, als in ihrem Buch gestanden hatte. Und das war mehr als dürftig gewesen. Immerhin aber genug, um zu wissen, dass ihre Mutter nicht die entfernteste Ähnlichkeit mit den Maori auf den Abbildungen besaß.

»Meine Mutter ist noch hellhäutiger als Sie, Misses Newman. Aber falls Sie auf meinen dunklen Teint anspielen, einer meiner Vorfahren war wohl ein Italiener.«

Vivian stutzte. So plausibel ihr diese Erklärung ihrer Mutter sonst auch immer erschienen war, in diesem Augenblick machten sich leise Zweifel bemerkbar.

Rosalind aber reichte ihr versöhnlich die Hand und erklärte seufzend: »Dann bin ich ja beruhigt. Aber es ist nicht fair, uns ungefragt ihr Kind ins Haus zu schicken. Nun müssen wir eben das Beste daraus machen.«

»Keine Sorge, ich bleibe keinen Tag länger, als ich unbedingt muss. An meinem einundzwanzigsten Geburtstag bin ich fort«, erwiderte Vivian hastig. Dass man sie so unverhohlen ablehnen würde, das hatte sie nicht in Betracht gezogen. Eigentlich hatte sie erwartet, dass ihr Vater sie reumütig empfangen und ihr mit fadenscheinigen Ausreden kommen würde, warum er ihre Mutter einst in einer so schwierigen Lage allein in London zurückgelassen hatte.

»Darf ich Sie zu einem kleinen Ausflug durch unser schönes Parnell entführen?«, unterbrach Freds wohlklingende Stimme Vivians Gedanken.

Erfreut wandte sie sich zu ihm um. Er kam ihr wie gerufen. Sie verspürte keine Lust, sich weiter mit der Ehefrau ihres Vaters zu unterhalten.

»Na, du hast deine Meinung aber schnell geändert, was die Ankunft dieses Mädchens betrifft. Und schon spielst du den fürsorglichen Bruder«, bemerkte Rosalind an Fred gewandt in spitzem Ton.

»Bruder?« Das traf Vivian so unvorbereitet, dass sie ins Wanken geriet und sich auf einen Stuhl fallen ließ. »Bruder?«, wiederholte sie fassungslos.

»Mutter«, schimpfte Fred, »hör auf damit! Wir haben beschlossen, sie freundlich aufzunehmen. Sie kann schließlich nichts dafür und hat gerade erst ihre Mutter verloren. Sie nimmt dir doch nichts weg!«

Vivian atmete tief durch.

»Ich möchte gern allein sein«, murmelte sie.

»Aber Vivian, ich glaube, Sie brauchen dringend frische Luft«, widersprach Fred besorgt, doch da hatte seine Mutter ihn bereits am Ärmel durch das halbe Zimmer gezogen.

»Du hast doch gehört, was sie gesagt hat. Komm!«

Unter der Tür wandte sich Rosalind noch einmal um.

»Dein Vater erwartet dich um acht Uhr in seinem Arbeitszimmer. Und sei bitte pünktlich. Er kann Unpünktlichkeit nicht ausstehen. Bitte zieh das verschwitzte Reisekostüm aus und kämm dir die Haare. Er hasst Unordnung.«

Nachdem die Tür endlich zugeklappt war, schlug Vivian die Hände vor das Gesicht und weinte bittere Tränen. Die Gedanken in ihrem Kopf überschlugen sich. Ihr Vater war also verheiratet gewesen, als er ihre Mutter geschwängert hatte. Deshalb hatte er sie sitzen gelassen. Warum hat sie mich bloß nicht darauf vorbereitet, dass er eine Familie hat?, fragte sich Vivian verzweifelt. Dann hätte ich doch wenigstens gewusst, was mich hier erwartet. Ja, sie konnte Rosalind sogar ein wenig verstehen, denn welche Frau nahm schon gern das Ergebnis eines Seitensprunges bei sich auf?

Der Vorsatz, ihr Schicksal tapfer zu ertragen, geriet gefährlich ins Wanken.

Parnell/Auckland, Februar 1920

Bischof Peter Newman saß stocksteif in einem schweren Ledersessel hinter seinem Schreibtisch. Er trug immer noch seinen feierlichen Chormantel. Eine Zornesfalte hatte sich tief in die Stirn eingegraben, während er versuchte, Frederiks Worte ungerührt zur Kenntnis zu nehmen. Der junge Mann war vor ein paar Minuten einfach in sein Arbeitszimmer gestürmt und hatte ihn sogleich auf das Mädchen angesprochen. Immer wieder verlangte er, die ganze Wahrheit zu erfahren. Wenn er nur ahnen würde, wie unchristlich meine Gedanken sind, ging es dem Bischof durch den Kopf. Warum musste sie mir das antun? Warum nur? Sie hätte doch wissen müssen, dass das jede Menge unangenehmer Fragen mit sich bringen würde. Kein Mensch in seiner Umgebung hatte von seinem Kind in London gewusst, und keiner hätte es je erfahren, wenn Mary nicht jenen Brief geschrieben hätte, der dummerweise Rosalind in die Hände gefallen war. Ein kurzer Brief. Darüber konnte er zwar froh sein, nachdem seine Frau ihn zufällig gefunden hatte, aber wenn er ehrlich war, hatten ihn ihre mageren Worte auch ein bisschen gekränkt. *Bin krank, werde sterben, schicke Dir unsere Tochter* ... Und dann die Daten von Vivians Ankunft in Auckland. Aber was hatte er erwartet? Eine Liebeserklärung auf dem Totenbett, nach allem, was er ihr angetan hatte? Nachdem er bittere Tränen um Mary vergossen hatte, hatte er beschlossen, den Brief verschwinden zu lassen und ihn nicht zu beantworten. Stattdessen hatte er Mary einen großen Geldbetrag geschickt, zusammen mit einem einzigen Satz:

Ich kann nicht! Er hatte gehofft, damit sei es getan, doch Marys Antwort war ein zweiter Brief gewesen. Erneut hatte sie ihm die Ankunftszeit der *Prinzessin Beatrice* mitgeteilt, versehen mit den unmissverständlichen Worten: *Das Kind hat nur noch Dich. Nun gibt es kein Entrinnen mehr. Sie wird zu Dir kommen.* Diesen Brief hatte er sofort vernichtet, aber den ersten, den hatte er achtlos in der Schreibtischschublade verschwinden lassen. Rosalind hatte ihn dort gefunden und ihn mit Fragen bestürmt. Es war ihm nichts anderes übrig geblieben, als die Existenz seiner Tochter zuzugeben und auch zu beichten, dass deren Mutter sich in den Kopf gesetzt hatte, das Kind zu ihm nach Auckland zu schicken. Rosalind hatte zwar getobt, aber was hätte er tun sollen? Das Mädchen am Schiff abfangen und unbemerkt in einem Heim unterbringen? Das hätte sich in Auckland schneller herumgesprochen, als ihm lieb gewesen wäre. Nein, nun musste er alles daransetzen, den Schaden zu begrenzen. Inzwischen hatte er seine Vorkehrungen getroffen und sicher davon ausgehen dürfen, dass seine Familie mitspielte. Dass ihm ausgerechnet Fred in den Rücken fiel, enttäuschte ihn bitter.

»Geh, ich möchte allein sein«, stieß Peter Newman gequält hervor.

»Nein, ich bewege mich keinen Schritt aus deinem Zimmer, bevor du mir nicht endlich die Wahrheit gesagt hast. Vater, ich habe dich etwas gefragt. Nun rede doch endlich! Was ist das für eine Geschichte? Warum verlangst du von Mutter und mir, dass wir nach außen hin behaupten, sie sei eine entfernte Verwandte? Warum verlangst du von uns, dass wir sie verleugnen?«

»Wie sprichst du eigentlich mit mir? Mäßige deinen Ton, mein Junge!«, entgegnete Peter tadelnd.

Frederik bebte vor Zorn. »Ich versuche mit dir ein Gespräch von Mann zu Mann zu führen. Ich bin doch kein Kind mehr. Und ich habe ein Recht zu erfahren, warum es dir stets so enorm wichtig war, dass die Leute denken, ich sei dein Sohn, während du

33

die ganze Zeit von der Existenz deines leiblichen Kindes wusstest.«

»Das geht dich gar nichts an. Und jetzt lass mich bitte allein. Ich habe zu arbeiten.«

»Arbeiten? Willst du sie denn gar nicht begrüßen?«, entgegnete Frederik fassungslos.

Peter warf einen angestrengten Blick auf seine Uhr. »Ich habe sie um acht Uhr herbestellt.«

»Herbestellt? Aber sie ist keines deiner Schäfchen, sondern deine Tochter, die um die halbe Welt gereist ist, um dich zu sehen.«

»Ich habe nicht darum gebeten.«

Frederik schüttelte den Kopf. »Tu mir bitte einen Gefallen. Behandle sie gut!«

»Was unterstellst du mir? Ihr soll es an nichts mangeln. Sie hat das schönste Zimmer, sie . . .«

»Du weißt, dass ich nicht von ihrer Versorgung rede . . .«

»Ich wiederhole mich ungern. Ich habe zu arbeiten«, unterbrach der Bischof Frederik harsch.

»Ich gehe ja schon, aber vorher muss ich noch etwas anderes mir dir besprechen.«

Peters Antwort war ein genervter Seufzer.

»Hast du schon einmal von einem Mann mit dem Namen Matui Hone Heke gehört?«

Peter wurde noch bleicher, als er ohnehin schon war. »Nein, wer soll das sein?«, fragte er in schroffem Ton.

»Das wollte ich ja gerade von dir erfahren. Wenn du etwas über ihn weißt, könnte ich mir vielleicht eine Recherchereise in die Northlands sparen.«

»Ich weiß gar nichts!«, fuhr Peter seinen Stiefsohn an.

»Gut, dann fahre ich morgen nach Whangarei.«

»Whangarei?«, wiederholte Peter erschrocken. »Warum? Wir werden doch bald gemeinsam dorthin reisen, wenn das neue Denkmal eingeweiht wird.«

»Das ist doch gerade das Problem. Es gibt Stimmen, die Zweifel an der Integrität deines Urgroßvaters Reverend Walter Carrington äußern.« Frederik deutete auf ein altes Bild, das hinter dem Schreibtisch an der Wand hing und einen grimmig dreinschauenden Mann zeigte.

»Er war ein großartiger Missionar, der nur eines im Auge hatte: aus den Maori wahre Christenmenschen zu machen. Und wie haben sie es ihm gedankt? Sie haben seine Frau getötet. Es ist alles gesagt! Er hat es verdient, dass sie ihn ehren.«

»Das ist es ja gerade. Anscheinend gibt es da ein paar Geheimnisse, die den guten Mann in einem etwas anderen Licht darstellen...«

»Alles Lüge!«, fauchte Peter.

»Ja gut, das sagst du, aber ich habe den Auftrag, dieser Geschichte nachzugehen und darüber zu berichten. Und wenn du diesen Matui Hone Heke nicht kennst, muss ich mir selbst ein Bild von ihm machen.«

»Was hat dieser Kerl denn mit dem Denkmal zu tun?«

»Er wurde von der Gemeinde beauftragt, ein Bildnis des Reverends zu schnitzen. Nun aber hat er seine Schnitzerei fertiggestellt, und es ist das Bildnis einer Frau geworden. Die Gemeinde ist ratlos. Überdies sitzt der Alte seit Wochen täglich stundenlang auf dem Platz, wo das Denkmal errichtet werden soll, und betet in einem fremdartigen Singsang, die zu ehren, die es wirklich verdient habe, weil sie viel für die Maori getan habe. Er nennt sie auch den *Engel der Maori*.«

»O nein!«, stöhnte Peter gequält auf.

Frederik blickte seinen Stiefvater forschend an. »Sagt dir diese Frau etwas? Ich habe leider ihren Namen vergessen, aber es ist ein Maori-Name, wenn ich es recht entsinne. Sie soll aus den Northlands stammen.«

»Lass mich in Ruhe mit dieser Sache. Hast du gehört? Du wirst nicht in Whangarei herumschnüffeln und dir von einem

35

Wahnsinnigen Lügen auftischen lassen! Ich verbiete dir, diese Geschichte weiter zu verfolgen.«

Frederik lachte spöttisch auf. »Vater, ich bin dir zu großem Dank verpflichtet, du hast Mutter und mich nach Vaters Tod aufgenommen und mich wie einen Sohn behandelt, aber nun bin ich erwachsen. Und ich bin nun einmal ein Reporter mit Leib und Seele. Und so verrückt kommt mir der Mann gar nicht vor. Er ist ja immerhin so diskret, dass er nicht einmal offenbart, worin die Geheimnisse bestehen, die den Reverend in weniger ehrenwertem Licht erscheinen lassen als bisher vermutet.«

»Kein Maori kann so steinalt werden wie er! Ihre Lebenserwartung ist viel geringer als unsere«, murmelte der Bischof. »Warum schaffen sie ihn nicht einfach weg und sperren ihn ein?«

»Wenn du ihn gar nicht kennst, woher weißt du dann, dass er für einen Maori ein geradezu biblisches Alter erreicht hat?«, fragte Frederik forschend nach.

»Du hast von einem alten Mann gesprochen. Und nun hör auf, mir meine Zeit zu stehlen. Du lässt die Finger davon. Hast du verstanden?«

»Wenn ich es nicht tue, übernimmt es ein anderer. Und du kannst mir glauben, ich musste hart darum kämpfen, der Geschichte nachgehen zu dürfen. Für einen Fremden wäre es ein gefundenes Fressen, wenn er herausfinden würde, dass der Urgroßvater des Bischofs von Auckland doch nicht so ein Heiliger gewesen ist, wie alle denken. Jedenfalls ist man beim *Herald* hinter dieser Geschichte her wie der Teufel hinter der armen Seele, und man wird sie nicht einfach fallen lassen. Glaub mir! Ich habe da einige Kollegen, die würden sich mit Freuden darauf stürzen. Du hast nicht nur Freunde in dieser Stadt.«

»Ja, ja, schon gut. Es wird das Vernünftigste sein, wenn du ihnen die Geschichte lieferst. Dann schreibst du eben, dass dieser Alte ein schwachsinniger Maori ist, der die Leute narrt. Und diese Frau musst du gar nicht erwähnen ...«

36

»Vater, du weißt doch etwas, nicht wahr? Aber ich lasse mich nicht erpressen. Ich werde nichts als die Wahrheit schreiben.«

»Was redest du da? Erpressung? Ein übles Wort für einen kleinen Gefallen! Du bist mir zu großem Dank verpflichtet, mein Lieber, wie du eben selbst ganz richtig sagtest. Ohne mich hättet ihr ein Leben in Armut gefristet, und du hättest nie die Möglichkeit bekommen, beim *Herald* anzufangen. Das hast du allein meinen Verbindungen zu verdanken. Also verlange ich äußerste Loyalität.«

»Tatsache, du willst mich erpressen! Gut, damit wir nicht schon wieder aneinandergeraten, verspreche ich dir Folgendes: Ich werde dich mit keinem Wort erwähnen, ebenso wenig wie die Tatsache, dass du offenbar mehr darüber weißt, als du zugeben willst.«

»Das ist wohl das Mindeste. Und wenn du es schon nicht aus Rücksicht auf mich tust, dann denk wenigstens an deine eigene Karriere. Du bist ein ehrgeiziger junger Mann, dem alle Möglichkeiten offenstehen. Alles, was gegen mich sprechen würde, würde auch auf dich zurückfallen! Du bist mein Sohn. Schon vergessen?«

Frederik war angesichts dieser unverhohlenen Drohung seines Stiefvaters bleich geworden, aber Peter redete ungerührt weiter. »Also, tu deine Pflicht, und lass dich nicht von seinen Lügengeschichten einlullen. Er wird mit Sicherheit behaupten, dass er mich kennt ...«

»Also doch! Du kennst ihn! Vater, sag mir lieber gleich die ganze Wahrheit, bevor ich sie selbst herausfinde.«

»Hauptsache, es erscheint nichts in eurer Zeitung, das mir schaden könnte. Außerdem gibt es nichts zu erzählen, außer einem: Ja, ich weiß, wer dieser Kerl ist, und hatte gehofft, dass er schon längst bei seinen Ahnen ist. Er gehörte zu den ortsbekannten Maori dort oben im Norden, die überall mitreden wollen und uns Weiße verachten. Mehr nicht! Er ist ein Spinner!«

37

»Es heißt, er sei ein weiser Mann.«

Peter lachte höhnisch auf. »Dummes Zeug! Bevor du ein unbedachtes Wort, das unsere Familie in Misskredit bringen könnte, der Öffentlichkeit preisgeben solltest, lass es mich vorher lesen. Dann kann ich immer noch Stellung beziehen, meinethalben auch öffentlich. Was meinst du, wem eure Leser mehr Glauben schenken? Einem altersschwachen Maori oder dem Bischof von Auckland?«

»Gut, Vater«, seufzte Frederik schwach. »Ich werde dir das Ergebnis meiner Recherchen vorlegen.«

Der Bischof wandte sich demonstrativ seiner Arbeit auf dem Schreibtisch zu.

»Ist noch etwas?«, fragte er, ohne den Kopf zu heben, als Frederik zögernd vor dem Schreibtisch stehen blieb.

»Vater, da wäre noch etwas. Vielleicht sollte ich Vivian mitnehmen. Sie würde gern Reporterin werden, und ich glaube, es wäre für alle Beteiligten von Vorteil, wenn sie erst einmal beschäftigt wäre und von hier fortkäme.«

»Gute Idee, aber verdonnere sie zum Schweigen«, knurrte Peter, als es an der Tür klopfte.

Peter hob den Kopf und erstarrte, als Vivian das Zimmer betrat. Das Kind war nicht, wie er es seit Marys Brief Nacht für Nacht vom Herrn erfleht hatte, im Alter erblondet oder hellhäutiger geworden. Im Gegenteil, sie war zu einer exotischen Schönheit herangewachsen. Ihre polynesischen Wurzeln waren zwar nicht auf den ersten Blick erkennbar, aber dass sie keine reine Engländerin war, ließ sich nicht verleugnen.

»Guten Tag, Mister Newman, ich bin Vivian Taylor«, sagte sie mit fester Stimme.

»Für dich bin ich ab heute Vater«, entgegnete er streng, während er innerlich immer noch um Fassung rang. »Ich würde mir ausbitten, dass du mich nur so vertraulich ansprichst, wenn wir unter uns sind. Es gibt diverse Gründe, warum ich in meiner Stellung nicht plötzlich eine erwachsene Tochter haben kann. Das verstehst du doch sicherlich, nicht wahr?«

Vivian verschränkte ihre Finger ganz fest ineinander. So fest, dass es beinahe wehtat. Das sollte sie daran hindern, laut loszuschreien. Was für ein schrecklicher Mann, und wie verlogen! Und da war sie auch schon dabei auszusprechen, was sie doch eigentlich hinunterschlucken wollte.

»Natürlich werde ich Sie Mister Newman nennen. Da können Sie ganz unbesorgt sein. Das Wort Vater werde ich ohnehin nicht über die Lippen bringen.«

Peter sah sie mit großen Augen an. »Wie redest du mit mir?«

»Entschuldigen Sie bitte, wenn ich Ihnen unhöflich erscheine. Meine Mutter hat mir eigentlich Benehmen beigebracht, und ich weiß, dass ich Vater und Mutter ehren soll, aber wenn es nach mir gegangen wäre, hätten wir beide uns niemals kennengelernt.«

Frederik, der dem Wortgefecht voller Anspannung zugehört hatte, räusperte sich lautstark.

»Vivian, ich würde Ihnen gern ein Angebot machen. Ich muss für ein paar Tage beruflich in die Northlands reisen. Ich arbeite dort an einer Geschichte und würde mich freuen, wenn Sie mich begleiten würden.«

Vivian kämpfte mit sich. Wie gern wäre sie mit ihm gereist, aber das Blatt hatte sich gewendet. Sie wollte ihn nicht mögen. Er war ihr Bruder.

»Kein Interesse!«, erwiderte sie kalt und wandte sich wieder dem Bischof zu. »Ich hätte da noch ein paar Fragen«, ergänzte sie sachlich.

Frederik blickte sie ungläubig an. Vivian warf ihm einen flüchtigen Blick zu und wandte sich dann an den Bischof. »Unter vier Augen, wenn Sie nichts dagegen haben, Mister Newman.«

Peter machte Frederik ein unmissverständliches Zeichen zu gehen. Sichtlich angeschlagen trat der junge Mann den Rückzug an.

Nachdem die Tür hinter ihm zugefallen war, funkelte Vivian den Bischof wütend an.

»Wir beide müssen uns gar nichts vormachen. Ich kann Sie genauso wenig ausstehen wie Sie mich, doch drei Jahre lang werden wir so tun, als ob wir uns vertrügen. Aber ich darf Ihnen versichern: Mir ist es ein Rätsel, warum meine Mutter mich zu einem scheinheiligen Ehebrecher geschickt hat.«

»Ehebrecher?« Peter sah Vivian verwirrt an. »Ehebrecher?«

»Ja, was ist es denn sonst, wenn ein verheirateter Familienvater eine junge Frau schwängert?«

»Aber ich war nicht verheiratet, als ich deine Mutter . . .«

»Ach nein? Und wie komme ich sonst zu einem älteren Bruder?«

»Bruder?«, wiederholte er und fügte leise hinzu: »Ich wünschte, er wäre es!«

Jetzt war es an Vivian, den Bischof verwirrt anzusehen. »Wieso? Ist Frederik denn nicht Ihr Sohn? Ihre Frau machte da vorhin eine ganz andere Andeutung. Sie warf ihm vor, dass er mir gegenüber brüderliche Regungen zeige.«

Der Bischof holte tief Luft. »Er ist nicht mein leiblicher Sohn. Ich habe meine spätere Frau nach meinem Aufenthalt in London kennengelernt. In Australien, wo ich ein paar Jahre als Reverend gearbeitet habe. Der Junge war damals fünf Jahre alt, als ich zurückkehrte . . . In Auckland gilt Frederik allerdings als mein leiblicher Sohn.«

Vivian machte eine abwehrende Handbewegung. »So genau wollte ich es auch wieder nicht wissen. Ich habe schon begriffen, dass hier alles nur schöner Schein ist. Wahrscheinlich wären Sie ohne eine intakte Familie und diesen prachtvollen Sohn niemals Bischof geworden, nicht wahr? Und eine uneheliche Tochter passt da schon gar nicht ins Bild. Aber keine Sorge, von mir wird es keiner erfahren. Weil ich Sie nämlich gar nicht zum Vater möchte!«

40

Peter lief rot an.

»Mister Newman, sagen Sie mir nur eines: Sind Sie wirklich mein Vater? Oder ist das auch alles nur Lüge?«

»Nein, du bist meine Tochter«, murmelte er kaum hörbar. »Aber nun sollten wir zu Tisch gehen. Ich denke, das Essen wird zubereitet sein«, fügte er hastig hinzu.

Mit diesen Worten erhob er sich hinter seinem Schreibtisch, und Vivian entdeckte, wie groß er war. Hager, rotblond und weiß-häutig. Es gab noch vieles zu klären, aber für heute hatte sie genug. Doch eines war ihr sonnenklar: Wenn sie dieses Land in drei Jahren als freie Frau verließ, dann mit dem sicheren Wissen, was es mit ihrem Aussehen wirklich auf sich hatte. Der italienische Groß-onkel kam ihr immer absurder vor.

Tief in Gedanken versunken, trat sie auf den Flur hinaus und wäre beinahe mit Frederik zusammengestoßen.

»Oh, entschuldigen Sie bitte«, sagte sie und lächelte ihn freundlich an.

»Was ist denn mit Ihnen geschehen? Eben dachte ich noch, Sie wollten mich fressen«, erwiderte er erstaunt.

»Es war ein dummes Missverständnis. Ich habe irrtümlich geglaubt, Sie seien ein anderer.«

»Sie machen mich neugierig. Wer sollte ich denn sein?« Jetzt lächelte er ebenfalls.

»Mein Bruder!«

»Na ja, das bin ich in gewisser Weise schon, wenn auch nicht wirklich mit Ihnen verwandt.«

Vivian lachte gequält.

»Und könnte die Erkenntnis, dass ich nur so etwas wie ein ent-fernter Stiefbruder bin, an Ihrer schroffen Absage womöglich etwas ändern?«

Vivian sah ihm in die Augen. Sie strahlen so viel Lebensfreude und Zugewandtheit aus, dachte sie und merkte, wie mit einem Mal die ganze Anspannung der letzten Stunden von ihr abfiel.

Langsam kehrte ihre Stärke zurück, und sie war entschlossen, sich nicht unterkriegen zu lassen und vor allem das Beste aus der Situation zu machen.

»Ich begleite Sie gern, Fred«, flötete sie. »Aber kann ich Ihnen auch wirklich helfen? Ich möchte nicht nur herumsitzen«, fügte sie eifrig hinzu.

»Und wie! Sie schreiben alles mit, was der alte Maori sagt, zu dem wir reisen, damit ich mich auf meine Fragen konzentrieren kann.«

Vivians Wangen röteten sich vor Aufregung. Die Aussicht, mit einem erfahrenen Reporter auf eine Recherchereise zu gehen, erfüllte sie mit tiefer Befriedigung. Einmal davon abgesehen, dass ihr Frederiks Gegenwart wesentlich angenehmer war als die des schrecklichen Bischofs und seiner grässlichen Frau.

Parnell/Auckland, Februar 1920

Bei Tisch ging es für Vivians Empfinden entsetzlich steif zu. Das lag nicht nur an dem endlos langen Gebet, das so lange gesprochen wurde, bis das Essen fast kalt war, sondern daran, dass ansonsten kaum ein Wort gewechselt wurde. Das Einzige, was sie dieses Essen überstehen ließ, waren die aufmunternden Blicke, die Fred ihr zuwarf. Und die ausdrückliche Erlaubnis des Bischofs, dass sie den jungen Reporter nach Whangarei begleiten durfte. Und das, obwohl Rosalind von dem Plan alles andere als begeistert war.

Mein so genannter Vater ist wahrscheinlich froh um jeden Tag, an dem ich nicht in seinem Haus bin, ging es Vivian durch den Kopf. Nicht ohne Schadenfreude beobachtete sie, wie verkrampft der Bischof die ganze Zeit über den Blickkontakt mit ihr zu vermeiden suchte.

Nach dem Essen bat sie höflich, sich zurückziehen zu dürfen, weil sie nach der langen Reise rechtschaffen müde war.

»Bis morgen, Vivian, gleich nach dem Frühstück brechen wir auf«, bemerkte Fred.

»Das Frühstück ist pünktlich um halb acht«, ergänzte Rosalind streng.

Vivian war noch nicht ganz aus der Tür, als sie die Ehefrau ihrer Vaters keifen hörte: »Wie kannst du erlauben, dass sie mit Fred wegfährt? Und du, Fred, was denkst du dir eigentlich dabei? Was willst du mit diesem jungen Ding? Die steht dir doch nur im Weg herum.«

Das werden wir ja noch sehen, dachte Vivian kämpferisch und

eilte in ihr Zimmer. Sie konnte kaum noch die Augen offen halten und schlief, nachdem sie sich in das weiche Bett gelegt hatte, sofort ein.

Sie erwachte schweißgebadet aus einem Traum, in dem sie sich allein im Wald zwischen lauter dunkelhäutigen Menschen wiedergefunden hatte. Sie sahen aus wie die Maori in ihrem Buch, zeigten mit den Fingern auf sie und lachten. Als sie vor ihnen flüchten wollte, stellte sich ihr der Bischof in den Weg, grinste hämisch und höhnte: »Ich lasse dich erst vorbei, wenn du Vater zu mir sagst.« Da trat Rosalind mit einem Messer in der Hand aus seinem Schatten hervor, doch in dem Augenblick war sie glücklicherweise aufgewacht.

Ihr Herz klopfte laut, und sie setzte sich schwer atmend auf. Ich brauche Luft, dachte sie, sprang auf und eilte in Richtung des offenen Fensters.

Sie wollte sich gerade weit hinausbeugen, um die herrlich frische Luft einzuatmen, als sie Stimmen hörte, die aus dem Garten heraufdrangen. Sie zuckte erschrocken zurück und lauschte, denn die eine der beiden war unverkennbar Freds Stimme. Das erregte so sehr ihre Neugier, dass sie ganz nahe an das Fenster trat, um nach unten zu blicken. Sie erstarrte. Im Mondschein sah sie Fred mit einer Frau an den Stamm eines fremdartigen Baumes gelehnt. Die beiden schienen sich zu streiten. Vivian hielt die Luft an und versuchte zu verstehen, was sie redeten.

»Wie stellst du dir das denn vor, lieber Frederik? Ich kann Vater doch schlecht sagen, dass ich dich nicht begleite, weil es dem Herrn nicht passt. Er ist der Chef! Und ich dachte, du freust dich, wenn ich dich mit der Nachricht überrasche, dass ich mitkomme.«

Vivian wagte kaum, Luft zu holen. Ihr Blick schweifte von Fred zu der Frau. Sie hatte blonde Locken, die verführerisch im Mondlicht schimmerten.

»Versteh mich doch bitte, ich muss allein nach Whangarei.

Schließlich geht es um einen Carrington, sozusagen einen Vorfahren von mir ...«

»Und genau das ist der Grund, warum Dad mich gebeten hat, dich zu begleiten. Weil es dabei um einen Carrington geht. Was, wenn du das Ganze nicht unvoreingenommen betrachten kannst?«

»Du glaubst doch nicht, dass ich parteiisch an die Sache herangehe?«

Die junge Frau wand sich. »Nein, natürlich nicht, aber schließlich ist der Missionar dein Ururgroßvater, und wir wissen doch alle, wie sehr ihr Newmans um euren guten Ruf besorgt seid.«

»Und daraus schließt du, ich würde irgendeinen Unsinn schreiben, wenn ich erführe, dass Walter Carrington tatsächlich Dreck am Stecken hätte. Danke, dass du eine so hohe Meinung von mir hast!« Seine Stimme bebte vor Zorn.

Vivian trat zitternd einen Schritt zurück in das dunkle Zimmer. Diese Frau glaubt offenbar auch, dass Fred der Sohn des Bischofs ist, durchfuhr es Vivian eiskalt. Und er lässt sie in dem Glauben. Was für eine verlogene Sippe. Und überhaupt, wer war diese Frau?

Vivian nahm wieder ihren Platz ein, von dem aus sie beobachten konnte, was dort unten vor sich ging.

Die Frage nach der Identität der fremden Frau beantwortete sich schneller, als ihr lieb war, denn jetzt nahm die Blonde zärtlich Freds Hand.

»Komm, sei lieb«, gurrte sie mit völlig veränderter Stimme. »Du tust ja geradezu so, als sei ich deine Feindin. Das mit deinem Ururgroßvater ist doch nur ein Vorwand, damit du mich mitnimmst. Ich fände es einfach herrlich, mit dir in die Northlands zu reisen. Es ist wunderschön dort. Und wenn du mir an einem der herrlichen Strände endlich einen Antrag machen würdest, wäre ich die glücklichste Frau der Welt. Du kannst mir diesen Wunsch nicht abschlagen. Ich sage auch schön Bitte, bitte.«

Fred seufzte tief. »Gut, dann begleitest du mich, und ich muss es ihr dann eben sagen . . .«

Vivian hatte genug gehört, warf sich aufs Bett und hielt sich die Ohren zu.

Und ich muss es ihr eben dann sagen . . . Das klang in ihren Ohren wie ein böser Fluch. Es wäre ja auch zu schön gewesen, um wahr zu sein, wenn er mich mitgenommen hätte, dachte sie bitter, aber nun hatte er ja eine Reisebegleiterin. Es dauerte lange, bis sie endlich einschlief. Sie wälzte sich unruhig von einer Seite auf die andere, und in ihrem Kopf tobten die Erinnerungen an den vergangenen Tag wild durcheinander. Hoffentlich träume ich nicht wieder so einen Blödsinn wie vorhin, war ihr letzter Gedanke, bis sie gegen Morgen endlich einschlief.

Parnell/Auckland, Februar 1920

Als Vivian wie gerädert erwachte, wäre sie am liebsten im Bett liegen geblieben. Der Gedanke, Fred beim Frühstück dabei zu erleben, wie er gequält um Ausreden rang, warum er sie nun doch nicht mitnehmen könne, machte sie traurig. Wie er mich wohl abservieren wird?

Bei diesem Gedanken sprang sie aus dem Bett, denn im Grunde genommen war sie viel zu neugierig zu erfahren, wie er sich ihrer wohl entledigen würde. Mit Bedacht wählte sie ein bestimmtes Kleid aus ihren Koffern. Ein mittelblaues, das ihre Mutter ihr sicherlich niemals gekauft hätte, wäre sie zum Einkaufen mitgekommen. Wegen der unzüchtigen Länge. Das Kleid reichte nämlich nur bis zum Knie. Wäre es nach Vivian gegangen, hätte sie sich gar keine neuen Kleider gekauft, aber der Bischof hatte erst kürzlich einen größeren Betrag nach London geschickt. Vivian hätte es lieber gesehen, wenn ihre Mutter das Geld für sich behalten hätte. Doch Mary hatte stets darauf bestanden, dass es allein für Vivian bestimmt sei, für ihre Schule und dafür, dass man ihr die Armut nicht ansah. Beim letzten Mal, ein paar Wochen vor ihrem Tod, hätte Mary sie gern wie früher so oft in die Stadt begleitet, aber sie war schon zu schwach gewesen. Doch sie hatte Vivian ans Herz gelegt, sich das zu kaufen, was ihr gefiel. Ja, sie hatte sie geradezu ermutigt, sich neu einzukleiden. Im Nachhinein ahnte Vivian, warum. Mary hatte gewollt, dass sie anständig gekleidet in Neuseeland ankam. Das hatte sie damals aber noch nicht gewusst. Sie hatte es als Verschwendung ange-

47

sehen und trotzig entschieden, sich wenigstens etwas Aufregendes zu leisten, wenn die Mutter sie schon zum Kaufen nötigte. Und die neue Mode, wie sie neuerdings in den entsprechenden Heften abgebildet war, gefiel Vivian außerordentlich. Die leichten, luftigen und gerade geschnittenen Kleider besaßen etwas von Aufbruch, der die entbehrungsreichen Kriegsjahre leichter vergessen ließ.

Vivian warf einen prüfenden Blick in den Spiegel und erkannte nicht ohne Stolz, dass ihr das Kleid wirklich gut stand, doch dann stutzte sie. Etwas passte nicht zusammen, und sie wusste auch sofort, was ihr missfiel. Die Frisur! In der *Vogue*, die sie regelmäßig bei ihrer Freundin Jane gelesen hatte, weil deren Mutter bei der Zeitschrift arbeitete, hatte sie die neuen Kurzhaarfrisuren entdeckt und war begeistert gewesen. Wie oft hatte sie Mary in den Ohren gelegen, sie würde sich ihr Haar, das ihr bis zum Hintern ging, gern bis auf Kinnlänge abschneiden. Mary hatte entsetzt aufgeschrien, als Vivian ihr sogar eine Ausgabe mitgebracht und ein Bild von der neuen Mode gezeigt hatte. Schweren Herzens hatte Vivian dann von der Frisur Abstand genommen. Aber auf wen musste sie jetzt noch Rücksicht nehmen? Nein, es war beschlossene Sache: Ihre dicke lange Mähne sollte der Schere zum Opfer fallen. Was Fred wohl sagen würde?, dachte sie, und es ärgerte sie maßlos, dass sie überhaupt einen Gedanken an seine Meinung verschwendete.

Am liebsten hätte sie sofort Hand angelegt, aber womit? Da fiel ihr die Nagelschere ein, die sie bei ihren Waschsachen hatte, und sie durchwühlte aufgeregt den Koffer, bis sie triumphierend ihren Toilettenbeutel in der Hand hielt. Hastig holte sie die Schere hervor und schnitt zunächst nur ein kleines Stück ab. Das war gar nicht so einfach mit der kleinen Schere und sah dementsprechend scheußlich aus. Ihre Hand fing zu zittern an. Vielleicht war das doch keine gute Idee gewesen, aber jetzt musste sie weitermachen, ob sie es wollte oder nicht. Vivian ließ die Frisur noch einmal vor ihrem inneren Auge erscheinen. Ein kurzer glatter Pony und alles andere akkurat auf Kinnlänge geschnitten. Beherzt machte sie sich daran, ihr Haar erst einmal auf die richtige Gesamtlänge zu bringen. Sie geriet ins Schwitzen, als sie ihr Spiegelbild sah. Ein gerupftes Huhn war nichts gegen sie. Ich muss es sorgfältig angehen, durchfuhr es sie, so wie bei Louise. Das war ihre Puppe aus Kindertagen gewesen, der sie aus Zorn über das Verbot ihrer Mutter jene Frisur verpasst hatte. Sie wusste also, was für eine Arbeit das war.

Ihr war nicht wohl. So konnte sie auf keinen Fall zum Frühstück erscheinen. Ein Klopfen an der Tür ließ sie zusammenfahren. Sie verhielt sich still und tat so, als wäre sie nicht im Raum. Da ging die Tür einen Spaltbreit auf, und Fred steckte den Kopf herein.

»Was fällt Ihnen ein, einfach in mein Zimmer zu kommen?«, fauchte sie ihn an und versuchte, notdürftig mit den Händen ihr Haar zu verdecken.

Fred aber überhörte ihre Worte, trat ein und schloss die Tür hinter sich, während er den Blick amüsiert auf ihre abgerupfte Mähne heftete.

»Was gucken Sie denn so?«, knurrte sie ihn an. Tränen schossen ihr in die Augen. Was hatte sie sich nur dabei gedacht, ihr schönes Haar abzusäbeln? Nun lag es wie tot am Boden.

»Kann ich Ihnen vielleicht irgendwie helfen?«, fragte er nun. Täuschte sie sich oder verkniff er sich ein Schmunzeln? Das brachte Vivian in Rage.

»Was wollen Sie mir denn helfen? Nun sagen Sie mir schon, dass Sie mich nicht in die Northlands mitnehmen wollen, und dann verschwinden Sie!«

»Wie kommen Sie denn darauf? Warum sollte ich Sie nicht mitnehmen? Ich habe Sie doch gestern erst dazu eingeladen.«

»Na ja, weil Ihre Verlobte jetzt mitkommt. Es war jedes Wort zu verstehen, das Sie beide im Garten gesprochen haben.«

»Dann hätten Sie aber auch hören müssen, dass ich ihr gesagt habe, wir würden zu dritt reisen. Die neue Reisebegleitung ist doch kein Grund, dass ich Sie hier in der Höhle des Löwen allein zurücklasse«, entgegnete er, musterte ihr neues Kleid und pfiff bewundernd durch die Zähne. »Sie können das tragen.« Dann wandte er sich wieder ihrem Kopf zu.

»Ich glaube, ich weiß, was Ihnen vorschwebte«, bemerkte Fred verständnisvoll. »Ich habe eine Kollegin, die kürzlich aus Europa zurückkam. Mit dieser neuen Mode. Oje, da war was los! Es gab regelrecht zwei Lager in der Redaktion. Die einen sprachen von Verschandelung, die anderen von interessanter Veränderung. Wir, die Letzteren, aber waren in der Minderheit. Kommen Sie, geben Sie mir die Schere!«

Vivian war zu verblüfft, um etwas zu erwidern. Stumm reichte sie ihm die Nagelschere.

»Um Himmels willen, deshalb sieht das so aus! Sie setzen sich jetzt auf den Stuhl und warten auf mich«, befahl Fred ihr, bevor er aus dem Zimmer stürmte.

Doch ehe sich Vivian die Frage beantworten konnte, ob sie es wirklich gut fand, mit Fred und seiner Verlobten hinauf in den Norden zu reisen und womöglich das fünfte Rad am Wagen zu spielen, kam er fröhlich pfeifend zurück, eine anständige Schere in der Hand.

»Sie dürfen sich nicht rühren. Ich muss mich sehr konzentrieren, um Ihnen keine Löcher in den Schädel zu schneiden.«

Ohne Widerworte tat Vivian, was er verlangte. Sie war froh, dass sie von diesem Platz aus nicht in den Spiegel schauen konnte, denn sie befürchtete das Schlimmste. Ihre Sorge wurde zusätzlich noch dadurch geschürt, dass sie Frederik immerzu fluchen hörte.

Es dauerte eine halbe Ewigkeit, bis er endlich mit seinem Werk zufrieden schien.

Er betrachtete sie noch einmal von allen Seiten und murmelte: »Das hätte ein Friseur auch nicht besser machen können. Trauen Sie sich ruhig zum Spiegel. Ich würde sagen: perfekt. Meine Kollegin Clarissa wird sich freuen, dass sie nun nicht mehr die Einzige mit solchem Haarschnitt in ganz Auckland ist. Sie kam sich schon vor wie ein Fabelwesen.«

Schade, dass nicht Clarissa mit nach Whangarei reist, sondern die blond gelockte Schönheit, durchfuhr es Vivian, während sie vor den Spiegel trat. Doch dann stutzte sie. Was sie dort im Spiegelbild sah, konnte sie kaum glauben. Es war genau die Frisur, die sie sich erträumt hatte. Akkurater hätte auch kein Londoner Friseur schneiden können, und sie passte ausgezeichnet zu ihrem schwarz glänzenden Haar. Sie fand, dass sie erwachsener aussah und kämpferischer.

»O danke, Fred!«, jubelte sie und fiel ihm vor lauter Begeisterung um den Hals. Fred hielt sie im Arm und sah ihr in die Augen.

»Das habe ich doch gern getan.«

Vivian wurde es heiß. Hastig befreite sie sich aus der Umarmung und erklärte eine Spur zu schrill: »Kommen Sie, auf in den Kampf! Ich möchte endlich die Gesichter am Frühstückstisch sehen.« Dabei pochte ihr das Herz bis zum Hals.

Als sie das Esszimmer betraten, waren drei Augenpaare auf sie gerichtet. Und in allen stand das blanke Entsetzen geschrieben. Neben dem Bischof und seiner Frau saß auch die junge blond gelockte Lady von gestern Nacht am Tisch.

»Wie siehst du denn aus?«, entfuhr es Rosalind entsetzt.

»Du ziehst dir sofort ein anderes Kleid an«, herrschte sie der Bischof an.

»Nun lasst sie doch erst einmal in Ruhe frühstücken. Und was habt ihr eigentlich? Sie sieht bezaubernd aus, und ratet mal, wer dieses Kunstwerk vollbracht hat. Figaro Frederico.« Fred verbeugte sich übertrieben.

»Bist du von allen guten Geistern verlassen?«, zischte seine Verlobte, die auf den zweiten Blick gar nicht mehr so engelsgleich aussah wie gestern Nacht im Garten, was Vivian nicht ohne eine gewisse Genugtuung mit einem Seitenblick feststellte.

51

»In diesem Look hat sich schon Clarissa zum Gespött der ganzen Redaktion gemacht«, fügte sie bissig hinzu.

Nein, sie ist ganz und gar nicht mehr süß, durchfuhr es Vivian. Im Gegenteil, mit dem zusammengekniffenen Mund bekommt sie etwas Ältliches.

»Sie gehörten also zu der Fraktion, die das als Verschandelung empfunden hat?«, fragte Vivian keck und setzte sich.

»Entschuldige bitte, Fred, ist mir etwas entgangen? Oder möchte mir vielleicht einmal jemand die junge Dame vorstellen, mit der du bereits so bekannt bist, dass du ihr die Haare schneidest?« Sie schüttelte sich angewidert.

»Aber natürlich, meine Liebe«, säuselte Rosalind. »Das ist Vivian, sie ist eine Waise aus London, eine entfernte Verwandte deines zukünftigen Schwiegervaters. Er nimmt sie bis zu ihrer Volljährigkeit unter seine Fittiche.«

»Aus christlicher Nächstenliebe, musst du wissen«, fügte Fred hinzu.

Sein ironischer Unterton trug ihm einen vernichtenden Blick seines Stiefvaters ein.

»Genau, und weil ich die Verantwortung für dieses Mädchen habe, befehle ich ihr jetzt, sich augenblicklich umzuziehen. Man kann ja ihre Knie sehen. Das ist unanständig!«, giftete der Bischof und sah an Vivian vorbei.

Sie aber blickte angriffslustig in seine Richtung. »Verzeihen Sie, haben Sie mit mir gesprochen?«

»Mit wem denn sonst? Und nun geh!«

»Sie sollten wissen, dass ich solche Umgangsformen von zu Hause nicht kenne. Da hat man das Wort immer direkt an mich gerichtet, wenn man etwas von mir wollte. Und nicht über mich gesprochen, als sei ich gar nicht im Raum.«

»Also, ich muss schon sagen, du nimmst dir etwas heraus«, schimpfte Rosalind.

»Ich passe mich nur dem Ton des Hauses an«, erwiderte Vivian.

»Du ziehst das Kleid aus, sonst geschieht ein Unglück!«, brüllte der Bischof.

»Tun Sie ihm den Gefallen, Vivian, aber vergessen Sie nicht, das Kleid mit nach Whangarei zu nehmen«, bemerkte Fred mit einem Grinsen auf den Lippen, was ihm einen fassungslosen Blick seiner Verlobten einbrachte.

»Das ist die junge Frau, die uns begleiten soll?«

Er nickte eifrig. »Ja, Vivian wird uns helfen und sich nach unserer Rückkehr ein wenig in unserer Redaktion umsehen. Sie will nämlich auch zur Zeitung.«

»Und was sagt Dad dazu?«

»Das lass nur meine Sorge sein, liebste Isabel. Du weißt doch, dass dein Vater neuen Talenten gegenüber immer recht aufgeschlossen ist.« Er zwinkerte Vivian aufmunternd zu und machte ihr ein Zeichen, dass sie sich um des lieben Friedens willen doch lieber umkleiden solle.

Vivian erhob sich ohne weitere Widerworte und eilte in ihr Zimmer zurück. Sie tat es nur, weil Fred sie so mutig gegen den Rest der Sippe verteidigt hatte. Wie wohltuend er sich von der übrigen Familie unterschied! Und dass er ihr einen Einblick in die Redaktion verschaffen wollte, erfüllte sie mit unendlicher Freude, wenngleich ihr Glück ein wenig durch die Tatsache getrübt wurde, dass die Zeitung offenbar dem Vater von Freds Verlobter gehörte.

Ihre Wahl fiel auf ihr zweitliebstes Kleid. Es war auch ein leichtes Sommerkleid, gerade geschnitten, mittelgrün, aber länger. Es umschmeichelte ihre Waden und sollte ihrer Einschätzung nach eigentlich kein Missfallen der drei Kritiker erregen. Während sie ihrem Spiegelbild noch einen wohlwollenden Blick zuwarf, grübelte sie darüber nach, warum Fred sich ihr gegenüber so nett benahm. Und damit nicht nur den Unmut seiner Mutter auf sich zog, sondern auch den seiner Braut.

Mit gestrafften Schultern kehrte sie schließlich zurück und

53

setzte sich an den Tisch, als wäre nichts geschehen, doch offensichtlich wollte man es nicht dabei belassen.

»Vivian! Folge mir sofort in mein Arbeitszimmer!«, befahl der Bischof und sprang von seinem Stuhl auf. Er war hochrot im Gesicht.

Vivian zögerte, doch dann folgte sie murrend seiner Anweisung. Sie hatte immer noch nichts gegessen und war hungrig. Der Bischof hatte sich in den riesigen Ledersessel hinter den Schreibtisch gesetzt und funkelte sie wütend an. Wie ein Rächer saß er dort. Wie kommt er eigentlich dazu, sich als mein Erzieher aufzuspielen?, durchfuhr es Vivian erbost.

»Du bist ein aufsässiges Menschenkind. Wie konntest du das nur tun? Dein schönes Haar abzuschneiden?«, tadelte er sie.

»Die jungen Frauen in London und ganz Europa werden das bald alle so tragen«, erwiderte sie trotzig.

»Wir sind aber nicht in London, sondern in Neuseeland. Und du bist nicht volljährig. Du brauchst für alles die Erlaubnis deines Vaters«, gab er ungerührt zurück.

»Mister Newman, ich hätte bestimmt das eine oder andere Mal in meinem Leben einen Vater gebraucht. Jetzt ist es zu spät. Ich bin erwachsen.«

»Das bist du nicht. Und es ist mir ein Rätsel, wie deine Mutter es zulassen konnte, dass du Erwachsenen gegenüber dermaßen renitent bist. Aber nun bist du einmal hier, und in diesem Haus entscheide ich. Du wirst nicht mit nach Whangarei fahren. Ich will ein Auge auf dich haben und dich erst einmal anständig erziehen. Hörst du? Und du wirst es meinem Sohn als deine freiwillige Entscheidung unterbreiten. Wenn ich mich einmische, wird ihn das erzürnen, und er wird behaupten, ich würde dich schlecht behandeln.«

Vivian lachte laut auf. »Und – tun Sie das denn nicht?«

»Ich rate dir gut, zügle dein freches Mundwerk und tu, was ich von dir verlange. Teil ihm mit, dass du es dir noch einmal überlegt hast. Ich hätte dem gar nicht nachgeben sollen, aber gestern hatte ich nur den einen Wunsch ...«

»Ich weiß, mich so schnell wie möglich loszuwerden. Das beruht auf Gegenseitigkeit, ich möchte lieber bei Fred sein als bei Ihnen. Wenn Sie es mir nachträglich verbieten wollen, dann stehen Sie doch dazu. Oder gehören Lügen in diesem christlichen Haus zum guten Ton?«

Vivian hatte ihren Satz gerade beendet, als sie einen heißen Schmerz an der rechten Wange fühlte. Der Bischof war aufgesprungen und hatte ihr eine Ohrfeige verpasst. Sie starrte ihn ungläubig an. Noch nie in ihrem Leben hatte sie jemand geschlagen.

Peter Newman blickte entsetzt auf seine Hand, als gehöre sie nicht zu ihm. Dann ließ er sich in seinen Ledersessel zurückfallen und schlug die Hände vor das Gesicht. Er schämte sich, so tief gesunken zu sein und sogar vor Schlägen nicht zurückzuschrecken, nur um sein Lügengebilde aufrechtzuerhalten, das er sein Leben nannte. Denn er hatte schon wieder nicht die Wahrheit gesprochen. Es gab einen anderen, einen viel triftigeren Grund, seiner Tochter die Reise zu verbieten. Leider war ihm das erst eingefallen, nachdem er ihr die Erlaubnis bereits erteilt hatte. Er fürchtete ihren unbeugsamen Willen und traute ihr durchaus zu, dass sie, wenn der Alte plauderte, es nicht für sich behielt und gegen ihn verwendete. Fred würde sich im Ernstfall zurückpfeifen lassen, Isabel würde Frederik zuliebe schweigen, aber würde Vivian wirklich ihren Mund halten, wenn sie die Wahrheit erfuhr? Nein, sie sann mit Sicherheit nach Rache für das, was er ihrer Mutter angetan hatte. Dessen war sich der Bischof sicher, und das machte ihn nur noch hilfloser. Aber konnte er ihr das wirklich verdenken? Ich darf keine Schwäche zeigen, redete er sich gut zu, hob den Kopf und blickte Vivian strafend an.

»Das war für deine Impertinenz! So etwas dulde ich nicht unter meinem Dach. Dann werde ich ihm eben mitteilen, dass du es dir anders überlegt hast. Hauptsache, du bleibst hier.«

Vivian aber berührte immer noch fassungslos ihre Wange. Wie abgrundtief sie diesen Mann verabscheute! Benommen stand sie auf und verließ sein Zimmer, ohne ihn eines weiteren Blickes zu würdigen. Sie riss die Haustür auf, um frische Luft zu schnappen. Ihr Entschluss stand fest: In diesem Haus würde sie keinen Augenblick länger bleiben. Dann musste sie eben in ein Waisenheim gehen oder aber in einem Haushalt arbeiten.

Ihr Blick fiel auf den roten Wagen vor der Haustür, und sie näherte sich ihm zögernd. Auf der Ladefläche stand Gepäck. In Vivians Kopf ging alles durcheinander. Wie gern hätte sie Fred begleitet, aber nun musste sie fort. Sie stutzte. Warum sollte sie das eine nicht mit dem anderen verbinden? Wie der Blitz kehrte sie ins Haus zurück, stopfte das Nötigste in ihren kleinsten Koffer, eilte zum Wagen zurück, vergewisserte sich, dass keiner sie dabei beobachtete, kletterte auf die Ladefläche und versteckte sich hinter den Koffern. Tief in ihrem Innern spürte sie, dass diese Reise wichtig für sie war. Ihr Herz pochte wie wild, als sich schließlich Schritte näherten.

»Ich verstehe das nicht. Sie wollte doch so gern mitfahren und hat sich irgendwo im Haus verkrochen. Merkwürdig, Vater behauptet, sie habe es sich anders überlegt. Das kann ich mir nicht vorstellen. So ein Kindskopf ist sie nicht.« Freds Stimme klang besorgt und zweifelnd. Ganz im Gegensatz zu der von Isabel. Die schien erleichtert, dass sie nun doch nicht zu dritt gen Norden aufbrechen mussten.

»Also, ich bin heilfroh, dass dieses kokette Ding nicht mitkommt. Hast du denn gar nicht bemerkt, wie sie dich angeschmachtet hat? So etwas nenne ich frühreif.«

Der Rest ihrer Worte ging in dem lauten Knattern des Motors unter.

Vivian bedauerte zutiefst, dass sie sich ducken musste und auf diese Weise nicht den Hauch eines Blickes auf die vorüberziehende Landschaft werfen konnte. Sie zuckte zusammen, als der

Wagen plötzlich anhielt. So lange waren sie doch noch gar nicht gefahren. Jedenfalls war es viel zu früh, um eine Rast einzulegen.

Vivian versuchte, sich noch kleiner zu machen, was ihr kaum gelang. Als der Motor ganz verstummte, hob sie vorsichtig den Kopf, um ihn gleich wieder einzuziehen. Keine Frage, sie waren auf einem Bahnhofsvorplatz angekommen. Warum?, fragte sie sich, doch dann erhielt sie die Antwort. Fred hievte einen Koffer von der Ladefläche, und zwar genau jenen Koffer, hinter dem Vivian sich versteckt hielt.

Entgeistert starrte er sie an. »Sie? Ich dachte, Sie hätten es sich anders überlegt?«

»Nein, der Bischof wollte es mir verbieten, Sie zu begleiten, und ich ...«

»Dann sollten Sie ihm gehorchen«, mischte sich Isabel ein, die ebenfalls an die Ladefläche getreten war und Vivian wie einen Geist anstierte.

Vivian beachtete Isabel aber gar nicht, sondern wandte sich flehend an Fred. »Ich sollte Ihnen erzählen, dass ich mich gegen die Reise entschieden hätte, aber das ist nicht wahr. Ich möchte Sie doch so gern begleiten.«

Während Vivian diese Worte ausstieß, kletterte sie von der Ladefläche. Fred reichte ihr die Hand, um ihr herunterzuhelfen. Sie ergriff sie dankbar und war mit einem Satz vom Wagen gesprungen.

»Kann ich dich bitte einmal unter vier Augen sprechen?«, bat Isabel daraufhin Fred in scharfem Ton und zog ihn am Ärmel ein Stück vom Wagen fort.

Vivian konnte trotzdem jedes Wort verstehen, weil Isabel sich lautstark in Rage redete.

»Frederik, du befiehlst dieser Person auf der Stelle, dass sie nach Parnell in das Haus deines Vaters zurückkehrt. Ich dulde nicht, dass du dich mit ihr gegen ihn verbündest.«

Nun erhob auch Fred seine Stimme, sodass Vivian ihn problemlos hören konnte.

57

»Isabel, bitte, lass das meine Sorge sein. Ich bin erwachsen und weiß selbst, was ich zu tun und zu lassen habe. Und ich werde sie wie versprochen mitnehmen. Schließlich habe ich meinen Vater gefragt, und er hat es erlaubt.«

»Aber nun hat er es sich anders überlegt, und ich kann mir gut vorstellen, aus welchem Grund. Wahrscheinlich will er ihr endlich Benehmen beibringen. Merkst du nicht, wie du dich zum Narren machst, wenn du dich vor sie stellst? Aber damit kommst du nicht durch. Du musst dich entscheiden. Sie oder ich!«

»Wie darf ich das verstehen?«

»Genau, wie ich es sage. Wenn du kein Machtwort sprichst und dieses unerzogene Gör nicht augenblicklich nach Parnell zurückschickst, dann werde ich es für dich tun.«

Vivian kämpfte mit sich. Sie wollte nichts lieber, als mit nach Whangarei reisen, aber sie hatte mit ihrer Anwesenheit schon viel zu viel Unfrieden gestiftet. Sie wollte nicht schuld daran sein, wenn Fred sich mit seiner Verlobten überwarf, obwohl diese Frau ihrer Meinung nach ganz und gar nicht zu ihm passte.

»Lass doch endlich das Mädchen in Ruhe, Isabel«, erwiderte Fred mit strenger Stimme. Dass er sich so vehement für sie einsetzte, rührte Vivian zwar zutiefst, aber sie fühlte sich trotzdem rundherum schlecht. Entschieden trat sie auf die beiden zu, die einander wie Kampfhähne gegenüberstanden.

»Danke, Fred, dass Sie so für mich eintreten, aber fahren Sie nur mit Isabel. Ich komme schon zurecht.«

Dann wandte sie sich ab, kletterte auf den Wagen und griff nach ihrem kleinen Koffer. Ich werde fortgehen und mich nicht mehr umdrehen, sprach sie sich gut zu und spürte, wie ihre Augen feucht wurden. Ich werde immer eine Außenseiterin bleiben, dachte sie voller Bitterkeit, als sie eine Hand auf ihrer Schulter spürte. Sie wandte sich um und blickte in Freds Augen, die in einem tiefen Grün wie das Meer in der Bucht von Auckland schimmerten.

»Vivian. Ich lasse Sie nicht gehen, denn ich ahne, was Sie vorhaben. Sie würden gar nicht nach Parnell zurückkehren. Habe ich recht?«

Sie konnte ihre Tränen nicht länger zurückhalten. »Er hat mir eine Ohrfeige gegeben«, schluchzte sie.

»Ich habe Sie gewarnt. Er hat eine raue Schale, aber ich werde Sie von nun an beschützen. Und wenn wir zurück sind, dann rede ich mit ihm.«

»Frederik, ich meine es ernst«, keifte Isabel und zupfte ihren Verlobten am Ärmel. Er aber schüttelte sie grob ab und fuhr sie an: »Isabel, sie kommt mit uns. Und Schluss jetzt.«

»Gut, du hast es so gewollt«, zischelte sie, während sie nach ihrem Koffer griff und ihn wutschnaubend von der Ladefläche zerrte. »Ich bin gespannt, was Vater dazu sagen wird, dass du meiner Begleitung die einer hergelaufenen Verwandten vorziehst.«

Sie blieb angriffslustig vor Fred stehen. »Wie ist sie überhaupt mit dir verwandt? Ist sie eine Cousine?« Sie musterte Vivian feindselig. »Denn eine Familienähnlichkeit kann ich beim besten Willen nicht feststellen.«

Ohne eine Antwort abzuwarten, stolzierte sie von dannen.

»Fred, tun Sie doch etwas! Holen Sie sie zurück. Ich möchte nicht, dass Sie meinetwegen Ärger bekommen.«

Ein Lächeln huschte über sein Gesicht. »Vivian, Sie sind doch nicht schuld daran. Isabel ist ein verwöhntes Luxusgeschöpf, das sich nicht in andere hineinversetzen kann. Sie ist der Augenstern ihres Vaters. Er kann ihr keinen Wunsch abschlagen. Er liebt sie abgöttisch.«

»Umso schlimmer. Was, wenn sie ihm jetzt ihr Leid klagt? Ich will nicht, dass Sie meinetwegen Probleme mit Ihrem Chef bekommen.«

Jetzt lachte er laut auf. »Der Alte liebt noch etwas anderes ebenso sehr wie seine Tochter. Das ist seine Zeitung. Solange er mit meiner Arbeit zufrieden ist ... Aber nehmen Sie Isabel nicht beim Wort.

Sie wird sich schon nicht bei ihrem Vater ausweinen. Wenn sie sich beruhigt hat, wird ihr das alles furchtbar leidtun. Glauben Sie mir, ich kenne sie. Sie hat ein gutes Herz, aber sie kann auch schrecklich eifersüchtig sein. Und ich befürchte, sie erträgt es nicht, dass ich mich für eine hübsche junge Frau wie Sie dermaßen einsetze.«

»Fred? Warum tun Sie das für mich?«

Sein Gesicht wurde ernst. »Ich habe ein schlechtes Gewissen Ihnen gegenüber, wenn Sie es genau wissen wollen. Sehen Sie, ich habe als Sohn des Bischofs ein Leben in Wohlstand geführt, das ich zu Hause in Sydney niemals hätte führen können. Ich gelte als sein Kind, während Sie ohne Vater aufgewachsen sind und er nichts von Ihnen wissen will. Ich habe das Gefühl, ich profitiere da von etwas, das mir nicht zusteht, sondern Ihnen. Sie sind sein leibliches Kind.«

»Werden Sie Ihrer Verlobten denn irgendwann einmal die Wahrheit sagen?«

Fred hob unschlüssig die Schultern. »Wenn es nach mir ginge, unbedingt, denn ich bin das Lügen so leid, aber er würde mir das nie verzeihen. Ich musste einst schwören, das Geheimnis meiner Herkunft für mich zu behalten. Und auch meine Mutter möchte auf Gedeih und Verderb an dieser Lüge festhalten, aber dass sie so weit gehen, von Ihnen zu verlangen, eine entfernte Verwandte zu spielen, das kann nicht rechtens . . .«

Er unterbrach sich hastig und warf einen Blick auf die Bahnhofsuhr. »Wir sollten uns sputen. Der Zug fährt gleich! Sie müssen rennen.« Er packte sich Vivians und seinen Koffer und eilte voran in das Innere des Bahnhofs. Sie konnte ihm kaum folgen. In ihrem Kopf ging alles durcheinander. Was war das für eine Welt, in die sie hineingeraten war? Was hatte ihre Mutter nur an dem Bischof gefunden? Und warum hatte Mary sie bloß hergeschickt? Nur eines, das spürte sie ganz genau: Solange sie in Freds Nähe war, konnte ihr gar nichts geschehen.

WHANGAREI, FEBRUAR 1920

Vivian war wie berauscht, als der Zug in den Bahnhof von Whangarei einfuhr. Nicht nur, weil sie sich in Freds Gesellschaft so unendlich geborgen fühlte, sondern auch weil eine Landschaft an ihr vorübergezogen war, von der sie kaum den Blick hatte wenden können. Sie hatte sich die Nase an der Scheibe fast platt gedrückt, damit ihr ja nichts entging. Malerische Buchten mit kleinen Inseln wechselten ab mit sattgrünen Hügeln, die schließlich zu einer imposanten Berglandschaft wurden. Überall auf den Wiesen weideten Schafe. Gigantische Wasserfälle rauschten in breite Flüsse hinab. Dann plötzlich tauchte wieder das Meer auf, aber völlig anders als um Auckland herum. Das Wasser schimmerte blaugrün, und die Buchten sahen aus wie gemalt. Weiße Stände erstreckten sich kilometerweit. Und auch hier gab es überall kleine Inseln. Manchmal wuchs nur ein einziger Baum darauf. So winzig waren sie.

Vor lauter Begeisterung für die vorbeiziehende Landschaft hatte Vivian während der Fahrt nicht allzu viel mit ihrem Begleiter gesprochen. Außer dass sie sich von ihm die Wunder der Natur hatte erklären lassen und als sie wiederholt in Freudenschreie ausgebrochen war. Doch jetzt, da der Zug hielt, musste sie sich wohl oder übel vom Fenster abwenden.

Wie selbstverständlich nahm Fred ihr Gepäck und bat sie, ihm zu folgen.

Eine Droschke brachte sie vom Bahnhof zu einem Hotel an der Hauptstraße. Vivian hatte den Eindruck, dass der Ort aus nicht viel mehr als einer langen Straße bestand, die von kleinen Holzhäusern gesäumt wurde. Über einem dieser Häuser lud das Schild *Whangarei Hotel* zum Übernachten ein. Wie erwartet, blieb Fred vor dem zweistöckigen Holzhaus stehen.

»Viel Auswahl haben wir nicht«, stellte er lachend fest und bugsierte die Koffer durch die Tür ins Innere des Gebäudes. Der Besitzer des Hotels, ein alter gebückter Mann mit einem wettergegerbten Gesicht brachte sie zu ihren Zimmern in der oberen Etage. Sie lagen nebeneinander und waren gleichermaßen bescheiden eingerichtet. Ein Bett, ein Tisch, ein Schrank. Dann zeigte ihnen der Alte die Waschräume am Ende des Flures und verschwand.

Vivian war ein wenig verlegen, als sie sich vor ihrer Zimmertür von Fred verabschiedete. Sie war noch nicht so oft in ihrem Leben in einem Hotel abgestiegen. Und wenn, dann nur als Kind in Begleitung von Janes Eltern. Aber noch niemals allein mit einem erwachsenen Mann. Wie alt er wohl genau sein mag?, fragte sich Vivian zum wiederholten Mal.

»Wollen Sie sich noch umziehen, oder können wir uns gleich auf den Weg zur anglikanischen Kirche machen?«, erkundigte sich Fred sichtlich gut gelaunt.

Vivian sah zweifelnd an sich hinunter. Eigentlich fühlte sie sich wohl in diesem Kleid. Außerdem war es schön luftig, und das konnte hier oben im Norden nur von Vorteil sein. Sie hatte es gleich gespürt, als sie aus dem Zug gestiegen war. Hier war es noch wärmer als in Auckland. Das hatte sie nicht nur auf der Haut gefühlt, sondern auch aus den vielen Palmen vor dem Bahnhof geschlossen, deren Blätter sich träge im Sommerwind gewiegt hatten.

»Ich gehe so«, erklärte sie kurzerhand.

»Gut, aber als Erstes kaufen wir Ihnen einen Sonnenhut. Sie glauben gar nicht, wie die Sonne hier vom Himmel herabbrennen kann.«

»Dann hole ich mir ein wenig Geld«, flötete sie, nun schon etwas unbekümmerter, aber Fred sagte bestimmt: »Nein, ich will Ihnen den Hut schenken. Behalten Sie Ihr Geld ruhig.«

»Das ist lieb von Ihnen, aber glauben Sie mir, der Bischof hat sich nicht lumpen lassen. Er hat meiner Mutter noch einmal einen Batzen Geld geschickt, wovon ich mir neue Kleider gekauft habe.«

Über Freds Gesicht huschte ein breites Grinsen. »Womit Sie ihn dann auch sichtlich erfreut haben. Sagen Sie, Vivian, wollen Sie ihn eigentlich weiterhin nur *den Bischof* nennen?«

»Was ist dabei? Ich meine, ich könnte auch Mister Newman sagen.«

»Wie wäre es mit *Vater?*«

Vivians Miene verfinsterte sich. »Niemals! Das habe ich schon vor der Ohrfeige so beschlossen, aber nun werde ich einen Teufel tun, ihn *Vater* zu nennen.«

Fred stieß einen tiefen Seufzer aus. »Ich kann Sie ja verstehen, Vivian. Ich weiß doch auch nicht, was in diesem Mann vorgegangen ist, als er Ihre Mutter und Sie verlassen hat, um meine Mutter zu heiraten und mich als seinen Sohn auszugeben. Hat Ihre Mutter denn jemals erwähnt, wie sie sich seinen Fortgang erklären konnte?«

»Der Brief!«, rief Vivian erschrocken. »Sie hat mir einen Brief mitgegeben, den ich erst auf dem Schiff lesen sollte, aber dazu bin ich noch gar nicht gekommen. Ich hatte ihn ein paarmal in der Hand, aber es hätte mir zu wehgetan, ihre Worte mit dem Wissen zu lesen, dass ich sie nie wieder umarmen darf ...«

Fred hob die Schultern. »Also, meinetwegen dürfen Sie erst einmal Ihren Brief lesen. Ich warte so lange. Sie können ja klopfen.«

»Nein, Fred, lassen Sie uns gehen. Ich lese ihn heute vor dem Einschlafen. Und erzählen Sie mir lieber, welcher Geschichte Sie auf der Spur sind. Ich bin doch völlig ahnungslos, was uns hier erwartet. Werden hier heute vielleicht ein paar besonders schöne Schafe verkauft, oder ...?« Vivian unterbrach sich hastig und schlug erschrocken die Hände vor den Mund. »Oh, bitte entschuldigen Sie, Fred, das war nicht nett von mir. Es ist nur so – wenn man in diesen Ort kommt, kann man sich nicht so recht vorstellen, dass hier je etwas Aufregendes geschieht.«

»Schon gut, Whangerei ist natürlich nicht London, und Ihren Jack the Ripper können wir nicht vorweisen, aber dennoch muss ich Ihnen widersprechen. Seit ich bei der Zeitung arbeite, war ich schon mehrfach hier. Zum letzten Mal, als man einen Schafzüchter in seinem Blut aufgefunden hat, vom Liebhaber seiner Frau kaltblütig ermordet. Wollen Sie Einzelheiten hören?«

Vivian lachte. »Nein, bitte nicht! Ich glaube es Ihnen ja, aber wir sind doch wohl nicht hier, um über den Mord an einem Schafszüchter zu berichten, oder? Haben Sie nicht etwas von einem alten Mann erwähnt? Warten Sie, ich schließe nur noch mein Zimmer ab, dann können wir uns in die Arbeit stürzen.«

Als sie schließlich in die gleißende Sonne hinaustraten, wusste Vivian, dass Fred mit dem Hut recht hatte. Die Sonne brannte regelrecht auf ihrem Gesicht.

»Nun erzählen Sie doch endlich! Was ist das für eine Geschichte?«

Fred räusperte sich. »Auf dem Vorplatz der anglikanischen Kirche, der Christ Church, wollen die Kirchenoberen ein Denkmal errichten lassen, und zwar für einen Missionar, der Mitte des vergangenen Jahrhunderts in der Bay of Islands – die liegt nördlich von hier – gewirkt hat. Es ist …« Er stockte und atmete tief durch, bevor er hastig sagte: »Ach, warum sollte ich Ihnen die Wahrheit vorenthalten? Sie werden sie ja ohnehin erfahren. Der Name des Missionars ist Carrington. Er ist ein Vorfahr Ihres Vaters, sein Urgroßvater, um es exakt zu benennen. Aber ich muss Sie von vornherein bitten, über alles, was wir hier vielleicht erfahren werden, Stillschweigen zu bewahren.«

»Wem sollte ich es wohl erzählen? Ich kenne doch keinen Menschen«, erwiderte Vivian empört. »Und weiter?«

»Es gibt jemanden, der nicht damit einverstanden ist, dass dieser Carrington geehrt wird. Ein alter Maori namens Matui Hone Heke. Er sitzt fast täglich auf dem Platz, wo das Denkmal errichtet werden soll, und verkündet, der Reverend habe diese Ehre nicht verdient. Doch was er damit meint, hat er bislang nicht verraten. Er spricht oder singt in Rätseln, die keiner versteht.«

»Ich glaube, ich kenne des Rätsels Lösung. Wenn der Reverend auch nur halbwegs so ein Scheinheiliger gewesen ist wie der Bischof, sollte man ihm kein Denkmal setzen.«

»Ja, wer weiß? Vielleicht liegen Sie gar nicht so falsch, aber woher will der alte Maori das wissen?«

»Genau, das müssen wir herausfinden.« Vivian hatte vor lauter Aufregung gerötete Wangen bekommen.

»Ja, aber erst einmal suchen wir dieses Geschäft auf.« Fred deutete auf eine Schaufensterauslage, die aus Dutzenden von Hüten bestand.

Im Laden roch es nach Mottenpulver, und eine ältliche, streng blickende, ganz in Schwarz gekleidete Dame fragte sie nach ihren Wünschen.

»Wir hätten gern einen Sonnenhut für die junge Dame.«

Die Verkäuferin nickte eifrig und verschwand in einem Hinterraum, bevor sie wenig später mit einem Arm voller breitkrempiger Strohhüte zurückkehrte.

Diese legte sie einen nach dem anderen auf dem hölzernen Verkaufstisch ab.

»Hier haben wir unsere schönsten Modelle«, erklärte die Dame überschwänglich und nahm einen Strohhut mit einer riesigen Krempe in die Hand. »Der würde Ihnen sicherlich gut stehen«, sagte sie, während ihr Blick an Vivians Frisur hängen blieb. Sie verzog sichtlich irritiert das Gesicht.

Fred konnte sich ein Grinsen nicht verkneifen. »Probieren Sie ihn doch mal!« Widerwillig setzte sich Vivian den Hut auf und brach, kaum dass sie in den Spiegel blickte, in lautes Lachen aus. Der Hut war so ausladend, dass er fast wie ein Wagenrad auf

65

ihrem Kopf thronte. Sie entledigte sich hastig des riesigen Teils und besah sich noch einmal kritisch die anderen Hüte. Plötzlich breitete sich ein Strahlen auf ihrem Gesicht aus. Ganz versteckt hatte sie einen Hut ohne Krempe entdeckt. Ein helles Strohhütchen, verziert mit einer grünen Blume. Begeistert setzte sie es auf – und tatsächlich, es passte wie angegossen.

»Ich nehme diesen Hut«, erklärte sie, doch die Verkäuferin rümpfte die Nase. »Der schmeichelt Ihnen aber gar nicht.«

»Da bin ich anderer Meinung«, lachte Fred. »Er steht Ihnen vorzüglich. Wir nehmen ihn.« Und schon hatte er seine Geldbörse gezückt und bezahlt.

Vivian strahlte über das ganze Gesicht und hakte ihn übermütig unter, als sie das Geschäft verließen und auf die Straße traten.

»Wissen Sie, dass Sie der netteste Mann sind, der mir je begegnet ist?«, raunte sie ihm ins Ohr.

»Das hört doch jeder Mann gern, dass er nett ist«, erwiderte Fred mit einem spöttischen Unterton. »Kommen Sie, wir müssen der Bank Street nur immer geradeaus folgen.«

Schon während sie sich dem Kirchenvorplatz näherten, erblickten sie einen Pulk von Schaulustigen. Fred nahm Vivian bei der Hand und drängte sich mit ihr bis nach ganz vorn. Es bot sich ihnen ein seltsamer Anblick: Auf dem Rasen vor der Kirche hockte ein alter Mann mit weißem Haar und einem gegerbten Gesicht, auf dem das auffällige Tattoo aussah, als schlüge es Falten. Er hatte die Augen geschlossen und die Arme gen Himmel gestreckt. Dabei umgab ihn eine ungeheure Würde. Er stieß Worte in einer für Vivian völlig unbekannten Sprache hervor. Und obwohl der Gesang in ihren Ohren fremdartig klang, zogen die Töne, die der alte Mann von sich gab, sie sogleich in ihren Bann. Vivian konnte gar nichts dagegen tun. Die Intensität, die dieser Mann ausstrahlte, nahm sie vom ersten Augenblick an gefangen. Sie war froh, dass Fred immer noch ihre Hand hielt und sie in diesem magischen Augenblick nicht allein ließ. Jeder ein-

66

zelne Ton berührte sie bis in die Tiefen ihrer Seele. Sie lauschte nur noch der Stimme des alten Mannes und hätte ihm stundenlang zuhören können. Erst als sie Fred mit einem der Umstehenden tuscheln hörte, erwachte sie aus ihrem schwebenden Zustand. Sie wandte sich um und blickte in die braunen Augen eines schwarzhaarigen schlanken Mannes. Er trug einen Anzug – dem von Fred nicht unähnlich – und reichte erst ihr und dann Fred die Hand. »Ich bin Ben vom *Chronicle* aus Wanganui. Ich habe hier im Norden meine Maori-Verwandtschaft besucht und bin zufällig über diese Sache gestolpert. Und weil es um einen Vorfahren von Bischof Newman geht, habe ich meinem Chef telegrafiert, und der ist interessiert. Aber Sie sehen auch nicht aus, als stammten Sie aus diesem Nest. Von welcher Zeitung sind Sie?«

Dabei blickte er Vivian, nicht Fred an, was diesen aber nicht davon abhielt, dem Kollegen auf seine Frage zu antworten. »Ich bin Frederik vom *Herald,* und das ist meine Mitarbeiterin Vivian.«

»Sehr erfreut«, erwiderte Ben und ließ den Blick nicht von Vivian.

»Ja, Ben, ich habe Sie nur angesprochen, weil ich dachte, dass Sie mir vielleicht übersetzen könnten, was er singt. Ich habe Sie für einen Maori gehalten, der seine Sprache kennt«, fuhr Fred geschäftig fort.

»Das haben Sie richtig gesehen, jedenfalls zur Hälfte. Ich spreche seine Sprache. Er besingt eine Pakeha namens Lily Ngata und nennt sie den *Engel der Maori.* Aber Sie werden sich an diesem Mann die Zähne ausbeißen. Er führt keine Gespräche mit der Presse. Nicht einmal ich als halber Maori habe Glück bei ihm. Wenn man ihn fragt, was er möchte, dann wiederholt er immerzu, dies könne nicht der richtige Platz für den alten Reverend sein ... Aber mich interessiert die Geschichte dahinter. Na ja, wem erzähle ich das? Hinter der sind Sie ja wohl selbst her. Natürlich will man wissen, was der Alte gegen den Reverend hat. Der soll doch eigentlich ein Maori-Freund gewesen sein. Und über diese Frau ist auch nichts herauszukriegen. Haben Sie denn schon Ihr Glück versucht?«

»Nein, wir sind gerade erst angekommen«, entgegnete Fred rasch.

»Na dann viel Erfolg. Vielleicht läuft man sich wieder einmal über den Weg«, entgegnete Ben und funkelte Vivian mit einem dermaßen feurigen Blick an, dass ihr die Knie weich wurden. Nun hatte sie also ihren ersten Maori kennengelernt. Sie blickte ihm noch eine Zeit lang hinterher.

»Dem würde ich meine Geschichte auch nicht unbedingt anvertrauen wollen«, bemerkte Fred missbilligend.

»Warum nicht? Weil er anders aussieht als Sie? Weil er ein Maori ist?«, fuhr Vivian ihn an, ohne zu überlegen.

Fred war knallrot angelaufen. »Nein, das hat nichts, aber auch gar nichts mit seiner Herkunft zu tun. Wie kommen Sie dazu, mir solche Vorurteile zu unterstellen?«

Vivian wurde es abwechselnd heiß und kalt. Sie hatte Fred offenbar tief getroffen. Das hatte er nicht verdient.

»Entschuldigen Sie, das ist mir so herausgerutscht, weil Sie sich so abwertend über ihn geäußert haben. Und da wurde ich an all das erinnert, was ich durchleiden musste, weil ich anders aussehe.«

»Ich glaube nicht, dass Ben darunter leidet. Er ist sehr von sich überzeugt. Und so etwas ist unabhängig von der Hautfarbe. Ich traue dem Burschen nicht.«

»Ich habe mich bei Ihnen entschuldigt. Können wir jetzt das Thema wechseln? Wir wollen uns doch nicht um einen Menschen streiten, den wir beide nie wieder sehen werden«, bemerkte Vivian versöhnlich.

»Darauf würde ich nicht wetten«, entgegnete Fred spöttisch und deutete hinter sie. Sie fuhr herum und erblickte Ben, der breit lächelte. »Ach, ich habe es mir übrigens anders überlegt. Ich werde noch ein wenig dranbleiben. Notfalls werde ich mich Ihnen anschließen, wenn Sie Ihr Glück versuchen.«

Vivian war hin- und hergerissen. Der Bursche hat es faustdick hinter den Ohren, vermutete sie. Trotzdem erwiderte sie sein Lächeln, bevor sie sich wieder dem Spektakel auf der Wiese zuwandte.

In dem Augenblick riss der alte Mann auf dem Rasen die Augen weit auf. Sein Blick war eindringlich und strahlte jugendliche Kraft aus, als ob er nicht zu der alt gewordenen Hülle des Maori gehöre. Und dann trafen sich Vivians und seine Blicke. Grenzenloses Erstaunen stand in seinen Augen zu lesen. Er fixierte sie, schien sie mit seinem Blick aufzusaugen, und sie konnte nichts dagegen tun. Sie starrte ihn ebenfalls unverwandt an. Dann machte er eine Bewegung mit seiner knochigen Hand. Es dauerte einen Augenblick, bis sie begriff, was er ihr damit sagen wollte. Er winkte sie zu sich heran. Vivian zögerte. Ringsum war es totenstill geworden. Jeder der Zuschauer spürte, dass zwischen der jungen Frau und dem alten Mann etwas Außergewöhnliches vor sich ging.

Vivian ließ den Blick nicht von ihm, während sie sich ihm Schritt für Schritt langsam näherte. Er machte ihr ein Zeichen, sich zu ihm auf den Rasen zu setzen. Sie gehorchte und ließ sich in das warme grüne Gras sinken. Als er zu sprechen begann, gab es für sie nur noch seine Stimme. Alles andere ringsum war vergessen. Er redete sie in dieser fremden Sprache an, die ihr aber, ohne dass sie ein einziges Wort verstand, merkwürdig vertraut vorkam. Erst nach einer ganzen Weile bemerkte sie schüchtern: »Ich verstehe Ihre Sprache nicht, aber sie klingt wunderschön.«

Ein Lächeln huschte über das Gesicht des alten Mannes. »Woher kommen Sie?«, fragte er dann ganz und gar irdisch und in ihrer Sprache. Das holte Vivian auf den Boden der Realität zurück. »Ich ... ich komme aus London und bin erst gestern in diesem schönen Land angekommen.«

»Und Sie waren noch nie zuvor in Neuseeland?«

»Nein, noch nie.«

Er musterte sie voller ungläubigem Staunen. »Entschuldigen Sie, dass ich Sie so angestarrt habe. Sie besitzen große Ähnlichkeit mit einer Frau, die ich einst im Stich gelassen habe, und zwar als sie mich am meisten gebraucht hätte...« Er stockte, und sein Blick schweifte in die Ferne. Plötzlich war sein Gesicht von Schmerz gezeichnet. Vivian hielt den Atem an. Sie vermutete, dass er jetzt lieber allein sein wollte. Vorsichtig machte sie sich zum diskreten Rückzug bereit, doch der Alte wandte sich ihr nun wieder zu und bat sie zu bleiben. Dann sah er an ihr vorbei in die Ferne und murmelte: »Es ist mir, als wäre sie mir von den Ahnen zurückgeschickt worden. Sie hatte das längste schwarze Haar, das ich je gesehen hatte...«

Langes schwarzes Haar. So wie ich es gestern noch besessen habe, durchzuckte es Vivian. Langsam wurde ihr die Sache unheimlich.

Entschlossen sprang sie vom Boden auf und bemerkte hastig: »Ich muss wieder zu meinem Begleiter. Er wird Sie gleich aufsuchen. Er ist nämlich aus Auckland von der Zeitung.«

Das Gesicht des Alten verfinsterte sich. »Ich rede nicht mit den Zeitungsleuten. Sie drehen einem das Wort im Mund um und wittern Sensationen, wenn es mir um Menschlichkeit, Aufrichtigkeit und die Kraft der Ahnen geht.« Er deutete mit seiner faltigen Hand auf das geschnitzte Bildnis einer Frau, das aufrecht an einen Baum gelehnt stand. »Schau, meine Tochter, sieh sie dir nur an, sie hat die Ehre verdient, nicht er. Aber ich will nicht, dass sich die Zeitungsmeute auf diese Geschichte stürzt. Sie gehört mir und dem, der davon nichts wissen will.«

Vivian war verunsichert. Das waren keine besonders guten Aussichten, hinter die Wahrheit dieser merkwürdigen Angelegenheit zu kommen. Und außerdem hatte sie sehr wohl bemerkt, wie vertraulich er sie anredete. Meine Tochter? Langsam wurde ihr diese Begegnung mehr als unheimlich, doch das versuchte sie zu verbergen, indem sie ihm kämpferisch erwiderte: »Wir werden es trotzdem versuchen. Vielleicht ändern Sie Ihre Meinung.«

»Pass gut auf dich auf, mein Kind«, flüsterte er, ohne auf ihre Worte auch nur annähernd einzugehen. Er sprang so leichtfüßig vom Boden auf, als wäre er ein junger Spund. Vivian bemerkte, dass er unter seinem Federmantel die Kleidung eines Pakeha trug. Sie wollte ihm noch die Hand geben, doch da war er bereits auf sie zugetreten, legte seine Stirn an ihre Stirn und berührte mit seiner Nase ihre Nase. Vivian war so erschrocken, dass sie kurz zurückzuckte, doch dann ließ sie es geschehen. Und merkwürdigerweise war es ihr nicht einmal unangenehm. Bevor der Alte seiner Wege ging, murmelte er ihr noch ein paar Worte in seiner Sprache zu. Dabei meinte sie »Makere« herauszuhören, weil er es mehrfach beschwörend wiederholte. Vivians Blick fiel noch einmal auf die geschnitzte Holzfigur. Die Frau besaß ein ausdrucksstarkes Gesicht, das sie magisch anzog. Deshalb starrte sie die Schnitzerei eine Weile an, bis ein Raunen sie aus ihrem entrückten Zustand riss.

Als sie sich umdrehte, waren die Augen aller auf sie gerichtet. Sie erschrak, denn sie hatte völlig vergessen, dass ihre merkwürdige Begegnung mit dem alten Maori unter der Beobachtung vieler Menschen stattgefunden hatte. Sie wurde rot und eilte zu Fred, der sie sogleich von der gaffenden Menge wegführte.

»Was hat er gesagt?«, fragte Fred aufgeregt, kaum dass sie sich ein Stück von den Schaulustigen entfernt hatten.

Vivian seufzte. »Ich erinnere ihn an jemanden, und er möchte nicht mit Zeitungsleuten sprechen. Ich habe ihm gesagt, dass wir es trotzdem versuchen . . .« Sie unterbrach sich und spähte die Straße hinunter. Dort stand der alte Mann und winkte ihnen zu.

»Vielleicht haben wir Glück«, raunte Vivian. »Er wartet auf uns.«

»Vielleicht«, entgegnete Fred gedehnt und fügte hastig hinzu: »Ich glaube, es wäre besser, wenn ich ihm nicht gleich sagen würde, dass ich … ich meine … wir, also eher Sie, dass Sie die Tochter des Bischofs sind und ich sein Stiefsohn.«

»Sie wissen ja, wie ich zu diesen Lügen stehe, aber in dem Fall gebe ich Ihnen recht. Ich glaube, es wäre von Vorteil, wenn Sie sich ihm mit dem Namen Summer und nicht mit Newman vorstellen würden.«

»Sie sind ja ganz schön durchtrieben, junges Fräulein«, scherzte Fred, als sie auf den alten Mann zutraten, der im Schatten einer Palme auf sie wartete.

»Darf ich vorstellen?«, sagte Vivian höflich. »Das ist mein Freund vom *Herald*, Frederik …«

»Summer«, ergänzte Fred, was ihm einen durchdringenden Blick des Maori einbrachte. Völlig unbeschwert streckte der junge Reporter dem alten Mann eine Hand entgegen, die dieser nach kurzem Zögern ergriff. »Ich habe schon gehört, dass Sie ungern mit der Presse über Ihre Abneigung gegen den Missionar Walter Carrington sprechen wollen …«, plauderte Fred unbeschwert darauflos.

»… Sie reden Unsinn, junger Mann«, unterbrach ihn der alte Maori unwirsch. »Ich empfinde keine Abneigung gegen ihn, es ist viel mehr. Ich kann ein großes Unrecht nicht ungesühnt lassen. Es ist der Wille der Ahnen. Nur deshalb haben sie mich noch nicht zu sich gerufen. Damit ich verhindere, dass eine Statue des scheinheiligen Missionars an dieser Stelle errichtet wird. Und damit ich dem Denkmal das Gesicht jener geben kann, die es verdient hat. Sehen Sie mich doch an. Ich dürfte schon lange nicht mehr am Leben sein. Wissen Sie, dass ich die Letzte meines Stammes vor einer halben Ewigkeit begraben habe? Nun gibt es nur noch mich und jenen, der seine Wurzeln verleugnet …« Er stockte.

Fred trat derweil verlegen von einem Fuß auf den anderen. »Ich wollte sagen, dass ich hoffe, Sie machen eine Ausnahme für mich und erzählen mir, worum es hier eigentlich geht. Warum Sie Tag für Tag auf diesen Platz kommen und wer diese Frau ist, die Sie an seiner Stelle geehrt sehen möchten und deren Bildnis Sie offenbar geschnitzt haben.«

Der Alte schüttelte den Kopf. »Nein, ich werde mit keinem darüber reden, der daraus einen Zeitungsartikel macht.«

»Auch dann nicht, wenn ich Ihnen verspreche, dass ich nichts schreibe, was Sie nicht möchten?«

Die Augen des alten Maori verengten sich zu Schlitzen. »Sie sprechen mit doppelter Zunge, Mister Summer – oder sollte ich Sie lieber doch Mister Newman nennen?«

Fred sah den alten Mann entgeistert an. »Woher kennen Sie meinen Namen? Ich meine, woher wissen Sie, dass ich . . .«

»Ich weiß über den Bischof von Auckland, was ich wissen muss. Er kehrte vor über zwanzig Jahren nach einer langjährigen Abwesenheit nach Neuseeland zurück. Mit seinem fünfjährigen Sohn und seiner australischen Frau. Sein Sohn arbeitet inzwischen beim *Herald*. Man munkelt, er habe eine große Karriere vor sich und sei sehr ehrgeizig.« Der Alte lachte aus voller Kehle, als er in Freds verblüfftes Gesicht blickte. »Dass Sie dieser Frederik Newman sind, weiß ich vom alten John. Ihm gehört das Hotel. Ich hatte ihn gebeten, mir mitzuteilen, welche Zeitungsleute bei ihm wohnen, damit ich weiß, wie groß die Gefahr ist, aufs Kreuz gelegt zu werden. Einer Ihrer Kollegen hat es gestern erst versucht. Er stellte sich mir als Händler von Knochenamuletten vor und tat so, als würde er in unserer Tradition leben. Dabei steckte so viel Pakeha in ihm, dass er mich nicht eine Sekunde lang täuschen konnte . . .«

Fred grinste. »Das kann doch nur der Bursche aus Wanganui gewesen sein.« Dann stieß er einen tiefen Seufzer aus. »Ach, was würde ich darum geben, wenn Sie mir Ihre Geschichte dendoch anvertrauen würden.«

»Mister Newman, Ihnen als Zeitungsmann kann und will ich nicht mehr dazu sagen, als dass Ihr Vorfahr es nicht verdient hat, geehrt zu werden, und dass Lily Ngata eine bewundernswerte

73

und mutige Frau gewesen ist ...« Der Alte hielt inne und musterte den Reporter kritisch. »Aber das sollten Sie doch eigentlich am besten wissen.«

»Entschuldigen Sie bitte, aber diesen Namen habe ich noch nie zuvor gehört. Woher sollte ich ihn kennen?«

In den Augen des Maori funkelte es gefährlich. Dann wurde sein Blick weicher, und er sah Fred mitleidig an.

»Sie wissen es also wirklich nicht? Er ist sein ganzes weiteres Leben lang vor der Wahrheit davongelaufen. Aber sie wird ihn einholen. Eines Tages wird sie ihn einholen, und dann wird er sich den Ahnen stellen müssen.«

Vivian war wie gelähmt. Zum ersten Mal, seit sie in diesem Land angekommen war, fühlte sie deutlich, dass ein Teil ihrer eigenen Wurzeln möglicherweise hier zu finden war. Das Herz klopfte ihr bis zum Hals. Und hatte sie nicht ein Recht zu erfahren, was es mit dieser Frau auf sich hatte? Ohne zu wissen, wie ihr geschah, spürte sie auf einmal, dass sie etwas anderes in den Norden geführt hatte als die bloße Neugier auf Freds Arbeit und ihr Interesse am Journalismus. Da hörte sie sich bereits laut sagen: »Und wenn Ihnen Frederik schwört, kein einziges Wort darüber in der Zeitung erscheinen zu lassen, würden Sie uns dann verraten, welches Geheimnis sich dahinter verbirgt?«

Fred blickte Vivian entsetzt an.

Der alte Mann sah zweifelnd von Vivian zu Fred. »Wenn Frederik offen für das Geheimnis seiner Ahnen ist und mir schwört, dass er sein Wissen ausschließlich dafür verwendet, die Ahnen zu ehren, werde ich es ihm verraten. Es ist sein gutes Recht, Kenntnis zu erlangen, woher er kommt und wohin er eines Tages geht. Was kann er dafür, dass sein Vater ein Leben lang auf der Flucht ist?« Er musterte Fred durchdringend. »Aber eines musst du mir versprechen, mein Junge. Du darfst mich nicht dafür hassen. Die Wahrheit ist stärker als die Angst und alle diese Lügen. Sie wird dich aus dem Dunkel hinausführen ... Und du musst mir vertrauen und mich nicht dafür verabscheuen wie . . .« Er stockte und blickte statt Frederik Vivian an.

Sie bekam von Kopf bis Fuß eine Gänsehaut, denn in Wahrheit galten diese Worte schließlich ihr. Es ging nicht um Freds Geschichte, sondern um ihre eigene. Ob der alte Maori im tiefsten Innern ahnte, dass in Wirklichkeit sie diejenige war, um deren Familie es hier ging? Als ob er ihre Gedanken lesen könne, fragte er: »Warum bist du von so weit her in unser Land gekommen?«

Vivian wurde bleich. Am liebsten hätte sie ihm auf der Stelle die ganze Wahrheit gesagt, denn es fiel ihr unendlich schwer, den Maori zu belügen. Zumal sie das Gefühl hatte, er würde sie ohnehin durchschauen.

»Ich . . . ich wurde hergeschickt, um . . .«, stammelte Vivian, der diese überraschende Nähe zu dem Maori befremdlich erschien und zugleich angenehm war.

»Sie ist eine entfernte Verwandte«, warf Fred rasch ein.

Der alte Mann schüttelte unwirsch den Kopf. »Von wem?«

Vivian wurde es abwechselnd heiß und kalt, und sie wusste beim besten Willen nicht, was sie erwidern sollte, ohne ihre wahre Herkunft zu verraten.

»Eine Nichte meiner Mutter«, ergänzte Fred hektisch.

»Ich hätte schwören können, sie ist mit dem Bischof verwandt«, bemerkte der alte Mann nachdenklich.

»Kennen Sie meinen Vater denn persönlich?«, fragte Fred sichtlich erschrocken.

»Besser, als ihm lieb ist«, entgegnete der Maori. »Und deshalb werde ich euch alles erzählen. Kommt morgen früh in mein Dorf oben auf dem Mount Parahaki. Seht nach Nordosten. Das ist mein Zuhause. Es wohnen nur noch wenige von uns dort oben. Fragt nach dem alten Matui Hone Heke. Das Dorf liegt linker Hand, wenn ihr am Gipfel seid. Mein Haus erkennt ihr daran, dass es einerseits ganz im Stil der Pakeha erbaut, die Front aber mit Schnitzereien verziert ist. Ihr könnt es nicht verfehlen. Aber

75

ich muss noch ein wenig ruhen, bis ihr kommt. Ihr werdet etwa eine Dreiviertelstunde durch den Busch brauchen. Und seht auch nach links und rechts. Es gibt einen Wasserfall und heilige Kauribäume.«

Dann eilte der Alte ohne ein weiteres Wort davon. Fred sah Vivian ungläubig an. »Kann er hellsehen? Ich glaube, der ahnt, dass Sie mit dem Bischof verwandt sind. Hoffentlich bekommt er nicht auch noch heraus, dass ich nur sein Stiefsohn bin. Er ist mir richtig unheimlich. Na ja, das muss ich in meinem Artikel ja nicht erwähnen. Aber jetzt kommen Sie schnell zur Kirche zurück! Ich möchte ein Foto von der Schnitzerei machen. Und zwar im Mittagslicht. Jetzt glühen die Augen aus Pauamuscheln besonders hell . . .«

»Du solltest ihm schwören, kein Wort darüber zu schreiben. Und natürlich keine Fotos zu machen. Hast du das nicht kapiert? Es gibt keinen Artikel«, unterbrach Vivian ihn empört. Vor lauter Zorn vergaß sie jegliche Förmlichkeit, mit der sie ihm zuvor begegnet war.

Fred lachte verlegen. »Nun, irgendetwas werde ich schon aus der Geschichte herausholen müssen. Das ist schließlich meine Aufgabe. Ich bin doch nicht völlig umsonst nach Whangarei gefahren und kann auf keinen Fall mit leeren Händen zurückkehren.«

»Umsonst? Ich fasse es nicht. Merkst du denn gar nicht, dass er im Begriff steht, uns ein Geheimnis anzuvertrauen? Aber er erzählt es uns nur unter der Bedingung, dass du nichts veröffentlichst. Wehe, du verspielst sein Vertrauen!«, schnaubte Vivian.

»Nun reg dich doch nicht so auf! Ich bin nun einmal in erster Linie ein Zeitungsmann. Ich werde mir von niemandem vorschreiben lassen, wie ich zu arbeiten habe. Weder von meinem Vater noch von diesem alten Zausel. Außerdem werde ich es ihm wohl kaum auf die Nase binden, dass ich doch etwas schreibe!«

»Du willst ihn also hintergehen? Das ist gemein! Das hat er nicht verdient.«

»Ich bin diesem Mann gar nichts schuldig.«

»Jetzt verstehe ich. Es sind ja auch nicht deine Vorfahren, um die es hier geht!«, fauchte Vivian. »Du hast dich ja bestens mit den Lügen des Bischofs eingerichtet und alle Vorteile in seinem Haus genossen, aber mich hat man aus einer fernen Welt hierher verpflanzt. Ich habe nicht geahnt, was mich in Neuseeland erwartet, aber jetzt ergibt alles einen Sinn. Vielleicht erfahre ich endlich, warum ich weder die Alabasterhaut meiner Mutter noch die rotblonden Locken des Bischofs geerbt habe. Verdammt, es geht um mein Leben. Wer ist diese Frau, die der Maori so verehrt? Und wer ist jene, mit der ich angeblich solche Ähnlichkeit besitze . . .«

»Ist schon gut, Vivian, es ist ja alles gut. Ich verstehe doch, wie wichtig das für dich ist«, unterbrach Fred ihre flammende Rede und versuchte sie in die Arme zu nehmen, doch sie entzog sich seiner Annäherung.

»Wenn du mir nicht augenblicklich in die Hand versprichst, dass du niemals etwas darüber schreiben wirst, gehe ich allein. Und dann werde ich ihm die Wahrheit sagen. Auch über dich! Ihr könnt mich nicht dazu zwingen, eure Lügen mitzutragen. So, und jetzt versprich es mir!«

Vivian streckte dem jungen Mann forsch die Hand entgegen, aber er verschränkte abwehrend die Arme vor der Brust.

»Ich lasse mich nicht von dir erpressen. Ich habe mir das mit Peter Newmans Lügen nicht ausgedacht, aber er war immer gut zu mir, und deshalb . . .«

Vivian aber hörte ihm gar nicht mehr zu, sondern wandte sich um und ging.

». . . und deshalb werde ich nicht zulassen, dass du seine Karriere zerstörst!«, brüllte Fred ihr hinterher.

Sie blieb stehen und schrie zurück: »Um ihn geht es dir doch gar nicht. Deine Karriere ist dir wichtiger als alles andere. Und die könntest du vergessen, wenn die Wahrheit ans Licht käme und deine Freundin erführe, dass du ein anderer bist, als du es vorgibst zu sein! Dann bist du nämlich ein australischer Niemand und nicht mehr der Sohn des Bischofs!«

Dann wandte sie sich wütend um und eilte mit gesenktem Kopf die Straße entlang in Richtung Hotel. Sie war völlig durcheinander und hatte Mühe, ihre Tränen zu unterdrücken. Es ist nicht fair von mir, ihm zu drohen, dachte sie beschämt, um gleich darauf wutschnaubend die Fäuste zu ballen bei dem Gedanken, dass er doch nur an seine Karriere dachte.

Erst als sie mit jemandem zusammenstieß, hielt sie abrupt inne. Sie hob den Kopf und blickte in Bens spöttisch blitzende braune Augen.

»Wohin so schnell des Weges, schöne Frau? Ich habe gerade überlegt, wo ich Sie wohl finden würde. Ich habe vorhin eine Kleinigkeit vergessen. Nämlich Ihnen zu sagen, dass ich Sie wiedersehen möchte. Was halten Sie davon, wenn ich Sie nachher zum Essen ausführe?«

»Nein, heute geht es nicht. Ich muss mich ausruhen, denn Matui Hone Heke hat uns morgen früh zu sich eingeladen ...« Sie stockte. Sie dachte an Freds mahnende Worte. Nicht, dass sie Ben zu viel verriet!

»Oh, das hat der Kollege aber nur Ihnen zu verdanken. Ich habe vorhin mit angesehen, wie fasziniert der Alte von Ihnen war. Da haben er und ich übrigens etwas gemeinsam. Vielleicht hat er geglaubt, Sie hätten auch Maori-Wurzeln ...« Er unterbrach sich und musterte Vivian durchdringend. »Oder stimmt das vielleicht sogar?«

»Da muss ich Sie enttäuschen«, erwiderte Vivian in scharfem Ton. »Ich komme aus London und bin vorher noch nie weiter gereist als bis nach Brighton. Meine Mutter stammt aus Wales und hat keine Verwandten in Neuseeland.«

»Ich wollte Ihnen nicht zu nahe treten. Wie heißen Sie überhaupt?«

»Vivian Taylor.«

»Miss Taylor, es wäre mir ein Vergnügen, Sie morgen zu treffen. Dann können wir auch ein wenig darüber plaudern, was Matui Hone Heke Ihnen so erzählt hat.«

Erschrocken blickte sie ihn an. Fred hatte also recht gehabt. Er wollte sie nur ausfragen. Doch dann zwinkerte Ben ihr verschwörerisch zu und bemerkte schmunzelnd: »Sie haben geglaubt, dass ich Sie nur treffen möchte, um an Informationen zu gelangen, nicht wahr?«

Vivian lief rot an.

»Hat Ihnen das der werte Kollege erzählt? Vielleicht arbeitet er so, aber ich für meinen Teil bin in erster Linie an einem Abendessen mit Ihnen interessiert. Sie sind eine bemerkenswerte junge Frau, und mir gefällt die Art, wie Sie sich kleiden.«

Vivian kämpfte mit sich. War er wirklich nur ein charmanter Lügner? Oder war nicht eher Fred der Unaufrichtige von beiden?

Vivian konnte sich nicht helfen. So treuherzig, wie Ben sie gerade ansah, traute sie ihm nicht zu, sich nur mit ihr zu verabreden, um sie auszufragen. Und nachdem Fred ihr gerade sein wahres Gesicht gezeigt hatte, sah sie keinen Grund, Ben ihm zuliebe einen Korb zu geben.

»Gut, Sie können mich morgen am frühen Abend im Hotel abholen.«

»Es gibt hier weniger als eine Hand voll Unterkünfte. Sie wohnen sicherlich im *Whangarei Hotel*, nicht wahr?«

Vivian nickte. Ben reichte ihr seinen Arm. »Ich bringe Sie zum Hotel. Eine Frau allein in der flirrenden Mittagshitze ...«

Weiter kam er nicht, weil er von einer spöttischen Stimme unterbrochen wurde. »Richtig, eine Frau allein, das wollen wir doch nicht ...« Und schon hatte Fred Vivian geschickt untergehakt

79

und sie mit sich fortgezogen. »Auf Wiedersehen, Ben!«, rief er dem verdutzten Reporter aus Wanganui zu.

»Was fällt dir ein?«, knurrte sie.

»Das wollte ich dich auch gerade fragen«, gab er wütend zurück. »Oder willst du mir etwa erzählen, er habe sich nicht wie eine Klette an dich gehängt, um an Matui Hone Heke heranzukommen?«

»Da muss ich dich enttäuschen. Es geht ihm ausschließlich um ein Abendessen mit mir.«

»Dann pass nur auf, dass er dich dabei nicht ausquetscht wie eine Zitrone ... Wir sind da. Ich habe noch zu arbeiten. Gehen wir nachher gemeinsam etwas essen?«

»Nein, vielen Dank! Ich esse nicht mit jemandem, der mit gespaltener Zunge spricht.«

Statt beleidigt zu reagieren, lachte Fred. »Du redest schon genauso wie der alte Maori. Gut, dann schlaf eine Nacht drüber. Wir sehen uns morgen früh, und ich hoffe sehr, dass du dann wieder bessere Laune hast.«

»Tu das nicht ab, als wäre ich launisch. Ich bin wütend, weil du dein Wort nicht hältst. Das ist kein guter Charakterzug. Und daran wird sich auch bis morgen nichts ändern.«

»Wir sehen uns morgen früh um acht hier an der Rezeption. Und denk bitte daran – wir müssen auf den Berg steigen und fast eine Stunde lang durch den Busch wandern. Da ist solche Kleidung vielleicht nicht angebracht.«

»Solange du mir nicht versprochen hast, dass du nichts darüber schreiben wirst, werde ich dich auf keinen Fall mitnehmen.«

»Du mich?« Er lachte dröhnend. »Noch bin ich es, dem der Alte die Geschichte erzählen will.«

»Das kann sich schnell ändern«, giftete Vivian zurück.

»Oho, du willst mir drohen! Wenn das mal kein guter Charakterzug ist«, konterte er und verschwand fröhlich pfeifend. Vivian blickte ihm fassungslos hinterher. War das sein wahres Gesicht?

War er doch nichts weiter als ein karrierebesessener Zeitungsmann, der für einen guten Artikel über Leichen ging? Begriff er nicht, dass es nicht mehr um einen Zeitungsartikel ging, sondern um ihr Leben? War seine Freundlichkeit nur gespielt gewesen? Konnte er sich nicht vorstellen, wie sie sich fühlte, nachdem binnen eines Tages so vieles über sie hereingebrochen war?

Ihr wurde allein bei dem Gedanken so schwindelig, dass sie sich am Empfangstisch festhalten musste. Sie atmete ein paarmal tief durch. Ob ihre Mutter geahnt hatte, was sie hier erwartete? Hatte sie gehofft, dass sie, Vivian, endlich erfahren würde, welches Geheimnis sie umgab? Ein Geheimnis, das Mary vielleicht sogar gekannt und mit ins Grab genommen hatte?

Mit einem Mal fiel Vivian der Brief ihrer Mutter ein, und der Gedanke, unter Umständen gleich mehr zu wissen, verlieh ihr beinahe Flügel. Kaum im Zimmer angekommen, stürzte sie sich auf ihren Koffer und zog den Umschlag aus einem Seitenfach.

Mit klopfendem Herzen begann sie zu lesen.

Geliebte Vivi, ich weiß, Du wirst mich verfluchen und Dich fragen, warum ich Dich zu Deinem Vater geschickt habe. Es ist nicht mehr als eine bloße Hoffnung, warum ich es getan habe. Ich weiß nicht wirklich, warum er am Tag nach Deiner Geburt spurlos verschwunden ist und für mich nur noch in Form von großzügigen Geldbeträgen vorhanden war. Du wirst es nicht glauben, Kleines, aber wir haben uns geliebt. Er plante, nach Neuseeland zurückzukehren und mich nach der Hochzeit mitzunehmen. Seit er allerdings von meiner Schwangerschaft erfahren hatte, wurde er beinahe schwermütig, und er erfand immer neue Ausreden, die Hochzeit zu verschieben. Schließlich kamst Du zu früh zur Welt, und als er Dich sah, hat er befremdlich reagiert. Er wiederholte immerzu, dass der Fluch seiner Herkunft ihn nun eingeholt habe. An jenem Tag versicherte mir, dass er mich von Herzen liebe und auch Dich. Und dann ist er niemals wiedergekommen. Ich weiß, Du hasst ihn, aber glaub mir, er ist kein schlechter Mensch. Es muss einen Grund geben, weshalb er nicht bei uns bleiben konnte und warum er Dich selbst jetzt nicht bei sich aufnehmen wollte. Einen Grund, der stärker ist als die Liebe. Trotz allem ist er Dein Vater und Du gehörst zu ihm, wenn ich einmal nicht mehr bin. Ich weiß, dass es nur zu Deinem Besten ist. Deshalb habe ich Dich angelogen und behauptet, er erwarte Dich. Wenn Du gewusst hättest, dass er Dich nicht haben will, dann wärst Du bestimmt niemals an Bord des Schiffes gegangen. Finde heraus, was mir nicht gelungen ist. Ich habe es natürlich versucht. Damals, nachdem ich wieder auf den Beinen war, habe ich alles unternommen, um zu erfahren, was ihn zu dieser Untat getrieben hat. Aber das Einzige, was ich erfuhr, war die Tatsache, dass er das nächste Schiff nach Australien bestiegen hatte. All die Jahre habe ich es dabei belassen, bis ich krank wurde. Da wusste ich, ich darf Dir die Wahrheit nicht länger vorenthalten. Was ihn auch immer zu seiner überstürzten Flucht aus London veranlasst haben mag, Du bist und bleibst sein Kind! Und Du bist nach meinem Tod keine Waise! Über seine Geldzuwendungen habe ich seine Adresse herausbekommen und ihn genötigt, Dich aufzunehmen. Er hat niemals gesagt, dass er Dich willkommen heißt, aber Du bist so ein starkes Menschenkind. Ich wünsche Dir von Herzen, dass es Dir gelingt, sein Geheimnis zu ergründen. Ich war zu schwach, doch Du wirst es schaffen. Bitte, hass mich nicht dafür, dass ich Dich gegen seinen Willen zu ihm geschickt habe. Nur dort in seiner Heimat wirst Du erfahren, warum Du anders bist als andere, denn ich glaube, diese Andersartigkeit ist der Schlüssel zu allem. Ich liebe Dich über alles. Mom

»O Mom, wenn du nur wüsstest«, schluchzte Vivian verzweifelt auf.

Mount Parahaki/Whangarei,
der nächste Morgen, Februar 1920

Vivian hatte schlecht geschlafen und war bereits am frühen Morgen aufgewacht. Sie war völlig durcheinander, doch als sie einen prüfenden Blick auf ihre Uhr warf, wusste sie, was sie zu tun hatte. Es war sieben Uhr in der Frühe, und wenn sie sich beeilte, war sie aus dem Haus, bevor Fred sich auf den Weg machte. Es war ihre Geschichte, nicht seine, und die ging ihn nicht das Geringste an!

Um halb acht stand sie bereits fertig angezogen an der Straße und eilte los. Dabei wandte sie sich ständig um, weil sie befürchtete, dass Fred sie verfolgen könnte. Als sie sich zum wiederholten Male nach hinten umsah, meinte sie, einen Schatten in einem Hauseingang verschwinden zu sehen. Das kann nicht Fred sein, mutmaßte sie. Der würde sich kaum vor ihr verstecken, sondern ihr eher hinterherlaufen, um sie einzuholen. Sie beschleunigte ihren Schritt. Am Fuß des Berges angekommen, zögerte sie. Als sie das undurchdringliche grüne Buschwerk vor sich aufsteigen sah, wollte sie beinahe den Mut verlieren. Wie sollte sie sich durch das Dickicht schlagen? Doch dann entdeckte sie einen Weg, der hinaufführte. Erleichtert begann sie mit dem Aufstieg. Allerdings beherzigte sie den Rat des Maori nicht, die Natur zu beiden Seiten zu bewundern. Im Gegenteil, sie bewegte sich fast im Laufschritt, weil alles so furchtbar fremd war. Es roch intensiv, aber Vivian wusste nicht wonach. Und von allen Seiten erklangen die unterschiedlichsten Vogelstimmen. Das war ein Gezwitscher, Getriller,

Pfeifen und Schnattern. Doch plötzlich meinte sie, menschliche Schritte zu hören, aber sie wandte sich nicht um. Die pure Angst kroch ihr den Nacken herauf. Auf dem Rückweg nehme ich mir die Zeit, alles in Ruhe anzusehen, beschloss sie, während sie ihr Tempo noch einmal steigerte.

Keuchend kam sie am Gipfel an und legte eine kleine Pause ein. Was sie nun erblickte, wollte ihr schier den Atem rauben. Unter ihr lag malerisch der Ort Whangarei mit seinem Hafen. Sonnenstrahlen funkelten auf dem Meer wie die Sterne am Himmel einer klaren Sommernacht. Vivian konnte sich nur schwer von diesem Anblick losreißen, und es war allein ihre Neugier, die sie schließlich weitereilen ließ. Da sah sie auch schon einen Zaun auftauchen und näherte sich ihm neugierig. Dahinter waren sowohl fensterlose Hütten als auch ein paar wenige kleine weiße Holzhäuser mit roten Dächern zu erkennen.

Vivian klopfte das Herz bis zum Hals, als sie das Innere der Umzäunung betrat. Dieses merkwürdige Dorf erinnerte sie mehr an eine Festung als an eine ländliche Idylle. Auch hier drinnen war der größte Teil der alten Hütten noch einmal umzäunt. Bis auf einen in der Ferne bellenden Hund war es gespenstisch still.

Suchend blickte sie sich um. Was hatte Matui Hone Heke gesagt? Ein Haus, gebaut nach der Art der Pakeha, aber mit Schnitzereien verziert. Sie drehte sich einmal im Kreis, um das richtige Haus zu finden, als eine bekannte Stimme hinter ihr rief: »Vivian, hier sind wir!«

Sie fuhr wie ein Blitz herum und sah Fred aus dem Fenster eines der kleinen neueren Holzhäuser winken, dessen Fassade genauso verziert war, wie der Alte es beschrieben hatte.

»Das darf doch nicht wahr sein!«, stieß sie empört hervor, als sie einen gut gelaunten Fred erblickte.

»Ich wollte dich nicht stören. Da bin ich schon mal losgegangen, Schwesterherz!«, rief er betont fröhlich.

Vivian ballte die Fäuste. Na warte, dachte sie und ging wütend auf das Haus zu. Nicht nur, dass er vor ihr auf dem Berg angekommen war, sondern dass er jetzt auch noch vertraut »auf Verwandtschaft« machte, um den Maori zu täuschen, brachte ihr Blut in Wallung. Sie wollte ihm gerade an den Kopf werfen, dass er ein Mann ohne Moral sei, als sich die Haustür öffnete und Matui nach draußen trat.

»Kommen Sie herein«, bat er sie höflich. Er benimmt sich wie ein englischer Gentleman, schoss es Vivian erstaunt durch den Kopf. Er wirkte wesentlich distanzierter als am Tag zuvor.

Sie schluckte ihren Zorn auf Fred hinunter und betrat das kleine Haus, das auf den ersten Blick anheimelnd und gar nicht fremdartig wirkte. Die Küche, in die Matui sie jetzt bat, war hell und freundlich. Der Boden bestand aus grünlich angemalten Holzdielen, die schon etwas abgeschabt waren. An der Wand befand sich ein Vorratsschrank, der auf hohen Füßen errichtet war. Wahrscheinlich, damit sich keine Tiere an der Nahrung zu schaffen machen, mutmaßte Vivian. In der Mitte der geräumigen Küche standen ein großer Tisch und vier Stühle. Auf einem saß Fred, der sie gewinnend anlächelte, als wäre gar nichts zwischen ihnen vorgefallen. Vor ihm stand ein Teller mit dampfendem Essen.

»Möchten Sie auch von meinem Hangi probieren?«, fragte der Maori. Vivian nickte, denn sie merkte plötzlich, wie hungrig sie war.

»Fleisch mit Gemüse aus dem Erdofen«, erklärte ihr Fred immer noch lächelnd, kaum dass Matui das Zimmer verlassen hatte. »Er holt es von draußen.«

»Wie kannst du mich nur so hintergehen?«, fauchte Vivian, statt auf seine zur Schau gestellte Unbeschwertheit einzugehen.

»Was sollte ich denn sonst machen? Du wolltest nicht, dass ich dich begleite, und wenn ich nach dir hier eingetroffen wäre, hättest du womöglich Unsinn über mich verbreitet. Aber es wäre schön, wenn wir uns wieder vertragen würden«, säuselte er und setzte eine Unschuldsmiene auf.

85

Das machte Vivian nur noch wütender. Wollte er damit überspielen, dass er gerade dabei war, den Maori zu betrügen? Aber sie fiel nicht auf seinen Charme herein.

»Du musst doch mächtig schwitzen bei dem Gedanken, dass ich ihm die Wahrheit sagen könnte. Aber keine Sorge, ich halte den Mund. Wenn jedoch nur ein Wort von diesem Gespräch nach draußen dringt, dann . . .«

»Du drohst mir ja schon wieder. Und ich dachte, du wolltest so gern zur Zeitung. Mit der Einstellung wird das wohl nichts.« Nun lächelte Fred nicht mehr, und seine Stimme war schneidend scharf.

»Ach, das würde ich nicht sagen. Ich könnte sicherlich einen guten Artikel verfassen über die Lügen im Hause des Bischofs . . .« Vivian unterbrach sich hastig, als der alte Maori mit einem vollen Teller in der Hand zurückkehrte.

»E kai ra«, sagte er freundlich, nachdem er ihr das Essen hingestellt hatte. Vivian bedankte sich, denn ohne seine Sprache zu verstehen, wusste sie, dass sie es sich schmecken lassen sollte.

Gierig langte Vivian zu und war erstaunt, wie gut ihr das Gemüse schmeckte, das sie entfernt an Kartoffeln erinnerte und das sie noch nie zuvor genossen hatte.

»Was ist das?«, fragte sie Matui.

»Das sind Kumara. Ihr nennt es Süßkartoffeln. Meine Vorfahren haben sie aus Polynesien mitgebracht. Die Pakeha waren ganz versessen darauf. Wir haben, nachdem sie in unser Land kamen, gern Handel mit ihnen getrieben. Bis sie uns immer mehr von unserem Land abgeschwatzt und uns schließlich von überall vertrieben haben.« Die letzten Worte klangen bitter.

»Stammen Sie aus diesem Dorf?«, fragte ihn Fred, was ihm Vivians bitterbösen Blick einbrachte. Er will das doch nur für seinen Artikel benutzen, dachte sie zornig, aber wie sollte sie das verhindern? Dazu hätte sie ihn an den Maori verpetzen müssen, und das brachte sie einfach nicht fertig.

86

»Nein, mein Junge, mein Stamm, ein sehr kleiner Stamm, kam aus der Nähe von Tauranga, doch er wurde von feindlichen Kriegern ausgerottet. Bis auf mich und ...« Er stockte. »Ich werde euch die Geschichte von den Überlebenden dieses Überfalles erzählen, aber dieses Dorf hier ist ein Pa, eine der letzten alten Maori-Festungen. Hier lebte einst ein anderer stolzer Stamm, aber nun sind die Menschen in alle Winde verstreut. Nachdem das Dorf verwaist war, bin ich mit ein paar Getreuen hierhergekommen. Mit Brüdern und Schwestern, denen wie mir in den Orten der Pakeha und in deren Nachbarschaft die Luft zum Atmen fehlte. Maori, die wie ich im Einklang mit den Kräften der Natur leben müssen. Außer mir wohnen nur noch wenige Alte hier oben. Die Jungen zieht es nicht mehr hierherauf. Das Haus habe ich selbst gebaut. Allerdings ganz nach Art der Pakeha. Ich kann leider nicht mehr in dunklen Hütten leben wie meine Ahnen. Und vielleicht zeige ich euch nachher sogar unseren Versammlungsraum und das alte Vorratshaus, das ich aber nicht mehr benutze. Das Essen jedes Mal herzuholen ist zu anstrengend für mich. Wenn ihr wollt, zeige ich euch meine Schnitzereien. Und den Friedhof ...« Wieder unterbrach er sich und blickte in die Ferne. Ein Schleier der Trauer hatte sich über seine sonst so wachen und blitzenden Augen gelegt.

Vivian war verunsichert. Es überkam sie wieder jenes Gefühl, das sie bereits von ihrer Begegnung auf der Wiese kannte. Das Gefühl, ihn zu stören, weil er in eine ferne Welt abgetaucht war, zu der allen anderen der Zugang verwehrt war. Als würde er manchmal bereits ins Jenseits hinübergleiten ... Vivian fröstelte.

Ihr Blick traf den von Fred. Auch er machte einen ratlosen Eindruck.

Doch ganz plötzlich wandte sich Matui ihnen wieder zu und sagte mit klarer Stimme: »Um euch diese Geschichte zu erzählen, brauche ich die Kraft der Ahnen. Erschreckt nicht, wenn ich sie

87

zu mir hole. Ich muss mich mit ihnen verbinden, wie es unsere Krieger früher getan haben.«

Langsam erhob sich der alte Mann und griff nach einem geschnitzten länglichen Stock. Dann zog er seine Schuhe aus und ging ein wenig in die Hocke, die Beine weit auseinandergestellt, die nackten Füße fest auf den Boden gestemmt. Einen Augenblick lang verharrte er so, während er die Muskeln anspannte. Dabei veränderte sich auch sein Gesichtsausdruck. Alles straffte sich, und wie von Zauberhand bekam er die Züge eines jungen Kriegers mit gefährlich funkelnden Augen.

Vivian zuckte zusammen, als sich seiner Kehle ein lauter Schrei entrang, dann ein weiterer. Dazu stampfte er mit den nackten Füßen auf den Boden, breitete die Arme aus und reckte sie zum Himmel, so als würde er nach etwas greifen. Das wiederholte er ein paarmal, während er in einen unheimlichen Sprechgesang verfiel und den Stock vor sich herumwirbelte. Zwischendurch schnitt er Grimassen, wobei er die Zunge bis zum Kinn herausstreckte. Wenn nicht alles von solcher ursprünglichen Kraft durchdrungen gewesen wäre, Vivian hätte es vielleicht lächerlich gefunden, aber so flößte ihr das Gebaren des Alten Respekt ein.

Dann blieb er still stehen und schloss die Augen. Binnen weniger Augenblicke veränderte sich sein Gesichtsausdruck. Er war wieder der alte Mann mit dem schwarzen Tattoo, das sich in Falten über sein Gesicht legte. Nun öffnete er die Augen. Auch diese gehörten wieder Matui Hone Heke, dem alten Mann, der, wie er von sich selbst sagte, eigentlich gar nicht mehr leben durfte.

»Nun kann ich euch die Geschichte erzählen. Ich weiß, dass ihr beiden die Richtigen seid. Ja, mehr noch, ich bin mir sicher, dass ihr geschickt worden seid, um mir zu helfen, der richtigen Person einen Ehrenplatz vor der Kirche zu geben.«

Vivian kämpfte mit sich selbst. Sollte sie wirklich zulassen, dass Fred Matuis Enthüllungen lauschte? Obwohl sie doch genau wusste, dass er es später in reißerischer Verpackung vor der

Öffentlichkeit ausbreiten würde? Nein, sie musste ihn zwingen, einen Schwur abzulegen, den er nicht so ohne Weiteres zu brechen wagte.

»Haben Sie eine Bibel?«, fragte Vivian den Maori.

Er runzelte die Stirn und sagte in harschem Ton: »Nein!«

Vivian sah ihn forschend an. »Worauf würden denn die Maori einen Schwur ablegen?«

»Bei den Ahnen«, erwiderte er.

»Gut, dann schwöre ich bei den Ahnen, dass ich nichts, was hier geschieht und gesagt wird, einem Dritten verraten werde.« Sie hob den Blick und sah Matui unverwandt in die Augen.

»*Tamahine*«, flüsterte er gerührt.

Vivian überlegte kurz, ob sie ihn bitten sollte, die Worte zu übersetzen, aber sie traute sich nicht, diesen innigen Moment mit einer solchen Frage zu zerstören. Es fiel ihr schwer, den Blick von seinen gütigen Augen loszureißen, die ihr so viel Geborgenheit vermittelten.

Nachdem ihr das gelungen war, wandte sie sich kämpferisch an Fred. »Und jetzt du!«, forderte sie. Es wunderte sie, wie leicht es ihr inzwischen fiel, ihn in diesem vertraulichen Ton anzusprechen. So, als wäre er wirklich ihr Bruder.

Fred biss sich auf die Lippen und schwieg.

»Wenn du dir nicht sicher bist, mein Junge, dann ist es besser, ihr geht jetzt«, erklärte der Maori, und er klang traurig. »Dann bist du nicht reif genug, die Wahrheit zu erfahren. Und ich möchte nicht noch einmal den gleichen Fehler machen.«

Fred atmete tief durch. »Ich verspreche, dass kein Wort nach draußen dringt«, murmelte er so hastig, dass er kaum zu verstehen war.

Vivian warf ihm einen warnenden Blick zu. Darin stand die Botschaft geschrieben, dass er sich vorsehen möge, weil sie sonst auch unbequeme Wahrheiten ausplaudern würde.

Fred aber hielt ihrem Blick stand. Der Spott in seinen Augen war unübersehbar. Vivian erschauderte. Was, wenn er so skrupellos war, seiner Zeitung eine Geschichte zu liefern, die seine Karriere beförderte, selbst auf die Gefahr hin, dass sie seine wahre Herkunft verriet? Was, wenn es ihm beruflich gar nicht schaden würde, weil er ja ohnehin bald der Schwiegersohn des Zeitungschefs sein würde? Und vor allem – was wäre, wenn er längst ahnte, dass sie, Vivian, ganz gleich, wie gemein er sich in dieser Sache verhielt, ihre Drohungen niemals wahrmachen würde? So tief konnte sie gar nicht sinken, einen anderen derartig zu denunzieren.

So blieb ihr nur noch eines: die stille Hoffnung, dass Fred im Grunde seines Herzens doch jener Mann war, für den sie ihn am Anfang gehalten hatte. Aufrichtig, geradlinig und liebevoll.

Paihia, Kororareka (Russell), Mai 1844

Es war ein stürmischer Herbstsonntag. Der Wind drückte das aufgewühlte Meer aus der Bay of Islands förmlich in die Bucht von Paihia hinein. Und der Regen prasselte mit einer solchen Wucht gegen die Scheiben, dass es sich wie Peitschenhiebe anhörte. Das Haus von Reverend Walter Carrington lag etwas außerhalb des Ortes auf einem Hügel. Man hätte ihm auch jederzeit eines der Häuser in der Mission überlassen, aber Walter legte keinen Wert auf die räumliche Nähe zu den anderen Missionaren. Er war ein Eigenbrötler. Es genügte ihm schon, dass er täglich mit ihnen zu tun hatte.

»Ach, wenn es doch nur bald wieder Sommer wäre!«, ließ Emily Carrington anklagend verlauten, während sie den Blick schaudernd zum Fenster wandte.

»Aber mein Liebes, es ist doch halb so schlimm. Wenn es zu allem Überfluss auch noch kalt wäre. Denk doch nur an den letzten Sommer zu Hause, bevor wir nach Neuseeland gereist sind. Da war es doch kälter als hier im Winter«, widersprach ihr Mann.

»Walter, erinnere mich bitte nicht an England. Dann muss ich sofort weinen. Allein bei dem Gedanken, dass ich meine Heimat nie wiedersehen und eines Tages in diesem gottverlassenen Flecken Erde begraben werde ...«

»Nun glaub mir doch, dass wir zurückkehren, sobald meine Mission hier erfüllt ist, und das, bevor wir alt und grau sind. Ich habe dir versprochen, dass wir unseren Lebensabend in Devon verbringen werden.« Zur Bekräftigung seiner Worte nahm er ihre Hand und drückte sie zärtlich. Er liebte sie noch genauso wie am ersten Tag. Wie damals, als er sie in Colyton in der Kirche entdeckt hatte. Er hatte noch nie zuvor ein schöneres Mädchen gesehen. Die rotblonden Löckchen, die ihr zartes Gesicht umrahmten, waren ihm zuallererst aufgefallen. Er war ein junger Vikar, und die Predigt, die er gehalten hatte, war seine allererste gewesen. Wie schwer war es ihm gefallen, sie vernünftig zu Ende zu führen, nachdem er sein Herz rettungslos an ein so hübsches Gemeindemitglied verloren hatte. Er hatte sich allerdings keinerlei Chancen bei ihr ausgerechnet, weil er wusste, wie viele junge Männer – und ungleich bessere Partien als er – ihr den Hof machten. Er wunderte sich in mancher stillen Stunde noch heute darüber, dass sie nur mit ihm und keinem anderen ausgegangen war.

»Nicht weinen, mein Liebling«, flüsterte er erschrocken, als er mitansehen musste, wie die Augen seiner Frau, die noch immer in demselben Tannengrün wie damals leuchteten, feucht wurden. »Ich schwöre dir, wir kehren zurück, wir alle fünf!«

»Du willst die beiden mitnehmen?«, fragte Emily beinahe erschrocken.

Walter hob die Schultern. »Ich weiß nicht. Ich dachte eigentlich schon daran, aber wenn ich es mir so recht überlege, sollte man sie nicht nach England verpflanzen. Sie werden dort wahrscheinlich wie die Exoten angestarrt. Und außerdem werden sie ohnehin in Neuseeland bleiben wollen, um ihresgleichen zum Heiraten zu finden . . . Ach, wir werden sie in der Mission unterbringen.«

»Lass nur gut sein«, unterbrach Emily ihren Mann hastig. »Wir sollten jetzt essen. Ich sage Ripeka Bescheid, dass sie auftragen kann.«

»Mein Liebes, lenk nicht ab! Ich sehe doch, dass dich etwas quält. Du fürchtest dich doch nicht etwa immer noch vor ihnen?«

»Ich traue ihnen nicht.«

»Aber wir haben Frieden, wir haben einen Vertrag mit den Maori-Häuptlingen geschlossen. Es wird keinen Krieg mehr zwischen uns geben. Ich meine, nimm doch nur Maggy, sie ist die Sanftmut in Person«, erwiderte Walter nachdrücklich.

»Ich rede doch nicht von Maggy. Sie ist in unserem Haus aufgewachsen und in unserem Glauben erzogen worden. Du musst sie nur einmal beim Beten beobachten. Sie liebt unseren Herrn von ganzem Herzen. Maggy ist ein braves Kind, aber . . .«

»Matthew bereitet dir Sorgen, nicht wahr?«

»Ja, ich weiß nie, was er denkt. Er ist zwar gehorsam und befolgt, was wir ihm sagen, aber er ist nicht mit dem Herzen dabei. Ich habe immer das Gefühl, dass darunter etwas brodelt. Er ist so verschlossen . . .«

»Aber er ist wissbegierig und lernt schnell. An seinem Ehrgeiz könnte sich unser Henry ein Beispiel nehmen.«

Emily stieß einen tiefen Seufzer aus. »Aber Henry ist ein grundguter Junge. Zu sprunghaft, zu bequem, eben ein junger Mann, der den Ernst des Lebens noch nicht so recht begriffen hat. Doch wenn er erst June Hobsen geheiratet hat, dann wird er sicherlich ruhiger. Glaub mir. Er braucht nur eine Familie und eine feste Stellung.«

»Findest du nicht, dass es etwas früh ist? Ich meine . . .«

»Der Junge ist vierundzwanzig, da wird es allerhöchste Zeit«, unterbrach Emily ihren Mann unwirsch.

Walter seufzte. Obgleich er sie abgöttisch liebte, war er nicht immer einer Meinung mit ihr, vor allem was den Charakter ihres einzigen leiblichen Sohnes anging. Aber er wusste auch, dass er in den seltensten Fällen eine reelle Chance hatte, seine Auffassung gegenüber Emily durchzusetzen. Sie hatte einen Dickkopf und wurde gleich ungnädig, wenn er nicht nachgab. Also zog er es vor, sich nicht weiter darüber auszulassen, warum der in seinen Augen völlig unreife Henry noch keine Familie gründen sollte. Und vor allem warum es ihn wurmte, dass der Bengel sich bei dem reichen Händler Hobsen ins gemachte Nest setzen wollte, statt erst einmal mit einer eigenen Leistung zu brillieren.

»Wie kommst du eigentlich darauf, dass die beiden heiraten?«, fragte er vorsichtig.

»Henry hat so eine Andeutung gemacht, und ich meine, was wollen wir mehr? June Hobsen ist das reichste Mädchen der ganzen Bay of Islands.«

»Aber leider nicht das hübscheste«, rutschte es Walter heraus. Das bereute er noch in demselben Augenblick bitter, denn diese unbedachte Äußerung brachte ihm einen tadelnden Blick seiner Frau ein.

»Darauf solltest du als Geistlicher dein Augenmerk ganz bestimmt nicht richten«, zischte sie.

»Tut mir leid, mein Liebling, aber ich bin nun einmal verwöhnt vom Anblick meiner schönen Frau, aber wenn du meinst, dass es etwas wird mit den beiden ... Meinen Segen haben sie.« Er runzelte die Stirn und fügte nachdenklich hinzu: »Mir wäre es natürlich lieber, der Junge würde es erst einmal selbst zu etwas bringen, statt das Geschäft seines Schwiegervaters zu übernehmen, aber nun gut ...«

»Ich glaube, was Liebesdinge angeht, solltest du das Urteil lieber mir überlassen ...«

»Aber mein Liebling, selbst wenn ich diese Bedenken überwinde, es gibt doch noch einen anderen Grund, warum ich der Verbindung skeptisch gegenüberstehe. Ich meine, wir wissen doch alle, dass sie seit dem Unfall mit der Kutsche ...«, stammelte Walter.

»Sie können Kinder annehmen. Das haben wir ja schließlich auch getan, nachdem uns Gott keine weiteren geschenkt hat, und ob du es glaubst oder nicht ...«

Ein leises Hüsteln ließ Emily augenblicklich verstummen. Maggy war ins Zimmer getreten und hatte damit rechtzeitig auf ihre Anwesenheit aufmerksam machen wollen.

94

Wie immer, wenn Maggy auftauchte, wurde Walter Carringtons Blick ganz weich. Er liebte sie wie eine eigene Tochter. Das Mädchen war knapp sechzehn und von einer solchen Schönheit, dass sich beinahe jedermann nach ihr umsah, der sie noch nicht kannte. Das bereitete Walter allerdings auch große Sorge. Er hatte ständig Angst um sie und achtete peinlich darauf, dass sie keinen Schritt ohne männliche Begleitung tat. Maggy war zierlich und schlank, ihre Haut von einer leichten Tönung, die unschwer erkennen ließ, dass sie keine reine Pakeha war. Sie sah zwar exotisch aus, aber auf den ersten Blick merkte man ihr die polynesische Abstammung nicht an. Ihr Gesicht war für eine Maori zu schmal, genauso wie ihr Mund, und auch ihre Augen besaßen nicht jenen funkelnden Glanz der Einheimischen. Das Auffallendste an ihr war das lange glatte und glänzende Haar, das ihr bis zu den Hüften reichte. Nach dem Willen ihrer Ziehmutter trug sie es nur zum Schlafengehen offen. Emily pflegte stets zu sagen: »Du bist doch keines von diesen schamlosen Mädchen, die sich drüben in Kororareka herumtreiben. Versteck deine Schönheit gut.«

»Ich wollte nur fragen, ob ich etwas helfen kann«, fragte Maggy mit ihrer unvergleichlichen Stimme. Für eine junge zierliche Frau sprach sie erstaunlich tief und rau.

»Ja, geh nur in die Küche und bitte Ripeka, dass Essen aufzutragen. Und dann sag doch bitte den Jungen Bescheid, dass sie zu Tisch kommen sollen.«

»Ja, gern«, gurrte Maggy höflich und eilte davon.

»Wenn ich nur wüsste, woher wir den richtigen Mann für sie nehmen sollen«, bemerkte Emily, kaum dass die Tür hinter ihrer Ziehtochter zugeklappt war.

»Reicht es nicht, dass du dir um die baldige Hochzeit unseres Sohnes den Kopf zerbrichst? Also, Maggy ist nun wirklich noch zu jung«, erwiderte Walter unwirsch und bemerkte am gekränkten Gesicht seiner Frau sogleich, dass er sich wieder einmal im

Ton vergriffen hatte. Sie pflegte dann stets ihre sinnlichen Lippen zu einem Schmollmund zu spitzen.

»Entschuldige bitte, ich wollte nur sagen, dass wir schon den passenden Maori für sie finden werden, wenn sie im richtigen Alter ist«, säuselte Walter versöhnlich.

»Willst du sie wirklich einem dieser wilden Kerle da draußen geben?«, fragte sie angriffslustig.

»Hast du einen besseren Vorschlag? Welcher Engländer nimmt denn schon eine Maori zur Frau?«

Emily hob die Schultern. »Also, das kommt in letzter Zeit immer häufiger vor. So viele junge Engländerinnen leben hier nun einmal nicht. Besser, als wenn sie sich irgendwann in einen dieser dunklen Gesellen verguckt. Und sie sieht schließlich auch völlig anders aus als ihr Bruder.«

Walter lächelte. »Du hast ja recht, mein Liebling, aber jetzt lass uns lieber über Henry reden. Wann will er denn heiraten, unser Herr Sohn?«

Bei Walters letzten Worten war Henry ins Zimmer getreten. Er besaß im Gegensatz zu seinem Vater ein breites Kreuz und eine bullige Statur.

»Ich höre nur *heiraten*«, lachte er dröhnend, trat auf seine Mutter zu und umarmte sie. Die zarte Emily wirkte ganz verloren an der Brust ihres hünenhaften Sohnes, auf den sie unendlich stolz war.

»Was hast du schon wieder für Geschichten über mich verbreitet?« Er ließ sie los und drohte scherzhaft mit dem Finger. »Du, du, du! Hattest du mir nicht versprochen, dass das vorerst unser Geheimnis bleiben soll?«

Emily errötete. »So habe ich das gar nicht gesehen. Ich vermutete nicht, dass du sogar Vater diese erfreuliche Neuigkeit vorenthalten wolltest«, brachte sie entschuldigend vor.

»Ich hätte es ihm nur gern selbst gesagt«, erklärte Henry einlenkend und strich seiner Mutter versöhnlich über die rotblonden

Löckchen. Dann blickte er prüfend seinen Vater an und knurrte: »Du scheinst dich aber nicht so zu freuen wie Mutter.«

Walter blickte verlegen an seinem Sohn vorbei. Er fühlte sich durchschaut und überlegte fieberhaft, wie er sein Unbehagen wohl würde verbergen können, bevor seine Frau ihn wegen seiner fehlenden Begeisterung schalt.

»Was sagt denn die Braut dazu?«, fragte er rasch und rang sich zu einem Lächeln durch, während er seinem Sohn kumpelhaft auf die Schulter klopfte.

»Die weiß noch nichts von ihrem Glück«, erwiderte Henry zögernd.

»Na so etwas!«, entfuhr es Walter erstaunt.

»Aber das ist nur noch eine Formsache«, beeilte sich sein Sohn hinzuzufügen. »Sie hofft natürlich inständig, dass ich eines Tages um ihre Hand anhalte . . .«

»Eingebildet bist du ja gar nicht«, spottete Walter.

»Sie liebt mich, werter Vater!«

»Und du? Liebst du sie auch?«, entgegnete Walter in scharfem Ton.

»Jetzt aber genug mit deinen Spitzfindigkeiten!«, mischte sich Emily ein. »Natürlich liebt er sie. Sonst würde er sie doch wohl nicht heiraten wollen.«

Walter schluckte seine Gegenrede hinunter. Es hatte keinen Zweck. Die Ehe mit June schien eine beschlossene Sache zu sein. Und was war schon dabei, wenn sein Sohn in die reichste Familie der Bay of Islands einheiratete? Außerdem mochte er die bescheidene gottesfürchtige junge Frau wirklich von Herzen gern, nur hegte er erhebliche Zweifel daran, ob sie den ungestümen Henry wirklich würde zähmen können.

Walter stieß einen tiefen Seufzer aus und blickte gequält von seinem Sohn zu seiner Frau, während er mit betont fröhlicher Stimme verkündete: »Meinen Segen habt ihr.«

Mit zutiefst zufriedenem Gesichtsausdruck trat Emily auf ihn zu und nahm seine Hand. »Wusste ich doch, dass du dich freust, eine solch wunderbare Schwiegertochter zu bekommen.«

Er beugte sich zu ihr hinunter und küsste sie zärtlich auf die Wange.

In diesem Augenblick trat Matthew ins Zimmer und wandte sich sogleich verlegen ab. Er war jedes Mal unangenehm berührt, wenn seine Zieheltern Zärtlichkeiten austauschten.

»He, Matty, das ist doch kein Grund, rot zu werden«, lachte Henry, was ihm einen bitterbösen Blick seines Stiefbruders einbrachte.

»Kümmere dich um deine Angelegenheiten!«, zischte Matthew zurück und fügte zornig hinzu: »Und wie oft soll ich dir noch sagen, dass du mich nicht Matty nennen sollst? Mein Name ist Matui, und es ist schlimm genug, dass mich alle Matthew nennen.«

»Oho, der Kleine hat schlechte Laune. Welche Laus ist dir denn schon wieder über die Leber gelaufen?«, fragte sein Stiefbruder mit einem Grinsen auf den Lippen.

Matthew zog es vor zu schweigen und setzte sich mit finsterer Miene an den Tisch. In seinem Kopf ging alles durcheinander. Er quälte sich seit Tagen mit der Frage, ob es richtig war, dass er sich heute Abend drüben in Kororareka heimlich mit einigen Maori treffen würde, wenn es das Wetter erlaubte. Er war eben kurz vor der Tür gewesen, um sich selbst ein Bild von der Lage dort draußen zu machen. Der Regen hatte aufgehört, und der Wind hatte abgeflaut, aber das Meer war immer noch sehr aufgewühlt. Ob er die Überfahrt wirklich wagen sollte? Das kleine Boot war nicht mehr als eine Nussschale.

Als Matthew den Blick über den vornehm gedeckten Esstisch schweifen ließ, kniff er die Augen gefährlich zusammen. Wie ihn das öde Leben in diesem Haus langweilte! Wäre Maggy nicht gewesen, er hätte diesem Leben schon längst den Rücken gekehrt. Aber seine Schwester fühlte sich wohl im Haus des Reverends. Er durfte sie nicht gegen ihren Willen aus ihrer gewohnten Umgebung herausreißen. Als sich Maggy, die, wie immer still und leise, in den Raum getreten war, ihm gegenüber an den Tisch setzte, ging ihm das Herz auf. Niemals würde er einen Schritt ohne sie machen. Niemals würde er sie allein zurücklassen.

Doch sofort schweiften seine Gedanken wieder zu den jungen Kriegern ab, die er heute treffen würde. Sie gehörten zum Stamm der Nga Puhi und waren treue Anhänger ihres Häuptlings Hone Heke. Matthew, der außer seiner Schwester selbst keine Verwandten besaß, nachdem sein Stamm von gegnerischen Kriegern ausgerottet worden war, fühlte sich zu diesen Leuten hingezogen, als wären es seine eigenen Brüder. Ihm wurde heiß und kalt, als er sich an seine erste Begegnung mit Hone Heke erinnerte. Es war erst wenige Wochen her. Der Häuptling, ein eindrucksvoller, hochgewachsener, glutäugiger Mann mit schulterlangem welligen Haar, mit einer für einen Maori erstaunlich schmalen Nase, schmalen Lippen und einem ausdrucksvoll tätowierten Gesicht, war zu Besuch in die Mission gekommen. Schließlich war der Maori ein gläubiger Christ. Niemals würde Matthew vergessen, wie durchdringend er ihn aus seinen glühenden Augen gemustert und *tama* genannt hatte. Matthew verstand seine alte Sprache immerhin noch so gut, dass er wusste, dass dies nichts Geringeres hieß als *Sohn*. Und nun hatten ihn vor ein paar Tagen eine Hand voll junger Krieger in Hone Hekes Auftrag unten am Meer abgepasst. Sie hatten ihn gebeten, heute zum Maiki zu kommen, zu dem Berg, der über Kororareka thronte und auf dessen Spitze an einem Mast der Union Jack wehte.

»Träumst du bei Tisch? Hast du nicht gehört? Wir wollen beten. Wenigstens am Tage des Herrn!«, herrschte ihn Walter an. Das riss Matthew aus seinen Gedanken. Er straffte die Schultern und faltete mechanisch die Hände, ohne aufzublicken. Immer wenn er sanft zum Beten genötigt wurde, musste er an seine Taufe denken. Er schüttelte sich heute noch bei dem Gedanken, dass man Kochwasser über seinem Kopf ausgegossen hatte, um seine heidnische Vergangenheit für alle Zeiten zu verjagen. Lustlos leierte er das Gebet herunter, das sein Ziehvater bei Tisch zu sprechen pflegte.

Kaum war er fertig, als dieser ihn mit strenger Stimme ermahnte: »Matthew, ich finde, du hast allen Grund, dem Herrn deine Dankbarkeit zu erweisen, denn wenn er . . .«

Matthew stieß einen genervten Seufzer aus. »Ich weiß, Vater, wenn der Herr dich nicht zum Ufer des Kerikeri geführt hätte, wäre ich in den Fluten untergegangen.«

Er sah seinem Ziehvater unerschrocken in die Augen und fühlte sich von dessen strafenden Blicken förmlich durchbohrt.

»Dabei hättest du heute allen Grund zur Freude«, fügte Walter Carrington tadelnd hinzu.

Matthew musterte ihn neugierig. Was meinte er damit?

»Vater Sinclair aus Kerikeri war heute hier und hat mir das Versprechen gegeben, dich in der Missionsdruckerei anzulernen.«

Statt in Begeisterung auszubrechen, zog Matthew ein langes Gesicht.

»Ich hätte mir denken könne, dass du es an der gebührenden Dankbarkeit fehlen lässt, mein Junge«, schnaubte Walter sichtlich getroffen.

»Du bist ein undankbarer Bursche«, pflichtete Emily ihrem Mann bei. »Du würdest dich wirklich nützlich machen, und wir könnten den Katholiken von der Pompallier-Mission einmal zeigen, dass wir auch gute und fleißige Mitarbeiter haben.«

Matthew grinste unwillkürlich in sich hinein. Vor dem wachsenden Einfluss der katholischen Mission drüben in Kororareka fürchteten sich seine Zieheltern mehr als vor dem Teufel. Er rang sich zu einem falschen Lächeln durch. »Das Handwerk könnte ich doch auch bei den katholischen Missionaren dort drüben erlernen. Sie haben eine der größten Druckereien im ganzen Pazifik. Was kann ich mir Schöneres vorstellen, als Bibeln herzustellen?«

Henry warf seinem Ziehbruder ein breites Grinsen zu.

»Mein lieber Junge, ich höre deinen Spott sehr wohl heraus, aber nenn mir nur einen deiner Maori-Freunde, der eine solche Gelegenheit bekommt«, schimpfte Walter.

Matthew zog es vor zu schweigen und nahm stattdessen ein besonders großes Stück von dem Lamm. Nein, keiner seiner Maori-Freunde wurde in der Mission an der Druckmaschine unterrichtet, sie liefen auch nicht frisch gescheitelt in Sonntagsanzügen herum oder aßen an einem weiß eingedeckten Tisch. Sie waren freie Männer, denen kein Mensch verbot, sich nachts an einem heiligen Sonntag nach Kororareka oder Russell aufzumachen, wie der Ort nun seit drei Jahren offiziell hieß. Das kommt für den guten Reverend gleich nach Gotteslästerung, dachte Matthew mit einer Mischung aus Belustigung und Ärger. Er musste es geschickt anstellen, um sich bei Einbruch der Dunkelheit unbemerkt aus dem Haus schleichen zu können. Wenn er ehrlich war, war ihm selbst nicht ganz wohl bei dem Gedanken an seinen Ausflug auf die andere Seite der Bucht. Zu gut erinnerte er sich an das eine Mal, als er vor Jahren schon einmal in den *Höllenschlund* ausgerissen war, wie Emily Kororareka oder Russell stets zu nennen pflegte. Sein Ziehvater war ihm mit einem anderen Boot gefolgt und hatte ihn vor den Augen aller auf offener Straße windelweich geprügelt. Voller Scham erinnerte er sich an das Gefeixe der Gaffer. Die Walfänger hatten den Reverend mit unflätigen Worten aufgefordert, dem Jungen seine gerechte Strafe zu erteilen. Einige struppig aussehende Spitzbuben, die aus australischen Gefangenenlagern an diesen Ort geflohen waren, hatten schließlich ihre eigene Schlägerei angefangen und mit Flaschen durch die Gegend geworfen. Die Maori-Mädchen, die sich an die Seefahrer auf den in der Bucht ankernden Schiffen verkauften, hatten ihn hingegen voller Mitleid betrachtet. Nein, diese Demütigung würde er nie vergessen und dem Referend vor allem niemals verzeihen. Er war vierzehn gewesen, kein Kind mehr, sondern ein zum Krieger heranwachsender

Jüngling. Und ein Krieger wollte er auch in Zukunft sein. Nur mit halbem Ohr lauschte er der weiteren Unterhaltung bei Tisch. Natürlich fielen ihm noch etliche Widerworte ein, aber er schluckte sie hinunter. Er ahnte, wie sein Stiefvater die Nase rümpfen würde, wenn er ihm voller Stolz erklärte, er wolle das Schnitzhandwerk erlernen und nichts anderes.

Matthew atmete auf, als das Schlussgebet gesprochen wurde. Er warf seiner Schwester einen flüchtigen Blick zu. Über deren Gesicht huschte gerade ein verlegenes Lächeln, aber wie er enttäuscht feststellen musste, galt es nicht ihm, sondern Henry. Anscheinend führte der einmal wieder das große Wort und spielte den Maulhelden.

Widerwillig lauschte Matthew der großsprecherischen Schilderung seines Ziehbruders mit halbem Ohr. Der erzählte gerade in allen Einzelheiten von einem Riesenfisch, den er neulich gefangen hatte. Dabei gestikulierte er mit den Händen wild in der Luft herum, um seinen staunenden Zuhörern die ungeheure Größe seines Fanges zu demonstrieren. Die beiden Frauen hingen förmlich an seinen Lippen.

Matthew wunderte sich darüber, wie sehnsüchtig seine Schwester ihren Ziehbruder anblickte. Sie himmelt ihn geradezu an, dachte er voller Unmut. Insgeheim wünschte er sich, sie würde ihn auch einmal so grenzenlos bewundern. Doch dazu steht sie viel zu sehr unter dem Einfluss unserer Zieheltern, mutmaßte er zornig.

Der Fisch war in Henrys Schilderung inzwischen um ein Vielfaches gewachsen. Nun maß er plötzlich mehr als die Spanne seiner Arme, und Henry stand auf, um die Ausmaße seines Anglerglückes ausladend zu beschreiben.

»Lieber Bruder, das war sicherlich ein Wal, den du da gefangen hast, und du hast es nicht mitbekommen«, spottete Matthew.

Henry verübelte ihm die Bemerkung nicht, sondern lachte aus voller Kehle. »Ich sollte auf einem der Schiffe anheuern!«, rief er gut gelaunt aus. »Ich wäre ein hervorragender Walfänger.«

Walter aber maß Matthew mit einem abschätzigen Blick. »Wenn du deinen Scharfsinn doch endlich einmal nützlich an den Mann bringen würdest!«, zischte er.

Matthew jedoch tat so, als hätte er die Worte überhört. Er hasste den Tadel seines Ziehvaters. Und alles nur, weil er nicht jubelte, dass er in die Mission nach Kerikeri abgeschoben werden sollte. Wie oft hatte ihm der Alte in den Ohren gelegen, er sei dazu geschaffen, in die Dienste der Kirche zu treten. Wahrscheinlich erhoffte er sich von der Stellung in der Druckerei, dass er, Matthew, doch noch in die Fußstapfen seines Ziehvaters treten würde. Doch das vermochte er sich beim besten Willen nicht vorzustellen. Reichte es nicht, dass sie alle Christen geworden waren? Sogar der große Hone Heke, der es liebte, Gottes Wort unter seine Leute zu bringen. Dabei war er zum Krieger geboren und nicht zum Prediger. Wie so oft fragte sich Matthew, ob diese Missionare nur zu dem einen Zweck in sein Land gekommen waren – um sie mit frommen Worten zu umgarnen und Schwächlinge aus ihnen zu machen? Und um genau das zu erfahren, musste er sich heute Abend mit den Maori von Hone Hekes Stamm treffen. Damit sie nicht länger tatenlos zusahen, wie die Briten sich als Herrscher über das Land aufführten. Die Pakeha redeten viel und gern vom großen Vertrag. Aber waren vor vier Jahren in Waitangi wirklich die Rechte der Maori verhandelt worden? Oder war es nicht vielmehr darum gegangen, sie auf friedliche Weise zu Knechten der neuen Siedler zu machen?

Ja, Vater, ich werde meinen Scharfsinn in den Dienst einer besseren Sache stellen, ging es Matthew entschlossen durch den Kopf. Darauf kannst du dich verlassen. Es hatte Jahre gedauert, bis ihm, dem stolzen Häuptlingssohn Matui, das Wort *Vater* über die Lippen gekommen war. Walter Carrington hatte es ihm regelrecht eingeprügelt. Wie oft hatte Matui mit zusammengekniffenen Lippen vor seinem Retter gestanden, doch irgendwann hatten sich diese Worte wie von selbst geformt. *Vater.* Es war ja nicht

103

so, dass er keinen Respekt vor diesem Mann hatte. Im Gegenteil, er bewunderte dessen unermüdlichen Einsatz für seine Leute, dem sich der Reverend mit wahrer Leidenschaft verschrieben hatte. Und er tat das alles sicher auch nicht aus Eigennutz, sondern in der festen Überzeugung, ein gutes Werk zu vollbringen. Und doch steckte hinter allem eine Haltung, die Matthew im Grunde seines Herzens zutiefst missfiel. Hatte der Vertrag von Waitangi nicht vorgesehen, dass Maori und Pakeha gleichberechtigte Partner waren? Warum führten sich diese Briten dann so auf, als wären sie, die Maori, ihnen untergeordnet? Warum fühlte er sich im Haus des Reverends immer noch wie ein Fremder? Anders als Maggy, die mit rot glühenden Wangen und voller Aufmerksamkeit Henrys Worten lauschte. Wie Matthew nun mit halbem Ohr mitbekam, war dieser inzwischen bei einer abenteuerlichen Jagdgeschichte angelangt.

»Darf ich schlafen gehen?«, fragte Matthew höflich.

Walter sah ihn erstaunt an. »Sicher, das Essen ist beendet. Geh nur!«

Matthew sprang auf und fuhr seiner Schwester im Vorbeigehen flüchtig über ihr züchtig aufgestecktes schwarz glänzendes Haar. Sie schenkte ihm ein Lächeln, das seine Stimmung sofort hob. Ja, für Makere hätte er alles getan. Er liebte sie mit einer Verzweiflung, als wäre sie der letzte Mensch, den es auf Erden gab. Und in gewisser Weise war es ja auch so. Sie beide waren die einzigen Überlebenden ihres Stammes. Schade nur, dass sie keine neue Maori-Familie suchte, sondern sich als eine Carrington fühlte, während er die Fühler nach den Nga Puhi ausstreckte.

Matthew ging auf sein Zimmer. Zärtlich strich er über den Federmantel seiner Ahnen, der immer griffbereit an einem Haken hing. Er verbarg den Kopf ganz tief in den Federn und meinte, den Duft seiner Kindheit zu riechen: nach einem Hangi, den Kumara, dem Holz im Marae ... Ja, er konnte sich noch dunkel an all das erinnern. Und auch an jene Nacht, in der die fremden

104

Krieger gekommen waren und seine Familie ausgerottet hatten. An all das Blut ... bevor man sie ...

Matthew hob beschämt den Kopf. Ja, er sollte dem weißen Missionar wirklich dankbarer sein, denn schließlich hatte er ihn vor dem sicheren Tod bewahrt. Er nahm sich fest vor, ab morgen gehorsamer zu sein und seinem Ziehvater mehr Freude zu bereiten. Und wenn er dafür erst einmal an der Druckmaschine lernen musste. Das Schnitzhandwerk konnte er doch in seiner Freizeit ausüben.

Ab morgen, schoss es ihm durch den Kopf, ab morgen werde ich ihm ein guter Sohn sein. Um keinen Preis würde er aber darauf verzichten, an diesem Abend wie verabredet die Maori-Freunde zu treffen.

Matthew hielt den Atem an, als er schließlich auf Zehenspitzen in den Flur trat. Im Haus herrschte vollkommene Stille. Der Reverend und seine Frau zogen sich meist gleich nach dem Abendessen in ihre Schlafräume zurück. Er schlich sich die Treppe hinunter in den Flur. Dort blieb er mit klopfendem Herzen noch einmal stehen und lauschte, doch es blieb alles still. Er nahm einen Mantel vom Haken und wollte gerade aus der Tür schlüpfen, als er eine Stimme hinter sich flüstern hörte: »Wohin so hastig?«

Erschrocken drehte er sich um und blickte in Henrys grinsendes Gesicht.

»Ich ... ich wollte nur noch einmal hinunter zum Wasser, ein wenig die Nachtluft schnuppern«, stammelte er verlegen.

Henry griff nun auch nach seinem Mantel. »Dann kannst du mich ja bis zum Boot begleiten«, schlug er vor. Er war betrunken, wie Matthew aus seiner schweren Zunge schloss.

Matthew stockte der Atem. »Boot? Du willst bei diesem Wetter doch nicht etwa rüber nach Kororareka!«

Henry hob die Schultern. »Ich muss«, erwiderte er immer noch breit grinsend.

105

An seinen gierigen Augen war für Matthew unschwer zu erkennen, was seinen Ziehbruder in den Höllenort zog. Er suchte das Vergnügen mit einem der leichten Mädchen, die an der Hauptstraße herumlungerten und sich an die Seeleute verkauften.

»Aber es soll heute Nacht noch ein Sturm aufkommen, und da ...«, log Matthew.

»Warum seid ihr so laut?«, unterbrach ihn eine raue Stimme. Er drehte sich zur Treppe um und erblickte seine Schwester, die in ihrem weißen Nachtgewand wie ein Engel dastand. Ein dunkler Engel allerdings, denn ihr langes schwarzes Haar, das sie sonst stets züchtig aufgesteckt trug, hing ihr fast bis zu den Hüften. Und ihre dunkle Haut bildete einen verführerischen Gegensatz zu dem weißen Leinen ihres Hemdes. Matthew erschrak. Es war unübersehbar, dass sie zu einer jungen Frau herangereift war.

»Schnell in dein Bett! Du erkältest dich sonst noch«, bemerkte er hastig. Wie schön sie aussieht, ging es ihm durch den Kopf, und ihm wurde warm und kalt zugleich. Er liebte sie abgöttisch, aber wie lange konnte er sie noch als Kind ansehen, das er beschützen musste? Würde sie nicht bald Verehrer anziehen wie das Licht die Motten?

Ihm entging dabei völlig, dass auch Henry das Mädchen intensiv musterte. Erst als ein zauberhaftes Lächeln über ihr Gesicht huschte, fragte er sich, wem es wohl galt, denn Maggy blickte an ihm vorbei. Matthew wandte sich seinem Ziehbruder zu, der den Mund zu einem zustimmenden Lächeln verzogen hatte. Ihm galt dieses Zeichen der Zuwendung also. Matthew fühlte sofort, wie die Eifersucht von ihm Besitz ergriff. Er konnte nicht ertragen, ihre Liebe zu teilen. Es reichte ihm schon, wie sehr sie die Zieheltern in ihr kleines Herz geschlossen hatte. Aber vor Henry kam er!

»Ich habe gesagt, du sollst ins Bett gehen«, befahl er schärfer als beabsichtigt. Weil sie zögerte, herrschte er sie an: »Wird es bald?« Es tat ihm in der Seele weh, als er es in ihren Augen feucht schimmern sah. »Es tut mir leid, ich ...«, stammelte er, aber da war sie

106

bereits verschwunden. Schnaubend wandte er sich zum Gehen. Henry folgte ihm. Der Sturm scheint ihn nicht abzuschrecken, durchfuhr es Matthew ärgerlich. Seufzend beschloss er, in Paihia zu bleiben und die Maori-Freunde zu versetzen, denn auch sein Ziehbruder durfte auf keinen Fall etwas von seinem Ausflug mitbekommen. Wenn Matthew Pech hatte, petzte er es seinem Vater, und wenn der erfuhr, dass sich sein Ziehsohn mit dem Aufrührerpack traf, wie er diese jungen kriegerischen Maori zu nennen pflegte, würde er ihn überhaupt nicht mehr unbeaufsichtigt lassen.

»Ich bringe dich zum Boot«, knurrte Matthew, doch Henry blieb abrupt stehen.

»Weißt du was? Du hast recht. Mich zieht es heute nicht nach Kororareka. Ich glaube, ich gehe schlafen.« Er gähnte übertrieben.

Matthew fiel ein Stein vom Herzen. Nun konnte er seine neuen Freunde doch noch treffen.

»Ja, geh nur«, sagte er und versuchte, nicht allzu euphorisch zu klingen. »Ich vertrete mir noch ein wenig die Füße.«

Henrys Antwort war ein heiseres Lachen. »Kleiner Bruder, ich bin vielleicht bequem, aber blöd bin ich nicht. Nimm nur das Boot, was dich auch immer ins Höllenloch treiben mag. Und bitte sei vorsichtig! Heute Nacht soll ein Sturm aufkommen. Jedenfalls warnte mich mein kleiner Bruder davor.« Er wollte sich schier ausschütten vor Lachen.

Matthew wurde es abwechselnd heiß und kalt. Henry ahnte also, dass er ihn nur hatte loswerden wollen.

»Aber im Ernst – sei vorsichtig und kehr rechtzeitig zurück. Wenn Vater Wind davon bekommt, schlägt er dich windelweich. Das hat er die ersten Male bei mir auch gemacht, aber es hat nichts genutzt, und heute kann er mir nichts mehr anhaben. Ich bin vierundzwanzig. Aber bis du so alt bist, sieh dich vor. Und wenn ich dir einen Rat geben darf – nimm keines der Mädchen, die vorn auf der Straße herumlungern. Die rudern nachts zu den

Seeleuten auf die Schiffe und leiden nicht selten an ekelhaften Krankheiten. Gleich linker Hand vom Steg, da steht ein schönes weißes Haus mit einer einladenden Veranda, das *Hotel Kororareka*. Dort gibt es auch Maori-Mädchen, aber die sind besser und teurer. Dafür haben sie gleich Zimmer, auf die sie mit dir ...« Er trat vertraulich einen Schritt auf seinen Ziehbruder zu und kam ins Schwanken.

Matthew aber drehte sich wortlos auf dem Absatz um und eilte zum Anleger. Ihm missfielen Henrys Worte. Allein der Gedanke, dass sich sein Ziehbruder junge Maori-Frauen kaufte, war ihm zutiefst zuwider. Und genau das musste aufhören. Dass sich die einst stolzen Maori-Mädchen den Pakeha für Geld an den Hals warfen. Und dass die Briten dies einfach duldeten.

Der Wind hatte glücklicherweise abgeflaut, sodass er nur noch gegen den hohen Wellengang zu kämpfen hatte, doch das Ruderboot des Reverends erwies sich wieder einmal als äußerst stabil. Mit harten Schlägen kämpfte sich Matthew gegen die Wellen auf die andere Seite der Bucht hinüber, vorbei an ankernden Schiffen und Ruderbooten mit kreischenden Mädchen. Wahrscheinlich sind sie betrunken, dachte er angewidert und hatte mit einem Mal das Gefühl, als bohre sich eine Faust in seinen Magen. Eine unbestimmte Angst legte sich wie ein dunkler Schatten über sein Gemüt. Dabei war doch alles gut gegangen. Er hatte sich unbemerkt von seinen Zieheltern aus dem Haus geschlichen. Und dass Henry ihn dabei erwischt hatte, bereitete ihm keine Sorge mehr. Der war zwar manchmal ein grober Klotz, aber er war nicht hinterhältig. So jovial, wie er mit ihm geredet hatte, würde er ihn nicht an den Vater verraten. Wenn er sich am nächsten Tag überhaupt an ihre nächtliche Begegnung erinnerte. War es das bevorstehende Treffen mit den Freunden, das Matthew so nervös machte? Er stieß einen tiefen Seufzer aus. Nein, die Maori schreckten ihn nicht. Er war schließlich kein Pakeha, dem die entschlossenen Gesichter voller Tattoos Angst machten. Nein, es musste etwas anderes sein, aber sosehr Matthew auch darüber nachgrübelte, es fiel ihm kein vernünftiger Grund ein, warum er besorgt sein sollte.

Auch der Lärm, der ihm inzwischen aus dem Ort entgegenschallte, bereitete ihm keine Panik, sondern nur tiefe Abscheu. Was hatten diese zügellosen Pakeha nur aus der einst traumhaften Bucht gemacht? Er hatte sie nicht mehr anders gekannt, aber die Freunde, deren Stämme in dieser Gegend ansässig waren, wussten zu berichten, dass hier einst nichts als friedlicher Handel geherrscht hatte.

Dann blickte er nach links und sah am Fuß des Maikis unzählige Maori-Kanus liegen. Das Herz klopfte ihm bis zum Hals. Da war etwas Ungewöhnliches in Gang, aber was? Die Krieger hatten doch nicht etwa vor, den Fahnenmast zum zweiten Mal zu fällen? Das wäre ein großes Unrecht, hatte sein Ziehvater gesagt. Ohne den Mast würden die einlaufenden Schiffe in die Irre geleitet. Das leuchtete Matthew trotz seiner Sympathie für Hone Heke ein. Es wäre Unsinn, den Mast noch einmal zu fällen. Nein, sie werden sicherlich etwas Vernünftigeres vorhaben, redete sich Matthew gut zu, aber was?

Voller Ungeduld befestigte Matthew sein Boot am Steg und tauchte in das Nachtleben von Kororareka ein. Es herrschte ein wildes Gedränge auf der Straße, die am Ufer entlangführte. Aus den Spelunken drang laute Musik, und Horden von Betrunkenen wankten wie Schiffe mit schwerer Schlagseite durch die Gegend. Matthew senkte den Blick. Er mochte den teils finsteren Gestalten kaum ins Gesicht blicken. Narbige und entstellte Gesichter, Männer wie Schränke mit fehlenden Gliedmaßen, zahnloses und stinkendes Gesindel, das war zu viel für den jungen Mann, der aus der heilen Welt von der anderen Seite der Bucht kam. Er begann zu rennen, doch da packte ihn plötzlich eine eiskalte Faust im Nacken.

»Biest du nischt ein von die Carringtons?«, fragte eine männliche Stimme in schrecklichem Englisch. Als Matthew sich um-

109

wandte, blickte er in das feixende Gesicht eines französischen Paters der katholischen Mission. »So, so, ier treibt sisch die Brut des ach so frommen Reverends also erum.«

»Lassen Sie mich sofort los!«, fauchte Matthew.

»Aber naturellement, Monsieur«, spottete der Pater und ließ ihn höhnisch lachend laufen. Ohne sich umzusehen, rannte der junge Maori fort, bis er völlig außer Atem oben am Berg stehen blieb und sich ängstlich umblickte, doch es war weit und breit keine Menschenseele mehr zu sehen. Und auch der Lärm drang nur noch von ferne zu ihm herauf. Er atmete ein paarmal tief durch, während er den Blick über die Bucht schweifen ließ, die der Vollmond in ein gelblich weißes Licht getaucht hatte. Die unzähligen Inseln dort draußen waren in winterlichen Nebel gehüllt. Ein wenig unheimlich war ihm in der Einsamkeit hier oben schon.

Mit zittrigen Knien nahm er den schmalen Pfad durch den Busch zu ihrem Treffpunkt, dem Fahnenmast auf dem Maiki Hill. Als dieser in Sichtweite kam, blieb Matthew abrupt stehen. Schauerliche und zugleich vertraute Klänge drangen zu ihm herüber. Ob sie tatsächlich noch einmal den Fahnenmast fällen wollten? Matthew atmete tief durch. Sein Herz sehnte sich danach, in ihre Gesänge einzustimmen, doch sein Verstand warnte ihn davor, sich dorthin zu begeben. Du kannst nie wieder zurück in dein altes Leben, mahnte ihn eine innere Stimme. Nun geh doch endlich, du Feigling!, ertönte ein Ruf, dem er sich nicht zu widersetzen wagte, denn es war ihm beinahe so, als würde sein Vater, der stolze Häuptling, zu ihm sprechen.

Paihia, am gleichen Abend, Juni 1844

Maggy konnte nicht einschlafen. Sie musste in einem fort an Henry denken und wälzte sich unruhig von einer Seite auf die andere. Schon als Kind hatte sie heimlich von ihrem großen Bruder geschwärmt. Er war so kräftig und strotzte vor Lebensfreude. Wenn es einer schaffte, sie zum Lachen zu bringen, dann war er es. Sie hatte fast ein schlechtes Gewissen, dass ihre Gedanken ohne Unterlass um Henry kreisten. Ihr Bruder Matthew mochte es nicht sonderlich, wenn sie einem anderen als ihm ihre ungeteilte Aufmerksamkeit schenkte. Sie seufzte tief. Hoffentlich merkt er es nicht, dachte sie. Schließlich nahm sie ihm doch nichts. Keine Frage, dass sie ihn bedingungslos liebte. Schließlich war er ihr leiblicher Bruder, nur brachte er weder ihre Knie zum Zittern noch ihre Augen zum Strahlen. Das schafften nur ihre schwärmerischen Gedanken an Henry.

Sie tastete nach der Silberkette, die sie zum Schlafengehen auf dem Nachttisch abgelegt hatte, nahm sie zur Hand und ließ das Schmuckstück versonnen durch die Finger gleiten. Im fahlen Mondlicht, das durch das Fenster in ihr Zimmer drang, bekam der Anhänger, ein silbernes Kreuz, einen besonders geheimnisvollen Glanz. Henry hatte es ihr von einer Reise nach Auckland mitgebracht. Sie drückte die Kette ans Herz. Ja, sie mochte ihren großen Bruder, aber sie hatte immer, wenn sie an ihn dachte, ein schlechtes Gewissen, denn dass es keine rein schwesterlichen Gefühle waren, ahnte sie sehr wohl.

Maggy aber war klug genug, ihre tiefe Liebe, die sie für den

Ziehbruder empfand, vor der Familie zu verbergen. Schließlich war er schon ein erwachsener Mann und sie in seinen Augen sicher nur ein kleines Mädchen, auch wenn sie bald sechzehn wurde.

Ach, wenn er mich doch bloß als Frau sehen könnte!, ging ihr gerade sehnsüchtig durch den Kopf, als ein leises Pochen an der Tür sie aus ihren Gedanken schreckte. Sie fuhr hoch und saß senkrecht im Bett.

»Herein«, wisperte sie heiser und starrte dabei zur Tür. Sie war beinahe erleichtert, als sie Henrys Schopf im Mondlicht rotblond leuchten sah.

»Keine Angst, Maggy, ich wollte dir nur einen kleinen Besuch abstatten«, raunte er, während er leise die Tür hinter sich schloss und auf das Bett zutrat.

»Wir müssen nur leise sein. Meine Eltern sehen solche nächtlichen Besuche sicher nicht gern«, fügte er energisch hinzu und legte ihr zur Bekräftigung seiner Worte den Zeigefinger auf den Mund. Allein diese flüchtige Berührung ließ Maggy wohlig erschaudern. Ihr war zwar ein wenig seltsam zumute, dass er sie mitten in der Nacht aufsuchte, aber ihr Herz machte Luftsprünge.

»Na, meine Kleine? Frierst du nicht so allein im Bett?«, fragte er nun mit einschmeichelnder Stimme.

Auch das nahm Maggy mit widerstreitenden Gefühlen auf. Was wollte er mitten in der Nacht bei ihr?, fragte sie sich bang, während es in ihrem Bauch angenehm kribbelte, als er ihre Decke beiseiteschob und sich neben sie legte.

»Ich wärme dich«, flüsterte er.

Maggy war seine überraschende Nähe alles andere als unangenehm, aber sie musste daran denken, was wohl ihre Ziehmutter dazu sagen würde, wenn sie erfuhr, dass ihr Sohn sich zu ihr ins Bett gelegt hatte.

Dieser Gedanke ließ sie frösteln, und sie setzte sich kerzengerade auf.

»Ich glaube, deine Mutter würde das hier nicht gutheißen«, sagte sie mit ungewohnt schriller Stimme.

Henry aber legte ihr den Arm um den zitternden Körper.

»Du frierst ja wirklich«, bemerkte er in fürsorglichem Ton und zog sie zärtlich noch dichter zu sich heran.

Maggy war immer noch hin- und hergerissen. Sie fühlte sich geborgen in seinem Arm und wünschte sich, er möge sie nie mehr loslassen, doch dann dachte sie wieder an ihre Eltern. Und sie wusste genau, dass sie nicht gutgeheißen hätten, was hier geschah. Henry gehörte nicht in ihr Bett. So viel war sonnenklar.

»Weißt du eigentlich, dass ich dich bezaubernd finde?«, flüsterte er dicht an ihrem Ohr. In diesem Augenblick roch Maggy, dass Henry getrunken hatte. Er stank wie eine offene Karaffe Wein.

»Henry, du bist beschwipst«, murmelte sie mit leichtem Vorwurf in der Stimme. Er wusste doch, wie wütend sein Vater wäre, wenn er wieder einmal betrunken war. Gerade neulich erst hatte Maggy einen fürchterlichen Streit zwischen den beiden mit anhören müssen. Als verantwortungslosen Trunkenbold hatte sein Vater ihn gescholten. Maggy war es zutiefst unangenehm gewesen, dass die beiden sie nicht bemerkt hatten. Seitdem pflegte sie jedes Mal laut zu hüsteln, wenn sie das Esszimmer betrat. Sie wollte keine unfreiwillige Lauscherin sein.

Henry aber lachte aus voller Kehle. »Ja, meine Kleine, ich habe mir Mut angetrunken. Es ist gar nicht so einfach, an deine Zimmertür zu klopfen und Einlass zu begehren. Du hättest mich ja auch draußen stehen lassen können.«

Das hätte ich wohl auch besser tun sollen, durchfuhr es Maggy siedend heiß, als ihr Ziehbruder ihr zärtlich durchs Haar fuhr. Es ist nicht recht, sagte eine strenge Stimme in ihr. Schick ihn fort, bevor es zu spät ist! Doch da war wieder dieses Wohlgefühl, das ihren ganzen Körper durchströmte wie die erste Frühlingswärme.

»Magst du das, kleine Schwester, oder soll ich lieber aufhören?«, fragte Henry heiser.

113

Maggy kämpfte mit sich. Sie sollte ihn aus dem Zimmer werfen, aber sie brachte es nicht fertig. Seine Hände, die nun in ihrem Nacken angelangt waren, streichelten sie sanft. Und sie liebte ihn doch von ganzem Herzen. Warum sollte sie ihn von sich stoßen?

Du bist noch ein Kind, hörte sie in diesem Augenblick die mahnende Stimme ihres Bruders Matthew, aber sie empfand es ganz anders. Unter Henrys kundigen Händen fühlte sie sich zur Frau erblühen.

Maggy zuckte zusammen, als sich seine Hand vom Nacken löste und auf ihren Unterleib legte. Ich trage doch nichts unter meinem Nachthemd, schoss es ihr noch beschämt durch den Kopf, als sie bereits seine fordernden Finger auf ihren Oberschenkeln spürte. Sie wollte ihn wegstoßen, aber wieder gelang es ihr nicht. Im Gegenteil, sie stöhnte leise auf, als es in ihrem Bauch angenehm zu kribbeln begann. Niemals hätte sie gedacht, dass diese riesigen Hände zu einer solchen Zärtlichkeit fähig waren.

»Du musst sagen, wenn ich aufhören soll«, raunte er, aber statt von ihr abzulassen, war er mit der Hand nun unter ihr Nachthemd geglitten und hatte sich zu ihren Brüsten vorgetastet. Als er sie schließlich sanft berührte, wurde Maggy schwindelig.

»Nicht«, stöhnte sie. »Bitte nicht!« Doch als Henry seine Hände so rasch fortnahm, als hätte er sich verbrannt, wünschte sie sich insgeheim, er wäre nicht so gehorsam gewesen.

»Hör gut zu, kleine Schwester, ich werde nichts tun, was du nicht möchtest.« Seine Stimme klang verwaschen.

Ich muss ihn aus dem Zimmer schicken, sagte sich Maggy entschieden, aber stattdessen nahm sie seine große Hand und führte sie sanft zu ihrer Brust zurück.

»Ich liebe dich«, flüsterte Henry voller Leidenschaft.

»Ich liebe dich auch«, erwiderte sie. Sie sahen sich an. Henry konnte ihrem Blick nicht standhalten. Er riss sich von ihren dunklen Augen los und sah an ihr vorbei. »Ich darf es nicht tun«, hörte sie ihn wie aus einer anderen Welt raunen. »Ich darf es nicht tun.«

»Ja, du solltest lieber gehen.« Maggy war den Tränen nahe, als sie diese Worte hervorpresste.

Henry löste sich aus der Umarmung und erhob sich schwerfällig. Als er aufstand, geriet er kurz ins Schwanken. Er wollte wirklich gehen, doch dann warf er ihr einen letzten Blick zu. Was er da sah, versetzte ihn in solche Erregung, dass er seine guten Vorsätze einfach über den Haufen warf. Wie unschuldig und voller Liebe sie ihn ansah! Niemals mehr in seinem Leben würde er ein solches Liebesglück erleben dürfen. Einmal noch vor meiner Hochzeit, sprach er sich gut zu, möchte ich diese vollendete Schönheit besitzen.

Kaum hatte er den Gedanken zu Ende geführt, ließ er sich zurück auf das Bett gleiten, presste der erschrockenen Maggy seine Lippen auf den Mund. Er rechnete damit, dass sie sich wehren würde, doch stattdessen erwiderte sie seinen Kuss. Diese Mädchen haben die Liebeskunst im Blut, dachte er voller Begierde, legte sich mit seinem ganzen Gewicht auf ihren Körper und schob eine Hand unter ihr Hemd und zwischen ihre Schenkel. Nun spürte er ihren leichten Widerstand. Maggy unterbrach den Kuss und wollte ihn von sich schieben.

»Nicht, Henry, nicht!«, bat sie mit angsterfüllter Stimme. »Bitte, hör auf! Ich will das nicht.«

Ich sollte ihr gehorchen, sagte er sich, aber gerade die vehemente Gegenwehr ihrer kleinen Fäuste, die ihm jetzt auf den Rücken trommelten, erregte ihn.

»Bitte, Henry, nein, das dürfen wir nicht. Das machen Mann und Frau«, schluchzte sie. Statt wie eben noch Liebe für ihn zu empfinden, empfand sie nur noch nackte Panik. Ihr Magen rebellierte.

»Henry, nicht, nein! Ich bin deine Schwester. Tu das nicht!«

»Wir sind Mann und Frau«, stöhnte er in höchster Erregung. Um keinen Preis der Welt würde er sie freiwillig wieder hergeben. Es gab kein Zurück mehr. Er musste es tun. Gerade weil sie es nicht mehr wollte. Er aber genoss das Trommeln ihre Fäuste auf seinem Rücken. Ja, schlag zu, mehr noch, mehr noch, dachte er voller Erregung.

»Bitte, Henry, du bist so schwer. Lass ab von mir!«, flehte sie weinend, aber er konnte nicht. Es war zu spät. Wie ein Wahnsinniger fingerte er an den Knöpfen seiner Hose herum und riss sie vor Ungeduld ab, statt sie zu öffnen. Stöhnend zog er die Hose notdürftig so weit herunter, dass er in sie eindringen konnte. Ihr herzzerreißender Schrei – »Nein, bitte nein!« – beflügelte ihn geradezu, in wilder Lust zuzustoßen. Dann ging alles ganz schnell. Was er in diesem Augenblick spürte, übertraf alles, was er jemals zuvor bei einer dieser Frauen empfunden hatte.

»Ich liebe dich, meine Kleine, ich liebe dich«, stöhnte er wieder und wieder und ließ sich neben sie auf das Laken fallen. Er hielt die Augen geschlossen, damit dieser Traum kein Ende nahm. Ein letztes Mal hatte er an den Früchten der Leidenschaft gekostet, einer Leidenschaft, die er mit June Hobsen niemals würde erleben dürfen, denn er begehrte sie nicht. O ja, das Bild der kleinen Maggy, das sollte sich unauslöschlich in sein Herz einbrennen. Wann immer er in Zukunft mit June die ehelichen Pflichten vollziehen musste, würde er an diesen Augenblick denken. Er erschauerte und tastete nach ihrem schlanken Körper.

»Ich liebe dich. Warum sagst du nichts? Liebst du mich nicht mehr?«, gurrte er, und als keine Antwort kam, riss er die Augen auf und wandte sich ihr zu. Bei ihrem Anblick erschrak er so sehr, dass er entsetzt die Hände vor das Gesicht schlug. Leblos lag ihr Kopf auf der Seite, ihre Augen waren geschlossen, und ihr Mund war wie zu einem Schrei starr geöffnet. Ich habe sie umgebracht, durchfuhr es ihn eiskalt, und er sprang vom Bett auf.

»Maggy!«, rief er verzweifelt. »Kleine Maggy, meine kleine Maggy, das wollte ich nicht. Komm, wach auf!« Doch sie rührte sich nicht. Wie tot lag sie auf dem weißen Laken, das von einem einsamen Blutfleck beschmutzt war. Noch einmal zuckte er erschrocken zusammen. Sein Atem ging stoßweise. Was hatte er nur getan? Er hatte sich an einem unschuldigen Kind vergriffen. Er ballte die Fäuste und murmelte: »Nein, o nein.« Dann legte er zögernd den Kopf auf ihre Brust. Was hätte er darum gegeben, ihren Herzschlag zu hören. Erleichtert atmete er auf, als er es pochen hörte. Sie lebte. Er musste sie wecken, ihr einschärfen, dass sie mit keinem Menschen über das Vorgefallene sprechen durfte. Mit einem Mal war er völlig nüchtern.

»Maggy, wach auf!«, bettelte er, doch sie reagierte nicht. »Maggy, bitte wach auf!«, flehte er laut und immer lauter. So laut, dass er nicht hörte, wie sich die Tür hinter ihm öffnete und jemand entsetzt neben ihn trat.

Erst als der Schein einer Kerze das Zimmer erhellte und er sie bestürzt stammeln hörte – »Was hast du . . . mein Gott, was hast du getan?« –, bemerkte Henry seine Mutter. Ohne zu zögern, zog er hastig die Bettdecke bis zu Maggys Hals hoch.

Doch Emily hatte bereits gesehen, was er vor ihr zu verbergen versuchte. Außerdem verriet ihr die Hose, die ihrem Sohn in den Kniekehlen hing, was geschehen war. »Du hast sie . . . mein Gott, du hast sie umgebracht, du . . .« Ein Schluchzen entrang sich Emilys Kehle.

»Nein, Mutter, sie lebt. Sie muss ohnmächtig geworden sein«, widersprach Henry heftig.

»O Gott, was hast du ihr nur angetan? Du . . . du . . .« Wie eine Furie drosch Emily mit den Fäusten auf die Brust ihres Sohnes ein.

»Ich habe nichts getan, Mutter«, entgegnete er weinerlich. »Nichts, was sie nicht gewollt hätte. Sie hat mich verführt.«

Die Antwort seiner Mutter war ein verzweifeltes Lachen. »Auch wenn ich das jederzeit beschwören würde, um dich nicht in Schwierigkeiten zu bringen, wir beide wissen, dass es nicht wahr ist. Du hast dich wie ein Tier über sie hergemacht. Und dabei hast du sie umgebracht. Sieh dich doch nur an: Du bist ein

117

Bär von einem Mann, und dann dieses zarte Geschöpf. O nein, o nein, lass es nicht wahr sein!«

»Mutter, ich ... ich habe ihr nichts ... nichts getan, was sie nicht auch gewollt hätte«, stammelte Henry, während er mit hochrotem Kopf die Hose hochzog. »Sie hat mich leidenschaftlich geküsst, und da dachte ich, sie wolle das ...«

Emilys Antwort war eine schallende Ohrfeige. Auf dem roten Gesicht ihres Sohnes prangten alle fünf Finger.

»Sie ist ein Kind, und du bist ein Mann. Sie ist deine Schwester. Und sie ist eine Maori. Dass du vor nichts haltmachst, du Lüstling ...!«, keifte sie, während sie Maggy leichte Schläge ins Gesicht versetzte. »Bitte, Kind, wach doch endlich auf!«, flehte sie, bis die junge Maori schließlich ein gequältes Stöhnen von sich gab. Die Augen hielt sie noch immer fest geschlossen.

»Geh!«, fauchte Emily ihren Sohn an. »Geh mir aus den Augen. Und ich erwarte von dir, dass du schnellstens – das heißt noch in den nächsten Monaten – June Hobsen zur Frau nimmst. Und solltest du dich Maggy noch einmal weiter nähern, als es sich schickt, werde ich deinem Vater verraten, was du getan hast. Und dann gnade dir Gott. Er wird dich umbringen.«

Henry starrte seine Mutter fassungslos an.

»Ich habe gesagt: Geh auf dein Zimmer! Und noch morgen machst du den Hobsens deine Aufwartung und nimmst June noch in diesem Winter zu deiner Frau. Hörst du?«

»Und du wirst es Vater nicht erzählen? Bitte, Mutter, nicht! Er hat doch ohnehin immer etwas an mir auszusetzen. Bitte, tu es nicht. Ich verspreche dir, ich werde in Zukunft einen Riesenbogen um Maggy machen«, jammerte er.

»Nein, ich muss ihn schonen, weil es ihn zu schwer treffen würde«, erwiderte Emily kalt, bevor sie ihren Sohn streng anfunkelte. »Es darf keiner erfahren. Hörst du? Kein Mensch! Ich werde schweigen, aber seinetwegen!«

»Nein, kein Wort wird über meine Lippen dringen. Ach, Mut-

118

ter, dieser verdammte Alkohol!« Er wollte sie umarmen, doch sie wehrte ihn ab. Dann fügte er ängstlich hinzu: »Aber was, wenn sie etwas sagt?«

Emily warf Maggy einen prüfenden Blick zu. »Das lass nur meine Sorge sein. Ich werde ihr vorschreiben, was sie zu tun und zu lassen hat. Und nun geh, bevor sie noch aufwacht und sich an alles erinnert.«

»Ja, Mutter«, erwiderte Henry wie ein kleiner Junge, der einen üblen Streich bitter bereute, bevor er mit gesenktem Kopf davonschlich.

Emily betrachtete das stöhnende und sich unruhig von einer Seite auf die andere werfende Mädchen nachdenklich und zog ihr dann mit einem Ruck die Bettdecke weg. Voller Abscheu betrachtete sie den verräterischen Blutfleck auf dem blütenweißen Laken. Ekel erfasste ihren ganzen Körper, doch sie hatte keine andere Wahl. Mit einem einzigen Griff riss sie dem Mädchen das Laken unter dem Körper fort. Mit zitternden Fingern knüllte sie es zusammen, warf es angewidert auf den Boden und holte dann ein neues aus der Kommode. Das drapierte sie unter ihre immer noch vor sich hin dämmernde Tochter, was gar nicht so einfach war. Emily geriet mächtig ins Schwitzen. Sie hatte große Sorge, Maggy würde sie dabei erwischen, doch die wachte erst auf, nachdem Emily ihr Werk vollendet hatte.

»Nein, bitte nicht, nein«, murmelte Maggy. Sie hielt die Augen noch immer geschlossen.

Emily hätte sich am liebsten die Ohren zugehalten, offenbarten diese Rufe doch nichts als die grausame Wahrheit. Das Mädchen hatte sich ihrem Sohn auf keinen Fall freiwillig hingegeben. Nach Sehnsuchtsbezeugungen hörte es sich wahrlich nicht an, sondern nach purer Verzweiflung. Emily wurde so schlecht, dass sie jetzt meinte, sich übergeben zu müssen, doch sie durfte keinerlei Schwäche zeigen. Sie atmete tief durch. Das linderte ihre Übelkeit. Schließlich lag es allein an ihr, eine schlimmere Katastrophe abzuwenden. Und schlimmer wäre es gewesen, wenn Henrys Verfehlung bekannt würde. Das darf nicht geschehen, redete sich Emily entschieden ein, während sie besorgt die flackernden Lider ihrer Ziehtochter betrachtete.

Es dauerte noch eine ganze Weile, bis Maggy die Augen aufschlug. »Wo bin ich?«, krächzte sie heiser.

»Du liegst in deinem Bett, mein Kind«, redete Emily beruhigend auf sie ein. »Anscheinend hast du schlecht geträumt, denn ich bin von deinem Schreien aufgewacht und sogleich zu dir geeilt.«

Maggy aber hörte ihr gar nicht zu, sondern setzte sich mit einem Ruck auf. »Wo ist er?«

»Von wem sprichst du, mein Kind?« Emilys Stimme bebte.

»Wo ist Henry?« Maggy ließ den Blick verstört durch das Zimmer schweifen.

»Henry?«

Maggy sah ihrer Ziehmutter in die Augen. »Henry war bei mir. Wo ist er?«

»Du musst geträumt haben. Henry ist schon lange im Bett«, erwiderte Emily in der Hoffnung, dass Maggy ihr falsches Spiel nicht durchschaute.

»Henry war in meinem Schlafzimmer, und er hat Dinge getan, die ich nicht will. Bitte, sag mir – wo ist er?«, bettelte Maggy.

Emily wurde noch bleicher. Sie konnte das Kind doch nicht ungestraft belügen, aber wie sollte sie sich sonst aus der Affäre ziehen, ohne ihren Sohn zu belasten?

»Henry war also bei dir?«, fragte sie vorsichtig.

»Ja, Mutter, ja, ich liebe ihn doch, aber dann hat er mir schrecklich wehgetan ...«

»Kind, das hast du nur geträumt.«

»Nein, es tut mir so weh. Es brennt wie Feuer. Glaub mir doch!« Maggy klang spürbar verzweifelt.

»Pst!« Emily hielt ihrer Ziehtochter den Mund zu. »Das bildest du dir nur ein, mein Kind.«

Doch da brach Maggy in Tränen aus. »Nein, das ist nicht wahr. Henry war in meinem Zimmer, in meinem Bett, und alles war so schön, doch dann . . .« Sie schluchzte verzweifelt auf.

Emily rang mit sich. Sie würde nicht damit durchkommen, Maggy vorzugaukeln, sie habe sich alles nur eingebildet. Sie musste das Mädchen anders zum Schweigen bringen.

»Willst du, dass dein Vater alles mitbekommt?«, fragte sie streng.

Maggy schüttelte heftig den Kopf.

»Gut, dann sei leise.«

»Aber so glaub mir doch! Er war in meinem Zimmer, und dann hat er mir wehgetan.«

»Du hast ihn also in dein Bett gelassen? Was bist du nur für ein verdorbenes Geschöpf!«, spie Emily verächtlich aus.

Maggy hörte auf zu weinen und blickte ihre Ziehmutter aus schreckensweiten Augen an. »Aber . . . ich . . . ich habe ihn doch so lieb . . . ich wollte doch nicht . . .«

»Das hättest du dir vorher überlegen sollen. Henry hat doch glauben müssen, dass du ein leichtes Mädchen bist. Es ist allein deine Schuld. Was du getan hast, ist eine große Sünde.«

Maggy rang nach Luft. »Aber ich . . . ich wollte doch nicht, dass . . . Ich . . .«

»Du, mein Kind, wirst dich in Zukunft von meinem Sohn fernhalten und ihn nie wieder unter vier Augen sprechen. Hast du gehört? Nie wieder! Und wenn er noch einmal an deiner Tür klopfen sollte, ist es deine Verantwortung, ihn wegzuschicken. Wenn du das beherzigst, wird der Herr dir verzeihen.«

»Ich will alles tun, was du sagst«, erwiderte Maggy mit kläglicher Stimme und am ganzen Körper zitternd.

»Gut, dann wirst du wieder mein braves Mädchen sein.« Emily nahm Maggy zur Bekräftigung ihrer Worte in die Arme und drückte sie fest an sich. Wie gut, dass sie mein Gesicht nicht sehen kann, durchfuhr es Emily, während ihr Tränen die Wangen hinunterliefen. Nicht das Kind hatte sich versündigt, sondern Henry und

121

sie selbst, aber sie hatte keine andere Wahl. Wenn ruchbar würde, welche Schuld ihr Sohn auf sich geladen hatte, würde die Familie Hobsen ihn niemals mehr als Schwiegersohn akzeptieren. Sie drückte das Mädchen, das jetzt stumm weinte, noch einmal kräftig an sich. Ja, sie glaubte ihr, dass sie Henry reinen Herzens begegnet war. Trotzdem war sie gezwungen gewesen, der armen Maggy weiszumachen, dass sie große Schuld auf sich geladen hatte. Wie hätte Emily sie sonst zum Schweigen verdonnern können?

Langsam löste sie sich aus der Umarmung mit ihrem Ziehkind. »Und kein Wort zu deinem Vater oder deinem Bruder!«

»Kein Wort«, echote das Mädchen schwach.

»Dann schlaf jetzt und träum etwas Schönes«, säuselte Emily, während sie Maggy zärtlich zudeckte. »Ich habe dich lieb«, fügte sie hinzu, als sie in das todtraurige Gesicht blickte, bevor sie aus dem Zimmer huschte.

Maggy aber konnte nicht schlafen. Sie presste das Gesicht tief in das Kissen, damit keiner im Haus ihre Verzweiflungsschreie hören konnte. Sie wusste nur eines ganz genau: Es würde ihr nicht schwerfallen, einen Bogen um Henry zu machen, denn dort, wo vorher ihr Herz für ihn geschlagen hatte, klaffte eine schmerzende Wunde. Und das Schlimmste daran war, dass sie allein die Schuld daran trug. Ja, sie war schuld, dass er ihr so wehgetan hatte. Dieser Glaube jedenfalls war bereits tief in ihrem Herzen verankert.

Maiki Hill, Kororareka (Russell), Mai 1844

Matthew hatte noch eine ganze Weile wie erstarrt dagestanden und sich nicht vom Fleck gerührt, bevor er der Stimme seines Vaters gefolgt war und sich eilig zum Gipfel des Maiki begeben hatte.

Nun stand er seit geraumer Zeit halb verborgen hinter einem Kauribaum und beobachtete fasziniert die Zeremonie der Krieger. Sie tanzten, stampften mit den Füßen auf den Boden, sangen und zogen Grimassen. In Matthew stiegen dunkle Erinnerungen an seine Kindheit auf. Wie oft hatten die Männer seines Dorfes den Haka getanzt. Er entsann sich besonders an das eine Mal. An den Tag, an dem der feindliche Stamm das Dorf umzingelt hatte. Wie stolz hatte sein Vater die Krieger darauf eingeschworen, sich bis zum letzten Blutstropfen zu verteidigen, doch dann war alles ganz schnell gegangen, denn die Feinde waren im Besitz von Musketen gewesen. Sie hatten ein leichtes Spiel gehabt ...

»*Tama*«, donnerte eine dunkle, kräftige Stimme durch die mondklare Nacht zu ihm herüber. Matthew hätte sie unter Hunderten wiedererkannt. Sie gehörte Hone Heke. Der Junge erschrak und zog sich rasch hinter den Baum zurück, doch da umzingelten ihn bereits Waaka und Tiaki, die beiden Maori, mit denen er sich verabredet hatte. Zitternd verließ Matthew seine Deckung und folgte ihnen. Sie brachten ihn geradewegs zum Häuptling, der inmitten seiner Krieger stand und sie fast alle überragte. Er trug als Einziger einen Federmantel, während seine

Männer einheitlich ihren Kilt aus Flachs anhatten. Matthew kam sich in seinem Sonntagsanzug völlig deplatziert vor. Hone Heke musterte ihn durchdringend, aber freundlich.

»Hier ist deine Familie«, sagte der Häuptling schmeichelnd, und er wiederholte: »*Tama.*«

»Aber ... aber mein Stamm ist ausgerottet«, widersprach Matthew schwach.

»Keiner kann unsere Stämme je ausrotten, und meine Frau Hariata ist mit deinen Ahnen verwandt. Also gehörst du zu uns und nicht zu den Missionaren, die Lügen über mich verbreiten«, erwiderte der Häuptling in bestem Englisch.

Matthew schluckte trocken. Es hatte ihn unweigerlich hergezogen, aber nun wurde ihm zunehmend mulmig zumute. War es nicht doch Hass, der aus diesem stolzen Mann sprach? Auch wenn es immer hieß, Hone Heke sei den Missionaren zugetan und wirke unter den Maori wie ein Missionar für den christlichen Glauben?

»Aber man erzählt sich doch überall, du seist selbst ein Christ«, hörte sich Matthew da bereits sagen. Kaum hatte er diese Worte ausgesprochen, erschrak er, weil er sich so mit dem Häuptling zu reden traute. Schließlich war bekannt, dass der große Hone Heke keine Widerworte duldete. In dem Punkt ist er genau wie mein Ziehvater, schoss es Matthew flüchtig durch den Kopf.

Hone Heke musterte ihn spöttisch, bevor er in dröhnendes Gelächter ausbrach.

»Wie heißt du, mein Sohn?«, fragte er glucksend.

»Matthew«, entgegnete dieser verwirrt.

Wieder lachte der Maori-Häuptling aus voller Kehle. »Hört, hört! Er heißt Matthew. Wer von euch hat schon einmal von einem Maori mit dem Namen Matthew gehört?«

Einige der Männer lachten wissend mit, während die anderen, die der englischen Sprache nicht mächtig waren, nur mit einstimmten, weil ihr Häuptling es ihnen vormachte.

Matthew lief rot an. Das war selbst bei seiner dunklen Haut noch zu erkennen.

»Mein richtiger Name ist Matui.«

Hone Heke wurde auf einen Schlag wieder ernst. »Matui ist ein stolzer Name.«

Matthew straffte die Schultern. »Mein Vater war Häuptling der Wakatui.«

»Umso mehr trägst du die Verantwortung, zu deinem Volk zu stehen, Matui.«

Nun konnte Matthew sich nicht länger beherrschen, jene Frage zu stellen, die ihm auf der Zunge brannte, seit er das Kriegsgeschrei gehört hatte.

»Seid ihr hier oben, um den Fahnenmast noch einmal zu zerstören? Das ist Unrecht. Er weist den hereinkommenden Schiffen den Weg. Und sonst gar nichts.«

»Du irrst, mein Sohn, die Fahne der Briten auf diesem Berg ist ein Zeichen ihrer Vorherrschaft. Im Vertrag von Waitangi, den ich reinen Herzens mit unterzeichnet habe, war vorgesehen, dass die Pakeha und wir auf Augenhöhe zusammenleben. Aber was haben sie getan, kaum dass die Tinte trocken war? Sich unser Volk untertan gemacht. Sie nehmen unser Land in Besitz. Dabei haben sie ein großes Land, das ihnen gehört. Und wo wird einst unser Land sein, wenn sie es Stück für Stück an sich reißen? Sie haben einfach ihre Hauptstadt von hier nach Auckland verlegt, ihr Geld fließt nicht mehr in diese Region, sie haben uns verboten, Kauribäume zu fällen. Meine Leute können immer weniger Handel treiben und werden arm und ärmer, während sich die Pakeha große Häuser bauen. Das ist nicht mehr auf Augenhöhe, mein Sohn. Oder hast du schon einmal erlebt, dass eine Pakeha für uns Maori arbeitet? Aber unsere Mädchen, die stehen in den Diensten der Pakeha oder schlimmer noch – sie verkaufen sich an den weißen Abschaum in Kororareka. Und um zu zeigen, dass wir nicht gewillt sind, länger tatenlos zuzusehen, wie wir zu Sklaven der Pakeha werden, muss ich den Mast zum zweiten Mal fällen. Damit treffe ich sie empfindlich, und nichts anderes ist mein Ziel. *Kainga te kiko, whaiho te whenua ki tangata nona.*«

Matthew war bei Hone Hekes beschwörenden Worten abwechselnd heiß und kalt geworden. Was hatte er zuletzt gesagt? *Wenn man dir erlaubt, auf dem Land anderer zu leben, dann nutz es nach Kräften, aber lass das Land selbst stets seinen wahren Eigentümern.* Der Häuptling sprach ihm im Grunde genommen aus dem Herzen. Warum zum Beispiel war ihr Dienstmädchen Ripeka keine Pakeha, sondern eine Maori? Wie oft hatte er ähnlich gedacht. Seinen Unmut allerdings an dem Fahnenmast auszulassen, auf den Gedanken wäre er niemals gekommen. Zumal sein Ziehvater Hone Hekes Tat strengstens als kriegerische Handlung verurteilt hatte. Langsam aber leuchtete Matthew die Notwendigkeit ein, dem Unmut der Maori sichtbaren Ausdruck zu verleihen. Und was war dazu besser geeignet als der Fahnenmast? Die englische Fahne, die über allem wehte, war ein Symbol für die Unterdrückung der Maori.

»Bist du dabei, wenn wir den Mast nun fällen?«, fragte Hone Heke.

Matthews Wangen glühten vor Begeisterung, als er auch schon nach einer Axt verlangte. »Ich möchte den ersten Hieb tun!«, rief er euphorisch.

Hone Heke lächelte siegessicher. »Du bist ein guter Krieger, Matui.«

Der Häuptling ließ den Blick prüfend über seine Männer schweifen. »Wer gibt dem jungen Krieger seinen Kilt, damit er den ersten Axthieb in würdevoller Kleidung ausführen kann?«

Im Nu war Hone Heke von Männern umringt, die ihren Kilt auszogen, um ihn dem Jungen zu borgen. Matthew sah verlegen zur Seite, denn die Männer standen nun zum Teil völlig entblößt vor ihm. Unter dem Kilt waren sie nackt. Die meisten besaßen auch Tätowierungen am Körper.

Schließlich reichte der Häuptling Matthew den Kilt eines jungen Kriegers. Matthew zögerte, seinen Sonntagsanzug abzulegen, doch als Hone Heke ihm aufmunternd zunickte, zog er sich langsam aus. Beim Unterzeug angekommen, hielt er erneut inne. Er musste an seine Ziehmutter denken, der es immer ungemein wichtig war, dass er auch wirklich seine Unterhose trug. Ob er die auch ausziehen musste? Mittlerweile waren aller Augen auf ihn gerichtet, und das machte ihn zusätzlich verlegen. Er hatte Hemmungen, sich vollständig zu entblößen, sondern griff sich den Kilt und zog ihn rasch über die Unterhose. Täuschte er sich, oder feixten einige der Umstehenden auf seine Kosten? Matthew rang sich zu einem Lächeln durch. Schließlich konnten sie nicht erwarten, dass er sich von einem Augenblick zum nächsten in einen waschechten Maori verwandelte.

Kämpferisch richtete er sich vor dem Häuptling auf und verlangte erneut nach der Axt. Mit klopfendem Herzen griff er nach der Waffe und näherte sich dem Fahnenmast, an dessen Spitze noch die Fahne stolz im Wind flatterte. Hinter ihm ertönte nun wieder der kämpferische Gesang der jungen Krieger. Als er sich umsah, hatten sich die Männer zu einem Haka aufgestellt und wirbelten ihre geschnitzten Stöcke wie zum Kampf durch die Luft. Matthew verstand jedes Wort. *Ka mate,* ich werde sterben, *ka ora,* ich werde leben. *Whiti te ra hi,* die Sonne scheint. Aber dann ließ er sich nur noch von dem Rhythmus führen. Er begann fest mit den Füßen auf den Boden zu stampfen. Erst zaghaft und dann immer fester.

Wie in Trance tanzte Matthew schließlich vor dem Fahnenmast hin und her, bis er ausholte und mit voller Kraft in das Holz hieb.

»Matui*, ka mate!*«, feuerte der Häuptling seine Männer an, bis sein Name aus allen Kehlen zu Matthew herüberschallte. »Matui! Matui!« Niemals zuvor war er so stolz gewesen wie in diesem Augenblick. Er hatte das Gefühl, von den Kriegern getragen zu werden. Er wandte sich zu ihnen um und reckte die Hand mit der Axt triumphierend zum Himmel empor. Wieder riefen sie seinen Namen. Dann schritt Hone Heke majestätisch auf ihn zu, kam mit seinem Gesicht ganz nahe an seines heran und rieb seine Nase an der des jungen Mannes. Matthew war ein wenig erschrocken. Zwar konnte er sich dunkel daran erinnern, dass sich die Erwachsenen in seinem Dorf auf diese Weise begrüßt hatten, doch nach so langer Zeit war es eher eine befremdliche Geste der Zuneigung. Er aber konnte seine Unsicherheit verbergen und tat so, als wäre das für ihn das Selbstverständlichste der Welt, dass ein Fremder die Nase gegen seine rieb. Trotzdem war er erleichtert, als die Prozedur beendet war.

Nun trat eine Hand voll Krieger mit Äxten bewaffnet an den Fahnenmast heran und schlug auf das Holz ein, bis sich der Stamm ächzend zur Seite neigte und laut knirschend zu Boden stürzte. Die Maori begrüßten den Fall des Fahnenmastes mit lautem Triumphgeheul. Schließlich trat Hone Heke auf die Fahne zu und zündete sie an. Wieder ertönte zustimmendes Gebrüll. Als auch der Mast Feuer fing und eine kleine Rauchsäule gen Himmel stieg, fingen die Männer erneut zu tanzen und zu singen an.

Matthew beobachtete das Treiben wie im Rausch.

»Kommst du mit uns nach Kaikohe?«, hörte er Hone Heke wie von ferne fragen.

Matthew zuckte zusammen. Obwohl ihn die Ereignisse des heutigen Abends faszinierten, durfte er sich doch nicht einfach aus dem Staub machen. Selbst wenn er keine Rücksicht auf seine Zieheltern nahm, war da immer noch seine Schwester.

Er senkte den Kopf und starrte seine nackten Füße an. »Ich kann nicht mit euch ziehen, ich muss nach Hause«, raunte er beinahe beschämt.

»Dein Zuhause ist in Kaikohe. Deine Ahnen wurden vor vielen Jahren von dort vertrieben. Opanga war ein friedliches Dorf, aber Feinde der Nga Puhi überfielen es, und die wenigen Überlebenden flohen in die umliegenden Haine. Das waren deine Vorfahren. Ein paar Jahre darauf rächten sie sich und raubten aus dem Dorf ihrer einstigen Angreifer die schönsten Frauen. Dafür löschten die Feinde dann später das Dorf deiner Eltern aus, aber nun herrscht zwischen unseren Stämmen Frieden, und du gehörst zu uns. Wir brauchen jeden Krieger.« Das war keine Bitte, sondern ein Befehl.

Matthew aber nahm all seinen Mut zusammen und blickte dem Häuptling offen ins Gesicht. »Ich kann nicht, Hone Heke, denn der Reverend rettete mir einst das Leben, als mich unsere Feinde im Fluss ertränken wollten ...«

»Mein Sohn, die Zeiten haben sich geändert. Wir müssen gegen sie kämpfen, um zu überleben.«

»Sicher, ich verstehe das auch«, entgegnete Matthew gequält. »Aber es gibt noch einen anderen Grund, warum ich unbedingt zurück nach Paihia muss.«

»Nenn ihn mir!«, zischte der Häuptling.

Matthew atmete tief durch. »Ich habe eine kleine Schwester, die ich auf keinen Fall alleinlassen kann.«

Hone Hekes strenger Blick wurde sichtbar weicher. »Nein, deine Schwester darfst du in der Tat nicht allein bei den Pakeha zurücklassen, aber ich hoffe, dass du eines Tages mit ihr nach Kaikohe kommst.«

»Das werde ich gewiss tun«, versprach Matthew erleichtert.

»Aber auch wenn du nicht mit uns ziehst, wirst du wenigstens unseren Kampf unterstützen?«

»Ja, natürlich, und wie. Wenn ihr mich braucht, bitte schicke Waaka und Tiaki. Ich werde einen Weg finden, mich fortzustehlen.«

»Hier, er gehört dir!« Hone Heke drückte Matthew einen der hölzernen Stöcke in die Hand. »Das ist dein Taiaha, mein Sohn. Gib gut darauf acht. Eines Tages wirst du damit kämpfen.« Dann zog der Häuptling seinen Umhang aus, auf dem ein grün-rotes

129

Zickzackmuster prangte, und reichte ihn Matui mit einer feierlichen Geste. »Zum Zeichen, dass du mein Sohn bist«, fügte Hone Heke in reinem Englisch hinzu.

Gerührt nahm Matthew die Geschenke des Häuptlings entgegen, doch ehe er sich bei ihm bedanken konnte, waren er und seine Krieger lautlos zu ihren Kanus geeilt. Nur Matthew war zurückgeblieben. Mutterseelenallein! Doch der Gedanke, der einzige Kämpfer am Fahnenmast zu sein, ängstigte ihn nicht. Im Gegenteil, er empfand Stolz, dass er dabei gewesen war, und konnte sich kaum vom Anblick des gefallenen Mastes lösen. Er begann mit den Füßen aufzustampfen und brüllte, so laut er konnte: »*Ka mate, ka ora, ka mate, ka ora!*«

Als er sich schließlich ausgetobt hatte, suchte er seine Kleidung zusammen, doch tief in ihm sträubte sich etwas dagegen, in seinen Sonntagsanzug zu schlüpfen. Er hüllte sich in Hone Hekes Mantel, nahm seine alte Kleidung unter den Arm und machte sich in dem Kilt und dem Umhang aus Flachs auf den Rückweg.

Selbst als er den Weg durch den Busch ging, wurde ihm nicht bang. Er fühlte sich unsterblich. Lediglich seine bloßen Füße schmerzten ein wenig. Seit er im Haus der Missionare lebte, hatte er nie wieder barfuß laufen dürfen. Nun war er es nicht mehr gewohnt, ohne Schuhe über Stock und Stein zu gehen, doch er biss die Zähne zusammen. Ich besitze die Füße der Maori, sie müssen es nur wieder lernen, dachte er voller Stolz.

Sein Wohlbefinden änderte sich allerdings schlagartig, als er nach Kororareka kam. Einmal abgesehen davon, dass ihm der Lärm beinahe schmerzhaft in den Ohren dröhnte, blieben die Pakeha auf der Straße stehen und gafften ihn an. Ja, einige zeigten sogar mit dem Finger auf ihn, andere lachten, wieder andere verhöhnten ihn lautstark. Dass er in seiner kriegerischen Aufmachung auffallen könnte, daran hatte er nicht gedacht. Nun war es zu spät, sich auf die Schnelle in den Sohn des Missionars zurückzuverwandeln. Da half nur eines: gesenkten Hauptes zum Steg zu eilen. Zu allem Überfluss stellte sich ihm nun auch noch jener Bruder der katholischen Mission in den Weg, der ihn vorhin bereits aufgehalten hatte. Bruder Jean, ein unangenehmer hagerer Kerl mit einer Hakennase. Matthew konnte ihn nicht leiden, aber nicht etwa deshalb, weil er bei der Pompallier-Mission arbeitete, sondern weil er ein übles Schandmaul war.

»Biest du unter die Krieger gegangen?«, fragte Bruder Jean scharf, während er mit seinen langen Fingern auf den Kilt deutete. »Geörst du zu ihnen? Warst du etwa dabei, als sie den Mast gefällt aben? Das at sisch bereits überall erumgesprochen. One Ekes Leute aben selbst damit geprahlt. Isch meine, isch würde dort oben natürlisch lieber die französische Fahne flattern sehen, aber was wierd dein frommer Vater dazu sagen? Er ist doch ein Briete, wie er im Buche steht.«

Matthew holte tief Luft, bevor er wütend fauchte: »Aus dem Weg!«

»Du kleine Ratte ast mir gar nischts zu befehlen.«

Und ehe sich Matthew versah, waren sie von schaulustigem Gesindel umringt.

»Er gehört zu One Ekes Leuten«, verkündete Jean mit lauter Stimme.

»Blödsinn, das ist Walter Carringtons Sohn. Lass ihn durch, Bruder!«, mischte sich unüberhörbar Jack ein, der bullige Besitzer des Kolonialwarenladens aus Paihia.

Matthew fiel ein Stein vom Herzen, als Bruder Jean vor dem riesigen Kerl zurückwich.

»Komm, Junge!«, befahl Jack und zog Matthew mit sich. Erst als sie bei den Booten angekommen waren, baute sich der Hüne vor ihm auf.

»So, mein Lieber, jetzt mal raus mit der Wahrheit! Wo warst du? Was machst du hier, und vor allem in diesem lächerlichen Aufzug? Wenn du so zu den Mädchen gegangen bist, fresse ich einen Besen. Also, was treibt ein Kind wie dich in den *Höllenschlund?*«

131

Jetzt roch Matthew, dass der alte Jack wie ein ganzes Whiskyfass stank.

»Ich bin kein Kind mehr, ich bin siebzehn Jahre alt!«, widersprach er heftig.

Jack legte den Kopf schief und grinste. »Und wenn du zwanzig wärst, für mich bist du ein Greenhorn, vor allem in diesem lächerlichen Rock. Schämst du dich gar nicht, Matthew Carrington?«, lallte er.

»Nein, ich bin einer von ihnen, und außerdem heiße ich Matui«, erwiderte Matthew trotzig.

Jack war das Grinsen vergangen. »Werd nicht frech, Bürschchen! Wenn du weiter solchen Unsinn redest, verfrachte ich dich in mein Boot und zerre dich an den Haaren zum Reverend. Das hat er nun davon, dass er euch schwarze Teufel in sein Haus genommen hat.« Plötzlich sprach er klar und deutlich. Und ehe sich Matthew versah, hatte Jack ihn bei den Ohren gepackt und drehte ihm den Kopf in Richtung des Maiki. Matthew schrie vor Schmerz auf.

»Siehst du es da oben? Sie haben zum zweiten Mal den Fahnenmast gefällt und die Fahne in Brand gesteckt. Das ist kein Spaß, das bedeutet Krieg, und du solltest dir wohl überlegen, auf welcher Seite du stehst. Willst du wirklich zu denen gehören? Es weiß doch hier jeder, dass dich die schwarzen Teufel im Fluss ertränken wollten. Und wem hast du dein Leben zu verdanken?« Jack ließ Matthews Ohren los und befahl: »Sieh mich an, wenn ich mit dir rede!«

Matthew standen Tränen in den Augen, als er sich dem Kolonialwarenhändler zuwandte. Der hob die Hand, sodass Matthew sich vor lauter Angst duckte, aber dann spürte, wie Jack ihm mit seiner Hand lediglich das Haar zerzauste.

»Ich mag dich doch, mein Junge. Und deshalb wird das hier auch unser Geheimnis bleiben. Aber lass dir einen guten Rat geben. Zieh dich um, bevor du nach Paihia zurückruderst. Wenn dein Vater dich so sieht, dann gnade dir Gott.«

Jack klopfte Matthew zum Abschied kumpelhaft auf die Schulter und wankte wie ein Schiff bei Seegang auf den Steg zu. Dort kletterte er leichtfüßig in sein Boot, als wäre er ganz und gar nicht betrunken.

Mit klopfendem Herzen lauschte Matthew den Ruderschlägen. Er atmete tief durch und überlegte, was er tun sollte. Die ungeheure Kraft, die er zuvor gespürt hatte, war wie weggeblasen. Wo er sich eben noch unbesiegbar gefühlt hatte, nagten nun Zweifel an ihm. Hatte Jack nicht recht? Waren die Pakeha nicht die einzigen Menschen, die ihm wirklich Gutes getan hatten? War er nicht undankbar, wenn er sich gegen sie stellte? Konnte das hier wirklich den Beginn eines Krieges bedeuten? Plötzlich fror er. Nun spürte er die Kälte von den nackten Füßen den gesamten Körper heraufkriechen. Zitternd suchte er einen Baum auf, der am Ufer stand, und versteckte sich dahinter. Hastig zog er seine warmen Sachen an, doch das nutzte nichts. Er fror so sehr, dass ihm die Zähne unkontrolliert aufeinanderschlugen.

Der Rückweg wurde ihm zur Qual, fühlte er sich doch zu schwach zum Rudern. Er kam kaum voran, denn der Wind hatte wieder aufgefrischt und die Richtung gewechselt. Nun wehte er von vorn. Paihia wollte und wollte nicht näher kommen. Matthew wandte sich um und stellte enttäuscht fest, dass er noch nicht viel weiter als bis zur Mitte der Bucht gekommen war. Wenigstens fror er nicht mehr, doch dafür taten ihm die Arme weh, und ihm war übel. Wie er sich nach seinem warmen Bett sehnte! Matthew rang nach Luft und verlangte sich seine letzten Kräfte ab. Völlig außer Atem erreichte er schließlich den Hafen. Er rannte den Weg nach Hause, und als er auf Zehenspitzen über die Türschwelle trat, betete er, dass keiner das Knarren der Dielen hörte.

Er hatte Glück. Es blieb alles still, obwohl die Treppe unter jedem seiner Schritte knarzende Geräusche machte. Bevor er todmüde in sein Bett fiel, versteckte er den Taiaha und den Kilt noch unter seinem Bett. Dann schlief er erschöpft ein und träumte von kriegerischen Tänzen im Feuerschein, und er, Matui, war einer der wildesten Tänzer. Ja, er tanzte am ausgelassensten und sang am lautesten von allen. Bis ein Mensch in Teufelsgestalt ihn an den Haaren fortzerrte. Er sah aber nur aus wie der Teufel. Matthew wusste, wer sich hinter dieser Maske verbarg: sein Ziehvater, der mit unheimlicher Stimme forderte, dass er, Matui, Hone Heke abschwören solle.

Nun fiel seine Frau Emily in die Beschwörungen mit ein, doch ihre Worte verstummten, als Hone Heke mit einer Muskete auf sie anlegte.

PAIHIA, AM NÄCHSTEN MORGEN, MAI 1844

Matthew erwachte von seinem eigenen Husten. Ihm war, als läge ihm ein Stein auf der Brust. O weh, ich hätte mir den Tod holen können, dachte er erschrocken. Ehe er den Gedanken zu Ende führen konnte, hörte er ein kräftiges Pochen unten an der Haustür und wenig später zwei laut streitende Männerstimmen. Die eine gehörte zweifelsohne seinem Vater, aber wer war der andere Mann? Matthew lauschte angestrengt, und als er erkannte, wer da draußen gerade das Wort führte, zog er sich entsetzt die Decke bis zum Hals. So, als könne er sich auf diese Weise verstecken und das Unausweichliche verhindern, doch da ging bereits die Tür auf, und sein Vater steckte den Kopf herein.

»Junge, seit wann schläfst du so lange?«, fragte er vorwurfsvoll und fügte lauernd hinzu: »Liegt es daran, dass du dich heute Nacht in Kororareka herumgetrieben hast?«

»Nein, Vater, es liegt daran, dass ich krank bin«, krächzte Matthew heiser und dankte Gott, dass seine Stimme dabei alles andere als gesund klang.

»Da hörst du es, Bruder Jean, mein Sohn liegt krank im Bett. Wie konntest du nur solchen Unsinn verbreiten, dass er nur mit einem Flachsröckchen bekleidet mitten in der Nacht durch das Sündenbabel gerannt ist?«, rief Walter empört nach draußen, doch da hatte sich der französische Pater bereits an ihm vorbei ins Zimmer gedrängt.

»Das ein schließt die andere nischt aus. Im Gegenteil, es ist nischt gerade der Jahreszeit, barfuß zu laufen«, ätzte er und trat ganz nahe an das Bett heran. »Na, trägst du immer noch den Kilt der Krieger?« Er riss Matthew ohne Vorwarnung die Bettdecke weg.

»Was erlaubst du dir?«, schimpfte Walter. »Du schreckst wohl vor nichts zurück, um mich in Misskredit zu bringen, wie? Und dabei machst du nicht einmal vor solchen lächerlichen Unterstellungen halt. Matthew ist ein Pakeha wie du und ich. Niemals würde er sich vor den Karren dieses wild gewordenen Häuptlings spannen lassen. Du versuchst doch nur wieder gegen unsere Mission zu hetzen.«

Enttäuscht blickte Bruder Jean auf das weiße Nachthemd, das Matthew trug, und wandte sich Walter Carrington zu. »Isch abe ihn mit eigene Augen gesehen. Zweimal ist er mir in die Arme gelaufen.«

Auch Walter trat nun ganz nahe an das Bett heran. Matthew war nur froh, dass das Zittern seines Körpers unter der Decke nicht zu erkennen war.

»Mein Sohn, stimmt das, was Bruder Jean behauptet?«

Matthew zuckte zusammen. Nicht nur die Frage selbst jagte ihm einen Schauer über den Rücken, sondern auch die Tatsache, dass ihn binnen Stunden gleich zwei Männer *mein Sohn* genannt hatten. Männer, wie sie unterschiedlicher nicht sein konnten. Und das Schlimme war, dass Matthew in diesem Augenblick nicht hätte sagen können, wem von den beiden er sich mehr zugehörig fühlte. Jedenfalls war von seiner gestrigen rauschhaften Begeisterung für Hone Heke nur noch ein glühendes Häuflein Asche übrig geblieben. Das bedeutete nicht, dass er sich dem Missionar näher verbunden fühlte als sonst. Im Gegenteil, er spürte eine schreckliche Einsamkeit in sich aufsteigen.

»Ich habe dich etwas gefragt, mein Sohn«, sagte Walter streng.

Matthews Antwort war ein furchtbarer Husten. Als das letzte Keuchen verklungen war, krächzte er: »Ich bin gestern früh zu Bett gegangen, weil ich mich schon gleich nach dem Essen schlecht gefühlt habe.« Während Matthew seinem Vater diese faustdicke Lüge auftischte, blickte er an ihm vorbei zur Wand. Er hatte Angst, ansonsten womöglich durchschaut zu werden. Der Missionar pflegte stets zu predigen, dass man einen Lügner zweifelsfrei an den Augen erkennen konnte.

»Na, du biest mir eine Teufelsbrut. Du wagst es, deine Vater und misch zu belügen? Aber es wird dir nischts nutzen, frescher Bengel, ich abe schließlich einen Zeugen.«

»Wen?« Walter wurde bleich.

»Jack Pringle.«

»Jack Pringle?«

»Ja, der alte Knabe war gestern wieder einmal im *Otel Kororareka* zu Besuch. Er at da eine feste Mädschen.«

»Du steckst deine Nase wohl unter jede Bettdecke, was? Als du noch nicht in der Mission warst, haben wir zwar keine freundschaftlichen Beziehungen miteinander gepflegt, aber wir haben uns geachtet. Was sagen deine Brüder eigentlich dazu, dass du nichts anderes im Sinn hast, als Unfrieden zu stiften?«

»Du lenkst ab, mon cher Walter, Jack Pringle ist mit dein Sohn zum Anleger gegangen.«

»Matthew, stimmt das?«

Der schüttelte heftig den Kopf.

Walter blickte ratlos von ihm zu Bruder Jean und zurück. »Das lässt sich ja klären«, ließ er schließlich nachdenklich verlauten. »Wir holen ihn her. Es sei denn, mein Sohn, du hast mir noch etwas zu sagen.«

»Ich war nicht in Kororareka, verdammt noch mal!«

»Es wird nicht geflucht in diesem Haus«, wies Walter seinen Ziehsohn scharf zurecht. Dann rief er nach Maggy. Als sie schüchtern ins Zimmer trat, bemerkte Matthew zwar, dass sie verquollene Augen hatte, aber er war so mit sich beschäftigt, dass er sich keine weiteren Gedanken über die Ursachen machte.

»Maggy, tust du mir bitte einen Gefallen? Eilst du hurtig zum

Laden von Jack Pringle und bittest ihn herzukommen? Sag ihm, dass wir eine große Bestellung haben. Das lockt ihn bestimmt aus dem Geschäft.«

»Ja, ich werde es ihm ausrichten«, erwiderte Maggy, während sie zu Boden blickte.

In diesem Augenblick betrat Henry das Zimmer. »Vater, ich wollte nur fragen, ob ich das Boot nehmen darf. Ich muss zu den Hobsens. June ...« Er unterbrach sich verlegen, als er Maggy erblickte.

»Ja, nimm es nur, mein Junge, dann kannst du Maggy bis zu Pringles Laden begleiten. Ich habe es nicht gern, wenn sie allein unterwegs ist.«

»Aber ich ... ich muss mich beeilen, ich ...«, stammelte Henry.

»Ich gehe schon allein, Vater. Ich muss mir noch einen Mantel anziehen. Das dauert zu lange. Lass Henry ruhig vorgehen.« Maggys Stimme klang ungewöhnlich schrill.

Walter sah die beiden verärgert an. »Ja, kann denn in diesem Hause endlich mal einer das machen, was ich sage? Du wartest auf sie, Henry! Und du beeilst dich, Maggy!«

»Was ist denn hier los?«, fragte Emily, während sie zögernd auf die Menschenansammlung um Matthews Bett zutrat.

»Bruder Jean behauptet, unser Sohn sei gestern Nacht in Kororareka gewesen und habe mit dem irrsinnigen Hone gemeinsame Sache gemacht.«

Emily schlug sich vor Schreck die Hände vor das Gesicht. »Aber wie kann er so etwas sagen? Es ist ein Frevel, den dieser Wilde begangen hat. Eine Sünde«, murmelte sie.

»Er behauptet, Jack Pringle könne es bezeugen. Jetzt will ich Henry und Maggy schicken, ihn zu holen, aber sie zieren sich wie die ...«

Emily aber griff blitzschnell nach Maggys Hand und zog sie mit sich zur Tür. »Tut mir leid, Maggy brauche ich im Haus, aber

Henry wird den Auftrag sicherlich für dich erledigen.« Und schon war sie an der Seite ihrer Ziehtochter auf den Flur hinausgeeilt.

Walter starrte ihnen entgeistert hinterher.

»Nun geh schon, mein Junge, und hol Jack Pringle endlich her!«, forderte er seinen Sohn ungeduldig auf.

Matthew bekam nichts von dem Gespräch der anderen mit. In seinem Kopf arbeitete es fieberhaft. Wenn ich nur wüsste, wie sich Jack verhalten wird! Wahrscheinlich wird er mich verraten, dachte er entmutigt. Wer belügt schon einen solch frommen Mann wie Walter Carrington?

Matthew kämpfte mit sich. Sollte er nicht einfach zugeben, dass er zwar in Kororareka, aber nicht am Fahnenmast gewesen war? Es wurde ihm ganz heiß bei dem Gedanken, dass er sich förmlich danach gedrängt hatte, den ersten Hieb auszuführen. Aber das wusste Bruder Jean nicht. Überhaupt würde er in Gegenwart dieses bösartigen Kerls gar nichts zugeben. Doch wie konnte er es anstellen, dass der Pater das Zimmer verließ? Während er noch darüber nachgrübelte, lauschte er mit halbem Ohr dem Gespräch der beiden Männer.

»Du weißt, Walter, dass mir die Union Flag dort oben an exponierte Stelle ein Dorn im Auge ist, aber wo kommen wir in, wenn ein paar von die Satansbraten einfach die Mast fällen? Das riescht nach Probleme. Sie werden es niescht bei die Mast belassen. Sie sind Krieger, und das werden sie auch immer bleiben. Ihr wart viel zu gutgläubisch!«

»Wen meinst du mit *ihr?*«

»Eusch alle, die ihr in diese Bucht seit die Dreißigerjahre lebt. Ihr tut so, als wäre der Vertrag von Waitangi ein eiliges Friedensverspreschen. Für eusch vielleischt, aber doch niescht für die. Glaubst du, die merken niescht, wie ihr Brieten eusch breitgemacht abt und von dem Land peu à peu Besitz ergreift?«

»Ach, und ihr Franzosen hättet das anders gemacht? Oder wie darf ich das verstehen?«

»Abe isch das beauptet? Aber ihr abt eusch aus lauter Panieke, dass eines Tages unsere Fahne auf dem Maiki wehen könnte, regelrescht mit ihnen verbrüdert. Gegen uns. Und das iest jetzt die Preis.«

»Aber die meisten von ihnen haben unseren Glauben angenommen. Sie sind Christen wie du und ich.«

Bruder Jean lachte. »Vielleischt an die Oberfläsche, aber insgeeim sie beten doch immer noch zu Rangi und Papa, zu Vater Immel und Mutter Erde. Das zeigt ihre kindlische Gemüt.«

»Das ist nicht wahr. Hone Heke ist ein gläubiger Christ. Er schätzt unsere Missionare und predigt mit Leidenschaft selbst das Wort Gottes.«

»Und warum at er denn schon wieder euren Mast gefällt? Weil er eusch freundlisch gesinnt ist? Träum schön weiter, Papa Walter«, giftete Jean.

Matthew kaute unterdessen nervös auf seinen Fingernägeln herum. Am liebsten hätte er das Geplapper des Franzosen mit einem Geständnis unterbrochen, aber er traute sich nicht. Wahrscheinlich würde ihm Walter nie verzeihen, wenn er vor dem katholischen Bruder zugab, tatsächlich mit am Flaggenmast gewesen zu sein.

Polternde Schritte im Flur unterbrachen seine Gedanken. Matthew erstarrte, als Jack blass und übernächtigt ins Zimmer trat. Vor Nervosität biss Matthew sich die Nagelhaut ab, bis es blutete. Er hielt den Atem an, als der bullige Kolonialwarenhändler fragend in die Runde blickte.

»Dein Sohn sagte etwas von einer großen Bestellung. Nur her damit!«

»Jack, das war ein Vorwand, um dich herzulocken. Hier geht es um etwas anderes. Ich brauche dich als Zeugen«, erklärte Walter.

Jack aber winkte ab. »Ich bin hier, um eine Bestellung aufzunehmen«, erklärte er stur.

Walter stieß einen tiefen Seufzer aus. »Gut, die Liste wird dir meine Frau gleich mitgeben. Wir machen eine Großbestellung.

Aber erst musst du mir schwören, dass sich mein Sohn gestern nicht in Kororareka herumgetrieben hat.«

Jack Pringle sah den Missionar fragend an.

»Tu es nischt, denn dann versündigst du disch«, mischte sich Bruder Jean ein. »Isch abe sowohl disch als auch diese Bengel gesehen, wenngleisch ihr wahrscheinlisch aus unterschiedlische Gründe unterwegs gewesen seid.« Letzteres sagte er mit einem hämischen Unterton.

»Ach, guter Bruder Jean, mir kannst du keine Angst mit der Sünde und dem Höllenfeuer einjagen. Ich glaube ohnehin nicht daran. Aber was deine Wahrnehmung angeht, muss ich mich doch allen Ernstes fragen, ob du gestern etwa dem Alkohol zugesprochen hast.«

Matthew, der dem Gespräch angespannt lauschte, fasste Hoffnung, dass der alte Pringle ihn doch nicht verraten würde.

»Wie meinst du das?«, fauchte Bruder Jean.

»Na ja, wenn man Dinge und Menschen sieht, die gar nicht da sind, dann mag dies daran liegen, dass man zu viel getrunken hat. Mir geht es jedenfalls so.«

»Ja, disch«, schnaubte Bruder Jean mit überschnappender Stimme. »Du bist ja gestern auch geschwankt wie ein Schiff bei Seegang.«

»Irrtum, mein Lieber, es hat zwar etwas geschwankt, aber das war mein Bett. Mit dem bin ich ganz schön über die aufgewühlte See gesegelt. Der Whisky war gut, aber ich habe ihn zu Hause getrunken. Nach drüben hätte ich mich bei dem Wetter nicht gewagt.«

»Bruder Jean, das habe ich mir doch gedacht, dass du nur mal wieder Unfrieden stiften willst. Genau, bei dem Wetter gestern hätte sich doch kein vernünftiger Mensch über die Bucht gewagt, und schon gar nicht der Junge.« Walter warf seinem Ziehsohn einen ermunternden Blick zu.

»Du willst doch nicht beaupten, dass isch lüge, oder?«

141

Der Missionar hob die Schultern. »Ich will gar nichts behaupten außer der Tatsache, dass du gestern weder meinen Jungen noch Mister Pringle gesehen haben kannst.«

»Ach nein? Und wenn isch dir sage, dass dein Junge mit bloße Füße in eine Maori-Rock und eine bunte Umang durch die Straße wankte, als wäre er betrunken?«

Walter Carrington lachte laut auf. Jack Pringle fiel dröhnend in das Gelächter ein.

»Bruder Jean, du hast eine blühende Fantasie. Mein Junge in der Kleidung eines Maori! Dass ich nicht lache. Sieh nur dort zum Stuhl. Dort liegt sein Anzug . . .«

Bruder Jean war knallrot angelaufen. »Isch lasse misch doch von eusch nischt verspotten.« Mit einem Satz war er an einer Kleidertruhe, riss den Deckel hoch, zerrte wie besessen alles heraus und schleuderte es auf den Boden.

Matthew erstarrte. Was, wenn der fanatische Bruder einen Blick unter das Bett riskieren würde? Er musste verhindern, dass er weiterhin in seinem Zimmer herumschnüffelte.

»Vater«, stöhnte er auf. »Vater, ich habe Schmerzen auf der Brust, und ich glaube, ich habe Fieber. Ich brauche ganz dringend meine Ruhe. Oder besser noch - ihr schickt nach dem Doktor.«

Walter drehte sich erschrocken zu seinem Ziehsohn um und wandte sich dann wütend Bruder Jean zu. »Es reicht. Du verschwindest jetzt, und zwar sofort.« Walter deutete zur Tür.

»Und wenn du ein falsches Wort über den Jungen oder mich in Kororareka verbreitest, vergesse ich mich«, fügte Jack Pringle hinzu und fuchtelte drohend mit der Faust in der Luft herum.

»Isch kriege eusch noch!«, zischte der katholische Missionar und verließ schnaufend das Zimmer.

Matthew ließ sich erleichtert in die Kissen zurücksinken und wollte dem Vater gerade sagen, dass er den Arzt doch nicht benötige, als ihn ein neuerlicher, nicht enden wollender Hustenanfall schüttelte.

Erschrocken legte Walter seinem Ziehsohn die Hand auf die Stirn. »Das brennt ja wie Feuer!«, rief er besorgt aus.

»Ich eile und sage dem Doktor Bescheid«, bot sich Jack Pringle eifrig an und eilte zur Tür. Dort wandte er sich noch einmal um und zwinkerte Matthew verschwörerisch zu.

Walter rief laut nach seiner Frau, die beim Anblick ihres blassen Ziehsohnes erschrocken zusammenzuckte. »O weh!«, jammerte sie und rief ihrerseits nach Maggy.

Als das Mädchen herbeigeeilt kam, schickte ihre Ziehmutter sie sogleich nach feuchten Tüchern.

Matthew spürte, wie er immer schwächer wurde. Was eben noch Spiel gewesen war, wurde plötzlich tödlicher Ernst. Es ging ihm von Minute zu Minute schlechter. War das die Strafe dafür, dass er seinen Vater so gnadenlos belogen hatte? Die feuchten Tücher auf seiner Stirn verstärkten das Frösteln nur noch mehr. Er hatte das Gefühl, jämmerlich erfrieren zu müssen.

Ganz verschwommen sah er schließlich das besorgte Gesicht des Arztes auftauchen, der seine Brust mit einem merkwürdigen Gerät abhörte. Schemenhaft nahm er auch das Gesicht seiner Schwester wahr. Sie sah schrecklich aus. War sie etwa auch krank? Er musste dem Arzt unbedingt mitteilen, dass er Maggy ebenfalls untersuchen solle, doch er brachte keinen verständlichen Ton mehr heraus. Nur ein entsetzliches Stöhnen, weil seine Brust so sehr schmerzte, dass er kaum noch Luft bekam. Plötzlich wurde sein Verdacht zur Gewissheit: Der Herr bestrafte ihn für den Ungehorsam und dass er die Axt gegen die Fahne geführt hatte. Das ist ein Frevel, ich hätte es nicht tun dürfen, durchfuhr es ihn eiskalt. Wenn ich je wieder gesund werde, dann möchte ich ein braver Sohn sein, ein Sohn, auf den mein Vater stolz sein kann, ein guter Pakeha . . .

143

Mount Parahaki/Whangarei, Februar 1920

Vivian hatte den Rest von Matui Hone Hekes Erzählung nur noch mit Mühe verstehen können. Der alte Mann war immer leiser geworden, die Sprache hatte zunehmend verwaschener geklungen, und schließlich war er mitten im Satz in seinem Sessel eingeschlafen. Nun schnarchte er leise vor sich hin.

Vivian war ratlos. Sollten sie ihn einfach dort sitzen lassen und gehen? Ihr Blick traf sich mit dem von Fred.

»Er schläft tief und fest«, flüsterte sie.

»Wir bringen ihn in sein Bett«, bemerkte Fred leise. »Ich sehe mal nach, wo sein Schlafzimmer ist.« Er stand auf und verließ die Küche.

Vivian musterte den alten Maori. Plötzlich verzog er stöhnend das Gesicht. Er träumt, mutmaßte sie, und als sie ihm beruhigend über das dichte graue Haar strich, riss er die Augen auf.

»Verzeih mir, kleine Maggy, bitte verzeih mir«, murmelte er, bevor ihm die Augen abermals zufielen.

Zu Vivians großer Erleichterung kehrte in diesem Augenblick Fred zurück. Sie hatte ihn erst gar nicht kommen hören, denn er ging rücksichtsvoll auf Zehenspitzen. »Matui besitzt kein Schlafzimmer. Er nächtigt auf einer Matte am Boden«, sagte er leise, damit der alte Mann nicht aufwachte. Dann packte er mit beiden Händen zu und schaffte es, den Maori sanft vom Sessel zu heben.

»Ist er nicht zu schwer?«, fragte Vivian besorgt.

»Er ist leicht wie eine Feder«, erwiderte Fred, dafür aber

schnaufte er doch recht laut. Mit Matui Hone Heke auf den Armen setzte er vorsichtig einen Fuß vor den anderen. Vivian ging voran und öffnete ihm die Türen.

Immer noch schwer atmend ließ Fred den Maori auf die Matte sinken. Als er dort lag, wickelte Vivian ihn liebevoll in eine Decke.

»Und nun?«, fragte Fred unvermittelt.

»Nun kehre ich ins Hotel zurück«, erwiderte sie scharf. »Und du fängst am besten an, deinen Artikel zu schreiben«, fügte sie nicht minder spitz hinzu.

Ein lautes Stöhnen vom Lager des alten Mannes hielt Fred von einer passenden Erwiderung ab, und er beugte sich zu Matui Hone Heke hinunter.

»Es ist alles gut. Sie sind müde gewesen. Schlafen Sie sich aus. Wir kommen morgen wieder.«

Der Maori öffnete die Augen und blickte Fred verständnislos an. »Wer bist du?«, fragte er erschrocken.

»Ich ... ich bin der Sohn von Bischof Newman«, entgegnete der Reporter verunsichert.

»Peter Newmans Sohn? Oh, was für ein dummer Bengel, dieser Peter«, schimpfte der Alte und fügte versöhnlich hinzu: »Aber du bist ein guter Junge. Du bist mutig, du kommst nach Lily.«

Fred warf Vivian, die das Ganze stumm beobachtet hatte, einen hilflosen Blick zu.

Sie verstand und hockte sich ebenfalls neben das Lager des alten Maori. Mit sanfter Stimme bat sie: »Erzählen Sie uns, warum Sie kein Bildnis vom Reverend geschnitzt haben, sondern das von Lily.«

Über das Gesicht des Alten huschte ein verklärtes Lächeln, als er Vivian erblickte.

»Maggy, liebste Maggy, meine kleine Schwester, du bist es. Ach, dass du wieder bei uns bist, das ist ein Geschenk der Ahnen. Ich danke dem Herrn, aber auch Rangi und Papa, unseren Göttern, ihren Göttern ...«

145

Vivian schüttelte erschrocken den Kopf. »Ich bin nicht Maggy, sondern Vivian Taylor aus London.«

Matuis Gesicht verfinsterte sich, und er setzte sich ächzend auf. Dann wanderte sein Blick eine Zeit lang stumm zwischen seinen Besuchern hin und her. Der Alte schien nachzudenken.

»Ach ja, genau, ich erinnere mich wieder. Ich habe von ihr geträumt und von Peter, und deshalb war ich noch nicht wieder ganz in dieser Welt. Haltet mich nicht für verrückt, denn jetzt weiß ich wieder alles. Ihr beiden, ihr wollt die wahre Geschichte hören.« Er hielt inne und musterte Fred mit durchdringendem Blick. »Du bist der junge Newman, der Zeitungsmann, der versprochen hat, kein Wort von dem, was ich euch anvertraue, zu veröffentlichen. Denn es geht außerhalb der Familie keinen etwas an, warum ich ihm kein Denkmal setzen kann. Er hat Schuld auf sich geladen. Schreckliche Schuld. Das schreibst du doch nicht, nicht wahr?«

»Nein, natürlich nicht!«, entgegnete Fred entschieden.

»Bestimmt nichts, was dem Ruf der Familie Newman schaden könnte«, rutschte es Vivian in spitzem Ton heraus, und sie war froh, dass Matui ihre bissige Bemerkung überhörte oder zumindest so tat, als hätte er ihre Worte nicht vernommen.

»Gut, dann besucht mich morgen wieder, wenn ihr mehr wissen wollt. Wollt ihr?«

»Und wie!«, entgegnete Vivian begeistert.

Das brachte ihr einen prüfenden Blick des Alten ein. »Und du bist wirklich nicht mit dem Bischof verwandt?«

Vivian war wieder drauf und dran, ihm die Wahrheit zu sagen, als sich Fred stammelnd einmischte. »Ich sagte doch bereits – sie ist eine entfernte, eine entfernte Verwandte, äh, Nichte meiner Mutter.«

Vivian kämpfte mit sich. Ihr ging es gegen den Strich, den Alten länger zu belügen. Sie hatte das dringende Bedürfnis, ihm endlich zu gestehen, dass es ihre Geschichte war, um die es hier ging. Doch Fred lag ihr einfach zu sehr am Herzen. Sie wollte nichts unternehmen, womit sie ihm schaden könnte.

Sie atmete ein paarmal tief durch. »Ja, wir lassen Sie dann lieber allein«, brachte sie schließlich gequält hervor.

»Morgen werde ich weitererzählen. Von meiner schönen Schwester und dem Verbrechen, das man an ihr begangen hat«, verkündete der Alte traurig.

Ohne Vorwarnung wurden Vivians Augen feucht. »Dieses Schwein«, murmelte sie. »Dieses verdammte Schwein. Wie konnte er ihr das nur antun? Ich hätte ihn verraten.«

Matui streckte seine Hand nach Vivian aus und strich ihr zärtlich über die Wange.

»Du sprichst mir aus dem Herzen, mein Kind, aber manchmal entwickeln sich die Dinge anders, und man kann nicht mehr das tun, was man eigentlich tun wollte.«

»Ich vermute, Sie selbst sind dieser Matui, von dem Sie uns berichtet haben«, erklärte Fred, ganz im sachlichen Ton eines Zeitungsmannes. »Und Maggy ist Ihre Schwester, nicht wahr?«

Matui lächelte geheimnisvoll. »Matui ist ein häufiger Name im Norden«, erwiderte er ausweichend und musterte Fred eindringlich. »Hab Geduld, mein Junge! Wenn du für die Wahrheit bereit bist, dann werden die Ahnen sie dir durch mich übermitteln.«

Vivian musste sich ein Grinsen verkneifen. Als ob der Alte etwas von Freds doppeltem Spiel ahnte und deshalb nicht zu viel auf einmal verriet. Dabei war sie nicht minder neugierig zu erfahren, ob Matui Hone Heke tatsächlich der Ziehsohn ihres Ururgroßvaters – des Missionars – war. Eigentlich konnte sie sich das nicht so recht vorstellen. Das Ganze lag schließlich länger als achtzig Jahre zurück. Dann wäre der Maori ja inzwischen weit über neunzig, und das hätte selbst bei einem Weißen an ein Wunder gegrenzt. Und wie hatte sie in ihrem Buch auf der Überfahrt gelesen? Die Lebenserwartung der Maori war in der Regel geringer als die der Europäer.

147

»Wie alt sind Sie eigentlich, Matui Hone Heke?«, hörte sie sich da bereits neugierig fragen.

Der Maori lächelte immer noch. »Zügle deine Neugierde, mein Kind, du wirst es noch früh genug erfahren. Wenn der richtige Zeitpunkt gekommen ist. Und das wird erst sein, wenn ihr beide nicht mehr mit doppelter Zunge sprecht.«

Der Alte weiß genau, dass etwas nicht stimmt, durchzuckte es Vivian eiskalt, doch dann beugte sie sich zu dem alten Mann hinunter und rieb ihre Nase gegen die seine.

Matui Hone Heke lachte. »Du hast schnell gelernt, mein Kind. Man könnte glauben, du hättest unsere Kultur mit der Muttermilch eingesogen.«

»Nein, bestimmt nicht«, widersprach Vivian eifrig. »Meine Mutter ist eine waschechte Britin, die mit Sicherheit nicht gutgeheißen hätte, wenn jemand einen Fahnenmast mit dem Union Jack gefällt hätte.«

»Ich würde das auch nicht in jeder Lage gutheißen, mein Kind. Aber warte noch, bis du dir über das Handeln des Häuptlings ein Urteil bilden kannst.«

»Damit wollte ich nur sagen, dass ich Ihre Kultur niemals mit der Muttermilch eingesogen haben kann«, erwiderte Vivian schlagfertig und war erleichtert, dass der Alte immer noch lächelte. Nichts hätte sie schlimmer gefunden, als ihn zu beleidigen.

Auch Fred beugte sich nun zu Matui hinunter und reichte ihm die Hand, die der Alte nahm und herzlich schüttelte. Vivian stand auf und eilte nach draußen.

Vor der Tür sog sie die herrlich reine Luft ganz tief in ihre Lungen ein und genoss die prickelnde Wärme, die augenblicklich ihren Körper umhüllte. Eine Maori-Frau grüßte sie freundlich und sprach auf sie ein, aber sie verstand kein Wort. Sie nickte höflich, weil sie aus dem Redeschwall immerhin »Matui« heraushören konnte. Die Frau glich exakt dem Bild einer Maori, das Vivian auf den Illustrationen ihres Buches über Neuseeland gesehen hatte.

148

Sie war untersetzt, besaß ausladende Hüften und ein polynesisches Gesicht. Ihre Nase war platt und kurz, und sie hatte volle Lippen, deren oberer Bogen ausdrucksvoll geschwungen war. Und sie lachte so ansteckend, dass Vivian mit einstimmte. Sie lachte auch noch, als die Frau längst in einer der Hütten verschwunden war und Fred ins Freie trat.

»Darf ich mich mit dir freuen?«, erkundigte er sich freundlich.

»Ich glaube kaum, Zeitungsmann«, erwiderte Vivian schnippisch und lief voran, doch Fred hatte sie bald eingeholt. Ohne Vorwarnung packte er sie bei den Schultern und blickte ihr unverwandt ins Gesicht.

»Wie lange willst du mich noch bestrafen?«

Vivian hob die Schultern. »Sei nicht albern! Ich will einfach nichts mit dir zu tun haben. Oder du schwörst auf der Stelle, dass jedes Wort, das Matui Hone Heke zu uns spricht, unter uns bleibt und nicht als reißerischer Artikel im *Herald* landet.«

Fred stöhnte genervt auf. Dann hob er zwei Finger und deklamierte übertrieben. »Hiermit schwöre ich, dass ich kein Wort von der Geschichte des alten Maori je für meine Arbeit benutzen werde.«

Vivian starrte ihn ungläubig an. »Das heißt, du verzichtest auf deinen Artikel über Matui Hone Heke?«

»Schweren Herzens zwar, weil es eine Geschichte ist, die ganz nach dem Geschmack unserer Leser wäre, aber ich tue es für dich.«

»Dir ist also gleichgültig, dass er dir vertraut?«

»Nein, natürlich nicht, aber die Aussicht, dass du mich für einen unehrenhaften Mann hältst, schreckt mich mehr. Mir ist wichtig, dass *du* mir vertraust.«

»Und du wirst wirklich kein Wort in deiner Zeitung bringen?«

»Keine Zeile!«

Übermütig flog Vivian in seine Arme und ließ sich von ihm ein paarmal im Kreis herumschleudern.

»Hey, lass mich runter! Mir ist schwindelig«, bat sie lachend, woraufhin er sie vorsichtig auf dem Boden absetzte. Ihre Blicke trafen sich, und plötzlich hatte Vivian das Gefühl, als ziehe es ihr die Beine weg. Er sah sie mit einem gefühlvollen Ausdruck an, der sie erzittern ließ. Ich glaube, ich bin in ihn verliebt, schoss es ihr durch den Kopf, während sich sein Mund ihren Lippen näherte. Er küsste sie leidenschaftlich, und Vivian erwiderte seinen Kuss nicht minder feurig. Jetzt, da er geschworen hatte, nichts von der Geschichte des alten Maori nach außen dringen zu lassen. Sofort stellte sich wieder jenes Wohlbefinden ein, das sie vom ersten Augenblick an in seiner Gegenwart empfunden hatte. Und mehr noch, ihr klopfte das Herz zum Zerbersten.

Hand in Hand machten sie sich auf den Rückweg. Im Gegensatz zum Hinweg blickte Vivian nach links und rechts und kam aus dem Staunen nicht mehr heraus. Riesige Kauribäume säumten die Strecke, und Farne aller Arten wucherten am Wegesrand.

»Es ist unglaublich schön«, schwärmte sie, machte sich von seiner Hand los und hüpfte hinein in das Grün der Buschlandschaft.

Fred folgte ihr und nahm sie in einem Meer von grünen Schlingpflanzen in die Arme.

»Gefällt dir dein Land?«, fragte er verschmitzt.

Vivian lachte aus voller Kehle. »Es ist bezaubernd!« Doch dann wandte sie den Kopf. Hinter sich hatte sie ein Rauschen vernommen.

»Ein Wasserfall! Komm!«, rief sie übermütig. »Lass uns schwimmen!« Ehe er sich's versah, war sie zu dem grün schillernden See gerannt, in den sich der Wasserfall tosend ergoss.

Ohne zu zögern, riss sie sich die Kleidung vom Leib und sprang in das eiskalte Wasser. Fred tat es ihr gleich. Wie die Fische schwammen sie durch das grüne Nass.

Als Fred sie im Wasser umarmte, erschrak sie, weil sie sich bewusst wurde, dass sie beide nackt waren. Erschrocken befreite sie sich aus der Umklammerung und schwamm zum Ufer zurück. Dort zog sie sich rasch an. Insgeheim schalt sie sich, dass sie so leichtsinnig gewesen war. Wie schnell konnte es ihr wie ihrer Mutter ergehen. Sie bekam ein Kind, und der Vater verschwand spurlos. Eine schreckliche Vorstellung! Nein, das war das Letzte, was Vivian sich für ihr Leben wünschte.

Als Fred nach einer ganzen Weile nackt, wie Gott ihn geschaffen hatte, aus dem Wasser stieg, saß Vivian bereits fertig angezogen am Ufer. Ihr entging nicht, wie gut er gebaut war. Ein Mann zum Verlieben, keine Frage, aber sie war nicht dumm. Jedenfalls nicht naiv genug, sich in ein Abenteuer mit diesem Mann zu stürzen, der in festen Händen war.

»Es war doch gar nicht kalt«, bemerkte er fröhlich mit einem Blick auf Vivian, die die Arme abwehrend vor der Brust gekreuzt hatte. Dann legte er sich so, wie er aus dem Wasser gekommen war, an jene Stelle am Ufer, an die ein wärmender Sonnenstrahl seinen Weg durch den Busch gefunden hatte.

Vivian versuchte, nicht zu ihm hinüberzublinzeln. Sie musste aufpassen, damit sie ihr Herz nicht rettungslos an ihn verlor. Du bist kein Mädchen zum Heiraten, hämmerte es in ihrem Kopf. Sie konnte sich nicht helfen, aber sie hatte diese Worte verinnerlicht, die ihr einst ein eifersüchtiger Verehrer in London ins Gesicht geschleudert hatte. Nur, weil sie sich geweigert hatte, mit ihm in die Wohnung seiner abwesenden Eltern zu kommen.

»Ich würde gern ins Hotel zurückkehren«, erklärte Vivian steif.

»Wie du willst«, erwiderte Fred, stand unbekümmert auf und zog sich ebenfalls an.

Als sie den Weg fortsetzten und Fred erneut ihre Hand nehmen wollte, entzog sie ihm diese, doch er schien so beseelt, dass er ihre Abwehr gar nicht wahrnahm.

151

»Ist das nicht ein herrlicher Tag?«, seufzte er schwärmerisch.
»Es gibt Tage, die sollten nie vergehen.«

Wie schön er das sagt, dachte Vivian zärtlich, doch dann kippte ihre Stimmung ins Gegenteil. *Du bist kein Mädchen zum Heiraten,* tönte es vernichtend in ihrem Kopf. Und er steht im Begriff, die schöne Isabel zur Frau zu nehmen. Ich muss ihn mir aus dem Kopf schlagen, befahl sie sich streng.

Während sie den Rest des Weges zurücklegten, nahm Vivian nichts mehr von dem wahr, was rechts und links blühte und zwitscherte. Sie sah weder all jene exotischen Pflanzen noch die lustigen tiefblauen Vögel mit dem roten Kamm.

Kurz bevor sie nach Whangarei kamen, fasste Fred noch einmal nach ihrer Hand und hielt inne.

»Was ist denn plötzlich mit dir los?«, fragte er, während er sie prüfend musterte. Nun hatte er ihre Veränderung offenbar doch bemerkt.

»Was soll sein? Ich möchte ins Hotel«, erwiderte sie betont schnippisch.

»Aber du bist plötzlich so abweisend.«

»Du bist verlobt!«, quälte Vivian gepresst hervor. »Ich will mich nicht mit einem Mann einlassen, der eine andere heiraten wird.«

Fred stieß einen tiefen Seufzer aus. »Aber das ist doch noch gar nicht gesagt ... ich meine, das kann sich doch auch ändern. Seit ich dich ...«

Vivian legte ihm rasch eine Hand auf den Mund, zum Zeichen, dass er schweigen möge.

»Ich bin kein naives Ding, das auf solche Versprechen reinfällt. Lass uns einfach gute Freunde sein. Oder eben Bruder und Schwester, was bei uns ja wohl eher den Sachverhalt trifft. Sonst müsste ich dich eines Tages hassen, und das will ich nicht.«

Vivian sah ihm tief in die Augen.

»Du hast recht. Ich sollte erst endgültige Klarheit über meine

152

Gefühle gewinnen, denn mir liegt nichts ferner, als dir wehzutun«, erwiderte Fred heiser und streichelte ihr zärtlich über das Haar. »Du bist ein ganz besonderer Mensch, und ich schwöre dir: Ich werde nichts tun, womit ich dich verletzen könnte.«

Vivian kämpfte mit sich. Wenn er ihr nur noch ein einziges dieser zärtlich gehauchten Worte schenkte, sie würde ihm ohne Wenn und Aber in die Arme sinken. Sie musste diese Stimmung zerstören, sonst war sie verloren ...

»Los, sehen wir, wer als Erster unten in Whangarei ist!« Vivians Stimme klang betont fröhlich, als sie ihm wie der Wind davoneilte.

»Ich kriege dich, du Biest!«, rief er ihr hinterher und versuchte sie einzuholen. Das gelang ihm allerdings erst kurz vor dem Ziel. Er packte sie übermütig am Arm. Vivian stolperte, und er fiel auf sie. Nach dem ersten Schrecken brach sie in lautes Gekicher aus und versuchte sich von seinem Gewicht zu befreien. Er aber rollte sich vorher freiwillig zur Seite, um sich besser über sie beugen zu können. »Einen einzigen Kuss noch, bitte!«

»Gut, einen noch, aber ...«

Weiter kam sie nicht, weil Fred ihr den Mund mit seinen Lippen versiegelte. Sie küssten sich voller Leidenschaft.

Als Fred wieder Luft bekam, japste er: »Als wäre es das letzte Mal.«

»Das war das letzte Mal«, erwiderte Vivian ernst, rappelte sich vom Boden auf und klopfte den Schmutz des Waldbodens von der Kleidung. Sie war froh, dass sie eine Bluse, einen derben Rock und praktische Stiefel trug. Ihre schönen neuen Kleider hätten den Sturz wohl kaum so schadlos überstanden.

Stumm gingen sie nebeneinander die Straße hinunter, die in den Ortskern führte.

»Fred? Wie wirst du deinem Chef erklären, warum du die Geschichte mit dem alten Maori nicht länger verfolgst?«

Fred hob die Schultern. »Das habe ich mir noch gar nicht so

recht überlegt. Ich denke, ich werde die Sache herunterspielen. Ihm vormachen, der Mann rede wirres Zeug.«

»Aber das denkst du doch nicht wirklich, oder?«

»Nein, gewiss nicht, und ich befürchte, die Leser würden sich nach einer solchen Geschichte alle Finger lecken. Und das sage ich, obwohl ich noch gar nicht weiß, wie es weitergeht.«

»Das wirst du ja morgen erfahren.«

Fred schüttelte den Kopf. »Nein, das werde ich nicht. Ich suche Matui Hone Heke nicht mehr auf, sondern werde schnellstens abreisen, um meinem Chef diesen Bären aufzubinden. Verstehst du? Ich bin Zeitungsmann durch und durch. Wenn ich den Alten noch einmal aufsuche, ist die Gefahr viel zu groß, dass ich mich doch zu einem Artikel hinreißen lasse. Ich begebe mich also nicht unnötig in Gefahr. Morgen reise ich nach Auckland.«

»Aber ... aber das kannst du doch nicht machen! Ich ... ich muss doch wissen, wie es weitergeht. Es ist doch meine Geschichte, und ohne dich ... Ich meine, ich kann doch gar nicht allein hierbleiben. Ich bin noch nicht volljährig ... Der Bischof wird ...«, stammelte Vivian verzweifelt.

»Du hast recht. Daran hatte ich gar nicht gedacht ...« Er stockte und blickte ihr tief in die Augen. »Ich habe immer das Gefühl, dass du viel älter bist. Vom Wesen her. Weißt du was? Dann mache ich eben ein paar Tage Urlaub hier in Whangarei und schaue mich ein wenig um. Vielleicht finde ich ja noch einen Toten im Schafstall oder etwas Ähnliches, was ich meinem Chef zum Fraß vorwerfen kann.«

Vivian sah ihn gerührt an. »Du würdest wirklich meinetwegen bleiben?«

»Nachdem ich schon das privilegierte Leben führe, das dir eigentlich zusteht, als Sprössling des Bischofs, will ich dir nicht auch noch deine Geschichte nehmen«, erwiderte er und fügte nachdenklich hinzu: »Glaubst du, dass Matui Hone Heke der Matui aus der Geschichte ist?«

»Ich glaube kaum. Er ist zwar alt, aber so alt kann er auch wieder nicht sein.«

»Ich bin mir nicht sicher. Ihm wäre das durchaus zuzutrauen. Wer weiß, was für eine Macht da ihre Hände im Spiel hat.«

Vivian musste wider Willen lachen. »Glaubst du jetzt auch schon an die Macht der Ahnen?«

»Warum nicht? Ich glaube wohl, dass es Wunder gibt. Ich meine, sieh doch nur dich an! Du bist wie ein Blitz in mein Leben gefahren und . . .«

Er verstummte erschrocken, als er die Blicke die Straße entlangschweifen ließ und in der Ferne vor dem Hotel zwei bekannte Gestalten entdeckte.

Vivian hatte sie noch nicht bemerkt. »Was wolltest du sagen?«, hakte sie nach.

»Ach, nichts«, erwiderte er und stierte so angespannt nach vorn, dass Vivian seinem Blick folgte. »Oh!« Mehr brachte sie nicht heraus. Da hatte Freds blond gelockte Verlobte sie ihrerseits erspäht und winkte eifrig, bevor sie loslief, um in seine Arme zu fliegen.

Vivian wandte den Blick ab. Sie wollte partout nicht mitansehen, wie herzlich die beiden einander begrüßten, doch da hatte Isabel sich bereits aus der Umarmung gelöst und Vivian die Hand gereicht.

»Entschuldigen Sie bitte, Vivian, ich habe mich unmöglich benommen. Sie müssen das verstehen. Ich bin so rasend in diesen ansehnlichen Mann verliebt, dass ich vor Eifersucht nicht mehr unterscheiden kann, welche Frau mir gefährlich werden kann und welche nicht.«

Vivian zuckte zurück. Eigentlich hätte sie die versöhnlich entgegengestreckte Hand nehmen sollen, aber waren diese Worte nicht eher gehässig als entschuldigend gemeint?

»Sieh nur, Frederik, sie will mir nicht verzeihen. Und das, obwohl ich Vater so von ihr vorgeschwärmt habe.« Isabel verzog beleidigt den Mund.

155

»Komm, Vivian, sei nicht so nachtragend! Reicht euch die Hände!«, bat Fred und versuchte zu lächeln.

Isabel blickte lauernd zwischen Fred und Vivian hin und her. »Ihr scheint inzwischen aber sehr vertraut«, murmelte sie verärgert. Doch dann lächelte sie sofort wieder.

Vivian aber war der skeptische Blick der Verlegerstochter nicht entgangen. Widerwillig nahm sie Isabels Rechte, die sie aber nach einem flüchtigen Händedruck sofort wieder losließ. Sie konnte sich nicht helfen, obwohl sich Isabel zuckersüß gab, traute sie ihr nicht über den Weg.

»Und wer begrüßt mich?«, dröhnte nun eine kräftige Männerstimme. Erst jetzt nahm Vivian den vornehmen älteren Herrn wahr. Er war klein und korpulent, trug einen feinen Gehrock und einen Zylinder. Auf der Nase hatte er eine runde Brille.

»Guten Tag, Mister Morrison«, brachte Fred förmlich hervor.

»Aber mein Junge, was ist denn bloß in dich gefahren? Wenn wir unter uns sind, dann nennst du mich doch sonst auch immer Robert. Und soviel ich weiß, sind wir unter uns, denn die junge Dame gehört, wie man mir verriet, zur Familie.« Mister Morrison streckte Vivian ebenfalls die Hand zur Begrüßung hin und musterte sie wohlwollend mit jenem gewissen Blick, wie es die älteren Herren auf der Überfahrt aus London getan hatten.

Er taxiert mich als Frau, durchfuhr es Vivian, und der Gedanke löste großes Unbehagen in ihr aus.

Dennoch zögerte Vivian nicht, seine Hand zu nehmen, wenngleich sie sich nichts sehnlicher wünschte, als dass der Boden sich auftun und sie verschlucken möge. Dieses unerwartete Familientreffen ging ihr allzu nahe.

»Sie sind also die junge Dame aus London, die sich für mein Geschäft interessiert? Dann wird es Sie wohl freuen zu hören, dass ich Sie hiermit herzlich einlade, nach Ihrer Rückkehr ein wenig in unseren Zeitungsalltag hineinzuschnuppern.« Obwohl er ausgesucht freundlich war, verspürte Vivian darunter eine leichte Ver-

156

unsicherung. Wahrscheinlich hatte seine Tochter ihm verschwiegen, dass sie, Vivian, alles andere als ein blasses, blondes, britisches Mädchen war.

»Und Sie sind eine entfernte Verwandte von Bischof Newman?«, fragte er nun neugierig.

»Ja, aber sehr entfernt«, erwiderte sie ausweichend.

»Umso anständiger, dass der Bischof Ihnen ein neues Zuhause geboten hat. Wie ich hörte, haben Sie binnen kürzester Zeit beide Eltern verloren.«

»Ja, das ist sehr anständig von ihm«, wiederholte Vivian monoton, doch den spöttischen Unterton schien nur Fred herausgehört zu haben. Er wandte sich ihr erschrocken zu, bevor er seine Braut und deren Vater in geschäftigem Ton fragte: »Aber nun sagt mir doch, was führt euch her?«

Isabel sah ihn ungläubig an. »Was uns herführt? Kannst du dir das nicht denken? Glaubst du, Vater oder ich wollen in Auckland Däumchen drehen, während du an einer Geschichte dran bist, die weit über die Northlands hinaus enormes Interesse erregt? Sogar der *Chronicle* hat einen seiner Mitarbeiter hergeschickt.«

»Ach ja? Unser Herr Kollege ist also doch nicht rein zufällig hier, wie er uns weiszumachen versuchte«, höhnte Fred.

»Nein, um Himmels willen, er ist der beste Mann aus Wanganui«, erklärte Robert Morrison im Brustton der Überzeugung.

»Entschuldigen Sie, aber ich würde mich jetzt gern zurückziehen«, bemerkte Vivian förmlich.

»Aber natürlich, das verstehen wir doch. Sie haben heute wahrscheinlich schon fleißig gearbeitet. Mir ist zu Ohren gekommen, dass Sie und Fred richtig erfolgreich sind und dass der Maori einen Narren an Ihnen gefressen hat. Es ist *das* Gesprächsthema im Ort. Und dass er euch beide in sein Haus eingeladen hat, wissen wir auch schon ...«

»Woher?« Vivian war erschrocken zusammengezuckt.

»Frederik hat uns gestern telegrafiert, dass der störrische Alte euch empfängt«, berichtete Mister Morrison nichts ahnend. »Und deshalb haben wir uns heute Morgen gleich auf den Weg gemacht. Wir waren aber inzwischen auch nicht gänzlich untätig, sondern haben bereits den Herren von der Gemeinde unsere Aufwartung gemacht. Der Pfarrer hat uns inständig gebeten, den Namen Newman aus der Sache herauszuhalten, damit es dem Bischof von Auckland nicht schadet. Und darauf, mein Junge, kannst du dich verlassen! Schließlich sind wir bald eine Familie. Also, sei unbesorgt. Wir werden diesen Walter Carrington also nur *den Missionar* nennen.« Dann wandte er sich Vivian zu. »Sie begleiten uns doch heute Abend zum Essen, nicht wahr?«

»Leider nicht. Ich, ich habe bereits eine, eine Verabredung«, stammelte sie, was ihr einen prüfenden Blick Freds einbrachte.

»Auf Wiedersehen«, fügte sie knapp hinzu und eilte auf den Hoteleingang zu. Sie hatte nur noch einen Wunsch: sich in ihrem Hotelzimmer zu verkriechen.

Kaum dass sie auf ihrem Bett lag, wirbelten ihre Gedanken wild durcheinander. Was wäre geschehen, wenn Isabel und ihr Vater nicht nach Whangarei gereist wären? Hätte sie Freds Charme dann wirklich widerstehen können? Wohl kaum, dachte sie seufzend, denn vor sich selbst konnte sie es kaum verbergen: Sie hatte sich in Frederik verliebt, und zwar heftig! Solche starken Gefühle wie für ihn hatte sie noch niemals zuvor für einen Mann empfunden. Das machte die Sache nicht gerade einfacher, denn sie hegte nicht den geringsten Zweifel, dass Fred die blond gelockte Isabel mit ihrem einflussreichen Vater trotzdem geheiratet hätte. Die Vorstellung, dass Fred diese Frau heiraten und mit ihr ein eigenes Zuhause haben würde, ließ sie erschaudern. Und was dann? Würde sie, Vivian, es ohne ihn auch nur einen einzigen Tag im Haus des Bischofs aushalten? Ihre spontane Antwort auf diese Frage war eindeutig. Nein, keinen einzigen Tag würde sie ohne Fred dort verbringen. Ich werde gar nicht erst in sein Haus zurückkehren, beschloss sie schließlich. Ich gehe in Auckland heimlich an Bord eines Schiffes, das mich zurück nach England bringt. Ich habe noch genügend Geld für eine Fahrkarte. Aber erst würde sie sich Matui Hone Hekes Geschichte anhören. Sie hoffte sehnsüchtig, dass der alte Maori auch das Geheimnis ihrer Andersartigkeit lüften würde. Denn wenn sie ganz ehrlich war, hatte sie den starken Verdacht, dass jenes dunkle Blut, das in ihr floss, Maori-Blut war. Nur, wo kam es her? Sie betete inständig, dass Matui Hone Heke ihr früher oder später eine befriedigende Antwort auf diese Frage geben werde.

Als es am frühen Abend an ihre Zimmertür klopfte, wollte sie erst so tun, als wäre sie nicht da, doch der alte John von der Rezeption ließ nicht locker.

»Miss Taylor, Ihr Besuch ist da.«

Besuch? Vivian brauchte einen Augenblick, um zu begreifen, dass es sich nur um Ben handeln konnte. Schließlich hatte sie ihn am gestrigen Tag auf diesen Abend vertröstet. Sie überlegte kurz. Sollte sie mit ihm ausgehen oder sich weiterhin tot stellen?

Noch einmal klopfte es an ihrer Tür.

»Sagen Sie ihm, ich bin in einer Viertelstunde unten!«, rief sie gequält und sprang rasch vom Bett auf. Nach einer flüchtigen Wäsche schlüpfte sie in ihr schönstes Kleid, jenes, das der Bischof ihr am liebsten vom Leib geprügelt hätte. Ein Blick in den Spiegel zeigte ihr, dass das Haar gut saß und sie längst nicht mehr so erschöpft wirkte wie bei ihrer Ankunft in Auckland.

Als sie Ben an der Rezeption warten sah, musste sie zugeben, dass er ein außerordentlich attraktiver Mann war. Er war groß, kräftig gebaut, aber nicht dick, nur nicht so ein schlaksiger Kerl wie Fred. Fred? Warum verglich sie Ben gleich mit ihm? Sie versuchte den Gedanken an Frederik zu verscheuchen und sich ganz auf ihren Verehrer zu konzentrieren. Er hat ein interessantes Gesicht, stellte sie fest, als er sie jetzt erwartungsvoll anlächelte. Und ein sympathisches Lächeln.

»Guten Abend, Miss Taylor, ich habe schon befürchtet, Sie hätten mich vergessen.«

Ihr lag die Antwort auf der Zunge, dass genau dies den Tatsachen entspreche, aber sie wollte ihn nicht kränken. Er reichte ihr seinen Arm.

»Ich hoffe, es kommt nicht gleich Ihr besitzergreifender Chef und entführt Sie wieder«, bemerkte er grinsend, während sie sich bei ihm einhakte.

»Und wenn schon. Ich würde mich nicht von ihm entführen lassen.«

»Gut, dann lassen Sie sich aber bitte von mir entführen. Ich habe nach einem Restaurant gesucht, das Ihren Londoner Ansprüchen gerecht werden könnte, aber das ist mir vermutlich nicht gelungen.«

»Trösten Sie sich. Die Male, die ich in London auswärts gegessen habe, kann ich an einer Hand abzählen. Und das auch nur, weil die Eltern meiner Freundin mich mitgenommen haben ...« Vivian stockte. Was wohl Janes Eltern sagen würden, wenn ich demnächst unangemeldet vor deren Londoner Tür stehe?, durchfuhr es sie, und sie nahm sich vor, ihnen vor ihrer Abreise aus Auckland zu telegrafieren.

»Gut, dann werden Sie nicht allzu enttäuscht sein, wenn ich Sie nun in das erste Haus am Platz führe.«

Ben ging gezielt an der Rezeption vorbei über einen dunklen Flur mit verschlissenen Teppichen.

»Ist es etwa das Hotelrestaurant?«, rutschte es Vivian erschrocken heraus, denn sie befürchtete, dass Fred mit seiner Braut und ihrem Vater auch dort waren. »Und es gibt wirklich nichts anderes?«

Ben lächelte. »Nichts, wohin ich Sie guten Gewissens mitnehmen möchte.« Er blieb stehen und blickte sie unverwandt an. »Befürchten Sie, dass Ihr Chef uns zusammen sehen könnte?«

»Natürlich nicht. Ich bin ihm doch keine Rechenschaft schuldig«, erwiderte sie trotzig.

»Gut, dann kommen Sie. Hinein ins Vergnügen!« Ben hielt ihr eine hölzerne Schwingtür auf. Dahinter befand sich ein einfaches Lokal, dessen Tische in eine Wolke von Zigaretten- und Zigarrenrauch eingehüllt waren.

Vivian musste sofort husten, aber sie folgte Ben in einen Hinterraum, der weniger verraucht und ungleich größer und prächtiger war. Auch gab es hier im Gegensatz zu der Kneipe weiße Tischdecken, und es hingen zwei Kronleuchter von der hölzernen Decke herab.

Prüfend schaute sich Vivian um und atmete hörbar auf, als sie weder Fred noch seine zukünftige Familie entdeckte.

Ben hatte einen der runden Tische in der Mitte des Saales gewählt und schob Vivian formvollendet den Stuhl hin.

Als der Kellner sie nach ihren Wünschen fragte, war Vivian völlig überfordert.

Ben beugte sich zu ihr herüber und flüsterte: »Das einzig Essbare in unseren Restaurants ist Lamm.«

»Dann nehme ich das Lamm«, erwiderte Vivian, doch dann erstarrte sie. Isabel, Fred und dessen zukünftiger Schwiegervater betraten in diesem Augenblick den Saal. Noch hatten die drei sie nicht erblickt, doch als sie auf den Nachbartisch zusteuerten, erkannte Mister Morrison Vivian und begrüßte sie überschwänglich. »Ach, deshalb haben Sie uns einen Korb gegeben! Das verstehe ich doch.«

Vivian überhörte geflissentlich den leisen Spott und versuchte, alle Anwesenden einander vorzustellen.

»Das ist Mister Morrison vom *Herald* aus Auckland, das ist Mister ...« Vivian sah Ben fragend an. Der aber war schon eifrig aufgesprungen und reichte dem Zeitungsmann aus Auckland die Hand. »Sie haben auch in Wanganui einen Ruf wie Donnerhall ...«

Mister Morrison sah Ben verwirrt an, doch der lachte. »Ach, das ist ein deutscher Ausdruck, wenn jemandem sein Ruf voraus-

161

eilt. Mein Name ist Schneider, Ben Schneider. Die Familie meines Vaters stammt aus Deutschland . . .«

»Und Ihr Herr Vater ist Verleger des *Chronicle*. Ich weiß.«

»Oh, da haben Sie mich aber eiskalt erwischt«, erwiderte Ben verschmitzt.

»Und warum haben Sie uns vorgegaukelt, dass Sie zufällig hier vor Ort sind?«, mischte sich Fred ärgerlich ein.

Ben lächelte hintergründig. »Erzählen Sie *mir* denn alles? Zum Beispiel, wo der alte Maori wohnt, den Sie heute besucht haben, und was Sie dort herausgefunden haben. Lange genug waren Sie ja in seinem Haus.«

»Sie haben uns doch nicht etwa beobachtet?«, fragte Fred. Seine Stimme vibrierte vor Empörung.

»Leider nur aus der Ferne«, entgegnete Ben offen und mit entwaffnendem Charme. »Natürlich, Mister Newman, habe ich mich an Ihre Fersen beziehungsweise an die Ihrer reizenden Mitarbeiterin geheftet. Und selbstverständlich habe ich inzwischen herausgefunden, dass Sie der Sohn des Aucklander Bischofs sind und Walter Carrington offenbar Ihr Ururgroßvater . . .« Er lachte und fuhr mit spöttischem Unterton fort: »Tun Sie doch nicht so heilig! Das ist Ihr Beruf genau wie der meine. Und ich hätte ihn übrigens verfehlt, wenn ich das alles nicht recherchiert hätte. Sie waren länger als einen halben Tag dort oben auf dem Berg bei dem Alten. Da wird man stutzig. Natürlich habe ich, nachdem Sie gegangen waren, auch mein Glück versucht, aber mich hat der alte Matui eiskalt abgefertigt. Dabei machte er übrigens einen überaus klaren und entschiedenen Eindruck. Wie haben Sie das bloß geschafft? Tja, und wofür ich auch noch keine plausible Erklärung gefunden habe, ist die Tatsache, dass Sie heute Morgen vor der reizenden Miss Taylor dort eingetroffen sind. Sie kamen nicht gemeinsam. Warum? Zwistigkeiten?«

Vivian war während Bens Worten rot angelaufen, doch Mister Morrison pfiff anerkennend durch die Zähne. »Hervor-

162

ragende Arbeit, junger Mann. Wollen Sie nicht zum *Herald* wechseln?«

»Es gäbe einen triftigen Grund, in den Norden zu ziehen«, bemerkte Ben, während er Vivian zulächelte, doch die wandte empört den Blick ab.

»Ich befürchte, Sie verwechseln Skrupellosigkeit mit guter Recherchearbeit, Mister Schneider!«, zischte Fred.

Isabel maß ihren Verlobten mit einem vernichtenden Blick.

»Einen halben Tag lang warst du also bei dem alten Maori, ja? Und wieso, mein Lieber, hast du Vater und mir erzählt, es sei nur ein kurzer Besuch gewesen? Nicht der Rede wert? Warum hast du uns den Bären aufgebunden, es sei nichts aus dem alten Maori herauszukriegen gewesen? Und das, was er gesagt habe, sei zusammenhangloses, wirres Zeug gewesen? Wir sollten schon mal zurück nach Auckland fahren, du würdest hier oben noch nach einer anderen, spannenderen Geschichte suchen?«

Die Köpfe sämtlicher Restaurantgäste wandten sich in ihre Richtung. So laut war Isabels überschnappende Stimme geworden.

»Das muss ich aber auch sagen«, bemerkte Ben genüsslich. »Das können Sie Ihrer Großmutter erzählen. Kein Schreiber Ihres Formates verschwendet seine Zeit auf solche Weise. Wollen Sie ganz groß rauskommen? Das könnte ich sogar verstehen. Aber warum verheimlichen Sie Ihrem eigenen Boss, dass Sie auf eine heiße Geschichte gestoßen sind? Hat es vielleicht etwas damit zu tun, dass das Ansehen des seligen Reverends und damit der Ruf Ihrer Familie einen dunklen Fleck bekommen könnten?«

Ohne Vorwarnung stürzte sich Fred auf seinen Kollegen aus Wanganui und packte ihn am Kragen.

»Ich habe es doch von Anfang gewusst, dass Sie eine miese Ratte sind. Ihnen ist jedes Mittel recht, um an Ihre Geschichte zu kommen. Sie scheuen nicht einmal davor zurück, unschuldigen jungen Frauen den Kopf zu verdrehen.«

163

Mister Morrison drängte sich fluchend zwischen die beiden Kampfhähne und hielt sie mit ausgestreckten Armen voneinander fern.

»Aufhören! Natürlich kann Mister Schneider solche Mittel einsetzen, um an seine Informationen zu kommen!«, brüllte er, bevor er sich mit scharfer Stimme an Fred wandte. »Aber ich denke, du solltest mir etwas ganz anderes erklären. Wieso hast du uns verschwiegen, dass du heute so lange bei dem Alten gewesen bist? Was du – und da gebe ich Mister Schneider durchaus recht – mit einem Irren, aus dem nichts herauszulocken ist, sicherlich nicht getan hättest.« Dann wandte er sich an Ben. »Und Sie sollten vorsichtig mit Ihren Schlussfolgerungen sein. Ich lege meine Hand für Frederik ins Feuer. Niemals würde er eine Information aus persönlichen Gründen zurückhalten. Das ist eine lächerliche Anschuldigung, junger Mann! Es sei denn, Sie können es beweisen.«

Mister Morrison musterte Ben mit einem stechenden Blick. »Na, wo sind Ihre Beweise?«, hakte er nach.

Als Ben schwieg, lachte er triumphierend. »Sehen Sie, Sie haben keine.«

Vivian sah dem Ganzen fassungslos zu. Ihr tat allein Fred leid. Er hatte offenbar alles versucht, einen Artikel über Hone Hekes Kampf um das Denkmal zu verhindern, während dieser Ben ihr feige hinterhergeschlichen war. Er war der Mann gewesen, der sich in den Hauseingang geflüchtet hatte. Fred hatte recht gehabt. Ben hatte sich nur zu dem einzigen Zweck an sie herangemacht: um sie über Matui auszufragen.

Vivian schüttelte sich bei dem Gedanken, dass sie beinahe auf ihn hereingefallen wäre, bevor sie sich unbemerkt erhob und davoneilte.

Es war immer noch warm draußen, sodass sie sich schließlich erschöpft unter eine der Palmen am Straßenrand setzte. Ihr war völlig gleichgültig, ob ihr Kleid dabei schmutzig wurde. In ihrem

164

Kopf überschlugen sich die Gedanken. Ins Hotel würde sie auf keinen Fall zurückkehren, denn mit Sicherheit würde Ben dort auf sie warten. Oder Fred. Oder sogar beide. Nein, sie musste fort. Plötzlich kam ihr ein Gedanke: Was, wenn sie zu Matui Hone Heke flüchtete und ihm gestand, dass sie die Tochter des Bischofs war? Sie war sich sicher, dass er ihr für die Nacht Unterschlupf gewähren würde. Behände sprang sie vom Boden auf und schlug den Weg zum Mount Parahaki ein. Sie fühlte sich erst sicher, als sie sich auf dem Pfad durch den Busch befand. Obwohl sie sehr schnell ging, nahm sie doch wahr, wie sich die Stimmung hier oben verändert hatte. Es war kälter und dunkler geworden. Sie zuckte ein paarmal zusammen, als seltsame Töne aus dem Wald zu ihr herüberschallten. Immer wieder beschleunigte sie den Schritt und sah weder links noch rechts, sondern wartete sehnsüchtig auf den Augenblick, in dem sich linker Hand das Dorf zeigen würde.

Als sie auf dem Gipfel ankam, versank im Westen gerade die Sonne wie ein glühender Ball hinter den Bergen. Einen Augenblick lang blieb sie stehen und betrachtete das Schauspiel mit angehaltenem Atem. Es fiel ihr schwer, sich davon zu lösen, bevor der letzte Strahl verschwunden war. Der Himmel über den Bergen leuchtete immer noch rot, als sie weitereilte. Bis auf den Gesang einer Frau war alles still.

Vor dem Palisadenzaun hielt Vivian noch einmal inne. Durfte sie den alten Mann wirklich unangemeldet überfallen? Wahrscheinlich schlief er längst und würde sich gestört fühlen. Doch nun konnte sie nicht mehr zurück. Niemals würde sie sich im Dunkeln auf den Weg zurück durch den Busch machen. Das Herz klopfte ihr bis zum Hals, als sie zögernd durch das Tor in das Innere des Dorfes trat. Aus der Dämmerung sprang plötzlich ein Schatten auf sie zu. Vivian schrie vor Schreck schrill auf, doch dann erkannte sie, dass es ein Hund war. Ein sehr großes Tier mit kurzem Fell.

»Ist ja gut«, sprach sie mit zitternder Stimme auf den Hund ein, doch dann entspannte sie sich. Er leckte ihr eifrig die Hand, bevor er sich trollte.

Als sie Matuis Haus erreicht hatte, zögerte sie, seine Veranda zu betreten, doch da hörte sie seine Stimme bereits leise raunen: »*Tamahine*, ich habe auf dich gewartet.«

In diesem Augenblick entdeckte sie ihn in der Dämmerung auf einem Stuhl sitzend. Vorsichtig näherte sie sich. Er deutete lächelnd auf einen Platz neben sich. »Setz dich, mein Kind, und sag mir, was dir auf der Seele brennt. Wer bist du wirklich?«

Vivian holte tief Luft. Sie hatte nicht damit gerechnet, dass er ganz ohne Umschweife auf den Punkt kommen würde. Verlegen fixierte sie die Spitzen ihrer feinen Schuhe, die auf dem Weg durch den Busch ziemlich gelitten hatten.

»Ich . . . ich bin Peter Newmans Tochter«, stammelte sie.

»Das habe ich mir doch gedacht«, erwiderte er lächelnd.

»Aber ich kenne diesen Mann nicht. Mehr noch, ich verabscheue ihn. Und er mich. In seinem Haus gibt er mich Dritten gegenüber als eine entfernte Verwandte aus. Und ich darf niemandem die Wahrheit sagen. Aber ich will so einen auch nicht zum Vater, so einen scheinheiligen Kirchenmann, der meine Mutter am Tag meiner Geburt sang- und klanglos verlassen hat. Aber ihr Letzter Wille war, dass ich zu ihm reise . . .« Vivian stockte, weil ihr die Tränen kamen, doch als sie die tröstende Hand des Maori auf ihrer Wange spürte, konnte sie sich nicht länger beherrschen. Sie fing hemmungslos zu schluchzen an. Da redete Matui in einem fremden Singsang beschwörend auf sie ein. Sie verstand zwar kein Wort, aber allein die Melodie übte eine beruhigende Wirkung auf sie aus.

»Er kann nicht zu dir stehen, *tamahine*. Du wirst bald wissen, warum nicht. Nur so viel: Er ist ein heimatloser, entwurzelter Mensch. Das, was er sein Leben und Wirken nennt, würde zusammenstürzen wie ein schlecht gebautes Haus bei einem Erdbeben und alles in Schutt und Asche legen. Doch eines Tages wird genau das geschehen. Die Erde wird beben, und er wird wie neugeboren den Trümmern entsteigen.«

Vivian hatte aufgehört zu weinen und sah den alten Maori irritiert an.

Er lächelte.

»*Tamahine*, lass dich nicht durch meine Worte verunsichern, denn du bist schon längst auf dem richtigen Weg. Aber wo ist dein Bruder?«

Es dauerte einen kurzen Augenblick, bis sie begriff, von wem die Rede war.

Sie hob die Schultern. »Ich denke, er wird Sie morgen aufsuchen«, sagte sie ausweichend, während sie insgeheim hoffte, dass er es nicht tun würde.

»Gut, dann warten wir auf ihn«, bemerkte Matui. »Damit ich euch die Geschichte eurer Ahnen erzählen kann. Ich muss sie euch gemeinsam weitergeben, denn ihr gehört zusammen.« Er unterbrach sich und fuhr lauernd fort: »Oder etwa nicht?«

Während er diese Worte sprach, musterte er Vivian durchdringend. Sie erstarrte. Er weiß etwas, durchfuhr es sie eiskalt, er ahnt, dass Fred nicht der Sohn des Bischofs ist, aber dass er der Mann ist, dem ich mein Herz geschenkt habe. Ihr war nicht wohl in ihrer Haut. Wenn er sie nun als Lügnerin enttarnte? Sie musste Matui die Wahrheit sagen und ihn darum bitten, dass er in Zukunft mit ihr allein vorliebnahm. In diesem Augenblick spürte sie, wie eine bleierne Müdigkeit von ihr Besitz ergriff. Morgen würde sie mit ihm sprechen.

»Könnte ich hier schlafen?«, fragte sie und fügte hastig hinzu: »Ich habe Angst, im Dunkeln zum Hotel zurückzukehren.«

»Das verstehe ich gut. Komm, Kleine, folge mir ins Haus!«

Vivian hatte Schwierigkeiten, sich vom Stuhl zu erheben. Ihre Glieder waren schwer wie Blei, doch schließlich stand sie auf, allerdings mit zittrigen Beinen.

Matui ging vor ihr her ins Haus. Vivian folgte ihm und sah, wie er eine Flachsmatte auf dem Küchenboden ausrollte.

»Das ist dein Schlafplatz, *tamahine*, ich wünsche dir gute Träume.«

Vivian ließ sich auf die Matte sinken und spürte noch, wie Matui sie wärmend in eine Decke einhüllte und leise zu singen begann. Sie wehrte sich zunächst mit aller Kraft dagegen, dass ihr die Augen zufielen, doch schließlich siegte die Erschöpfung.

Mount Parahaki/Whangarei, Februar 1920

Vivian wusste beim Aufwachen zunächst nicht, wo sie war, doch dann erinnerte sie sich dunkel an den Eklat im Hotelrestaurant, ihre überstürzte Flucht und ihr gestriges Gespräch mit Matui Hone Heke.

Sie fuhr hoch, rieb sich die Augen und wunderte sich, wie gut sie auf der Flachsmatte geschlafen hatte. Ein wärmender Sonnenstrahl fiel durch das Küchenfenster. Was für ein schöner Tag, dachte Vivian und lief auf bloßen Füßen und im Unterkleid auf die Veranda hinaus. Dort atmete sie die frische Morgenluft ein und wurde überschwänglich von dem Hund begrüßt, der ihr am Tag zuvor einen solchen Schrecken einjagt hatte. Sie strich ihm ein paarmal über sein struppiges Fell.

Die alte Maori-Frau trat neugierig zu ihr auf die Veranda und sprach sie in dieser merkwürdigen fremden Sprache an. Vivian hob lächelnd die Schultern.

»Sie fragt, ob du eine Verwandte bist«, mischte sich Matui ein und erklärte der alten Maori lächelnd. »Tamahine!«

Die Frau legte den Kopf schief und hakte auf Englisch nach: »Sie deine Tochter? Nein. Du viel zu alt Vater sein.«

Vivian drehte sich lachend zu Matui um. »Guten Morgen, Matui. Oder soll ich lieber *Vater* sagen?«

Die alte Maori blickte irritiert zwischen Matui und Vivian hin und her.

»Sie ist meine *tamahine*!«, bekräftigte er, während er in ihr Lachen einstimmte.

169

»Gut, gut!«, murmelte die Frau und verschwand.

»Was heißt *tamahine* denn nun eigentlich wirklich?«, fragte Vivian neugierig. »Es wird wohl kaum *Tochter* heißen.«

»Doch, Tochter, Nichte, Cousine, Enkelin, alles, was einem alten Mann, wie ich einer bin, am Herzen liegt.«

»Wollen Sie damit andeuten, dass ich wirklich mit Ihnen verwandt bin?«

»Wir werden sehen«, entgegnete er geheimnisvoll, bevor er auf den Mann deutete, der gerade schnellen Schrittes und mit gesenktem Kopf auf das Haus zueilte. »Dein Bruder. Wir können beginnen. Ich bereite mich im Haus vor.«

Vivian lag auf der Zunge zu sagen: *Er ist nicht mein Bruder.* Aber sie konnte sich gerade noch beherrschen.

»Was willst du hier?«, fuhr sie Fred an, nicht ohne sich vorher davon überzeugt zu haben, dass Matui die Veranda verlassen hatte.

»Ich habe keine andere Wahl«, erwiderte er sichtlich zerknirscht. Überhaupt sah er schrecklich übernächtigt aus. Als habe er die ganze Nacht wach gelegen.

Ehe ihn Vivian noch darauf ansprechen konnte, tauchte plötzlich Isabel vor Matuis Haus auf. Der Schreck, der Vivian durch alle Glieder fuhr, schien auf Gegenseitigkeit zu beruhen. Auch Isabel blickte sie verstört an. »Was hat die denn hier verloren?«, fragte sie unfreundlich.

»Dasselbe wollte ich Sie auch gerade fragen«, entgegnete Vivian spitz.

»Ich habe meinen Verlobten ein Stück begleitet, und Sie? Was suchen Sie in diesem halbnackten Aufzug hier oben? Und was war das gestern für ein lächerlicher Abgang? Sie sind wirklich noch ein Kindskopf.« Isabel musterte Vivian abschätzig von oben bis unten.

Oje, ich bin ja noch im Unterrock!, fiel es Vivian plötzlich siedend heiß ein. Während sie nach einer plausiblen Erklärung für ihre Aufmachung suchte, zischte Isabel Fred zu: »Du hast gesagt, dass ich nicht mit zu dem alten Maori darf, weil er nur mit dir redet, aber Vivian nimmst du mit! Oder besser gesagt – sie war schon vor dir hier. Im Hemd, wie ich sehe. Wie darf ich das verstehen?«

»Isabel, lass es dir doch erklären. Vivian hat Matui auf eigene Faust besucht. Ich wusste nicht, dass sie hier oben ist. Ich bin ebenso überrascht wie du«, versuchte er sie zu beruhigen, bevor er matt hinzufügte: »Bitte, fang nicht schon wieder mit dem Streit an. Wir haben uns doch gerade erst wieder vertragen. Bitte!«

Vivian wandte sich angewidert ab. Wie er vor seiner Verlobten katzbuckelte, missfiel ihr außerordentlich. Ohne die beiden auch nur noch eines einzigen Blickes zu würdigen, eilte sie ins Haus. Rasch raffte sie ihre Kleidung zusammen und zog sich an. Aus dem Nebenzimmer hörte sie Matui leise singen. Er bringt sich in Stimmung, dachte sie. Aber durfte sie ihn wirklich ins offene Messer laufen lassen? Es war wohl keine Frage, dass Isabel und ihr Vater Fred genötigt hatten, an dem Fall des alten Maori dranzubleiben. Und dass er sich hatte breitschlagen lassen, Matui auszuhorchen, um daraus eine Geschichte für die Zeitung zu machen.

Na warte, dachte Vivian, fuhr sich fahrig durch das zerzauste Haar und trat zurück auf die Veranda. Sie wollte Fred auf den Kopf zusagen, dass er den alten Maori in Ruhe lassen solle. Doch in der Tür blieb sie wie erstarrt stehen. Isabel und Fred waren gerade dabei, sich inniglich zu umarmen. Vivian hätte den Kopf gern abgewandt, aber es gelang ihr nicht. Obwohl sich ihr beim Anblick der Szene, die sich ihr dort bot, der Magen schier umdrehte, sah sie wie betäubt zu, wie die beiden sich küssten.

Wie konnte ich nur so dumm sein, auch nur eine Sekunde lang zu glauben, dass ihm unser Kuss wirklich etwas bedeuten könnte?, ging es ihr durch den Kopf. Wahrscheinlich wollte er einfach nur einmal ein exotisch aussehendes Mädchen küssen. Trotzdem wurde ihr das Herz schwer bei dem Gedanken, wie gleichgültig sie Frederik offenbar war. Da traf sich ihr Blick mit dem von Isabel, die sich gerade aus Freds Umarmung gelöst hatte. In ihren Augen war Triumph zu lesen, den sie genüsslich auskostete.

»Liebling, arbeite du nur schön«, säuselte sie und sah ihren Frederik verliebt an. »Vater wird stolz auf dich sein, wenn du ihm eine spannende Geschichte lieferst. Und denk daran, heute Abend will er mit uns die Hochzeit besprechen. Ach, es war so lieb, wie du gestern bei ihm um meine Hand angehalten hast!«

Vivian wurde noch übler bei den süßlichen Worten, die offensichtlich vor allem für ihre Ohren bestimmt waren. Auf Isabels Initiative küssten sie sich noch einmal, bevor die blond gelockte Schönheit von ihrem Verlobten abließ und ging. Doch sie wandte sich noch einmal um und warf ihm eine Kusshand zu.

Als Fred auf die Veranda trat, musterte Vivian ihn spöttisch. »Na, bist du jetzt der Schoßhund der Morrisons? Und hat der Alte dir was Schönes versprochen, wenn du eine heiße Geschichte ausgräbst? Seine Tochter, eine Beförderung . . .?«

»Bitte, hör auf damit!«, bat Fred sie gequält.

»Du kannst mir doch nicht weismachen, dass du auf den Artikel verzichten wirst, nachdem dir dein Schwiegervater und seine Tochter im Nacken sitzen. Du küsst ihnen doch die Füße.«

»Vivian, bitte! Ja, ich werde ihm etwas liefern, ja, ich muss ihm etwas liefern, aber bestimmt nicht das, was Matui uns anvertraut. Ich habe geschworen, seine Lebensgeschichte nicht zu verwenden, und daran halte ich mich.«

»Und was willst du denen stattdessen zum Fraß vorwerfen?«

»Das lass mal meine Sorge sein, und was Isabels lautstarke Verkündung meines Heiratsantrags angeht . . .«

»Das interessiert mich nicht. Du bist mein Bruder. Mehr nicht. Schon vergessen?«

Fred blickte sie flehend an. »Du weißt, dass das nicht wahr ist, und deshalb wirst du mir jetzt zuhören. Mein Boss hat mir gestern Abend die Beförderung zum leitenden Redakteur angeboten . . .«

»Herzlichen Glückwunsch!«

»Du brauchst gar nicht so hämisch zu tun. Jedenfalls hat er dann das Glas auf seinen zukünftigen Schwiegersohn erhoben. Ich habe aber gar nicht ausdrücklich um Isabels Hand angehalten, weil ich gar nicht mehr sicher ...«

»... wir leben nicht im neunzehnten Jahrhundert, als man den Vater der Braut fragen musste. Ihr seid doch aufgeklärte Zeitungsmenschen. Isabel wird ihm schon gesagt haben, dass ihr euch einig seid.«

»Vivian, bitte! Es hat sich etwas geändert, seit du in mein Leben getreten bist, aber du bist gestern auch mit diesem Ben ausgegangen. Was soll ich von alledem halten? Weiß ich, ob du so zuverlässig bist wie Isabel? Bitte, sag mir, was ich hätte tun sollen!«

Sie blickte ihm tief in die Augen. Ihr Gesicht war vor Zorn gerötet. »Du hättest nur widersprechen und es richtigstellen müssen. Dass ihr nicht verlobt seid und dass du auch nicht bereit bist, diesen Schritt zu tun ...«

»Aber versteh doch: Er koppelt die Heirat an meine Beförderung ...«

»... die hättest du ja nicht annehmen müssen!«, fauchte Vivian.

»Streitet ihr euch etwa?«, fragte Matui neugierig, der sich wie immer auf leisen Sohlen angeschlichen hatte.

»Nein, wie kommst du denn darauf?«, entgegnete Vivian zuckersüß und fügte ungeduldig hinzu: »Wollen wir beginnen?«

Ohne eine Antwort abzuwarten, verschwand Vivian im Innern des Hauses.

»Ihr benehmt euch nicht wie Geschwister, sondern wie ein Liebespaar«, bemerkte Matui hintersinnig.

»Blödsinn!«, schnaubte Fred, bevor er ebenfalls ins Haus stürmte.

Matui lächelte wissend in sich hinein, als er den beiden gemächlich folgte.

Paihia, September 1844

Matthew Carrington war ein anderer Mensch geworden, nachdem er dem Tod so knapp von der Schippe gesprungen war.

Voller Dankbarkeit dachte er an seine Zieheltern, die nicht von seinem Bett gewichen waren, als er wochenlang im Fieber daniedergelegen hatte. Noch heute, Monate später, empfand er tiefe Reue, wenn er daran dachte, dass das alles nur geschehen war, weil er in jener Nacht geglaubt hatte, einer von Hone Hekes Männern zu sein. *Tama?* Sein Sohn? Nein, niemals! Der Häuptling hatte die Siedler in der Bay of Islands unnötig in Aufruhr versetzt. Und mehr noch. Seine Aktion hatte die Briten dazu ermutigt, Rotröcke zur Hilfe zu holen. Nun lag ein Schiff der Engländer in der friedlichen Bucht, und die Soldaten flanierten wie die Herren durch Russell. Manchmal fuhr Matthew im Boot hinüber, aber nur um Tinte aus der Pompallier-Mission zu besorgen. Der Kontakt zu den Brüdern der katholischen Mission war wesentlich freundlicher geworden, seit sie Bruder Jean nach Frankreich zurückgeschickt hatten. Ja, man half sich sogar mit allerlei Werkzeug und Zubehör aus.

Was für ein Irrsinn! Und das alles nur für einen Fahnenmast, ging es Matthew durch den Kopf, während er sich an der Druckmaschine zu schaffen machte. Er konnte nicht leugnen, dass ihm die Arbeit Spaß machte. Wer hätte gedacht, dass es mir einmal Freude bereiten würde, Bibeln herzustellen?, dachte er versonnen, während er die Druckmaschine betätigte, als hätte er nie etwas anderes getan.

Er war ja so froh, dass man ihn nicht nach Kerikeri geschickt hatte, sondern dass er in der Druckerei von Paihia lernen durfte. So konnte er in seinem Bett schlafen und sich abends mit den Schnitzereien beschäftigen. Außerdem hatte er seine Liebe zum Zeichnen mit Wasserfarben entdeckt. Inzwischen kamen einige Häuptlinge der umliegenden Stämme zu ihm und ließen sich von ihm abbilden. Für Matthew war es eine erfüllende Aufgabe, Porträts der Maori zu erstellen. Er achtete peinlich genau darauf, ihre stolzen Gesichter genau darzustellen, damit man ihnen ansah, dass sie Häuptlinge waren und keine dunkelhäutigen Wilden. Besondere Mühe gab er sich damit, die unterschiedlichen Tattoos haarklein wiederzugeben. Manchmal spielte er insgeheim mit dem Gedanken, sich auch ein Tattoo machen zu lassen. Doch er wusste, dass er damit den Zorn seiner Zieheltern erregt hätte, und das galt es zu vermeiden. Manchmal unterhielt er sich mit den Männern und erfuhr, dass keiner von ihnen Hone Hekes Rebellion unterstützte, außer Te Ruki Kawiti, ein angriffslustiger Häuptling der Ngata Hine. Ganz im Gegensatz zu dem weisen alten Tamati Waka Nene, der ebenfalls zu den Unterzeichnern des Vertrages von Waitangi gehörte. Der ließ bei jeder Gelegenheit seinem Unmut über diesen ungestümen Burschen, wie er Hone Heke zu nennen pflegte, freien Lauf. Er sei ein angriffslustiger Krieger, betonte er immer wieder, der auch nicht davor zurückschrecken würde, Krieg gegen die Siedler zu führen. Ja, er warnte mehrfach die Missionare in Paihia, allen voran Walter Carrington, eindringlich vor der Gefährlichkeit von Kawiti. Das alles ging dem jungen Maori durch den Kopf, während er gerade damit beschäftigt war, die Druckmaschine zu säubern.

Da klopfte es, und bevor Matthew den Gast hereinbitten konnte, blickte ein ihm bekanntes Gesicht durch den Spalt der halb geöffneten Tür.

»Hone Heke?«, entfuhr es Matthew fassungslos, weil er doch gerade eben so intensiv an den Häuptling gedacht hatte.

»Ja, mein Sohn, ich bin es. Hast du mich nicht erwartet?«, fragte er in scharfem Ton. »Wie ich höre, verbringst du deine Zeit damit, Bildnisse von Louka, Quiremu, Hiperina und auch Waka Nene anzufertigen. Da dachte ich, du könntest auch ein Bild von mir malen.«

»Ich ... doch ... also, ja ... ich weiß nicht ...«, stammelte Matthew.

»Mal mich!«, verlangte der Häuptling herrisch.

Matthew war so verlegen, dass er nicht wusste, wohin er blicken sollte. So starrte er auf seine blank geputzten Schuhe. Hone Heke folgte seinem Blick und grinste breit. »Das Barfußlaufen war wohl nichts für deine zarten Pakeha-Füßchen«, höhnte er.

Matthew tat so, als hätte er die Bemerkung überhört, und fragte sich bang, was er bloß tun sollte. Er befürchtete, dass er dem Häuptling auf keinen Fall ein Bildnis verwehren durfte, und ahnte, dass dieser mit Sicherheit nicht nur gekommen war, um sich von ihm porträtieren zu lassen.

»Setz dich dorthin!«, verlangte Matthew und versuchte krampfhaft, seine Unsicherheit zu verbergen, aber seine Hände verrieten ihn. Sie zitterten, als er ein Bildnis des Häuptlings erstellen wollte.

Hone Heke indessen saß stumm auf seinem Stuhl und ließ sich geduldig malen.

Ganz langsam fiel die Anspannung von Matthew ab. Wenn er den Häuptling gut traf, dann hatte er doch nichts zu befürchten. Während er das Porträt schuf, redete er sich ein, dass der Maori nichts anderes verlangen würde als ein gelungenes Bild. Schließlich war er ein kluger Mann, der unschwer erkennen musste, dass er, Matthew, sich für ein Leben bei den Pakeha entschieden hatte. Dementsprechend gab sich der junge Maori größte Mühe, Hone Heke in strahlendem Licht erscheinen zu lassen. Als er dem Häuptling das Ergebnis schließlich voller Stolz zeigte, sagte der sichtlich zufrieden: »Du bist ein wunderbarer Maler, mein Sohn.

Ich werde wiederkommen, damit du mich zusammen mit meiner Frau malen kannst.«

Matthew stand der Stolz über dieses Lob ins Gesicht geschrieben, bis er den Häuptling fordernd fragen hörte: »Bist du wieder dabei, wenn wir den Fahnenmast fällen?«

Matthew zuckte zusammen. Wie sehr hatte er darauf gehofft, dass das Kapitel Hone Heke für ihn ein für alle Mal erledigt wäre, doch der Häuptling fixierte ihn mit einem glühenden Blick voller Kampfgeist. Darin stand zu lesen, dass er niemals von seinem Ziel ablassen würde, das verhasste Symbol der britischen Vorherrschaft endgültig zu vernichten.

Matthew schlug die Augen nieder. Zu groß war die Faszination, die von diesem Mann ausging. Wie einen Sog spürte er die Magie, die Hone Heke auf ihn ausübte, aber er wollte vernünftig sein. Sein Ziehvater hatte ihn eindringlich davor gewarnt, sich an diesem Unsinn zu beteiligen, wie er wortwörtlich sagte. Erstens sei er längst ein Pakeha, und zweitens werde Hone Heke damit einen Krieg heraufbeschwören.

Und das wegen eines Fahnenmastes, durchfuhr es Matthew eiskalt. Nein, das darf nicht geschehen, und ich werde diesen wahnwitzigen Plan nicht unterstützen, dachte er. Doch während er sich krampfhaft die Güte seiner Zieheltern vorzustellen versuchte, kamen ihm immer wieder Bilder von dieser über allem wehenden britischen Fahne. Und er fragte sich, warum nicht die der Maori dort oben wehte. Die Antwort schmerzte: Sie besaßen keine solche Flagge, die ihren Anspruch auf das Land ihrer Väter dokumentieren könnte.

»Bist du dabei, oder hat dich der Anzug zu einem Pakeha gemacht?«, fragte Hone Heke spöttisch.

»Ich bin kein Pakeha«, erwiderte Matthew trotzig.

»Dann können wir also nach wie vor mit deiner Unterstützung rechnen?«, hakte der charismatische Maori nach.

»Ich ... ich weiß nicht, ich ... Und außerdem wimmelt es in

Russell nur so von Rotröcken. Das ist gefährlich. Das ist kein Spiel mehr.«

»Das war noch nie ein Spiel«, erwiderte der Häuptling ungerührt. Seine Augen hatten sich zu gefährlichen Schlitzen verengt.

»Ich meine ja nur … mit denen … ich meine, mit den Soldaten willst du dich doch nicht etwa anlegen, oder? Sie besitzen Musketen, ihre Schiffe haben Kanonen, und sie werden sich das nicht gefallen lassen …«, stammelte Matthew.

Hone Hekes Antwort war ein dröhnendes Lachen.

»Die paar Krieger? Vor denen habe ich keine Angst. Im Gegenteil, das spornt mich eher an. Dass sie es nötig haben, ihre Leute zu Hilfe zu holen, beweist doch nur, dass ihnen das Land nicht gehört.«

»Aber das führt unweigerlich zum Krieg«, wandte Matthew zögernd ein.

»Du stammst aus einem Volk von Kriegern!«, erwiderte der Häuptling in scharfem Ton.

»Aber wir leben doch friedlich miteinander«, entgegnete Matthew eifrig, dem seine Worte schon hohl vorkamen, bevor er sie überhaupt ausgesprochen hatte. Trotzdem gibt es keine Gleichheit zwischen uns, schoss es ihm durch den Kopf.

»*Tama*, was ist geschehen? Du redest wie ein Pakeha, aber du bist einer von uns. Dein Vater war ein stolzer Häuptling und deine Mutter die Tochter eines Häuptlings. Du kannst nicht einfach zu einem Pakeha werden, mag dich die Güte der Carringtons auch noch so beeindrucken. Gib es zu: Die Schuhe drücken dich.«

Matthew wurde rot bis über beide Ohren. Konnte der Mann Gedanken lesen? Er liebte das Barfußlaufen, doch seine Eltern erlaubten es nicht.

»Aber ich glaube an Gott«, erklärte Matthew ausweichend.

»Ich bin auch ein Christ und glaube an das Wort des Herrn,

178

und er sagt mir deutlich, dass es nicht rechtens ist, wenn diese Fahne über uns allen flattert. Wir wollen uns Auge in Auge gegenüberstehen, aber haben die Pakeha den Vertrag von Waitangi wirklich treu eingehalten? Warum lassen sie denn ihre Fahne am höchsten Punkt der Bucht im Wind flattern, wenn wir doch alle Brüder sind? Nein, *te tama*, es werden immer mehr von ihnen in unser schönes Land kommen. Sie werden uns schließlich verdrängen oder uns mit ihren Krankheiten töten und schließlich gänzlich ausrotten. Verstehst du? Sie betrachten es als ihr Land. Und das will der Herr da oben ganz bestimmt nicht.«

Matthew atmete ein paarmal tief ein und aus. Jedes Wort des stolzen Häuptlings sprach ihm, ob er es wollte oder nicht, tief aus dem Herzen. Und es stimmte nicht, was ihm sein Ziehvater einzureden versuchte. Hone Heke wollte keinen Krieg. Er hatte nichts gegen die Missionare. Im Gegenteil, er kämpfte nur gegen die Ungerechtigkeit, die die Briten in den letzten fünf Jahren über ihr Land gebracht hatten. Sie breiteten sich auf ihre Kosten aus. Und eines Tages würde ihnen das Land der Ahnen ganz gehören.

Matthew traten Tränen in die Augen. Die Worte des Häuptlings hatten ihn bis in sein Innerstes berührt, und er wusste, dass er auf der falschen Seite stand, war er doch selbst der Sohn eines stolzen Häuptlings ...

»Komm morgen Abend zum Flaggenmast!«, sagte Hone Heke im Hinausgehen in strengem Ton und ließ dabei keinen Zweifel aufkommen, dass er einen Befehl und keine Bitte aussprach.

Matthew blieb am ganzen Körper zitternd zurück. In seinem Kopf drehte sich alles. Was sollte er tun? Sein Herz sehnte sich unweigerlich nach dem Berg dort drüben, während sein Kopf ihn mit aller Macht von einer weiteren Dummheit abzuhalten versuchte.

Matthew stöhnte laut auf und versuchte seine Arbeit fortzusetzen, als wäre nichts geschehen, aber in ihm tobte ein Vulkan. Als er die verschmierten und unleserlichen Buchstaben auf dem

Papier erblickte, wusste er, dass er nicht mehr weiterarbeiten konnte. Hier ging es um mehr. Er musste eine Entscheidung treffen!

Ich werde zum Fahnenmast gehen, aber nichts tun, um Hone Hekes Rebellion tatkräftig zu unterstützen, entschied er, nachdem er hin und her überlegt hatte. Dieses Mal werde ich keine Axt zur Hand nehmen.

Entschlossen säuberte Matthew das Handwerkszeug und verließ die Werkstatt. Er würde ohnehin nichts Vernünftiges mehr zustande bringen, sodass er sich besser auf den Heimweg machte.

Da sein Ziehvater wusste, dass die katholische Mission und die Druckwerkstatt immer wieder Materialien austauschten, hätte Matthew dieses Mal einen triftigen Grund, nach Russell hinüberzurudern. Und doch war ihm flau im Magen bei dem Gedanken, seine Zieheltern noch einmal zu hintergehen. Hatte der Herr ihn nicht vor dem Tod bewahrt, damit er fortan ein gottesfürchtiges Leben führen sollte?

Vor dem Haus kam ihm seine Mutter entgegen. Sie wirkte geradezu ausgelassen und plapperte sofort drauflos. »Ich muss für die Hochzeit noch so viel erledigen. Stell dir vor, ihre Eltern sind damit einverstanden, dass sie in unserer Kirche heiraten, weil Vater sie trauen wird. Kannst du dabei helfen, das Wohnzimmer auszuräumen, damit die vielen Menschen Platz haben? Ja?« Ohne eine Antwort abzuwarten, umarmte sie ihn stürmisch und gab ihm einen Kuss auf die Wange, bevor sie weitereilte.

Die morgige Hochzeit, die hatte er völlig vergessen, aber nun kam sie ihm sogar gelegen. Sie nahm ihm eine Entscheidung ab. Er wollte ja hinüber zum Fahnenmast, aber er konnte nicht. Wie sollte er sich von der Feier fortschleichen? Und überhaupt, durfte er die gute Frau, die ihn, seitdem er auf Leben und Tod daniedergelegen hatte, mit ihrer Liebe geradezu überschüttete, so bitter enttäuschen? Nein, das kann ich nicht, dachte er. Er spürte beinahe so etwas wie Erleichterung, dass ihm die Ereignisse im Hause Carrington aus seinem Zwiespalt geholfen hatten.

Hone Heke wird es mir nicht übelnehmen, versuchte er sich zu beruhigen, während er das Haus betrat. Im Flur begegnete ihm seine Schwester, und bei ihrem Anblick meldete sich erneut sein schlechtes Gewissen. Um sie hatte er sich in letzter Zeit so gut wie gar nicht mehr gekümmert. Sie sieht schlecht aus und hat über die Maßen zugenommen, stellte er besorgt fest. Ich sollte ihr wieder mehr Aufmerksamkeit widmen. Später, beschloss er, denn in diesem Augenblick hatte er weder Zeit noch Lust, sich mit Frauenangelegenheiten zu befassen.

»Matthew, ich muss mir dir sprechen. Wollen wir nachher zusammen zur Bucht gehen?«, fragte sie und sah ihn dabei bittend an.

Er musterte sie noch einmal durchdringend von Kopf bis Fuß. Was war nur mit seiner Schwester geschehen? Sie war deutlich dicker geworden. Das missfiel ihm. Er war so stolz darauf, dass Maggy keine dieser ausladenden Maori-Frauen war, sondern ein zartes, einzigartiges Geschöpf von unglaublicher Schönheit. So wie es auch ihre Mutter einst gewesen war.

Er sollte ein ernstes Wort mit ihr reden, aber er konnte sich gerade nicht so recht dazu überwinden, heute Abend mit ihr spazieren zu gehen. Dazu war er noch viel zu aufgewühlt. Und außerdem musste er den Auftrag seiner Mutter erledigen.

»Tut mir leid, Kleines, ich muss helfen, die Möbel zur Seite zu räumen, weil das Haus doch morgen für die Feier gebraucht wird«, entgegnete er und nahm sie zum Trost in die Arme. Er stutzte, als er dicke Tränen über ihre Wangen rinnen sah. Rasch versprach er ihr, sich morgen während der Feier für ein Stündchen mit ihr zur Bucht fortzuschleichen.

»Dann habe ich Zeit, meine Kleine, und dann gehen wir, so weit uns die Füße tragen, und du erzählst mir von deinem Kummer.« Er hielt inne und betrachtete sie noch einmal von oben bis unten.

»Ich glaube, du solltest wirklich weniger essen«, bemerkte er streng.

Maggy aber drehte sich auf dem Absatz um und rannte schluchzend davon.

Matthew blieb ratlos zurück. Morgen, entschied er, morgen werde ich mich ganz bestimmt um meine kleine Schwester kümmern.

Paihia, nächster Morgen, September 1844

Das weiße Holzhaus der Carringtons strahlte an diesem Morgen noch mehr als sonst in frischem Glanz. Auch das Wetter spielte Emily in die Hände. Eine warme Sonne tauchte die Bucht in ein frühlingshaftes, schmeichelndes Licht. Die Wiesen waren sattgrün, das Wasser fast blau, und von allen Seiten zogen Blütendüfte um das Missionarshaus auf dem kleinen Hügel am Meer.

Die Mutter des Bräutigams machte einen Schritt in den Garten und rieb sich beim Anblick der Blumenpracht die Hände. Wie schön würden die Sträuße werden, die sie zur Dekoration ins Zimmer stellen würde! Einen Augenblick lang spielte sie mit dem Gedanken, die Tafel draußen zu errichten, aber dann dachte sie an die blasse Miss Morton mit ihrer empfindlichen Haut, die als Lehrerin in der Te-Waimate-Mission arbeitete.

Plötzlich fiel ihr ein, dass sie ja noch die Kirche schmücken musste. Das schaffe ich nicht allein, durchfuhr es sie. Maggy muss mir helfen, aber wo steckt sie eigentlich? Erst jetzt fiel Emily auf, dass das Mädchen nicht zum Frühstück erschienen war. Das ist doch sonst nicht ihre Art, den Tag zu verschlafen. Warum muss sie gerade heute so einem Laster frönen?, dachte sie verärgert und war schon zurück im Haus, um Maggy zu wecken.

Als sie ohne anzuklopfen die Zimmertür aufriss, wuchs ihr Unmut, denn ihre Ziehtochter schlief gar nicht mehr, sondern blickte sie aus ihren großen Augen leer an.

»Maggy, wo bleibst du nur? Ich habe so viel zu tun. An so

einem Tag kannst du doch nicht einfach im Bett bleiben und träumen. Steh auf, aber schnell!«

Das Mädchen gehorchte und kroch langsam unter ihrer Decke hervor. Emily trommelte voller Ungeduld auf die Tischkante des Waschtisches.

»Ich ... mir ist so ... mir ...« Mehr brachte Maggy nicht heraus. Da war sie bereits zur Waschschüssel gestürzt und hatte sich übergeben.

Emily blieb wie betäubt stehen. Dem Kind ging es nicht gut, keine Frage, aber das passte ihr heute so ganz und gar nicht. Und es ärgerte Emily plötzlich, dass sie dem Kind nicht Einhalt geboten hatte. Seit Monaten stopfte sie alles Essbare wahllos in sich hinein und nahm ständig zu. Sie hatte längst ein ernstes Wort mit ihr reden wollen, aber die Hochzeitsvorbereitungen hatten sie einfach zu sehr in Beschlag genommen.

»Schnell zurück ins Bett!«, fauchte sie, nachdem sie ihre Fassung wiedergewonnen hatte. »Ich schaffe das schon allein, aber ich kann erst wieder nach dir sehen, wenn ...«

In diesem Augenblick fiel ihr Blick auf Maggys gewölbtes Bäuchlein, das sich unter dem weißen Linnen deutlich abzeichnete. Das war kein angefressener Wanst, das war ... Emily traute sich nicht, den Gedanken zu Ende zu denken. Sie ließ sich stöhnend auf den Stuhl neben dem Bett fallen und musterte Maggy ungläubig, die jetzt eilig ins Bett zurückschlüpfte.

»Kind, hast du mir was zu sagen?«, fragte sie nach einer ganzen Weile. Das Mädchen heftete den Blick beschämt auf die Bettdecke. Das kam einem Geständnis gleich.

Mit zitternden Knien erhob sich Emily und wankte zum Bett ihrer Ziehtochter. Dort ließ sie sich unsanft fallen. Dann fasste sie Maggy unter das Kinn und sah ihr direkt in die Augen.

»Maggy? Du hast doch nicht etwa ...? Du bist doch nicht etwa ...?« Emily stockte. Allein es auszusprechen war ihr zuwider.

Tränen schossen dem Maori-Mädchen in die Augen, aber es schwieg weiter standhaft.

»Maggy, sprich . . .!«

Maggy biss sich auf die Lippen, um ihr Schluchzen zu unterdrücken, doch dann brach es aus ihr heraus, und sie fiel ihrer Ziehmutter weinend um den Hals.

Emily aber befreite sich unsanft aus dieser Umklammerung und schrie das Mädchen wie von Sinnen an. »Du bist gerade erst sechzehn! Du bist ein Kind! Und wie oft habe ich dir gesagt, dass du dich in Acht nehmen sollst vor diesen schwarzen Bastarden aus der Maori-Schule. Aber du bist ein haltloses Wesen. Das enttäuscht mich zutiefst, und der Herr wird es dir niemals verzeihen! Habe ich dir nicht gepredigt, dass er dich dann mit einem vaterlosen Kind strafen wird?«

Maggy schluchzte herzzerreißend auf. »Aber ich habe dir doch gleich gesagt, dass er mir unbeschreiblich wehgetan hat«, stammelte sie unter Tränen.

Emily wurde kalkweiß, denn es brach mit Macht jene Angst auf, die sie seit Monaten erfolgreich hatte verdrängen können. Wie oft war sie schweißgebadet aufgewacht und hatte den Herrn angefleht, dass Henrys Verbrechen an dem Mädchen folgenlos bleiben möge. »O nein, das darf nicht . . . nein, hab Erbarmen, o Herr . . .« Wie von Sinnen hob sie die Hände gen Himmel und stammelte: »Ich habe es nicht verdient, o Herr, dass du mich so strafst, war ich nicht immer . . .«

Sie hielt verstört inne, als sie Maggys fassungslosen Blick wahrnahm. Und ehe sie sich's versah, hatte sie ihre Ziehtochter bei den Schultern gepackt und brüllte wie eine Furie: »Nein, nein und noch einmal nein, das geht nicht, das kann nicht sein!«, während sie die zu Tode erschrockene Maggy wie ein Strohpuppe hin und her schüttelte.

Maggy war starr vor Angst, doch Emily hörte nicht auf. Sie schrie und zeterte, bis die Tür aufgerissen wurde und Henry den

185

Kopf hereinstreckte. Er blickte verblüfft von Maggy zu seiner Mutter. »Was ist denn hier los? Mutter, was brüllst du denn an diesem Tag bloß so? Wenn nicht alles perfekt wird – keiner reißt dir den Kopf ab. Deshalb musst du die arme Maggy doch nicht ausschimpfen.«

»Kümmere dich um deinen Anzug, und lass uns noch einen Augenblick in Ruhe«, schnaubte Emily mit letzter Kraft. Es hätte nicht viel gefehlt, und sie hätte ihm an den Kopf geworfen, was er angerichtet hatte, doch sie konnte sich gerade noch beherrschen. Stattdessen schnaufte sie wie ein altes Walross.

Henry aber wandte den Blick voller Sorge Maggy zu. »Kleine, was ist denn mit dir? Du siehst ja scheußlich aus. Ich hoffe, zum Fest geht es dir besser.«

»Sie hat eine Magenverstimmung, wenn du es genau wissen willst. Also raus mit dir!«, fauchte Emily.

Henry schnalzte laut mit der Zunge. »Mutter, Mutter, wie redest du nur mit dem Bräutigam?« Dann rief er Maggy »Gute Besserung!« zu und verließ fröhlich pfeifend das Zimmer.

»Er kann sie nicht heiraten«, schluchzte Maggy leise.

»Was redest du da für einen Unsinn? Warum kann Henry sie nicht heiraten?«

Emily wusste genau, was ihre Ziehtochter damit auszudrücken versuchte, aber sie wollte verhindern, dass sie es auch noch offen aussprach.

»Rede keinen Blödsinn!«, wiederholte sie in scharfem Ton.

Maggy aber hörte abrupt zu weinen auf und verkündete mit fester klarer Stimme: »Aber es ist doch sein Kind! Er muss mich heiraten!«

Emilys Antwort war eine schallende Ohrfeige, was sie umgehend bereute. »O weh, was habe ich getan? Verzeih mir, kleine Maggy«, jammerte sie, aber ihre Ziehtochter presste empört hervor: »Deine Schläge werden mich nicht dazu treiben, das achte Gebot zu brechen. Ich spreche die Wahrheit und nichts als die

Wahrheit. Es war im Mai, als er eines Nachts in mein Zimmer kam. Und ich war überglücklich, denn ich liebe Henry von Kindesbeinen an. Ich habe gesündigt, denn mir schmeckten seine Küsse, doch dann hat er ...« Ihre Stimme brach ab, und sie bedeckte ihr Gesicht mit beiden Händen.

»Schweig!«, keuchte Emily. Doch die Maori fuhr heiser fort: »... dann hat er nicht hören wollen, als ich ihm sagte, das sei Sünde, und dann hat er mir furchtbar wehgetan. Und nun bekomme ich sein Kind, und deshalb darf er June Hobsen nicht heiraten.«

»Er wird June Hobsen heute zur Frau nehmen und keine andere«, erwiderte Emily mit kalter Stimme. »Und du wirst heute im Bett bleiben und dich nicht sehen lassen. Ich werde allen sagen, dass du krank bist. Morgen ziehen Henry und June in ihr neues Haus drüben in Russell, das ihnen John Hobsen hat bauen lassen, und wenn sie fort sind, überlegen wir, was zu tun ist. Oder hast du es ihm etwa schon gesagt?« Letzteres klang panisch.

»Er hat ein Recht, es zu erfahren.«

»Er wird es gar nicht wissen wollen, mein Kind. Er würde es wahrscheinlich abstreiten, und kein Mensch würde dir glauben. Und wenn du meinst, er solle es unbedingt erfahren, warum hast du es ihm denn nicht schon längst mitgeteilt?«

Erneut füllten sich Maggys Augen mit Tränen. »Er ist mir doch in den letzten Wochen immer nur aus dem Weg gegangen, und außerdem habe ich doch gar nicht gewusst, was mit mir geschehen ist, bis ...«

»Bis wann?«, kreischte Emily auf. »Weiß etwa noch jemand davon?«

Maggy stieß einen tiefen Seufzer aus. »Ripeka hat mich vor ein paar Tagen so merkwürdig angeschaut. Dann hat sie mir auf den Kopf zugesagt, dass, wenn man es nicht besser wüsste, man meinen müsste, dass ich ein Kind erwarte ...«

»Und du? Was hast du gesagt?«

»Ich habe es geleugnet, obwohl ich ahnte, dass sie recht hat.«

»Und dein Bruder?«

»Ich wollte es Matthew erzählen, aber er hatte keine Zeit für mich. Heute Abend wollte ich endlich mit ihm sprechen.«

»Das, mein Kind, wirst du schön sein lassen! Du wirst mit keinem Menschen mehr darüber reden. Und nun ruh dich aus. Ich werde alle grüßen.« Emily sprang auf, beugte sich über das Mädchen und gab ihm einen flüchtigen Kuss auf die Wange. Sie wollte nur noch weg aus diesem Zimmer, alles vergessen, bis das Fest vorüber und Henry mit June sicher in Russell war. Und was dann?, hämmerte es in ihrem Kopf. Es wird sich schon eine Lösung finden, die für alle gleichermaßen gut ist, redete sie sich vehement ein.

Emily hatte mit allem gerechnet, nur nicht damit, dass sich Maggy weinend an sie klammern würde. »Lass mich nicht allein! Bitte!«, flehte sie.

Emily kämpfte mit sich. Konnte sie das Kind jetzt wirklich ihrem Schicksal überlassen, ohne auszuschließen, dass sie womöglich dummes Zeug machen, auf der Hochzeitsgesellschaft auftauchen und die Wahrheit verkünden würde?

»Maggy, du musst mir schwören, dass du mit keinem Menschen darüber sprichst, bis ich eine Lösung gefunden habe.«

»Ich schwöre es«, wiederholte Maggy wenig überzeugend.

Emilys Blick fiel auf die Bibel, die das Mädchen stets auf dem Stuhl neben dem Bett liegen hatte. Emilys Atem ging schwer, aber schon während sie nach der heiligen Schrift griff, war sie überzeugt davon, dass sie keine andere Wahl hatte.

Mit zitternden Händen hielt sie ihrer Ziehtochter das Buch hin und befahl: »Schwöre es auf die Bibel!«

Maggy sah sie mit großen, verheulten Augen an.

»Ich habe gesagt: Schwöre es auf die Bibel!«

»Ich schwöre bei Gott dem Allmächtigen: Ich werde keiner Menschenseele verraten, dass ich ein Kind erwarte und wer der Vater ist«, stöhnte Maggy gequält.

»Du weißt, was geschieht, wenn du diesen Eid brichst?«, fragte Emily streng.

Maggy nickte. »Ja, dann kommt Unheil über die Menschen.«

»Genau, dann wird deinen Liebsten etwas Schlimmes zustoßen. Und du bist schuld«, fügte sie drohend hinzu.

Maggy legte die Bibel aus der Hand, schlüpfte unter die Decke und drehte sich zur Wand.

Emily seufzte schwer. »Es tut mir doch leid, und ich verspreche dir, dass wir eine Lösung finden. Ruh dich nur aus. Morgen sieht die Welt schon wieder anders aus.« Dann verließ sie fluchtartig das Zimmer.

Auf dem Flur stieß sie beinahe mit Ripeka zusammen. Das fehlt mir noch, schoss es ihr durch den Kopf, doch sie ergriff die Gelegenheit, um ihrer Hausangestellten den Wind aus den Segeln zu nehmen.

»Ach, Ripeka, bring Maggy doch nachher eine Schüssel Grütze. Etwas anderes darf sie nicht zu sich nehmen, sagt der Arzt. Sie hat böses Bauchweh. Der Doktor dachte schon, sie wäre in anderen Umständen, so aufgebläht ist ihr Leib, aber da hat er sich gründlich geirrt.«

Ohne das verdutzte Gesicht der Maori weiter zu beachten, eilte Emily fort, doch dann drehte sie sich noch einmal um. »Ach ja, sie muss eiserne Bettruhe halten. Und du pflückst bitte drei Sträuße aus dem Garten und verteilst sie im Wohnzimmer.«

Emily klopfte das Herz bis zum Hals, als sie das Haus verließ und zur Kirche eilte. In ihren Augen hatte der Tag seine überirdische Schönheit eingebüßt. Die strahlende Schönheit empfand sie als stechend, das Blau des Himmels als künstlich, das Blau des Meeres als grau, die Angst vor der Zukunft als bedrückend, und die Freude auf das Fest war ihr gründlich vergangen. Nun hieß es, das Ganze mit Würde durchzustehen und sich des schwangeren Mädchens alsbald auf elegante und vor allem diskrete Weise zu entledigen.

Paihia, am gleichen Nachmittag, September 1844

June Hobsen strahlte an diesem Tag vor Glück. Sie trug ein wertvolles weißes Hochzeitskleid. Ihre Mutter hatte es sich nicht nehmen lassen, den besten Schneider vor Ort zu beauftragen. Dieser hatte einen Traum aus weißer Seide gezaubert, der am Hals und an den Ärmeln mit breiten Brüsseler Spitzen besetzt war. Ein Hochzeitskleid zu besitzen war in der Bay of Islands keine Selbstverständlichkeit. Viele der ärmeren Mädchen gingen in ihrem Sonntagsstaat – und der war meistens schwarz – in die Kirche, um zu heiraten. Doch June Hobsen war nicht irgendein Mädchen aus den Northlands, sondern das mit Abstand reichste. Ihr Vater hatte einst als einfacher Walfänger in Kororareka angefangen, um sich durch unermüdlichen Fleiß und mit brennendem Ehrgeiz zum Eigner mehrerer Schiffe und Besitzer diverser Handelshäuser hochzuarbeiten. Dabei war ihm auch das Glück hold gewesen, denn er hatte mit der Tochter eines reichen Reeders auch dessen Schiffe geheiratet. Außerdem munkelte man, dass er im Namen der *New Zealand Company* illegal Land an neue Siedler verkaufte, und zwar Land, das der Gesellschaft gar nicht gehörte. Und auch über sein Privatleben kursierten die wildesten Gerüchte. So wusste jedermann in Kororareka darüber zu berichten, was für ein ausschweifendes Leben er in seinem Strandhaus in Oneroa führte, während Frau und Tochter sittsam in einem Haus wohnten, das hoch über dem Teil von Russell lag, der ehemals Kororareka geheißen hatte. Er war ein rauer Geselle, der gerade dabei war, die Hochzeitsgesellschaft mit derben Zoten zu unterhalten.

Walter Carrington warf seiner Frau einen prüfenden Blick zu. Sie schien geradezu an den Lippen des grobschlächtigen Kerls zu hängen, für den er, Walter, keine allzu großen Sympathien hegte. Das lag nicht zuletzt an dessen dubiosen Verbindungen zu der *New Zealand Company.* Diese Gesellschaft war Walter und auch allen übrigen in der Bucht ansässigen Missionaren ein Dorn im Auge. Es war nicht richtig, die Siedler anzulocken und zum Teil mit Land abzuspeisen, dessen Eigentumsverhältnisse nicht geklärt waren. Walter seufzte. Was Emily nur an den Hobsens fand? Ihm, Walter, wäre die Tochter eines bescheidenen Missionars wesentlich lieber gewesen.

Als Walters Blick nun länger als beabsichtigt auf seiner Frau ruhte, riss ihn das aus seinen düsteren Gedanken. Emily war kalkweiß im Gesicht, und sie blickte gar nicht den Schwiegervater ihres Sohnes an, sondern an ihm vorbei ins Leere. Und warum trommelte sie so nervös mit den Fingern auf der Tischplatte herum?

Bei dem bedauernswerten Anblick krampfte sich Walters Herz zusammen. Es ging ihr nicht gut. Das war beim besten Willen nicht zu übersehen. Er liebte seine Frau so sehr, dass er es nur schwerlich ertragen konnte, wenn sie litt. Und das war mit Sicherheit der Fall, aber was war der Grund? War sie krank? Walter verspürte sofort das dringende Bedürfnis, ihr die Last abzunehmen, aber wie sollte er ihr ein Zeichen geben? Er saß zu weit weg von ihr, und sie stierte ins Leere, statt sich ihm zuzuwenden.

Walter seufzte. Er riss seinen Blick von ihr los und betrachtete verstohlen die Braut. Sie besaß ein grob geschnittenes Gesicht und eine teigige Haut. Ihre Lippen waren so wulstig, dass die Unterlippe zu hängen schien. Und dann dieses feine Haar, das so kunstvoll aufgesteckt einigermaßen voll aussah. Wenn er bloß verstehen würde, warum Emily Henrys Ehe mit diesem unattraktiven Mädchen so befürwortet hatte! Dabei kannte er die Antwort. Sie wollte ihn in sicheren Lebensumständen wissen, und in diese hatte

191

er mit June Hobsen als Ehefrau zweifelsohne hineingeheiratet. Als Erbe des Alten würde er nie Not leiden müssen. Aber wozu das alles, wenn er mit ihr nicht einmal eine Familie würde gründen können? War es doch hinlänglich bekannt, dass das arme Mädchen keine eigenen Kinder bekommen konnte. Als er nun seinen Sohn dabei beobachtete, wie er seiner jungen Frau den Arm um die Schultern legte, während er dröhnend über die Witze seines Schwiegervaters lachte, hatte er seine Antwort. Es ließ sich nicht mehr verdrängen, was er längst wusste. Diese Ehe wurde nicht aus Liebe geschlossen, sondern aus geschäftlichen Gründen. Henrys einziger Wunsch war es offenbar, ohne große Anstrengung ein bequemes Leben zu führen. Die beiden Männer sind aus einem Holz geschnitzt, ging es Walter bedauernd durch den Kopf, bevor sein Blick an einem leeren Stuhl hängen blieb. Es war Matthews Platz, und Walter fragte sich, wo der Junge nun schon wieder abgeblieben war. Vor über einer halben Stunde war er fortgegangen und nicht wieder zum Fest zurückgekehrt. Auch Maggys Platz blieb verwaist. Das arme Mädchen hatte sich den Magen verdorben. Nein, Walter war zwar kein abergläubischer Mann, aber das waren alles keine guten Vorzeichen für diese Hochzeit.

In diesem Augenblick trafen sich Emilys und sein Blick. Sie sah entsetzlich aus. Und warum hatte sie verweinte Augen? Das konnte und wollte er sich nicht länger tatenlos mitansehen. Er sprang von seinem Stuhl auf und trat auf seine Frau zu.

»Du bist so blass, ich glaube, du brauchst frische Luft, du ...« Seine weiteren Worte gingen in John Hobsens dröhnendem Lachen unter. »Stell dir vor, Walter, und da fragt dieses rassige schwarze Ding ...«

Walter aber dachte nicht daran, Johns Witzen zu lauschen, sondern griff energisch nach Emilys Hand und zog seine Frau mit sich fort ins Freie.

Erst als der Lärm der Feier nur noch aus der Ferne zu ihnen herübertönte, blieb der Missionar abrupt stehen und blickte sie besorgt an.

»Mein Liebes, was quält dich? Du bist doch nicht etwa auch krank? Und warum hast du geweint? Ich sehe es doch an deinen Augen.«

»Nein, nein, was soll sein? Es ist alles in Ordnung.«

»Und warum wirst du rot?«

Tränen schossen ihr in die Augen.

»Du bist grausam«, entfuhr es ihr weinerlich, und sie schob die Unterlippe vor, wie sie es immer tat, wenn sie schmollte.

Er aber nahm sie zärtlich in die Arme. »Ich ertrage es nicht, wenn es dir schlecht geht. Ich will dir doch helfen.«

»Mir kann keiner helfen«, erwiderte sie heftig und befreite sich brüsk aus seiner Umarmung.

Walter stand da wie ein gescholtener Schuljunge. Die Schultern hingen ihm schlaff hinab, und in seinem Gesicht stand die Furcht geschrieben, weitere Schläge einstecken zu müssen. Er überlegte noch, womit er seine Frau wieder versöhnlicher stimmen könne, als sie erstaunt ausrief: »Schau mal dort, unseren Matthew! Was macht der denn da unten am Wasser? Und vor allem, was sind das für zwei finstere Kerle, die auf ihn einreden?«

Walter wandte den Blick in die Richtung des Steges. Seine Miene verdüsterte sich. »Das sind, wenn ich mich nicht irre, Waaka und Tiaki, zwei der jungen Burschen von Hone Hekes Leuten. Die beiden kommen aus Kaikohe und hängen wie die Kletten an ihrem Häuptling.«

»Und was wollen sie von unserem Jungen?«

Walter hob die Schultern. »Wenn ich das nur wüsste! Auf jeden Fall hat das nichts Gutes zu bedeuten. Die beiden Kerle sind mit Sicherheit in die Flaggenmastgeschichte verwickelt . . .«

»Um Himmels willen, dann geh hin und hol den Jungen ins Haus! Ich möchte nicht, dass er mit solchen kriegerischen Kerlen verkehrt.«

193

Walter zögerte. Ihm missfiel es ebenfalls, dass die beiden Burschen auf Matthew einredeten, und vor allem, wie aufdringlich sie waren. Matthew schüttelte nämlich die ganze Zeit über abwehrend den Kopf, während sie ihn regelrecht zu bedrängen schienen.«

»Los, worauf wartest du noch? Oder soll ich den Bengeln Beine machen?«

»Nein, nein, ich gehe schon, ich ...«, seufzte Walter und machte sich widerwillig auf den Weg.

Unbemerkt näherte er sich den drei jungen Maori, bis Matthew ihn erblickte. Er hat ein schlechtes Gewissen, schloss Walter aus dem erschrockenen Gesichtsausdruck seines Ziehsohnes.

»Junge, was treibst du dich hier draußen herum, während Hochzeit gefeiert wird?«

»Ich ... äh, also, ich wollte ...«, stammelte Matthew verlegen, doch da mischte sich Tiaki ein, der älteste und kräftigste der drei Burschen. »Sir, entschuldigen Sie«, säuselte er in bestem Englisch. »Wir wollten ihn nur dazu überreden, mit uns fischen zu gehen, aber er möchte nicht. Was meinen Sie, leihen Sie ihn uns für eine kleine Bootsfahrt aus?«

Walters angespannte Miene glättete sich sichtlich, ja, er rang sich sogar zu einem Lächeln durch. »Nein, das ist heute leider nicht möglich. Seht ihr dort oben auf dem Hügel Misses Carrington stehen? Wenn ich Matthew nicht augenblicklich zum Fest zurückbringe, wird sie sehr böse.«

»Aber Sie sind doch der Herr und Mann. Sie entscheiden, nicht die da!«, spuckte Waaka verächtlich aus.

»Nein, mein lieber Junge, du irrst. Draußen entscheiden bei uns die Männer, aber zu Hause die Frauen.«

»Das ist bei uns nicht anders«, lachte Tiaki, doch dann wurde er wieder ernst. »Aber können Sie nicht eine Ausnahme machen? Es ist doch so langweilig für Matui.«

Walter lächelte nicht mehr. Im Gegenteil, sein Gesicht hatte sich in dem Augenblick verfinstert, als der junge Mann Matthew bei seinem Maori-Namen genannt hatte.

»Hat er recht? Ist dir die Hochzeit deines Bruders langweilig, Matthew?«, fragte er in scharfem Ton.

Matthew schüttelte heftig den Kopf. »Nein, nein, ich komme mit dir. Wir ... wir gehen ein anderes Mal zum Fischen«, stammelte er und wandte sich zum Gehen. Er rannte so flink den Hügel hinauf, dass Walter ihm kaum folgen konnte.

Als die beiden schnaufend oben angekommen waren, empfing Emily sie neugierig. »Was wollten diese schrecklichen Burschen von dir?«, fragte sie.

»Sie wollten ihn zum Fischen abholen«, erklärte Walter beschwichtigend.

»An der Hochzeit deines Bruders! Das ist ungehörig. Nun lasst uns schnell zurückkehren. Es fällt bestimmt auf, dass die ganze Familie verschwunden ist.«

»Ach, Mutter, du hast ja recht. Deshalb bin ich ja auch nicht mitgegangen. Aber sag mal, wo steckt eigentlich Maggy? Ich habe sie den Nachmittag über vermisst.« Bei diesen Worten spürte Matthew seine Ohren rot werden, denn das war eine Lüge. Er hatte die Abwesenheit seiner Schwester erst vor etwa einer halben Stunde bemerkt, als seine beiden Freunde ums Haus herumgeschlichen waren. Da hatte er Maggy sagen wollen, dass er für einen Augenblick frische Luft schnappen würde, aber keiner der Gäste hatte sie gesehen.

»Sie liegt krank in ihrem Bett«, erwiderte Emily knapp.

Matthew sah seine Ziehmutter sichtlich erschrocken an. »Was hat sie denn? Ist es schlimm?«

»Nein, gar nicht, sie hat sich ein bisschen den Magen verdorben. Kein Wunder bei den Mengen, die sie in letzter Zeit verdrückt«, erwiderte Emily scheinbar unbeschwert.

»Ich muss sofort zu ihr. Sie wollte mich gestern unbedingt sprechen, aber ich hatte keine Zeit für sie. Das arme Ding.«

195

»Das verbiete ich dir«, schnaubte Emily. »Sie braucht ihren Schlaf, und du musst jetzt wieder dorthinein!«

Sie waren in der Diele des Hauses angekommen, und Emily deutete auf die Tür des Wohnzimmers, durch die lautes Geplauder und Gelächter herausdrangen.

Matthew zögerte, doch dann machte er einen Schritt auf die Treppe zu. »Mutter, sie ist meine kleine Schwester. Und ich kann nicht fröhlich weiterfeiern, ohne mich persönlich von ihrem Zustand überzeugt zu haben. Das musst du verstehen.«

Emily aber baute sich wie eine Furie vor ihrem Stiefsohn auf. »Dein Platz ist auf dem Fest«, zischelte sie.

Matthew sah sie entgeistert an, dann richtete er den Blick auf seinen Ziehvater, der einen hilflosen Eindruck machte.

»Vater, bitte, hilf mir doch! Ich will nur kurz nach Maggy sehen. Das kann sie mir doch nicht verbieten . . .«

»Das kann ich sehr wohl . . .«, schimpfte Emily.

»Liebes, nun lass ihn doch nach ihr schauen!«, presste Walter schließlich hervor. Doch statt nachzugeben, schrie Emily »Nein, nein, nein!« und stampfte zur Bekräftigung mit dem Fuß auf.

Matthew aber schlüpfte unter ihren ausgebreiteten Armen hindurch und eilte nach oben. Er hörte nur noch, wie seine Mutter laut schluchzend das Haus verließ und der Vater ihr folgte.

Vor Sorge um seine Schwester vergaß Matthew sogar anzuklopfen, sondern stürmte einfach in ihr Zimmer.

Als er sie mit rot verweinten Augen im Bett liegen sah, durchfuhr ihn ein eisiger Schrecken. Er stürzte förmlich auf sie zu und ergriff ihre Hand.

»Maggy, Kleine, was ist mit dir?«

Sie aber wandte ihm nicht einmal das Gesicht zu, sondern starrte weiterhin zur Decke hinauf.

»Bitte, sprich mit mir!«

Zögernd drehte sie sich zu ihm um. Der Anblick ihrer traurigen Augen wollte ihm schier das Herz zerreißen.

196

»Ich habe mir ein wenig den Magen verdorben«, raunte sie.

»Aber du hast doch geweint. Ich sehe es dir an. Wer hat dir etwas angetan?«

»Ich bin so enttäuscht, dass ich nicht mit euch feiern kann«, erwiderte sie heiser.

Matthew spürte bei diesen Worten eine große Erleichterung. Sie tat ihm leid, aber er hatte schon befürchtet, sie sei dem Tod geweiht.

Er umarmte sie und drückte sie fest an sich. »Ach, meine Kleine, es tut mir so leid, dass ich gestern keine Zeit mehr für dich hatte.« Er ließ sie los und blickte sie fragend an. »Was wolltest du mir eigentlich erzählen?«

»Ich ... ich weiß gar nicht mehr ... Nichts Besonderes«, entgegnete sie hastig.

»Das glaube ich dir nicht. Komm, du hast doch etwas auf dem Herzen. Hattest du Streit mit Mutter? Sie ist nämlich eben richtiggehend wütend geworden, weil ich nach dir sehen wollte.«

Maggy konnte seinem Blick nicht standhalten. Sie schloss die Augen. Ihr war, als hätte sie keinen Menschen mehr auf dieser Welt, außer dem Wesen, das in ihr heranwuchs und das keiner wollte. Am allerwenigstens sie. Die schreiende Ungerechtigkeit darüber, dass sie leiden musste, während der Übeltäter fröhlich Hochzeit feierte, schnürte ihr die Kehle zu.

Wie von ferne hörte sie ihren Bruder seufzen: »Maggy, ich bin dein Bruder. Wir haben doch keine Geheimnisse voreinander. Glaubst du, ich sehe nicht, wie du gegen die Tränen ankämpfst? Du musst sie doch vor mir nicht verstecken.«

Matthews warmherzige Worte ließen sie laut aufschluchzen. Sie öffnete die Augen.

»Sag mal, der Grund deiner Traurigkeit heißt doch nicht etwa Henry, oder?«, fragte er nun wie aus heiterem Himmel.

Maggy zuckte erschrocken zusammen. Ahnte er etwas? Ach, wie gern hätte sie laut hinausgeschrien, was Henry ihr angetan hatte, aber sie hatte auf die Bibel geschworen, kein Sterbenswort zu verraten. Und der Herr würde sie und ihre Lieben strafen, wenn sie ihren Schwur brach.

Sie fixierte ihre Bettdecke. »Ja«, hauchte sie verschämt. »Ich bin traurig, dass er eine andere heiratet . . .«

»Eine andere? Wie meinst du das?«

»Matty, ich liebe ihn, aber nicht wie eine Schwester . . .« Das Herz klopfte ihr bis zum Hals. Es war ein schmaler Grat, den sie da betreten hatte. Das war ihr sehr wohl bewusst, aber hatte sie eine andere Wahl? Wenn er nicht hinter die Wahrheit kommen durfte, musste sie ihrem Bruder das verliebte Mädchen vorspielen, das am Hochzeitstag ihres Schwarms um die verlorene Liebe trauerte. Und das war gar nicht so einfach, denn dort, wo sie vorher ihre Liebe zu Henry empfunden hatte, wuchs nun Verachtung für ihn. Nein, Liebe war es mit Sicherheit nicht mehr. Doch sie empfand auch keinen Hass, denn solche Gefühle durfte sie als Christenmädchen nicht hegen. Sie ballte die Hände zu Fäusten. Wie oft hatte sie Gott in den letzten Stunden gefragt, wie er das hatte zulassen können. Dass Henry unbeschwert Hochzeit feierte, während sie . . . Aber den Wunsch, in diesem Augenblick an June Hobsens Stelle zu sein, den hegte sie auch nicht. Nicht mehr, nach allem, was er ihr angetan hatte.

Matthew sah sie ungläubig an.

»Du hast doch nicht etwa geglaubt, dieser Windhund würde dich heiraten?«

»Ich habe es tief in mir gehofft, aber ich wusste doch, dass das nicht sein darf, und deshalb ahnt er nichts von meinen Gefühlen.«

»Das sind dumme Gefühle«, schnauzte Matthew. »Er ist ein oberflächlicher und fauler Pakeha, und du wirst einmal den Sohn eines Häuptlings heiraten. Bedenke doch, wer du bist! Du bist eine Maori-Prinzessin.«

Maggys Tränen versiegten auf der Stelle. »Nein, Matthew, ich bin das, was mir Mutter und Vater an Güte entgegengebracht haben. Ich gehöre zu ihnen.«

»Was redest du für einen Unsinn? Du bist Prinzessin Makere. Unser Vater war ein mächtiger Häuptling und der höchste seines Stammes ...«

»Nenn mich nicht Makere!«, schnaubte Maggy zurück.

»Da kann ich Henry ja nur dankbar sein, dass deine Schwärmerei nicht auf fruchtbaren Boden gefallen ist.«

Maggy erstarrte. Wenn er bloß wüsste, wie er in diesem Augenblick irrt, dachte sie.

»Ich möchte allein sein«, bat sie leise und fügte bissig hinzu: »Dann such du nur einen Prinzen für mich. Wenn du ihn gefunden hast, kannst du ihn ja den Eltern vorstellen.«

Matthew erhob sich wütend, doch dann blieb er unschlüssig stehen.

»Entschuldige, Kleine, ich wollte dich nicht verletzten, aber ich kann es nur schwer ertragen, dass du dein Herz ausgerechnet einem dermaßen ungebildeten Pakeha schenkst.«

»Ich werde darüber hinwegkommen«, entgegnete Maggy versöhnlich. »Aber nun geh. Sie werden dich auf dem Fest vermissen.«

Matthew aber beugte sich zu ihr hinunter und berührte ihre Stirn mit der seinen. Dann tat er dasselbe mit der Nase.

»Weißt du noch? So haben sich alle bei uns im Dorf begrüßt«, bemerkte er mit einer gewissen Sehnsucht in der Stimme, verbunden mit der Erinnerung daran, wie Hone Heke ihm am Fahnenmast einen Nasenkuss gegeben hatte.

»Ja, ich entsinne mich dunkel«, erwiderte Maggy, aber das war gelogen. Sie hatte kaum Erinnerungen an ihre Kindheit. Nur an jenen Tag, an dem die Feinde in ihr Dorf eingedrungen waren und alle niedergemetzelt hatten. Manchmal hörte sie nachts noch die Schreie. Dann sah sie sich wieder mit ihrem Bruder oben im Vorratshaus hinter den Kumara hocken, in der schrecklichen

Erwartung, dass man sie gleich finden und ebenso grausam umbringen werde. Doch die Feinde hatten das Vorratshaus übersehen. Ja, sie hatten es weder durchsucht noch geplündert oder niedergebrannt. Nach endlosen Stunden des Wartens hatten die beiden Kinder ihr Versteck verlassen und ihre abgeschlachteten Stammesschwestern und Brüder entdeckt. Matthew hatte Maggy gezwungen, die Augen zu schließen, und sie dann sicher aus dem Dorf gebracht. Seitdem war die Süßkartoffel für sie eine heilige Frucht, denn wenn ihre Eltern sie nicht geschickt hätten, einen Korb davon für das Hangi aus dem Vorratshaus zu holen, sie wären heute nicht mehr am Leben gewesen. Leider hatten die Feinde sie dann doch noch entdeckt und verschleppt, bis der gütige Missionar sie gerettet hatte. Daran erinnerte sich Maggy öfter, als ihr lieb war, doch an den Nasenkuss, den Hongi, nein, daran nicht.

»Ich gehe dann mal.« Mit diesen Worten riss ihr Bruder sie aus ihren Gedanken.

»Ja, geh nur.«

Nachdem Matthew das Zimmer verlassen hatte, hätte Maggy gern geweint, doch ihre Tränen waren inzwischen versiegt. Ausgetrocknet wie ein Flussbett im heißen Sommer. Maggy schlug stattdessen so lange mit den bloßen Fäusten gegen die Wand, bis ihre Fingerknöchel wund waren.

Paihia, zur gleichen Zeit, September 1844

Walter überlegte kurz, ob er auf das Fest zurückkehren sollte, doch dann folgte er seiner Frau in den Garten. Er wurde nicht schlau aus ihr. Was war bloß in sie gefahren? Dass Matthew seine kranke Schwester besuchen wollte, war doch mehr als verständlich. Warum hatte sie auf solch schroffe Weise versucht, den Jungen davon abzubringen? Und wie konnte sie nur schmollend davonlaufen, obwohl sie das Haus voller Gäste hatten?

Die ständige Abwesenheit der Gastgeberin würde der gehässigen Misses Hobsen bestimmt nicht verborgen bleiben. Walter schüttelte sich bei dem Gedanken an Henrys Schwiegermutter. Sie war in seinen Augen nicht nur eine äußerst unattraktive, sondern überdies eine besonders zänkische und eingebildete Person. Sie betonte bei jeder Gelegenheit, dass ihre June ganz andere Partien hätte machen können. Gemeint waren reichere, und das glaubte ihr Walter aufs Wort. Trotz ihrer fehlenden Anmut war June eine der begehrtesten heiratsfähigen jungen Frauen in der Bay of Islands gewesen, wenn nicht gar der gesamten Northlands. Amanda Hobsen hatte auch nie einen Hehl daraus gemacht, dass sie, wenn es nach ihr gegangen wäre, die Hochzeit ihrer Tochter mit dem nicht gerade wohlhabenden Missionarssohn verhindert hätte. Doch June liebte Henry nun einmal über alles, und John Hobsen konnte seiner Tochter keinen Wunsch abschlagen.

Suchend blickte sich Walter um. Wo zum Teufel steckt Emily nur?, fragte er sich. Da entdeckte er sie unter einem Kauribaum. Er holte einmal tief Luft, bevor er festen Schrittes in ihre Richtung ging. Entschieden straffte er seine Schultern. Sosehr er sie auch liebte, aber das ging jetzt zu weit. Er musste ein Machtwort sprechen und konnte ihr die Wahrheit nicht ersparen: Ihr Benehmen war schlichtweg töricht!

Nachdem er Emily auf die Schulter getippt hatte, weil sie stur über das Wasser stierte, räusperte er sich noch einmal. Dieses Mal wollte er nicht nach ihrer Pfeife tanzen. Langsam kam er sich in dieser Rolle nämlich mehr als lächerlich vor. Die hämischen Worte dieses jungen Maori vorhin am Steg hallten noch in ihm nach. Er war der Herr im Haus, und das galt es in diesem Augenblick zu beweisen.

»Was denkst du dir dabei, beleidigt das Haus zu verlassen, während wir es voller Gäste haben? Das ist unhöflich. Dieses Verhalten kann ich nicht dulden ...« Walter hatte einen noch strengeren Ton angeschlagen als beabsichtigt. Als sich seine Frau jetzt zu ihm umwandte und er in ein tränenüberströmtes, trauriges Gesicht blickte, hielt er erschrocken inne.

»Liebling, was ist geschehen?«

Emily aber maß ihn mit einem strafenden Blick und fuhr sich mit dem Ärmel ihres Festkleides energisch über die Augen.

»Nichts ist«, erwiderte sie schnippisch.

Walter aber ließ sich nicht abwimmeln. Er fasste sie zärtlich an den Schultern und sah ihr tief in die Augen.

»Was ist geschehen? Hat Amanda Hobsen ihr Lästermaul nicht halten können? Hat sie uns noch einmal beleidigt?« Walter spielte auf einen Vorfall in der Kirche an. Kurz vor der Trauungszeremonie hatte Henrys frischgebackene Schwiegermutter für alle hörbar zu ihrem Mann gesagt, in was für anderen und viel prächtigeren Kirchen June doch hätte heiraten können. Dabei hatte sie gar nicht so unrecht. Die kleine Kirche in Paihia war kaum mehr als eine windschiefe Hütte aus Latten und Gips. Dafür stand sie auf dem Boden der ersten christlichen Kirche Neuseelands, einer einfachen Schilfhütte. Und darauf war der Reverend mächtig stolz.

»Nein, sie hat nichts dergleichen gesagt. Es ist nicht wegen Amanda, es ist . . .« Sie brach gequält ab.

»Nun rede schon, mein Liebling«, sagte Walter sichtlich betroffen.

»Ich will dir den Tag nicht verderben«, entgegnete sie ausweichend.

Walter sah sie flehend an. »Bitte, sprich mit mir!«

»Gut, aber versprich mir, dass du dir nichts anmerken lässt. Wir gehen sofort zurück auf das Fest und machen gute Miene zum bösen Spiel. Einverstanden?«

»Natürlich, ich mache alles, wenn du mir nur endlich verrätst, weshalb du geweint hast. Liebling, was ist geschehen?« Walter, der eben vor Entschlossenheit nur so gestrotzt hatte, überkam beim Anblick seiner unglücklichen Frau eine schreckliche Hilflosigkeit.

»Versprich mir, dass wir gleich in das Haus zurückkehren, als wäre nichts geschehen«, wiederholte sie beschwörend.

»Ich verspreche es dir.«

Emily seufzte schwer. »Es ist wegen Maggy.«

»Maggy?«

»Maggy ist in anderen Umständen.«

»Wer war das? Nenn mir seinen Namen, und er wird mit den Fäusten eines Reverends Bekanntschaft machen.«

»Ich glaube, du wirst ihm kein Haar krümmen, wenn du erfährst, wer er ist.«

»Nun sag schon! Ist es einer von den jungen Burschen aus dem Ort? Oder gar einer von diesen schwarzen Kriegern, die Hone Heke dienen?«

Stumm schüttelte Emily den Kopf.

»Ein Pakeha?«

Sie nickte schwach.

»Sie hat es doch freiwillig getan, nicht wahr?« Er war jetzt weiß wie eine gekalkte Wand.

203

»Nein, nicht ganz, sie hat ihn in ihr Zimmer gelassen, aber sie schwört, dass sie ihm deutlich gezeigt hat, dass sie das nicht wollte.«

»Ich bringe ihn um!«, zischte Walter.

»Nein, das wirst du sicher nicht tun. So wenig, wie er jemals erfahren wird, welche Folgen seine abscheuliche Tat hatte.«

»Heißt das, der Kerl weiß von nichts?«

»Er ist ahnungslos.«

»Oho, das lässt sich ändern, denn er wird sie heiraten. Eine andere Möglichkeit sehe ich nicht. Wer immer dieser Schuft sein mag, er kommt nicht ungeschoren aus der Sache heraus, nachdem er solche Schande über unsere Familie gebracht hat. Sag mir sofort, wer er ist und wo er wohnt!«

»Er lebt dort.« Emily deutete auf ihr gemeinsames Haus.

Walter blieb der Mund offen stehen. »Dort?«, wiederholte er wie betäubt.

»Ja, dort, und er wird Maggy nicht heiraten, denn er hat gerade heute eine andere zur Frau genommen.«

Der große Mann ließ sich fassungslos am Stamm des Kauribaumes entlang auf den Boden gleiten.

»Seit wann weißt du das?«, fragte er nach einer halben Ewigkeit.

»Ich habe es heute Morgen erfahren.«

»Dann hättest du die Hochzeit also noch verhindern können?«, murmelte er ungläubig.

»Wozu? Oder wolltest du allen Ernstes deinen Sohn mit einem Maori-Mädchen verheiraten?«

Walter rang nach Luft. Er sah aus, als wäre er in den letzten Minuten um Jahre gealtert. Er wollte etwas sagen, doch seine Frau kam ihm zuvor.

»Jetzt ist es zu spät. Vor Gott sind Henry und June Mann und Frau. Du selbst hast sie dazu gemacht.«

»Ja, aber ... ich wusste doch nicht ...«

204

».. . aber jetzt weißt du, was los ist, und wirst dich hoffentlich an dein Versprechen erinnern. Du darfst nicht zerstören, was du vor Gott zusammengefügt hast.«

»Wenn ich gewusst hätte, dass .. .« Er raufte sich die Haare.

»Ich sagte doch bereits, es ist zu spät«, entgegnete Emily kalt, während sie sich umwandte, um zum Haus zurückzukehren.

Da sprang Walter vom Boden auf und packte seine Frau von hinten an den Schultern.

»Wie kannst du nur so herzlos sein?«, rief er verzweifelt aus. »Sie ist doch noch ein Kind, und wenn sich unser eigenes Fleisch und Blut an ihr versündigt hat, muss unser Sohn auch die Verantwortung dafür tragen.«

Wütend riss sie sich los. »Walter, begreifst du es denn nicht? Dein Sohn hat gerade das begehrteste Mädchen der ganzen Northlands zur Frau genommen. Willst du dort hineingehen und verkünden, die Ehe sei ungültig? Möchtest du hinausposaunen, dass dein Sohn sich ein einziges Mal vergessen hat und jetzt eine kleine Maori heiraten muss, weil sie ein Kind von ihm erwartet?«

»Nein, natürlich nicht!«, brachte er voller Verzweiflung hervor. »Wir können es nicht mehr ändern, aber was sollen wir mit Maggy machen? Was mit ihrem Kind? In ein paar Wochen wird jedermann sehen, dass sie schwanger ist. Und was, wenn das Kind nach Henry kommt? Dann wird man erst recht mit dem Finger auf uns zeigen.«

»Du hast recht. Sie muss schnellstens fort!«

»Wie du das sagst. Als wäre sie eine Fremde .. .«

»Das ist sie auch!«

»Aber wir lieben sie wie ein eigenes Kind .. .«

»Wenn ich mich entscheiden muss zwischen dem Maori-Mädchen und meinem eigenen Fleisch und Blut, dann gibt es für mich nur eine Wahl. Oder siehst du das anders?«

»Ich .. . nein, ich .. .« Walter lief eine Träne über das Gesicht.

»Aber er wird mir zürnen.« Walter streckte seine Arme dramatisch gen Himmel.

»Wenn mir das Ganze leichtfiele, müsste ich nicht so hart gegen Maggy sein. Es bricht mir das Herz, falls du es genau wissen willst, nur wenn ich dieser Schwäche folge, werden wir die längste Zeit friedlich hier gelebt haben«, bemerkte Emily leise.

»Vielleicht ist das die richtige Lösung. Wir gehen nach England und nehmen Henry und sie mit.«

»Du willst Henry dazu anstiften, die Ehe zu brechen und seine Frau zu verlassen? Sag mal, bist du noch ganz bei Sinnen? Begreif doch endlich, dass wir keine Wahl haben als . . .« Sie stockte und überlegte. »Wir müssen sie fortbringen. Weit fort von hier, wo keiner sie kennt. Am besten nach Auckland oder . . .«

»Aber wer soll sich um das Baby und sie kümmern?«

»Wir finden eine Lösung. Ich bin mir sicher. Nur lass uns endlich zum Fest zurückkehren.«

Wie ein gebrochener alter Mann trottete Walter hinter seiner Frau her, während sie festen Schrittes und aufrechten Hauptes zum Haus zurückeilte. An der Tür stießen sie beinahe mit Bella Morton zusammen, der Lehrerin aus Te Waimate.

»Da sind Sie ja wieder. Wir dachten schon, sie hätten sich davongestohlen. Misses Hobsen hat schon ihre derben Scherze darüber gemacht und behauptet, Sie beide hätten sich aus dem Staub gemacht, damit sie nachher nicht aufräumen müssen«, lachte die Lehrerin.

»Ein Todesfall in der Nachbarschaft. Mein Mann musste der Ehefrau Beistand leisten, und da habe ich ihn begleitet«, log Emily, ohne rot zu werden, und betete, dass die Lehrerin nicht fragen würde, wer der Verstorbene war, denn man kannte einander in der Bay of Islands.

»Oh, entschuldigen Sie, das tut mir natürlich leid, aber Sie müssen aufpassen. Mit Misses Hobsen ist nicht zu spaßen. Sie hat sich vor allen Gästen lauthals darüber beschwert, dass Sie das Fest

206

gemeinsam verlassen haben. Aber Ihr Junge, der hat Sie verteidigt . . .«

»Henry?«

»Nein, der doch nicht. Der ist voll bis obenhin. Matthew! Der
hat über den ganzen Tisch gebrüllt, Misses Hobsen solle ihr Lästermaul halten, und darüber hat sich Ihr betrunkener Henry
schrecklich aufgeregt, wollte ihm eine Ohrfeige verpassen. Da hat
sich June eingemischt und gebeten, alle sollten friedlich sein.
Aber ich hätte mir ja denken können, dass Sie einen triftigen
Grund hatten.«

Emily kämpfte mit sich, ob sie Miss Morton zurechtweisen
sollte, weil sie so respektlos über Henry gesprochen hatte, aber
sie wollte sich in dieser Lage nicht auch noch mit der streitbaren
Lehrerin anlegen.

»Und was ist mit Ihnen? Sie sind doch nicht etwa im Aufbruch?«, fragte sie stattdessen so freundlich, wie sie nur konnte.

Bella Morton hob die Schultern. »Ich muss. Ein paar junge
Maori fahren heute noch in die Mission, und ich kann nicht in
Paihia übernachten, weil noch so vieles zu erledigen ist.« Sie
seufzte tief.

»Aber Sie haben doch Ihre Helfer. Können die nicht mal Ihre
Arbeit mitmachen, Bella?«, fragte Emily. Dieser Name ging ihr
nicht leicht über die Lippen, weil die Lehrerin alles andere als
eine Schönheit war. Sie war knochig, mit einer weißen empfindlichen Haut geschlagen und hatte ein faltiges Gesicht, aus dem
ihre großen grauen Augen unvorteilhaft hervorstachen. Böse Zun-
gen nannten sie eine alte Vogelscheuche, aber nur hinter ihrem
Rücken, denn jedermann fürchtete ihr loses Mundwerk.

Wieder stöhnte Bella Morton auf. »Von wegen Hilfe.«

Emily wunderte sich sehr darüber. So leidend wie an diesem
Tag hatte sie die ansonsten eher kernige Lehrerin aus Te Waimate
noch nie erlebt.

»Und warum hilft Ihnen keiner?«, hakte Emily nach.

207

»Ach, das ist eine dumme Geschichte. Mein Mädchen, das mir im Haus, und der Junge, der mir im Garten zur Hand gegangen ist, die beiden haben sich bei Nacht und Nebel fortgestohlen. Er ist ein Bewunderer Hone Hekes und will dabei sein, wenn es zu einem Krieg kommt, und zwar auf der richtigen Seite. Jedenfalls auf der, die er für richtig hält.«

»Machen Sie sich keine Sorgen«, versuchte Walter sie zu beruhigen. »Es wird keinen Krieg geben. Jetzt, da die Schiffe zu unserem Schutz gekommen sind.«

»Ihr Wort in Gottes Ohr, und wissen Sie was? Ich kann diesen Hone Heke sogar ein wenig verstehen. Wie sich die Rotröcke hier in der Bucht wie die Herrscher aufspielen ...«

»Aber Miss Morton, Sie verkennen ...«, begann Walter mit großer Geste, aber ein warnender Blick seiner Frau brachte ihn umgehend zum Schweigen.

»Walter, ich glaube, es ist besser, wenn du dich zu den Gästen begibst. Ich bringe Miss Morton noch zu ihrer Kutsche«, flötete Emily, während ein flüchtiges Lächeln über ihr Gesicht huschte.

Er sah sie etwas verwundert an, weil sie ihn fortschickte wie einen ungezogenen Störenfried, doch dann verabschiedete er sich hastig und eilte auf das Fest zurück. Kaum hatte er die Haustür hinter sich zugezogen, da beugte sich Emily vertraulich zu Bella Morton hinüber. »Aber das können Sie unmöglich allein schaffen. Zumal Sie es doch immer so im Rücken haben.«

»Wer sagt denn so was? Unsinn! Aber trotzdem ist es zu viel für eine Frau allein. So schnell kann ich kein Personal anlernen. Und ich kann mich nicht zerteilen. Würde ich ja gern, aber es geht nicht«, brummte Miss Morton.

»Ich hätte da einen Vorschlag zu machen«, säuselte Emily einschmeichelnd.

Die Lehrerin sah die Missionarsfrau fragend an.

»Ich gebe Ihnen meine Tochter mit.«

»Ihre Tochter? Wozu?«, hakte Bella Morton in ihrer unverwechselbar schroffen Art nach.

»Weil sie äußerst geschickt im Haushalt ist. Deshalb! Sie soll Ihnen zur Hand gehen.«

Bella Morton rollte die Augen. »Ich schätze Ihre Tochter wirklich. Sie ist eine bezaubernde Person, aber sie ist es nicht gewohnt, für Dutzende Kinder zu kochen ... die Schule zu putzen ...«

»Bitte, nehmen Sie sie mit nach Te Waimate!«, presste Emily gequält hervor, hakte die Lehrerin unter und zog sie von der Haustür weg in den Garten, um ungestört mit ihr plaudern zu können.

Bella Morton aber hatte angriffslustig die Hände in die Hüften gestemmt. »Misses Carrington, was ist denn in Sie gefahren? Wollen Sie Ihre Tochter loswerden, oder wie darf ich das verstehen?«

»Und wenn ich Ihnen Ripeka ausleihe, bis Sie wieder eine Hilfe gefunden haben?«

»Ripeka ist eine echte Perle. Aber warum sollten Sie auf sie verzichten? Die Sache hat doch einen Haken, nicht wahr?« Miss Morton musterte Emily skeptisch.

»Ich leihe Sie Ihnen aus, wenn Sie dafür auf der Stelle auch Maggy mitnehmen.«

»Was ist denn bloß los mit Ihnen? Ich nehme niemanden mit, bevor Sie mir nicht sagen, was Sie wirklich von mir wollen.«

Emily rang mit sich. Sie kam nicht umhin, der Lehrerin wenigstens die halbe Wahrheit anzuvertrauen. Schließlich würde es nicht mehr allzu lange dauern, bis diese das Malheur mit eigenen Augen erkennen konnte. Und nicht nur sie, sondern der ganze Ort und ... Emily hatte keine andere Wahl. Sie musste alles auf eine Karte setzen.

»Bella, was ich Ihnen jetzt sage ... also, Sie müssen mir schwören, dass Sie es keiner Menschenseele je verraten ...« Sie hielt inne und atmete schwer, bevor sie fortfuhr. »Maggy ist in anderen

209

Umständen, und wir können sie auf keinen Fall hierbehalten. Die Leute werden reden. Dabei kann das Kind gar nichts dafür ...« Sie unterbrach sich, weil ihr Tränen in die Augen schossen. Schluchzend sprach sie weiter. »Wir werden sie auf Dauer in Auckland unterbringen, aber es lässt sich nicht mehr lange verbergen.«

Emily hatte vor Aufregung rote Flecken im Gesicht bekommen, doch Bella legte ihr beschwichtigend die Hand auf den Arm. »Schon gut, Emily, natürlich helfe ich Ihnen. Ich bringe Maggy erst einmal diskret in der Mission unter. Sie müssen mir auch Ihre Ripeka dafür nicht ausleihen. Wenn ich Ihnen helfen kann, dann will ich das ohne Gegenleistung tun. Ich mag das Mädchen nämlich wirklich. Ganz ehrlich, ich tue es für Maggy. Für sie ist es wichtig, dass sie nicht ins Gerede kommt.«

»Aber ...«

Bella Morton winkte müde ab. »Sie sind mir keine Erklärung schuldig. Ich weiß, was das in Ihrer Stellung bedeutet. Gerade jetzt, da die Hobsens zu Ihren Verwandten gehören ...«

Wenn sie nur annähernd ahnen würde, was wirklich geschehen ist, schoss es Emily durch den Kopf. »Bella, bitte, nehmen Sie auch Ripeka mit! Es ist doch auch, damit Maggy nicht das Gefühl hat, dass sie ganz allein auf der Welt ist. Sie hängt an Ripeka, nur darf die unter keinen Umständen von der Schwangerschaft erfahren. Je weniger davon wissen, desto besser. Es ist ja auch nur für ein paar Wochen, bis ich einen Platz in Auckland gefunden habe, wo ich das arme Kind unterbringen kann. Wenn Sie bitte nur kurz warten würden, bis die beiden reisefertig sind.«

»Ich warte auf die beiden an der Kutsche«, entgegnete Bella Morton kühl.

Emily atmete erleichtert auf und wollte gerade ins Haus zurückeilen, als die füllige Misses Hobsen schwitzend vor die Tür trat. Sie musterte Emily abschätzig. »Gefällt dir dein eigenes Fest nicht? Wir hätten wohl doch lieber bei uns in Kororareka feiern sollen«, japste sie. Ihr Atem ging schwer. »Ich hätte mich jedenfalls nicht davongeschlichen.«

Emily war weniger von Amandas Worten getroffen als vielmehr von der Aussicht, dass die Matrone hier draußen immer noch nach Luft schnappen würde, wenn sie gleich Ripeka und Maggy aus dem Haus zu schmuggeln versuchte.

»Nimm dich in Acht vor dem Wind«, bemerkte sie wie beiläufig. »So verschwitzt, wie du bist, kannst du dich leicht verkühlen.«

Emily atmete erleichtert auf, als Amanda, die eine panische Angst vor Krankheiten hatte, wortlos davonstob und im Haus verschwand.

Die Freude verging ihr allerdings sofort wieder, während sie sich auf den Weg zur Küche machte. Was würde Ripeka sagen, wenn sie sie einfach fortschickte? Das würde ihr doch sicher merkwürdig vorkommen. Sollte sie ihr auch die Wahrheit sagen? Nein, sie würde sie nach Paihia zurückbeordern, bevor Maggys Schwangerschaft ruchbar wurde. Jeder Mitwisser stellte eine Gefahr dar.

Die Maori war eifrig damit beschäftigt, das Geschirr abzuwaschen, als Emily zögernd die Küche betrat.

»Missy, entschuldigen Sie, ich komme gleich, um den Kuchen zu servieren«, verkündete sie entschuldigend, bevor Emily überhaupt etwas sagen konnte.

»Nein, du machst alles wunderbar. Ich komme aus einem anderen Grund.«

Ripeka wandte sich erstaunt um. Sie war eine, wie Walter stets zu sagen pflegte, unverwechselbare Maori-Frau. Sie war gedrungen, besaß ausladende Hüften, eine sehr dunkle Hautfarbe und ein unverkennbar polynesisches Gesicht mit einer kurzen Nase und funkelnden braunen Augen. Ihr Haar war kraus, und ihre breiten Lippen wiesen diesen unverwechselbaren prägnant geschwungenen Oberlippenbogen auf.

Emily dachte voller Wehmut an ihre Ziehtochter. Nein, Maggy

211

hat so gar nichts von diesem typischen Erscheinungsbild, schoss es ihr durch den Kopf. Dann räusperte sie sich.

»Ich möchte, dass du rasch ein paar Sachen zusammenpackst und mit Bella Morton zur Te-Waimate-Mission fährst. Sie braucht eine Hausangestellte. Ich leihe dich ihr aus.«

Ripeka sah Emily verblüfft an. »Jetzt? Aber es gibt jede Menge Arbeit, das Fest ist noch nicht zu Ende, ich ...«

»Das lass bitte meine Sorge sein. Kannst du in zehn Minuten mit deinen nötigsten Habseligkeiten vor dem Haus sein?«

»Ja, schon, aber ...«

»Dann tu, was ich dir sage!«

Ripeka sah Emily fassungslos an, doch dann ließ sie den Teller, den sie gerade abwaschen wollte, in das warme Wasser zurückgleiten und verließ die Küche, ohne Emily eines weiteren Blickes zu würdigen.

Sie glaubt, ich bin verrückt, durchfuhr es Emily, aber das sollte ihr jetzt gleichgültig sein. Sie hatte noch etwas ungleich Schwierigeres zu bewältigen. Was würde Maggy sagen, wenn man von ihr verlangte, das Elternhaus dermaßen überstürzt zu verlassen? Emily konnte nur beten, dass sich das ansonsten so fügsame Kind ihrem, Emilys, Willen auch dieses Mal nicht widersetzte.

Mit klopfendem Herzen eilte sie die Treppen hinauf.

Maggy wandte nicht einmal den Kopf, als Emily, ohne vorher anzuklopfen, in ihr Zimmer stürmte.

»Ich muss mit dir reden«, japste Emily völlig außer Atem und ließ sich auf das Bett fallen. »Ich habe eine vorübergehende Lösung für unser Problem.« Sie legte eine kleine Pause ein und fügte unwirsch hinzu: »Sag mal, hörst du mir eigentlich zu?«

Maggy aber reagierte gar nicht, sondern stierte weiter unbewegt zur Decke hinauf.

»Ob du mit mir sprechen willst oder nicht, du wirst dich jetzt anziehen und mit Ripeka und Bella Morton zur Te-Waimate-Mission fahren.«

Maggy erwachte aus ihrer Erstarrung und murmelte: »Ich werde nirgendwohin fahren.«

»Du musst, mein Kind. Sonst werden bald alle mit dem Finger auf dich zeigen, weil dann jeder sehen kann, dass du ein Kind erwartest ...« Emily sprang auf, kroch unter das Bett und zog einen verstaubten Reisekoffer hervor. »Nun beeil dich schon!«, befahl sie, während sie Maggys Kleider, die sorgsam über einer Stuhllehne hingen, zusammenraffte und ihrer Ziehtochter hinwarf.

Als sie sah, dass das verstörte Mädchen noch immer keine Anstalten machte, aufzustehen, zog sie ihr die Bettdecke weg und herrschte sie an: »Wir haben nicht viel Zeit!«

Daraufhin erhob sich Maggy stumm. Sie zitterte am ganzen Körper. In ihren Augen war die nackte Angst zu lesen.

Emily schluckte trocken, als sie das schöne Kind, das durch seine Schwangerschaft unübersehbar zu einer jungen Frau erblüht war, so entsetzlich leiden sah. Sie konnte nicht anders, als Maggy in die Arme zu nehmen und fest an sich zu drücken.

»Keine Sorge, dir wird es gut gehen in Te Waimate, und schließlich ist Ripeka bei dir. Glaub mir, es ist auch für mich kein Vergnügen, dich ziehen zu lassen. Ich habe dich doch so lieb, als wärst du mein eigenes Kind. Aber was soll ich denn tun? Versteh doch bitte, dass ich keine andere Wahl habe, als dich fortzuschicken.«

»Schon gut, Mutter«, flüsterte Maggy heiser und befreite sich sanft, aber bestimmt aus der Umarmung.

Bevor Emily die weiteren Habseligkeiten ihrer Ziehtochter zusammenpackte, blieb ihr Blick noch einmal an Maggy hängen, die sich jetzt widerstandslos in ihr Schicksal fügte und eilig ankleidete.

Sie ist wunderschön, durchfuhr es Emily. Und eigentlich steht es ihr ganz gut, dass sie ein wenig zugenommen hat. Ob ihr Kind auch so hübsch wird? Seufzend stellte sie sich ein Kind von

213

Margaret und Henry vor, doch dann erstarrte sie. Zum ersten Mal seit heute Morgen wurde ihr bewusst, dass dieses Wesen, das da in Margarets Leib heranwuchs, ihr eigenes Enkelkind war. Sie wurde bleich und ließ sich auf einen Stuhl fallen.

»Mutter, was hast du?«, fragte Maggy ängstlich. Sie war jetzt wieder ganz die Alte, die sich stets mehr um das Wohl anderer Menschen sorgte als um ihr eigenes.

»Mir ist nur ein wenig flau«, erwiderte Emily, während sie ein ungeheuerlicher Gedanke durchzuckte. Wäre es nicht das Allerbeste, das arme Würmchen, wenn es denn auf der Welt war, June und Henry zu geben? Doch sie verwarf diesen Gedanken in demselben Augenblick schon wieder. Wie sollte Henry June je von diesem Kind erzählen können, ohne dass herauskam, welch ungeheuren Verbrechens er sich schuldig gemacht hatte? Da war es schon besser, dass nicht einmal er jemals von der Existenz seines Kindes erfuhr.

»Mutter, ich bin fertig. Wir können gehen.«

»Ja, gut«, erwiderte Emily geistesabwesend und erhob sich mechanisch. Die Gedanken wirbelten in ihrem Kopf wild durcheinander. Was, wenn sie das Neugeborene an sich nahm, es als Waise ausgab und June vorschlug, das elternlose Geschöpf als eigenes Kind anzunehmen? Hatte ihre Schwiegertochter nicht kürzlich erst angedeutet, sie werde sich bald nach der Heirat in einem Waisenheim in Auckland umsehen? Aber würde June Hobsen auch ein Mischlingskind an Kindes statt aufnehmen?

Emily stieß einen tiefen Seufzer aus.

»Mutter, ich möchte jetzt gehen.«

Mit diesen gefasst wirkenden Worten riss Maggy Emily aus ihrer quälerischen Grübelei. Emily wollte schier das Herz brechen, als sie nun beobachtete, wie Margaret mit ernster Miene ihre Bibel in dem Koffer verstaute. O Gott, wie würde sie dieses Kind vermissen! Aber hatte sie als Mutter des Übeltäters überhaupt eine andere Wahl? Nein, ihr eigenes Fleisch und Blut stand ihr näher als das Maori-Mädchen. Und außerdem hielt sie Margaret für stark genug, damit fertig zu werden, während sie skeptisch war, was aus dem labilen Henry werden würde, wenn sich die Hobsens von ihm abwandten. Was, und dessen war sich Emily sicher, geschehen würde, falls sie jemals die Wahrheit erfuhren.

»Gib mir den Koffer!«, murmelte sie, nahm ihrer Ziehtochter das Gepäckstück aus der Hand und eilte voran zur Straße. Sie atmete erleichtert auf, als das Haus endlich außer Sicht war. Sie hatte unterwegs keine Menschenseele getroffen, doch plötzlich, als sie bereits kurz vor der wartenden Kutsche angelangt waren, blieb Maggy abrupt stehen.

»Ich muss mich von Matthew verabschieden!«

Emily wurde blass. »Aber das geht nicht, das kannst du nicht. Er ist auf dem Fest . . .«

»Aber er wird es mir nie verzeihen, wenn ich Paihia verlasse, ohne ihm Bescheid zu sagen. Wir haben uns geschworen, einander niemals zu verlassen«, protestierte Maggy verzweifelt.

»Kind, du kannst dich nicht von ihm verabschieden. Du darfst ihn erst wiedersehen, nachdem du dein Kind bekommen hast und wir es gut in einem Waisenheim untergebracht haben.«

»Mutter!«, rief Maggy empört aus. »Was redest du da für einen Unsinn? Waisenheim? Wenn du glaubst, ich sei zu so etwas fähig, irrst du dich gewaltig. Dann bleibe ich hier und bekomme mein Kind, damit es mir keiner heimlich wegnehmen kann. Nein, niemals werde ich mich derart versündigen.«

»Das hast du doch bereits getan, dich versündigt! Und du wirst dich gleich noch einmal versündigen, wenn du nicht tust, was ich dir sage. Wenn du dich von deinem Bruder verabschiedest, dann kannst du ihm gleich sagen, was los ist. Und wenn du das machst, dann, ja, dann brichst du deinen Schwur, den du auf die Bibel abgelegt hast. Du wolltest es keinem Menschen je verraten!« Emily fuchtelte drohend mit dem Finger vor dem Gesicht des Mädchens herum.

215

Maggy kämpfte mit den Tränen.

»Aber ich werde es nicht weggeben. Das schwöre ich dir!«, brach es schließlich entschlossen aus ihr heraus, und sie eilte so schnell zur Kutsche, dass Emily ihr kaum folgen konnte.

Bella Morton, Ripeka und die halbwüchsigen Maori warteten schon ungeduldig auf sie. Bei näherem Hinsehen entpuppte sich die Kutsche als einfaches Pferdefuhrwerk, aber Maggy war es gleichgültig, in welches Gefährt sie einstieg. Widerstandslos ließ sie sich von einem der Jungen auf den Wagen helfen.

»Aber willst du mir denn gar keinen Abschiedskuss geben?«, fragte Emily verstört, doch da mahnte Bella Morton Maggy bereits zur Eile.

»Wenn wir vor Einbruch der Dunkelheit bei der Missionsstation ankommen wollen, müssen wir uns sputen. Also, wenn du dich noch von deiner Mutter verabschieden möchtest, dann schnell.«

»Lassen Sie uns fahren«, entgegnete Maggy mit ernster Stimme, ohne Emily noch eines Blickes zu würdigen. Sie wusste, dass ihre Ziehmutter ebenso unter dem Abschied litt wie sie selbst, aber sie konnte sie jetzt beim besten Willen nicht ansehen. Die Frau, die sie einst wie eine Mutter geliebt hatte, war zu einer Fremden geworden. Einer gefährlichen Fremden, die nicht einmal davor zurückschrecken würde, ihr dieses Kind fortzunehmen. Zum ersten Mal, seit Maggy von ihrem Zustand wusste, dachte sie voller Zärtlichkeit an das kleine Wesen, das in ihrem Körper heranwuchs. Und sie liebte das Kind mit solcher Heftigkeit, dass ihr schwindelig wurde. Es gehört mir, dachte sie entschlossen, und kein Mensch wird es mir je stehlen! In diesem Augenblick wusste sie, dass sie niemals mehr nach Paihia zurückkehren würde, denn sobald sie die Gelegenheit dazu hatte, würde sie aus Te Waimate fortlaufen. Weit fort. So weit fort, dass Emily sie dort niemals finden würde.

»Maggy, bitte, sieh mich an!«, bettelte Emily, aber die ließ sich nicht erweichen, sondern starrte in die entgegengesetzte Richtung und betete stumm, Matthew möge ihr verzeihen, dass sie ohne ein Wort des Abschieds fortgegangen war.

Als der Wagen sich in Bewegung setzte, fühlte sie, wie sich behutsam ein Arm um ihre Schultern legte. Maggy ließ es geschehen, vergrub ihr Gesicht an Ripekas mütterlicher Brust und fing hemmungslos an zu schluchzen.

Paihia, am gleichen Abend, September 1844

Matthew strich sich immer wieder gequält mit den Fingern über die Schläfen. In seinem Kopf hämmerte es wie verrückt. Lag es an dem Zigarrenqualm, der das Zimmer, in das sich die Herren zurückgezogen hatten, in eine blaue Wolke hüllte? Oder an den laut dröhnenden Stimmen der angetrunkenen Männer, allen voran der Stimme von John Hobsen? Doch auch Henry hatte reichlich dem Alkohol zugesprochen. Sein ohnehin eher rötliches Gesicht glühte im Schein der flackernden Kerzen wie ein Feuerball. Dazu grinste er in sich hinein, was ihm ein leicht dümmliches Aussehen verlieh.

»Na, mein Junge, willst du nicht endlich zu deiner jungen Frau?«, fragte John Hobsen anzüglich, woraufhin Henry augenblicklich von seinem Sitz aufsprang, ins Wanken geriet und sich so heftig auf den hölzernen Stuhl zurückfallen ließ, dass dieser unter seinem Gewicht krachend zusammenbrach. Die Antwort der anderen Männer war ein ohrenbetäubendes Gejohle.

Matthew hielt sich genervt die Ohren zu, während er angewidert in die Runde blickte. Erst jetzt fiel ihm auf, dass der Einzige, der sich außer ihm nicht an dem Männervergnügen beteiligte, Walter war. Wenn sich Matthew recht erinnerte, hatte sein Ziehvater kaum ein Wort gesprochen, seit er vorhin auffallend blass auf das Fest zurückgekehrt war. Weit früher als seine Ziehmutter. Irgendetwas ging in diesem Haus vor, aber wenn Matthew ehrlich war, interessierte ihn das bei Weitem nicht so brennend wie die Ereignisse drüben auf dem Maiki Hill. Er konnte sich nicht helfen, aber in Gedanken war er bei Hone Heke und seinen Leuten. Je später der Abend wurde und je länger er seine Zeit zwischen betrunkenen Pakeha verschwendete, desto häufiger schweiften seine Gedanken zum Fahnenmast.

In diesem Augenblick aber nahm ein ungewöhnliches Bild seine ganze Aufmerksamkeit in Anspruch. Sein Ziehvater stürzte nämlich ganz entgegen seiner sonstigen Gewohnheit ein Glas schweren Portweins in einem Zug hinunter. Wenn er überhaupt Alkohol zu sich nahm, dann stets in Maßen. Dass er mit Todesverachtung ein Glas Wein trank und sich gleich darauf ein weiteres einschenkte, das er ebenso hastig hinunterschluckte, kam Matthew höchst seltsam vor. Als sein Ziehvater sich jetzt zu erheben versuchte, war unschwer zu erkennen, dass es nicht die ersten Gläser gewesen waren. Walter geriet gefährlich ins Schwanken und konnte sich gerade noch am Tisch abstützen. Sonst wäre er gefallen.

»Walter! Du kannst wohl gar nichts vertragen«, lästerte John.

»Vater trinkt nie!«, lallte Henry und lachte dröhnend.

»Halt deinen Mund!«, gab Walter in ätzendem Ton zurück.

In einem derart scharfen Ton hatte Matthew seinen Ziehvater noch nie zuvor mit Henry sprechen hören. So betrunken der frischgebackene Ehemann auch war, selbst er stutzte. Verwirrt blickte er seinen Vater an, doch der zischte nur bissig: »Geh zu deiner Frau! Ich glaube, sie wartet schon in deinem Zimmer auf dich, aber verfehl ja nicht die Tür!«

Henrys Gesichtszüge entgleisten für den Bruchteil einer Sekunde, doch dann rief er laut lachend aus: »Vater, so kenne ich dich gar nicht! Du bist mir ja einer. Schickst mich zu meinem Weib, damit ich meine ehelichen Pflichten erfülle. Ich mag es, wenn du Spaß machst!«

»Das ist kein Spaß«, erwiderte Walter mit Leichenbittermiene.

»Oh, alter Knabe, ich sage es doch, du verträgst nichts«,

mischte sich John Hobsen ein und schlug zur Bekräftigung seiner Worte mit der Faust auf den Tisch. Dabei ging ein Glas zu Bruch. Der Schiffseigner jaulte auf wie ein verwundetes Tier, als er die vielen kleinen Splitter in seiner Hand stecken sah. Dunkelrot floss sein Blut auf die weiße Decke.

Walter aber wankte aus dem Zimmer, ohne John auch nur eines Blickes zu würdigen.

Matthew sah ihm verwirrt hinterher. Er konnte sich beim besten Willen kein Bild davon machen, was hier vor sich ging, aber er spürte, dass etwas Dramatisches in der Luft lag. Er stand sofort auf und rannte hinüber in das Zimmer, wo die Frauen saßen und sich angeregt unterhielten.

»Mutter, bitte komm und bring Verbandszeug mit! Mister Hobsen hat sich an einem Glas verletzt.«

»O John, mein John!«, kreischte Amanda und wollte hastig vom Sofa aufspringen, doch sie war zu schwer und schaffte es beim ersten Versuch nicht, das Gleichgewicht zu halten. Matthew hielt ihr helfend eine Hand hin. Amanda aber ignorierte sie und zischte ihm, als es ihr aus eigener Kraft gelungen war, aufzustehen, ins Ohr: »Du kleiner schwarzer Bastard, so weit kommt es noch, dass ich mich von dir anfassen lasse.«

Matthew spürte, wie ihm die Zornesröte in die Wangen stieg. Er drehte sich auf dem Absatz um und stürzte nach draußen. Als er über die mondbeschienene Bucht nach Russell hinüberblickte, schweiften seine Gedanken wieder zu Hone Heke ab. Ob sie es wirklich noch einmal tun würden? Trotz der großen Schiffe und der Rotröcke, von denen es dort drüben nur so wimmelte? Plötzlich überkam ihn eine unheimliche Sehnsucht nach dem Häuptling und seinen jungen Kriegern. Die Männer, mit denen er heute zusammengesessen hatte, konnten doch niemals seine Familie sein. Sie waren ihm entsetzlich fremd, und er fand es ungerecht, dass diese betrunkenen Kerle ein Recht hatten, ihre Fahne über der Bucht flattern zu lassen.

Während er noch bitterlich bereute, sich nicht bei Anbruch der Dunkelheit fortgeschlichen zu haben, entdeckte er das Feuer hoch oben auf dem Berg. Fasziniert blickte er auf den rotgelben Schein. Klammheimliche Freude erfüllte ihn. Sie haben es gewagt und tatsächlich geschafft, dachte er voller Stolz. Dann zog er übermütig seine Schuhe aus und rannte barfuß zum Anleger hinunter. Er überlegte, ob er nicht einfach eines der Boote besteigen und sofort nach Russell rudern sollte, als hinter ihm laute Schreie und empörte Rufe ertönten. Erschrocken drehte er sich um. Es waren John Hobsen, Henry und einige der anderen Herren der Hochzeitsgesellschaft.

»Er hat es tatsächlich gewagt, dieser blutrünstige Wilde! Wie konnte das bloß geschehen?«, brüllte John außer sich vor Zorn und deutete aufgeregt zur anderen Seite der Bucht. Dann blieb sein Blick an Matthew hängen. »Ja, sieh dir nur an, was deine Leute anrichten!«, zischte er.

»Das sind nicht Matthews Leute, der Junge gehört zu uns«, protestierte Henry lallend.

Matthew kämpfte mit sich. Am liebsten hätte er laut hinausgeschrien, dass er sich sehr wohl wie einer von ihnen fühlte, Hone Heke ihn *tama* nannte und dass er zutiefst bedauerte, in diesem Augenblick des Triumphes nicht bei seinen Brüdern auf dem Maki zu sein.

Nun kamen auch die Frauen herbeigeeilt. Sie kreischten wild durcheinander.

»Ich habe es doch gewusst. Sie wollen Krieg, dann sollen sie ihn auch haben«, giftete Amanda unüberhörbar. »Wir werden es ihnen schon austreiben, unsere Fahne zu vernichten. Es lebe Königin Victoria!«

John aber drängte seine Familie nun zum schnellen Aufbruch. Er konnte es offenbar kaum erwarten, auf die andere Seite der Bucht in die Nähe des Geschehens zu gelangen. Wie ihm, so ging es auch einigen anderen Gästen, die überstürzt in ihre Boote

221

kletterten und losruderten, als gäbe es dort drüben etwas zu gewinnen.

Es dauerte nicht lange, da standen nur noch June, Henry und Matthew am Steg.

»Wir kommen morgen zu euch!«, rief June ihren Eltern nach, doch da zog Henry sie bereits mit sich fort. »Komm, wir machen jetzt Hochzeitsnacht!«, lallte er.

Matthew schüttelte sich vor Widerwillen. Er wurde den Eindruck nicht los, dass der junge Bräutigam es endlich hinter sich bringen wollte.

Matthews und Junes Blicke trafen sich. In ihren Augen kann ich das Feuer der Liebe erkennen, dachte er und schenkte ihr ein mitleidiges Lächeln. In seinen lese ich nichts.

In einigem Abstand folgte er den jung Verheirateten zum Haus. Ihn genierte das alberne Gekicher der Braut, das über die ganze Bucht zu schallen schien. Doch schon waren seine Gedanken wieder bei Hone Heke. Er hoffte inständig, dass er und seine Männer den Anschlag auf den Fahnenmast unbeschadet überstanden hatten.

Als Matthew wenig später in die Diele trat, wollte er seinen Augen nicht trauen. Emily kam ihm mit einem Tablett voller schmutziger Gläser entgegen. Sie hatte ihr Festkleid gegen ein Hauskleid mit Schürze ausgetauscht. So hatte er seine Mutter noch nie zuvor gesehen. Das waren eigentlich die Arbeiten, die Ripeka zu erledigen pflegte.

Er verkniff sich die neugierige Frage, warum sie nach der Feier aufräumte, und wartete lieber, bis sie in der Küche verschwunden war. Sie hätte sicherlich etwas dagegen, wenn er seiner Schwester zu so später Stunde noch einen Besuch abstattete. Ihn aber hatte gerade eine starke Sehnsucht überkommen, vor dem Schlafengehen noch einmal nach Maggy zu sehen.

Als er leise einen Fuß in ihr dunkles Zimmer setzte, nachdem sie auf sein Klopfen nicht reagiert hatte, hielt er inne. Er lauschte, aber alles war still. Sie schläft, dachte er, doch dann blieb sein Blick an dem vom vollen Mond beschienenen Bett seiner Schwester hängen. Ein eisiger Schrecken durchfuhr seine Glieder. Das Bett war leer, und die Bibel, die stets auf dem Stuhl neben ihrem Bett lag, verschwunden. Mit klopfendem Herzen tastete sich Matthew zum Kleiderschrank. Mit einem Griff fühlte er, dass ihre Kleidung fort war.

Wie betäubt verließ er das Zimmer und wollte in die Küche eilen, als er aus dem Wohnzimmer lautes Fluchen vernahm. Vorsichtig öffnete er die Tür und warf einen Blick hinein. Was er dort sah, erschütterte ihn zutiefst. Im Schein einer Kerze trank sein Vater Wein aus einer Flasche. Und jedes Mal, wenn er sie für einen flüchtigen Moment absetzte, warf er mit Wörtern um sich, für die er, Matthew, hätte er sie benutzt, mit Sicherheit Prügel bezogen hätte. Das Gesicht seines Vaters wirkte grau und eingefallen, die Augen waren verquollen, das Haar hing ihm feucht und wirr vom Kopf, und auf seiner hellen Hose prangte ein hässlicher Fleck. Nichts erinnerte mehr an den stolzen, aufrechten Missionar, der eifrig das Wort Gottes lehrte.

Abscheu hinderte Matthew daran, in das Zimmer zu stürzen und den Vater zur Rede zu stellen. Er wandte sich angewidert ab. Leise schloss er die Tür hinter sich und nahm sich vor, seine Mutter zu fragen, was für seltsame Dinge in diesem Haus vorgingen. Dem lauten Geklapper des Geschirrs nach zu urteilen, war sie immer noch in der Küche. Doch auch der Blick, den er in die Küche warf, erschütterte ihn. Laut schluchzend wusch seine Mutter die Gläser.

Matthew schlug das Herz bis zum Hals. Er kämpfte mit sich, aber dann konnte er sich nicht länger beherrschen. Wie ein Racheengel stürmte er auf sie zu.

»Du bist barfuß. Du wirst dich erkälten«, sagte Emily mit kaum verständlicher Stimme, als sie seine Gegenwart wahrnahm.

»Wo ist Maggy?«

»Wo sind deine guten Schuhe? Man geht nicht mit bloßen Füßen!«, erwiderte Emily matt, ohne ihre Arbeit zu unterbrechen.

»Wo ist Maggy? Ihr Bett ist leer, ihre Bibel ist fort und ihr Kleiderschrank ausgeräumt!«

»Fort!«

»Was heißt fort?« Matthew baute sich kämpferisch vor seiner zarten Ziehmutter auf.

»Sie ist weg«, wiederholte sie, ohne aufzusehen.

Matthew war wie erstarrt, bevor ihn eine so ungeheure Wut mit einer Kraft überkam, die ihn erzittern ließ. Ohne zu überlegen, packte er seine Mutter bei den Oberarmen, drehte sie grob in seine Richtung, sodass sie gar keine andere Wahl hatte, als ihn anzusehen.

»Was heißt das?« Seine Stimme klang bedrohlich, und seine Augen funkelten gefährlich.

»Lass mich sofort los! Du tust mir weh!«, schrie Emily, statt ihm endlich eine halbwegs plausible Antwort auf seine bohrenden Fragen zu geben.

Matthew aber packte nur noch fester zu und schüttelte seine Mutter. Erst vorsichtig, dann immer gröber. »Wo ist Maggy? Verdammt, antworte mir!«

»Hilfe, du sollst mich loslassen!«

»Erst wenn du mir gesagt hast, wo ...« Weiter kam er nicht, weil er einen stechenden Schmerz im Nacken und auf dem Rücken verspürte.

»Lässt du wohl deine Mutter los, du schwarzer Teufel!«, fluchte Walter, während er seinen Ziehsohn mit den Fäusten bearbeitete.

Matthew nahm auf der Stelle seine Hände von Emilys Armen und wandte sich blitzschnell um. Es riecht ekelhaft nach Alkohol, dachte er noch, als ihn Walters Faust mitten ins Gesicht traf. Sofort schoss ihm Blut aus der Nase.

224

»O Gott, o Gott!«, jammerte Emily und reichte ihm das Küchenhandtuch. Matthew nahm es, presste es sich unter die Nase und blickte nun fassungslos zwischen seinen Zieheltern hin und her.

»Wie konntest du es wagen, auf deine Mutter loszugehen?«, donnerte Walter. Seine Stimme klang verwaschen.

Matthew aber blieb ihm eine Antwort schuldig. Stattdessen fragte er beharrlich: »Wo ist Maggy?«

»In ihrem Zimmer. Wo soll sie denn sonst sein?«, erwiderte Walter schroff, um dann ohne Vorwarnung Matthew am Ohr zu ziehen. »Was hast du dazu zu sagen? Habe ich dich nicht das vierte Gebot gelehrt? Du sollst Vater und Mutter ehren.«

»Sie ist nicht meine Mutter!«, gab Matthew kalt zurück.

Walter zog ihn noch fester am Ohr.

»Die einzige, die du besitzt!«, zischte der Missionar.

»Ich wollte von ihr nur wissen, wo meine Schwester ist, und habe bislang keine Antwort erhalten«, erwiderte Matthew. Aus seinen Augen loderte der nackte Hass.

»Ich habe dir doch gesagt, sie ist fort. Was willst du mehr?«, zischte Emily.

»Sie ist fort?« Walter ließ Matthews Ohr abrupt los und blickte seine Frau ungläubig an.

»Ja, was guckt ihr so? Bella Morton brauchte in Te Waimate tatkräftige Unterstützung, und da habe ich ihr Ripeka und Maggy für ein paar Tage ausgeliehen.«

»Und warum hat sie ihre gesamte Kleidung mitgenommen?«, hakte Matthew in scharfem Ton nach.

»Hat sie das? Sie denkt wohl, in der Mission muss sie die junge Dame spielen«, erwiderte Emily schnippisch.

Matthew musterte seine Ziehmutter feindselig.

»Wie kommt es nur, dass ich dir nicht glaube? Ich habe doch Augen im Kopf. In diesem Haus geht etwas vor. Und wenn ihr mir nicht endlich die Wahrheit sagt, verlasse ich euch und

225

schließe mich Hone Heke und seinen Leuten an«, stieß Matthew trotzig hervor.

Walter lachte hämisch auf. »Hone Heke hat ausgespielt. Die Rotröcke sind stärker als er.«

»Ach ja? Dann komm mal mit! Er hat es noch einmal geschafft.«

»Rede keinen Unsinn!«

»Dann komm!«

Zögernd folgte Walter seinem Ziehsohn nach draußen.

»Und was ist das?«

Matthew deutete auf das Feuer, das nun nicht mehr so kräftig brannte wie zuvor, aber noch als solches zu erkennen war.

»Das ist doch ... das kann doch nicht sein ...«, stammelte Walter und geriet ins Taumeln. Matthew konnte ihn im letzten Augenblick auffangen, doch Walter befreite sich grob aus der helfenden Umarmung seines Ziehsohnes. »Weiche von mir, Satan!«, grölte er betrunken, bevor er über die eigenen Füße stolperte und der Länge nach hinschlug.

Matthew zögerte einen Augenblick, aber dann folgte er seinem Herzen. Ohne seinen Ziehvater, der stöhnend am Boden lag und unartikulierte Laute von sich gab, auch nur noch eines einzigen Blickes zu würdigen, lief er zum Steg.

Entschlossen kletterte er in das Boot und legte sich kräftig in die Riemen. Erst als er die Mitte der Bucht erreicht hatte, gönnte er sich eine kleine Pause. Das Meer war ungewöhnlich glatt, und der Mond spiegelte sich darin. Wie tausend tanzende Sterne glitzerte das Licht auf dem Wasser. An dieser Stelle war nur das Schreien der Vögel zu hören. Sonst herrschte absolute Stille. Matthew blickte hinüber zum Maki. Das Feuer war inzwischen erloschen. Wahrscheinlich waren Hone Hekes Männer längst so lautlos verschwunden, wie sie zuvor gekommen waren.

Matthew aber beschloss, nicht an den britischen Schiffen vorbei in Richtung Anleger zu rudern, sondern gleich zum Fuß des

226

Berges, denn wenn die Krieger noch irgendwo in der Nähe waren, dann fand er sie dort.

Es dauerte nicht lange, da geriet er mächtig ins Schwitzen. Er entledigte sich seiner Anzugjacke und ruderte weiter. Nun war er dem Berg ganz nahe, und zu seiner Freude entdeckte er an seinem Fuß die Kanus von Hone Hekes Leuten. Weit und breit war kein Mensch zu sehen und nichts zu hören.

Matthew sprang behände aus dem Boot in das knietiefe Wasser und zog es an den Strand. In dem Augenblick, als er es gerade festgemacht hatte, raschelte es im Gebüsch, und der erste Krieger sprang zu den Booten. Ihm folgten weitere. Sie beachteten ihn aber gar nicht, sondern stürmten an ihm vorbei.

Dann erkannte er Waaka und Tiaki. Er stellte sich ihnen in den Weg und begrüßte sie freudestrahlend, doch sie blickten ihn nur ganz flüchtig mit stummem Vorwurf an und rannten einfach weiter. Als Letzter bahnte sich Hone Heke seinen Weg an den rettenden Strand.

»Hone Heke, du hast es wieder geschafft!«, rief Matthew ehrlich bewundernd aus.

Der Häuptling blieb im Gegensatz zu den jungen Kriegern stehen und musterte ihn verdutzt von Kopf bis Fuß.

»Ich habe schon gehört, dass du jetzt ein ganzer Pakeha geworden bist. Wenn du nur wüsstest, wie lächerlich du in diesem Aufzug wirkst. Wie gut, dass dein Vater dich nicht so sehen kann.«

Matthew wollte etwas zu seiner Verteidigung vorbringen – dass er schwer krank gewesen sei, dass er Walter und seiner Frau zu Dankbarkeit verpflichtet sei, weil sie ihn gesund gepflegt hätten, dass ausgerechnet an diesem Tag sein Bruder Hochzeit gefeiert habe. Aber sein Mund war wie ausgedörrt. Er brachte kaum die Lippen auseinander, geschweige denn einen Laut hervor.

»Schade, du hättest das Zeug gehabt, ein stolzer Krieger zu werden, aber du hast dich gegen uns entschieden.«

»Aber . . . aber ich bin doch . . .«, stammelte Matthew.

»Wer nicht an meiner Seite kämpft, ist gegen mich. Dich hätte ich gern in der Schar meiner Krieger gewusst«, bemerkte Hone Heke bedauernd, bevor er sich umwandte, zu den Booten eilte und den Befehl zum Rückzug gab.

Matthew stand wie betäubt da und blickte den leise davonschwebenden Kanus fassungslos hinterher. Tränen traten ihm in die Augen. Noch nie in seinem ganzen Leben hatte er sich so geschämt. Er hatte seine Männer im Stich gelassen, um zu völlern, sich von seinem Ziehvater schlagen und als schwarzen Satan beschimpfen zu lassen.

Nun weinte er hemmungslos, denn er besaß kein Zuhause mehr. Zu Walter und Emily wollte er nicht mehr, und zu seinen Maori-Brüdern konnte er nicht mehr zurück.

Wer bin ich?, fragte er sich, während er sich in den kalten Sand fallen ließ. In seiner Not betete er zu Gott, und er verlangte schließlich verzweifelt von ihm eine Antwort auf die Frage, wie er so etwas zulassen könne. Selbst als er in der Ferne lautes Geschrei hörte, kam er nicht auf den Gedanken, in sein Boot zu springen, sondern er blieb regungslos sitzen und versank in Selbstmitleid. Wer war er schon? Ein heimatloser schwarzer Missionarssohn. Er schluchzte laut auf.

Mit einem Mal war er von aufgeregtem Kampfgebrüll umzingelt. Matthew sah auf und erschrak nicht einmal, als er einen Haufen Rotröcke erkannte. Erst als einer von ihnen auf ihn zustürzte und ihn mit den Worten: »Wen haben wir denn da?« grob emporzog, wurde ihm etwas mulmig zumute. Und als ihn etwa ein halbes Dutzend Augenpaare triumphierend anstarrten, begriff er, dass er sich in ernst zu nehmender Gefahr befand. Doch jetzt war es zu spät, aufzuspringen und in sein Boot zu flüchten, denn der Soldat hielt ihn mit eisernem Griff fest.

»Du bist also einer von ihnen? Du warst eben dabei, als der Mast gefällt wurde. Gib es nur zu!«, rief der Rotrock mit schneidender Stimme.

Matthew wollte dies gerade verneinen, als ihn das überheblich blickende Gesicht des sommersprossigen Soldaten zu einer Lüge reizte.

Er nickte mit stolzgeschwellter Brust. »Ich habe den ersten Schlag mit der Axt ausgeführt, damit eure Flagge nicht mehr länger über der Bucht wehen kann«, erklärte er kämpferisch, was ein aufgeregtes Gemurmel der Rotröcke zur Folge hatte, bis einer von ihnen das Wort an sich riss. »Dann bringen wir den Burschen am besten zum Gouverneur und fragen, was wir mit ihm machen sollen, denn der ist gerade zu einem Besuch auf der *Victoria* eingetroffen. Er will die Häuptlinge zu einem Gespräch zusammenführen. Vielleicht kann uns der Kleine nützlich sein und Hone Heke die Botschaft des Gouverneurs überbringen.«

Unsanft schob er Matthew vor sich her den Maiki hinauf. Den aber störte das nicht. Im Gegenteil. Die Aussicht, als Bote des Gouverneurs zu fungieren, ließ sein Herz höher schlagen. Damit würde er Hone Heke beweisen, dass er kein Feigling war. Oben auf dem Gipfel konnte er einen flüchtigen Seitenblick auf den am Boden liegenden angekohlten Fahnenmast erhaschen. Er grinste triumphierend in sich hinein. Nun hatte er sich doch noch so etwas wie eine Zugehörigkeit erkämpft. Nicht ohne Stolz ließ er sich von den Soldaten durch die Straßen von Russell führen, doch die Freude war von kurzer Dauer, als sich ihnen der rotgesichtige Mister Hobsen in den Weg stellte und aufgeregt mit dem Finger auf Matthew deutete.

»Was hat der Bursche ausgefressen?«

»Er hat die Axt gegen unseren Fahnenmast geführt«, entgegnete der Anführer der Soldaten.

John Hobsen verzog verblüfft das Gesicht, bevor er in gackerndes Gelächter ausbrach. »Der kleine schwarze Teufel? Wer behauptet das?«

»Der Junge hat gestanden, als wir ihn gefangen genommen haben«, erwiderte der Rotrock prahlerisch.

229

Wieder lachte John Hobsen aus voller Kehle. Der Schnapsgeruch, der ihm nun entgegenwehte, ließ Matthew hastig einen Schritt zurücktreten.

»Und ihr wollt uns beschützen? Da habt ihr euch ja einen schönen Bären aufbinden lassen. Dieser Junge war zurzeit der Tat drüben in Paihia auf der Hochzeit meines Schwiegersohnes. Ich selbst habe neben ihm am Strand gestanden und zu dem brennenden Mast auf der anderen Seite hinübergeblickt. Wie soll er wohl gleichzeitig in Paihia und auf dem Maiki gewesen sein? Kein Wunder, dass ihr den Überfall auf den Flaggenmast nicht habt verhindern können.«

»Aber er hat es uns doch selbst gestanden, als wir ihn am Fuß des Maiki aufgegriffen haben«, protestierte der Soldat.

»Er wollte sich wichtig machen, der kleine Hosenscheißer. Kommt, übergebt ihn mir! Ich werde ihn morgen früh bei seinem Ziehvater abliefern, und dann ist eine Tracht Prügel fällig.«

»Nein, bitte, nehmt mich mit zum Gouverneur!«, flehte Matthew, doch da hatte John Hobsen ihn bereits hart am Arm gepackt. »Der Bengel war neugierig. Deshalb ist er zum Maiki gerudert, aber er hat so wenig mit Hone Heke zu tun wie ihr und ich.«

»Das ist nicht wahr. Ich . . .« John Hobsen aber ließ ihn nicht ausreden, sondern hielt ihm den Mund zu. »Wirst du wohl das Maul halten, du schwarzer Bastard?«, zischte er drohend und zerrte Matthew, ohne eine Antwort der Soldaten abzuwarten, mit sich fort.

»Lassen Sie mich los, Sie besoffener Kerl!«, fauchte Matthew, was ihm einen schmerzhaften Tritt gegen das Schienbein einbrachte.

»Glaub ja nicht, dass ich das für dich mache, du Nichtsnutz. Es geht mir allein um den Ruf meiner Tochter. Wenn sich überall herumspricht, dass der braunhäutige Ziehbruder ihres Mannes von den Rotröcken abgeführt wurde, ist das dem Leumund meiner Familie nicht eben förderlich.«

»Mir doch egal!«, zischte Matthew, und er fügte wütend hinzu: »Sie haben kein Recht, mich festzuhalten!«

»O doch, denn ich befürchte, dass du nur Unsinn im Kopf hast. Wie kommst du nur dazu, denen zu erzählen, dass du zu Hone Hekes Leuten gehörst?«

Matthew schwieg trotzig. Unsanft trieb John Hobsen ihn auf einem schmalen Pfad durch den dichten Busch vor sich her.

Matthew überlegte krampfhaft, wie er dem Mann entkommen konnte, doch dann beschloss er, sich in sein Schicksal zu fügen. Jedenfalls für heute Nacht. Gegen diesen Bullen von einem Kerl konnte er ohnehin nichts ausrichten. Obwohl er so betrunken ist, habe ich keine Chance, gestand sich Matthew bedauernd ein. Fluchend trieb ihn John Hobsen den Hügel hinauf und auf der anderen Seite wieder hinunter. Matthew musste aufpassen, dass er nicht stolperte, weil John Hobsen hinter ihm trunken, wie er war, von einer Seite auf die andere taumelte. Als vor ihnen ein breiter Strand auftauchte, gegen den sanfte Wellen plätscherten, ahnte Matthew, wohin der Mann ihn bringen wollte. In sein Haus nach Oneroa.

Da schöpfte Matthew neue Hoffnung. Wenn der besoffene Kerl ihn dort einsperrte, dürfte es doch wohl ein Leichtes sein zu fliehen, während der Mann seinen Rausch ausschlief. Doch John Hobsen nahm Matthew nicht mit in sein Haus, sondern stieß ihn völlig überraschend in einen Verschlag in seinem Garten. Matthew konnte gar nicht so schnell reagieren, da klappte die Tür hinter ihm zu, ein Riegel wurde vorgeschoben, und um ihn herum war nur noch Dunkelheit.

WHANGAREI, FEBRUAR 1920

Vivian warf sich mit voller Wucht auf das Hotelbett. Es machte bedenkliche Geräusche, als würde es gleich durchbrechen. Vivians Atem ging stoßweise. Sie war den ganzen Berg von Matuis Dorf bis zu dem Hotel hinuntergerannt. Nur um kein einziges Wort mit Fred wechseln zu müssen. Matui war während seiner Erzählung wie schon am Tag zuvor immer matter geworden, und zum Schluss waren ihm die Augen zugefallen.

Vivian aber hatte es noch rechtzeitig geschafft, ihn zum Aufstehen zu bewegen, bevor er auf dem Stuhl einschlafen konnte, und hatte ihn danach behutsam zu seinem Schlafplatz geführt. Nachdem der alte Mann ihr das Versprechen abgenommen hatte, am nächsten Tag wiederzukommen, hatte sie sich heimlich fortgeschlichen.

Wahrscheinlich wartet Fred immer noch in der Küche auf mich und denkt, ich singe den alten Maori in den Schlaf, dachte Vivian. Sie erschauderte, als sie an die Geschichte der beiden Ziehkinder des Reverends dachte.

»Ach, Maggy!«, seufzte Vivian, und wieder überkam sie mit aller Macht ein Gedanke, der während Matuis Erzählung immer wieder durch ihren Kopf gekreiselt war. Ob es Maggy war, die ihr, Vivian, dieses exotische Aussehen vererbt hatte?

Ein forderndes Pochen an der Tür riss Vivian aus ihren Gedanken, und sie wusste sofort, wer es war. Zögernd erhob sie sich. Nachdem sie wie ein kleines Kind vor Fred davongerannt war, wäre es mehr als lächerlich gewesen, nun so zu tun, als sei sie nicht zu Hause. Sie strich ihr Kleid glatt, fuhr sich flüchtig durch das Haar und öffnete.

»Was soll das? Warum läufst du vor mir weg, als wäre ich ein Verbrecher?«, fragte Fred unwirsch. Er sah immer noch erschöpft aus mit den dunklen Rändern unter den Augen und seiner blassen Gesichtsfarbe.

»Ich wollte allein sein«, erwiderte sie nicht minder schroff und fügte versöhnlicher hinzu: »Kannst du das nicht verstehen nach allem, was geschehen ist? Ich werde gerade mit der Geschichte meiner Vorfahren konfrontiert. Vorfahren, von deren Existenz ich nichts geahnt habe. Und das erzählt mir nicht der Bischof, sondern ein alter Maori. Langsam dämmert es mir, warum ich so anders bin als ihr alle. Weil Maori-Blut durch meine Adern fließt . . . Ich . . .« Sie brach ab und zog ihn am Ärmel in ihr Zimmer. »Es muss ja nicht gleich das ganze Hotel mit anhören. Besonders nicht deine Braut und ihr Vater.«

Fred schloss die Tür hinter sich.

»Du glaubst also, dass du eine Nachfahrin von Maggy bist?«

Sie nickte und versuchte zu verhindern, dass sich ihre Blicke trafen.

»Das könnte sehr gut sein und würde erklären, warum Matui so auf dich geflogen ist, als er dich das erste Mal gesehen hat. Du wirst es noch herausfinden, wenn ich fort bin.«

»Fort?«

»Ich komme, um mich von dir zu verabschieden«, murmelte Fred.

Augenblicklich vergaß Vivian ihre guten Vorsätze, jeglichen Blickkontakt zu vermeiden, und sah ihm unverwandt in die Augen.

»Was soll das heißen?«, fragte sie erschrocken.

»Das heißt, dass ich nach Auckland zurückkehre und . . .«

»Und was ist mit mir? Ich muss die Geschichte zu Ende hören, doch wenn du nicht bei mir bist . . .«, brach es verzweifelt aus ihr heraus.

233

»Deshalb bin ich hier. Ich möchte mit dir besprechen, was wir tun können, damit du in Ruhe anhören kannst, was Matui Hone Heke dir zu sagen hat. Und zwar ohne dass mein Vater auf den Gedanken kommt, dich mit Gewalt zurückzuholen.«

»Ich gehe ohnehin nicht mehr in sein Haus zurück«, entgegnete Vivian wild entschlossen.

»Aber wohin willst du denn?«

»Ich nehme das nächste Schiff nach England zurück, wenn hier alles vorbei ist . . .«

»Aber du bist doch noch nicht volljährig und hast keinen Menschen in London, der für dich sorgen kann.«

»Doch, die Eltern meiner besten Freundin Jane, die haben Mutter schon damals, als sie krank wurde, das Angebot gemacht, dass ich bei ihnen leben könne. Das hat meine Mutter abgelehnt, weil ich unbedingt nach Neuseeland zu meinem Vater sollte. Aber du siehst doch, dass es nicht geht, mit ihm und mit mir und mit den ganzen Lügen. Ich kann da nicht leben, vor allem wenn du nicht mehr dort wohnst.« Sie schlug sich erschrocken eine Hand vor den Mund.

»Vivian, bitte, warte ab! Ich habe vieles zu klären, denn ich bin völlig durcheinander. Komm nach Auckland zurück. Bitte!«

»Ich kann nicht!«, entgegnete sie trotzig. »Ich will nach Hause zurück, aber nicht ohne dass das Geheimnis meines Andersseins gänzlich geklärt ist. Aber bitte verrate dem Bischof nicht, dass ich fortgehe! Sag ihm, ich . . . ich schreibe noch an einer Geschichte, weil Mister Morrison es so will.«

»Ich weiß nicht, ob ich das verantworten kann. Und außerdem möchte ich nicht, dass du für immer fortgehst.«

»Es ist das Beste für uns alle. Glaub mir. Du hast dein Leben, deine Lügen, deine Braut, die . . .«

Fred verschloss Vivian den Mund mit einem Kuss. Sie kämpfte mit sich. Sollte sie ihn von sich stoßen oder das tun, was ihr Herz in diesem Augenblick befahl: Küss ihn, es kann das letzte Mal sein!

Vivian gab schließlich ihren Widerstand auf und erwiderte seinen Kuss leidenschaftlich. Nach einer halben Ewigkeit löste er seine Lippen von ihren und seufzte: »Du hast recht. Ich habe mein Leben hier, auch wenn es auf einer Lüge aufgebaut ist; aber mein Traum, ein großer Zeitungsmann zu werden, ist zum Greifen nahe. Ich bin nicht so stark, alles aufzugeben für ...« Er stockte und wandte den Blick verlegen ab.

»... eine kleine Maori? Eine kleine Maori! Sprich es nur aus! Es ist die Wahrheit.«

»Nein, für ein Leben, das mich dorthin zurückwerfen könnte, wo ich hergekommen bin«, presste er verzweifelt hervor. Er sah sie gequält an. »Ich kann mich noch genau an alles erinnern. An den Dreck in der Hütte am Rande der Stadt, den Gestank von Alkohol, wenn Vater aus dem Pub gewankt kam, Mutters Schreie, wenn er sie schlug. Die klammheimliche Freude, als er tot war. Und dann das Wunder. Der Reverend, der meinem Vater geistlichen Beistand gewährt hatte, bevor man ihn hängte, holte Mutter als Haushälterin zu sich.«

»Dein Vater wurde gehängt? Das ist ja entsetzlich!«, entfuhr es Vivian.

»Er hatte es verdient. Drei Menschen hatte er auf dem Gewissen. Er hat uns geschlagen, und Mutter hat nie wieder von ihm gesprochen, nachdem wir zu Reverend Newman gezogen sind. Wir wohnten plötzlich in einem richtigen Haus, ich hatte echtes Spielzeug, und dann der Umzug nach Auckland ... Kannst du das verstehen?«

»Aber das ist ja ...«

Vivian war fassungslos, doch er sprach ungerührt weiter. »Du musst das verstehen. Ich kann meiner Familie später etwas bieten, meinen Kindern ...«

»Ich möchte, dass du jetzt gehst, Fred«, unterbrach Vivian ihn mit fester Stimme. Obwohl es ihr schier das Herz brechen wollte und sie ihn am liebsten in den Arm genommen hätte, weigerte sich etwas in ihr ganz entschieden, seine Feigheit zu entschuldigen. Sie hatte schließlich auch nicht im Luxus gelebt und würde sich, um in Zukunft ein sorgenfreies Leben zu führen, trotzdem niemals derart verbiegen.

»Aber . . . aber was soll ich denn bloß tun? Du selbst hast doch gesagt, dass ich mein Leben habe und meine Braut . . .«, stammelte Fred, während sich auf seinem Gesicht hässliche rote Flecken ausbreiteten.

»Liebst du Isabel?«

»Ja . . . nein, ich mag sie, sie ist eine attraktive Frau, sie . . .« Er stockte, bevor er heiser fortfuhr: »Ich habe mich in dich verliebt, Vivian. Mein Herz gehört dir.« Er trat einen Schritt auf sie zu, wollte sie küssen, doch Vivian verschränkte abwehrend die Hände vor der Brust.

»Und dafür soll ich dir um den Hals fallen? Dafür, dass du mir offen ins Gesicht sagst, dass du mit mir ins Bett gehen, während du deine Isabel zum Altar führen willst?«

»Das ist nicht wahr. Natürlich begehre ich dich, und ich könnte mir durchaus vorstellen, dass du meine Frau wärst, aber allein der Gedanke, ganz von vorn anzufangen und . . .«

»Du machst dein Herz zu einem Sklaven deiner gesellschaftlichen Stellung und eines Lebens in Wohlstand? Du tust mir leid. Gut, dass du so vernünftig bist. Denn mit mir müsstest du sicher in einer Hütte hausen. Leb du nur dein falsches Leben als der Bischofssohn, der die Verlegertochter heiratet. Ich stehe dir nicht im Weg. Mir kann dieses Leben gestohlen bleiben, wenn es hier drinnen nicht stimmt.« Vivian deutete auf ihr Herz.

»Aber so versteh doch! Wenn du das einmal erlebt hast, die Angst, dass du dorthin zurückmüsstest, die sitzt so tief . . .«

»Ich weiß«, erwiderte sie kalt. »Ich weiß. Meine Mutter und ich haben in einem einzigen Zimmer gewohnt. Oft hatten wir keine Kohlen im Winter, und London ist kalt. Wenn ich nicht eine Freundin gehabt hätte, deren Eltern einen Narren an mir gefressen hatten, wir hätten häufig keinen Schlaf gefunden vor bohrendem Hunger. Ach ja, und dann kam ja noch das Geld vom Bischof, in dessen Haus nun ein neuer kleiner Prinz Newman wohnte. Aber ich ziehe lieber wieder in ein kaltes Zimmer als in ein kaltes, verlogenes Haus, geschweige denn in ein verlogenes Leben. Du hast eben kein Rückgrat.«

Die Flecken in Freds Gesicht leuchteten jetzt feuerrot.

»Du sitzt auf einem verdammt hohen Ross!«, fauchte er. »Und du verurteilst mich einfach in Bausch und Bogen. Was meinst du, was mir die Sache mit Matui für einen Höllenärger eingebracht hat? Mein Schwiegervater ist stocksauer auf mich, weil ich mich weigere, der Geschichte weiter nachzugehen. Es ist nur Isabel zu verdanken, dass er die Beförderung nicht zurücknimmt. Er hat mir in seinem Zorn sogar mit Rausschmiss gedroht. Isabel versteht mich zwar auch nicht, aber ich habe ihr versprochen, dass wir noch in diesem Jahr heiraten, wenn sie sich bei ihrem Vater für mich einsetzt. Und das habe ich allein für dich getan! Damit deine Geschichte nicht ans Licht der Öffentlichkeit gezerrt wird.«

Vivian lachte bitter auf. »Für mich? Wer von uns beiden hat denn wohl etwas davon, dass niemand erfährt, was den alten Maori umtreibt? Das bist doch du. Denn dann läufst du nämlich nicht Gefahr, dass der Ruf der Newmans einen Riss bekommt.«

»Du bist gemein, Vivian!«

»Ja, bin ich das? Wenn ich gemein wäre, dann würde ich zu deinem feinen Schwiegervater gehen und ihm eine ganz andere heiße Geschichte anbieten. Nämlich die von dem Bischof und seinen zwei Kindern! Was meinst du, wie rasch er vergessen würde, dass du seine Tochter heiraten willst? Ich befürchte, dass auch Isabel sich dann schnellstens von dir abwenden würde. Ja, wenn ich gemein wäre, könnte ich dir zeigen, wie es sich anfühlt, wenn du deine zukünftige Familie nur noch von hinten siehst. Und dann würdest du dich in meine Arme flüchten. Aber ich bin nicht gemein und wäre über so einen Sieg nicht froh. Meinetwegen bleibe sein Sohn. Mir ist das gleichgültig. Ich für meinen Teil könnte nie mit so einer Lüge leben!«

Fred betrachtete beschämt seine Schuhspitzen. »Verzeih mir! Aber ich kann nicht anders.« Er machte sich zum Gehen bereit, doch dann wandte er sich noch einmal um. »Ich bewundere dich, von ganzem Herzen, und bedaure, dass ich so feige bin.«

»Und ich bedaure, dass du nicht an dich glaubst. Dass du denkst, du könntest nur auf diesem Weg Erfolg haben. Ich hingegen bin fest davon überzeugt, dass ich es aus eigener Kraft schaffe, nicht in das ungeheizte Zimmer zurückkriechen zu müssen. Ich werde ein besseres Leben als meine Mutter führen, ohne die Menschen, die ich liebe, von mir zu stoßen ...«

Fred vermied es, sie anzusehen.

»Wenn ich noch irgendetwas für dich tun kann, sag es mir bitte«, seufzte er. »Hast du noch genügend Geld?«

Vivian überlegte einen Augenblick lang. »Doch, es gäbe da noch etwas. Meine zwei Koffer stehen noch im Haus des Bischofs. Und unter der Kleidung ist eine Börse mit Geld. Ob du heimlich alles zusammenpacken und mit zur Zeitung nehmen könntest? Sobald ich zurück in Auckland bin, werde ich dir eine Botschaft hinterlassen, wo du mir die Sachen übergeben kannst.«

»Gut, alles, was du willst, aber der Gedanke, dass du fortgehst, ist mir schrecklich.«

Vivian trat auf ihn zu und strich ihm über die blassen Wangen. Die roten Flecken waren aus seinem Gesicht verschwunden.

»Ich liebe dich auch. Trotz alledem! Aber es ist besser, wenn ich am anderen Ende der Welt mein Glück mache. Wir brauchen Abstand voneinander, den größten, den es gibt.«

»Aber schickst du mir wenigstens deine Adresse?«, fragte Fred bang. Dann verfinsterte sich sein Gesicht, denn bevor sie etwas erwiderte, kannte er ihre Antwort bereits.

»Nein, ich möchte nichts wissen über dein Leben. Stell dir nur vor, ich muss dann von kleinen Isabels oder Freds lesen. Es ist gut, wie es ist.«

Vivian stellte sich auf die Zehenspitzen und gab Fred einen Kuss auf die Wange. Er wollte die Gelegenheit beim Schopf packen und sie an sich ziehen. Sie wich ihm aus.

»Mach es gut, Bruder!«, raunte sie. Er aber konnte sich beim besten Willen nicht von ihrem Anblick losreißen.

»Man könnte glauben, dass du eine weise Frau bist«, murmelte er.

»Wer weiß? Vielleicht ist da ja etwas dran«, erwiderte sie geheimnisvoll lächelnd und wandte sich von ihm ab. Das Lächeln gefror ihr erst zur Maske, als Freds davoneilende Schritte endgültig verklungen waren.

Te Waimate, Januar 1845

Maggy saß auf der schattigen Veranda vor Miss Mortons Haus in einem Schaukelstuhl und schwitzte trotzdem. Seit ihr Bauch ständig wuchs, konnte sie die brennende Sonne nicht mehr vertragen. Deshalb war sie froh, dass es zu regnen begonnen hatte, aber die nötige Abkühlung ließ immer noch auf sich warten. Außerdem fühlte sie sich schrecklich behäbig. Jeder Schritt machte ihr zu schaffen. Überdies kamen ihr bei jeder Gelegenheit gleich die Tränen. Besonders wenn sie ihr schlechtes Gewissen überfiel, weil sie ihren Schwur doch gebrochen hatte. Gleich in der ersten Nacht in der Mission. Das ließ sie nicht mehr los. Weder bei Tag noch bei Nacht. Sie erinnerte sich an jedes Wort, obwohl es bereits über vier Monate her war. Noch einmal sah Maggy es vor ihrem inneren Auge: wie Ripeka an ihr Bett tritt und sie in den Arm nimmt. Wie eine Ertrinkende klammert sie, Maggy, sich an die Maori-Frau, und dann bricht es schluchzend aus ihr heraus. Lange, sehr lange. Ripeka wiegt sie wie ein Kind in den Armen. Das ist tröstlich. Sie kann endlich aufhören zu weinen.

»Sie haben dich fortgebracht, damit keiner merkt, was mit dir los ist, nicht wahr?«, fragt Ripeka.

Maggy möchte die Wahrheit hinausschreien, aber sie darf es nicht. Sie hat auf die Bibel geschworen. Sie schweigt, aber Ripeka bohrt weiter, während sie ihr wissend über den Bauch streicht. »Es ist nicht rechtens, dass sie dich verstecken«, raunt Ripeka.

Maggy hält die Luft an. Sie darf es nicht verraten. Sonst geschieht ein Unglück. »Weiß der Vater des Kindes davon?«

Maggy beißt die Zähne aufeinander.

»Sie haben dich ohne sein Wissen hergebracht, nicht wahr?«

Maggy weint lautlos in sich hinein. Im Stich gelassen haben die Eltern sie.

»Wenn du mir sagst, wer es ist, werde ich dem Burschen Bescheid sagen. Und wenn er anständig ist, wird er dich in sein Dorf holen.« Ripeka nimmt Maggys Gesicht in beide Hände und sieht sie an. »Wer ist es?«

Maggy hebt die Schultern. Dann bricht es aus ihr heraus: »Sie will es mir wegnehmen. Bitte hilf mir!«

Ripeka glaubt es nicht. »Doch nicht Misses Carrington! Sie würde so etwas niemals tun.«

Maggy ballt die Fäuste. »Aber sie hat es selbst gesagt. Ich muss fort von hier!« Ripeka legt erneut den Arm um sie. »Keine Sorge, solange ich bei dir bin, wird dir keiner dein Kind wegnehmen. Ich werde das Kind und dich in das Dorf des Kindsvaters bringen. Und wenn sie es nicht wollen, nehmen es meine Leute dankbar auf. Es gehört zu den Maori. Du siehst doch selbst, die Pakeha schämen sich dafür.«

Wenn es doch bloß so wäre, dachte Maggy, ich würde mit Ripeka überallhin gehen, aber . . . »Der Vater ist Henry Carrington, er hat mir sehr wehgetan«, gab sie verzweifelt zu.

Ripeka packt sie bei den Schultern. Maggy befürchtet, dass sie wieder so durchgeschüttelt wird wie von ihrer Mutter, aber Ripeka drückt sie fest an ihre Brust. »Du arme Kleine . . .«

Jetzt erst begreift Maggy, was sie getan hat. Sie wird kreidebleich. Sie hat geschworen, dass sie es niemandem je verraten wird.

»Ich muss fort!«, ruft sie aus, während sie aufspringt. »Ich muss fort!«

Ripeka hält sie am Arm fest. »Du bleibst in meiner Nähe. Hörst du, da wird dir nichts geschehen. Schwör, dass du nicht fortläufst!«

241

Maggy wird schwindelig. Schon wieder ein Schwur. Sie hasst Schwüre. Wie gut, dass Ripeka nicht die Bibel zu Hilfe nimmt. »Schwör, dass du, komme, was wolle, bei mir bleibst!«

Maggy presst die Lippen fest aufeinander. Sie will nicht schwören, doch da hört sie sich bereits beteuern: »Ich gehe nicht fort. Ich bleibe bei dir.«

Ripeka nimmt sie noch einmal in die Arme. Maggy schließt die Augen und wünscht sich, dass die herzensgute Maori ihre Mutter wäre. Mit diesem Gedanken schläft sie ein.

»Maggy, träumst du?«, holte die Stimme von Miss Morton sie aus ihren quälerischen Erinnerungen. »Sie warten schon alle vor dem Versammlungssaal. Der Gouverneur und der Bischof müssen jeden Augenblick eintreffen.« Die Lehrerin trug ihr bestes Kleid. Vor lauter Aufregung waren ihre sonst so blassen Wangen sichtlich gerötet.

Schwerfällig erhob sich Maggy von dem Schaukelstuhl. Als sie endlich stand, blickte sie zweifelnd an sich hinunter. »Und Sie meinen, ich sollte wirklich mitgehen? Dann sieht doch jeder, dass ich ein Kind erwarte.«

Bella Morton lächelte ermutigend. »Vor wem willst du deinen Bauch verstecken? In Te Waimate wissen inzwischen alle, dass du schwanger bist.«

»Ich glaube, Mutter wäre nicht entzückt, wenn ich vor dem Bischof so erschiene«, bemerkte Maggy verschämt.

Bella blickte sie säuerlich an. »Darauf können wir keine Rücksicht nehmen. Deine Mutter hat es in den letzten vier Monaten nicht einmal geschafft, dir einen Besuch abzustatten. Dann kann sie auch nicht erwarten, dass wir dich hier als unschuldige Jungfrau verkleiden.«

Der Vorwurf in ihrer Stimme war unüberhörbar.

Maggy hob die Schultern. Ihr war es eigentlich ganz recht, dass ihre Mutter bislang jedes Mal verhindert gewesen war, nach Te Waimate zu kommen, nachdem sie es vorher wiederholt per Brief angekündigt hatte. Erst waren es die reißenden Flüsse auf dem Weg hierher gewesen, die sie sich nicht zu überqueren traute, und dann ein Fieber, das sie ans Bett gefesselt hatte und ... Maggy kämpfte mit den Tränen. Ein Fieber? Ob das die Strafe des Herrn war dafür, dass sie, Maggy, ihren Schwur gebrochen hatte? Wenn es nun etwas Schlimmeres war? Maggys Knie wurden weich.

»Mutter hat sicher einen guten Grund. Sie ist doch krank«, erwiderte Maggy zaghaft und in der Hoffnung, dass Miss Morton etwas über Emilys Zustand wusste.

»Pah!« Miss Morton machte eine wegwerfende Geste. »Sie rennt schon wieder munter zu jedem Gottesdienst, den dein Vater hält, und soll noch frommer geworden sein. Das sind mir die Richtigen, diese Kirchgänger, aber ihre Christenpflicht dann auf andere abwälzen ...« Sie stockte und blickte Maggy mitleidig an. »Ach, hör nicht auf eine alte Jungfer wie mich! Je länger ich hier lebe, desto mehr werde ich zur Heidin.«

»Aber Miss Morton, so dürfen Sie nicht reden! Sie versündigen sich doch«, bemerkte Maggy sichtlich verstört.

»Ach, du ... du bist ein gutes Mädchen«, seufzte Bella Morton. »Aber nun komm schon unter meinen Regenschirm, ich darf mich nicht verspäten, denn ich muss den Chor der Jungen dirigieren.«

Sie zog Maggy mit sich fort in Richtung Schulhof. Unterwegs saßen am Boden überall Grüppchen sich angeregt unterhaltender Maori. In Te Waimate ging es seit Tagen zu wie in einem Bienenstock. Das beschauliche Leben in der Missionsstation war durch das anstehende Treffen von Gouverneur FitzRoy, Bischof Selwyn und diversen Maori-Häuptlingen völlig durcheinandergeraten.

»Hoffentlich bringt diese Begegnung etwas«, seufzte Bella Morton. Maggy konnte ihr nur beipflichten. Jeder in Te Waimate setzte große Hoffnungen auf dieses Treffen. Keiner wollte einen Krieg zwischen Maori und Pakeha.

Ein kleiner Maori-Junge kam ihnen tropfnass und barfuß ent-

243

gegengehüpft. Als er die beiden Frauen erkannte, lachte er. »Guten Tag, Miss Morton, guten Tag, Miss Maggy«, grüßte er sie artig, bevor er weiterlief.

»Weißt du, wie froh ich bin, dich bei mir zu haben?«, seufzte Bella Morton. »Die Kleinen lieben dich.«

Maggy spürte, dass ihre Wangen heiß wurden. Lob machte sie verlegen.

»Und ich bin froh, dass Sie mich diese Arbeit machen lassen und ich nicht immer nur in der Küche helfen muss«, erwiderte sie begeistert. Sie liebte es, den Kindern, die noch nicht zur Schule gingen, spielerisch ein gutes Englisch beizubringen. Sie beherrschte es jedenfalls fehlerfrei und hatte dabei trotzdem nicht völlig die Sprache ihrer Ahnen verlernt. Insofern war sie die geeignete Person, um die Kleinen zu unterrichten.

»Hast du dir mein Angebot inzwischen überlegt?«

»Ja, Miss Morton, wenn meine Eltern es erlauben, dann möchte ich hierbleiben, weil mein Kind mit den anderen spielen kann. Es ist so friedlich in Te Waimate. Und Sie sind wie eine Mutter zu mir. Sie und Ripeka.«

Trotz des Regenschirms in ihrer Hand schaffte es Bella, ihren Schützling überschwänglich zu umarmen. »Ach, das ist eine gute Nachricht! Dann sollten wir warten, bis deine Mutter endlich kommt, um ihr die frohe Botschaft auf der Stelle zu überbringen. Und weißt du was? Ripeka behalten wir auch gleich«, erklärte Bella Morton lachend, doch dann wurde sie wieder ernst, denn sie waren nun vor der Halle angekommen.

Dort bot sich ihnen ein ungewöhnliches Bild. Die Bewohner von Te Waimate, allen voran die Jungen aus der Maori-Schule, standen in ihrer besten Kleidung im strömenden Regen und stierten voller Erwartung zum großen Eingangstor.

»Bis gleich«, sagte die Lehrerin und hastete zu ihrem Chor. Maggy reihte sich in das Spalier der Zuschauer ein und verrenkte sich den Hals. Ein Raunen lief durch die Menge, als nun zuvor-

244

derst Gouverneur FitzRoy in seiner prächtigen Uniform aufrecht auf die Halle zuschritt. Im gleichen Augenblick stimmte der Chor *Rule Britannia* an.

Fast zeitgleich mit ihm traf der Bischof ein. Er trug ein schweres Festgewand in Schwarz und Violett. Er überragte den Gouverneur beinahe um Haupteslänge. Ein paar Schritte hinter ihnen folgten Colonel Humes von den Rotröcken und der Kapitän eines der im Hafen von Russell liegenden Kanonenboote. Wieder in einigem Abstand tauchten in Zweierreihen einfache Geistliche auf.

Maggy merkte, wie ihr noch wärmer wurde. Kein Wunder, dachte sie, der Regen hat aufgehört. Die Sonne versuchte sich durch die grauen Wolkenberge zu kämpfen. Wie so oft in der Bay of Islands würde aus einem regnerischen Morgen doch noch ein sonniger Sommertag werden.

Maggy blickte neugierig in die Gesichter der vorbeiziehenden Kirchenmänner. Doch dann erschrak sie, als sie unter ihnen einige der Missionare aus Paihia und Kerikeri erkannte. Was, wenn ihr Vater zu der Delegation gehörte? Ob er überhaupt von meiner Schwangerschaft weiß?, fragte sie sich bang. Und plötzlich überkam sie das Heimweh mit solcher Macht, dass ihr Tränen in die Augen schossen. Besonders Matui vermisste sie schmerzlich. Was ihre Mutter ihm wohl erzählt hatte, nachdem nicht einmal er sie besuchen gekommen war?

Plötzlich hörte sie eine Stimme, der ihres Bruders nicht ganz unähnlich, fragen, ob sie Hilfe brauche. Erstaunt wandte sie sich um und blickte in ein Paar intensiv funkelnder brauner Augen.

»Nein, nein, es ist alles gut«, erwiderte sie in der Sprache ihrer Ahnen, während sie sich hastig die Tränen aus dem Gesicht wischte.

»Komm!«, erwiderte der junge Mann und zog sie sanft am Arm aus der Menge. Sie ließ es willenlos geschehen. Dabei musterte sie ihn eindringlich. Er war untersetzt und breit gebaut. Seine Haut schimmerte selbst für einen Maori sehr dunkel; er trug einen Kilt in den Farben Grün und Rot, und am Kinn war er tätowiert.

Als sie bei einer Wiese ankamen, fragte er: »Soll ich deinen Mann holen? Zu welchem Häuptling gehört er? Ich werde ihn schon finden. Du musst mir nur sagen, wie er heißt. Und du setzt dich hier in den Schatten. Die Frau braucht ihren Mann, wenn ein Kind unterwegs ist.«

Der fremde Maori streifte ihren Bauch mit einem wehmütigen Blick.

Nun fand auch Maggy ihre Sprache wieder. »Du hast ein Kind?«, fragte sie verwundert, denn ihrer Schätzung nach war der junge Maori nur wenig älter als sie.

Er blickte zu Boden. »Ich hatte ein Kind, aber sie sind gestorben. Meine Frau und mein Sohn...« Er atmete tief durch, bevor er mit fester Stimme fortfuhr: »Nun sag schon, wie heißt dein Mann? Ich werde ihn holen. Du sollst nicht weinen.«

Maggy kämpfte mit sich. Sollte sie einen Mann belügen, der ihr gerade ganz offen von seinem Schicksal erzählt hatte? Nein, das brachte sie nicht übers Herz.

»Ich habe keinen Mann.«

Der junge Maori blickte sie verwirrt an.

»Was soll das heißen? Ist er bei den Ahnen?«

Maggy war fest entschlossen gewesen, ihm wenigstens die halbe Wahrheit zu sagen, dass es nämlich ein Kind der Sünde war, das in ihr heranwuchs, aber sein mitfühlender Blick, die menschliche Wärme, die er ausstrahlte, verführten sie zu einer Lüge.

Sie nickte, während ihr eine dicke Träne die Wange hinunterrollte. Das war gar nicht schwer. Sie musste nur an ihre Mutter denken und daran, wie herzlos man sie in die Mission abgeschoben hatte.

»Also haben wir das gleiche Schicksal«, flüsterte der Maori sichtlich ergriffen. »Dann verstehe ich deine Tränen. Ich bin übrigens Tiaki.«

246

Maggy fühlte sich schlecht. Wie eine Diebin, die etwas gestohlen hatte, was ihr nicht gehörte. Und doch, es tat ihr gut, wie Tiaki, der glaubte, sie teilten dasselbe Schicksal, sich um sie sorgte.

»Zu welchem der Häuptlinge gehörst du eigentlich?«

Tiaki blickte verlegen zur Seite und schwieg.

»Magst du es mir nicht sagen? Bist du einer von Tamati Waka Nenes Männern?«, fragte Maggy.

Tiakis Miene verfinsterte sich. »Niemals würde ich diesem Verräter dienen!«, entgegnete er heftig.

»Oh, da habe ich wohl etwas Falsches gesagt«, bemerkte sie entschuldigend, während sie sich in das grüne Gras fallen ließ. Sie konnte nicht länger stehen. Ihr Bauch zog sie förmlich nach unten. Tiaki tat es ihr gleich. Behände ließ er sich zu Boden gleiten.

»Und von welchem Stamm bist du?«, wollte er nun wissen.

»Ich habe dich zuerst gefragt«, entgegnete Maggy rasch.

Tiaki blickte sich nach allen Seiten suchend um. »Kann ich dir vertrauen?«, fragte er und sah sie flehend an.

Maggy hob die Schultern. »Warum nicht? Wenn du nicht gerade einer von Hone Hekes Männern bist, der sich hier eingeschlichen hat und . . .«

Weiter kam Maggy nicht, weil der Maori ihr die Hand auf den Mund legte. Sie blickte ihn fassungslos an.

»Kannst du schweigen?«

Maggy nickte, obwohl sie sich mit einem Mal äußerst unwohl fühlte.

»Gut, dann will ich es dir verraten. Hone Heke Pokai hat mich geschickt, damit ich mich unter die Leute mische und die Ohren offenhalte.«

»Du bist ein Spion?«, fragte Maggy sichtlich entsetzt.

»Leise!«, zischte Tiaki. »Nein, ich bin nur ein Beobachter meines Häuptlings, weil man ihn nicht eingeladen hat.«

»Kein Wunder!«, giftete Maggy zurück. »Er besteht ja auch darauf, unbedingt diesen Fahnenmast zu fällen. Und das ist nicht rechtens!«

Tiaki lachte laut auf. »Nicht rechtens? Das sagst du als Maori-Mädchen? Es ist doch nur eine symbolische Handlung. Die Pakeha wollen uns unterjochen, das ist die Wahrheit.«

»Das ist Blödsinn! Hone Heke Pokai ist ein Verbrecher!« Maggy hatte ihre Worte so laut hervorgestoßen, dass Tiaki ihr nun zum wiederholten Mal die Hand vor den Mund hielt.

»Du magst von uns denken, was du willst, aber bitte schrei es nicht bis zu den Rotröcken hinüber! Also, in welches Dorf soll ich dich bringen?«

Maggy suchte nach Worten. Was sollte sie dem hilfsbereiten Maori antworten? Am besten die Wahrheit, beschloss sie.

»Ich lebe hier in der Mission. Im Haus der Lehrerin Miss Morton«, gab sie zögernd zu.

»Dann bringe ich dich nach Hause. Bella ist eine gute Frau. Sie behandelt uns nicht so herablassend wie viele andere Pakeha.«

»Ich kann mich nicht über die Pakeha beklagen. Sie haben meinen Bruder und mich adoptiert, nachdem man unsere Eltern umgebracht hatte. Und das haben Maori getan!«, erwiderte Maggy trotzig.

»Bei wem bist du denn aufgewachsen?«, fragte Tiaki neugierig.

»Bei dem Missionar Walter Carrington aus Paihia.«

Tiaki legte den Kopf schief und musterte sie prüfend. »Dann bist du also die Schwester von Matui, nicht wahr?«

»Du meinst Matthew«, verbesserte sie den jungen Maori.

Tiakis Miene verfinsterte sich. »Ach ja, ich vergaß, dass er Hone Heke den Rücken gekehrt hat und wieder in den Schoß der heiligen Familie zurückgekehrt ist.«

»Was heißt *wieder*? Er hat nichts mit diesem Rebellen zu tun!« Vor lauter Aufregung hatte sie Englisch gesprochen.

»Ach, vergiss es! Wir haben uns eben in ihm getäuscht«, entgegnete er in fehlerfreiem Englisch.

248

»Wieso sprichst du ein so gutes Englisch?«, fragte sie erstaunt.

»Weil ich in der Mission in Kerikeri aufgewachsen bin und eigentlich Prediger werden wollte.«

»Und warum bist du es nicht geworden? Haben sie dich schlecht behandelt?«

»Nein, nein, sie waren gut zu mir, aber das ändert nichts an der Notwendigkeit, den Pakeha anhand des Fahnenmastes deutlich zu zeigen, wo ihre Grenzen sind.«

»Aber warum? Was bringt das außer einem möglichen Krieg? Euer Hone Heke provoziert ihn ja geradezu, und ich kann nur hoffen, dass sich die anderen Häuptlinge gegen ihn stellen und er sein Vorhaben freiwillig aufgibt.«

Tiaki stieß ein hämisches Lachen aus. »O nein, das wird nicht geschehen. Niemals werden wir uns von solchen Männern wie Waka Nene ...« Er stockte, als er eine Gruppe Maori erblickte, die sich ihnen schnellen Schrittes näherten. Ohne Vorwarnung zog er Maggy ganz nahe an sich heran. »Ich kenne den einen, der auf uns zukommt. Er gehört zu Waka Nene. Er darf mich nicht sehen«, flüsterte Tiaki ihr aufgeregt ins Ohr. »Wenn sie denken, dass wir ein Paar sind, werden sie einen Bogen um uns machen.«

»Schon geschehen«, erwiderte Maggy kühl, und doch war ihr die Nähe zu dem jungen Maori nicht unangenehm, wie sie erstaunt feststellen musste.

»Sag mal, wie heißt du eigentlich?«, gurrte Tiaki mit einschmeichelnder Stimme.

»Maggy.«

Tiaki rückte ein Stück von ihr ab und stöhnte unwirsch. »Maggy ist doch kein Name für ein schönes Maori-Mädchen wie dich. So heißen bleiche, rothaarige Engländerinnen. Zu dir würde Putiputi passen.«

Maggy brach wider Willen in ein lautes Lachen aus. »Blume? Also gut, wenn du es genau wissen willst. Meine Eltern nannten mich Makere.«

»Siehst du? Das ist der Name, den deine Ahnen für dich vorgesehen haben. Du gehörst nicht zu den Pakeha.«

Maggy wurde schlagartig wieder ernst. »Ach nein? Du meinst, ich gehöre zu den Maori. Müsste stolz sein, dass ich sogar eine Prinzessin bin, aber das bin ich nicht und werde es niemals sein. Ich habe zitternd in unserem Vorratshaus gekauert, während meine gesamte Familie, alle meine Freunde, mein ganzer Stamm abgeschlachtet wurden ...« Maggy unterbrach sich, weil ihr die Tränen kamen, wie immer, wenn sie an diesen Tag dachte, der ihr bis dahin friedliches Leben so verändert hatte. Sie wandte Tiaki ihr tränennasses Gesicht zu. »Und es waren keine Pakeha, sondern Maori wie du und ich!«

Tiaki machte einen hilflosen Eindruck, während er um die richtigen Worten rang. »Das tut mir wirklich leid, aber trotzdem bleibst du doch eine Maori. Natürlich hat es immer auch Auseinandersetzungen zwischen den Stämmen gegeben. Wir sind schließlich kein Volk von Jägern, sondern von stolzen Kriegern.«

»Das ist noch lange kein Grund, für so einen blöden Fahnenmast einen Krieg zu riskieren«, schimpfte Maggy und sprang auf. »Dann berichte deinem Häuptling mal schön, was in Te Waimate so geredet wird. Von denen, die den Frieden wollen!«

Ohne sich noch einmal umzudrehen, rannte Maggy zum Haus zurück. Dabei war es nicht einmal die Tatsache, dass Tiaki zu Hone Hekes Leuten gehörte, die sie wütend machte, sondern dass sie manchmal selbst nicht mehr wusste, wohin sie gehörte. Diese Zweifel waren neu. Früher hatte sie nie solche Gedanken gehegt. Im Gegenteil, denn das weiße Haus in der Bucht von Paihia war auch ihr Zuhause gewesen, Emily Carrington ihre geliebte Mutter, Walter der beschützende Vater und Matthew ... Mit einem Mal überfiel sie eine schmerzhafte Sehnsucht nach ihrem Bruder. Was hätte sie darum gegeben, sich jetzt in seine Arme flüchten und mit ihm über diese widerstreitenden Gefühle plaudern zu können! Plötzlich wurde ihr bewusst, wie weit sie sich in letzter

250

Zeit voneinander entfernt hatten. Ob er überhaupt etwas über ihren Verbleib wusste, und wenn, warum war er noch nicht hergekommen?

Sie hörte Schritte hinter sich und dann Tiakis beschwörende Stimme: »Nun warte doch, Maggy! Wir können über alles reden.« Und schon spürte sie seine Hand auf ihrer Schulter. Sie blieb stehen und wandte sich zu ihm um. Es rührte ihr Herz, wie schuldbewusst er sie ansah. Dabei hatte er doch gar nichts getan – außer die Wahrheit zu sagen. Sie war keine Pakeha und würde auch niemals eine werden. Daran änderte auch der Umstand nichts, dass sie das Kind eines Weißen unter dem Herzen trug.

»Verzeih mir«, murmelte sie. »Ich wollte dich nicht so angiften, aber im Augenblick ist alles nicht so einfach für mich. Eben hatte ich noch eine Familie, und jetzt bin ich allein auf mich gestellt, und weißt du, das mit meinem Mann . . .« Maggy wollte ihm eigentlich offenbaren, dass ihr Mann nicht gestorben war, doch er unterbrach sie ungeduldig. Er redete nun wieder in der Sprache ihrer Ahnen und blickte ihr tief in die Augen. »Makere, du solltest nicht allein sein. Du bist zu jung, um deinen verstorbenen Mann zu betrauern. Du musst an die Zukunft deines Kindes denken. Wenn das hier alles vorbei ist und wir den Mast noch einmal erfolgreich gefällt haben, willst du dann als meine Frau mit in mein Dorf kommen? Meine Sippe wird dein Kind und dich willkommen heißen.«

In diesem Augenblick ahnte Maggy, dass sie sich eines Tages würde entscheiden müssen, wohin sie gehörte. Zu den Pakeha oder den Maori.

»Ich weiß gar nicht, was ich sagen soll, ich . . .«

»Pst, kleine Makere!« Tiaki legte ihr die Hand auf den Mund, aber dieses Mal nahezu zärtlich. »Mein Herz will zu dir. Ich habe es gleich gespürt. Sag Ja, bitte!«

Maggy hätte sich gern Bedenkzeit erbeten, aber er sah sie so hoffnungsfroh an, dass sie es nicht über sich brachte, ihm ihre Zweifel zu offenbaren.

»Heißt das Ja?«, fragte Tiaki in das Schweigen hinein.

Maggy nickte verlegen.

Der stämmige Maori lächelte glücklich und wollte sie gerade umarmen, als sich im Laufschritt ein paar von Waka Nenes Männern näherten. Im Nu verfinsterte sich Tiakis Gesicht. »Sie haben mich erkannt. Ich muss fort, aber ich komme wieder, nachdem wir den Mast erfolgreich gefällt haben. Warte auf mich!«

Waka Nenes Männer wollten sich gerade mit Gebrüll auf Tiaki stürzen, doch der schlug einen Haken. Er rannte flink davon und war hinter einem Haus verschwunden, bevor seine Verfolger überhaupt begriffen, dass er ihnen bereits entkommen war.

»Weißt du eigentlich, dass dein Mann zu Hone Hekes Leuten gehört?«, fuhr einer der drei jungen Männer Maggy grob an. Sie aber hob die Schultern, wandte sich um und verschwand wortlos in Miss Mortons Haus.

Dort musste sie sich erst einmal setzen, weil ihr schwindelig geworden war. Ihre Gedanken kreiselten wild durcheinander. Je länger sie über Tiakis Angebot nachgrübelte, desto besser gefiel ihr der Gedanke. In seinem Dorf hätte sie vielleicht endlich wieder ein richtiges Zuhause und eine Familie. Plötzlich kamen ihr jede Menge Bilder aus dem Leben im Dorf ihrer Ahnen in den Sinn. Hatte sie sich nicht in der Gemeinschaft ihres Stammes immer geborgen gefühlt, bis zu jenem Tag, an dem ihre Feinde diese Idylle brutal zerstört hatten? Sie roch förmlich den Duft eines frisch zubereiteten Hangis, sie erinnerte sich an das wohlige Gruseln, wenn sie die Männer bei ihren Kriegstänzen beobachtet hatte, und an ihren Ball aus Flachs. Ja, sie würde einen Kilt tragen und ihrem Bruder beim Schnitzen zuschauen. Wie damals als kleines Maori-Mädchen. Nur eines machte ihr Sorge: Wie würde Tiaki reagieren, wenn er erfuhr, dass das Kind, das in ihrem Bauch heranwuchs, ein halber Pakeha war? Und selbst wenn er sie trotzdem noch zur Frau wollte, was würde seine Familie dazu sagen? Maggy war fest entschlossen, es ihm zu beichten, bevor er sie heiratete, und sie betete in diesem Augenblick darum, dass ihr Baby ihr und nicht Henry Carrington ähneln möge.

Wie gern hätte sie mit jemandem darüber gesprochen, aber sie durfte es ja nicht verraten. Schließlich hatte sie auf die Bibel geschworen. Maggy überlief es wie immer, wenn sie an ihren Schwur dachte – und vor allem, wie sie ihn in ihrer Verzweiflung ein einziges Mal gebrochen hatte –, abwechselnd heiß und kalt. Aber da Ripeka nun Bescheid wusste, konnte sie die alte Maori auch getrost um Rat fragen.

Maggy machte sich also auf, sie zu suchen, doch das Haus war leer. Alle hatten sich im großen Saal versammelt, um den Reden des Gouverneurs und des Bischofs zu lauschen. Wahrscheinlich ist auch Ripeka dort, dachte Maggy und wollte eigentlich gleich dorthin eilen, aber bereits auf der Veranda wurde ihr flau im Magen, sodass sie sich lieber in den Schaukelstuhl flüchtete. Doch es war nicht nur ein körperliches Unwohlsein, das sie quälte. In ihrem Innern breitete sich eine unheimliche Ahnung aus. Wie ein schleichendes Gift. Die Ahnung, dass etwas Schreckliches geschehen würde, ließ sie erzittern. Maggy kannte das. So war es auch damals gewesen, an jenem Tag, an dem man ihr Dorf überfallen hatte. An diesem Morgen war sie genau mit dem gleichen Gefühl aufgewacht. Dabei war es ein ebenso schöner Tag gewesen wie dieser. Die Sonne hatte den Kampf gegen den Regen gewonnen und der blaue Himmel die letzten grauen Wolken vertrieben. Ja, so war es auch damals gewesen. Maggy umfasste ängstlich ihren Leib, als könne sie ihr Kind damit vor jedwedem drohenden Unheil schützen.

PAIHIA, JANUAR 1845

Emily Carrington war gerade dabei, in der Kirche die Gesangbücher vom letzten Gottesdienst ihres Mannes einzusammeln, als sich hinter ihr jemand laut räusperte. Sie fuhr herum und stellte erleichtert fest, dass es Ripeka war.

»Hast du mich erschreckt! Aber schön, dass du dich auf meinen Brief hin gleich auf den Weg hierhergemacht hast. Konntest du dich davonschleichen, ohne dass Maggy etwas gemerkt hat?«

»Ich habe Miss Morton gesagt, dass ich eine kranke Cousine besuche«, seufzte Ripeka. »Aber in Waimate herrscht in diesen Tagen ohnehin ein großes Durcheinander wegen der Gespräche zwischen dem Gouverneur und den Häuptlingen. Überall laufen fremde Menschen herum, und auf den Hügeln bei der Mission ist alles voller Zelte. Deshalb kann ich auch nicht allzu lange bleiben. Miss Morton braucht mich dringend. Sie bekommt morgen Besuch von einigen der Maori-Häuptlinge. Und da muss ich kochen. Deshalb wäre es schön, wenn Sie mir schnell sagen, warum ich unbedingt den weiten Weg hierhermachen sollte. Und warum Sie Maggy nicht ein einziges Mal besucht haben ...« Ripeka unterbrach sich hastig. Den letzten Satz hatte sie eigentlich nicht sagen wollen, obgleich sie so dachte.

»Gut, dann machen wir es kurz. Es geht um Maggy.«

»Das habe ich mir fast gedacht«, knurrte Ripeka, was ihr einen strafenden Blick Emilys einbrachte.

»Wie geht es ihr?«

»Wie es einem halben Kind geht, das seine Eltern in die Mission abgeschoben haben, damit keiner etwas von seiner Schwangerschaft mitbekommt.« Wieder war ihr Ton schärfer als beabsichtigt.

»Ripeka, wie redest du denn mit mir?«, schnaubte Emily.

»Dann halte ich lieber meinen Mund, und Sie sagen mir, was Sie von mir wollen«, konterte die Maori und fügte erbost hinzu: »Warum haben Sie das Mädchen nicht wenigstens ein einziges Mal besucht? Sie haben Ihren Besuch mehrfach angekündigt. Was meinen Sie, wie enttäuscht sie jedes Mal war, wenn Sie dann wieder nicht gekommen sind.«

Emily stieß einen tiefen Seufzer aus.

»Ich ... ich hatte viel zu tun, ich war krank, ich ... ich ...«

Ripeka machte eine abwehrende Geste. »Schon gut, mich geht es auch gar nichts an. Ich sehe nur, wie die Kleine darunter leidet, und das bricht mir das Herz, aber nun sagen Sie schon: Was kann ich für Sie tun?«

Emily erwiderte zögernd: »Dir wird ja nicht entgangen sein, dass Maggy schwanger ist ...«

»Nein, das ist kaum mehr zu übersehen«, fuhr Ripeka ihre Herrin an.

»Und ich habe inzwischen eine Familie in Auckland gefunden, die Maggy nach der Entbindung als Hausmädchen einstellen würde.«

»Und das Kind?«

»Das Kind, ja ... also, diesbezüglich habe ich bereits mit der Leiterin des Waisenheims in Auckland gesprochen. Sie nehmen das Baby.«

»Was soll das heißen? Sie nehmen das Baby?« Ripeka war so wütend, dass sie die Fäuste ballte.

»Du glaubst doch wohl nicht allen Ernstes, dass sie das Kind behalten kann.«

»Doch, genau das glaube ich. Maggy wird nämlich noch vor der Geburt des Kindes einen jungen Maori heiraten, der sie mit in

255

sein Dorf nimmt. Das hat sie mir gerade gestern erst strahlend erzählt. Ich habe ihr dringend dazu geraten, den Antrag anzunehmen. Und sie machte einen überaus glücklichen Eindruck.«

»Niemals wird sie einen dahergelaufenen Maori heiraten. Sie ist doch noch ein Kind. Das erlaube ich nicht ...«

»Seien Sie doch froh, dass Ihr Enkelkind auf diese Weise wenigstens doch noch einen anständigen Vater bekommt!«, unterbrach Ripeka sie mit kalter Stimme.

Emily wurde kreidebleich und ließ sich auf eine der harten Kirchenbänke fallen. »Nein, das glaube ich jetzt nicht, sie hat es dir also verraten, das kann ich einfach nicht glauben ... Wenn dieser Skandal in Paihia bekannt wird, nicht auszudenken«, stammelte sie und vergrub ihr Gesicht in beiden Händen.

»Wenn das Ihre größte Sorge ist, was die Leute denken, dann tun Sie mir leid, Misses Carrington. Dem Mädchen ist Schlimmes widerfahren, und Sie haben nichts Besseres zu tun, als es zu verstoßen. Und jetzt wollen Sie auch noch verhindern, dass sie trotzdem ihr Glück findet.« Ripeka war in ihrer grenzenlosen Wut einen Schritt auf Emily zugetreten und funkelte sie zornig an. »Oder wollen Sie Maggy etwa loswerden, um ungestört Zugriff auf das Kind zu haben? Ist es nicht so, dass Ihre Schwiegertochter keine eigenen Kinder bekommen kann?«

Emily war knallrot angelaufen.

»Was fällt dir ein, du ... du ... Ich will dich nie wiedersehen, geh mir aus den Augen!«, schrie Emily.

»Keine Sorge, ich bleibe bei Maggy und passe auf, dass ihr nicht noch mehr Leid zugefügt wird.«

»Du hältst dich von meiner Tochter fern!«, kreischte Emily mit sich überschlagender Stimme. »Ich werde sie höchstpersönlich nach Auckland bringen, und das wirst du nicht verhindern.«

»Ich glaube doch«, gab Ripeka energisch zurück. »Wenn Sie Maggy nicht in Ruhe lassen, werde ich höchstpersönlich dafür sorgen, dass Misses und Mister Hobsen erfahren, was ihr Schwiegersohn dem Mädchen angetan hat. Und was ist mit Henry? Ahnt der überhaupt etwas von Maggys Zustand? Oder regeln Sie die Angelegenheit im Alleingang und spielen für alle anderen Schicksal? Damit der Ruf Ihrer feinen Familie nicht beschmutzt wird. Stellen Sie sich nur vor, wenn bekannt würde, dass sich der Sohn des Missionars an einem unschuldigen Maori-Mädchen vergangen hat. Der Sohn eines Mannes, der kam, um uns Gottes Wort zu lehren?«

Ripeka blickte Emily feindselig an. Die aber sah an der Maori vorbei ins Leere. Plötzlich wirkte sie um Jahre gealtert, doch Ripeka empfand kein Mitleid. Ihr lag allein das Wohl des Mädchens am Herzen. Die selbstgerechte Emily hatte kein Mitgefühl verdient.

»Sie schweigen? Das ist auch eine Antwort. Also, Misses Carrington, Sie haben die Wahl: Sie lassen Maggy den jungen Mann heiraten und mit ihm fortgehen, oder es wird bald in der ganzen Bay of Islands bekannt sein, was Ihr Sohn dem Mädchen angetan hat.«

»Du hast gewonnen«, stöhnte Emily heiser. »Und jetzt geh.«

»Gern«, erwiderte Ripeka und schritt hocherhobenen Kopfes zum Ausgang. Dort drehte sie sich noch einmal um. »Ich werde Maggys persönliche Sachen packen, jene, die sie nicht mitgenommen hat, als sie noch dachte, es sei nur ein kleiner Ausflug in die Fremde.«

»Wer weiß noch davon?«, fragte Emily schließlich gequält.

»Dass sie schwanger ist, das sieht jeder, der nach Te Waimate kommt, aber von wem, das weiß nur ich . . .«

»Bitte, schwör mir, dass du das für dich behalten wirst!«

»Nein, ich werde nicht schwören, wie es die arme Maggy getan hat. Sie glaubt jetzt, dass ein Unheil geschehen werde, weil sie sich mir einst in ihrer großen Not anvertraut hat. Aber Sie können sicher sein: Aus meinem Mund erfährt es keiner, schon allein weil ich mich schämen würde, es auszusprechen.«

257

»Gibst du mir Bescheid, wenn es so weit ist?«, bat Emily ihre ehemalige Haushaltshilfe mit schwacher Stimme.

Ripeka überlegte, doch dann erwiderte sie entschieden: »Nein, es ist besser für Sie, wenn Sie nichts mehr damit zu tun haben. Und das wäre Ihnen doch am liebsten. Dass Sie dadurch keinen Ärger bekommen, nicht wahr?« Sie hatte es gar nicht so spitz hervorbringen wollen, aber sie konnte und wollte ihre Abneigung gegen Misses Carrington und deren grenzenlose Feigheit einfach nicht länger verbergen. Während die Maori zum Ausgang strebte, fügte sie voller Zorn hinzu: »Wenn das christliche Nächstenliebe sein soll, verfluche ich den Tag, an dem ich mich habe taufen lassen.« In der Tür stieß Ripeka mit Matthew zusammen. Ein Lächeln huschte über sein Gesicht.

»Ist Maggy auch wieder da? Ich habe sie so unendlich vermisst!«, rief er sichtlich erfreut aus.

Ripeka holte tief Luft und rang sich ebenfalls zu einem Lächeln durch. »Nein, ich hole nur ein paar Sachen. Wir werden in Te Waimate gebraucht, besonders solange die Gespräche zwischen dem Gouverneur und den Häuptlingen andauern.«

»Ist Hone Heke auch dort?«, fragte Matthew aufgeregt.

»Nein, es sind nur diejenigen Stammesführer vor Ort, die verhandlungsbereit sind. Und Hone Heke rückt nicht von seinem Plan ab, die Fahnenmasten so lange zu fällen, bis keine neuen mehr errichtet werden. In Te Waimate schließt man schon Wetten ab, ob er es noch einmal schafft oder nicht«, klärte Ripeka ihn auf.

»Gut, dann grüßen Sie mir die kleine Maggy. Ich hoffe, es geht ihr gut. Bestellen Sie ihr, ich werde sie bald besuchen ...«

»Daraus wird wohl in den nächsten Wochen nichts«, unterbrach ihn Emily barsch. »Es müssen erst einmal die neuen Bibeln gedruckt werden.«

»Gottes Wort ist ja auch wichtiger als eine christliche Tat«, giftete Ripeka und verschwand eiligen Schrittes.

Matthew sah ihr kopfschüttelnd hinterher. »Was ist denn in Ripeka gefahren?« Dann erst sah er, dass Emily bleich wie eine gekalkte Wand war.

»Und was ist mit dir?«, fragte er besorgt. »Bist du krank?«

»Nein, nein, es ist alles gut, mein Junge«, erwiderte Emily und versuchte sich aus der Kirchenbank zu erheben, doch das gelang ihr nicht. Sie war zu schwach und sackte gleich wieder in sich zusammen.

»Du hast doch was.« Matthew war ehrlich besorgt. Dass seine Mutter in letzter Zeit immer häufiger kränkelte, missfiel ihm. Überhaupt war sie seit Monaten nur noch ein Schatten ihrer selbst. Matthew wollte sich gar nicht ausmalen, sie zu verlieren. Um keinen Preis würde er allein beim Reverend bleiben. Dessen Verhalten an Henrys Hochzeitstag hatte Spuren hinterlassen. Und vor allem die Tracht Prügel, die er ihm am nächsten Tag verpasst hatte, nachdem Mister Hobsen ihn wie einen Gefangenen nach Paihia zurückgebracht hatte. Wie besinnungslos hatte sein Vater auf ihn eingedroschen. Matthew versuchte ihm seitdem möglichst aus dem Weg zu gehen. Ohne Emily und ohne Maggy hierzubleiben, nein, das kam für ihn nicht in Frage. Ach, Maggy, dachte er voller Sehnsucht nach seiner kleiner Schwester, ich werde dich trotz der vielen Arbeit recht bald besuchen.

»Ich wollte nur fragen, ob ich dir etwas helfen kann. Ansonsten würde ich nämlich gern schwimmen gehen«, erklärte er und sah sie noch einmal prüfend an. »Und dir fehlt wirklich nichts?«

»Nein, es ist nur diese schreckliche Hitze. Wie kann es im Januar nur so warm sein?«, entgegnete Emily.

»Und brauchst du mich noch?«

Sie schüttelte schwach den Kopf. »Geh nur, mein Junge, es ist ein herrlicher Tag, wenn man diese Temperaturen so wie du vertragen kann.«

Matthew aber blieb noch einen Augenblick lang unschlüssig stehen, bevor er sich auf leisen Sohlen entfernte. Draußen in der

Hitze des Sommertages angekommen, wischte er sich zunächst einmal den Schweiß von der Stirn. Er schwitzte stark und freute sich auf eine Abkühlung. Deshalb schlug er den kürzesten Weg zum Strand ein. Nachdem er sich vergewissert hatte, dass kein Mensch in der Nähe war, zog er sich die verschwitzte Kleidung aus und rannte jauchzend in das tiefgrüne Wasser. Er liebte es, nach getaner Arbeit zu schwimmen. Einmal abgesehen davon, dass ihn das abendliche Bad abkühlte, wusch es ihm den Schmutz der Druckerei und den Staub der Straße vom Körper. Am meisten Spaß machte ihm das Tauchen. Wie ein Fisch bewegte er sich unter Wasser und suchte den Grund nach Meeresschnecken ab. Die aß er dann roh und benutzte ihre grün schillernden Schalen als Augen für seine geschnitzten Figuren. Oder er verkaufte sie an Händler. Pauamuscheln waren bei den Maori beliebt, um daraus allerlei Schmuck herzustellen.

Heute aber hatte er kein Glück. Nicht eine einzige Schnecke hatte sich mit ihren Füßen an dem Felsen festgesetzt, zu dem er hinuntergetaucht war.

Matthew stieg unverrichteter Dinge aus dem Wasser und hockte sich auf ein handtuchgroßes Stück Strand einer winzigen Insel, von denen es in der Bay of Islands Hunderte gab. Er spürte, wie das Salz auf seiner Haut in der immer noch wärmenden Sonne prickelte. Die Wölkchen am Himmel schimmerten um diese Zeit rosafarben. Matthew liebte die friedliche Stimmung am frühen Abend. Heute aber konnte er sie nicht so recht genießen. Von innerer Unruhe getrieben, machte er sich auf den Rückweg und schwamm mit kräftigen Zügen zum Land zurück. Am Strand angekommen, schüttelte er sich kräftig die Wassertropfen vom Körper. Dann ließ er sich in den warmen Sand fallen und blieb noch eine Weile so sitzen. Seine Gedanken kreisten um Hone Heke. Er hatte länger nicht mehr an den Häuptling der Nga Puhi gedacht, doch seit Ripeka das Treffen in Te Waimate angesprochen hatte, ließ ihm die Sache mit dem Fahnenmast keine Ruhe mehr.

Der Anblick eines herannahenden Kanus riss ihn aus seinen Gedanken. Rasch ergriff er seine Hose und zog sie an. Dabei ließ er das Boot nicht aus den Augen und erkannte nun, wer die beiden Männer waren, die kurz vor dem Strand aus dem Kanu sprangen und es an Land zogen.

Matthew klopfte das Herz bis zum Hals. Ob Hone Heke nach ihm geschickt hatte? Ob sie ihm doch noch eine Chance geben wollten, seinen Mut zu beweisen? Die Enttäuschung stand ihm ins Gesicht geschrieben, als die beiden ihn gar nicht wahrzunehmen schienen.

»*Ki ora, Waaka, ki ora, Tiaki!*«, rief er, um sie auf sich aufmerksam zu machen. Waaka blickte ihn mit einem Ausdruck an, als wolle er sagen: Was willst du denn? Du gehörst nicht zu uns! Tiaki aber kam lächelnd auf ihn zu und begrüßte ihn zu seiner großen Überraschung mit einem Nasenkuss. Auch Waaka schien diese herzliche Geste zu erstaunen, denn er winkte seinen Freund zu sich heran und rief unwirsch: »Schon vergessen, Tiaki? Er hat uns im Stich gelassen! Komm, wir müssen weiter. Kawitis Leute warten nicht gern.«

Matthew zuckte unmerklich zusammen. Kawitis Ruf als einflussreicher Rangatira war gewaltig. Jedermann wusste, dass er den Briten von Anfang an nicht getraut hatte. Nur auf Druck der anderen Stammesführer hatte er damals schließlich äußerst widerwillig den Vertrag von Waitangi unterzeichnet. Keiner wunderte sich also, dass er sich in Sachen Rebellion mit Hone Heke verbündet hatte. Gerüchte besagten, dass er und seine Leute auch nicht davor zurückschreckten, Siedler zu überfallen, auszuplündern und ihre Häuser niederzubrennen.

»Ihr trefft Kawiti? Heißt es, dass es Krieg gibt?«, fragte Matthew zaghaft.

»Das heißt nur, dass uns niemand und vor allem nicht die Rotröcke davon abhalten werden, den Flaggenmast für immer zu fällen. Und dieses Mal werden wir noch mehr Musketen dabei-

261

haben«, erklärte Waaka kämpferisch und fügte verächtlich hinzu: »Aber nun komm, Bruder, wir haben keine Zeit, uns mit Feiglingen wie dem Missionarssohn abzugeben.«

Schon wandte er sich zum Gehen, doch Tiaki zögerte, ihm zu folgen.

»Geh du schon vor! Ich bin so schnell wie der Wind und folge dir sogleich.«

Waaka wandte sich um und knurrte: »Gut, aber beeil dich, bei Einbruch der Dunkelheit müssen wir mit den Musketen auf dem Maiki sein! Dann werden wir den Pakeha zeigen, was Mut ist!«

»Ja, ich weiß, aber ich glaube, dass ich Matui erneut für unseren Kampf gewinnen kann«, entgegnete Tiaki entschlossen.

Murrend zog Waaka allein von dannen.

»Warum sollte ich mit euch kommen? Ihr bringt euch unnötig in Gefahr. Drüben in Russell wimmelt es vor Rotröcken, und der Mast wird streng bewacht.«

»Weil du einer von uns bist, Matui! Weil du hier im Herzen spürst, dass es so nicht weitergehen kann.«

»Aber einen Krieg riskieren wegen eines Fahnenmastes?«

»Du weißt genau, dass es nicht der Mast allein ist, sondern das, wofür er steht. Überleg doch mal. Seit der Vertragsunterzeichnung hat sich nichts verbessert. Im Gegenteil, für uns ist alles schlechter geworden. Sie haben die Hauptstadt nach Auckland verlegt, die Handelsschiffe laufen unsere Bucht nicht mehr an, wir dürfen keine Kauribäume mehr fällen. Wir dürfen unser Land nur an die Regierung verkaufen, angeblich zu unserem Schutz, aber sie spekulieren mit unserem Land, und es strömen immer mehr Pakeha hierher, und immer mehr von uns sterben an ihren verdammten Krankheiten. Wir müssen ein Zeichen setzen, bevor es zu spät ist.«

Tiakis flammende Rede fiel bei Matthew auf fruchtbaren Boden. Sollte er wirklich weiterhin so tun, als sei er zufrieden bei den Carringtons? Nein, weder den *schwarzen Satan,* den sein

Vater ihm betrunken entgegengeschleudert hatte, noch den Faustschlag würde er ihm je verzeihen. Und auch seine brutalen Prügel am nächsten Tag nicht. Sie waren quitt. Der Reverend und er. Warum sollte er es noch weiterhin mit den Pakeha halten? Wenn er allein daran dachte, wie ihn dieser widerliche Mister Hobsen zusammen mit den Hühnern in einen stockdunklen Stall gesteckt hatte . . .

Matthew gelangte nach reiflicher Überlegung zu dem Ergebnis, dass es keinen vernünftigen Grund gab, heute Nacht nicht auf Seite der Maori zu kämpfen.

»Ich werde bei euch sein!«, erklärte Matthew nach einer Weile voller Überzeugung.

Das brachte ihm ein freundschaftliches Schulterklopfen Tiakis ein.

»Das freut mich, Bruder, nachdem wir doch bald eine Familie sind . . .« Tiaki wurde rot. »Verzeih, ich sollte dich vielleicht erst fragen, ob es dir recht ist, wenn ich deine Schwester heirate.«

»Maggy?« Zu Tiakis großer Verblüffung brach Matthew in schallendes Gelächter aus. »Meine kleine Schwester? Gern, aber da musst du dich noch etwas gedulden. Wenn du mich fragst – sie ist noch ein Kind. Unsere Zieheltern haben aus ihr eine kleine Pakeha gemacht. Lass sie erst einmal aus Te Waimate zurückkommen und warte zwei Jahre. Dann ist sie so weit, dass sie heiraten und eine Familie gründen kann.«

»Ein, zwei Jahre, aber . . .«, gab Tiaki fassungslos zurück.

»Die Geduld wirst du doch wohl aufbringen, Bruder. Vielleicht hat sie sich ja in Te Waimate gemausert und ist schon ein bisschen erwachsener geworden. Dann kannst du vielleicht sogar schon in einem Jahr vorbeischauen.« Matthew lachte immer noch.

»Wann hast du deine Schwester denn das letzte Mal gesehen?«, fragte Tiaki sichtlich verblüfft.

»Lass mich überlegen. Ja, das war am Tag von Henrys . . .« Er

263

stockte. »... im September, als ihr den Fahnenmast zum zweiten Mal gefällt habt«, erwiderte Matthew nichts ahnend.

»Und du sagst, da war sie noch ein Kind?«

Matthew lachte nicht mehr. »Ja, aber warum fragst du so seltsam? Und wann bist du eigentlich auf den Gedanken gekommen, meine kleine Schwester zu heiraten? Weiß sie schon von ihrem Glück?«

»Ich habe sie vor ein paar Tagen in Te Waimate gesehen ...«

»Und? Wie geht es ihr? Ich hätte sie so gern besucht, aber mein Ziehvater lässt mich kaum mehr aus den Augen, seit der Mast zum zweiten Mal gefallen ist.«

»Wieso? Du warst doch gar nicht dabei. Beim zweiten Mal, meine ich«, entgegnete Tiaki verwundert.

»Stimmt. Ich kam zu spät, aber mich haben die Soldaten aufgegriffen, und ich habe ihnen geschworen, zu Hone Hekes Leuten zu gehören.«

»Mensch, Bruder, und ich habe gedacht, du hättest Angst. Dann meinst du es also ernst mit heute Abend?«

»Was denkst du denn? Ich werde bei Einbruch der Dunkelheit am Fuß des Maiki sein. Mit einer Axt! Aber du hast mir meine Frage noch nicht beantwortet. Wie geht es meiner kleinen Schwester? Und isst sie immer noch so viel? Sie war zuletzt ganz so, wie die meisten von uns die Frauen mögen ...« Matthew zeigte grinsend auf seine Hüften und deutete mit einer Geste an, dass er Fett auf den Rippen meinte.

Tiaki aber murmelte nur: »Ich muss mich beeilen, damit wir die Musketen rechtzeitig herbeischaffen. Wir sehen uns am Berg.« Dann wandte er sich hastig ab und eilte fort.

Matthew war so beseelt von der Aussicht, heute Abend an der Seite mit seinen Brüdern zu kämpfen, dass ihm nur am Rande aufgefallen war, wie verwirrt Tiaki ihn angestarrt hatte. Er deutete dies als Zeichen der Verlegenheit, weil der Freund ihn um Maggys Hand gebeten hatte. Matthew grinste in sich hinein. Es gab schlechtere Männer als Tiaki. Er war ein aufrechter Kämpfer und ein ansehnlicher Kerl. Jetzt habe ich ihn gar nicht gefragt, was Maggy dazu gesagt hat, ging es Matthew durch den Kopf. Wahrscheinlich hat sie gar nicht begriffen, was er von ihr wollte. Ich muss sie besuchen, ich muss sie unbedingt besuchen!

Zu Hause angekommen, zog sich Matthew in sein Zimmer zurück. Er wollte sich noch ein wenig ausruhen, denn es würde eine lange Nacht werden.

Als er aufwachte, brach bereits die Dämmerung herein, und Matthew sprang behände vom Bett auf und kleidete sich an. Dann schlich er sich auf Zehenspitzen aus dem Haus und hinüber zum Schuppen im Garten, um sich eine Axt zu besorgen.

Als er mit dem Werkzeug in der Hand zurück ins Freie trat, versperrte ihm Walter den Weg.

»Wohin so spät?«, fragte er und musterte die Axt prüfend.

»Ich . . . ich . . . ich möchte noch ein wenig schnitzen. Ich kann nicht schlafen«, log Matthew.

»Du möchtest also mittels einer Axt Figuren schnitzen?« Der Spott in der Stimme des Reverends war kaum zu überhören.

»Ja . . . nein, ich . . . ich brauche neues Holz«, erwiderte Matthew zögernd.

Walter aber griff ohne Vorwarnung nach der Axt und riss sie ihm weg. »Du wirst nicht zum Maiki fahren«, sagte er in bedrohlichem Ton.

»Maiki . . . ich . . . wieso . . . was soll ich da?«

»Den Rebellen helfen, den Mast zu fällen!«

»Aber ich . . . ich . . .«, stammelte Matthew.

»Du willst also wissen, wieso ich im Bilde bin? Hone Heke selbst hat es mir vor ein paar Tagen ins Gesicht geschleudert, nachdem ich ihm ins Gewissen zu reden versuchte, es nicht noch einmal zu probieren. Wortwörtlich hat er gedroht, dass er es heute noch einmal machen werde, und zwar mit Erfolg! Und dass ich mich noch wundern würde. Doch wie dem auch immer sei. Du gehst nicht, du dummer Junge! Und wenn ich dich mit Gewalt daran hindern muss.«

»Du hast mir gar nichts zu sagen«, konterte Matthew, nachdem er sich wieder einigermaßen gefangen hatte.

Und schon hatte Walter seinem Ziehsohn eine Ohrfeige verpasst.

»Du wirst mich auch nicht noch einmal schlagen. Hörst du?«, schrie Matthew daraufhin, doch Walter brüllte zurück: »Nur über meine Leiche!« Und er packte ihn grob am Oberarm.

Matthew schrie auf vor Schmerz und wehrte sich, doch Walter, der immer noch über genügend körperliche Kraft verfügte, schleifte seinen Ziehsohn mit sich.

»Du wirst dich nicht in Gefahr bringen, nur wegen so einer dummen Fahne!«, zischte er. »Weißt du eigentlich, dass der Mast von einem Heer von Rotröcken bewacht wird? Willst du Futter für deren Musketen werden?«

Sie waren nun am Haus angelangt. Walter stieß Matthew in die Diele und schloss die Haustür hinter sich ab.

»So, mein lieber Sohn, jetzt reden wir. Von Mann zu Mann. Bist du so naiv zu glauben, dass das alles noch ein dummer Jungenstreich ist? Es geht um Leben und Tod. Und wenn dieser Wahnsinnige nicht bald aufgibt, dann bedeutet das Krieg. Du weißt, dass Kawiti schon wieder Siedler ausgeplündert hat und dass er sich mit Hone Heke verbündet hat.«

»Pah, das wird doch nur erzählt, um gegen Hone Heke Stimmung zu machen! Es ist nicht nur ein Fahnenmast. Ihr wollt uns beherrschen. Darum geht es!«

»Was ist denn hier los?«, mischte sich Emily ein, die der Lärm auf die Diele getrieben hatte.

»Dein Sohn will den Fahnenmast fällen. Damit!« In der einen Hand trug Walter immer noch die Axt, die er wie eine Trophäe hochhielt.

»Du wolltest mit diesen Verbrechern gemeinsame Sache machen?

Ich kann es nicht glauben!«, rief Emily schrill. »Warum, mein Junge, warum?«

»Ihr nehmt uns unser Land, ihr bringt unserem Volk Krankheit und Armut!«

»Ich höre wohl nicht richtig. Wer hat dich denn vor den Kriegern deines Volkes gerettet?«

Matthew verdrehte entnervt die Augen. »Ja, ja, ich weiß. Das war er.« Er zeigte auf Walter. »Aber er hat mich auch einen *schwarzen Satan* geschimpft. Muss ich das hinnehmen, nur weil er mir das Leben gerettet hat? Im Fluss wäre ich als stolzer Häuptlingssohn gestorben, aber hier werde ich lebendig gedemütigt.«

Walter war blass geworden. »Ich habe dich nie einen Satan genannt. Wie könnte ich so etwas tun?«

»Du warst betrunken.«

»Mein Junge, dafür entschuldige ich mich. Das habe ich nicht so gemeint. Das ist doch kein Grund, sich den Rebellen anzuschließen.«

»Du hast mich geschlagen, nachdem mich Mister Hobsen in Kororareka gefangen gehalten hat.«

»Aber Junge, das habe ich doch nur getan, um dir klarzumachen, dass du nicht lügen darfst. Denn wir wissen doch alle, dass du niemals beim Fahnenmast gewesen sein kannst, als er zum zweiten Mal gefällt worden ist«, entgegnete Walter gequält.

Matthew biss sich auf die Lippen. Am liebsten hätte er es hinausgeschrien: *Aber beim ersten Mal war ich dabei!* Er konnte sich gerade noch beherrschen.

»Ich wollte dir nicht wehtun, aber ich habe große Sorge, dass du mir auch noch entgleitest . . .«

Er wollte hastig weitersprechen, aber Matthew unterbrach ihn scharf: »Wen meinst du mit *auch?*«

»Ich . . . ich meine . . . ich meine Henry, mit dessen Wahl ich nicht besonders glücklich bin«, stotterte er. »Und nun versprich mir doch, dass du nicht auf den Maiki gehst.«

Matthew stöhnte laut auf. »Ich kann meine Brüder nicht im Stich lassen. Sie brauchen mich.«

»Brüder? Ha! Dass ich nicht lache. Gut, wenn du nicht freiwillig darauf verzichtest, dann muss ich dich eben daran hindern.«

Ohne weitere Vorwarnung packte Walter Matthew im Nacken und schob ihn wie einen unerzogenen Hund die Treppe hinauf bis zu seinem Zimmer, öffnete die Tür und stieß ihn hinein. Matthew hörte, wie der Schlüssel im Schloss umgedreht wurde und sein Vater beschwörend rief: »Bitte, Junge, ich tue es für dich! Damit du dich nicht versündigst, und vor allem, damit sie dich nicht mit ihren Musketen erschießen können.«

Dann entfernten sich seine Schritte, und Matthew ließ sich ermattet auf sein Bett sinken. Für einen winzigen Augenblick war jeglicher Kampfgeist in ihm erloschen, doch dann schweiften seine Gedanken zu Tiaki ab. Was würde der aufrechte Kämpfer sagen, wenn er seine Brüder trotz seines heiligen Versprechens schon wieder im Stich ließ? Und was würde Hone Heke über ihn denken, wenn ihm das zu Ohren kam?

Entschlossen erhob sich Matthew von seinem Bett und öffnete das Fenster. Es war inzwischen dunkel geworden, aber der Mond schien in dieser Nacht hell, und tausend Sterne funkelten über dem Meer. Es war Matthew plötzlich so feierlich zumute, als ob Tangaroa, der Gott des Meeres, persönlich zu ihm sprach und ihn aufforderte, seinen Brüdern zu helfen.

Er wagte einen Blick nach unten, und der Abstand zum Boden kam ihm plötzlich gar nicht mehr so groß vor wie sonst. Wenn er sich am Fensterbrett hinaushangelte und dann fallen ließ, würde ihm nichts geschehen. Dessen war er sich sicher. Er fühlte, dass die Ahnen an seiner Seite waren. Die Götter und die Ahnen. *Sei mutig, Matui, du bist ein Krieger!*, hörte er nun in seinem Innern die raue Stimme seines Vaters, des Häuptlings, wispern. Ohne zu zögern, kletterte er rückwärts aus dem Fenster und hielt sich am Sims fest. Er atmete einmal tief durch, bevor er sich fallen ließ. Es

268

tat nicht einmal weh, als er mit dem Hinterteil zuerst im weichen Gras landete. In ihm jubilierte alles, doch er hörte keine frommen Kirchenlieder, sondern das Stampfen und Schreien der Krieger, wie sie es früher in seinem Dorf beim Haka getan hatten. Ihm war so, als wären sie alle mit ihm, alle jene, die von den Feinden gemeuchelt worden waren. Ja, sie waren bei ihm und würden ihn unterstützen, damit sie ihren Stolz auf ewig bewahren konnten.

Während er sich aufrappelte, fühlte er sich unverletzlich und wie ein echter Krieger. Ganz leise drangen die Rufe aus seinem Innern nach draußen. Er stieß Kampflaute aus und klopfte sich mit den Fäusten gegen die Brust.

Endlich wusste er, wer er war. Matui, Hone Hekes *tama* und Sohn des stolzen Maori-Prinzen Mataoro und seiner Frau, der Prinzessin Huritua. Er riss sich sein Hemd vom Leib und trommelte rhythmisch auf seinem nackten Oberkörper herum. Dazu begann er mit einem Singsang, den er aus seiner Kindheit kannte und der jetzt aus seinem Herzen nach außen drang, als hätte er nie etwas anderes gesungen. Ja, er war Prinz Matui, bis ihn eine eiserne Faust niederstreckte und er wie durch einen Nebel den breitbeinig über ihm stehenden Missionar zischeln hörte: »So haben wir nicht gewettet, Bürschchen!«

Matthew konnte nichts mehr erwidern, weil ihm schwarz vor Augen wurde.

Te Waimate, Ende Februar 1845

Miss Morton warf Maggy einen besorgten Blick zu. Es würde nicht mehr lange dauern, bis sie ihr Kind bekäme. Die junge Frau konnte sich kaum mehr aufrecht halten. Wie gut, dass sie Ripeka hat, dachte die Lehrerin. Die Maori kümmerte sich rund um die Uhr um die hochschwangere Maggy. Der werdenden jungen Mutter ging es nämlich überhaupt nicht gut. Seit sie vor einiger Zeit einen Brief aus Paihia erhalten hatte, brach sie bei jeder Gelegenheit in Tränen aus. Bella hätte zu gern gewusst, was Emily Carrington, die ihre Tochter noch nicht ein einziges Mal besucht hatte, ihr Schreckliches geschrieben hatte. Doch sie traute sich nicht, das ohnehin angeschlagene Mädchen noch zusätzlich mit neugierigen Fragen zu bedrängen. Und doch wollte ihr der Anblick der unglücklichen Maggy schier das Herz brechen. Wie jeden Abend saß das arme Mädchen mit verweinten Augen in einem Sessel und hielt jenen Brief in der Hand. Bella Morton mutmaßte, Maggy sei traurig, weil man sie nach Auckland abschieben wollte, denn Emily hatte ihr, Bella, ebenfalls einen Brief geschrieben. Mit der Anweisung, Maggy sofort in die dortige Mission zu begleiten. Bella aber hatte nicht gezögert, Emily zu erwidern, dass sie nicht daran denke, deren Befehle auszuführen, und dass Maggy in ihrem Zustand in Te Waimate bleiben werde. Und zwar solange es ihr, Maggy, passe. *In ihrem Zustand,* hatte Bella dreimal unterstrichen. Bella Morton hätte einiges darum gegeben, einen Blick in den verdammten Brief werfen zu können.

Maggy blickte gequält in die Ferne. Sie brauchte nicht zu lesen, was in dem Brief ihrer Mutter stand, denn sie kannte jedes Wort in- und auswendig.

Maggy, wunderst Du Dich wirklich, warum ich Dich nicht besuche? Kannst Du Dir nicht denken, warum? Du erinnerst Dich an den Schwur auf die Heilige Schrift, nicht wahr? Du wolltest niemandem gegenüber auch nur ein Sterbenswort darüber verlauten lassen, was Dir widerfahren ist. So weit Dein Schwur, doch Du hast ihn gebrochen! Du hast Ripeka alles erzählt! Du weißt, dass das ein Unglück geben wird. Wir haben Bella Morton Anweisung gegeben, Dich unverzüglich in die Mission nach Auckland zu bringen. Du wirst jedenfalls keinen hergelaufenen Maori heiraten!
Deine Mutter

Maggy biss sich auf die Lippen. Nicht schon wieder weinen!, dachte sie, denn sie spürte sehr wohl, wie besorgt Miss Morton sie musterte. Sie konnte sich sicher sein, dass die Lehrerin zu ihr hielt. »Nur über meine Leiche werden sie dich nach Auckland verfrachten!«, hatte sie empört ausgerufen.

Krampfhaft versuchte Maggy an das Gute zu denken. An Ripekas unermüdliche Unterstützung, an Miss Mortons Hilfe und an Tiaki, der erst kürzlich wieder in Te Waimate erschienen war. Maggy hatte schon befürchtet, er werde sie nicht wieder aufsuchen, doch genau vor drei Tagen hatte er an Bella Mortons Haustür geklopft. Maggy war allein zu Hause gewesen und hatte ihm geöffnet. Bei seinem Anblick war sie zusammengezuckt. Tiakis sonst so offenes Gesicht hatte finster ausgesehen.

»Dein Bruder weiß nicht, dass du schwanger bist, oder?«, hatte er ihr auf den Kopf zugesagt.

Sie hatte geschwiegen.

»Und du warst auch nie verheiratet, nicht wahr?«

Sie hatte den Blick auf den Boden geheftet.

»Wirst du trotzdem meine Frau?«

Maggy hatte gemeint, sich verhört zu haben. Sie hatte verwundert aufgeblickt. Tiaki hatte sie angestrahlt. »Ja!«, hatte sie freudig ausgerufen und immer wieder: »Ja!«

Den ganzen Tag über hatte sie mit sich gekämpft, ob sie ihm, wenn auch nicht die ganze Wahrheit, so zumindest gestehen sollte, dass der Vater ihres Kindes ein Pakeha war. Doch der Brief ihrer Mutter hatte sie davon abgehalten. Sie hatte den Schwur bereits einmal gebrochen. Nein, sie hatte ihm die Wahrheit einfach nicht sagen können. Und er hatte ihr versprechen müssen, Matthew nichts von ihrer Schwangerschaft zu erzählen. »Ich sage es ihm selbst«, hatte sie Tiaki geschworen. Aber würde sie das wirklich tun? Insgeheim spielte sie mit dem Gedanken, Tiaki zu überreden, sich als Vater des Kindes auszugeben. Hoffentlich ähnelt das Kind eher mir, flehte sie, hoffentlich!

Ach, es wird alles gut, dachte Maggy noch, als ein höllischer Schmerz ihren Unterleib durchfuhr und sie förmlich zu zerreißen drohte. Sie erhob sich schreiend aus dem Sessel, sank zusammen und fiel zu Boden.

Bella Morton wusste sofort, was das zu bedeuten hatte, und rief aus Leibeskräften nach Ripeka, die in ihrem Leben schon vielen Kindern auf die Welt geholfen hatte.

Die Maori kam herbeigeeilt und beugte sich über die stöhnende Maggy. Mit aller Kraft hievten sie das Mädchen hoch und legten es auf Miss Mortons Sofa.

»Tücher und heißes Wasser, bitte!«, befahl Ripeka der Lehrerin, während sie Maggy eine alte Decke unter den Körper schob. Dann ging alles ganz schnell. Maggy brüllte wie am Spieß, als ein Köpfchen den Weg in diese Welt suchte.

Ripeka lief der Schweiß von der Stirn, aber sie packte geschickt den Kopf des Kindes und zog es unversehrt aus dem Mutterleib. Kaum hielt sie das kleine zarte Mädchen mit den rotblonden Löckchen auf dem Kopf im Arm, da verstummten Maggys Schmerzensschreie.

»Ist es gesund?«, hauchte sie schwach.

Ripeka nickte, obgleich sich ihr Herz zusammenzog. Keine Frage, das Baby war gesund, aber es war ein Ebenbild Emily Carringtons. Ripeka wusste zwar nicht, wie jene bei ihrer Geburt ausgesehen hatte, aber sie konnte es sich in etwa vorstellen. Jedenfalls hatte das Mädchen nichts, aber auch gar nichts von einer Maori. Bis auf das eine: Seine Augen waren nicht blau, sondern verräterisch braun. Ripeka fröstelte, doch dann nahm ein herzzerreißendes Schreien ihre ganze Aufmerksamkeit in Anspruch. Sie wiegte das Kind hin und her, bis es endlich Ruhe gab. Da erst legte sie es Maggy an die Brust. Die aber starrte den Säugling an, als wäre er der Teufel selbst.

»Sie ... sie ist wie ... wie ... sie sieht genauso aus wie ... wie ...«, stammelte Maggy völlig verstört, während sie das hungrige Kind stillte.

»Kindchen, das ist nicht dein Problem«, versuchte Ripeka sie zu beruhigen. Unterdessen stierte Bella Morton das Neugeborene an, als wäre es von einem anderen Stern. Sie warf Ripeka einen fragenden Blick zu, doch die reagierte nicht. Was sollte sie auch sagen? Es war offensichtlich, dass das kleine Mädchen dort eine waschechte Pakeha war.

Maggy aber war den Tränen nahe. Wieder einmal hatte der Herr ihre Gebete nicht erhört. Was würde Tiaki dazu sagen? Doch mit einem zärtlichen Blick auf das Neugeborene, das laut schmatzend an ihrer Brust sog, waren alle diese Bedenken wie weggeblasen. Ihr Herz wollte schier überquellen vor lauter Liebe für dieses zarte, rot gelockte, wunderschöne Wesen aus einer anderen Welt.

Nachdem die Kleine auch noch die zweite Brust gierig leer getrunken hatte, schlief sie ein. Ripeka nahm Maggy trotz ihres Protestes das schlafende Kind ganz sanft aus den Armen.

»Sie muss gebadet werden«, sagte sie leise und verließ das Zimmer mit dem Baby auf dem Arm.

»Maggy, wer ist der Vater des Kindes?«, fragte Bella Morton jetzt ohne Umschweife.

273

Maggy zuckte zusammen. »Ich, ich habe geschworen, es nie, es keinem Menschen je, nie zu verraten«, stammelte sie.

»Hat dich der Mann dazu gezwungen?«, hakte Bella erbarmungslos nach.

Maggy schüttelte heftig den Kopf.

»Was ist dann geschehen, und vor allem, wer war es?«

»Ich darf es nicht sagen. Ich habe es auf die Bibel geschworen, und wenn ich den Schwur breche, wird ein großes Unheil geschehen«, presste Maggy verzweifelt hervor.

Bella stieß einen tiefen Seufzer aus. »Wer dich auch immer dazu verdonnert hat, das war nicht rechtens und ganz sicher nicht im Sinne des Herrn. Ich kann mir allerdings schon vorstellen, wer ...«

»Pst! Bitte sprechen Sie nicht weiter. Das ist Sünde.«

Bella biss sich auf die Lippen, doch dann zischte sie durch die Zähne: »Wer sich hier an wem versündigt hat, das gilt es noch zu klären!«

»Bitte, bitte, sagen Sie nichts! Zu niemandem. Ich werde mit dem Kind fortgehen, sobald ich wieder auf den Beinen bin.«

»Und was ist mit Tiaki?«

»Sie glauben doch nicht allen Ernstes, dass er mich noch heiraten wird, wenn er ...«

»Wann werde ich dich nicht heiraten?«, ertönte nun Tiakis Stimme. Er war so leise in das Zimmer getreten, dass sie ihn nicht gehört hatten.

»Du?« Ihre Augen waren vor Staunen geweitet. Sie kroch rasch bis zum Hals unter die Decke. Er musste ja nicht unbedingt einen Blick auf die von der Geburt befleckten Laken erhaschen.

»Ich habe dir doch versprochen, dass ich nach dir sehe, wenn unsere Mission erfüllt ist, aber ich möchte dich lieber noch einmal vor dem allerletzten Schlag in meine Arme schließen. Wer weiß ...«

»Ihr werdet es doch nicht noch einmal versuchen, oder?«, mischte sich Bella Morton ein.

»Doch, wir müssen. Und wenn Sie es erlauben, möchte ich mit Makere unter vier Augen sprechen. Es gibt da einiges zu klären.«

»Ich habe vorhin mein Kind bekommen«, sagte Maggy heiser.

»Was ist es? Ein Junge oder ein Mädchen?« Sein Gesicht bekam einen weichen Zug.

»Ein kleines Mädchen«, erwiderte Bella statt Maggy, und sie fügte hastig hinzu: »Aber du wirst es heute nicht sehen können, denn Ripeka und ein paar Maori-Frauen veranstalten ein Geburtsritual und werden vor heute Abend nicht zurück sein ...«

Tiaki stand die Enttäuschung ins Gesicht geschrieben. »Schade, ich hätte sie so gern vorher gesehen, denn ich muss bald zurück, weil wir uns am Abend noch einmal mit Kawitis Männern besprechen, und am elften März ist es endlich so weit ...«

»Seid doch nicht dumm, dieses Mal werden sie euch mit Waffengewalt davon abhalten. Es wird Tote geben«, unterbrach Bella ihn energisch.

»Nein, uns wird nichts geschehen, denn nicht nur unsere Ahnen sind auf unserer Seite, sondern auch Gott steht uns bei. Er ist nicht nur der Herr der Pakeha. Ihr habt gewollt, dass er auch unser Gott wird. Und nun kämpft er mit uns. Ja, er ist auf unserer Seite, denn er ist gerecht.«

Bella schüttelte unwirsch den Kopf. »Ja, ja, mein Junge, so kann man es sich auch schönreden, wenn man sehenden Auges in den Tod rennt.«

Tiaki aber lachte laut auf. »Es wird nur einen Toten geben. Den Fahnenmast vom Maiki!«

Maggy aber lag regungslos in ihrem Bett und hörte dem Gespräch der beiden gar nicht zu. Sie kämpfte mit sich, ob sie es nicht endlich hinter sich bringen sollte. Sie hatte keine Wahl. Wenn er die Kleine sah, gab es nichts mehr zu beschönigen. Sie musste es ihm sagen, und zwar sofort.

»Warte«, hauchte sie schwach. »Ich muss dir etwas sagen, meine Tochter ist ...«

275

Miss Morton unterbrach sie entschieden. »Die Kleine ist wohl-
auf und ein zähes kleines Mädchen. Sie ist zwar zart, aber sie
schreit für zehn.« Miss Morton warf Maggy einen warnenden
Blick zu. »Ich glaube, der junge Krieger braucht jetzt seine ganze
Kraft, um das zu tun, wovon ihn keine noch so wohlmeinenden
Ratschläge abbringen können, und möchte nichts über Babys
hören.«

»Doch, gern, erzählt mir ruhig mehr. Ist sie so hübsch wie du?
Besitzt sie dein schönes Haar?«

Maggy aber presste die Lippen fest aufeinander, denn sie hatte
verstanden, was ihr die Lehrerin zu sagen versuchte. Tiaki sollte
nicht belastet in den Kampf ziehen, sondern in dem Wissen, dass
in Te Waimate seine zukünftige Familie auf ihn wartete.

»Makere, ich muss dich trotzdem noch einmal kurz unter vier
Augen sprechen«, wiederholte Tiaki mit Nachdruck. »Wir müssen über die Hochzeit reden.«

Maggy stöhnte laut auf.

»Ich bin so schrecklich erschöpft und müde. Lass uns darüber
sprechen, wenn du wieder da bist. Bitte!«

»Gut, wenn du meinst, dann werde ich jetzt gehen. Du sollst ja
bei Kräften bleiben.«

Maggy rang sich zu einem Lächeln durch.

»Danke«, hauchte sie. »Aber pass gut auf dich auf. Du kommst
doch gleich her, wenn alles vorüber ist, nicht wahr?«

»Aber natürlich. Noch am elften März werde ich abends bei dir
sein, denn wir schlagen bereits im Morgengrauen zu. Versprochen! Ich kann es nämlich gar nicht mehr erwarten, die Kleine zu
sehen und mit dir in mein Dorf zu ziehen.« Er beugte sich zu
Maggy hinunter und küsste sie liebevoll auf die Stirn. Dann verließ er zögernd das Zimmer.

Erleichtert atmete Maggy auf.

»Glaub mir! Es ist besser so, denn ich befürchte, es wird ihn
sehr aufregen, und dann wird er womöglich unvorsichtig. Die

276

Rotröcke sind fest entschlossen, sich nicht länger auf der Nase herumtanzen zu lassen«, erklärte Bella beinahe entschuldigend.

Maggy aber starrte stumm zur Decke. Warum, lieber Gott, kann das Kind nicht wie ich aussehen?, dachte sie, während ihr stumme Tränen die Wangen hinunterrannen.

Erst Tiakis zornige Stimme riss sie aus ihrem Gebet.

»Warum hast du mir nicht gleich die ganze Wahrheit gesagt?«, schrie er vorwurfsvoll, während er schweren Schrittes an ihr Bett trat. Sein Gesicht war vor Wut verzerrt.

»Ich habe es eben gesehen, das Kind!«, brüllte er. »Warum?«

»Bitte, lass dir alles erklären. Es ist meine Schuld. Ich dachte, es ist besser, wenn du ohne diese Belastung zum Maiki ziehst«, mischte sich Bella entschuldigend ein.

»Ich habe Makere gefragt«, entgegnete Tiaki zornig. »Warum? Warum diese Lüge?« Er funkelte Maggy, die sich bis zum Hals unter der Bettdecke verkrochen hatte, erbost an.

»Ich . . . ich wollte dich nicht belasten, weil du dich doch so darauf freust, eine Familie zu bekommen, und nun wirst du mich nicht heiraten, weil . . .«, stammelte sie.

»Du hast gedacht, ich würde dich nicht heiraten, weil du ein Kind von einem Pakeha hast. Ich habe sie eben gesehen. Ein wirklich entzückendes Geschöpf.« Er fasste sich theatralisch an den Kopf. »Das kannst du doch nicht ernsthaft geglaubt haben, dass ich dich im Stich lasse, weil du dummes Ding dich von einem Pakeha hast verführen lassen . . .«

»Er hat mich ja gar nicht verführt. Ich habe das doch nicht gewollt. Er war stärker . . .« Erschrocken schlug sich Maggy die Hände vor den Mund.

Tiaki und Bella starrten sie fassungslos an.

Die Lehrerin fand als Erste die Sprache wieder. »Kind, du musst uns verraten, wer dir das angetan hat.«

»Ich kann nicht!«, schrie Maggy verzweifelt. »Ich kann nicht!«

Dann herrschte Totenstille im Zimmer. Tiakis Gesicht war zur

Maske erstarrt. Selbst der Glanz seiner funkelnden Augen schien erloschen zu sein. Bella hatte sich auf einen Stuhl gesetzt und starrte aus dem Fenster. Maggy aber kämpfte mit sich. Und wenn sie den beiden einfach weiszumachen versuchte, dass es ein Fremder war, dessen Namen sie nicht kannte?

Während sie noch hin und her überlegte, kam wieder Leben in Tiakis Gesicht. Die Erstarrung war nacktem Hass gewichen. »Du hast die Wahl«, erklärte er mit eisiger Stimme. »Ich komme wieder, wenn wir den Mast gefällt haben, und dann nennst du mir entweder den Namen des Mannes, ich erledige die Angelegenheit auf meine Weise, oder ich verrate deinem Bruder, was dir angetan wurde. Und dann, das schwöre ich dir, werden wir den Kerl gemeinsam finden. Dein Bruder Matui weiß nämlich von gar nichts. Er hält dich für ein Kind und hat keinen Schimmer, dass du Mutter geworden bist. Und ich bin gespannt, was er dazu sagen wird ...«

»Bitte nicht, bitte nicht!«, bettelte Maggy und wollte sich an Tiaki klammern, der dicht neben ihrem Bett stand, doch der befreite sich energisch, warf ihr noch einen stechenden Blick zu und zischte: »Du hast die Wahl!«

Ohne die beiden Frauen eines weiteren Blickes zu würdigen, stolperte der stolze Maori-Kämpfer zur Tür hinaus.

Paihia/Russell (Kororareka) 10. März 1845

Emily stand ungeduldig in der Haustür und wartete auf ihren Mann. Sie trug ihr feinstes Kleid und einen neuen Hut. Walter kam wie immer bei privaten Verabredungen auf die letzte Minute. Wenn es nach ihr, Emily, gegangen wäre, dann hätte sie sich an diesem Tag gar nicht erst aus dem Haus gerührt. Seit Hone Heke überall verkündet hatte, dass er den Fahnenmast am Morgen des elften März noch einmal fällen werde, mieden es die Bewohner von Paihia, nach Russell zu rudern. Walter aber hatte darauf bestanden, John Hobsens Fest zu besuchen. Nicht weil er ihn so gern mochte, sondern weil er die kleine Reise als Zeichen verstand, sich nicht von den Drohungen des Maori-Häuptlings einschüchtern zu lassen. Sogar der Mission hatte Hone Heke vor ein paar Tagen ganz provokant einen Besuch abgestattet und Walter genauestens von seinem Vorhaben berichtet. Der Missionar hatte das Ganze als versteckte Drohung verstanden. Und deshalb wollte er Flagge zeigen, mit gutem Beispiel vorangehen und beweisen, dass man sich nicht feige verkriechen durfte.

Trotz der Hitze fröstelte Emily. Ihr war dieser Ausflug ganz und gar nicht geheuer, zumal sie in der letzten Nacht von einem schrecklichen Feuer geträumt hatte. Sie schüttelte sich. Nur nicht daran denken!, sprach sie sich gut zu. Wo ihr Mann nur steckte? Und auch Matthew war weit und breit nicht zu sehen. Emily seufzte schwer. Abgesehen von ihrer Angst, am heutigen Tag überhaupt das Haus zu verlassen, ging es ihr auch sonst alles andere als gut. Erst hatte diese Bella Morton ihr einen unverschämten Brief geschrieben, dann quälte sie der Gedanke, dass Maggys Baby ja in diesen Tagen irgendwann zur Welt kommen musste ... Emilys Magen rebellierte bei der Vorstellung, dass ihre Ziehtochter immer noch in Te Waimate war. Was, wenn sie ein weißes Kind gebären würde? Die Aussicht, dass womöglich jemand, der sie kannte, Maggy dort mit so einem Kind sehen würde, war ihr unerträglich. Da kann ich nur von Glück sagen, dass man die Bewohner von Paihia und Russell gewarnt hat, in den nächsten Tagen weitere Reisen zu unternehmen, weil Kawitis Truppen angeblich im Anmarsch auf das einstige Kororareka sind, ging es ihr durch den Kopf. Doch nachdem die Gefahr vorüber wäre, bliebe ihr gar nichts anderes übrig, als sich selbst auf den Weg nach Te Waimate zu machen, Maggy mitzunehmen und eigenhändig in Auckland bei der Familie abzuliefern, die sie als Haushaltshilfe einstellen wollte. So weit kam es noch, dass sie sich von dieser Lehrerin Vorschriften machen ließ, was mit der unglückseligen Maggy zu geschehen hatte oder nicht!

Sie würde auf der Fahrt nach Auckland genügend Zeit haben, auf Maggy einzureden und sie davon zu überzeugen, ihr Kind in das Waisenheim zu geben. Ihr Entschluss stand fest. Dort im Heim würde sie, Emily, es aber niemals abgeben, sondern mit nach Hause nehmen, nachdem sie mit June geredet hatte. Ich muss ihr gegenüber heute unbedingt das Thema Adoption ansprechen, nahm sich Emily fest vor. Deshalb konnte sie Maggy auf keinen Fall die Ehe mit dem Maori gestatten. Sie brauchte das Kind, um Junes Ehe zum Laufen zu bringen. Sie war fest entschlossen, June dieses Kind als Waisenkind unterzuschieben. Natürlich regte sich hin und wieder ihr schlechtes Gewissen, das sie stets trotzig mit dem Gedanken zu beruhigen versuchte, dass sie es nur gut meinte und zum Wohl aller so entschied. Das Traurige war nur, dass Emily mit keinem Menschen über ihre Pläne reden konnte. Auch nicht mit Walter. Er hatte nicht ein einziges Mal, seit Maggy fort war, nach ihr gefragt, und immer wenn sie, Emily, Anstalten machte, das Thema anzuschneiden, dann stellte er sich taub. Das Einzige, was er in dieser Sache übernommen hatte, war, eine Familie in Auckland zu besorgen, bei der Maggy arbeiten konnte. So hatte sie ihm auch den Brief der Lehrerin verschwiegen und ihn in dem Glauben gelassen, dass Maggy bereits längst weit weg in der Hauptstadt war. Er würde sich nur unnötig aufregen, wenn er erfuhr, dass Maggy sich in den Kopf gesetzt hatte, einen Maori zu heiraten. Und was, wenn der entdeckte, dass der Vater ihres Kindes kein Maori war? Nicht auszudenken. Aber was würde Matthew sagen? Er fragte ständig nach seiner Schwester, und sie log ihm dann vor, dass sie sich in der Mission so wohlfühle, dass sie unbedingt noch ein paar Wochen dort bleiben wolle. Gerade bei den unsicheren Verhältnissen in Russell. Aber auch ihr Ziehsohn machte ihr zurzeit mehr Kummer als Freude. Seit Walter ihn im Januar bei dem Versuch erwischt hatte, zum Fahnenmast zu gelangen, war das Verhältnis zwischen den beiden kaum mehr zum Aushalten. Natürlich hieß auch Emily es nicht gut, dass es Matthew mit aller Macht zu den Rebellen zog, aber durfte man ihn deshalb einsperren? Walter hatte solche Angst, Matthew könne sich aus dem Staub machen, dass er ihn abends nicht mehr aus dem Haus ließ. Er bildete sich ein, er habe den Jungen zu weich erzogen. So einer verstehe nur die harte Hand eines Vaters, nicht dessen Gerede über christliche Nächstenliebe. Emily teilte seine Einstellung nicht, doch auch ihr gegenüber war Walter längst nicht mehr so nachgiebig. Sie empfand ihn manchmal fast als grob. Was war nur aus dem frommen, schüchternen jungen Mann geworden, in den sie sich einst verliebt hatte? Vor allem erreichte er mit dieser Art der Erziehung bei dem Jungen rein gar nichts. Matthew war nach wie vor widerspenstig und tat in der Regel das Gegenteil von dem, was man von ihm verlangte. Umso mehr wunderte es Emily, dass er sich ohne Murren bereit erklärt hatte, sie zum sechzigsten Geburtstag von Mister Hobsen nach Kororareka zu begleiten. Das wertete sie als sicheres Zeichen, dass er von diesem Unsinn, sich zu Hone Hekes Leuten zu gesellen, Abstand genommen hatte.

»Da bist du ja endlich«, schnaubte sie, als sie ihren Mann die Treppe heruntereilen sah. Mit einem prüfenden Blick stellte sie fest, dass sein Anzug sauber war und richtig saß. Ihm folgte Matthew auf dem Fuß. Ihn werde ich sicherlich noch einmal nach oben schicken müssen, denn er wird aus Prinzip seine alte Jacke anziehen, vermutete Emily, so abgrundtief, wie er Mister Hobsen hasst. Doch so kritisch sie ihren Ziehsohn auch beäugte, alles an ihm saß tadellos. Was sie allerdings verwunderte, war das Köfferchen in seiner Hand. Schließlich wollten sie nur eine Nacht bleiben, aber sie sagte nichts.

»Oho, heute mal nicht barfüßig?«, stichelte Walter mit einem Blick auf die blank geputzten Halbschuhe seines Ziehsohnes.

»Walter, bitte, wir wollen uns doch nicht streiten«, wies Emily ihren Mann in scharfem Ton zurecht, woraufhin Matthew von einem Ohr zum anderen grinste.

»Dir wird das Feixen noch vergehen. Wenn dein Freund Hone Heke morgen jämmerlich scheitert und seine Männer unnötig in Gefahr bringt. Was ist er einst für ein guter Prediger gewesen! Der hätte er bleiben sollen, statt unter die Rebellen zu gehen. Wenn ich mir vorstelle, dass ich seine Kinder getauft habe! Dass er ihnen so etwas antun mag«, schimpfte Walter, doch Matthew kümmerte sich nicht darum. Er war viel zu gut gelaunt, um sich von seinem Ziehvater provozieren zu lassen. Besser konnte es gar nicht laufen, als am heutigen Tag zusammen mit seinen Zieheltern auf die andere Seite der Bucht zu rudern und sogar dort zu übernachten. Der Vorschlag war von Walter gekommen, dass sie heute Nacht auf keinen Fall zurückrudern sollten. Und nach Einbruch der Dunkelheit aus einem Gästezimmer zu verschwinden, das sollte kein Problem sein. Matthew rieb sich vor Freude die Hände. Wie gut, dass er gestern zufällig Tiaki begegnet war. Sehr gesprächig war sein Freund allerdings nicht gewesen. Matthew hatte seine Schweigsamkeit darauf geschoben, dass er sich von ihm im Stich gelassen gefühlt hatte, weil er im Januar nicht zum Flaggenmast gekommen war. Er hatte es ihm erklärt, und Tiaki hatte nur müde abgewinkt. Das sei schon in Ordnung, hatte er wörtlich gesagt. Jetzt, als Matthew so darüber nachdachte, hatte sich der Freund äußerst seltsam benommen. Bei nächster Gelegenheit werde ich ihn fragen, ob alles in Ordnung sei, nahm er sich fest vor. Die Hauptsache war, dass Tiaki ihm bestätigt hatte, wann und wo sich die Rebellen einfinden würden. »Wir treffen ihn am oberen Blockhaus«, hatte er ihm zugeflüstert. »Warum erzählt Hone Heke eigentlich jedermann von seinen Plänen? Sogar meinem Vater«, hatte Matthew Tiaki gefragt. »Ist das nicht viel zu gefährlich?«

Der Freund hatte gelacht und mit der Übermacht der Rebellen geprahlt. Matthew war skeptisch geblieben. Sehr skeptisch sogar.

»Träumst du, oder willst du ins Boot getragen werden?«, fragte Walter spöttisch.

Matthew schreckte aus seinen Gedanken auf und kletterte flink in das Ruderboot. Sobald seine Zieheltern Platz genommen hatten, griff er nach den Rudern und brachte das Boot mit gleichmäßigen Schlägen über das spiegelglatte Wasser auf die andere Seite der Bucht. Dabei mussten sie an den vielen großen Schiffen vorbei. Matthew zählte fünf. Ein amerikanisches Kriegsschiff, einen britischen Walfänger, den Schoner *Flying Fish*, den Zweimaster des Gouverneurs *Victoria* und das englische Kanonenboot *Hazard*. Bei dem Anblick des Letzteren wurde Matthew mulmig zumute. Wenn die Besatzung es wollte, konnte sie Kororareka mit einem Streich dem Erdboden gleichmachen, und die Engländer würden das wahrscheinlich als glorreichen Sieg über die Aufständischen verkaufen. Matthew versuchte nicht mehr daran zu denken, was schiefgehen konnte, sondern sich auf das wesentliche Ziel zu konzentrieren: Der Mast musste noch einmal fallen. Das würde dieses Mal aber auch aus einem anderen Grund nicht mehr so einfach sein wie die Male zuvor, hatte man ihn doch inzwischen am Boden mit schwerem Eisen ummantelt, das keine Axt mehr so einfach durchschlagen konnte.

Am Steg herrschte reges Treiben. Mehrere Rotröcke und einige von Waka Nenes Männern empfingen sie mit Musketen, die sie auf die Ankommenden richteten.

»Ich bin Reverend Walter Carrington aus Paihia. Wir sind bei Mister Hobsen eingeladen.«

»Dann dürfen Sie passieren«, erklärte einer der Rotröcke höflich. Im gleichen Augenblick senkten die Soldaten und ihre Helfer die Gewehre und ließen die drei an Land gehen. Sie halfen sogar Emily aus dem Boot.

»Kein schöner Tag zum Feiern«, bemerkte der eine Soldat jovial.

»Besser, als sich in den Häusern zu verkriechen«, erwiderte Walter. »Wir haben keine Angst. Der Herr ist mit uns.«

Matthew verdrehte die Augen, was sein Vater aber glücklicherweise nicht bemerkte.

Auch auf dem Weg zum Haus der Hobsens begegneten ihnen wesentlich mehr Soldaten als Einwohner. Matthews Sorge wuchs. Nicht, dass er am kriegerischen Geschick des großen Hone Heke zweifeln wollte, aber die Präsenz seiner Feinde sprach eine deutliche Sprache. Erst nachdem sie den Ortskern verlassen hatten, wurde es ruhiger.

Das Haus der Hobsens lag oben auf einem der Hügel. Es war das größte und vornehmste Haus von ganz Russell und das mit dem besten Blick über die gesamte Bucht. Es war aus weiß gestrichenem Holz, und vor dem Haus befand sich eine riesige überdachte Veranda, deren Geländer und Säulen bis ins Kleinste kunstvoll geschnitzt waren. Schon als Matthew und seine Eltern in der immer noch heißen Märzsonne den steilen Berg emporstiegen, schallte ihnen das laute Gemurmel der Festgesellschaft entgegen.

Sie hatten die Stufen zur Veranda noch gar nicht erklommen, als ihnen Amanda Hobsen entgegeneilte. »Oh, wie schön, dass wenigstens ihr gekommen seid!«, rief sie überschwänglich. Emily und Walter blickten einander verwirrt an. So freundlich waren sie

284

noch nie von der Schwiegermutter ihres Sohnes begrüßt worden. Sogar Matthew bedachte sie mit einem Lob. »Du sieht heute aus wie ein feiner junger Herr. Das lobe ich mir.« Doch als sie ihm sogar einen Kuss auf die Wange geben wollte, wich er erschrocken zurück. Sie aber merkte es gar nicht. Amanda sah schrecklich mitgenommen aus. Ihr aufgequollenes Gesicht war feuerrot, Schweiß lief ihr von der Stirn, und sie jammerte: »Sie haben uns alle im Stich gelassen. Viele der Gäste sind gar nicht erst gekommen. Kein einziger aus Auckland ist da. Das ist eine Katastrophe. Ich könnte diesen Rebellen eigenhändig erwürgen. Er hat mir das schöne Fest verdorben. Aber kommt doch herein!«

Dafür, dass angeblich alle abgesagt hatten, standen für Matthews Geschmack noch genügend wohlbeleibte Pakeha auf der Veranda herum. Unter ihnen erkannte er auch den Kommandeur der *Hazard*, Kapitän Robertson, an seiner prächtigen Uniform. Der aber schien nicht ganz bei der Sache zu sein und ließ den Blick immer wieder prüfend über die Bucht schweifen. Um sich zu vergewissern, dass dort draußen noch alles ruhig war, mutmaßte Matthew. Ganz im Gegensatz zu den übrigen Männern, die scheinbar unbeschwert miteinander plauderten und dabei dicke Zigarren qualmten. Beim näheren Hinsehen erkannte Matthew allerdings, dass sie ihre Anspannung nur zu verbergen suchten. An der hektischen Art, wie sie an ihren Zigarren zogen, verrieten sie sich. Nur Henry schien unbeschwert wie eh und je. Er unterhielt sich angeregt mit einem hochgewachsenen Herrn in einem feinen Anzug. Als er seine Eltern erblickte, stellte er ihnen seinen Gesprächspartner mit den Worten vor: »Das ist Mister Lambton von der *New Zealand Company*. Die Gesellschaft plant in Wellington und Wanganui Land für die Krone zu erwerben, und ich könnte vielleicht mit einsteigen.« Sein ohnehin rotes Gesicht war vor Aufregung noch dunkler gefärbt als sonst. Sein Atem dünstete bereits Alkohol aus. Emily lächelte gewinnend, während Walter nur »Schön, schön!« murmelte und sofort im Haus verschwand.

285

Matthew hingegen drückte sich in eine Ecke der Veranda. Ihn hatte Henry dem Vertreter der *Company* gar nicht vorgestellt. Und das ist auch besser so, dachte Matthew. Waren die Herren der *Company* doch nicht gerade als Freunde der Maori bekannt. Im Gegenteil, es wurden immer häufiger Fälle ruchbar, dass sie Stammesführer bei den Verhandlungen über den Tisch gezogen hatten.

Erst jetzt merkte Matthew, dass ihn eine Gruppe junger Mädchen in festlichen Kleidern anstarrte, bevor die Erste von ihnen in albernes Gekicher ausbrach. Matthew blickte unauffällig an sich hinunter, ob er sich vielleicht bekleckert hatte, doch er konnte nichts feststellen. Doch dann dämmerte ihm, dass er offenbar der einzige Maori inmitten dieser Gesellschaft war. Als die Mädchen nun gickelnd mit den Fingern auf ihn zeigten, streckte er ihnen die Zunge heraus, woraufhin die alberne Schar kreischend fortlief. Matthew fragte sich, wie er bloß die Zeit bis zum Anbruch der Dunkelheit totschlagen sollte. Er beschloss, sich erst einmal satt zu essen. Drinnen bog sich eine Tafel voller Köstlichkeiten, an der man sich im Vorbeigehen bedienen konnte. Matthew langte ordentlich zu und wollte wieder nach draußen schlendern, als ihm eine Hand über das Haar fuhr. Erschrocken blickte er auf, doch es war nur June, die Einzige der Familie Hobsen, die Matthew überhaupt leiden konnte. June hatte immer ein freundliches Wort für ihn übrig.

»Na, was macht die Arbeit?«, wollte sie wissen.

Er hob die Schultern. »Alles gut.«

»Und deine Porträts?«

»Im Augenblick haben die Häuptlinge anderes im Sinn, als sich von mir malen zu lassen«, antwortete er wahrheitsgemäß. »Aber ich darf für ein Versammlungshaus in der Nähe von Kerikeri für den Giebel eine Holzfigur von Kupe schnitzen, unserem großen Entdecker.«

»Das freut mich sehr – und gefällt es dir hier?«

»Danke, sehr gut«, erwiderte er höflich.

In diesem Augenblick trat Emily auf June zu. »Meine Liebe, dich habe ich ja noch gar nicht begrüßt. Wie geht es dir? Wie bekommt dir die Ehe?«, zwitscherte sie.

»Ich sehe Henry ja kaum noch. Er ist immer in Geschäften unterwegs«, seufzte June. »Wie schön wäre es doch, wenn ich Kinder hätte.«

Emily bekam auf der Stelle hektische rote Flecken im Gesicht. »Siehst du, genau das wollte ich dich fragen. Wäre es nicht an der Zeit, sich im Aucklander Waisenhaus umzusehen, wenn das hier alles vorüber ist?«

Jetzt erst nahm Emily ihren Ziehsohn wahr. Sie machte eine abwehrende Geste. »Vielleicht gehst du ein wenig nach draußen. Wir führen Frauengespräche.«

Matthew wollte sich gerade trollen, da hielt June ihn am Arm fest. »Bleib ruhig bei uns! Er kennt doch hier sonst kaum jemanden. Mich stört er nicht. Es weiß doch inzwischen jeder in der Bay of Islands, dass ich keine eigenen Kinder bekommen kann, nicht wahr?« Das klang betrübt.

Matthew nickte wohl erzogen, obwohl ihm das neu war und ihn auch nicht sonderlich interessierte.

»Genau, meine Liebe, da wäre es doch wirklich eine gute Idee, ihr würdet ein Kind annehmen. Ich muss in den nächsten Wochen ohnehin nach Auckland reisen. Soll ich mich bei der Gelegenheit einmal für euch umsehen?«

»Das müsste ich mit Henry besprechen, wenn er einmal Zeit für mich hat.«

Matthew trat verlegen von einem Bein auf das andere. Er verstand nicht viel von Frauensachen, aber dass June Hobsen unglücklich war, das merkte selbst er.

»Ach, Kindchen, das wird schon wieder. Ich werde mich darum kümmern. Einverstanden?«

June nickte brav.

In diesem Augenblick kam ihr Vater hinzu und begrüßte Emily überschwänglich. Als sein Blick auf Matthew fiel, murmelte er unwirsch: »Wer hat denn dich eingeladen? Du solltest doch eigentlich bei deinem Rebellenfreund beim Mast sein! Doch ich schwöre dir, Bürschchen, dieser Hone Heke hat sich verrechnet. Sie werden ihn und seine Leute gefangen nehmen, und dann bekommt er einen Prozess, der sich gewaschen hat. Er hat keine Gnade zu erwarten. Ich kann nur hoffen, dass ihn vorher eine Muskete erledigt!«

»Aber Vater!«, tadelte ihn June. »Wie redest du denn mit Matty? Er ist Henrys Bruder und gehört zur Familie.«

»Zu meiner nicht!«, entgegnete der alte Hobsen und verschwand in der Menge seiner Gäste.

»Mach dir nichts draus. Er ist ein alter Haudegen, aber er meint es nicht so. Sie sind alle ein wenig nervös wegen Hone Hekes Drohungen, aber sie wollen es nicht zeigen«, versuchte June die Taktlosigkeit ihres Vaters herunterzuspielen, während sie Matthew durch das dichte, fast drahtige Haar fuhr.

»Wir sind jedenfalls froh, dass er so willig mitgekommen ist«, ergänzte Emily und tätschelte ihm die Hand.

Wenn ihr wüsstet, wie gleichgültig mir dieser vollgefressene Pakeha ist und dass ich schneller bei meinen Freunden sein werde, als ihr denken könnt, durchfuhr es Matthew zornig, und er wünschte sich, es wäre endlich Abend.

Doch die Stunden zogen sich quälend langsam dahin. Die Männer wurden immer betrunkener, die Frauen schwatzhafter und die Mädchen alberner, doch es konnte nicht mehr lange dauern. Bald würde die Sonne untergehen, und dann würde er sich zurückziehen. Misses Hobsen hatte ihm ein kleines Zimmer neben der Küche zugeteilt. Das kam ihm natürlich sehr entgegen, hatte er doch befürchtet, sich eine Kammer mit den Eltern teilen zu müssen. Er durfte nur nicht einschlafen, damit er vorm Morgengrauen beim Treffpunkt war. Matthews Herzschlag beschleunigte sich bei diesem Gedanken. Er hatte sich inzwischen einen

Stuhl auf der Veranda ergattert, von dem aus er die Gesellschaft mit der nötigen Distanz beobachten und belauschen konnte, doch die Gespräche langweilten ihn. Bis ein paar Rotröcke eintrafen, die nach Kapitän Robertson verlangten. Matthew sperrte die Ohren groß auf. Er hatte Glück. Der Kapitän und die Soldaten stellten sich ganz in seine Nähe, um ungestört von der übrigen Gesellschaft die neusten Informationen auszutauschen.

»Sir, Kawiti ist im Anmarsch. Er kommt von Süden, Hone Heke von Norden«, flüsterte einer der Soldaten. Seine Stimme bebte vor Aufregung.

»Dann ruft alle unsere Leute zusammen! Denen werden wir den richtigen Empfang bereiten«, frohlockte der stattliche Mann in der glitzernden Uniform. Gleich darauf schoss er mit einer Muskete in die Luft, um sich Gehör zu verschaffen.

»Leute!«, rief er. »Es geht los. Die Rebellen greifen uns an. Ich werde euch Soldaten zum Schutz schicken. Wer in der Nähe wohnt, kehre schnell nach Hause zurück. Diejenigen, die nicht aus Russell kommen, bleiben hier. Keiner, der nicht im Ort wohnt, verlässt mehr das Haus. Achtet auf Kinder und Frauen! Hier oben seid ihr sicher.«

Ein Raunen ging durch die Gästeschar, und auch einzelne spitze Schreie ertönten, bevor sich die Gesellschaft ins Haus drängte. Die einen, um hastig ihre Sachen zusammenzuraffen und sich in ihren Anwesen zu verschanzen, die anderen, um sich in das Innere dieses Hauses zu retten. Matthew, dessen Herz bis zum Hals klopfte, trottete ihnen langsam hinterher und zog sich, ohne sich von seinen Zieheltern zu verabschieden, in sein Zimmer zurück. Er konnte nur beten, dass man ihm angesichts der Lage dort draußen nicht noch einen Gast ins Zimmer legte, doch die Kammer bot eigentlich nur Platz für einen.

Erschöpft legte er sich auf das Bett. Während er noch überlegte, wie er sich wohl wach halten konnte, war er bereits eingenickt.

Russell (Kororareka), 11. März 1845

Matthew wachte erst auf, als der Morgen graute. Panisch fuhr er in seinem Bett hoch. Wie lange hatte er geschlafen? Die Wanduhr zeigte halb vier Uhr. Er atmete erleichtert auf und dankte Gott, dass er ihn rechtzeitig hatte wach werden lassen. Gegen vier sollte das Treffen mit Hone Heke am Blockhaus stattfinden, um die Soldaten möglichst im Schlaf zu überrumpeln. Nicht auszudenken, wenn er zu spät gekommen wäre!

Was für ein grauer, nebliger Tag, dachte er, während er seine Schätze aus dem Koffer hervorholte und einen flüchtigen Blick aus dem Fenster warf. Noch nie war er an einem derart diesigen Morgen so gern aufgestanden. Er zog hastig seinen zerknitterten Anzug aus, in dem er geschlafen hatte, schlüpfte in den Kilt und legte den Umhang um die Schultern, das Geschenk von Hone Heke. Leider hatte er seinen Stock nicht mitnehmen können. Das wäre aufgefallen. Als er seine Schuhe vor dem Bett stehen sah, hielt er kurz inne. Um barfuß zu gehen, schien es ihm zu ungemütlich. Er entschied sich für die Schuhe und sah zum Abschluss noch einmal an sich hinunter. Der Anblick ließ ihn die Nase rümpfen. Er sah lächerlich aus und beschloss, die Schuhe kurz vor dem Ziel zu entsorgen. Auf leisen Sohlen schlich er aus dem Haus, das er zu seiner großen Erleichterung ungehindert verlassen konnte. Es war ungemütlich kalt dort draußen, und der Nebel hing so tief über dem ehemaligen Kororareka, dass er nicht einmal bis zur Bucht blicken konnte. Es herrschte eine gespenstische Stille, die nur durch den Ruf einer kleinen braunen Eule, des Morepork, unterbrochen wurde.

Doch als Matthew sich dem Strand näherte, hörte er immer lauter werdendes Gemurmel und konnte schließlich schattenhafte Figuren erkennen, deren rote Jacken keinen Zweifel daran ließen, wer sie waren. Es waren Soldaten, die dort am Strand lagerten und sich nun in Richtung des Maiki aufmachten.

Matthews Körper durchlief ein Zittern. Er konnte gerade noch rechtzeitig hinter einer Häuserecke in Deckung gehen. Die Männer marschierten aber so dicht an ihm vorbei, dass er sie um ein Haar hätte berühren können, wenn er sich nicht gegen die Holzwand gepresst und die Luft angehalten hätte. In seiner Verzweiflung zählte er sie. Es waren an die fünfzig schwer bewaffnete Soldaten.

Kaum dass ihre Schritte verklungen waren, ließ Matthew sich an der Häuserwand entlang zu Boden gleiten. Er kam sich schrecklich verloren vor und wusste nicht so recht, was er unternehmen sollte. Auf den Maiki kam er nicht mehr, wenn die Soldaten ihn jetzt besetzten. In das Haus der Hobsens wollte er nicht zurück.

Das peitschende Geräusch von Gewehrsalven riss ihn aus seinen Gedanken. Er sprang auf und lief auf die Straße, wo sich außer ihm kein Mensch aufhielt. Die Bewohner von Russell waren zwar von dem Lärm aufgewacht, aber sie trauten sich nicht aus ihren Häusern. Überall an den Fenstern tauchten verstörte Gesichter auf. Matthew holte tief Luft und lauschte. Die Kampfgeräusche kamen, wenn er sich nicht täuschte, vom südlichen Ortseingang. Waren das Kawitis Männer, die Kororareka von Süden her anzugreifen versuchten? Er wollte sich nützlich machen, etwas tun, aber was? Das war jedenfalls kein harmloser Kampf um einen Fahnenmast mehr, das war Krieg. Matthew wusste beim besten Willen nicht, wohin er sollte. Er rannte die Straße einige Schritte in Richtung Süden entlang, um dann umzukehren und wieder auf den Maiki zuzuhalten. Von dort schallte lautes Getöse bis zu ihm herüber. Kommandos wurden erteilt, Namen gerufen, feste Schritte

291

kamen immer näher, und da sah Matthew sie auch schon: die Rotröcke, die eben in Richtung Maiki abmarschiert waren, allen voran Kapitän Robertson. Sie waren zurückgekommen und hatten dem Berg den Rücken gekehrt. Matthew aber war so unschlüssig, dass er mitten auf der Straße stehen blieb. Der Kapitän ließ seine Leute anhalten und schrie: »Bist du wahnsinnig, Junge? Ich habe dich doch gestern in Hobsens Haus gesehen. Lauf sofort dorthin!« Dann packte er Matthew, stieß ihn aus dem Weg und ließ seine Leute weitermarschieren.

Wie betäubt rannte Matthew ihnen hinterher, bis sie die Kirche erreichten. Jetzt sah und hörte er Kawitis Männer, wie sie sich ihnen unter lautem Kampfgeheul näherten. Er konnte sich gerade noch hinter einem Grabstein auf dem Friedhof verstecken, denn es hatte ihn der Mut verlassen, sich dem Verbündeten Hone Hekes anzudienen. Was sich in den folgenden Minuten vor seinen Augen abspielte, ließ ihn schwindelig werden. Es war ein Kampf Mann gegen Mann. Als der erste Rotrock in seinem Blut liegen blieb, wollte Matthew aufspringen und ihm helfen, aber dann wurde ihm klar, dass das zu gefährlich war. Plötzlich sah er den Kapitän vor einem Grabstein zusammensacken. Ihn hatte das Feuer einer Muskete getroffen. Seine Hose war zerfetzt, und aus zwei klaffenden Wunden sickerte unaufhörlich Blut hervor.

Nun hielt Matthew nichts mehr in seinem Versteck. Er stürzte hervor und beugte sich über Mister Robertson, der noch bei Bewusstsein war und laut stöhnte, doch als er Matthew erkannte, krächzte er: »Ich habe gesagt, bring dich in Sicherheit!« Dann sank sein Kopf leblos zur Seite.

Mit zitternden Knien erhob Matthew sich und floh in Richtung des Maiki. Als er den Weg kreuzte, der zum Haus der Hobsens führte, zögerte er für den Bruchteil einer Sekunde, doch dann setzte er seinen Weg fort. Nicht Hone Heke hat den Kapitän niedergeschossen, sondern einer von Kawitis Leuten, redete er sich gut zu, während er sich auf den beschwerlichen Weg durch den Busch machte.

Die erste Blockhütte ließ er hinter sich und schlich in sicherer Entfernung hinauf zu der zweiten. Er konnte nur hoffen, dass Hone Hekes Leute schon am Treffpunkt waren. Die Soldaten würden einen einzelnen Maori, der sich an diesem Tag im Morgengrauen dem Fahnenmast näherte, unter den gegebenen Umständen mit Sicherheit am Weitergehen hindern. Doch nachdem er sich ganz nahe an die Hütte herangeschlichen hatte, stellte er zu seiner großen Überraschung fest, dass sie verlassen war, aber auch von Hone Hekes Kriegern gab es keine Spur.

Matthew legte eine kleine Pause ein. Er war völlig außer Atem von dem raschen Aufstieg. Dann hörte er aus der Ferne einen Kriegsgesang, wie er ihn aus der Kindheit kannte. Er kam vom Flaggenmast.

Matthew rannte los, als ginge es um sein Leben. Keuchend erreichte er den Gipfel des Maiki. Noch stand der Fahnenmast, aber unter den anfeuernden Rufen seiner Krieger hieb Hone Heke wie ein Wahnsinniger auf das Eisen ein. Ein ohrenbetäubendes Geschrei brach los, als er es durchtrennt hatte und auf das Holz darunter gestoßen war. Nach wenigen weiteren Hieben schaukelte der Mast hin und her wie die Fahne an seiner Spitze, bevor er sich auf die Seite legte und mit einem lauten Knirschen zu Boden fiel. Hone Heke hatte den Fahnenmast zum vierten Mal gefällt!

RUSSELL (KORORAREKA), 11. MÄRZ 1845,
ETWA ZUR GLEICHEN ZEIT

Emily schreckte entsetzt aus dem Schlaf hoch. Sie war von Geräuschen geweckt worden, die sich wie Kanonenschüsse anhörten. Hatte sie geträumt, oder war es wirklich geschehen? Doch auch Walter saß senkrecht im Bett, wie sie nun erstaunt feststellen musste.
»Was ist passiert?«, fragte sie bang.
»Es geht los«, erwiderte er knapp.
»Wovon redest du?«
»Vom Krieg, den Hone Heke angezettelt hat!«
»Du meinst, es waren wirklich die Schüsse von Kanonen?«
»Ja, ich denke, sie haben Kawitis Leute in die Flucht geschlagen.«
Walter stand nun ohne eine weitere Erklärung auf und ging im Hemd auf den Flur hinaus. Dort standen bereits die Hobsens, Henry mit June und einige der übrigen Gäste. Alle waren gleichermaßen aufgeregt. Nur Henry schien vom Alkohol noch so benebelt, dass er etwas von einem Feuerwerk murmelte.
»In den Keller!«, befahl John Hobsen. »Alle ab in den Keller!«
Emily zitterte am ganzen Körper, während sie sich ankleidete. Walter mahnte zur Eile, doch sie schaffte es in ihrer Panik kaum, die Knöpfe ihres Kleides zu schließen. Schließlich half er ihr und nahm sie bei der Hand. Sie waren gerade an der Luke angekommen, die in den Keller hinabführte, als Emily abrupt stehen blieb. Sie erinnerte sich plötzlich an ihren Traum. Es war schrecklich gewesen. An einem Grab hatte sie gestanden und ...

»Matthew, wo ist Matthew?«

»Der wird schon noch kommen, aber jetzt geh du erst einmal nach unten«, befahl er ungeduldig, doch Emily rührte sich nicht vom Fleck. »Ich gehe ihn holen, und zwar sofort!«

Walter seufzte. »Das kann ich doch erledigen. Hauptsache, du begibst dich in Sicherheit.«

»Nein, ich werde jetzt zu ihm gehen«, erklärte sie energisch, löste sich von seiner Hand und eilte zur Treppe. Walter folgte ihr schimpfend. Unterwegs begegneten sie Amanda, die ächzend eine schwere Kassette die Treppe hinunterwuchtete.

»Ich werde denen doch nicht kampflos unsere Wertsachen überlassen«, knurrte sie, ohne dass man sie danach gefragt hätte. Emily interessierte in diesem Augenblick ohnehin nur das eine.

»Wo schläft Matthew?«

»In der Kammer hinter der Küche.«

»Warum lässt du ihn nicht allein in den Keller kommen? Er ist kein Kind mehr«, murrte Walter, folgte ihr aber auf dem Fuß.

Ich habe Angst, durchfuhr es Emily, entsetzliche Angst. Sie wusste nicht mehr, auf wessen Beerdigung sie in ihrem Traum gewesen war, aber es waren viele Maori dort gewesen und hatten schauerliche Gesänge angestimmt ...

Ohne anzuklopfen, riss sie die Kammertür auf und erstarrte. Auf dem Boden verstreut lag seine Kleidung, doch Matthew war verschwunden.

»Wo ist er? Ob er schon unten ist? Bitte, Walter, sieh nach!«

Walter tat, was sie verlangte, während Emily sich auf das Bett fallen ließ. Ihr war elend zumute. Sie wollte nicht noch ein Kind verlieren. Plötzlich sehnte sie sich schmerzhaft nach Maggy. Dieses Gefühl hatte sie die ganzen Monate über völlig verdrängt. Jetzt überkam es sie mit aller Macht.

»Maggy«, jammerte sie verzweifelt. »Maggy!«

Wie gern hätte sie das Mädchen in die Arme geschlossen, und plötzlich wurde ihr bewusst, was für einen schrecklichen Fehler

295

sie begangen hatte. Niemals hätte sie das arme Ding nach Te Waimate abschieben dürfen. Es wäre an Henry gewesen, die Verantwortung zu übernehmen. Was wäre denn so schlimm gewesen, wenn er Maggy geheiratet hätte? Was war ihr guter Ruf gegen so viel Leid, das sie ihrer Ziehtochter zugefügt hatte? Emily schluchzte laut auf. Wie konnte sie nur so verbohrt gewesen sein? Jetzt war es zu spät. Und es war allein ihre Schuld, dass die Lage so verfahren war. Ich muss zu ihr, sobald das hier vorüber ist, und sie um Vergebung bitten. Und wenn ich mit ihr in die Fremde gehen muss, aber ich lasse sie nicht noch einmal allein. Und ihr Kind, das bleibt bei ihr. Was hätte ich für ein Recht, es ihr fortnehmen zu wollen? Hemmungslos schluchzte Emily noch einmal auf.

»Er ist nirgendwo zu finden«, hörte sie wie von ferne Walters Stimme.

Emily blickte ihn aus verquollenen Augen an. »Was hat das zu bedeuten?«

Walter hob die Schultern, doch dann entdeckte er den Handkoffer, den Emily und er Matthew zu seinem letzten Geburtstag geschenkt hatten. Er öffnete ihn und blickte kopfschüttelnd hinein.

»Ich weiß nicht. Er ist leer, aber . . .« Er stockte und griff nach einem Faden, der am Holzboden haftete. Da hatte Emily ihm diesen bereits aus der Hand gerissen.

»Flachs, das ist Flachs!«, rief sie verstört aus.

»Dann weiß ich, wo unser Sohn jetzt ist«, erwiderte Walter. Sein Gesicht war kalkweiß geworden.

»Ja, wo denn? Nun sag schon!«, flehte Emily. Sie hatte zu weinen aufgehört.

Walter aber setzte sich stumm neben sie auf das Bett und wollte sie in den Arm nehmen, doch Emily wehrte entschieden ab.

»Was weißt du?« Ihre Stimme überschlug sich.

»Ich befürchte, er hat sich in einen Maori-Krieger verwandelt und ist bei den Rebellen.«

»Wie kannst du so etwas behaupten?«, fauchte Emily.

»Weil die Kleidung der Maori aus Flachs gemacht ist und er sie im Koffer mitgenommen hat, um sich im geeigneten Augenblick umzuziehen und abzusetzen. Oder was trägt er sonst am Leib?«, erwiderte Walter voller Entsetzen, während er Matthews Anzughose vom Boden aufhob und sie seiner Frau reichte.

Er musste mit erhobener Stimme reden, denn die Schüsse, die von draußen kamen, wurden immer lauter. Vor allem ertönten sie nun nicht mehr vereinzelt, sondern ohne Unterbrechung.

»Du meinst, er ist dort draußen? Ganz allein?«, schrie Emily verzweifelt, und erneut schossen ihr Tränen in die Augen.

»Nein, ich denke, er ist bei Hone Heke.«

Emily starrte ihn aus tränennassen Augen völlig entgeistert an. Dann erhob sie sich und zog ihr Kleid glatt.

»Ich muss ihn suchen!«, erklärte sie entschieden.

»Aber Emily, dort draußen ist es gefährlich, du kannst nicht vor die Tür . . .« Doch da war sie bereits aus dem Zimmer gestürzt. Als Walter begriff, dass sie ihren Plan wirklich umsetzen wollte, war sie schon die Treppen hinuntergeeilt.

»Emily, du bist wahnsinnig!«, schrie er von oben. »Bitte warte, lass mich gehen!«

Seine Frau aber lief, ohne sich noch einmal umzuwenden, nach draußen ins Freie. Die Tür ließ sie offen. John Hobsen, der in diesem Augenblick, eine weitere kleine Kiste mit Wertsachen unter dem Arm, die Diele durchqueren wollte, brüllte ihr hinterher: »Emily, du dummes Ding, willst du uns alle in Gefahr bringen?« Wütend stellte er seinen Kasten ab, schloss die Tür und verriegelte sie sorgfältig.

Als er nun Walter mit einem irren Blick auf sich zueilen sah, richtete er sich in seiner ganzen Größe vor ihm auf.

»Lass mich durch!«, schrie Walter.

»Dieses Haus verlässt du nur über meine Leiche!«, gab John Hobsen nicht minder lautstark zurück.

»Das werden wir ja noch sehen.« Walter versuchte sich an dem mächtigen Kerl vorbeizudrücken, doch der versetzte Walter einen gezielten Fausthieb auf die Nase, der den Schwiegervater seiner Tochter auf der Stelle niederstreckte.

»Du Schwachkopf!«, schimpfte John Hobsen, während er Walter hochhelfen wollte, doch der rührte sich nicht. »Schwachkopf«, wiederholte der grobschlächtige Mann, packte Walter unter den Achseln und schleifte ihn in den Keller hinunter.

June schrie auf, als sie ihren blutverschmierten Schwiegervater erblickte.

»Was ist geschehen?«, fragte Henry, der langsam aus seinem Rausch erwachte. »Sind die Maori schon hier? Haben sie ihn so zugerichtet?«

»Nein, ich musste ihn vor sich selbst beschützen. Deine Mutter ist wahnsinnig geworden und nach draußen gerannt. Er wollte ihr folgen, aber das konnte ich gerade noch verhindern«, erklärte John Hobsen mit einem verächtlichen Blick auf Walter, der jetzt leise zu stöhnen begann.

MAIKI HILL, NUR WENIG SPÄTER, 11. MÄRZ 1845

Hone Heke hatte die Krieger nach seinem großen Triumph um sich versammelt. Stolz sah er in die Runde. An Matthew blieb sein Blick hängen, und ein Lächeln huschte über sein Gesicht. »Matui, *tama,* schön, dass du bei uns bist. Begleitest du mich nach Kaikohe?«

Matthew überliefen eiskalte Schauer. In diesem Augenblick wurde ihm klar, dass er keinen einzigen Gedanken daran verschwendet hatte, was danach sein würde. Sein ganzes Trachten hatte allein diesem Augenblick gegolten: Hone Hekes abermaligem Sieg!

Der Häuptling musterte ihn so intensiv, als könne er ihm auf den Grund der Seele blicken. Ich kann doch gar nicht mehr zurück zu den Carringtons, erkannte Matthew. Es ist Krieg, und ich kämpfe auf der Seite ihres Feindes. »Ich komme mit, aber nur wenn wir vorher meine Schwester aus Te Waimate abholen. Ohne sie werde ich nicht gehen.«

»So soll es sein«, erwiderte Hone Heke und forderte die Krieger auf, ihm nach Kororareka zu folgen, um Kawiti zu helfen, die Rotröcke auf ihre Schiffe zurückzutreiben. Dann wandte er sich noch einmal zu Matthew um und hielt ihm eine Muskete hin.

Matthew war viel zu verblüfft, um zuzugreifen.

»Nun nimm sie schon!«, befahl Hone Heke eindringlich. »Wir sind im Krieg.« In diesem Augenblick erklang ein lauter Knall, der die Erde erbeben ließ.

Zögernd nahm Matthew das schwere und lange großkalibrige Vorderladegewehr an sich.

»Komm, Bruder, ich bleibe in deiner Nähe«, ermutigte ihn plötzlich eine bekannte Stimme.

Erfreut fuhr Matthew herum. »Tiaki, wo kommst du denn her?«

Der Freund lachte. »Ich habe die ganze Zeit neben dir gestanden, aber du hast wie wir alle verzückt dabei zugesehen, wie Hone Heke das Eisen bezwungen hat. Aber sag mal, du willst Maggy wirklich mitnehmen nach Kaikohe?«

»Ja, und wenn du sie in zwei Jahren immer noch heiraten willst, gebe ich sie dir zur Frau. Versprochen«, lachte Matthew, doch dann verging ihm das Lachen. Ganz in der Nähe wurde geschossen. Die Rotröcke waren im Anmarsch.

Hone Heke aber feuerte seine Krieger an, sich ihnen mutig entgegenzustellen. Sie antworteten ihm mit einem rhythmischen Gesang: »*Ka mate, ka mate! Ka ora! Ka ora! Ka mate! Ka mate! Ka ora! Ka ora! Tēnei te tangata pūhuruhuru. Nāna nei i tiki mai whakawhiti te rā. Ā, upane! Ka upane! Ā, upane, ka upane, whiti te ra!*«

Als sie die Worte wiederholten, während sie sich dem Feind immer mehr näherten, stimmte auch Matthew mit ein. Er war wie im Rausch.

Sie waren jetzt am unteren Blockhaus angekommen, in dem ein Dutzend Rotröcke dazu abgestellt worden war, den Hügel zu bewachen, doch nun lagen sie allesamt vor der Hütte in ihrem Blut.

»Wir haben sie auf dem Weg nach oben besiegt«, erklärte Tiaki voller Stolz. Matthew aber erwachte beim Anblick der toten Soldaten aus seinem Traum. Ihm wurde übel. Es erinnerte ihn fatal an damals. Als sie aus dem Vorratshaus geklettert waren und ihre Brüder und Schwestern ... Er konnte nichts dagegen tun. Er erbrach sich unter einem Kauribaum. Tiaki blieb besorgt an seiner Seite, während die anderen sich rasch entfernten.

»Was ist mit dir, Bruder? Kann ich dir ...« Weiter kam der

Freund nicht, denn in diesem Augenblick erschallte aus dem dichten Busch heraus eine triumphierende Stimme: »Hier haben wir zwei von ihnen! Ganz allein.« Und dann fiel ein Schuss. Matthew sah voller Entsetzen, wie eine Fontäne dunklen Blutes aus Tiakis Bauch hervorspritzte, bevor er zu Boden sank. Ein weiterer Schuss erfolgte, und Matthew spürte einen brennenden Schmerz am Oberarm.

Außer sich vor Zorn legte Matthew das Gewehr an und feuerte in die Richtung der Rotröcke, als hätte er nie etwas anderes getan, als zu schießen. Er hörte einen Schrei, doch danach war alles still, bis auf das Schlachtgetümmel, das von ferne bis hierher drang. Und dann ein leises Stöhnen. »Matui, Matui.«

Matthew beugte sich über den schwer verletzten Freund. Was sollte er bloß tun? Immer noch sickerte ihm das Blut aus dem Bauch. Matthew musste sich zwingen, den Blick nicht abzuwenden, denn Tiakis Bauch war nackt, sodass die klaffende Wunde sichtbar war. Der Freund wiederholte immer wieder seinen Namen und blickte ihn flehend an. »Makere«, flüsterte er schließlich erschöpft und schloss die Augen.

Matthew nahm seine Hand und drückte sie. »Du wirst sie heiraten, wenn du wieder gesund bist«, raunte er.

»Rache«, brachte Tiaki keuchend hervor. »Schwör Rache an dem Pakeha!«

Matthew liefen eiskalte Schauer über den Rücken. Was versuchte Tiaki ihm damit zu sagen? Dass er weiterkämpfen solle?

»Natürlich werde ich meine Muskete bedienen, solange meine Hände sie halten können«, erklärte er feierlich.

»Dieser Pakeha, der Makere . . .« Tiakis Stimme erstarb.

»Von welchem Pakeha sprichst du, Bruder?«

»Er . . .« Tiaki keuchte schwer. ». . . hat . . . Makere . . . mit Gewalt . . . hat Kind . . .«

»Maggy hat kein Kind. Maggy ist doch selbst noch ein Kind. Bitte, sprich nicht mehr! Das strengt dich zu sehr an«, beschwor

301

Matthew den verwundeten Freund und versuchte, ruhig zu klingen. Dabei pochte sein Herz bis zum Hals.

Tiaki aber riss noch einmal die Augen auf. Jeglicher Glanz war daraus gewichen.

»Nein, Maggy ... weißes Baby ... du ... Rache. Töte ihn! Schwör es! Töte ihn ... Ich ...« Doch dann brach sein Blick, und sein Kopf kippte leblos zur Seite.

Matthew war wie betäubt. Sein Arm brannte wie Feuer, doch Tiakis Worte ließen ihn plötzlich aufspringen. Die Erkenntnis traf ihn wie ein Blitz: War Maggy etwa deshalb noch immer in Te Waimate? Nicht, weil es ihr dort so gut gefiel, sondern weil man sie dort versteckt hatte, um die Schande nicht ruchbar werden zu lassen? Siedend heiß fiel ihm ihr dicker Bauch ein. Und er hatte geglaubt, sie habe sich überfressen. Wie dumm ich doch war!, schalt er sich. Matthew ballte die Fäuste. Wer hatte davon gewusst? Seine Mutter, sein Vater, alle beide? Und wer war dieser Mann? Ich will es wissen, und zwar sofort, durchfuhr es Matthew zornig. Er warf seinem Freund einen letzten Blick zu: »Deine Brüder werden dich zu den Ahnen bringen. Ich sage ihnen, wo du sie erwartest. Und ich schwöre, ich werde ihn töten, wenn ich ihn finde. Und ich schwöre, ich werde ihn finden!«, schrie er außer sich vor Schmerz und Zorn.

Dann riss er den Blick von seinem toten Freund los und schlich sich auf Umwegen nach Russell. Immer wenn er Kampflärm hörte, machte er einen Bogen um das Gefecht. Mit einem Mal war ihm das alles völlig gleichgültig. Ob die Fahne wehte oder Hone Heke gesiegt hatte, seine Gedanken kreisten nur noch um den einen Pakeha und die Frage, wie er ihn umbringen würde. Als sein Arm zu pochen begann, biss er die Zähne fest zusammen, um nicht laut aufzuschreien.

Er war bereits am Fuß des Berges angelangt und erschrak, als er mitten auf dem Weg einen verrenkten Körper entdeckte. Bei näherem Hinsehen stellte er fest, dass es sich um eine Frau handelte, die auf dem Bauch lag. Sosehr sein Inneres auch vor Hass bebte, er konnte sie nicht dort liegen lassen. Wenigstens ins Gebüsch würde er sie ziehen. Vorsichtig bückte er sich und entdeckte dabei die Einschusswunde in ihrem Rücken. Beherzt drehte er sie um. Als er sie erkannte, entrang sich seiner Kehle ein nicht enden wollender Schrei.

Erst als er zwei Hände auf seinen Schultern fühlte, verstummte er. Erschrocken wandte er sich um. Es war ein Rotrock, der aussah, als habe er den Teufel persönlich gesehen.

»Das ... das haben wir nicht gewollt«, stammelte er. »Wir haben uns mit Kopotais Leuten, die vom Osten kamen und auf die wir gar nicht vorbereitet waren, ein Gefecht geliefert, und sie ... sie lief mitten hindurch. Ich habe noch gerufen: ›Nicht!‹ Aber da war es zu spät. Ein Schuss hat sie niedergestreckt. Das Gefecht aber ging weiter. Keiner hat sich um sie gekümmert, aber dann haben die Maori es noch einmal geschafft, Richtung Kirche zu Kawitis Leuten durchzubrechen. Ich bin zurückgekehrt, weil ich sie zu den anderen Toten auf den Friedhof bringen wollte.« Der Soldat brach unvermittelt in lautes Fluchen aus. »Verdammt, so viel Leid wegen eines Fahnenmastes. Warum haben sie ihn auch immer wieder errichtet? Wir haben zu Hause in England genügend Union Jacks ...« Er stutzte und musterte Matthew von Kopf bis Fuß. Der junge Mann, der um die Hüften einen Maori-Kilt, aber an den Füßen Socken und Schuhe trug, bot ein seltsames Bild. »Was hast du mit der armen Frau zu schaffen? Und zu wem gehörst du?«

»Das wüsste ich auch nur allzu gern«, erwiderte Matthew schwach. »Aber das ist meine Ziehmutter Emily.«

»Du bist ihr Sohn? Deinetwegen hat sie sich in diese Gefahr begeben?«

»Was meinst du? Wovon sprichst du?«

»Ich habe ihr zugerufen: ›Nicht!‹ Da hat sie sich zu mir umgedreht und wie eine Irre gebrüllt: ›Ich muss meinen Sohn retten, der Herr ist mit mir!‹ Und da hat die Kugel sie in den Rücken getroffen.«

»Sie wollte mich retten?«, fragte Matthew fassungslos.

»Ja, aber was hattest du hier draußen so allein zu suchen, und dann in diesem Aufzug?«

Matthew zog es vor, dem Mann eine Antwort schuldig zu bleiben, und schlug kaum hörbar vor: »Wir bringen sie zu Mister Hobsens Haus.«

Der Soldat sah Matthew mit großen Augen an. »Das Haus der Hobsens? Aber das ist doch in die Luft gegangen. Die *Hazard* hat einen Schuss abgegeben, woraufhin das Lagerhaus der Hobsens explodiert ist. Man vermutet, er hatte dort Unmengen an Schwarzpulver gehortet. Jedenfalls hat das Haus sofort Feuer gefangen ...«

»Und die Bewohner?«

»Es hat, wie ich hörte, die alten Hobsens erwischt, aber die anderen hat man wohlbehalten auf die *Hazard* gebracht.«

Matthew rieselten kalte Schauer über den Rücken. John und Amanda Hobsen hatte er wirklich nicht besonders gemocht, aber so ein Ende? Gestern waren sie alle noch lebendig gewesen, und nun? Er warf einen Blick auf Emily und spürte, wie seine Augen feucht wurden.

»Wir bringen sie auf den Friedhof«, sagte er tonlos und packte sie vorsichtig unter den Armen. Dabei stieß er einen kurzen spitzen Schrei aus, weil sein Arm von einem höllischen Schmerz durchzuckt wurde.

Der Soldat griff nach Emilys Füßen. So trugen sie die Tote gemeinsam durch die Straßen von Russell. Der Ort war wie ausgestorben. Bis auf einen Mann in der Ferne. Matthew erkannte ihn sofort.

Walter bewegte sich wie ein Schlafwandler auf sie zu. Doch dann erblickte er den Soldaten und rief: »He, Mann, hau ab, solange es noch geht! Deine Leute bringen gerade die letzte Fuhre

304

hinüber zu den Schiffen. Dann wird in ganz Kororareka kein Rotrock mehr sein.«

Als er auf ihrer Höhe war, warf er einen flüchtigen Blick auf die Tote und erstarrte.

»Wir bringen sie zum Friedhof, Vater«, raunte Matthew. Walter aber fuhr wie ein Irrsinniger herum und brüllte: »Was tust du hier? Geh mir aus den Augen, und nenn mich nie wieder Vater! Du hast sie umgebracht, du schwarzer Satan. Ich will dich nie wieder sehen.« Ohne Vorwarnung stürzte er sich auf seinen Ziehsohn und stieß ihn zur Seite. Obwohl Matthew ins Stolpern geriet und Walter seinen Arm erwischt hatte, ließ er seine Mutter nicht los.

»Nimm deine Finger weg!«, brüllte Walter wie von Sinnen. »Mörder, du!«

»Mister, nun beruhigen Sie sich! Er hat sie nicht umgebracht. Sie ist zwischen die Linien geraten«, mischte sich der Soldat ein, doch Walter fuhr ihn wütend an: »Du hast doch keine Ahnung, Rotrock. Verschwinde auf dein Schiff, und nimm den da mit! Sonst passiert ein Unglück.«

Der Soldat legte Emilys Beine ganz vorsichtig auf der Erde ab und machte Matthew ein Zeichen, es ihm gleichzutun. Wie betäubt tat dieser, was der Rotrock verlangte. Der zog ihn am Ärmel seines Oberteils mit sich fort, während Walter ihnen hinterherfluchte. Flüche, für die es, hätte Matthew auch nur jemals einen davon im Mund geführt, Schläge seitens des frommen Mannes gesetzt hätte. Matthew fröstelte.

»Geh nach Hause, mein Junge«, riet der Soldat Matthew.

»Ich habe kein Zuhause mehr«, erwiderte er.

»Gut, dann nehme ich dich mit auf das Schiff und bringe dich mit den anderen nach Auckland. Dein Arm hat einen Streifschuss abbekommen. Der muss behandelt werden. Damit ist nicht zu spaßen. Auf dem Schiff ist ein Arzt, der ... «

Matthew aber schüttelte heftig den Kopf. »Nein, ich bleibe hier!«

In diesem Augenblick erklang ein unmenschliches Geheul, und Matthew drehte sich noch einmal um. Es kam aus Walters Mund. Der Reverend hockte neben Emily am Boden, streichelte und küsste sie abwechselnd, wenn er nicht gerade diese Laute eines waidwunden Tieres ausstieß.

Matthew hielt sich die Ohren zu und rannte, ohne sich von dem Soldaten zu verabschieden, zu seinem Boot. Wie ein Besessener ruderte er zur anderen Seite der Bucht hinüber. Er wandte sich nicht einmal um, obwohl hinter ihm das Inferno losbrach. Laute Maori-Gesänge erklangen und gingen im dröhnenden Kanonendonner unter. Die *Hazard* hatte damit begonnen, Kororareka zu beschießen. Matthew aber ruderte ohne Angst an den großen Schiffen vorbei. Wenn mich jetzt eine Kugel trifft, wäre das auch nicht schlimm, durchfuhr es ihn ungerührt, doch dann fiel ihm Maggy ein. Er durfte sie nicht noch einmal im Stich lassen, sondern musste zu ihr, und zwar auf dem schnellsten Weg. Am besten noch heute Nacht. Und dann musste sie ihm verraten, welches Tier sich über sie hergemacht hatte, damit er es töten konnte.

Dieser Gedanke ließ ihn auch den pochenden Schmerz in seinem Arm vergessen, während er, in Paihia angekommen, zu dem weißen Haus stürzte, in dem er seine Jugend verbracht hatte und das er noch heute für alle Zeiten hinter sich lassen würde. Er würde die Wunde reinigen und verbinden, sich etwas zum Essen holen, um sich sogleich auf den Weg zur Mission zu machen. Er quälte sich mit Selbstvorwürfen, dass er sich nicht um sie gekümmert und sie ihrem Schicksal überlassen hatte, als sie ihn gebraucht hätte, während er das Nötigste einpackte.

Als er in der Küche schließlich gierig nach einem Kanten Brot griff, durchfuhr ein Schmerz seinen verletzten Arm so intensiv, dass ihm schummrig wurde. Er spürte nur noch den Aufprall seines Hinterkopfes auf dem harten Küchenfußboden.

Te Waimate, 13. März 1845

Bella Morton hatte vor Erschöpfung dicke schwarze Ringe unter den Augen. Seit dem späten Nachmittag des elften März suchten immer mehr Einwohner aus Russell Zuflucht in der Mission. Die Lehrerin sorgte gemeinsam mit Ripeka für deren Unterbringung und Verpflegung. Sie waren unermüdlich auf den Beinen. Zwar waren die meisten auf der *Hazard* nach Auckland gebracht worden, doch es gab auch diejenigen, die auf eine schnelle Rückkehr hofften, oder jene, die sich wegen kranker Familienangehöriger nicht auf den Weg mit dem Schiff gemacht hatten. Die Berichte der verzweifelten Menschen berührten die beiden Frauen zutiefst. Deshalb versuchten sie auch mit aller Macht, Maggy von den Flüchtlingen fernzuhalten. Und das war kein leichtes Unterfangen, denn die junge Frau wollte so gern helfen, seit sie vom Wochenbett aufgestanden war.

»Dein Kind braucht dich, und du musst dich ausruhen«, hatte Bella Morton ihr wiederholt eingeschärft, doch mit einem Blick zur Tür musste die Lehrerin feststellen, dass es vergeblich gewesen war. Maggy stand da mit einem Flachskorb im Arm und blickte sie flehend an.

»Die Kleine schläft. Ich würde mich so gern nützlich machen«, bat sie inständig.

Bella und Ripeka warfen sich einen bekümmerten Blick zu. Bella hob die Schultern und seufzte: »Komm her, Maggy, du kannst das Gemüse putzen.«

Eifrig machte sich die junge Mutter an die Arbeit. »Habt ihr vielleicht etwas von meinen Eltern gehört?«, fragte sie schließlich. Eine Frage, die Bella befürchtet hatte.

»Nein, aber wahrscheinlich sind sie auf der *Hazard* nach Auckland gebracht worden«, entgegnete die Lehrerin rasch.

»Und was meint ihr, warum Tiaki noch nicht gekommen ist, um mich zu holen?«

Wieder warfen sich die beiden Frauen einen verstehenden Blick zu. Dasselbe hatten sie sich nämlich auch schon gefragt, doch bevor Bella Maggy antworten konnte, ertönte von draußen ein entsetzliches Gekreische.

»Sie kommen, um uns umzubringen!«, schrie eine schrille Stimme. Die drei Frauen ließen ihre Arbeit liegen und eilten nach draußen. Nach allen Seiten stoben die weißen Siedler davon.

»Was ist los?«, fragte Bella eine davonlaufende Frau.

»Hone Heke und seine Männer!«, keuchte sie und rannte weiter.

Bella aber blieb auf der Straße vor ihrem Haus stehen und blickte in die Richtung, aus der die Flüchtenden kamen. Sie wollte ihren Augen nicht trauen, als sie in der Ferne den Häuptling erkannte.

»Ihr geht ins Haus«, befahl sie, aber Ripeka und Maggy rührten sich nicht von der Stelle.

Immer näher kam Hone Heke, gefolgt von seinen Männern.

»Hast du nicht genug angerichtet?«, begrüßte ihn Bella mit scharfer Stimme, als er ihr schließlich gegenüberstand.

Der Häuptling blieb stehen und musterte die Lehrerin prüfend.

»Es waren die Rotröcke, die Kororareka in Brand gesteckt haben. Sie haben den Befehl gegeben, die Stadt von ihren Kanonenbooten aus zu beschießen«, erwiderte er ruhig.

»Aber du musstest ja unbedingt noch einmal den dummen Mast fällen«, gab Bella wütend zurück.

»Wir kommen in friedlicher Absicht. Gebt unseren Männern ein wenig zu trinken und zu essen. Dann ziehen wir gleich weiter, um unsere Toten in Kaikohe zu beerdigen«, erwiderte der Häuptling schwach.

»Das werden wir euch nicht verwehren«, entgegnete Bella versöhnlich. Wie ein Sieger sieht er nicht gerade aus, durchfuhr es sie. An Ripeka und Maggy gewandt, rief sie: »Bereitet ein wenig Fleisch und Süßkartoffeln für die Männer vor!«

Ripeka verschwand daraufhin sofort im Haus, während Maggy sich nicht vom Fleck rührte und den Häuptling nur anstarrte.

»Kind, nun geh schon!«, forderte Bella sie auf, aber Maggy hörte nicht. Stattdessen baute sie sich vor dem Häuptling auf und fragte mit bebender Stimme: »Ist Tiaki bei euch?«

Auf Hone Hekes Gesicht fiel ein Schatten. »Natürlich ist er bei uns.«

»Dann wird er mich sicherlich nachher aufsuchen«, brachte Maggy erleichtert hervor. Das Herz schlug ihr bis zum Hals. So froh war sie, dass der Mann, den sie zu heiraten gedachte, ihr kleines Mädchen und sie nun endlich in sein Dorf mitnehmen würde.

»Willst du ihn sehen?«, fragte Hone Heke mit undurchdringlichem Gesichtsausdruck.

»Ja«, erwiderte Maggy, während sich der Schmerz wie eine Faust in ihren Magen bohrte. Sie ahnte, dass etwas Schreckliches geschehen sein musste.

»Komm!«, befahl der Häuptling und führte Maggy an der Hand an seinen erschöpften Kriegern vorbei bis ganz nach hinten. Dort blieb er stehen.

Mit zitternden Knien näherte sich Maggy dem Wagen. Tiaki lag gleich vorn. Der Schrei blieb ihr in der Kehle stecken, als sie begriff, dass der tapfere Maori tot war.

Vorsichtig streckte sie die Hand aus und fuhr Tiaki zärtlich über die wachsweißen Wangen. Dann verließen sie ihre Kräfte, doch Hone Heke fing sie noch rechtzeitig auf.

»Er ... er wollte mich ... mich in sein Dorf bringen. Er ... er wollte mich heiraten«, stammelte sie. Bella und der Häuptling hakten sie an beiden Seiten unter und führten sie ins Haus.

»Ich wusste nicht, dass er eine Braut hatte«, bemerkte Hone Heke bedauernd. »Aber du bist auch ohne ihn in unserem Dorf herzlich willkommen. Ruh dich noch ein paar Tage aus, und dann mach dich auf den Weg nach Kaikohe, wenn du möchtest und wenn Bella dich entbehren kann.« Der Häuptling zwinkerte der Lehrerin zu, die unmerklich den Kopf schüttelte, als wolle sie ihm damit sagen, dass sie Maggy niemals freiwillig hergeben werde. In diesem Augenblick trat Ripeka mit dem schreienden Kind auf den Armen ins Zimmer und reichte es Maggy, damit sie es stillen konnte.

Hone Heke starrte fassungslos auf das hellhäutige, rotblond gelockte Wesen.

»Bist du seine Amme, oder gehört das Kind etwa dir?«, fragte er ungläubig.

Maggy rang sich zu einem Lächeln durch. »Es ist mein Kind.«

»Aber das ist niemals von Tiaki.«

»Nein, es ist von einem Pakeha, aber Tiaki wusste davon und hätte mich trotzdem geheiratet.« Sie blickte den Häuptling herausfordernd an. »Nun, Hone Heke, bleibt es bei deinem Angebot, dass ich in dein Dorf kommen darf?«

Der Häuptling schnaubte vor Empörung. »Du glaubt wohl auch, was die Leute reden: dass ich die Pakeha hasse und am liebsten alle umbringen würde, nicht wahr? Aber du irrst dich gewaltig. Mir ging es darum, sie in ihre Schranken zu verweisen. Mehr nicht! Sag mal, wer bist du eigentlich? Ich habe dich nämlich noch nie zuvor hier gesehen.«

»Ich bin Margaret, die Tochter des Missionars Walter Carrington aus Paihia.«

»Und die Schwester des tapferen Matui. Makere. Er war bei uns, als wir den Mast fällten.«

»Das glaube ich nicht. Niemals! Und wo ist er jetzt, wenn er zu deinen Leuten gehört...« Maggy stockte. »Er liegt doch nicht etwa auch auf dem Wagen?«

»Nein, Makere, er lebte, als wir den Rückzug antraten, und beide Seiten haben ihre im Kampf getöteten Brüder eingesammelt und mitgenommen. Er war nicht dabei.«

»Aber wo steckt er denn bloß?«

Hone Heke hob die Schultern. »Das wüsste ich auch gern. Vielleicht ist er auf dem Schiff der Rotröcke. Aber sei beruhigt. Er ist ein zäher Bursche, und er liebt dich. Er wollte mit uns nach Kaikohe ziehen, aber nur unter der Bedingung, dass wir dich auf dem Weg dorthin abholen. Und nun ist er nicht da, aber ich spüre, dass ihm nichts Schlimmes widerfahren ist. Ich hoffe, er holt dich bald ab.«

Maggy war nicht so optimistisch wie der Häuptling, was das Schicksal ihres Bruders anging. Was sollte ihn davon abhalten, nach Te Waimate zu kommen, wenn nicht... Maggy wollte den Gedanken lieber gar nicht erst zu Ende führen und versuchte, ihre düsteren Ahnungen zu verbergen.

»Wenn er mich holt, werde ich mit ihm gehen, und wenn er mich in dein Dorf bringt, dann werde ich ihm auch dorthin folgen«, sagte sie zum Abschied betont fröhlich. Der Häuptling ließ sich nicht täuschen. »Makere, bete für ihn«, bat er sie mit ernster Stimme.

Sofort schossen Maggy Tränen in die Augen, doch sie bemühte sich, nicht zu weinen.

»Ich brauche ein wenig frische Luft«, erklärte sie, nachdem sich ihr Kind satt getrunken hatte.

»Sollen wir auf die Kleine aufpassen?«, bot Ripeka ihr an, die keine Gelegenheit versäumte, sich um das Kind zu kümmern.

»Nein, ich nehme Emily mit...« Emily? Maggy verstummte vor Schreck über ihre eigenen Worte. »Ich weiß... ich weiß noch nicht, wie sie... ich meine, wie ich sie nennen soll, und da dachte ich... wegen der Locken«, stammelte Maggy verlegen.

311

»Wieso, Emily ist doch ein schöner Name«, beeilte sich Bella mit einem prüfenden Seitenblick auf Ripeka zu sagen. In der Hoffnung, diese werde sich endlich einmal verraten, was den Vater des Kindes anging, doch die Maori verzog keine Miene. Bella ahnte zwar längst, wer Maggy das Unaussprechliche angetan hatte, und hatte auch schon mehrfach versucht, die Wahrheit aus Ripeka herauszubekommen, doch vergeblich. Die Maori schwieg wie ein Grab. Bei der Ahnung, die Bella bezüglich des Kindsvaters hatte, fand sie den Namen Emily für das Baby in Wahrheit allerdings mehr als geschmacklos. Wenn sie allein daran dachte, wie sich diese feine Emily Carrington ihrer schwangeren Ziehtochter entledigt hatte, geriet sie außer sich vor Zorn. Sollte Maggy diesen Namen für ihr Kind ernsthaft in Erwägung ziehen, dann sähe sie sich gezwungen, ihn ihr auszureden.

»Ich nehme die Kleine mit«, sagte Maggy nun mit fester Stimme und war mit ihrer Tochter auf dem Arm bereits bei der Tür.

»Aber halt dich von den Flüchtlingen aus Kororareka fern!«, ermahnte Bella sie.

»Warum denn? Vielleicht wissen sie etwas über den Verbleib meiner Eltern und Matthews«, erwiderte Maggy eine Spur zu trotzig. Sie fühlte sich von Bella durchschaut, denn sie hatte tatsächlich vor, auf direktem Weg zur Schule zu gehen und die Flüchtlinge auszufragen.

»Es grassiert eine ansteckende Krankheit unter den Leuten. Da kannst du mit deinem Kind nicht hingehen«, ergänzte Ripeka rasch und fing einen bewundernden Blick der Lehrerin auf.

Maggy stöhnte auf. »Gut, dann mache ich einen Bogen um die Schule und wandere ein wenig in der Gegend herum.«

Das Kind auf ihrem Arm war jetzt ganz ruhig und blickte mit offenen Augen in die Welt. Es hat die schönsten braunen Augen, die ich jemals gesehen habe, ging es Maggy zärtlich durch den Kopf, doch dann fiel ihr ein, von wem sie diese Augen geerbt

312

hatte: Sie waren das Einzige, was dieses Kind von ihr, der Mutter, mitbekommen hatte. Der Anblick rührte sie. Es verlieh dem hellhäutigen Puppengesicht mit den rotblonden Locken etwas ganz Besonderes. Aber es änderte nichts daran, dass man sie immer für ein Pakeha-Kind halten wird, dachte Maggy beinahe bedauernd. Sie war so intensiv mit ihrem Baby beschäftigt, dass sie die beiden Menschen, die ihr nun entgegenkamen und geradewegs auf sie zuhielten, zunächst gar nicht wahrnahm.

Erst als der hochgewachsene ältere Mann vor ihr stehen geblieben war und sie wie einen Geist anstarrte, erkannte sie ihn.

»Vater, du?«, entfuhr es ihr fassungslos.

»Ich glaubte dich längst in Auckland«, erwiderte Walter ohne das geringste Anzeichen von Wiedersehensfreude. »Was tust du noch hier?«, fügte er vorwurfsvoll hinzu.

June war angesichts dieser Begrüßung gar nicht wohl in ihrer Haut, doch dann entdeckte sie das Baby auf Maggys Arm und brach in Entzückensrufe aus.

»Ist das süß! Schau nur, Vater!«

»Guten Tag, June«, sagte Maggy leise.

»Ach, Maggy, wie schön, dich zu sehen! Kommst du mit uns nach Auckland? Henry ist schon dort. Er ist auf der *Hazard* geflüchtet. Ich war auch schon an Bord. Du musst wissen, meine Eltern sind beide bei der Explosion umgekommen, doch dann habe ich mich noch einmal nach Kororareka übersetzen lassen, um nach deinen Eltern zu suchen. Ja, und dann fand ich deinen Vater, wie er deine Mutter zum Friedhof trug . . .«

»Mutter ist tot?«, fragte Maggy ungläubig.

»Ich glaube nicht, dass du sie noch Mutter nennen solltest, waren es doch deinesgleichen, die sie auf dem Gewissen haben . . .«

»Aber Vater, sie kann doch nichts dafür. Emily war ihre Mutter, ob es dir nun passt oder nicht«, protestierte June energisch, doch Maggy war wie betäubt.

In diesem Augenblick fing ihr Kind zu schreien an. Da Maggy

313

nicht reagierte, redete June tröstend auf das Baby ein und griff nach der Kleinen. »Du kannst sie mir solange auf den Arm geben, bis du den Schock überwunden hast«, bot sie Maggy ihre Hilfe an. Maggy aber funkelte June zornig an und schrie: »Finger weg von meinem Kind! Nimm deine verdammten Finger weg!« Dann wandte sie sich um und rannte fort.

June blickte ihr bestürzt hinterher. »Aber . . . aber was hat sie denn? Und wieso behauptet sie, dass das ihr Kind ist? Man sieht doch auf den ersten Blick, dass es ein weißes Kind ist – und überhaupt, sie ist doch selbst noch ein Kind. Ob es ein Waisenkind ist? Meinst du, wir könnten herausbekommen, ob es Eltern hat? Wenn nicht, dann würde ich es nämlich gern adoptieren. Verstehst du?«

»Du möchtest jenes Baby also adoptieren?«, wiederholte Walter in einem Ton, als könne er kaum glauben, was er da hörte.

»Ja, wundert es dich? Hat Mutter denn nie mit dir darüber gesprochen? Sie wollte mir ein Kind aus einem Waisenheim in Auckland besorgen.«

»Das hat sie dir so gesagt?«

»Ja, sie wollte mir helfen, aber nun ist sie nicht mehr da, um . . .« June brach ab. Tränen standen ihr in den Augen.

»Du sollst genau dieses Baby bekommen«, verkündete Walter mit fester Stimme.

»Aber du weißt ja noch gar nicht, ob es wirklich ein Waisenkind ist. Vielleicht hat es Eltern . . .«

»Es wird bald Eltern haben – dich, meine Liebe, und Henry. Ich kümmere mich darum.«

»Was macht dich da so sicher?«

»Geh zurück zur Schule und lass mich das erledigen. Ich bringe dir das Kind heute noch. Ich weiß zufällig, dass die Eltern beide tot sind.«

Junes Augen glänzten vor Glück. Verschwunden waren alle ihre Bedenken.

»Du glaubst, du kannst mir das Kind noch heute bringen? Das wäre ja wunderbar.« Übermütig fiel sie ihrem Schwiegervater um den Hals.

»Ich glaube es nicht nur, ich weiß es«, entgegnete Walter und schlug zu allem entschlossen den Weg zum Haus von Bella Morton ein.

Maggy hatte sich am ganzen Körper bebend in ihrem Zimmer verkrochen. Das war mehr, als sie verkraften konnte. Den Tod von Tiaki und ihrer Mutter, die Sorge um Matthew, die Begegnung mit einem fremden Mann, der sie hasserfüllt angesehen und den sie einst Vater genannt hatte, und dann Junes fordernder Griff nach ihrem Kind.

Maggy drückte die Kleine fest an sich, bevor sie sie in das Flachskörbchen zum Schlafen legte. Sie war erleichtert, dass sie allein im Haus war. Ripeka und Bella wurden in der Schule gebraucht.

Sie erstarrte, als sie jemanden ihren Namen rufen hörte. »Margaret!« So hatte ihr Vater sie nur genannt, wenn er böse auf sie gewesen war, und das war äußerst selten der Fall gewesen. »Margaret, ich weiß, dass du da bist. Komm her!«

Mit zitternden Knien verließ sie ihr Zimmer und betrat das Wohnzimmer. Er stand da wie ein Rächer. Sein Blick verhieß nichts Gutes. Schweigend standen sie einander gegenüber. Maggy fröstelte. Nichts an Walter Carrington erinnerte sie noch an ihren geliebten Vater.

»Hat Mutter dir nichts von meinem Kind erzählt?«, fragte sie schließlich.

»Ich habe dir gesagt, du sollst sie nicht Mutter nennen«, erwiderte er in schneidend scharfem Ton.

Maggy wunderte sich, dass ihr angesichts seiner grausamen Worte nicht die Tränen kamen.

»Hat sie dir nicht erzählt, dass mich ...« Sie unterbrach sich hastig. »Ich habe geschworen, es keiner Menschenseele zu verra-

315

ten, und nun ist sie tot.« Bei dem Gedanken, dass sie vielleicht sogar schuld daran sein könnte, wurden ihre Augen feucht.

»Wo ist es?«

Maggy kämpfte mit den Tränen.

»Wo ist dein Kind?«

»In meinem Zimmer.«

»Hol es her!«

Maggy zögerte einen Augenblick lang, doch dann tat sie, was er verlangte, aber sie stellte das Flachskörbchen nicht ab, sondern hielt es fest umklammert. Das hinderte Walter nicht daran, die Decke beiseitezuschieben und das schlafende Kind zu betrachten.

Maggy war vor Schreck wie versteinert, vor allem als sie ihn mit völlig veränderter Stimme »Emily, Emily« hauchen hörte.

Dann wandte er den Blick wieder Maggy zu. »Du bist nicht meine Tochter. Nicht mehr! Dein Bruder und seine Leute haben sie auf dem Gewissen. Sie haben sie erschossen.«

»Matthew hat sie erschossen?«, keuchte Maggy entsetzt.

»Ob er oder ein anderer dieser schwarzen Teufel. Es ist einerlei. Sie haben mir mein Liebstes genommen, und ich werde es mir wiederholen.«

Dabei heftete er den Blick auf das schlafende Kind. Maggy wurde unheimlich zumute.

»Emily«, wiederholte er. »Emily. Du gehörst mir. Ich werde dich mir nehmen.«

Walter Carrington schien wahnsinnig geworden zu sein. Maggy bedauerte es nun zutiefst, dass sie allein mit ihm war.

»Und zwar von dir, denn du ... du bist an all diesem Unglück schuld«, erklärte er mit heiserer Stimme, während er sie aus irren Augen anfunkelte.

Maggy bebte am ganzen Körper. Das Körbchen auf ihren Armen schwankte wie ein Boot bei Sturm von einer Seite auf die andere. Ehe sie sich's versah, hatte Walter es ihr entrissen.

316

»Du bist nicht in der Lage, ein Baby zu versorgen«, schnaubte er.

»Bitte, gib es mir zurück! Es gehört mir«, bat Maggy unter Tränen.

»Nein, du hast meine geliebte Frau auf dem Gewissen. Das hast du doch eben selbst zugegeben. Du hast den Schwur gebrochen. Wem hast du davon erzählt?«

Maggy senkte den Blick.

»Ripeka«, erwiderte sie kaum hörbar.

»Emilys Tod ist die Strafe des Herrn, aber er hat nicht dich getroffen, sondern sie und mich. Du bist mir etwas schuldig.«

Maggy hob den Blick. Die Angst hatte sich in Wut verwandelt.

»Du kannst mir erzählen, was immer du willst. Der Herr wird es nicht zulassen, dass du mir mein Kind nimmst.« Maggy streckte die Hände aus, um zu bekräftigen, dass er ihr das Körbchen zurückgeben solle, doch er wandte sich brüsk mit dem Baby von ihr ab.

»Ach ja?«, zischte er, während er sich wieder zu ihr umdrehte. »Da bin ich ganz anderer Meinung. Nicht nur der Herr ist auf unserer Seite, auch die weltlichen Mächte sind es.«

»Wie … wie … wie meinst du das?«, fragte Maggy, starr vor Angst.

»Wie ich es sage. Das Kind gehört zu uns. Oder muss ich dich daran erinnern, wer sein Vater ist?«

»Aber Henry weiß doch gar nichts davon!«, schrie Maggy verzweifelt.

»Noch nicht, aber wenn ich es ihm sage, dass du sein Kind – und dazu noch ein weißes Mädchen – geboren hast, dann wird er es für sich beanspruchen. Und dreimal darfst du raten, wem sie es geben werden – einem Maori-Mädchen, das selbst noch ein Kind ist, oder einem anständigen Mann und der Tochter eines der einflussreichsten Männer der Northlands?«

Maggy war plötzlich so kalt, dass ihre Zähne unkontrolliert

aufeinanderschlugen. »Und wenn . . . wenn ich sage, wie es wirklich war?«

Walter lachte hämisch. »Wer soll dir das denn wohl glauben? Nach dem Gesetz bin ich dein Vater, und ich würde beschwören, dass du dich meinem Sohn angedient hast, dass du ein haltloses Wesen bist . . .«

Maggy hielt sich die Ohren zu, doch sie ahnte, dass sie verloren hatte. Sie hatte nur noch eine einzige Chance. Sie musste seine alten Gefühle für sie wachrufen. Er hatte sie doch einmal von ganzem Herzen geliebt. Das konnte doch alles keine pure Einbildung gewesen sein. Vielleicht ließe er dann von diesem irrwitzigen Vorhaben ab.

Maggy sank vor Walter auf die Knie und flehte ihn an. »Bitte, tu mir das nicht an! Du hast mich doch wie eine eigene Tochter geliebt. Wie oft hast du mir gesagt, dass ich deine einzige Freude bin? Du kennst mich doch wie kein anderer. Du weißt doch, dass ich mir nichts habe zuschulden kommen lassen. Du hast mich doch einst gerettet, mich das Wort Gottes gelehrt . . .«

»Ich weiß nur eines: dass ich damals am Fluss einen unverzeihlichen Fehler begangen habe. Einen Fehler, den ich mit dem Leben meiner Frau bezahlt habe. Und deshalb hole ich mir Emily zurück.«

Walter wandte sich zum Gehen, doch Maggy klammerte sich an seinen Beinen fest.

»Bitte nicht!«, flehte sie. »Vater, tu mir das nicht an!«

Walter stellte das Körbchen mit dem Kind beiseite, befreite sich aus der Umklammerung und befahl ihr aufzustehen, doch Maggy gehorchte ihm nicht.

Er zögerte, doch dann beugte er sich zu ihr hinunter und strich ihr unbeholfen über das Haar.

»Ich habe dich sehr geliebt, mein Kind, aber ich könnte dich nicht in meiner Nähe ertragen, ohne daran erinnert zu werden, dass meine geliebte Emily deines Bruders wegen aus dem Haus

318

gerannt ist. Und glaub mir, es ist besser so. Die Kleine wird es gut haben bei June und Henry, und sie werden niemals erfahren, wessen Kind sie wirklich ist. Ich lasse sie im Glauben, sie sei ein Waisenkind. Aber dir soll es ein Trost sein, dass das Mädchen bei seinem Vater lebt und in Wohlstand aufwächst. June wird es abgöttisch lieben wie ihr eigenes Kind. Und du, du bist doch noch so jung. Du wirst einen Mann finden und kannst eine eigene Familie gründen.«

Walter griff in seine Jackentasche und holte ein Bündel Geld hervor. »Das ist mein Erspartes. Es gehört dir, damit du dir ein neues Leben aufbauen kannst.« Er legte das Geld auf den Tisch und warf Maggy, die auf dem Bauch am Boden lag, das Gesicht von ihm abgewandt, einen hilflosen Blick zu.

»Du wirst mir eines Tages dankbar sein, dass ich dir diese Last abgenommen habe. Komm, steh auf, lass dich zum Abschied umarmen!«, bat er mit heiserer Stimme. Maggy aber rührte sich nicht mehr.

Seufzend nahm Walter das Körbchen an sich und wandte sich zum Gehen. An der Tür drehte er sich noch einmal um. »Sag mir wenigstens auf Wiedersehen!«, bettelte er, doch von Maggy kam keine Reaktion. Wenn er in diesem Augenblick geahnt hätte, dass sie in ihrem ganzen Leben nie wieder auch nur ein einziges Wort sprechen würde, wer weiß, vielleicht hätte ihn das von seinem wahnwitzigen Plan abgebracht. Aber so riss er sich von ihrem Anblick los und verließ fluchtartig Bella Mortons Haus.

Auf der Straße wäre er beinahe mit Ripeka zusammengestoßen, die nur Augen für das Körbchen in seinen Armen hatte. Der Missionar schlug einen Haken und begann zu rennen.

319

TE WAIMATE, ENDE MÄRZ 1845

Matui klopfte das Herz bis zum Hals, als er die Mission in der Ferne auftauchen sah. Allein der Gedanke, gemeinsam mit Makere nach Kaikohe zu gehen, hatte ihn am Leben erhalten. Noch einmal liefen die letzten Wochen vor seinem inneren Auge ab.

Wie er tagelang zwischen Leben und Tod dahinvegetiert war und schließlich die Kugel aus eigener Kraft aus seinem Körper entfernt hatte. Die Narbe an seinem Oberarm erinnerte ihn an die schier unerträglichen Schmerzen, die er sich dabei zugefügt hatte. Es stand ihm bildlich vor Augen, wie er an jenem Tag, an dem er das Schlimmste überstanden hatte, zu Matui geworden war. Und wie er sich schließlich das Tattoo im Gesicht hatte machen lassen, um auch nach außen zu zeigen, dass er nie wieder ein Pakeha sein wollte. Damit hatte er nicht einmal warten können, bis er in Kaikohe bei Hone Heke war. Er hatte sich das Tattoo von einem alten Maori machen lassen, und zwar ein ganz ähnliches, wie es sein Vater voller Stolz getragen hatte. Er hatte lange darüber gegrübelt, welchen Namen er tragen sollte, und sich schließlich nicht für den seines Vaters entschieden, sondern den seines großen Vorbildes und des Mannes, der ihn zu seinen Wurzeln zurückgeführt hatte. Hone Heke.

Vor Bella Mortons Haus atmete er noch einmal tief durch. Dann betrat er die Veranda und klopfte an die Tür. Ein Strahlen ging über sein Gesicht, als ihm Ripeka öffnete. Ohne Vorwarnung riss er die Maori an sich und verkündete übermütig: »Dich nehme ich auch mit nach Kaikohe.« Nachdem er sie ein paarmal im Kreis herumgeschleudert und wieder auf dem Boden abgesetzt hatte, bemerkte er ihr versteinertes Gesicht. Ein eisiger Schreck durchfuhr seinen Körper.

»Es geht ihr doch gut, oder?«, fragte er bang.

»Komm erst einmal ins Haus, mein Junge«, erwiderte Ripeka und ließ ihn vorangehen.

In einem Sessel sah er Makere sitzen. Sie blickte zwar in seine Richtung, aber in ihrem schmal gewordenen Gesicht war keinerlei Regung zu erkennen. Matui stürzte auf sie zu und zog sie fest an seine Brust.

»Ich bin so froh, dass ich endlich bei dir bin. Ich wäre früher gekommen, aber eine Kugel in meinem Arm hat mich fast umgebracht. Doch jetzt kann uns nichts mehr trennen. Ich bringe dein Kind und dich sicher nach Kaikohe.«

Erst als er bemerkte, dass sie wie eine leblose Puppe in seinen Armen hing, ließ er sie los und sah sie entsetzt an.

»Makere, was ist los? Sprich mit mir!«, flehte er sie an, doch Maggy zeigte keinerlei Regung. Sie schien an ihm vorbei ins Leere zu starren.

Voller Panik drehte er sich zu Ripeka um. Sie hatte Tränen in den Augen. Genau wie Bella Morton, die Matui vorher gar nicht wahrgenommen hatte.

»Was ist geschehen? Ist etwas mit ihrem Kind?«

Die beiden Frauen schwiegen, bis schließlich Bella zögernd das Wort ergriff.

»Sie ist seit über zwei Wochen stumm und starrt Löcher in die Luft. Es begann an dem Tag, an dem sie das Kind fortgegeben hat.«

»Was heißt fort? Ist es tot?«

»Nein, sie hat es dem Reverend überlassen«, erwiderte Ripeka.

»Dem Reverend?«

Matui blickte entgeistert von den beiden Frauen zu seiner

321

Schwester, bevor er sich vor Maggy auf den Boden hockte und mit weicher Stimme fragte: »Sag mir doch bitte, was geschehen ist.«

Maggy aber rührte sich nicht. Unverwandt stierte sie an allen vorbei in die Ferne.

»Woher wisst ihr, dass er es mitgenommen hat?« Matui hatte sich an die beiden Frauen gewandt. Seine Augen waren vor Schreck geweitet.

»Ich habe Mister Carrington mit dem Korb im Arm auf der Straße gesehen. Als ich ins Haus trat, lag Maggy regungslos am Boden. Auf dem Tisch fand ich das hier.« Ripeka öffnete die Schublade des Tisches und holte ein Bündel Geldscheine hervor. »Ich habe sie gefragt, was geschehen ist, aber sie hat mir nicht geantwortet. Und seitdem ist sie nicht mehr ansprechbar. Sie sitzt nur so da. Nur manchmal bewegt sie ihre Arme hin und her, als würde sie die Kleine wiegen.«

»Aber warum hat sie ihm das Kind gegeben? Hat sie es ihm etwa verkauft?«

»Das haben wir uns auch gefragt, und ich bin noch am selben Tag zur Schule gegangen, dorthin, wo dein Vater eigentlich übernachten sollte ...«

Matui unterbrach sie schroff. »Mister Carrington ist nicht mein Vater!«

»... wo Mister Carrington und June übernachten sollten. Sie waren erst an jenem Tag aus Kororareka in die Mission gekommen. Er hat deine Mutter noch beerdigt ...«, fuhr Ripeka ungerührt fort, doch Matui unterbrach sie erneut.

»Emily Carrington ist auch nicht meine Mutter, aber für sie werde ich trotzdem immer einen Platz in meinem Herzen bewahren. Für ihn nicht.« Seine Augen glühten vor Hass.

Ripeka zog es vor zu schweigen.

»Sprich weiter!«, forderte er sie harsch auf.

Ripeka zögerte, doch dann fuhr sie fort. »Bella und ich wollten

322

von ihm wissen, was zwischen ihm und Maggy vorgefallen war, doch sie waren nicht mehr da. Man sagte uns, sie seien, kurz nachdem Mister Carrington mit dem Kind aufgetaucht war, überstürzt aufgebrochen.«

»Vielleicht ist es besser so, dass sie das Kind der Schande los ist«, erwiderte Matui mit hasserfüllter Miene.

Ripeka zuckte zusammen.

»Was weißt du davon?«, fragte sie erschrocken.

»Tiaki ist in meinen Armen gestorben, er hat mir anvertraut, dass ein weißer Mann ihr Gewalt angetan hat, und ich habe ihm geschworen, herauszufinden, wer es war, und mich an dem Kerl zu rächen. Er wird durch meine Hand sterben.« Matui durchbohrte die beiden Frauen förmlich mit seinem Blick.

»Wisst ihr, wer es war?«

Bella Morton schüttelte stumm den Kopf.

»Und du, weißt du etwas?«

»Nein, ich weiß gar nichts«, entgegnete Ripeka.

»Gut, dann bringe ich sie jetzt nach Kaikohe. Und hoffe, dass sie unter ihresgleichen aus ihrem Schock erwacht.« Matui warf seiner Schwester einen kämpferischen Blick zu, doch er wandte sich rasch ab, als er sie unverändert teilnahmslos vor sich hin stieren sah.

»Packt ihre Sachen«, befahl er. »Ich werde gleich aufbrechen.«

»Meinst du nicht, es wäre besser, Maggy in meinem Haus zu lassen, bis sich ihr Zustand gebessert hat?«, bemerkte Bella schwach.

»Nein, Makere gehört zu uns. Bitte, macht, was ich euch sage.«

Ripeka verließ daraufhin mit gesenktem Kopf das Zimmer, um Maggys Habseligkeiten einzupacken. Bella aber blieb wie erstarrt zurück.

»Mein Junge, ich glaube dir ja, dass du das Beste für sie willst«, sagte sie nach einer Weile. »Aber das hier ist ihre gewohnte Umgebung, und ich gebe die Hoffnung nicht auf, dass sie eines Tages wieder spricht und die Alte wird.«

»Sie wird nie wieder die Alte, denn sie ist keine Pakeha mehr. Nur bei unseren Leuten wird sie sich darauf besinnen, dass sie eine Prinzessin ist.«

Bella biss sich auf die Lippen. Sie sah ein, dass es keinen Zweck hatte, den jungen Maori vom Gegenteil überzeugen zu wollen. Stattdessen hockte sie sich zu Maggys Füßen und streichelte ihr liebevoll über die Wangen.

»Maggy, du gehst jetzt mit deinem Bruder nach Kaikohe, aber wenn du mich brauchst – ich werde immer für dich da sein. Du bist in meinem Haus jederzeit willkommen ...« Sie unterbrach sich, weil sie befürchtete, der junge Maori werde sie wegen ihrer Worte zurechtweisen, doch Matui hatte die Hände vor das Gesicht geschlagen, und seiner Kehle entrang sich ein jämmerliches Schluchzen. Bella wollte dieser Anblick schier das Herz zerreißen, doch sie machte keine Anstalten, ihn zu trösten, sondern überließ ihn seinem Schmerz.

Erst als Ripeka mit Maggys Köfferchen in der Hand zurückkehrte, hörte Matui zu weinen auf. Er trat auf seine Schwester zu und zog sie vorsichtig aus dem Sessel hoch.

»Komm, Makere, wir gehen nach Hause«, flüsterte er, während er sie unterhakte. Ripeka drückte ihm den Koffer in die freie Hand. Maggy ging, ohne eine Miene zu verziehen, mit ihm.

Bella und Ripeka folgten den beiden bis auf die Veranda.

»Danke für alles, was ihr für sie getan habt«, sagte Matui zum Abschied gequält.

Kaum waren die beiden aus ihrem Blickfeld verschwunden, als sich Bella und Ripeka weinend um den Hals fielen.

»Ob das gut geht?«, schniefte Bella. »Nun können wir nichts mehr für sie tun.«

»Doch, es gibt noch etwas«, bemerkte Ripeka mit tränenerstickter Stimme.

Bella hörte auf zu weinen und musterte die Maori verwundert.

»Ich werde auf der Stelle packen«, sagte Ripeka.

»Packen?«

»Ja«, seufzte die Maori. »Ich muss das Kind doch beschützen.«

»Das Kind? Aber du willst doch nicht etwa auch nach Kaikohe gehen?«, fragte Bella entsetzt.

»Nein, ich meine Maggys Kleine. Ich werde mich nach Auckland durchschlagen und das Baby suchen.«

»Ja, und dann? Was willst du machen?«

»Ich werde die Carringtons finden und für sie arbeiten.«

»Du willst *was?*«

»Ich werde in June Carringtons Haushalt arbeiten.«

»Aber ... aber ... ich meine ... du glaubst doch nicht im Ernst, dass Walter Carrington dich bei seiner Schwiegertochter arbeiten lässt, obwohl du alles weißt, denn es war doch Henry, der dem Mädchen das Schreckliche angetan hat, nicht wahr? Schau dir die Kleine nur an. Sie ist Emily Carrington wie aus dem Gesicht geschnitten. Ich bin doch nicht blind.«

»Und genau deshalb wird Walter Carrington sogar ein gutes Wort für mich einlegen und mich seiner Schwiegertochter förmlich andienen.«

»Du willst ihn erpressen?«

Ripeka funkelte Bella abschätzig an.

»Was für ein hässliches Wort. Aber wenn du so willst, ja. Mein Schweigen dafür, dass ich das Mädchen behüte und beschütze und ihm nicht von der Seite weiche, solange ich lebe. Das bin ich Maggy schuldig.«

»Aber was, wenn Matui erfährt, dass Henry Carrington der Mann ist, den er sucht?«

»Matui darf es eben nicht erfahren. Niemals! Hörst du? Oder willst du, dass dem unschuldigen kleinen Geschöpf auch noch der Vater genommen wird?«

325

»Ripeka, du bist wahnsinnig!«, rief Bella aus. »Wahnsinnig mutig!«

Das allerdings hörte die Maori nicht mehr, weil sie bereits auf dem Weg zu ihrem Zimmer war, um ihre Sachen zu packen.

Wenig später kehrte sie mit einem Bündel in der Hand zurück. Unter Tränen verabschiedeten sich die beiden Frauen, und Bella sah der tapferen Maori noch hinterher, als diese längst die Mission verlassen und den ersten grünen Hügel auf ihrem Weg in eine ungewisse Zukunft überquert hatte.

2. Teil

Lily – der Engel der Maori

I haere mai pea koe i te kainga i a Te Arahori?

Maori-Spruch,
wenn man einen Fremden der Lüge bezichtigen will;
heißt übersetzt so viel wie:
Bist du über den Lügenpfad (Te Arahori) zu uns gelangt?

Whangarei, Februar 1920

Vivian wohnte nun schon fast eine Woche bei Matui. Er hatte zu ihrer großen Verwunderung nicht ein einziges Mal nachgefragt, warum sie allein auf den Berg zurückgekommen war. Nein, er hatte sich nicht nach Freds Verbleib erkundigt, sondern weitererzählt, als wäre nichts geschehen. Abgesehen von der Traurigkeit, die Makeres Schicksal in ihr ausgelöst hatte, fühlte sie sich wohl auf dem Berg. Ihr war so, als sei sie hier oben in einer magischen Welt gefangen, die ihr Kraft verlieh. Sie wollte gar nicht fort. Immer wenn sie zum Aussichtspunkt ging, um den Blick über Whangarei schweifen zu lassen, spürte sie deutlich, dass sie dort unten nicht zu Hause sein konnte, bevor sie alles erfahren hatte. Aber auch London war weit, weit weg. Sie konnte sich schwerlich vorstellen, in nicht allzu ferner Zukunft wieder in das geschäftige Leben der großen Stadt einzutauchen. Vor allem, da sie inzwischen nahezu die Gewissheit besaß, dass ihre Ahnen keine Geringeren waren als Matui und Makere, dass in ihren Adern Maori-Blut floss und dieses Land, auf dem sie stand, auch ihr Land war. Natürlich war sie gespannt darauf zu erfahren, was mit dem Baby geschehen war. Doch sie fragte ihn nicht. Sie brauchte ihn auch nicht mehr zu fragen, ob er jener Matui aus der Geschichte war. Sie wusste es. Wie alt er auch war und ob es an ein Wunder grenzte, dieser alte Mann war Matui Hone Heke, der Ziehsohn von Reverend Walter Carrington. Und Vivian konnte, nach allem, was sie inzwischen über diesen Mann erfahren hatte, nur allzu gut verstehen, dass Matui es nicht ertrug, wenn diesem Mann vor der Kirche ein Denkmal gesetzt würde.

Das alles ging ihr durch den Kopf, während sie auf der Veranda in einem alten Schaukelstuhl saß und vor sich hin döste. Die Mittagshitze brannte hier oben besonders heftig auf die Köpfe hernieder, sodass jede Bewegung anstrengend war. Matui zog sich um diese Zeit stets in sein Haus zurück und machte einen Mittagsschlaf, während sie die Ruhe an der frischen Luft bevorzugte. Dabei leistete ihr häufig der Hund Gesellschaft, der, wie sie inzwischen wusste, jener alten Maori gehörte, die sie gleichbleibend freundlich anlächelte, aber kein Wort Englisch verstand. Sie gehörte wie Matui zu einigen der Letzten, die überhaupt noch auf dem Parahaki lebten. Matui hatte ihr erzählt, dass man in Whangarei darauf wartete, bis der Letzte von ihnen bei den Ahnen war, um das Gelände für andere Zwecke zu nutzen. Sie freute sich, als sie an ihrer Hand etwas Weiches, Warmes verspürte. Es war der Hund, der ihre Aufmerksamkeit verlangte. Inbrünstig streichelte sie ihm über das dichte Fell.

Doch selbst das war ihr zu anstrengend, sodass sie ihre Hand fortzog und mit geschlossenen Augen weiterträumte. Auch dem Hund schien die Hitze zu missfallen, denn er hechelte nun unüberhörbar und verkroch sich unter einem Stuhl.

Plötzlich wanderten ihre Gedanken zu Fred, und sie empfand keine Bitterkeit mehr. Im Gegenteil, sie konnte inzwischen sogar verstehen, dass er sein angenehmes Leben nicht so einfach von heute auf morgen hatte aufgeben wollen. Sie verspürte auch keinerlei Groll auf ihn, weil er im Gegensatz zu ihr in Wohlstand groß geworden war. Der Preis war zu hoch, als dass sie hätte mit ihm tauschen mögen. Niemals würde sie in diesem undurchsichtigen Gewirr aus Lügen leben wollen. Welch ein Geschenk des Lebens, das ihr doch durch Matui zuteilwurde, weil er ihr die ganze Wahrheit sagte! Die einzige Sorge, die sie seit einigen Nächten quälte, war die, ob sie wirklich wieder nach London zurückkehren sollte. Der Gedanke, das nächste Schiff zu besteigen, lag ihr jedenfalls ferner denn je. Sie hatte ein paarmal geträumt, dass

330

sie bereits auf einem Dampfer unterwegs nach Hause gewesen war, doch im Hafen von Auckland von Bord gesprungen und wohlbehalten in dem unglaublich grünen Wasser gelandet war. Unwillkürlich lächelte sie in sich hinein, doch dann wurde sie wieder ernst. Aber was sollte sie hier allein? Denn dass sie niemals in das Haus des Bischofs zurückkehren würde, war das Einzige, was sie sicher wusste. Sie stieß einen tiefen Seufzer aus.

»So schwer?«, fragte eine Stimme, die Vivian entfernt bekannt vorkam und die sie aus ihren Gedanken riss. Sie schreckte hoch und blickte in das verlegen grinsende Gesicht von Ben Schneider.

»Na, Sie haben ja vielleicht Mut, sich herzuwagen, nach allem, was Sie sich geleistet haben«, fauchte Vivian ihn an.

Sein Grinsen verschwand und wich der Verlegenheit. Er trat von einem Fuß auf den anderen.

»Hat es Ihnen die Sprache verschlagen? Sie sind doch sonst mit ihrem Mundwerk immer ganz vorn«, setzte sie bissig hinzu.

»Ich wollte mich bei Ihnen entschuldigen und möchte Sie zur Versöhnung zu einem kleinen Ausflug nach Russell einladen.«

»Warum? Um mich auszufragen? Über Matui Hone Heke und seine Motive, warum er statt des Bischofs eine Frau geschnitzt hat?«

»Nein«, erwiderte der junge Mann gequält. »Ich will nichts mehr davon wissen. Ich habe meinem Vater klipp und klar gesagt, dass ich nichts mehr über den Alten schreiben werde, weil es nichts zu berichten gibt.«

»*I haere mai pea koe i te kainga i a Te Arahori?*«, ertönte Matuis spöttische Stimme.

Ben sah den Maori, der nun auf die Veranda getreten war, mit großen Augen an und antwortete ihm etwas auf Maori. Dabei sprach er mit Händen und Füßen und rollte gefährlich die Augen.

Vivians Blicke wanderten neugierig zwischen den beiden hin und her.

331

»Darf ich auch erfahren, wovon die Herren reden?«

»Er glaubt, ich spreche mit doppelter Zunge, aber das stimmt nicht. Nach dem Zwischenfall im Hotel musste ich mich entscheiden: Will ich die Geschichte oder eine weitere Verabredung mit Ihnen? Und da habe ich mich doch für Letzteres entschieden.«

»Und das soll ich Ihnen glauben? Sie haben mich verfolgt, Sie haben versucht, mich auszuhorchen, Sie haben mich belogen, dass Sie zufällig in Whangarei seien. Dabei hat Sie Ihr Vater, der Verleger, geschickt.«

Ben warf Matui einen flehenden Blick zu und sprach ihn noch einmal auf den Maori an. Der Alte rollte die Augen und verkündete versöhnlich: »Vivian, er sagt die Wahrheit. Jedenfalls dieses Mal.«

»Woher willst du das wissen?«

»Er hat bei seinen Ahnen geschworen«, knurrte Matui und verschwand im Haus.

»Und was heißt das?«, hakte Vivian nach.

»Dass ich mich hüten würde, meine Ahnen zu zitieren, um in ihrem Namen zu lügen.«

Vivian stöhnte auf. »Ja und? Was ändert das? Meinen Sie, das genügt, um mich davon zu überzeugen, noch einmal mit Ihnen auszugehen?«

Ben räusperte sich verlegen. »Ich will Sie ja gar nicht zu einem Essen einladen oder so. Ich dachte, Sie wollen später einmal Reporterin werden, und nun ist in Russell eine teilweise mumifizierte Leiche gefunden worden. Und da dachte ich, vielleicht hätten Sie Lust, mich dorthin zu begleiten. So kann ich meinem Vater wenigstens etwas bieten.«

Vivians Augen begannen zu leuchten. »Das ist natürlich etwas völlig anderes.« Und schon war sie aufgesprungen. »Ich sage nur Matui Bescheid.« Dass sie sich auch noch umziehen würde, verschwieg sie ihm.

Der alte Maori war gar nicht begeistert, als sie ihm von ihren Ausflugsplänen berichtete. Dass es sie aus purer Sensationsgier und wegen einer Leiche nach Russell zog, verschwieg sie ihm lieber. Schließlich kannte sie seine Abneigung gegen die Neugier der Zeitungsleute.

»Ich wollte dir eigentlich weitererzählen«, sagte er mit einem beleidigten Unterton.

»Das kannst du doch heute Abend nachholen. Es ist eine einmalige Gelegenheit, dass ich mir ein eigenes Bild von der Bay of Islands machen kann. Ach, Matui, ich will die Bucht doch endlich mit eigenen Augen sehen.« Vivian hatte vor Aufregung gerötete Wangen bekommen.

»Meinetwegen, aber ich kann dir nicht versprechen, dass ich dann noch Lust habe, dir weiterzuerzählen.« Er klang gekränkt.

»Ach, Onkel Matui!«, lachte sie und küsste ihn übermütig auf beide Wangen.

Er war so überrascht von ihrer stürmischen Zärtlichkeit, dass er sich ein Lachen nicht verbeißen konnte.

»*Tamahine*, dazu bin ich dann doch wirklich zu alt. Ich meine nicht für den Kuss, aber für den Onkel. Da liegen doch ein paar Generationen mehr zwischen uns . . .«

»Also gibst du zu, dass ich mit dir verwandt bin.«

»Na, wenn du das noch nicht gemerkt hast . . . Du siehst aus wie sie, du lachst wie sie . . .« Er stockte.

». . . aber ich werde ein glücklicheres Leben führen. Das verspreche ich dir. Und ich werde mich auch nicht von dem schrecklichen Bischof ins Verderben stürzen lassen, der von seiner unmenschlichen Art her ganz und gar nach seinem Urgroßvater Walter schlägt.«

»Er ist dein Vater«, widersprach Matui schwach.

»Nein, er hat meine Mutter verführt und sie dann sitzen gelassen. Mir bedeutet er gar nichts, und das beruht auf Gegenseitigkeit. Und daran wird sich nichts ändern.«

»Warte ab, bevor du ein endgültiges Urteil abgibst. Er ist verblendet, sicher, aber er leidet doch am meisten unter sich selbst.«

»O nein, Matui, leiden tun andere. Wie kann ein Mann ein fremdes Kind als sein eigenes ausgeben und das eigene verleugnen ...?« Sie unterbrach sich rasch. Das hatte sie ihm natürlich nicht verraten wollen. »Ich meine, wie er ein Kind ... ein Kind«, stotterte sie.

»Schon gut, *tamahine*, ich weiß, dass du Frederik um jeden Preis schützen würdest. Denn du liebst ihn, und ich rechne es ihm hoch an, dass er dir deine Geschichte überlassen hat. Wärst du noch einmal mit ihm zu mir gekommen, ich hätte geschwiegen ...«

»Aber woher weißt du, dass er ...«

»Ich bin bereits so alt, dass ich in die Seelen der Menschen blicken kann. Er ist ein guter Mensch, der Lügen im Grunde seines Herzens verabscheut, aber er hadert mit sich, ob er sein bequemes Leben aufgeben soll. Ich habe es vom ersten Augenblick gespürt, dass er nicht zu unserer Familie gehört, während ich meine Hand dafür ins Feuer gelegt hätte, dass du eine Nachfahrin Makeres bist.«

»Du wirst nichts verraten, nicht wahr?«

»Ich werde mich hüten. Wenn jemand ein Recht hätte, den Platz als Kind des Bischofs zu beanspruchen, wärst du es ...«

»Ich verzichte«, knurrte Vivian.

Matui musterte sie prüfend. »Meinst du, der junge Mann dort draußen wird ewig auf dich warten?«

»Oje, den habe ich ja völlig vergessen!«, rief sie erschrocken aus und rannte in das Zimmer, in dem sie die Sachen aus ihrem kleinen Koffer, den sie eigenhändig den Berg hinausgewuchtet hatte, aufbewahrte. Rasch holte sie eines von den neuen Kleidern hervor, zog sich in Windeseile um und fuhr sich noch einmal durch das glatte kinnlange Haar. Sie hätte gern einen Blick in den Spiegel geworfen, aber so etwas gab es in Matuis Haus nicht.

»Sie sehen bezaubernd aus«, entfuhr es Ben, kaum dass sie die Veranda betreten hatte.

Sie lächelte. »Und ich habe gerade bedauert, keinen Spiegel zu haben. So geht es doch auch.« Übermütig hakte sie sich bei ihm unter.

»War er sehr böse, dass ich Sie entführe?«, fragte Ben, während sie sich auf den Weg durch den Busch nach unten machten, wo der junge Reporter einen Wagen geparkt hatte.

»Nein, er hätte mir gern mehr spannende Geschichten erzählt. Geschichten, nach denen die Reporter gieren ...« Sie unterbrach sich und blickte ihn grinsend an. »Wollen Sie mich etwa doch ausfragen?«

»Wenn ich die Absicht hätte, würde meine Frage lauten: Warum sind Sie fluchtartig aus dem Hotel zu dem alten Maori gezogen? In welcher Verbindung stehen Sie zu ihm?«

Vivian entzog ihm seufzend ihren Arm. »Das verrate ich Ihnen nicht, selbst wenn Sie sich vor mir in den Staub werfen ...«

»Ich habe gesagt, wenn ich vorhätte, Sie auszufragen, aber das habe ich gar nicht. Mich interessiert an dem alten Maori eigentlich nur noch eines: ob ich ihn um die Erlaubnis bitten müsste, wenn ich Ihnen eines Tages einen Antrag machen würde, oder wer sonst mein Ansprechpartner wäre.«

Vivian blieb angesichts von so viel Unverfrorenheit der Mund offen stehen.

»Was ist denn?«, fragte Ben übertrieben unschuldig. »Ich denke, das würden Sie mir dann schon rechtzeitig sagen.«

»Sie sind unmöglich«, konterte Vivian und puffte ihn scherzhaft in die Seite, bevor sie sich wieder unterhakte.

»Ich nehme nicht alles zurück, falls Sie das erwarten«, lachte er. »Sie haben es mir ganz schön angetan. Noch niemals hat es jemand geschafft, dass ich einen Artikel habe sausen lassen. Mein Vater wollte mir die Hölle heißmachen, und so kann ich nur von Glück sagen, dass die mumifizierte Leiche aufgetaucht ist. Die ist nämlich ungleich spannender als ein alter Maori, der statt eines Missionars eine Frau schnitzt. Sie wissen aber schon, dass Ihr Kol-

335

lege vom *Herald* der Sohn des Bischofs von Auckland ist und dass dieser wiederum ein Urenkel jenes Walter Carrington ist, den Ihr Matui so verteufelt?«

Vivian sah Ben mit gespielter Überraschung an. »Sie sind ja richtig gut. Nein, das konnte ich doch nicht ahnen. Meinen Sie, ich sollte nach Mister Newmans Abreise auf eigene Faust weitermachen? Wer weiß, was es da noch für Verbindungen gibt. Aber warten Sie mal. Ich erinnere mich da an etwas. Dass Frederik Newman der Sohn von Bischof Newman ist, das sagten Sie bereits, als Sie mich zum Essen eingeladen haben und versuchten, sich vor dem Verleger des *Herald* großzutun.«

Ben war abrupt stehen geblieben. »Sie nehmen mich auf den Arm. Aber ganz ehrlich, haben Sie das etwa vorher nicht gewusst?«

»Nein, und ich will Ihnen endlich die ganze Wahrheit sagen, nachdem Sie meinetwegen auf Ihre Geschichte verzichten. Matui ist ein entfernter Großonkel von mir, den ich vorher aber gar nicht persönlich kannte, nur über Familienlegenden. Sie wissen schon, der Maori-Teil der Familie spinnt ja um jeden seine Legenden ...« Vivian blickte ihn herausfordernd an. »Ich meine, Sie müssten das doch eigentlich aus eigener Erfahrung kennen. Jedenfalls mache ich mir jetzt ein paar schöne Tage dort oben auf dem Berg. Allerdings redet Matui auch nicht mit mir über den seligen Reverend oder gar über jene Frau. Sie würden sich also vergeblich bemühen, wenn Sie mich doch aus dem Grund mitnehmen sollten, um mich geschickt auszuhorchen. Das musste übrigens auch Ihr Kollege vom *Herald* feststellen. Deshalb ist er abgereist. Und ich bin auch gar keine Kollegin von Mister Newman. Er hat mich angeblich mitgenommen, weil ich doch so gern bei einer Zeitung anfangen würde, aber ich glaube, er hat es nur getan, weil er herausbekommen hat, dass ich mit dem Alten verwandt bin. Zufrieden?«

Ben strich sich nachdenklich über das Kinn. »Ich glaube, dabei könnte ich Ihnen behilflich sein. Ich meine, bei Ihrem Wunsch, bei einer Zeitung anzufangen.«

336

Das klang aufrichtig, und Vivian hatte das Gefühl, von dem jungen Mann nichts mehr befürchten zu müssen. Ganz entfernt meldete sich ihr schlechtes Gewissen, weil sie ihm einen solch ausgemachten Blödsinn auftischte. Und sie hatte von sich immer geglaubt, sie würde die Unwahrheit nicht über die Lippen bringen. Ein Lächeln huschte über ihr Gesicht.

»Darf ich Ihnen noch eine letzte Frage zu dem Herrn vom *Herald* stellen?«, fragte Ben und legte den Kopf schief.

»Ungern.«

»Sind Sie in ihn verliebt?«

Die Frage kam so überraschend, dass Vivian rot anlief.

»Wie kommen Sie denn auf so einen Quatsch?«, fauchte sie.

»Gut, dann darf ich Sie bitten, in das Gefährt dort einzusteigen.«

Sie waren unten an der Straße angelangt, und Ben hatte ihr galant die Beifahrertür geöffnet.

»Für Sie wahrscheinlich kein ungewohnter Anblick, so ein Wagen, nicht wahr?«

»Nein, in London gab es mehr als einen auf den Straßen. Und Sie werden lachen. Der Vater meiner Freundin besaß auch so einen. Riley Zehn. Vorkriegsmodell. Richtig?«

»Miss Taylor, Sie sind umwerfend. Nicht nur schön und klug, nein, Sie kennen sich auch mit Autos aus. Was kann sich ein Mann mehr wünschen?«

Vivian lachte, doch dann genoss sie die Fahrt durch die fremde Landschaft und konnte sich kaum sattsehen. Sie war ganz froh, dass sich ihr Chauffeur auf das Lenken konzentrierte und sie ungestört den unwirklichen Eindrücken überließ, die dort draußen an ihr vorüberzogen. Das Einzige, was sie bei ihrem Vergnügen störte, waren die vielen Schlaglöcher auf der buckeligen Piste und Bens lautes Fluchen, wenn der Wagen wieder in so einem Loch stecken zu bleiben drohte.

»Jetzt verstehe ich, warum der alte John vom Hotel gelacht hat, als er meinen Wagen gesehen hat«, schimpfte Ben. »Er hat

337

behauptet, in den Löchern auf den Wegen der Northlands sind schon Pferde samt Wagen versunken.«

Sie waren bereits über eine Stunde auf einer Schotterpiste entlang der Küste gefahren, als Ben abbog und einer kleineren, kurvenreichen Piste folgte, zu deren linker Seite bewaldete Hügel bis weit ins Land hineinreichten, während rechter Hand hinter jeder Kurve eine ebenso malerische Bucht auftauchte. Weite weiße Strände und grünes Wasser, in dem sich die Sonnenstrahlen spiegelten, so weit das Auge reichte. Vivian blinzelte gegen die Sonne und musste wegen des Fahrtwindes ihren Hut festhalten. Sonst wäre er ihr vom Kopf geweht worden, aber dieser Luftzug tat gut. Vivian spürte, wie die salzige Brise, die vom Meer kam, angenehm auf ihrem Gesicht prickelte. Abgesehen von Bens anhaltendem Fluchen war es ein herrliches Erlebnis, im Wagen diese Strecke entlangchauffiert zu werden.

»Sehen Sie mal, da ist Russell!«, erklärte Ben, als vor ihnen ein Ort auftauchte. Vivians Herzschlag beschleunigte sich spürbar. Das also war der *Höllenschlund* des Pazifiks, ging es ihr durch den Kopf, aber sie versuchte ihre Aufregung zu verbergen. Ben sollte nicht merken, dass sie viel mehr über diesen Ort wusste, als er ahnte. Allerdings war sie ein wenig enttäuscht, dass so gar nichts an die ehemals wilden Zeiten erinnerte. Im Gegenteil, Russell war ein verschlafenes kleines Nest. Kein Wunder, dachte sie, es wurde ja damals bis auf die Grundmauern niedergebrannt und die Bewohner nach Auckland gebracht. Nur noch wenige Gebäude erinnerten sie an Matuis Beschreibung. Besonders die alte Kirche, auf deren Friedhof Matui, hinter einem Grabstein versteckt, einst Zeuge der Kämpfe geworden war.

»Sie müssen wissen, dies ist die Wiege des heutigen Neuseelands«, erklärte ihr Ben. »Der Ort war einst, in den Achtzehnhundertdreißigerjahren, ein berüchtigter Flecken Erde, an dem das wilde Leben tobte. Walfänger, entflohene Strafgefangene und allerlei Abschaum trieben hier ihr Unwesen. Charles Darwin hätte bei

einem Besuch dieses Ortes im Jahr achtzehnhundertfünfund-
dreißig beinahe an seiner Evolutionstheorie gezweifelt. So sehr
schockte ihn die Mischung aus käuflichen Damen, entflohenen
Strafgefangenen und grobschlächtigen Walfängern. Damals hieß
der Ort noch Kororareka.«

Genau, und damals hatte er den Beinamen *Höllenloch des Pazifiks*, setzte sie in Gedanken hinzu.

Ben parkte den Wagen vor einem weißen Holzhaus mit einer
großen Veranda. Das heruntergekommene Gebäude sah sehr alt
aus. Ob es das berüchtigte *Hotel Kororareka* ist, in dem die hüb-
scheren Maori-Mädchen auf ihre Freier gewartet haben?, fragte
sich Vivian.

»Schauen Sie! Dort drüben auf der anderen Seite liegt Paihia!
Und sehen Sie das Haus rechter Hand in der benachbarten Bucht?«

Vivian nickte.

»Das ist das berühmte Versammlungshaus. Dort wurde zwischen den Briten und den Häuptlingen der Northlands der Vertrag von Waitangi geschlossen.«

Ich weiß, auch Hone Heke hat ihn damals unterzeichnet, dachte
Vivian, aber sie behielt ihr Wissen für sich und blickte sich stattdessen verwundert um. Der Ort wirkte wie ausgestorben.

»Wo haben sie denn nun die Leiche gefunden?«, fragte sie
ungeduldig.

»Das wüsste ich auch gern«, erwiderte er und sah sich ebenfalls
um. »Ich sollte mal jemanden fragen, aber wen?«

In diesem Augenblick kam ihnen eine Gruppe von bärtigen,
grimmig dreinblickenden Männern entgegen. Ihrer Kleidung
nach zu urteilen, waren es Fischer.

Ben straffte die Schultern und trat auf sie zu. »Ich suche das
Haus, in dem sie die Leiche gefunden haben«, erklärte er freundlich.

Einer der Männer deutete nach Norden in Richtung des Berges, der sich hinter der Stadt erhob.

339

»Sie sind alle drüben in Oneroa«, fügte ein anderer hinzu. Dann trotteten die Männer weiter, als ob sie das alles gar nichts anging.

Doch dann drehte sich einer von ihnen um und rief ihnen zu: »Da kommen Sie mit dem da nicht hin!« Er deutete auf den Wagen. »Ein Wunder, dass Sie es überhaupt bis hierher geschafft haben. Na ja, es regnet nicht. Dann wären Sie mit Sicherheit stecken geblieben. Sie müssen dem Weg folgen, sich dann rechts halten, den kleinen Hügel überqueren, dann kommen Sie am Strand raus. Und dort in einem verfallenen Haus haben sie ihn gefunden.«

»Ihn?«, hakte Ben nach.

»Na ja, eine Frau ist es offenbar nicht. Bei der Größe«, erwiderte der Fischer grinsend und wandte sich grußlos wieder den anderen zu.

Ben stöhnte laut auf. »Das hat mir noch gefehlt. Eine Wanderung zu machen bei der Hitze.«

»Ich denke, Sie machen für eine gute Reportage alles«, scherzte Vivian.

»Na, dann kommen Sie.« Er blickte an ihren Beinen hinunter und stieß einen anerkennenden Pfiff aus. »Sie sind auch noch eine praktische Frau, denn Sie haben die richtigen Schuhe an. Alle Achtung.«

Der Weg am Wasser entlang war angenehm, denn hier wehte eine leichte Brise zu ihnen herüber. Vivian blickte immer wieder nach rechts. Vielleicht stand dort noch das Haus der Hobsens, doch da fiel ihr ein, dass dieses ja an jenem Märztag einer schrecklichen Explosion zum Opfer gefallen war. Irgendwie wirkte alles ausgestorben. Vivian konnte sich kaum vorstellen, dass an diesem Ort einmal das Leben getobt hatte.

Am Fuß des Hügels stand eine ganze Reihe von Pferdewagen.

»Die sind offenbar allesamt auf dem Gaul über den Berg geritten«, bemerkte Ben verächtlich, bevor sie sich auf den Weg durch dichten Busch den Hügel hinaufmachten.

340

Genau wie der Fischer ihnen beschrieben hatte, trafen sie auf einen Strand. Vivian überlegte, wo in Matuis Geschichte von Oneroa die Rede gewesen war, und als sie die Reihe von Strandhäusern erblickte, fiel es ihr wieder ein. Hier, weit genug vom Ort entfernt, hatte Mister Hobsen sein verrufenes Zweithaus besessen, in dessen anliegenden Hühnerstall er einst Matui eingesperrt hatte.

Es war unschwer zu erkennen, in welchem Haus man den mumifizierten Toten gefunden hatte. Davor standen Mengen von Gaffern. Kein Wunder, dass es auf der anderen Seite völlig menschenleer ist, dachte Vivian.

Ben fasste sie bei der Hand und drängelte sich durch die Menge nach ganz vorn. Dort gab es eine Absperrung, hinter der Polizisten geschäftig hin und her liefen.

Vivian blickte sich um. Neben Schaulustigen aus Russell schienen sich hier sämtliche Reporter des Landes versammelt zu haben. Sie trugen alle ähnliche Anzüge und Hüte, hatten Schreibblöcke in der Hand und tauschten sich eifrig aus. In dem Gemurmel konnte man kaum ein Wort verstehen, doch dann hörte Vivian den Namen Hobsen heraus und lauschte angestrengt dem Gespräch zwischen zwei Zeitungsmännern.

»Ja, das Haus gehörte einem Mister Hobsen, der vor dem Fahnenmastkrieg in Russell gelebt hat und sich dieses Strandhaus gebaut hat.«

»Und warum ist es so verfallen?«

»Der Mann ist bei einer Explosion umgekommen, aber ein alter Mann aus Russell behauptet, der Schwiegersohn von Mister Hobsen sei Jahre später extra aus Wanganui gekommen, um das Haus zu verkaufen, doch als der Kaufinteressent aus Whangarei sich mit ihm zum vereinbarten Zeitpunkt treffen wollte, sei er nicht erschienen und blieb seitdem spurlos verschwunden.«

»Ach, das ist ja interessant. Und könnte der Tote nicht jener Mann sein, der damals verschwunden ist?«

»Mal sehen. Die Polizei wird gleich eine Erklärung zum Fund des Mumifizierten abgeben.«

Vivian klopfte das Herz bis zum Hals. Der ungeheuerliche Verdacht, der sie nun mit Macht überfiel, wollte ihr schier die Kehle zuschnüren. Wenn sie die beiden Männer richtig verstanden hatte, war Henry nach Russell gekommen, um das Haus zu verkaufen und dann verschwunden. Was, wenn er der Tote war, und was, wenn Matui ihn hier aufgespürt und umgebracht hatte?

»Was machen Sie denn hier?«, riss eine empörte Frauenstimme sie aus ihren Gedanken.

»Sie assistiert mir«, erwiderte Ben knapp. Vivian blieb stumm vor Schreck.

Isabel musterte sie durchdringend. »Sie wissen schon, dass Bischof Newman nicht erfreut darüber ist? Frederik hätte Sie nie allein in den Northlands zurücklassen dürfen. Er spielt mit dem Gedanken, Sie höchstpersönlich in sein Haus zurückzuholen. Sie sind gerade mal achtzehn Jahre alt und können doch nicht einfach tun und lassen, was Sie wollen. Er ist Ihr Vormund. Schon vergessen?«

»Die junge Dame steht unter meinem Schutz«, mischte sich Ben ein. Er hatte bei Isabels Worten, die verrieten, was er um keinen Preis hatte erfahren sollen, nicht die Miene verzogen.

»Ich glaube nicht, dass das den Vormund der jungen Dame sonderlich beruhigen wird«, entgegnete Isabel spitz. »Aber da kommt ja auch Frederik. Der wird sicher ein Machtwort mit ihr sprechen.« Sie winkte eifrig und rief durch die Menge: »Liebling, hier sind wir!«

Als Frederik auf sie zutrat und Ben erblickte, verdüsterte sich sein Gesicht.

»Was machen Sie denn hier?«

»Offenbar dasselbe wie Sie«, entgegnete Ben knapp.

Dann erst wandte sich Frederik Vivian zu. »Ich muss dich dringend sprechen, und zwar unter vier Augen.«

342

»Schlechter Zeitpunkt«, bemerkte Ben bissig und deutete auf den Polizisten, der sich jetzt an die Reporter wandte.

»Wir haben in einem verfallenen Nebengebäude dieses Hauses die teilweise mumifizierte Leiche eines Mannes gefunden. Aufgrund des Zustandes seines Armknochens müssen wir davon ausgehen, dass es sich um Fremdeinwirkung gehandelt hat. Ob das zum Tod geführt hat, können wir nicht mit Sicherheit sagen. Der Zustand des Leichnams ist ein Wunder. Wir können uns das nur damit erklären, dass der einstige Stall aus Stein erbaut ist und der Körper auf dem kalten Boden in einem austrocknenden Luftzug gelegen hat. Deshalb haben wir ihn auch noch nicht geborgen, weil sich die Wissenschaftler noch darüber streiten, wie man ihn unversehrt nach Auckland transportieren kann. Wir haben keine hundertprozentige Sicherheit über die Identität des Toten, doch wir müssen annehmen, dass es sich um einen Geschäftsmann aus Wanganui handelt. Sein Name ist Henry Carrington. Dieser Mann kam im Jahr achtzehnhundertdreiundsechzig, also vor fast sechzig Jahren, nach Russell und übernachtete, wie uns der Sohn des damaligen Besitzers, Mister Dorson, versicherte, in dem einzigen Hotel vor Ort. Er wollte ein Strandhaus in Oneroa verkaufen. Mister Dorson, der damals noch ein Kind war, hat den möglichen Käufer sogar noch dorthin geführt, doch Mister Carrington ist nicht erschienen. Und er hat auch sein Gepäck nie abgeholt. Mister Dorsons Vater meldete den Vorfall damals der Polizei, doch aufgrund der Aussage der Ehefrau von Mister Carrington war davon auszugehen, dass der Mann sich nach England abgesetzt hatte. Nun müssen wir vermuten, dass er das wohl doch nicht getan hat, sondern hier, auf welche Weise auch immer, sein Leben verloren hat. Ich danke für Ihre Aufmerksamkeit.«

Vivian war speiübel. Ohne Vorwarnung entfernte sie sich aus der Menge und lief hinunter zum Meer. Dort nahm sie eine Hand voll Wasser und kühlte damit ihr erhitztes Gesicht, doch Frederik war ihr gefolgt.

»Vivian? Weißt du etwas darüber? Hat Matui dir irgendetwas über Henrys Schicksal verraten?«

Vivian musterte ihn spöttisch. »Selbst wenn, dir würde ich das sicher nicht auf die Nase binden. Du weißt doch genug über Henry Carrington. Das wäre in der Tat eine schöne Geschichte. Mumifizierte Leiche – ein Vergewaltiger und Verwandter des Bischofs von Auckland.«

»Du bist gemein! Du weißt genau, dass ich das nicht schreiben werde. Ich werde mich auf die Aussage der Polizei beschränken. Es waren private Gründe, warum ich gefragt habe. Du siehst nämlich aus wie der Tod, und das bereitet mir Sorge. Und auch, dass du im Schlepptau dieses schleimigen Kerls hier auftauchst.«

»Glaubst du, mir passt es, wenn ich mich von deiner Isabel bedrohen lassen muss, dass der Bischof mich holen will?«

Frederik stöhnte auf und legte seine Stirn in Falten. »Vivi, bitte lass uns nicht länger streiten, aber sie hat recht. Vater hat vor Wut getobt, als ich ohne dich nach Auckland zurückgekehrt bin. Ich befürchte, es wird nicht so einfach für dich sein, ungehindert nach England durchzubrennen.«

»Das ist auch gar nicht mehr mein Plan«, erwiderte Vivian schnippisch. Etwas versöhnlicher fügte sie hinzu: »Ich werde vorerst in diesem Land bleiben. Es gibt noch so viele offene Fragen, und ich kann mich meiner Begeisterung für Neuseeland nicht entziehen.«

»Das hat aber nichts mit dem Kerl zu tun, oder?«, fragte Frederik in scharfem Ton.

»Nein, eher mit dem alten Mann auf dem Berg. Ich muss akzeptieren, dass meine Wurzeln hier sind, womit ich allerdings weniger den Bischof meine als meine Verwandtschaft mit Maggy, wie die auch immer geartet sein mag. Du weißt doch, Matui hat seine eigene Erzählweise.«

Frederik lachte. »Das kann man wohl sagen. Was hat er überhaupt dazu gesagt, dass ich nicht mehr mitgekommen bin?«

»Er wusste vom ersten Augenblick an, dass du nicht der leibliche Sohn des Bischofs bist.«

Frederik erstarrte. »Er weiß davon? Und was, wenn er es weitersagt?«

»Du denkst wirklich nur an deine Karriere, nicht wahr? Aber du kannst dir sicher sein, dass Matui nichts fernerliegt als das. Jetzt jedoch rate ich dir, nicht ganz so verbissen zu gucken. Sie kommen.«

Kaum dass sie das ausgesprochen hatte, setzte Vivian ein gespieltes Lächeln auf, weil Isabel und Ben mit gleichermaßen finsteren Mienen auf sie zutraten.

»Hast du ihr endlich in aller Deutlichkeit gesagt, dass dein Vater sie holen kommt, wenn sie nicht freiwillig in sein Haus zurückkehrt?«, fragte Frederiks Verlobte in scharfem Ton.

»Ja, hat er, aber liebe Isabel, sobald der Bischof in Whangarei auftaucht, werde ich fort sein. In das ungastliche Haus setze ich keinen Fuß mehr. Vormund hin oder her«, konterte Vivian nicht minder schroff.

»Stellen Sie sich das mal nicht so einfach vor, der Arm des Bischofs reicht auch bis in die Northlands.«

»Oh, da zittere ich aber, und ich finde es brav von Ihnen, wie Sie sich schon jetzt zum Sprachrohr Ihres künftigen Schwiegervaters machen.«

»Vivian, bitte!«, ermahnte Frederik sie gequält. »Mit Vater ist wirklich nicht zu spaßen. Er ist fest entschlossen, dich zurückzuholen.«

»Na und?«, entgegnete Vivian betont trotzig, während ihr in Wirklichkeit mulmig zumute war bei der Vorstellung, der Bischof könne sie zwingen, in seinem Haus zu leben.

»Ich glaube, Vivian hat nichts zu befürchten. Für dieses kleine Problem finden wir schon eine angemessene Lösung«, bemerkte Ben in süffisantem Ton.

Vivian sah ihn verblüfft an, während Isabel sich kühl verab-

345

schiedete und ihren Verlobten am Arm mit sich fortzog, wogegen er sich nicht einmal zur Wehr setzte.

Vivian aber hatte den Blick immer noch auf Ben geheftet. »Das war alles nicht für deine . . . ich meine Ihre Ohren . . .«

»Deine!«

»Gut, das war nicht für deine Ohren bestimmt, aber nun weißt du es ja. Ich bin eine entfernte Verwandte des Bischofs, die nach dem Tod ihrer Mutter nach Neuseeland geschickt wurde. Er ist mein Vormund. Allerdings war es keine erfreuliche Begegnung. Ich mag den Mann nicht und der Mann mich nicht. So habe ich die Chance ergriffen, mit seinem Sohn Frederik, dem einzig netten Familienmitglied, in die Northlands zu flüchten, um dieser Geschichte nachzugehen. Und jetzt willst du sicher wissen, wie der alte Maori da hineinpasst. Das ist ganz einfach. Er glaubt, in mir seine längst verstorbene Schwester wiederzuerkennen, und hat mir netterweise ein Dach über dem Kopf gegeben, da ich nicht beabsichtige, in das Haus des Bischofs zurückzukehren. Aber der Maori ist nicht mehr ganz bei Trost. Er soll ja auch schon steinalt sein. Reicht dir das? Und noch was. Ich habe dich beschwindelt, als ich behauptete, dass der Maori mit mir verwandt ist. Das stimmt nicht. Aber jetzt kennst du die ganze Geschichte.« Vivian wunderte sich sehr darüber, dass sie nicht wenigstens rot anlief. Sie verabscheute Lügen, aber um ihre und Matuis Wahrheit zu schützen, würde sie noch ganz andere Märchen erfinden.

Zu ihrer großen Verblüffung grinste Ben breit. »Schön, dass du mir gleich dein ganzes Leben erzählt hast. Dabei interessiert mich nur noch eines an der Geschichte mit dem alten Maori. Ich muss also nicht ihn, sondern den Bischof um deine Hand bitten, wenn er kommt, um dich zu holen.«

»Wie bitte?« Vivian glaubte, sich verhört zu haben.

»Ich sagte, dann weiß ich ja endlich, bei wem ich um deine Hand anhalten muss.«

»Wie kommst du ... ich meine, wollen Sie, ich meine du, damit sagen, dass du ...«, stammelte Vivian.

»Ja, ich will damit sagen, dass es für deinen Schlamassel nur eine Lösung gibt. Mich zu heiraten.«

»Aber ich kenne dich doch nicht, ich meine ...«

»Du hast recht. Normalerweise wäre ich noch ein paarmal mit dir ausgegangen und hätte dich zumindest geküsst.«

Kaum hatte er den Satz vollendet, da beugte er sich zu ihr hinunter und gab ihr einen Kuss auf den Mund. Ohne sich um ihre offensichtliche Fassungslosigkeit zu kümmern, sagte er: »Normalerweise hätte ich dich richtig geküsst, aber mir bleibt in diesem Fall keine Zeit zum Zaudern ...«

»Ben, jetzt hör endlich auf! Was bildest du dir eigentlich ein?«, unterbrach Vivian ihn, kaum dass sie die Sprache wiedergefunden hatte.

»Ich will dir doch nur helfen«, erwiderte er mit sanfter Stimme.

»Das wird ja immer schöner!«, fauchte Vivian.

»Nun lass es mich doch wenigstens erklären. Also, du willst nicht mehr in das Haus des Bischofs zurück. Da du aber noch nicht volljährig bist, kann er dich auch gegen deinen Willen zurückholen. Er mag dich aber offenbar auch nicht besonders und würde dich lieber loswerden. Was kann ihm da Besseres geschehen, als dass Ben Schneider, ein wohlhabender und gesellschaftlich anerkannter Sohn Wanganuis, dich ihm abnimmt? Und was kann dir in deiner Lage Schöneres passieren, als dass der charmante und gut aussehende Reporter Ben Schneider dir einen Heiratsantrag macht und eine Stellung bei der Zeitung seines Vaters anbietet?«

Vivian war hin- und hergerissen zwischen Empörung und Amüsement.

»Du bist ja gar nicht eingebildet«, bemerkte sie kopfschüttelnd.

347

»Ich habe mich auf den ersten Blick in dich verliebt und bei mir gedacht: Ben, das ist die Frau, mit der du den Rest deines Lebens verbringen willst.«

Ehe sie sich's versah, hatte er sie in die Arme genommen und drückte sie zärtlich an sich. Ihr wurde wider Willen ganz heiß. Es war kein unangenehmes Gefühl. Zwar verursachte ihr diese Umarmung kein Herzflattern und weiche Knie wie bei Frederik, aber es rührte sie zutiefst, dass er sie wirklich zur Frau nehmen wollte. Fred hatte doch nur mit ihr gespielt, während Ben offenbar ehrliche und ernsthafte Absichten hegte. Und sie konnte nicht leugnen, dass sie den attraktiven Reporter wirklich mochte. Außerdem floss zur Hälfte Maori-Blut durch seine Adern. Genau wie bei ihr.

Vivian befreite sich sanft aus der Umarmung. »Gibst du mir Bedenkzeit?«, fragte sie heiser.

»Natürlich, Vivian, alle Zeit der Welt ... ich meine, so lange, bis dein Vater hier aufkreuzt. Dann solltest du spätestens Klarheit haben über das, was du willst.«

Als sich ihre Blicke trafen, wusste Vivian, dass sie sich in diesen Mann verlieben könnte, und zwar dann, wenn sie sich Frederik Newman aus dem Herzen gerissen hatte.

»Lass uns fahren, du musst ja sicher noch deinen Artikel schreiben«, sagte sie hastig, um ihm keine Gelegenheit zu geben, womöglich ihre geheimsten Gedanken zu erraten.

»Du hast wie immer recht. Ich muss ihn nicht nur schreiben, sondern auch noch meinem Vater telegrafieren.«

»Was wirst du ihm dazu sagen, dass du noch in Whangarei bleibst?«

»Die Wahrheit. Dass ich die Frau meines Lebens getroffen habe und bei ihrem Vater um ihre Hand anhalten werde.«

»Und du meinst, das nimmt er so hin?«

»Mein Vater ist geradezu versessen darauf, dass ich solide werde. Er hat von meinem Lebenswandel nie viel gehalten.«

348

»Willst du damit sagen, dass du ein Frauenheld bist?« Vivian
lachte.

»War . . . ich war ein Frauenheld«, flüsterte er und küsste sie leidenschaftlich. Dieses Mal erwiderte sie seinen Kuss. Als sich ihre
Lippen voneinander lösten, war sie sich so gut wie sicher, dass es
nicht mehr lange dauern würde, bis ihr Herz für ihn schlagen und
sie Fred vergessen haben würde.

Hand in Hand schlenderten sie zum Wagen zurück. Auf der
Rückfahrt sprachen sie kaum ein Wort miteinander. Vivian war
viel zu sehr mit ihren Gedanken beschäftigt, und je länger sie
unterwegs waren, desto größeren Gefallen fand sie an der Vorstellung, Ben Schneider zu heiraten.

Doch als sie sich Whangarei näherten, wanderten ihre Gedanken auf einmal zu dem alten Mann auf seinem Berg. Wenn der
mumifizierte Tote im zusammengefallenen Stall in Oneroa wirklich Henry Carrington war, konnte es dann überhaupt noch
einen Zweifel daran geben, dass Matui ihn umgebracht hatte?
Und würde der alte Maori ihr je davon erzählen, oder würde er
diesen Teil der Geschichte einfach auslassen?

Vivian nahm sich fest vor, ihn nicht danach zu fragen, sondern
geduldig abzuwarten, ob er ihr seine Tat eines Tages beichten
würde. Obwohl sie vom Herzen her durchaus Verständnis dafür
aufbringen konnte, ein Mord würde diese Tat trotzdem bleiben!
Daran gab es nichts zu rütteln. Und Mord war etwas, das sie aus
tiefster Seele verabscheute.

Wanganui, Februar 1864

Lily Carrington, die eigentlich auf den Namen Emily getauft worden war, doch von allen nur Lily genannt wurde, liebte Ripeka über alles. Die Maori war früher ihre Kinderfrau gewesen und hatte ihre Mutter June und sie als treue Haushaltshilfe begleitet, wo sie in all den Jahren auch immer gelebt hatten. Und Lily war schon viel herumgekommen. Bis zum Tod ihres Großvaters Walter hatte sie in dessen Haus in Auckland gelebt. Zusammen mit ihrer Mutter, während ihr Vater Henry die meiste Zeit des Jahres in Wanganui, seinem Geschäftssitz, verbracht hatte. Nachdem Lily ihren Schulabschluss in der Hauptstadt gemacht hatte, waren sie schließlich gemeinsam nach Wanganui gezogen. Doch nun hatte der Vater plötzlich ganz andere Pläne für die Familie und wollte sein Glück auf der Südinsel versuchen. In einer Stadt, die nach dem dortigen Goldrausch als die aufregendste des Landes galt.

»Du kommst doch mit nach Dunedin, nicht wahr?«, fragte Lily, während sie Ripeka zum Kolonialwarenladen begleitete, um ein wenig mit ihr zu plaudern.

Ripeka seufzte schwer. »Was soll ich denn sonst machen? Ich kann dich doch nicht allein lassen.« Kaum dass sie die Worte ausgesprochen hatte, bereute sie diese schon wieder. Schließlich hatte Lily noch ihre Eltern. »Ich wollte nur sagen, dass ich mir ohne dich furchtbar allein vorkäme«, verbesserte sich die Maori hastig.

»Nein, nein, das war schon richtig. Ich wüsste nicht, was ich ohne dich anfangen sollte. Vater ist bestimmt auch in Dunedin nie zu Hause, und Mutter muss immerzu geschont werden.«

»Sie hat nun einmal ein krankes Herz, aber sie liebt dich.«

»Ich weiß, aber wenn ich ehrlich bin, ich freue mich auf unseren Umzug. Ich kann es gar nicht mehr erwarten. Vier lange Wochen noch.«

Ripeka lächelte verschmitzt. »Hat das vielleicht etwas damit zu tun, dass auch Edward und seine Eltern nach Dunedin übersiedeln, und zwar schon übermorgen?«

Lily wurde rot. »Nein, daran habe ich gar nicht gedacht«, erklärte sie empört, weil sie sich ertappt fühlte. Natürlich hatte Ripeka nicht ganz unrecht. Dass Edward mit nach Dunedin kam, war sicher ein Grund, warum ihr der Abschied von Wanganui nicht schwerfallen würde, aber es gab noch einen weiteren. Sosehr sie den Wanganuifluss liebte, es zog sie in diese einwohnerreichste Stadt im Süden, über die sie schon so viel Spannendes gehört hatte.

Sie wollte Ripeka gerade gestehen, dass sie Edward, den jungen Mann mit dem dichten dunklen Haar, sehr nett finde, als die Maori stehen blieb und die Straße entlangstarrte, als habe sie einen Geist gesehen.

»Ripeka?«, sprach Lily sie an, doch die Maori reagierte nicht.

Ripeka glaubte zunächst, es handele sich um eine Täuschung, aber als der Maori mit dem tätowierten Gesicht näher kam und mit ebenfalls ungläubigem Gesichtsausdruck vor ihr stehen blieb, wusste sie, dass er es war.

»Ripeka?«, fragte Matui. »Was tust du hier in Wanganui?«

»Das wollte ich dich auch gerade fragen«, erwiderte sie und bemerkte aus den Augenwinkeln Lilys neugierigen Blick.

»Ich soll für ein neues Versammlungshaus in einem Maori-Dorf am Fluss die Schnitzereien machen.«

Seine Augen wanderten zu Ripekas Begleiterin. In seinem Blick stand genau die Frage geschrieben, vor der die Maori sich am meisten fürchtete: Ist das vielleicht Maggys Tochter? Und wenn, wieso ist sie hellhäutig und rotblond? Und warum ist sie Emily Carrington wie aus dem Gesicht geschnitten?

351

»Ich arbeite im Haushalt von June und Henry Carrington«, erklärte sie hastig.

Matui aber blieb stumm und musterte stattdessen Lily durchdringend.

»Das ist Lily, die Tochter der beiden.« Ripeka warf ihm einen flehenden Blick zu. Matui schien zu verstehen. Er reichte der jungen Frau lächelnd die Hand. »Guten Tag, Lily, schön, Sie kennenzulernen.«

»Und wer sind Sie?«

»Das ist eine lange Geschichte. Ihr Großvater hat mich einst vor einem feindlichen Stamm gerettet, und ich habe meine Kindheit im Haus von Walter Carrington verbracht.«

Lily strahlte ihn gewinnend an. »Dann kennen Sie ja auch meinen Vater. Ach, was rede ich? Dann müssen Sie mit ihm aufgewachsen sein. Oh, der wird sich freuen, Sie zu sehen. Wissen Sie, wo wir wohnen? Schauen Sie dort das große Haus am Fluss. Das gehört uns. Wollen Sie schon vorgehen, oder soll ich Sie dorthin bringen?«

Ripeka aber bebte am ganzen Körper. Sie nahm all ihren Mut zusammen. »Ich glaube, das ist keine gute Idee. Matui stand damals auf der Seite der Aufständischen, und im Verlauf der Kämpfe wurde auch deine Großmutter Emily getötet, nach der du benannt bist. Das haben ihm dein Großvater und dein Vater nie verziehen.«

Lilys Gesicht verdüsterte sich. »Wie lange ist das denn schon her?«

»Neunzehn Jahre«, erwiderte Matui ungerührt.

»Aber das kann man einander doch wohl verzeihen, das ist ja eine halbe Ewigkeit her.«

»Es gibt Dinge im Leben, die unverzeihlich sind«, mischte sich Ripeka mit heiserer Stimme ein.

»Genau«, entgegnete Matui kalt, während sich sein Blick an Lilys rotblonden Locken und ihrem hübschen Gesicht festgesogen hatte. Und in diesem Augenblick traf ihn die Erkenntnis wie ein Blitz. Ich muss blind gewesen sein, dachte er. Was hatte nähergelegen als das? Nur wenige Zimmer hatten Henry von Makeres Bett getrennt.

»Wissen Sie, dass Sie große Ähnlichkeit mit Ihrer Großmutter haben?«, fragte er lauernd.

Lily lächelte. »Ja, das behauptet Mutter auch immer. Aber ist das ein Wunder? Ich bin ja schließlich ihre Enkelin.«

Ripeka geriet ins Schwitzen. Sie wusste nicht, was sie tun sollte, denn sie kam nicht umhin, in Matuis Augen zu lesen. Und darin stand geschrieben, dass er in diesem Augenblick ahnte, welchem fatalen Spiel er soeben auf die Schliche gekommen war. Und dass er offenbar auch nicht zögern würde, alle jene Wahrheiten auszusprechen, die Lilys bisheriges Leben in Schutt und Asche legen würden.

»Komm, Kind, wir müssen gehen«, befahl sie deshalb streng und fasste ihren Schützling am Arm, um ihn mit sich fortzuziehen.

»Ja, dann noch einen schönen Tag«, wünschte Matui freundlich, doch dann fügte er eindringlich hinzu: »Vielleicht interessiert es dich, Ripeka, aber meine Schwester ist tot. Ich habe sie all die Jahre gepflegt. Sie hat nie wieder ein Wort gesprochen. Deshalb konnte ich nicht früher fort, aber ich glaube, ich weiß jetzt, wohin der Weg mich führen wird, bevor ich an den Fluss zu meinen Brüdern gehe.«

Dann wandte er sich um und schlenderte in aller Ruhe in Richtung des Hauses, das ihm Lily eben so bereitwillig gezeigt hatte. Er hatte alle Zeit dieser Welt und musste nur den rechten Augenblick abpassen.

»Was hat er denn damit gemeint?«, fragte Lily, während sie Matui neugierig hinterhersah.

»Was weiß ich«, murmelte Ripeka, während sie ihren Weg fortsetzte. Und zwar so schnell, dass Lily Mühe hatte, ihr zu folgen.

353

»Nun bleib doch mal stehen!«, rief sie ihr ärgerlich nach, doch Ripeka kümmerte sich nicht darum, bis sie bei dem Kolonialwarenladen angelangt waren.

Lily hielt Ripeka schließlich am Ärmel fest, als diese das Geschäft betreten wollte, ohne ihr Rede und Antwort zu stehen.

»Ripeka, ich kenne dich so lange und habe dich noch nie so aufgeregt erlebt ...« Sie stockte erschrocken, als sie in Ripekas feuchte Augen blickte. »Hast du sie gut gekannt, seine Schwester?«

Ripeka nickte und wischte sich hastig die Tränen aus den Augenwinkeln.

»Ja, sie war ein liebes Mädchen, aber als der Krieg dort oben ausbrach, haben wir auch zu ihr den Kontakt verloren.«

Lily umarmte Ripeka mitfühlend, doch statt sich zu beruhigen, schluchzte die Maori laut auf. Mit einem Mal überkamen die Zweifel sie mit einer Heftigkeit, derer sie sich nicht erwehren konnte. War es richtig gewesen, Henry all die Jahre zu decken, während Maggy in Kaikohe vor sich hin gedämmert war? Und was hatte es Lily gebracht, außer dass sie im Wohlstand lebte? Ihren Vater sah sie doch kaum noch, und merkwürdigerweise hatte er sich von Anfang an nicht sonderlich für seine Tochter interessiert. Wahrscheinlich weil er sie für ein adoptiertes fremdes Kind hielt ... Nein, besondere Zuneigung hatte er ihr nie entgegengebracht. Genauso wenig wie seiner Frau, der er mit seiner Kälte über all die Jahre schier das Herz gebrochen hatte. June war vorzeitig gealtert, kugelrund und kurzatmig geworden. Über Henry munkelte man, dass er schon lange ein Verhältnis zu einer Maori aus einem Dorf unten am Fluss unterhielt. Ripeka schüttelte sich. Und sie hatte damals gehofft, das Mädchen werde eine liebevolle Familie bekommen, ganz gleich, was Henry getan hatte. Ob er sich ihr gegenüber anders verhalten hätte, wäre ihm bekannt gewesen, dass sie seine leibliche Tochter war? Und warum hatte er sich nicht längst einmal gefragt, warum Lily seiner Mutter so ähnlich sah? Doch Henry bemerkte das ja nicht einmal. Wie sollte er auch, war er doch die meiste Zeit betrunken. Wenn er nicht das viele Geld von seinem Schwiegervater geerbt und mit Tomas Newman einen ausgesprochen zuverlässigen Geschäftspartner gehabt hätte, hätte er nicht den großen Mann spielen können. Dabei waren seine und die Geschäfte seines Partners, die sie jahrelang im Namen der *Company* betrieben hatten, alles andere als sauber gewesen. Ripeka wusste von den Frauen der umliegenden Dörfer, dass er der meistgehasste Mann vor Ort war. Jede Menge undurchsichtiger Landverkäufe gingen auf sein Konto. Ripeka vermutete, dass darin der eigentliche Grund bestand, dass er fort wollte aus Wanganui. Es stand nämlich zu befürchten, dass die Maori aus den oberen Flussdörfern sich eines Tages wehren würden. Es war ein offenes Geheimnis, dass sich etwas zusammenbraute und die Anhänger Te Uas oder Haumenes, wie er sich neuerdings nannte, auch nicht davor zurückschrecken würden, Wanganui anzugreifen. Ripeka zuckte zusammen. Ob Matui sich dem Führer des neuen Glaubens, des Hau-Hau, angeschlossen hatte? Diese Männer jedenfalls fürchteten gar nichts. Sie hassten die Pakeha so sehr, dass sie lieber heute als morgen Krieg gegen sie geführt hätten.

Ob Matui immer noch an seinen Rachegedanken festhielt? Hatte er nicht wörtlich gesagt: *Ich weiß jetzt, wohin der Weg mich führen wird, bevor ich an den Fluss zu meinen Brüdern gehe?* Henry ist heute Morgen in die Northlands abgereist. Den wird er im Haus nicht vorfinden, dachte Ripeka erleichtert, doch dann stockte ihr schier der Atem. Und wenn er nun June mit der Wahrheit konfrontierte und sie mit ihrem schwachen Herzen ... Ripeka wollte den Gedanken gar nicht zu Ende führen.

»Lily, wir müssen schnell zurück«, presste Ripeka gehetzt hervor, bevor sie sich im Laufschritt in Richtung Fluss aufmachte, zu dem mit Abstand prachtvollsten Haus weit und breit.

Lily folgte ihr und ahnte, dass Ripekas ungewohnte Aufregung

355

mit dem Maori zu tun hatte, der ihnen gerade über den Weg gelaufen war. Ihr Herzschlag beschleunigte sich merklich, denn sie hatte eine unbestimmte Ahnung, dass das alles etwas mit ihrem Vater und seinen dubiosen Geschäften zu tun hatte. Dazu passte, was sie neulich gerade erst auf dem Nachhauseweg erlebt hatte. Ein junger Maori hatte sich mitten auf dem Weg vor ihr aufgebaut und sie gewarnt, sie solle aus Wanganui abhauen, solange sie das noch könne. Als sie ihn mutig gefragt hatte, wie er dazu komme, sie auf offener Straße zu bedrohen, hatte er geantwortet: »Frag deinen Vater, Emily Carrington!«

Ihr war weniger die Drohung selbst unheimlich gewesen als vielmehr die Tatsache, dass er offenbar ihren Namen kannte.

Als Ripeka und Lily schließlich schnaufend und außer Atem das prächtige Haus betraten, kam ihnen June bereits gut gelaunt entgegen.

»Habt ihr alles für das Essen heute Abend mitgebracht? Wir müssen bald anfangen. Die Newmans kommen um sieben.«

Ripeka und Lily sahen einander verdutzt an.

»Nein, Mutter, wir haben noch gar nicht eingekauft. Ripeka hatte die Liste vergessen.«

Das brachte ihr einen dankbaren Blick der Maori ein.

»Aber nun los! Es wäre doch peinlich, wenn wir sie warten lassen müssten. Nachdem nun Vater schon wieder nicht dabei sein kann.«

Lily erschrak. Das hatte sie in der ganzen Aufregung um den fremden Maori völlig vergessen. Heute kam Edward zum Abendessen, und sie musste sich noch umkleiden, frisieren …

»Komm, Ripeka, lass uns schnell gehen!«

Die Maori folgte ihr. Kaum dass sie aus der Tür waren, konnte Lily ihre Neugier nicht mehr länger zügeln.

»Jetzt sag mir endlich, was los ist. Warum wolltest du unbedingt zurück? Du sahst aus, als sei der Teufel hinter dir her. Hast du Sorge gehabt, der Fremde jage Mutter einen Schrecken ein?«

Ripeka seufzte schwer. »Ja, ich habe gedacht, er geht wirklich zu ihrem Haus. Du musst nämlich wissen, dass Junes Eltern in jener Nacht auch umgekommen sind. Sie ist also ebenso wenig erpicht darauf, überraschenden Besuch von Matui zu bekommen. Und du weißt doch, sie soll Aufregungen meiden«, redete sich Ripeka rasch heraus.

»Aber Mutter hasst die Maori doch nicht so vehement wie . . .«, entfuhr es Lily. Sie hielt erschrocken inne.

»Du wolltest sagen, wie dein Vater? Habe ich recht?«

»Nein, also . . . ich glaube nicht, dass er alle Maori ablehnt.«

»Genau. Ich arbeite für ihn, und er hat mir noch nie etwas Übles angetan. Ich glaube, er hat eher Schwierigkeiten mit den Leuten vom oberen Flussufer. Immer mehr von ihnen nehmen die neue Religion an, und wir wissen ja, was dieser Haumene predigt.«

»Nein, ich weiß es nicht, und mir sagt ja auch keiner, was los ist«, klagte Lily und erzählte Ripeka, was ihr neulich widerfahren war.

»Um Himmels willen, er hat dir offen gedroht?«, rief die Maori erschrocken aus.

»Dann sag mir doch: Was hat dieser Haumene gegen meinen Vater?«

»Er gehört zu den Vertretern der Stämme, die glauben, dass die Pakeha aus dem Land vertrieben werden müssen, bevor sie alles hier an sich reißen.«

»Tun wir das denn?«

Ripeka wand sich. Sie wollte Lily nicht ängstigen, wenngleich sie Henrys Geschäftsgebaren ebenso verurteilte, wie es die anderen Maori taten.

»Mister Newman und dein Vater haben bis zur Auflösung der *New Zealand Company* dafür gesorgt, dass die Siedler in Massen nach Neuseeland geschwemmt wurden. Und irgendwo mussten sie ja bleiben. So haben sie immer mehr Land von

357

den Maori gekauft, was nicht immer ganz ordentlich abgelaufen ist.«

»Aber die *Company* gibt es doch schon seit sechs Jahren nicht mehr.«

»Richtig, aber Mister Newman und dein Vater sind damit zu den reichsten Männern der Gegend geworden und machen in kleinem Rahmen weiter damit, immer neue Siedler ins Land zu holen. Und die Maori haben Angst, dass sie eines Tages völlig verdrängt werden. Es sind jetzt schon mehr Siedler im Land als Maori. Bedenke doch nur, wie viele von uns durch die Krankheiten der Pakeha gestorben sind.«

»Und gehört dieser Matui zu den Maori, die mich bedroht haben?«

Ripeka zuckte innerlich zusammen, aber sie ließ sich nichts anmerken. Sie war nur froh, dass Matui nicht zum Haus der Carringtons geeilt war, um seine verdammte Rache zu nehmen.

»Nein, nicht dass ich wüsste. Er kommt aus dem Norden. Das ist eine sehr persönliche Geschichte zwischen Henry und ihm. Aber nun komm, deine Mutter wird böse, wenn wir nicht rechtzeitig mit den Lebensmitteln zurück sind. Und mach dir keine Sorgen. Es wird keine Probleme geben. Außerdem sind wir doch ohnehin bald weit fort. In Dunedin soll alles friedlich sein, soweit ich gehört habe«, beeilte sich Ripeka zu sagen.

Lily stöhnte laut auf. Es war gar nicht so einfach, den Rat der Maori zu befolgen. Sie spürte mit jeder Faser ihres Körpers, dass sich ein Unheil über ihr zusammenbraute. Plötzlich wurde eine Ahnung zur Gewissheit, die sie bereits ihre ganze Jugend über begleitet hatte. Die Ahnung, dass in ihrer Familie etwas nicht stimmte. Wie oft hatte sie ein schlechtes Gewissen gehabt, weil sie sich ihren Eltern gegenüber manchmal auf merkwürdige Weise fremd fühlte. Wenn nicht die viel beschworene Ähnlichkeit mit der Großmutter gewesen wäre, sie hätte ernsthafte Zweifel gehegt, ob die beiden wirklich ihre Eltern waren. Allein vom Äußeren her. Und dann die Distanz, die sie zu ihrem Vater empfand. Es hatte ihr ja nicht einmal etwas ausgemacht, dass er die meiste Zeit getrennt von ihnen in Wanganui gelebt hatte. Seine lärmende, laute Art war ihr immer schon unangenehm gewesen, und seine abwertenden Äußerungen gegenüber den Maori berührten sie peinlich. Insofern konnte sie Ripekas Geschichte nachvollziehen. Aber wieso hatte ihr Großvater den Maori, der als Kind in seinem Haus aufgewachsen war, einfach verstoßen? Und was war mit seiner Schwester? Nein, hier stimmte etwas nicht, und Ripeka kannte das Geheimnis, doch diese machte ein solch abweisendes Gesicht, dass sich Lily nicht traute, sie mit jenen Fragen zu überhäufen, die ihr auf der Seele brannten.

So versuchte sie den ganzen Weg über, das ungute Gefühl, das in ihrem Bauch immer stärker grummelte, zu verdrängen und stattdessen an den heutigen Abend zu denken. An Edward, den charmanten jungen Mann, der ihr gegenüber noch niemals zudringlich geworden war. Aber der ihr gerade wegen seiner Zurückhaltung so gut gefiel. Und weil er unbedingt Arzt werden wollte. Etwas, das sich Lily auch von Herzen wünschte. Dann nämlich würde sie ihrer Mutter helfen können, aber sie wusste, dass dies abwegig war. Keine der jungen Frauen aus Wanganui wollte einen Beruf ausüben. Im Gegenteil, deren einziger Wunsch war es, die Junggesellen der Gegend zu umgarnen. Deshalb machte sich Lily auch keine allzu großen Hoffnungen, dass der umschwärmte Edward ausgerechnet sie erwählen würde. Und auch in Dunedin warteten bestimmt genügend junge Damen darauf, ihn zu heiraten. June behauptete zwar immer, dass ihre Tochter über die Maßen hübsch sei, aber darauf gab Lily nicht allzu viel. In den Augen ihrer Mutter war sie ohnehin stets die Klügste und Schönste. Lily aber fand die anderen Mädchen viel attraktiver. Sie wäre gern größer und kräftiger gewesen und wünschte sich dunkles Haar, wie die jungen Maori-Mädchen es hatten.

Lily seufzte noch einmal tief und versuchte sich vorzustellen, was sie tun konnte, um heute Abend möglichst vorteilhaft auszusehen. Zum großen Kummer ihrer Mutter machte sie sich in der Regel wenig aus modischer Kleidung und ordentlichen Frisuren. Doch heute war ein besonderer Tag. Edward kam zum Essen. Da fiel ihr das blaue Seidenkleid mit der weißen Spitze ein, das June ihr neulich hatte schneidern lassen. Und wenn sie ihre Locken aufstecken würde, statt sie offen zu tragen? Ja, das konnte sie sich vorstellen, aber so richtig Freude wollte bei dem Gedanken, sich als Dame herauszuputzen, nicht aufkommen. Viel aufgeregter war sie bei der Vorstellung, was Edward wohl sagen würde, wenn sie ihm den verletzten Kiwi zeigte, den sie wieder gesund gepflegt hatte. Sie hatte ihn dem Maul eines Hundes entrissen und anfangs nicht geglaubt, dass er überleben würde. Nun bewegte er sich sogar nachts schon wieder im Garten. Bald würde es Zeit, ihn wieder im Wald auszuwildern ...«

Lilys Augen leuchteten bei der Vorstellung, Edward diesen Vogel vorzuführen.

Wanganui, Februar 1864

Matui hielt sich hinter einem Kowhaibaum versteckt und beobachtete, wie die beiden Frauen das Haus verließen. Ein prächtiges Haus, wie er zugeben musste, dem der Hobsens nicht ganz unähnlich, nur viel größer.

Für einen kurzen Augenblick kamen Zweifel in ihm auf, ob er seinen Racheplan wirklich in die Tat umsetzen sollte. Das lag an seiner Begegnung mit dem Mädchen. Diese hatte ihn mehr berührt, als er zugeben wollte. Sie sah Makere zwar in keiner Weise ähnlich, aber vom Wesen her erinnerte sie ihn sehr an seine Schwester, bevor sie verrückt geworden war. Die Vorstellung, dass Henry jener Mann war, der Makere das Unvorstellbare angetan hatte, ließ ihn erschaudern. Aber war dessen Tod so wichtig, dass er in Kauf nahm, dieser jungen Frau, seiner eigenen Nichte, damit womöglich großen Kummer zu bereiten? Er wollte ihr auf keinen Fall wehtun. Doch dann ganz plötzlich kippte seine Stimmung, und der Hass schoss durch seinen Körper wie ein Feuerball, der alles verbrannte, was sich ihm in den Weg stellte. Er muss sterben, er muss!, beschloss Matui. Und er konnte das Mädchen nicht vor der Wahrheit schützen. Im Gegenteil, sie musste erfahren, was ihr Vater getan hatte. Es wäre doch ungeheuerlich, sie ausgerechnet im Haus des Mannes leben zu lassen, der seiner Schwester diesen entsetzlichen Schmerz zugefügt hatte. Ganz allmählich begriff er auch, dass Makere ihr Kind dem Ziehvater niemals freiwillig gegeben hatte. Nein, er musste es sich genommen haben. Gegen ihren Willen. Das Beste wird sein, wenn ich meine

Nichte davon überzeuge, mir nach Kaikohe zu folgen, durchfuhr es ihn. Auch wenn sie nicht so aussieht, es fließt das Blut meiner Schwester in ihren Adern. Sie ist eine Maori. Dieser Gedanke ließ Matuis Herz höher schlagen. Ja, sie gehört zu uns, nicht in das Haus des Vergewaltigers ihrer Mutter, und ich werde sie nach Hause bringen.

Nun hielt Matui nichts mehr zurück. Er straffte seine Schultern und betrat energischen Schrittes die weiße Veranda. Ihn fröstelte. Die hölzernen Verzierungen waren exakt dem Haus der Hobsens in Russell nachempfunden. Er klopfte forscher an die Tür als beabsichtigt. Er erschrak, als ihm eine unförmige ältere Frau mit einem teigigen Gesicht die Tür öffnete. Das war doch nicht etwa . . .? Er konnte den Gedanken gar nicht zu Ende denken, weil June ihm nun gerührt die Hand entgegenstreckte.

»Matui, bist du es wirklich? Komm herein! Ich hätte dich kaum erkannt mit deinen . . .« Sie deutete auf das Tattoo in seinem Gesicht.

Er nickte, ohne ihre Hand zu ergreifen, und folgte ihr stumm ins Haus.

»Was führt dich zu uns?«, fragte June und lächelte ihn an. Matui wollte bei diesem Anblick schier das Herz brechen. Sie war nie eine Schönheit gewesen, aber das? Er kannte viele Frauen in Kaikohe, die dick waren, aber sie waren es, weil sie das Essen liebten. Sie hatten schöne Gesichter und strahlten Lebensfreude aus. June hingegen war es zweifelsohne anzusehen: Das pure Unglück hatte sie dermaßen unförmig werden lassen.

»Ich suche Henry«, erklärte er mit belegter Stimme.

»Das tut mir leid, aber er ist . . .« June unterbrach sich und fuhr hastig fort: »Er ist gerade nicht im Haus. Doch sag mal, wie ist es dir in all den Jahren ergangen? Und wie geht es Maggy? Das letzte Mal, als ich sie traf, war sie sehr sonderbar.«

»Was meinst du damit? Sie war sonderbar?«, fragte Matui, während ihm das Herz bis zum Hals klopfte. Es drängte sich ihm jener Verdacht auf, der ihn die ganze Zeit über beschlichen hatte. June war unschuldig und ahnte weder etwas von dem Verbrechen ihres Mannes noch wer das Mädchen wirklich war, das in ihrem Haus lebte.

»Na ja, als ich sie das letzte Mal traf, hatte sie ein hellhäutiges Kind, meine spätere Tochter, auf dem Arm und verhielt sich ganz merkwürdig, als ich ihr das Baby für einen Augenblick abnehmen wollte ...« June rang nach Atem. Sie konnte nicht weitersprechen, sondern musste erst einmal Luft holen.

»Erzähl weiter!«, forderte Matui sie unwirsch auf.

»Sie rannte vor uns weg ...«

»Wer war das? *Vor uns?*«

»Vater und ich, also mein Schwiegervater und ich. Der arme Walter war damals ja ganz krank vor Kummer über den Tod seiner Frau ...« Sie stockte und wurde rot.

Matui hatte äußerste Mühe, seine Ungeduld zu verbergen. »Ich weiß, dass er mir die Schuld daran gab, aber ich hatte nichts damit zu tun. Mutter war zwischen die Linien geraten.«

»Ja, schon, doch sie hatte das Haus meiner Eltern verlassen, um dich zu suchen, weil sie dich nicht verlieren wollte.«

Matui merkte, wie nahe ihm ihre Worte gingen, doch er zeigte ihr seine Verunsicherung nicht, sondern forderte sie auf, ihm rasch weiter von der Begegnung mit seiner Schwester zu erzählen.

»Maggy ist in Panik fortgerannt. Mit dem fremden Kind auf dem Arm.«

»Wieso bist du dir so sicher, dass es ein fremdes Kind war?«

»Das Mädchen war blass und hatte rotblondes Haar. Das konnte niemals ihr eigenes sein. Ich meine, du weißt doch auch, dass sie damals selbst noch ein Kind war.«

Matui ballte die Fäuste. Und ob ich das weiß, dass sie noch ein Kind war, als sich dieses Schwein an ihr vergangen hat, durchfuhr es ihn eiskalt.

363

»Ich habe Vater dann gebeten, sich zu erkundigen, ob das Kind Eltern hat, weil ich doch so gern ein Kind adoptieren wollte.«

»Dann ist die junge Frau, die ich eben in Begleitung von Ripeka getroffen habe, also wirklich deine angenommene Tochter?«, unterbrach Matui sie scharf.

June begann zu schnaufen. »Du hast Lily gesehen? Bitte, versprich mir, dass du ihr nicht verrätst, dass ich ... du weißt schon, dass ich keine Kinder bekommen kann.«

Matui erinnerte sich noch genau an das Gespräch zwischen seiner Ziehmutter und June damals im Haus der Hobsens.

»Sie glaubt also, sie sei euer Kind. Aber bitte sag mir noch: Wie hast du denn überhaupt herausgefunden, dass sie ein Waisenkind war? Oder hatte es vielleicht eine Mutter, der ihr es einfach fortgenommen habt?«

June wurde weiß wie eine Wand. »Matui, bist du wahnsinnig? Wie kommst du auf so eine Gemeinheit? Nein, Vater wusste, dass es ein Waisenkind war, und ist zu Bella Mortons Haus geeilt, um ihr anzubieten, dass wir es gleich mitnehmen.«

»Gleich mitnehmen?«

»Ja, Vater kam wenig später mit der Kleinen zurück, und dann sind wir auch gleich aufgebrochen. Henry war ja auf der *Hazard*, und Vater meinte, wir sollten lieber nach Auckland reisen, bevor Hone Hekes Leute auch noch Te Waimate überfallen würden.«

Matui ließ sich stumm auf einen Stuhl fallen und schlug die Hände vor das Gesicht.

»Was ist mit Maggy? Lebt sie noch?«, fragte June leise.

Zögernd blickte der Maori auf. Er sah zermartert und um Jahre gealtert aus.

»Sie ist vor ein paar Wochen des Nachts in einen Fluss gegangen.«

»Das ist ja entsetzlich!«, schrie June auf.

»Wir fanden ihren Körper weiter unten am Ufer. Zerschmet-

364

tert von den Steinen, ihr schwarzes Haar um einen Baumstumpf gewickelt wie ein Band ...«

Nun ließ sich auch June auf einen Stuhl fallen und stöhnte immerzu: »Nein, das kann doch nicht sein! Warum ... O nein, wir hätten sie damals mitnehmen sollen, aber Vater wollte es nicht. Er sagte, er könne sie nicht mehr sehen, weil er dann immer an dich ...«

»Schon gut, ich weiß, was du sagen willst«, unterbrach Matui sie und fuhr hastig fort: »Sie war längst gestorben, als sie ins Wasser ging.«

»Wie meinst du das?«

»Damals vor neunzehn Jahren, an dem Tag, als ihr Ziehvater ihr das eigene Kind entriss und es dir als Waisenkind verkaufte, an dem Tag, da ist sie gestorben. Sie hat nie wieder ein Wort gesprochen, bis auf den Abend, bevor sie es tat. Da hörte ich sie in ihrem Zimmer laut stöhnen. Ich verstand nur Brocken. *Vater, Schuld, Schwur, Strafe.* Aber inzwischen ahne ich, was das zu bedeuten hatte. Wahrscheinlich gab sie sich die Schuld an all dem Übel, das ihr widerfahren war.«

»Matui, wovon sprichst du?«, fragte June mit bebender Stimme.

»Hast du dich nie gefragt, warum dein Kind Emily wie aus dem Gesicht geschnitten ist?«

»Nein ... ja, aber sie war eben ein fremdes Kind, und viele Engländerinnen sehen so aus ...«

»Sie war ihr Kind, June, Makeres und ... seine Tochter.«

June hielt sich die Ohren zu. »Ich will nichts mehr hören!«, schrie sie verzweifelt auf. »Geh jetzt!«

Matui aber blieb sitzen und durchbohrte June förmlich mit seinen Blicken, bis sie endlich ihre Arme sinken ließ. Sie seufzte, bevor sie hervorstieß: »Aber warum hat Henry nie ein Wort gesagt, dass sie seine Tochter ist? Warum, verdammt noch mal, hat er sie all die Jahre wie eine Fremde behandelt? Er hat ihr

365

alles gegeben, was sie brauchte, nur keine Liebe. O Gott, warum?«

»Er weiß nicht, dass sie seine Tochter ist.«

»Aber ... aber das kann doch nicht sein ... das ist doch ... ich meine ...«

»Es genügte, dass offenbar Walter und Emily davon wussten und Maggy rechtzeitig in Te Waimate verstecken konnten, damit eurer Hochzeit kein Hindernis im Weg stand ...«

»O Gott, bitte lass das alles nicht wahr sein! Bitte, Matthew ...« Dicke Tränen rannen June die Wangen hinunter. »Ich habe sie doch so lieb«, schluchzte sie.

Matui kämpfte gegen das Mitleid an, das er für sie empfand. So war es schon damals gewesen. June Hobsen war eine ehrliche Seele, deren Leben von der Gier, der Trunksucht, der Gefühlskälte und der Faulheit eines Henry Carrington und der Skrupellosigkeit seiner Eltern zerstört worden war. Auch der von Emily! Zum ersten Mal seit ihrem tragischen Tod verspürte er auch einen Zorn gegen sie aufkeimen. Er hätte gern gewusst, wer von den Eheleuten bei diesem Teufelswerk die treibende Kraft gewesen war. Es war einfach unfassbar, dass sie nicht nur die Untat ihres Sohnes vertuscht, sondern Maggy auch noch ihres Kindes beraubt hatten. Wie hatten sie nur so grausam sein können? Auch gegenüber der armen June hatten sie sich damit schuldig gemacht.

Sie scheint immer noch unter Schock zu stehen, schloss er aus ihrem versteinerten Gesichtsausdruck. Und trotzdem durfte er sich nicht länger von derartiger Gefühlsduselei leiten lassen. Makeres Tochter gehörte nicht hierher! Sie gehörte zu seinem Volk, in sein Dorf, und dahin würde er sie bringen, wenn er das hier erledigt hätte. Erst würde sein Ziehbruder dafür büßen, dann der scheinheilige Missionar.

»Wo ist Henry?«

»Aber was ... was willst du von ihm? Ich ... ich verspreche dir, ich sage ihm, dass es seine Tochter ist. Dann wird alles gut.«

366

»Nein, June, gar nichts wird gut. Außer dass es ihn daran erinnern wird, was er meiner Schwester Schauderhaftes angetan hat. Oder glaubst du etwa, sie hat sich ihm freiwillig hingegeben?«

»Nein!«, schrie June. »Nein, du lügst! Du willst Zwietracht säen. Du willst dich an Vater rächen, weil er dich verstoßen hat.«

»Ja, dem feinen Reverend werde ich auch noch einen Besuch abstatten, denn er hat wahrscheinlich genau gewusst, was sein charakterloser Sohn angerichtet hat. Wo ist er? Lebt er auch hier in Wanganui?«

»Er ist tot. Friedlich in seinem Bett eingeschlafen. Er ist seit damals nie wieder der Alte geworden. Er war hart und ungerecht, aber er hat meine Tochter über alles geliebt. Und bei uns hat sie ein unbeschwertes Leben geführt. Hätte sie das bei Maggy gehabt?«

»Und deshalb heißt du es gut, dass man der Mutter ein Kind fortnimmt und es in das Haus des Mannes gibt, der ihrer Mutter Gewalt angetan hat?«

»Woher willst du das wissen? Das ist nur eine bösartige Unterstellung. Wir haben doch alle gewusst, dass sie ihn angehimmelt hat.«

Matui zuckte es in der Hand. Er war versucht, June für diese Bemerkung eine Ohrfeige zu verpassen. Sein Mitleid war wie verflogen. Übrig geblieben war nur noch der blanke Hass auf diese ganze Sippe. Sollten sie dafür allesamt in der Hölle schmoren! Und deshalb war er entschlossen, ihr doch nicht zu ersparen, was er eigentlich hatte für sich behalten wollen, nämlich auf welche Weise er von Henrys Verbrechen erfahren hatte und was er nun zu tun gedachte.

»Mein Freund Tiaki wollte Makere heiraten, obwohl sie ihm die ganze grausame Wahrheit gestanden hatte. Doch bevor er das Kind und sie in sein Dorf bringen konnte, wurde er von Rotröcken erschossen. Ich habe nur einen Streifschuss abbekommen, aber er lag da mit einer Wunde, aus der das Blut wie aus einer

Fontäne hervorsprudelte. Er bat mich, die Tat zu rächen, die an Makere verübt worden war. Sie hatte ihm nicht verraten, wer ihr das angetan hatte, aber ich versprach ihm, ihn zu finden und seinen letzten Wunsch zu erfüllen.«

»Aber wenn es nun ein anderer war«, schluchzte June.

»Dann wäre Lily ihrer Großmutter nicht wie aus dem Gesicht geschnitten«, erwiderte Matui ungerührt. »Wo ist er?«

June schwieg eisern. Matui aber sprang auf, packte sie bei den Schultern und schüttelte sie. »Ich tue es auch für dich! Er hat nicht nur das Leben meiner Schwester zerstört, sondern auch meins und deins. Schau dich doch nur an! Was ist übrig geblieben von der freundlichen, immer lächelnden June Hobsen, die nie eine Schönheit war, nach der sich die Männer verzehrt hätten, aber eine lebensfrohe junge Frau, die sich nur eines von Herzen wünschte: eine Familie? Und was hat sie bekommen? Ein gestohlenes Kind und einen Mann, der sie niemals wertschätzen konnte. Einen Mann, der von einem schmalen, dunkelhäutigen Mädchenkörper und verschreckten großen braunen Augen träumte, wenn er seine ehelichen Pflichten erfüllte. Der davon zehrte, wie sich seine kleine Schwester gewehrt hat, der schamlos ausgenutzt hat, dass sie in ihn vernarrt war. Ja, sie war verliebt in ihn, und vielleicht hat sie ihn sogar in ihr Zimmer gelassen, aber trotzdem hat er ein Verbrechen begangen. Und ich schwöre dir, ich werde nicht ruhen, bis ich sie gerächt habe. Und glaub mir, wenn der Reverend noch lebte, er müsste dafür büßen, ihr das Kind zu entreißen, um es im Haus ihres Peinigers unterzubringen ...«

Während seiner beschwörenden Worte hatte Matui gefährlich die Augen gerollt, und jetzt redete er in einer Sprache auf June ein, die sie nicht verstand. Sie hielt sich abermals die Ohren zu.

»Matthew, bitte hör auf! Er ist in Russell, will das Strandhaus meines Vaters in Oneroa verkaufen. Er hat endlich einen Käufer gefunden. Einen Geschäftsmann aus Thames, der demnächst nach Russell geht!«, schrie sie verzweifelt.

Matui verstummte und blieb wie betäubt stehen. Dann ging er zu ihr und strich ihr flüchtig über das ergraute Haar. »Ich komme wieder, um Lily zu holen«, raunte er. »Du wirst genug Zeit haben, ihr zu erklären, zu wem sie gehört«, ergänzte er, bevor er ohne ein weiteres Abschiedswort aus dem Zimmer stürmte.

Lily gehört mir, dachte June entschlossen, während sie am ganzen Körper bebte. Ich werde verhindern, dass du sie jemals wiedersiehst, Matthew Carrington! Doch bevor sie darüber nachgrübeln konnte, wie sie das wohl anstellen sollte, riss ein Schmerz in ihrer Brust sie aus ihren Gedanken. Sie stöhnte auf und griff sich ans Herz. Ich darf nicht sterben, sprach sie sich gut zu, ich darf nicht sterben. Noch nicht!

Wanganui, am Abend des gleichen Tages, Februar 1864

June war noch ein wenig blass um die Nase, als sie an diesem Abend ihre Gäste begrüßte, aber sie hatte sich aufrappeln können, bevor Ripeka und Lily vom Einkaufen zurückgekehrt waren. Unter äußerster Anstrengung hatte sie es geschafft, aufzustehen und sich in ihr Schlafzimmer zu schleppen. Nachdem sie sich auf dem Bett ausgestreckt hatte, war es ihr gleich besser gegangen, und nach einem kurzen Schlaf hatte sie keinerlei Beschwerden mehr gehabt. Jedenfalls keine körperlichen. In ihrem Herzen aber tobte nach wie vor ein Orkan der Gefühle. Diesen inneren Aufruhr verstand sie allerdings blendend zu verbergen.

»Guten Abend, Mabel, schön, dich zu sehen«, flötete sie, während sie ihre Gäste ins Esszimmer führte. »Guten Abend, Tomas, es tut mir ja so leid, dass Henry euren Abschied von Wanganui nicht mitfeiern kann.«

Immer wenn June dieses harmonisch wirkende Paar sah, gab es ihrem Herzen einen Stich. Es war Tomas Newman förmlich anzusehen, wie er seine Frau vergötterte. Wahrscheinlich hatte meine Mutter recht, als sie damals behauptete, Henry habe von Anfang an nur ein einziges Interesse an mir gehabt: das Vermögen meines Vaters. Wahrscheinlich stimmt es auch, was die Leute hinter vorgehaltener Hand flüstern: dass er sich schon seit Jahren mit jungen Maori-Mädchen vergnügt. Mädchen wie ... Ein eiskalter Schauer durchfuhr sie.

Tomas Newman ließ den Arm seiner Frau los und hielt ihn June hin.

»Um Gottes willen, was ist mit dir los? Du bist ja ganz grün im Gesicht. Komm, setz dich!« Galant brachte Tomas die Gastgeberin zu ihrem Stuhl an der festlich gedeckten Tafel.

»Wo sind die Kinder?«, fragte sie, um von ihrem Zustand abzulenken.

»Lily wollte Edward noch etwas im Garten zeigen. Sie hat wohl einen jungen Kiwi gesund gepflegt«, erklärte Mabel wohlwollend. »Sie hat offenbar genauso viel Interesse an der Medizin wie unser Sohn.«

»Das sollte sie auch als zukünftige Ehefrau eines angehenden Arztes«, lachte Tomas.

Die beiden Frauen blickten ihn gleichermaßen entgeistert an.

»Aber Tomas, ich glaube nicht, dass dein Sohn für meine Tochter entbrannt ist«, erwiderte June, obwohl ihr der Gedanke, Edward zum Schwiegersohn zu bekommen, alles andere als Missbehagen bereitete.

»Wir werden sehen, wie die Lage nach seiner Rückkehr aus Sydney ist«, bemerkte Mabel.

»Sydney?«

»Ja, wir haben uns breitschlagen lassen, dass er in einem halben Jahr an der dortigen Universität sein Medizinstudium aufnehmen darf«, entgegnete Edwards Mutter und blickte June besorgt an. »Geht es dir wirklich besser?«

June nickte. »Setzt euch!«

Kaum dass die Gäste Platz genommen hatten, räusperte sich Tomas verlegen.

»Da wir ja schon übermorgen reisen, wollte ich fragen, ob Henry dir etwas für mich dagelassen hat.«

»Ach, Liebling, lass sein! Du siehst doch, dass es June nicht gut geht. Das werden wir klären, wenn wir uns alle in Dunedin wiedersehen.«

Tomas wand sich. »Nein ... ja, wir sollten die Sache lieber aus der Welt schaffen, bevor die Kinder kommen.« Er hielt inne und

371

atmete noch einmal tief durch. »June, bist du sicher, dass er wirklich in Russell ist?«

»Ja, selbstverständlich, wo sollte er denn sonst sein?«

»June hat recht. Was stellst du ihr für merkwürdige Fragen?«

»Er hat sich von mir eine größere Summe Geld geliehen . . .«

»Aber das kann doch bis Dunedin warten«, versuchte seine Frau abzuwiegeln.

»Das habe ich nicht gewusst«, erwiderte June fassungslos. »Und er hat es dir vor deiner Abreise zurückgeben wollen?«

Tomas atmete schwer. »Ja, ich habe es jedenfalls von ihm verlangt, und da hat er gesagt, dann müsse er sich wohl nach England absetzen, wenn er es mir nicht zurückzahlen könne . . .«

Mabel lachte erleichtert auf. »Ach, Liebling, das war ein Scherz! Du kennst doch Henrys Humor. Er würde doch nicht flüchten, weil du ihm ein wenig mit Geld ausgeholfen hast. Was ist mit eurer Firma? Die würde er doch nicht einfach dir überlassen. Und er würde doch niemals June und Lily . . .«

»Es ist mehr Geld, als ich es dir gegenüber zugegeben habe, Mabel«, unterbrach Tomas seine Frau sichtlich betreten.

June aber hörte gar nicht mehr zu, was die beiden redeten. Das Geld war ihr gleichgültig. Um Geld musste sie sich nicht den Kopf zerbrechen. Bereits vor ihrer Hochzeit hatte ihr der Vater eine nicht unbeträchtliche Summe überlassen, verbunden mit dem Versprechen, von diesem Vermögen niemals Henry zu erzählen. Trotz ihrer anfänglichen Verliebtheit hatte sie sich eisern daran gehalten und dieses Vermögen stets vor ihrem Mann verbergen können. Etwas ganz anderes verursachte ihr heftiges Herzklopfen. Was, wenn Henry tatsächlich nicht mehr aus Russell zurückkehren würde, weil Matui ihn dort aufspürte und Rache übte? Kam es da nicht äußerst gelegen, wenn man Henry bei bester Gesundheit in England vermutete? Auf diese Weise konnte man Lily ersparen, um ihren Vater zu trauern. In diesem Augenblick wurde ihr bewusst, dass sie Matui ihren Mann nicht nur ans

372

Messer geliefert hatte, sondern dass sie ihm bei seinen Racheplänen auch ein gutes Gelingen wünschte. Ja, wenn sie ehrlich war, wünschte sie sich aus tiefstem Herzen, dass Matui Henry für immer verschwinden ließ . . . Sie wollte diesen Mann niemals wiedersehen. Wenn nämlich doch, dann hätte sie für nichts garantieren können. *Vielleicht würde ich eigenhändig zur Waffe greifen,* durchfuhr es sie ungerührt. Was Henrys Tod anging, hatte Matui in ihr eine stille Verbündete, nicht aber bei seinem Plan, Lily mitzunehmen, und wenn sie tausendmal seine Nichte war. *Sie darf um keinen Preis der Welt erfahren, wer sie wirklich ist,* ging es June durch den Kopf.

Lilys und Edwards Stimmen rissen sie aus ihren Gedanken. Sie rang sich zu einem Lächeln durch, als die beiden, vertieft in ein angeregtes Gespräch über die beste Art, Wunden zu behandeln, das Esszimmer betraten. Sie war froh, dass sie nun nicht mehr gezwungen wäre, über das geliehene Geld und Henrys angebliche Flucht zu reden. Sie hatte ihre eigenen Pläne, und das allein zählte. Daran änderte auch die Tatsache nichts, dass sowohl Mabel als auch Tomas sie gleichermaßen verwundert anstarrten. June vermutete, dass ihr Verhalten den beiden befremdlich erschien. Schließlich war sie so tief in die eigenen Gedanken abgedriftet, dass sie nicht einmal mehr mitbekommen hatte, was am Tisch geredet wurde. Ob sie sie etwas gefragt hatten und sie nicht geantwortet hatte?

»Entschuldigt bitte, aber das mit dem Geld, das ist mir sehr unangenehm. Vielleicht kann ich es euch wiedergeben«, raunte June ihren Gästen zu, nachdem sie sich vergewissert hatte, dass die jungen Leute sich immer noch angeregt unterhielten und das Gespräch nicht mitbekamen.

»Auf keinen Fall!«, entgegnete Tomas entschieden. »Wir können übrigens von Glück sagen, dass wir die beiden schönen Häuser über unsere Geschäftspartner in Dunedin bekommen konnten. In der Innenstadt soll es wegen der vielen Menschen nämlich ganz grauenhaft sein. Die Straßen sind matschig, der Müll stapelt sich, und Krankheiten breiten sich aus. Es wird höchste Zeit, dass dieses Goldsuchergesindel weiterzieht, damit wir neue Siedler holen können.«

June nickte zustimmend, obwohl sie weiterhin große Mühe hatte, sich auf das Gespräch bei Tisch zu konzentrieren. Als sie jetzt über die lange beschwerliche Reise nach Dunedin sprachen, schweiften ihre Gedanken zu Matthews Drohung ab. Wie sollte sie bloß verhindern, dass er sich Lily holte? Sie konnte doch nicht auf ein Wunder hoffen. Doch in diesem Augenblick hörte sie ihre Tochter voller Begeisterung ausrufen: »Mutter, wie findest du das? Die Newmans würden mich schon übermorgen mit nach Dunedin nehmen, wenn du es erlaubst. Du sagst doch Ja, nicht wahr?«

June stockte der Atem, und sie konnte ihr Glück kaum fassen. Das war die ersehnte Lösung. Lily musste so schnell wie möglich aus Wanganui verschwinden.

Sie lächelte ihre Tochter an, deren Wangen vor Freude glühten, bevor sie sich Mabel zuwandte. »Aber gibt es denn noch Plätze auf dem Schiff? Sie sollen doch immer schon total belegt sein.«

»So ist es, aber weil unsere beiden Hausangestellten nun doch nicht mitkommen, haben wir gedacht, wir könnten eurer Tochter den Platz anbieten. Ich hoffe, du bist nicht böse, wenn wir sie dir entführen.«

June war versucht, sich zu kneifen, um zu überprüfen, ob sie vielleicht träumte.

»Das war nur so ein Gedanke von uns, aber ich kann gut verstehen, wenn ihr alle in vier Wochen gemeinsam reisen wollt«, fügte Misses Newman fast entschuldigend hinzu.

»O nein, liebste Mabel, ich finde den Gedanken ausgezeichnet. Dann hat Lily auf der Reise wenigstens jemanden, mit dem sie unterwegs die Möwen rettet, die verletzt auf das Deck des Schiffes fallen«, lachte sie.

»Mutter, danke!« Lily umarmte ihre Mutter stürmisch.

»Wenn das für euch kein Umstand ist«, fügte June hinzu.

»Aber nein. Niemals!«, erklärte Mabel inbrünstig.

»Sie ist doch wie eine Tochter für uns«, fügte Tomas voller Überzeugung hinzu.

»Ich würde mich auch riesig freuen. Ich habe da nämlich ein paar interessante neue medizinische Bücher, über die ich mich mit Lily austauschen möchte«, bekräftigte Edward die Pläne seiner Eltern und warf der Tochter des Hauses einen verliebten Blick zu.

Als Ripeka das Essen servierte, fand sie eine gelöste und lustige Gesellschaft vor.

»Misses Newman, sagten Sie nicht, es gebe zwei Plätze?«, fragte Lily plötzlich aufgeregt. »Könnte Ripeka uns nicht begleiten?«

Ein Lächeln huschte über Mabels Gesicht. »Das ist sogar ein ganz hervorragender Gedanke. Ich habe mich nämlich schon die ganze Zeit über gefragt, woher wir in Dunedin so schnell ein neues Mädchen bekommen sollen, weil unseres ja nun nicht mit uns umziehen will. Ich meine, Ripeka, würdest du denn schon übermorgen mit uns reisen können?«

»Bitte!«, bettelte Lily.

Ripeka warf June einen fragenden Blick zu.

»Wenn Sie das erlauben?«

»Ich glaube, mir bleibt keine andere Wahl. Lily macht doch keinen Schritt ohne dich.«

»Ich denke, dann werde ich es tun«, entgegnete die treue Hausangestellte, während sie den Lammbraten auf den Tisch stellte.

Zurück in der Küche, ließ sie ihrer Freude freien Lauf und klatschte in die Hände. Das war eine Fügung des Schicksals. Auf diese Weise war die Gefahr gebannt, Matui noch einmal in die Arme zu laufen. Was für ein Glück, dass er nicht zum Haus der Carringtons gegangen war! Wenn er es sich doch wieder anders überlegen sollte, dann wären sie fort, ging es ihr erleichtert durch den Kopf, nicht ahnend, dass er längst dort gewesen war.

Als Ripeka nach dem Essen die Küche säuberte, trat June zögernd ein und musterte die Maori mit einem merkwürdigen Blick, bei dem Ripeka beklommen zumute wurde.

»Ich muss dir eine Frage stellen«, brachte June nach einer Weile des Schweigens zögernd heraus.

»Fragen Sie nur«, erwiderte Ripeka forsch, obwohl ihr eher danach zumute war, fluchtartig die Küche zu verlassen.

»Ich werde nicht lange darum herumreden. Es geht um dein Verhältnis zu meinem Schwiegervater. Er war damals ganz offensichtlich nicht erfreut, als du uns in Auckland gefunden hast und für uns arbeiten wolltest. Das konnte er kaum verbergen. Er hat damals wörtlich zu mir gesagt: *Schick sie weg. Die kommt mir nicht über die Schwelle.* Darum frage ich mich: Weshalb hat er dich eingestellt, nachdem du ihn genötigt hast, mit ihm unter vier Augen zu sprechen?«

Das kam dermaßen überraschend, dass Ripekas Hände heftig zu zittern begannen. Ihr glitt ein Teller aus der Hand, der mit lautem Krach auf dem Fußboden zersplitterte.

»Er war immer gut zu mir. Ich weiß nicht, was Sie meinen«, erwiderte sie mit heiserer Stimme. Dabei blickte sie zu Boden.

»Schau mich an, Ripeka!«, befahl June in ungewöhnlich scharfem Ton, so dass die Maori zusammenzuckte. Doch Ripeka hielt ihren Blick weiterhin gesenkt und starrte auf den Scherbenhaufen.

»Ich muss das zusammenfegen«, murmelte sie.

»Das hat Zeit«, entgegnete June schroff. »Soll ich deinem Gedächtnis ein wenig auf die Sprünge helfen? War es nicht vielleicht so, dass du meinen Schwiegervater erpresst hast? Dafür, dass er dich bei Maggys Kind ließ, musstest du ihm Schweigen geloben, nicht wahr?«

»Ich weiß gar nicht ... ich weiß nicht, wovon Sie sprechen«, stammelte Ripeka.

»Davon, dass du wusstest, wer Lilys Vater ist, und auch, wie es damals geschehen ist.«

Ripekas Knie wurden weich. Sie musste sich setzen.

»Matthew hat Sie aufgesucht, während wir beim Einkaufen waren, nicht wahr?« Eine Träne rollte Ripekas Wange hinunter, doch June hatte sich mit verschränkten Armen vor ihr aufgerichtet.

»Ist es wahr, was er mir erzählt hat?«

»Ich kann nicht darüber sprechen. Ich musste ihr schwören, es keinem Menschen . . .«

»Ist es wahr? Hat Henry seiner Schwester Gewalt angetan?«

Ripeka stöhnte gequält auf.

»Ich habe ein Recht, es aus deinem Mund zu hören.«

Ripeka schluchzte laut auf. »Misses Carrington hat Maggy fortgeschickt, damit Sie und Ihre Familie nicht dahinterkommen konnten. Das Mädchen fühlte sich doch so unendlich verloren, weil man sich ihrer entledigt hatte wie eines verschmutzten Kleidungsstückes. Aber sie hatte Emily Carrington auf die Bibel schwören müssen, es niemandem anzuvertrauen. Misses redete ihr ein, dass Maggy eine Sünde begangen habe, als sie ihren Bruder in ihr Bett ließ, doch das, was geschah, das wollte sie nicht. Sie hat ihn angefleht, es nicht zu tun. Ich habe an dem Tag, an dem man uns nach Te Waimate abgeschoben hat, geahnt, dass sie schwanger war und auch, wer der Vater war. Als sie sich nachts in den Schlaf geweint hat, da habe ich es ihr auf den Kopf zugesagt. Da erst hat sie es mir gestanden. Seitdem glaubt sie, dass ein Unglück geschehen würde, weil sie ihren Schwur gebrochen hatte. Ihre Zieheltern haben ganze Arbeit geleistet, das Gemüt dieses Menschenkindes zu zerstören.« Ripeka hatte aufgehört zu weinen. Die letzten Worte hatte sie voller Bitterkeit hervorgepresst.

Dafür brach June in lautes Schluchzen aus. »Und ich habe mir so sehr ein Kind gewünscht, dass ich nicht sehen wollte, wer das kleine Mädchen wirklich war, das mir mein Schwiegervater damals in die Schule nach Te Waimate brachte. Ich habe ihm geglaubt, als er sagte, wir sollten sofort aufbrechen, weil

Hone Hekes Leute vielleicht auch Te Waimate angreifen würden. Ich habe mich schuldig gemacht.«

Ripeka griff nach Junes Hand. »Sie trifft keine Schuld. Ich habe die ganzen Jahre über die Wahrheit gekannt und geschwiegen, aber was sollte ich tun? Matthew hat seine Schwester wenig später mit nach Kaikohe genommen. Sie war nicht mehr bei Sinnen. Der Schmerz über den Verlust ihres Kindes hat ihr den Verstand geraubt. Und ich glaubte, ich täte recht daran, wenn ich wenigstens ihr Kind beschützen würde. Es musste doch wenigstens einen Menschen geben, der sie mit den Maori-Legenden vertraut machte. Das habe ich getan, sooft ich konnte. Ich brauchte sie nicht einmal zum Schweigen zu verdonnern, wenn ich ihr Legenden von unseren Göttern erzählt habe. Sie hat gespürt, dass sie es ihrem Vater nicht sagen durfte. Bei mir hat sie sich ausgeweint, wenn er sich verächtlich über die Maori geäußert hat. Ach, Misses June, ich hatte doch so sehr gehofft, Sie drei würden eine glückliche Familie, aber dann . . .«

»Dann hast du erleben müssen, wie gleichgültig Henry dieses in seinen Augen fremde Kind war. Ripeka, ich bin dir so unendlich dankbar. Du hast es mir ermöglicht, dass ich ihr all die Jahre eine echte Mutter sein durfte. Ich liebe sie doch wie meine eigene Tochter. Wir können beide nicht mehr zurück, ohne zu riskieren, dass sie mit all diesem Schmutz belastet wird. Und glaub mir, Matui wird nicht zögern, es ihr zu sagen. Doch wem nützt es? Davon wird Maggy auch nicht wieder lebendig. Und deshalb ist es gut, dass ihr übermorgen fort seid. In Dunedin wird Matthew sie nicht finden.«

»Aber glauben Sie denn wirklich, dass er wiederkommt?«

»Ich glaube es nicht nur, ich weiß es. Er kommt zurück, sobald er erledigt hat, was er einst seinem sterbenden Freund versprochen hat.«

»Sie meinen, er will Henry töten? Aber dann müssen Sie Ihren Mann warnen . . .«

378

»Muss ich das?«, fragte June kalt.

»Nein, das müssen Sie nicht. Im Gegenteil ...«

»Ich habe ihm gesagt, wo er Henry finden kann. Und ich hoffe, dass er seinen Plan erfolgreich umsetzen wird.«

»Aber bedenken Sie, was sein Tod für ein Schock für Lily wäre. Sie stehen sich zwar nicht so nahe, aber er ist immerhin ihr Vater.«

»Es geht das Gerücht, dass sich mein Mann nach England absetzen will, und dieses Gerücht werde ich verbreiten. Was guckst du mich so ungläubig an, Ripeka? Hat er es verdient oder nicht?«

»Schon, aber so kenne ich Sie gar nicht. Das passt nicht zu Ihnen. Sie haben doch so ein gutes Herz ...«

»Das krank geworden ist, weil ich still gelitten habe, oder glaubst du etwa, das sei alles spurlos an mir vorübergegangen, seine Gleichgültigkeit mir gegenüber, sein ständiges Trinken und das Wissen, dass er unten am Fluss eine oder mehrere Geliebte hat? Wie oft habe ich mit dem Gedanken gespielt, mich leise aus diesem Leben fortzuschleichen, aber ich habe es Lilys wegen nicht in die Tat umgesetzt. Für dieses Kind hat es sich zu leben gelohnt.«

In Ripekas Gesicht stand jetzt so etwas wie Bewunderung für diese sonst eher lammfromme Frau geschrieben. Nein, sie konnte June keinen Vorwurf machen, dass sie Matthews Racheplan unterstützte. Auch sie, Ripeka, würde Henry Carrington mit Sicherheit keine einzige Träne nachweinen.

Whangarei, Februar 1920

Ben hatte Vivian eine Überraschung versprochen, als er sie an diesem Tag bei Matui abholte. Beim ersten Zusammentreffen mit dem Reporter hatte der alte Maori keinen Hehl aus seiner Ablehnung gegen den jungen Halbmaori gemacht. Heute hatte er sich ihm gegenüber schon wesentlich freundlicher verhalten. Vivian vermutete, es könne daran liegen, dass sie den alten Maori inzwischen in ihre Heiratspläne eingeweiht hatte. Seine erste Reaktion auf diese Nachricht hatte Vivian allerdings schwer erschüttert. »Aber du liebst doch den falschen Sohn des Bischofs. Warum heiratest du einen anderen?«, hatte er sie erstaunt gefragt.

Allein bei dem Gedanken an diesen Satz bekam Vivian heiße Ohren. Sie hatte das natürlich vehement abgestritten, aber dem alten Maori konnte sie nichts vormachen. Er hatte sich zwar nicht mehr dazu geäußert, aber seine Blicke sprachen Bände.

Vivian seufzte tief. Seit drei Tagen war Matui zu erschöpft, um ihr weiterzuerzählen. Dabei interessierte sie der Fortgang der Geschichte brennend. Ob Matui ihr irgendwann beichten würde, dass er Henry umgebracht hatte? Sie hatte ihm jedenfalls verschwiegen, dass man dessen Überreste in Oneroa entdeckt hatte. Sie hegte immer noch gemischte Gefühle gegenüber dieser fürchterlichen Art der Rache. Natürlich konnte sie auch June irgendwie verstehen, aber Mord war in ihren Augen einfach keine Lösung.

»Was bewegst du denn Schweres in deinem hübschen Köpfchen?«, fragte Ben, der stehen geblieben war und ihr mit der

Hand zärtlich über die Stirn fuhr. »Du siehst ganz zergrübelt aus. Das passt aber nicht zu meiner Überraschung.«

»Und was würde passen?«

»Das strahlende Lächeln einer glücklichen Braut.« Er lachte. Vivian warf den Kopf in den Nacken und verzog den Mund zu einem verunglückten Lächeln. »So vielleicht?«

»Gott bewahre!«, lachte er.

Als Antwort streckte sie ihm die Zunge heraus.

»Und so etwas darf dir schon gar nicht passieren. Das ist der Überraschung mehr als abträglich.«

»Ach, nun mach es doch nicht so spannend! Du wirst mir doch kein Hochzeitskleid ausgesucht haben, oder?«

»O nein, in Kleiderfragen vertraue ich der Lady aus London. Da würde ein Mann, der im hintersten Winkel der Welt zu Hause ist, mit Sicherheit danebengreifen.«

Jetzt musste Vivian ebenfalls lachen, und sie stieß ihn zärtlich in die Seite. »Weißt du, warum ich dich heiraten werde?«

»Weil du mich liebst, hoffe ich«, erwiderte er prompt.

»Weil du mich andauernd zum Lachen bringst.«

»Gut, dann diene ich eben deiner Belustigung. Schlimmer wäre es, ich würde dich langweilen.«

»So habe ich das doch nicht gemeint«, erwiderte sie entschuldigend. »Ich bin nur etwas vorsichtig, wenn es um Gefühle geht. Dazu bin ich zu oft enttäuscht worden.«

»Schon gut!« Er fasste sie bei der Hand.

Sie waren inzwischen unten im Ort angekommen und schlenderten einträchtig die Hauptstraße entlang. Vor dem Hotel blieb Ben stehen.

»Jetzt verstehe ich. Du willst das verkorkste Essengehen nachholen. Das ist eine tolle Überraschung. Dann wollen wir nur hoffen, dass wir nicht wieder unliebsame Begegnungen haben«, scherzte Vivian, doch Ben musterte sie mit ernster Miene. Seine Heiterkeit war wie verflogen.

381

»Ich hoffe nicht«, sagte er.

Das Restaurant war ziemlich leer an diesem Abend, und doch steuerte Ben zielstrebig auf den einzigen Tisch zu, der bereits besetzt war. Zu Vivians großer Verwunderung winkte ihnen ein Mann, den sie auf etwa fünfzig schätzte, lächelnd zu. Und obwohl er sehr hellhäutig war, erkannte Vivian auf den zweiten Blick, dass beide Männer zum Verwechseln lachten. Sie erschrak. Die Überraschung war kein Geringerer als Bens Vater. Sie atmete einmal tief durch und straffte die Schultern, bevor sie ein Lächeln aufsetzte, aber nicht so gekünstelt, wie sie es soeben vorgeführt hatte. Ben legte beinahe besitzergreifend seinen Arm um ihre Taille und führte sie an den Platz neben seinem Vater. Der sprang galant auf, deutete eine Verbeugung an und gab ihr einen Handkuss.

»Aber Vater, das ist auch in London nicht üblich. Denk an deinen Rücken.«

Statt seinem Sohn böse zu sein, lachte Mister Schneider aus vollem Hals. »Damit wollte ich nur zum Ausdruck bringen, dass deine Braut bezaubernd ist. Miss Taylor, Sie sind zum Niederknien.«

Wider Willen musste Vivian schmunzeln.

»Den Charme hat Ihr Sohn also von Ihnen geerbt«, erwiderte sie schlagfertig, während sie sich auf den Stuhl setzte, den Ben ihr vom Tisch abgerückt hatte. Nun nahmen auch die beiden Männer Platz, und Mister Schneider schenkte ihr einen bewundernden Blick. »Mein Sohn hätte Sie mir gar nicht so anpreisen müssen. Keine Frage, dass ich für eine wortgewandte junge Dame, wie Sie es sind, in meiner Zeitung eine Stellung habe.«

Vivian blickte ihn überrascht an. »Sie würden mich wirklich einstellen?«

»Wir sind eben ein Familienbetrieb«, erwiderte er und fügte galant hinzu: »Und ich darf ohne Übertreibung sagen, dass ich mit Bens Wahl außerordentlich zufrieden bin.«

»Das freut mich, Mister Schneider«, entfuhr es Vivian gerührt.

»Ach, Miss Taylor, wir sollten uns nicht unnötig mit Höflichkeitsfloskeln aufhalten. Die können wir Neuseeländer ohnehin nicht leiden. Du kannst mich Vater nennen.«

Dieses Angebot traf Vivian unvorbereitet. Sie hatte noch niemals einen Vater besessen, und sie würde keinen Mann jemals so nennen können, schon gar keinen, den sie erst seit zwei Minuten kannte. Trotzdem lächelte sie tapfer, während sie gefasst erwiderte: »Ich bin Vivian.«

Der Kellner trat an den Tisch und störte ihr kleines Gespräch. Er fragte nach ihren Wünschen, doch Ben teilte ihm mit, dass sie mit dem Essen noch auf einen weiteren Gast warten müssten.

Vivian zuckte zusammen. Einen weiteren Gast? Er meinte doch hoffentlich nicht den Bischof! Sie hatte den Gedanken kaum zu Ende gedacht, als Peter Newman mit suchendem Blick das Lokal betrat.

Vivians erster Impuls war es zu flüchten, doch Bens Vater legte ihr die Hand auf den Arm und raunte verschwörerisch: »Ich habe schon gehört, dass du deinen Vormund nicht besonders magst. Aber keine Sorge, ich bin ja bei dir!«

Vivian rang nach Luft, doch da war der Bischof bereits mit finsterer Miene an den Tisch getreten.

»Guten Abend«, grüßte er steif in die Runde.

»Ja, das ist Bischof Newman, ein entfernter Verwandter von mir und nach dem Tod meiner Eltern mein Vormund«, beeilte sich Vivian zu sagen, um dem Bischof zu signalisieren, dass sie keinem Menschen verraten hatte, dass sie in Wahrheit seine Tochter war.

Statt ihr dankbar zu sein, warf er ihr einen strafenden Blick zu. »Wir haben uns Sorgen um dich gemacht. Wie kommst du dazu, einfach in Whangarei zu bleiben, obwohl mein Sohn, dein Aufpasser, längst abgereist ist?«

»Aber werter Bischof, wir sind doch hier zusammengekommen, um eher ein freudiges Ereignis zu feiern«, mischte sich Mister Schneider ein und erhob sich. »Falls Ihnen das mein Sohn nicht telegrafiert hat, ich bin Verleger des *Chronicle* aus Wanganui und der Vater des stolzen jungen Mannes, der Ihr Mündel heiraten möchte.«

Er deutete auf Ben, der sich verlegen dem Bischof zuwandte.

»Ja, wie Sie sich vielleicht bereits denken konnten, als ich Sie telegrafisch zu diesem Treffen bat. Ich möchte Sie um Vivians Hand anhalten.«

Peter Newman starrte Ben an, als hätte er etwas Furchtbares verkündet, doch dann riss er sich zusammen. »Sie ist noch viel zu jung«, erklärte er gestelzt.

»Genau, deshalb fragen wir Sie ja persönlich«, erwiderte Mister Schneider rasch. Er warf Vivian einen ermunternden Blick zu, aber sie nahm das gar nicht richtig wahr. Viel zu viele Gedanken schossen ihr gleichzeitig durch den Kopf. Was hatte sich Ben eigentlich dabei gedacht, sie mit dem Bischof zu konfrontieren? Und überhaupt: Warum hatte er sie nicht nach ihrer Meinung zu diesem Treffen gefragt, bevor er sich mit ihrem Vater in Verbindung gesetzt hatte?

Dementsprechend bestellte sie nur eine Suppe, als der Kellner sie nach ihren Wünschen fragte. Das brachte ihr zwar einen besorgten Blick Bens ein, aber der kümmerte sie nicht sonderlich. Plötzlich war ihr alles gleichgültig. Dass Ben über ihren Kopf hinweg eine solch wichtige Entscheidung getroffen hatte und auch dass der Bischof ihr gegenübersaß.

Peter räusperte sich. »Ich habe im Grunde genommen nichts dagegen. Dennoch müsste ich darauf bestehen, dass sie bis zur Hochzeit bei mir lebt.«

Ein eiskalter Schauer überlief Vivian.

»Nein, das kann ich nicht. Ich werde bis zur Hochzeit bei einem alten Maori mit Namen Matui Hone Heke wohnen. Er hat mich so freundlich aufgenommen . . .«

»Mister Newman, wenn Sie unserer Hochzeit zustimmen, werden wir sofort zusammen nach Wanganui reisen, und meine Braut wird in unserem Haus leben«, mischte sich Ben beflissen ein.

Vivian warf ihm einen vernichtenden Blick zu. Sie dachte nicht daran, ihre Bleibe bei Matui zu verlassen, bevor er ihr alles über ihre Familie erzählt hatte, doch sie behielt ihre Widerworte für sich. Und vor allem, wie kam er dazu, über ihren Kopf hinweg ein Treffen mit Peter Newman zu arrangieren, obwohl er wusste, was für Probleme sie mit ihrem so genannten Vormund hatte?

»Gut, damit bin ich einverstanden«, stimmte der Bischof Ben in gönnerhaftem Ton zu.

»Du lebst bei dem alten Mann, der sich geweigert hat, das Bildnis des Missionars Walter Carrington zu schnitzen?«, fragte Mister Schneider neugierig.

»Und du willst wirklich so gut wie gar nichts essen?«, mischte sich Ben ein, um seinen Vater ganz offensichtlich von diesem heiklen Thema abzulenken.

»Er ist ein verwirrter alter Mann und hält mich irrtümlich für eine Verwandte, aber er ist unendlich gastfreundlich«, bemerkte Vivian mit ruhiger Stimme.

»Der Mann scheint Ihren Urgroßvater aber nicht sonderlich zu mögen«, entgegnete Mister Schneider prompt und musterte den Bischof, als erwarte er eine Erklärung von ihm.

Der aber hob die Schultern. »Ich kenne den Mann nicht. Ich weiß von meinem Sohn, der für eine Aucklander Zeitung arbeitet, zwar von dieser Geschichte, aber ich kann mir keinen Reim darauf machen. Ich weiß nur, dass mein Urgroßvater Walter Carrington sich in besonderer Weise um das Wohl der Maori verdient gemacht hat.«

»Nun gut, das war auch nur mein berufliches Interesse, aber hier handelt es sich schließlich um etwas anderes«, bemerkte Mister Schneider einlenkend. »Erheben wir unser Glas auf die Liebe!«

385

Während er theatralisch aufstand, spürte Vivian, wie ihr unbehaglich zumute wurde. Daran änderte sich auch nichts, als Ben zärtlich ihre Hand ergriff. Im Gegenteil, ihr wurde bewusst, dass sie nicht mit dem Herzen bei der Sache war. Es war keine Liebe, die sie für Ben empfand, sondern Freundschaft, und der Gedanke, seine Frau zu werden, war ihr plötzlich zuwider. Sollte das ihre Zukunft sein? Und mit einem Mal überkam sie eine geradezu schmerzliche Sehnsucht nach Frederik. Was hätte sie darum gegeben, wenn er jetzt ihre Hand gehalten und darauf gewartet hätte, dass sie ihr Glas zur Hand nahm. Doch sie konnte nicht, obwohl alle sie erwartungsvoll ansahen. Sogar der Bischof blickte nicht finster, sondern fragend.

»Liebling, wollen wir nicht auf unser Glück anstoßen?« Bens Stimme klang flehend.

Zögernd nahm sie ihr Glas und tat, was die anderen von ihr verlangten, doch sie konnte sich nicht einmal zu einem Lächeln durchringen.

Am liebsten wäre sie aufgestanden und nach Hause gegangen. Sie erschrak, als ihr klar wurde, wohin es sie zog. Sie wäre gern geradewegs durch die exotische grüne Pflanzenwelt mit ihren fremdartigen Geräuschen hinauf auf den Berg zu Matui geeilt und in die Geschichte ihrer Familie eingetaucht. Es fiel ihr allerdings schwer, sich vorzustellen, dass der abweisende Mann ihr gegenüber der nächste Familienangehörige war, den sie auf dieser Welt hatte. Ihr eigener Vater.

Ihre Blicke trafen sich. Täuschte sie sich, oder entdeckte sie zum ersten Mal, seit sie ihn kannte, etwas Verletzliches hinter seiner kühlen Fassade?

Sie wollte sich abwenden. Als ein leises Lächeln über sein Gesicht huschte, mochte sie es nicht glauben. Vor allem nicht, dass es tatsächlich ihr galt. Doch begann er nun, ohne sie aus den Augen zu lassen, zu reden.

»Ja, liebe Vivian, ich wünsche dir alles Glück dieser Welt,

nach allem, was du durchmachen musstest. Lieber Ben, ich glaube, dass du es wirklich gut mit ihr meinst, und deshalb hast du meinen Segen. Wenn ihr wollt, werde ich euch trauen.« Der Bischof redete mit einem Mal so vertraut, als wären sie eine Familie.

»Auf keinen Fall«, entfuhr es Vivian, während Ben gleichzeitig erfreut ausrief: »Das wäre wunderbar!«

Vivian wurde es heiß vor Scham. Schweiß rann ihr den Rücken hinunter. Das ist alles nur Fassade!, schrie es verzweifelt in ihrem Innern. In ihren Ohren begann es zu rauschen, so als würden sich die Wellen des Ozeans in ihnen brechen.

»Liebling, ist dir nicht gut?«, hörte sie wie von ferne Bens besorgte Stimme fragen.

»Verzeiht mir, ich . . . ich glaube, ich brauche ein wenig frische Luft«, stammelte sie, während sie aufsprang und nach draußen stürzte.

Zitternd lehnte sie sich an eine schattige Häuserwand. Ich kann das nicht, hämmerte es in ihrem Kopf, der zum Zerbersten schmerzte.

»Vivian, was ist mit dir?« Es war die strenge Stimme des Bischofs. Müde drehte sie sich zu ihm um.

»Es ist nichts. Die ungewohnte Hitze vielleicht«, entgegnete sie schwach.

Der Bischof trat verlegen von einem Fuß auf den anderen. »Ich muss mich bei dir entschuldigen. Ich habe dich nicht freundlich empfangen. Du bist so unverhofft in mein Leben gestolpert. Und auch, wenn du es mir nicht glaubst, ich habe deine Mutter geliebt, doch ich bin schwach. Es gibt etwas in meiner Vergangenheit, das ich mühsam aus meinem Leben gedrängt hatte. Ich habe eine schwere Schuld auf mich geladen, weil ich damals fortgegangen bin und deine Mutter und dich einfach zurückgelassen habe. Ich bin davor weggelaufen, und ich kann nicht mehr zurück. Ich habe mich für ein Leben ohne den Makel entschieden. Es ist wie eine Wunde . . .«

387

»Keine Sorge, Mister Newman«, unterbrach Vivian ihn kalt. »Von mir wird keiner je erfahren, dass durch Ihre Adern allem Anschein nach Maori-Blut fließt. Bitte entschuldigen Sie mich jetzt bei den anderen. Ich möchte gern nach Hause.«

Vivian wandte sich abrupt ab und eilte wie betäubt in Richtung *ihres Bergs*. Sie spürte den Blick des Bischofs förmlich in ihrem Rücken brennen, doch sie drehte sich nicht noch einmal um.

Dunedin, April 1866

Lily saß voller Sorge am Bett der fiebernden Ripeka.

»Ich verstehe das nicht, wir haben es doch alle gehabt, dieses Husten und dieses Fieber, aber warum will es bei dir nicht weggehen?«

Ripeka holte tief Luft. Dabei rasselte es bedenklich in ihrem Brustkorb.

»Weil es eure Krankheiten sind, gegen die wir machtlos sind«, erwiderte die Maori mit heiserer Stimme.

»Vielleicht sollte ich noch einmal den Arzt holen.«

Ripeka hob abwehrend die Hände. »Bloß nicht diesen Doktor, das ist ein Pakeha-Arzt. Der hat mich spüren lassen, dass ich nur die Haushaltshilfe der Newmans bin und keine Weiße.«

»Ja, aber ich kann doch nicht tatenlos zusehen, wie du immer schwächer wirst. Ich muss doch irgendetwas für dich tun.«

Ripeka legte die Stirn in Falten. »Vielleicht könntest du Doktor Ngata in der Princes Street aufsuchen und um einen Besuch bitten.«

»Doktor Ngata? Wer ist das?«

»Ach, ich traf ihn neulich rein zufällig wieder. Ich hätte ihn gar nicht wiedererkannt, er ist ein Mann geworden, aber er erkannte mich. Sein Vater Arama war ein Heiler von meinem Stamm. Er kam öfter nach Paihia, um unsereins zu behandeln. Eines Tages auch mit seinem Sohn Tamati, der damals noch ein kleiner Junge war. Doch kurz vor dem Ausbruch des Fahnenmastkrieges reiste Arama mit seiner Familie nach London. Ein reicher Londoner wollte sich unbedingt mit diversen Exoten aus aller Welt umgeben. So drückte sich Tamati aus, als ich ihn hier in Dunedin wiedertraf. Seine Eltern sind bald darauf in der kalten Stadt gestorben. Der reiche Mann aber hatte einen Narren an ihm gefressen und ließ ihn Medizin studieren. Er war nicht erfreut, als Tamati nach Abschluss seiner Studien nach Neuseeland zurückgekehrt ist, um seinen Leuten zu helfen. Er hat mir jedenfalls angeboten, dass ich ihn jederzeit konsultieren könne, wenn ich Hilfe brauchte ...« Ihre letzten Worte hatte Ripeka nur noch gekeucht.

Lily sprang auf und versprach, diesen Doktor Ngata sofort zu holen. Ripeka war zu schwach zum Sprechen. Sie nickte nur leicht.

»Ich bin gleich wieder bei dir. Mit dem Wunderdoktor.«

Auf dem Flur begegnete ihr Mabel Newman.

»Wie geht es ihr?«

»Nicht gut. Ich werde jetzt auf ihren Wunsch hin einen Doktor Ngata holen.«

»Wer soll das denn sein? Wir haben doch einen guten Arzt.«

Lily hob die Schultern. »Doktor Ngata ist Maori, und Ripeka möchte lieber von ihm behandelt werden.«

Mabel kräuselte die Lippen. »Seit wann gibt es unter den Maori Mediziner?«, bemerkte sie spitz und ging weiter.

Lily stieß der herablassende Ton ihrer zukünftigen Schwiegermutter zwar auf, aber sie hatte in den letzten zwei Jahren gelernt, vieles hinunterzuschlucken. Schließlich hatten die Newmans nach dem spurlosen Verschwinden von Lilys Vater und dem Tod ihrer Mutter Elternstelle für sie angenommen. Inzwischen war sie auch ganz offiziell mit Edward verlobt, den sie seitdem allerdings nur zweimal kurz gesehen hatte.

Dass ihr Vater sich nach England abgesetzt hatte, berührte sie nicht sonderlich. Ihr war es nur furchtbar unangenehm, dass er sich wegen seiner Schulden bei ihrem zukünftigen Schwiegervater aus dem Staub gemacht hatte. Der Verlust ihrer Mutter hin-

390

gegen schmerzte sie fürchterlich. Wenn sie nur daran dachte, wie sie an jenem Tag erwartungsvoll an der Pier gestanden und vergeblich versucht hatte, ihre Mutter unter den winkenden Menschen an der Reling auszumachen, wurde ihr immer noch schwer ums Herz. Es war ihr, als wäre es gestern gewesen und nicht schon vor beinahe zwei Jahren: wie sie langsam eine böse Ahnung beschlichen hatte, als June nicht gekommen war. Wie sie dann am ganzen Körper bebend auf das Schiff gegangen war. Wie der Kapitän ihr die Nachricht von Junes leisem Tod überbracht hatte. Sie war am Tag der Ankunft nicht mehr aufgewacht. Man hatte es erst gemerkt, nachdem sie ihre Kabine nicht verlassen hatte …

Lily musste an ihr friedliches, entspanntes Gesicht denken. Das war ihr einziger Trost. Ihre Mutter hatte nicht leiden müssen. Trotzdem wurde ihr ganz kalt bei dem Gedanken, dass sie nun eine Waise war. Deshalb durfte Ripeka nichts geschehen! So viel stand fest. Lily eilte in ihr Zimmer und nahm sich ein wenig Geld aus ihrem Versteck. Das hatte sie damals bei den Sachen ihrer Mutter gefunden und wollte es Edward nach seiner Hochzeit geben.

Immer wenn sie an ihren fernen Verlobten dachte, überkam sie ein schlechtes Gewissen. Weniger weil sie sich ihm beim letzten Mal hingegeben hatte, sondern weil es keine schöne Erinnerung war, bei der ihr die Knie weich wurden.

Im Gegenteil, es hatte einfach nur wehgetan. Wie ein Mehlsack hatte er auf ihr gelegen. Selbst der Kuss, als er in ihr Zimmer geschlichen war, hatte fade geschmeckt. Lily schüttelte sich. Das war es also, wovon Frauen hinter vorgehaltener Hand sprachen, meist verbunden mit einem verschämten Kichern. Sie hatte es ihm zu Gefallen über sich ergehen lassen. Er hatte sie plötzlich mit Kosenamen belegt, die sie noch nie zuvor aus seinem Mund gehört hatte, er hatte gekeucht und gestöhnt wie ein Wahnsinniger. Die Vorstellung, dass dies zu ihrem Ehealltag gehören würde wie die tägliche Morgentoilette, behagte ihr ganz und gar nicht.

391

Sie versuchte sich damit zu trösten, dass es womöglich nur beim ersten Mal so schlimm war. Doch dieses Erlebnis hatte ihre Gefühle für Edward zusehends verändert. Während er sich nach ihr zu verzehren schien und ihr leidenschaftliche Briefe schrieb, kostete es sie einige Mühe, ihm entsprechend zu antworten. Lieber löcherte sie ihn mit Fragen nach seinem Studium. Er hatte ihr netterweise seine alten Bücher mitgebracht, die er nicht mehr brauchte. Die verschlang sie regelrecht, und daher wusste sie auch, dass so ein bisschen Husten und Fieber keine tödliche Gefahr darstellten, jedenfalls nicht für die Pakeha. Dieses Wort war ihr neulich versehentlich in Gegenwart ihres zukünftigen Schwiegervaters herausgerutscht. Er hatte sehr ungehalten reagiert. »Bei dir färbt wohl die Gesellschaft dieser alten Maori ab«, hatte er gezischt.

Lily war so in Gedanken versunken, dass sie gar nicht gemerkt hatte, dass sie bereits in der Princes Street angekommen war. Seit sie in diese Stadt gezogen war, hatte sich vieles verändert. Wo man vor zwei Jahren in Dunedin noch alle paar Meter im Schlamm stecken geblieben und über Unrat gestolpert war, gab es nun zunehmend befestigte Wege. Die Holzhütten waren zum Teil Häusern aus Stein gewichen. In so einem Haus aus rotem Stein wohnte auch der Maori-Doktor.

Nachdem Lily zaghaft an die Tür geklopft hatte, passierte erst einmal eine lange Zeit gar nichts. Dann erklang lautes Fluchen von innen, bis die Tür aufgerissen wurde.

»Entschuldigen Sie bitte, mich hat gerade meine Hilfe verlassen, um zu heiraten, und jetzt muss ich alles allein machen. Kommen Sie doch rein!«

Tamati Ngata hielt ihr die Haustür auf und ließ sie eintreten. Dann führte er sie zu seinem Sprechzimmer. Die Mengen an Tiegeln, die in einem Schrank hinter einer Glastür standen, faszinierten Lily auf der Stelle.

»Sind das alles Heilmittel?«, fragte sie neugierig.

»Ja, das habe ich von den hiesigen Heilern gelernt. So viele
Kräuter gab es in London nicht, aber ich muss mich schon wieder
entschuldigen. Ich rede einfach drauflos und weiß gar nicht, wer
Sie sind.« Er reichte ihr die Hand. »Ich bin Tamati Ngata – und
Sie?«

Als seine Hand ihre Finger umschlossen, war das, als würde ein
Blitz einschlagen. Erschrocken zog sie ihre Hand zurück und
blickte den Doktor irritiert an. Er war einen Kopf größer als
sie, kräftig gebaut, hatte nicht so eine dunkle Haut wie Ripeka,
aber es gab keinen Zweifel daran, dass er ein Maori war. Er besaß
sowohl die geschwungenen Lippen als auch diese glühenden
Augen, was für die Männer oben in Wanganui so charakteristisch
gewesen war. Sein Benehmen aber durch und durch englisch. Sie
schätzte ihn auf acht bis zehn Jahre älter, als sie es war.

Jetzt erst wurde ihr bewusst, dass sie sich immer noch nicht
vorgestellt hatte.

»Ich bin Lily Carrington und mache mir große Sorgen um
meine Kinderfrau Ripeka.«

»Was ist mit ihr?«

»Sie hustet und fiebert. Es will und will nicht besser werden.
Und sie hat nach Ihnen geschickt.«

Das freundliche und offene Gesicht des Doktors verdüsterte
sich.

»Diese verdammten Pakeha-Krankheiten!«, schimpfte er, doch
dann fügte er sachlich hinzu: »Sie müssen wissen, das ist der
Grund, warum ich aus London weggegangen bin. An der Universität wurden Stimmen laut, die den Maori kaum langfristige
Überlebenschancen einräumten. Am Ende des Jahrhunderts seien
sie ausgestorben, hieß es. Und in der Tat, dasselbe, was Ihren Körper kurzzeitig schwächt und Sie danach wieder problemlos genesen
lässt, kann uns umbringen.«

Lily hatte Probleme, den Inhalt seiner Worte vollständig aufzunehmen, weil allein der Klang seiner rauen Stimme ihr Herz

zum Klopfen brachte. Sie nickte, damit er es nicht bemerkte. Ihr Blick blieb an seinen Händen hängen. Der Gedanke, der ihr nun durch den Kopf schoss, beschämte sie zutiefst. Sie stellte sich vor, wie es sich wohl anfühlen würde, wenn diese Hände ihre Schenkel in jener Nacht gestreichelt hätten. Sie lief vor lauter Verlegenheit rot an.

»Wissen Sie was? Ich komme gleich mit. Dann sehe ich mir die Patientin mal an. Schauen Sie nicht so entsetzt. Noch besteht Hoffnung«, sagte er und strich ihr beim Aufstehen tröstend über die Hand. Auch diese flüchtige Berührung ging ihr durch und durch. Was ist nur mit mir los?, fragte sie sich, bevor sie aufstand und ihm zum Haus der Newmans folgte.

An der Tür stießen sie mit Tomas Newman zusammen. Als er den Maori in seinem tadellos sitzenden Anzug sah, war ihm seine Verunsicherung sichtlich anzumerken.

»Mit wem habe ich die Ehre?«, fragte er gestelzt.

»Doktor Tamati Ngata, ich wurde von dieser jungen Dame gebeten, nach Ripeka zu schauen.«

»Die junge Dame ist meine angehende Schwiegertochter. Sind Sie denn überhaupt Arzt?«

Lily fand diese Frage ungehörig. Was sollte er wohl sonst für ein Doktor sein? Außerdem war es ihr unangenehm, dass Tomas sogleich deutlich gemacht hatte, in welchem Verhältnis sie zueinander standen.

Tamati aber blieb freundlich.

»Ja, Mister ... äh ... wie war Ihr Name?«

»Newman!«

»Ja, also, Mister Newman, ich habe in London studiert und bin in mein Heimatland zurückgekehrt, um zu verhindern, dass mein Volk in fünfzig Jahren ausgestorben sein wird«, entgegnete Tamati Ngata in betont höflichem Ton. Er ist mehr Gentleman als mein zukünftiger Schwiegervater, schoss es ihr durch den Kopf.

394

»Gut, gut«, knurrte Tomas, »aber ich verstehe nicht, warum Ripeka nicht nach unserem Arzt geschickt hat.«

Lily biss sich auf die Lippen, aber dann konnte sie sich beim besten Willen nicht länger beherrschen. »Euer Doktor behandelt sie herablassend. Ich war neulich selbst Zeugin, als er so etwas sagte wie, Pakeha seien eben robuster.«

Tomas warf ihr einen strafenden Blick zu. »Da ist ja auch etwas dran«, brummte er und eilte grußlos an ihnen vorbei aus dem Haus.

»Es tut mir leid, er ist sonst ein freundlicher Mann«, versuchte Lily ihren zukünftigen Schwiegervater zu entschuldigen.

Zu ihrer großen Überraschung war der Arzt gar nicht böse, sondern er lächelte sogar, während er sagte: »Ich kenne das schon, Miss Carrington. Diese Leute können sich das einfach nicht vorstellen, denn kaum jemand von uns hat die Möglichkeit zu studieren. Und ich passe schon gar nicht in ihr Bild, weil in mir ein Londoner steckt. Sie müssen das verstehen, im Norden des Landes toben noch Kriege zwischen Ihrem und unserem Volk. Viele Pakeha glauben, wir würden ausschließlich im Kilt und mit der Muskete in der Hand umherlaufen und Kriegstänze aufführen.«

»Und das beleidigt Sie nicht?«

Er lächelte immer noch. »Nein, das wäre kleinlich.«

Lily sah ihn voller Bewunderung an.

»Kommen Sie, sie liegt oben in ihrem Zimmer.«

Ripeka strahlte über das ganze Gesicht, als Tamati eintrat. Er begrüßte sie in ihrer Sprache, sie erwiderte seinen Gruß in diesem für Lilys Ohren fremdartigen Singsang.

»Ich habe ihm gesagt, dass es mir schon viel besser geht, jetzt, da ich ihn sehe«, erklärte Ripeka an Lily gewandt.

»Würde es Ihnen etwas ausmachen, wenn ich Ripeka allein untersuchen würde?«, fragte Tamati höflich, während er aus seiner mitgeführten Tasche ein hölzernes Hörrohr nahm.

»O nein, natürlich nicht«, entgegnete Lily und trat auf den Flur hinaus. Plötzlich verspürte sie eine leichte Übelkeit, die sie schon in den letzten Tagen wiederholt aus heiterem Himmel überfallen hatte. Sie lehnte sich gegen die Wand und atmete ein paarmal tief durch. Auf diese Weise hatte sie es bislang meistens geschafft, ein Erbrechen zu vermeiden. Heute aber war es schlimmer als sonst. Trotzdem gelang es ihr, durch gleichmäßiges Luftholen ihren aufgewühlten Magen im Zaum zu halten. Als der Doktor – mit grüblerischer Miene – aus Ripekas Zimmer kam, versuchte sie zu verbergen, wogegen sie zu kämpfen hatte.

»Was ist mit ihr?«

Tamati Ngata schüttelte den Kopf.

»Sie wird nicht wieder . . .!«, schrie Lily auf, doch Tamati legte sich den Finger auf den Mund zum Zeichen, dass sie schweigen möge.

Sie verstand und sprach nicht zu Ende. Tränen schossen ihr in die Augen, und die Übelkeit kam mit solcher Heftigkeit zurück, dass ihr alle Farbe aus dem Gesicht wich. Sie kam ins Schwanken, doch Tamati fing sie noch rechtzeitig auf, bevor sie fallen konnte.

»Es ist nichts«, stammelte sie. »Es ist alles in Ordnung.«

»Wie auch immer, aber jetzt kommen Sie erst einmal mit an die Luft. Sie sehen ja aus wie der Tod.«

Widerspruchslos ließ sie sich von ihm unterhaken und zur Haustür führen. Lily war nur froh, dass ihnen keiner begegnete. Sie konnte sich den strafenden Blick ihrer Schwiegereltern nur zu gut vorstellen.

Draußen pfiff ihr ein strammer Wind entgegen, und die frische Brise, die ihr um die Nase wehte, tat ihr gut. Ihr wurde sofort besser.

»Und nun sagen Sie schon: Was ist mit Ripeka?« Lily blieb stehen und entzog ihm den Arm.

»Ich befürchte, sie wird sterben, denn das Fieber ist hoch, und ich habe Geräusche in ihrer Brust gehört, die darauf hindeuten, dass sie unter einer Pneumonie leidet. Und dagegen sind wir Ärzte machtlos. Ich werde ihr ein paar Kräuter mischen, damit der Schmerz in der Brust nachlässt . . .«

Weiter kam er nicht, weil er nur noch sah, dass Lily würgte, sich die Hand vor den Mund hielt und dann vor seinen Augen zusammensackte. Dieses Mal konnte er sie nicht einmal mehr auffangen. Erschrocken beugte er sich über sie und war froh, als sie einen Augenblick später die Augen schon wieder aufschlug.

Tamati reichte ihr die Hand und half ihr beim Aufstehen. »Sie sollten sich sofort ins Bett legen. Das ist alles zu viel für Sie.«

Lily aber schüttelte heftig den Kopf. »Ich . . . ich . . . also, ich habe eine Bitte. Könnten Sie mich wohl untersuchen? Ich weiß nicht, was mit mir los ist. Seit Tagen wird mir aus heiterem Himmel übel, und . . . es wird nicht besser.«

»Kommen Sie, Sie begleiten mich, ich versuche der Sache auf den Grund zu gehen und gebe Ihnen die Mittel für Ripeka mit. Sie müssen es übrigens nicht vor ihr verbergen. Sie weiß, dass die Ahnen auf sie warten, und sie ist bereit. Ihre einzige Sorge gilt Ihnen und dass Sie glücklich werden.«

Lily kämpfte mit den Tränen, doch dann hakte sie sich bei dem Maori unter und ging schnellen Schrittes mit ihm zur Princes Street.

Das Herz klopfte ihr bis zum Hals, als er sie bat, sich auf den Behandlungsstuhl ihm gegenüber zu setzen.

»Haben Sie schon früher einmal an Übelkeit gelitten?«, fragte er mit sanfter Stimme.

»Nein, es ist seit höchstens zwei Wochen, und es überkommt mich häufig am Morgen. Dann ist es so heftig, dass ich mich übergeben muss. Am Tag kann ich meist das Schlimmste verhindern.«

Tamati Ngata musterte sie mit einem merkwürdigen Gesichtsausdruck.

»Bevor ich Sie untersuche, muss ich Sie etwas sehr Persönliches fragen . . .« Er unterbrach sich und räusperte sich verlegen, doch

397

dann blickte er sie aus seinen braunen Augen warmherzig und offen an. »Sind Sie mit Ihrem Verlobten . . .?«

Wieder unterbrach sich der Maori und suchte nach den richtigen Worten, doch Lily hatte verstanden. Sie sah ihn aus schreckensweiten Augen an.

»Um Himmels willen, Sie wollen doch damit nicht etwa andeuten, dass ich in anderen Umständen bin?«

Tamati Ngata hob die Schultern. »Die Vermutung liegt nahe, und unter uns, das ist doch wohl wesentlich besser, als wenn Sie krank wären.«

»Aber wir sind nicht verheiratet. Mein Verlobter studiert in Sydney Medizin und wird erst zu Weihnachten endgültig zurückkehren.«

Der Arzt lächelte Lily gewinnend an. »Ich denke, seine Familie wird dafür sorgen, dass er schnellstens zurückkehrt, um Sie zu heiraten. Und ganz ehrlich, ich beneide ihn ein wenig.«

Lily stockte der Atem. Hatte sie geträumt, oder hatte er diese Worte wirklich gesagt? Dass ihr Herz in Aufruhr war, das konnte sie unschwer länger vor sich selbst verbergen, aber dass dies Gefühl auf Gegenseitigkeit beruhte, hätte sie niemals erwartet. Um ihre Verlegenheit zu überspielen, bemerkte sie forsch: »Dann sollte er sich beeilen, denn es muss an Neujahr passiert sein. Das war das einzige Mal, dass er in mein Zimmer gekommen ist. Und Sie sind sich wirklich sicher, dass ich nur ein Kind bekomme?«

»Vollkommen sicher«, erwiderte Tamati, stand auf und begann damit, einige Kräuter zu mischen. Lily hatte den Eindruck, es war ihm unangenehm, dass er ihr einen Einblick in seine Gefühle gewährt hatte. Jedenfalls schien er nun nichts anderes mehr im Sinn zu haben als seine Tiegel.

»Hier, das nehmen Sie mit. Und verbringen Sie viel Zeit an ihrem Bett. Ripeka liebt Sie über alles.«

»Ich weiß«, flüsterte Lily und wartete darauf, dass er ihr zum

Abschied die Hand entgegenstrecken würde, doch sie wartete vergeblich.

»Ich wünsche Ihnen alles Gute«, murmelte er hastig und setzte sich hinter seinen Schreibtisch. Dort war er unerreichbar für sie. Es ist besser so, sprach sie sich gut zu. Ich werde ihn niemals wiedersehen und bald vergessen. Dann verließ sie sein Haus und rannte los.

Ripeka strahlte, als sie in ihr Zimmer trat.

»Schau, das hat mir der Doktor für dich mitgegeben!«, rief Lily zur Begrüßung und zeigte ihr das Fläschchen. »Du sollst gleich einen Schluck nehmen, hat er gesagt.«

»Hat er dir auch gesagt, wie es um mich steht?«, fragte Ripeka ohne Umschweife. Lily räusperte sich, während sie sich auf die Bettkante setzte und Ripeka das Fläschchen reichte. Die aber stellte es energisch auf dem Nachttisch ab und strich stattdessen über Lilys Hand.

»Für mich ist es höchste Zeit, zu den Ahnen zu gehen. Darum sei nicht traurig, mein Kind.«

»Bitte, sag doch so etwas nicht! Du bist bei mir, und das hoffentlich noch sehr lange«, entgegnete Lily verzweifelt, und dann fügte sie nachdenklich hinzu: »Ich hätte so gern mehr über deinen Stamm und dein Volk erfahren. Du hast mir immer viele Geschichten erzählt, aber ich wüsste so gern ...« Lily stockte und blickte schwärmerisch in die Ferne.

»Kann es sein, dass Tamati Ngata dich mehr berührt, als du zugeben willst?«, fragte Ripeka, und die pure Neugier blitzte aus ihren Augen.

»Dir konnte ich noch nie etwas vormachen. Du hast schon immer meine geheimsten Gedanken erraten«, seufzte Lily. »Aber du darfst es niemandem verraten.«

Ripeka lachte. »Erst wenn ich bei den Ahnen bin. Dann werde ich vielleicht darüber plaudern.«

»Ich weiß nicht, was mit mir ist. Tamati Ngata kommt mir seltsam vertraut vor. Und als er mir die Hand gab, dachte ich, ich müsse verbrennen. So heiß war mir. Das ist doch nicht rechtens. Ich meine, er ist ein Maori, und ich bin eine Pakeha, verlobt mit einem Pakeha ...« Lily kämpfte mit sich. Sollte sie Ripeka etwas von dem Kind erzählen? Nein, noch nicht. Sie wollte selbst erst einmal eine Nacht darüber schlafen, bis sie ihre Schwiegereltern und auch Ripeka von dem Malheur in Kenntnis setzte. Außerdem hätte sie den Gedanken, dass sie bald eine Familie mit Edward gründen würde, gern noch ein wenig auf später geschoben. Auf morgen, wenn der Zauber dieser Begegnung mit dem Maori-Arzt erloschen war.

Ein lautes Aufstöhnen Ripekas riss sie aus ihren Schwärmereien für den fremden Doktor. Die Maori bäumte sich auf. Ihr Gesicht war schmerzverzerrt. Sie presste die Hände gegen den Brustkorb.

»Es ist so weit«, keuchte sie. »Die Ahnen rufen nach mir, aber ich darf dich nicht in Unwissenheit zurücklassen.«

Lily wurde bleich. Sie drückte Ripekas Hand und redete auf die Maori ein. »Nein, du bleibst bei uns. Bitte geh nicht! Ich brauche dich doch.«

Mit einem Seufzer sank Ripeka zurück in ihre Kissen. »Willst du wissen, warum Tamati Ngata dein Herz berührt?«, keuchte sie.

»Pst!«, machte Lily. »Nicht reden. Du musst dich ausruhen.«

»Nein, ich muss es sagen«, krächzte die Maori. »Komm ganz nahe an mein Ohr! Ich kann nur noch flüstern.« Lily tat, was Ripeka von ihr verlangte, und obwohl sie jedes Wort verstehen konnte, vermochte sie den Sinn doch nicht wirklich zu erfassen. Sie sollte das uneheliche Kind ihres Vaters mit einer Maori sein? Nein, Ripeka musste sich irren.

»Das kann nicht sein«, protestierte sie entsetzt. »Sieh mich doch an! Ich habe helle Haut und rotblondes Haar ...«

»Und die braunen Augen deiner Mutter. Weder dein Vater

noch June besaßen braune Augen.« Ripekas Worte waren immer schwerer zu verstehen.

Lily war wie betäubt. Waren das die Worte einer Frau, die im Todeskampf ihren Verstand verloren hatte, oder konnte das die Wahrheit sein?

»Und warum hat Mutter ... ich meine June ... mich als ihr Kind aufgezogen, wenn ich eine andere Mutter hatte?«

»Deine Mutter ist gestorben. Deshalb hat June es getan und dich immer wie ein eigenes Kind geliebt.«

Es kostete Ripeka unendlich viel Kraft, dem Mädchen wenigstens das eine Geheimnis ihrer Herkunft anzuvertrauen und zugleich von dem anderen, dem wirklichen Drama, nichts durchblicken zu lassen. Und Ripeka wiegte sich in der Sicherheit, dass sie allein die Herrin der Wahrheit war. Außer ihr gab es niemanden auf dieser Welt, der Lily jemals würde sagen können, was wirklich geschehen war. Denn dem einzigen Menschen, der ihr Wissen teilte, waren sie entkommen. Niemals würde er sie aufspüren. Das war beruhigend. Doch nun würde ihr kleines Mädchen wenigstens verstehen, warum ihr die Maori so erstaunlich nahe waren und sie trotzdem eine Pakeha bleiben würde.

Bei diesem Gedanken huschte ein friedliches Lächeln über Ripekas Gesicht, während sie die Augen für immer schloss.

Dunedin, September 1866

Lily fühlte sich inzwischen wie eine Tonne. Sie konnte sich kaum mehr normal bewegen und hoffte täglich, dass ihr Kind endlich kommen möge. Der Tod ihrer Kinderfrau hatte sie schwer getroffen, und ihre letzten Worte wollten und wollten ihr einfach nicht aus dem Kopf gehen. Doch was sollte sie tun? Es gab keinen Menschen, den sie danach fragen konnte. Sie hatte keine Familie mehr außer der ihres Mannes.

Ihre Hochzeit im Mai war an ihr vorübergezogen wie ein Traum, aber nicht wie jener Wunschtraum ihrer Jugend, sondern wie eine unwirkliche Erscheinung, die nur eine verschwommene Erinnerung hinterlassen hatte. Sie musste sich jedes Mal sehr anstrengen, um die Bilder an jenen Tag in ihr Gedächtnis zu rufen. Das Wichtigste war für ihre Schwiegermutter gewesen, die Schwangerschaft der jungen Braut zu verbergen. Zu diesem Zweck hatte Mabel Newman keine Mühen gescheut. Sie selbst hatte das Kleid geschneidert, das die verräterische kleine Wölbung am Bauch ihrer Schwiegertochter geschickt hatte verbergen können. Das Einzige, woran sich Lily schmerzhaft entsann, war die Fremdheit, die sie Edward gegenüber empfunden hatte. Er sah immer noch gut aus, keine Frage, ja, er war sogar männlicher und attraktiver geworden, aber wo war die Freundschaft geblieben, die sie einst verbunden hatte? Warum hatte er nicht einmal mit ihr über seine Studien gesprochen? Kein einziges Buch hatte er ihr mitgebracht. Lily hatte ein paarmal vergeblich versucht, an das alte gemeinsame Interesse für die Medizin anzuknüpfen, aber er hatte das Gespräch jedes Mal abgewürgt. Einmal hatte er sie sogar gerügt mit Worten, die immer noch in ihren Ohren widerhallten. »Was geht dich die hohe Sterblichkeitsrate der Maori an? Verwende dein hübsches Köpfchen lieber dazu, mir ein gesundes Kind zu gebären.«

Immer wenn sie an diesen Satz dachte, schüttelte es sie. Genauso wie bei dem Gedanken, dass zur bevorstehenden Geburt der Arzt der Familie Newman geholt werden sollte. Lily konnte diesen grobschlächtigen Mann nicht ausstehen. Sonst hätte sie ihn längst aufgesucht, denn schon seit Tagen hegte sie die dunkle Ahnung, dass mit ihrem Kind etwas nicht stimmte. Es fühlte sich an, als würde ihr Leib platzen. Dennoch verspürte sie nicht mehr jene Bewegungen des Kindes, die sie vorher wochenlang nachts um den Schlaf gebracht hatten.

Schon seit Tagen kämpfte Lily mit sich. Sollte sie den Arzt aufsuchen oder ihrem Gefühl folgen und Doktor Ngata um Hilfe bitten?

Wie aus heiterem Himmel durchfuhr ein mörderischer Schmerz ihren Unterleib. Sie schrie so laut auf, dass das Dienstmädchen, eine junge Schottin, herbeieilte. »O Gott, ich hole den Doktor!«, schrie Una auf.

»Halt!«, rief Lily, während sie sich vor Schmerzen wand. »Bitte, hol Doktor Ngata! Er wohnt in der Princes Street an der Ecke Queens Street. Das rote Haus mit dem weißen Vorbau.«

Una blickte Lily scheu an. »Aber die Herrschaften haben doch gesagt, ich solle Doktor Claydon holen, wenn es so weit ist.«

»Ich sagte, Doktor Ngata und die Hebamme, wird's bald!«, zischte Lily und ließ sich zu Boden sinken. Auf allen vieren kroch sie bis zu ihrem Bett und zog sich ächzend an den hölzernen Beinen empor. Sie atmete erleichtert auf, als sie in ihre weichen Kissen sinken konnte. Doch kaum dass sie lag, durchzuckte sie neuerlich ein stechender Schmerz, den sie nicht anders lindern konnte, als sich zusammenzukrümmen. Das wiederholte sich

403

nun im Abstand von wenigen Minuten. Dazwischen betete sie, dass das Mädchen ihren Befehl ausgeführt hatte.

Ein kurzes Strahlen erhellte ihr Gesicht, als sie wie durch einen Nebel den dunklen Lockenkopf von Tamati Ngata erblickte.

»Es wird alles gut«, flüsterte er. Dann hielt er ihr ein Tuch mit übel riechender Flüssigkeit vor die Nase. Wider Willen atmete sie das scheußliche Zeug ein und wurde entsetzlich müde. Sie konnte nur noch einen flüchtigen Blick auf seine sorgenvolle Miene erhaschen, bis er ganz hinter einer Nebelwand verschwand. Ihr letzter Gedanke war: Mir kann nichts geschehen, wenn er bei mir ist. Er wird mir helfen.

Lily erwachte von lautem Gebrüll. Entsetzt riss sie die Augen auf. Wo war sie? Was war geschehen? Zuerst erblickte sie Doktor Claydon, der mit hochrotem Kopf Verfluchungen ausstieß. Dann hörte sie Babygeschrei und sah, wie Tamati Ngata auf seinen Armen ein winziges Wesen wiegte. Der Maori-Arzt sah glücklich aus.

»Wie kommen Sie Scharlatan dazu, das Kind von Misses Newman auf die Welt zu holen?«, geiferte ihn Doktor Claydon an.

»Werter Herr Kollege, ich bin von der Mutter gerufen worden, das Kind musste gedreht werden. Das haben wir getan.«

Er warf einer fremden Frau einen anerkennenden Blick zu. Lily mutmaßte, es sei die Hebamme, aber sie selbst brachte keinen Laut hervor. Ihr Mund war so trocken, dass sie das unangenehme Gefühl hatte, verdursten zu müssen.

»Ja, der Doktor hat es geschafft, er hat es gedreht. Es ist ein Wunder«, bekräftigte die Hebamme Tamati Ngatas Worte.

»Verdammt«, schnauzte Claydon. »Der Maori da hat ihr Chloroform gegeben. Unter dem Einfluss des Teufelszeugs kann keine normale Frau ein Kind gebären. Sie hätte sterben können.«

»Ich lebe aber«, bemühte sich Lily zu sagen, doch aus ihrem Mund drangen nur unartikulierte Worte. Da hörte sie ihren Schwiegervater drohen: »Sie verschwinden augenblicklich aus

404

diesem Haus, Mister Ngata oder wie Sie sonst heißen. Sie haben hier nichts zu suchen.«

Lily schaffte es, sich bemerkbar zu machen. Sie warf einfach ein Glas um, das auf ihrem Nachtisch stand. Die Blicke aller waren nun auf sie gerichtet. »Alle raus hier!«, krächzte sie. »Bis auf Doktor Ngata und die Hebamme.« Es hörte sich zwar etwas verzerrt an, aber man konnte es verstehen. Jedenfalls hatte sich Mister Newman bereits aufgeplustert, um ihr etwas Passendes zu erwidern, da zischte seine Frau: »Lasst uns gehen. Immerhin hat der Maori das Kind gerettet.«

Doktor Claydon lachte laut auf. »Er hat mit ihrem Leben gespielt und Glück gehabt«, schnaufte der behäbige Mann, während er sich mit einem Tuch ständig den Schweiß von der Stirn wischte.

Lily aber kümmerte sich nicht mehr um den Pakeha-Doktor, sondern hatte nur noch Augen für den Maori-Arzt, der ihr nun das Neugeborene in den Arm legte.

Voller Stolz blickte sie den kleinen Jungen an. Er sah aus wie ein richtiger Pakeha – bis auf die tiefbraunen Augen.

»Ich danke Ihnen, Doktor Ngata«, seufzte sie gerührt. »Und auch Ihnen.« Sie wandte sich der Hebamme zu, die allein mit dem Maori-Arzt im Zimmer geblieben war.

»Ich glaube, Herr Doktor, wenn sich das unter den werdenden Müttern herumspricht, dann werden Sie sich nicht mehr retten können vor Patientinnen«, bemerkte die rundliche Frau mit dem gutmütigen herzförmigen Gesicht. »Aber sehen Sie sich vor. Doktor Claydon ist ein eitler Mann, der sicherlich nichts unversucht lassen wird, Sie in Misskredit zu bringen. Und er ist in seiner Ehre getroffen, allein weil das Kind überlebt hat. Er ist dafür bekannt, dass er die werdenden Mütter für den Fall, dass ihre Kinder nicht mit dem Kopf nach unten liegen, betäubt und die Ungeborenen in ihren Bäuchen so lange mit der Zange bearbeitet, bis sie tot und völlig durchlöchert abgestoßen werden.«

405

Tamati schüttelte sich. »Davon hörte ich. Das sind ja Methoden wie vor hundert Jahren.«

»Eben, deshalb wird er Sie ja hassen, weil Sie ihm vorgeführt haben, wie man es besser machen kann.« Die Hebamme schien wirklich besorgt um den Maori-Doktor zu sein.

Der aber winkte lächelnd ab. »Das kenne ich schon, dass ich den hiesigen Kollegen durch meine moderne Ausbildung in London suspekt bin und sie mir unterstellen, ich würde mich heidnischer Maori-Rituale bedienen. Dabei kenne ich leider gar keine, aber die Kräuter meines Volkes, die wirken wahre Wunder. Bislang hat mir allerdings keiner der Neider einen Schaden zufügen können, und wenn ...«

Er wurde durch ohrenbetäubendes Geschrei unterbrochen, doch nachdem Lily dem Säugling geistesgegenwärtig die entblößte Brust angeboten hatte, schmatzte der kleine Kerl friedlich vor sich hin.

»Wenn Sie Ärger bekommen sollten, dann sagen Sie mir bitte Bescheid. Ich würde alles tun, um Sie gegen üble Nachrede zu verteidigen«, erklärte Lily entschlossen.

»Meine Unterstützung haben Sie auch«, ergänzte die Hebamme. »Ich werde Sie in Zukunft zu jeder schwierigen Geburt holen lassen.«

»Aber nicht jede Pakeha lässt sich von mir bei einer Entbindung helfen«, erwiderte er ernst.

»Das ist leider wahr. Einige sind wirklich verbohrt«, seufzte die Hebamme, während sie ihre Tasche packte. »Ich werde die nächsten Tage noch einmal nach Ihnen sehen, Misses Newman, und genießen Sie Ihr Glück. Bei der kräftigen Stimme bringt er es bestimmt einmal zu etwas Besonderem.«

Lily lächelte zum Abschied. Sie mochte die Hebamme, doch nun war sie mit Tamati Ngata allein.

»Ich weiß nicht, wie ich Ihnen danken soll«, flüsterte Lily mit Tränen in den Augen. »Wenn Sie nicht gewesen wären, dann hätte ich meinen kleinen Sohn stückchenweise geboren.«

406

»Wie Sie das so sagen. Ich müsste lachen, wenn es nicht so traurig und wahr wäre. Lily, ich mag Ihre offene Art. Und Sie haben mitgeholfen, weil Sie mir Ihr Vertrauen geschenkt haben. Sie haben daran geglaubt, dass ich Ihr Kind hole. Ich habe es in Ihrem Blick gelesen, bevor Sie davongedämmert sind.«

Lily senkte den Kopf und wurde rot. Hoffentlich hat er nicht noch mehr in meinen Augen gesehen, dachte sie bang. Und ehe sie sich's versah, hatte sie seine Hand genommen. Er ließ es geschehen. Keiner von ihnen sprach ein Wort, und doch sagte diese stumme Berührung mehr als tausend Worte.

Nach einer halben Ewigkeit – das Neugeborene war inzwischen eingeschlafen – zog Tamati sanft seine Hand zurück.

»Ich muss gehen, Misses Newman, ich glaube, Sie werden ohnehin genügend Ärger bekommen, weil Sie sich mir anvertraut haben. Und je länger ich in Ihrem Schlafzimmer bleibe, desto mehr werden sie sich aufregen.«

Mit diesen Worten erhob er sich, packte stumm seine Tasche und reichte ihr zum Abschied noch einmal die Hand. Sie hielt sie länger fest, als erforderlich gewesen wäre, aber sie mochte ihn kaum loslassen. Seine Anwesenheit gab ihr unendlich viel Sicherheit. Doch einmal musste sie sich ja von ihm verabschieden. Widerwillig zog sie ihre Hand zurück.

»Wissen Sie schon, wie er heißen soll?«, fragte der Arzt mit einem wohlwollenden Blick auf das schlafende Kind in ihrem Arm.

»Ich hätte ihn gern Walter genannt nach meinem Großvater, aber mein Mann möchte ihn gern nach einem Onkel von ihm nennen. Peter.«

»Ja, dann wünsche ich Ihnen viel Freude. Und wo ist Ihr Mann jetzt, wenn ich fragen darf?«

»Sie dürfen. Er studiert immer noch Medizin und kommt an Weihnachten endgültig zurück, um hier in Dunedin später eine Praxis – ausgerechnet die von Doktor Claydon – zu übernehmen.

407

Aber ich verspreche Ihnen, dann lade ich Sie einmal zu uns ein, denn mit meinem Mann werden Sie sich sicher gut verstehen. Er ist nicht so verknöchert wie der alte Doc. Außerdem kann er eine Menge von Ihnen lernen.«

»Wir werden sehen«, erwiderte Doktor Ngata ausweichend und eilte aus dem Zimmer, ohne sich noch einmal umzudrehen.

Mit einem prüfenden Blick auf ihren Sohn stellte sich Lily erneut der Frage, ob sie Ripekas abenteuerlicher Geschichte wirklich Glauben schenken durfte. Peter war ein Weißer wie Edward und sie. Und braune Augen gab es auch bei Engländern zur Genüge. Nein, die magische Anziehung, die der Maori-Doktor auf sie ausübte, musste andere Ursachen haben. Sie glaubte nicht an die dubiose Geschichte, die ihr Ripeka in den letzten Minuten auf dem Sterbebett offenbart hatte.

Eine bleierne Müdigkeit überfiel sie, aber bevor sie einschlafen konnte, polterten ihre Schwiegereltern herein.

»Tomas, bitte, sie braucht ihre Ruhe!«, flehte Mabel, während ihr Mann sich an ihr vorbei bis zu Lilys Bett drängte.

»Bitte, mein Kind, erklär mir, warum du diesen Menschen hast holen lassen. Jim war außer sich, als er den Maori mit deinem Kind auf dem Arm vorgefunden hat.«

»Wenn der Maori-Doktor nicht gekommen wäre, dann hätte mich Doktor Claydon wahrscheinlich gar nicht mehr lebend vorgefunden und mit Sicherheit nicht mit diesem prachtvollen Jungen.«

»Habe ich dir doch gesagt. Da kann man von dem Kerl halten, was man will, aber wir verdanken ihm Peters Leben. Mir ist er ja unheimlich, aber wir müssen ihn schließlich auch nie wieder sehen.«

»Ist das der Dank?«, fragte Lily spitz. »Ich werde ihn, sobald Edward aus Sydney zurück ist, zu einem Essen einladen, denn ich glaube, mein Mann kann eine Menge von dem äußerst gebildeten und erfahrenen Arzt lernen. Er hatte in London die besten Professoren.«

408

»Ich bezweifle, dass Edward von diesem Plan besonders begeistert sein wird. Er kennt seine Stellung in der Gesellschaft«, stichelte Tomas.

»Wir werden sehen, aber nun lasst uns doch nicht wegen dieses Mannes streiten. Ist der Kleine nicht bezaubernd? Ganz unser Edward«, bemerkte Mabel mit einem verzückten Blick und nahm Lily das Baby ohne Vorwarnung aus dem Arm. »Du musst dich jetzt ausruhen nach diesen Strapazen«, flötete sie, und schon war sie mitsamt dem Kind aus dem Zimmer getänzelt.

»Du weißt, dass du Doktor Claydon sehr verärgert hast, nicht wahr?«, insistierte ihr Schwiegervater.

Lily ballte unter der Bettdecke die Hände zu Fäusten. »Hättest du es lieber gehabt, er wäre jetzt nicht beleidigt, aber dein Enkelsohn dafür tot?«

»Aber das ist doch gar nicht gesagt. Das ist eine böse Unterstellung!«

»Die Hebamme hat es bestätigt. Doktor Claydon greift gern und schnell zur Zange und ist schnell dabei, einem Kind im Mutterleib den Schädel zu perforieren.«

»Und wenn er die Praxis nun deshalb nicht an Edward übergibt?«

»Na und? Dann kann Edward vielleicht bei Doktor Ngata einsteigen«, erwiderte Lily voller Überzeugung.

»Du glaubst doch nicht, dass sich mein Sohn mit diesem Maori-Arzt zusammentun würde. Ich kann dir nur raten: Behellige Edward erst gar nicht mit diesem Vorfall. Ich werde meinerseits Doktor Claydon bitten, Stillschweigen zu bewahren. Damit schaffen wir diese unangenehme Angelegenheit aus der Welt.«

»Heißt das, ich darf Edward nicht sagen, wer das Leben seines Sohnes und auch meines gerettet hat, damit der Pfuscher nicht böse wird? Vater, das kannst du nicht von mir verlangen«, entgegnete Lily trotzig.

»Ich denke schon, denn sonst müsste man ihm auch verraten,

dass du, nachdem die Hebamme bereits gegangen war, über eine Viertelstunde allein mit dem dunkelhäutigen Arzt in deinem Schlafzimmer gewesen bist. Das schickt sich nicht. Kein weißer Arzt würde nach der Geburt so lange bei der frischgebackenen Mutter verweilen. Und du weißt doch, dass mein Sohn zur Eifersucht neigt. Ich erinnere dich nur an Weihnachten. Da hat Mister Gerald dir ein Kompliment gemacht, und der Mann ist neunzig. Mir ist Edwards Blick jedenfalls nicht entgangen. Dir vielleicht?«

Lily blickte ihren Schwiegervater fassungslos an. »Aber . . . aber das ist Erpressung«, schnaubte sie schließlich voller Empörung.

»Du hast die Wahl«, entgegnete Tomas Newman ungerührt. »Und außerdem würde ich ohnehin nicht erlauben, dass dieser Mann noch einmal unser Haus betritt. Überleg dir also gut, was du tust.«

Lily sah ihrem Schwiegervater aus schreckensweiten Augen hinterher. Eine schmerzhafte Sehnsucht nach der Geborgenheit, die sie in der Gegenwart des Arztes empfunden hatte, überkam sie mit aller Macht. Ihr Herz schrie verzweifelt seinen Namen: Tamati.

WHANGAREI, FEBRUAR 1920

Ben Schneider klopfte energisch gegen Matuis Haustür. Er bebte vor Zorn. Seit zwei Tagen kletterte er jeden Tag zur Spitze des Berges hinauf, damit man ihn draußen stehen ließ, aber heute würde er sich das nicht gefallen lassen. Der Bischof hatte zwar versucht, Vivians unmögliches Benehmen zu entschuldigen, aber das wollte er aus ihrem Mund hören.

»Vivian, ich weiß, dass du da bist. Mach auf!«, brüllte er.

Vivian kauerte hinter der Tür am Boden und hielt sich die Ohren zu. Sie wusste doch selbst nicht, was an jenem Abend in sie gefahren war. War es Bens missglückte Überraschung gewesen, die sie in die Flucht getrieben hatte, oder allein die Begegnung mit ihrem Vater? Seit sie die Geschichte von Peters Geburt kannte, sah sie zum ersten Mal das Menschliche in ihm. Ob er sie abgelehnt hatte, weil bei ihr die Maori-Anlagen so offensichtlich ans Licht gekommen waren? Das war die Frage, die sie seitdem quälte, aber sie konnte sich das beim besten Willen nicht vorstellen. Es war doch sein Blut, das er ihr vererbt hatte, auch wenn man es ihm nicht ansah.

»Vivian, ich rühre mich nicht vom Fleck, bevor du mit mir geredet hast!«, schrie Ben. Lily ließ die Hände sinken. Es hatte keinen Zweck, sich die Ohren zu verstopfen.

»Geh zu ihm«, riet ihr nun auch Matui, der sie die ganze Zeit von seinem Sessel aus beobachtet hatte. »Du kannst vor der Wahrheit nicht davonlaufen. Keiner kann das!«

Sie drehte sich erstaunt zu ihm um. »Wenn ich nur wüsste, was ich will ...«

»Du musst es ihm sagen.«

»Was denn?«

Matui rollte die Augen. »Dass du einen anderen liebst.«

Lily zuckte zusammen. »Aber wie kommst du auf so was? Ich werde Ben heiraten. Ich habe nur Panik bekommen, als da plötzlich der Bischof am Tisch saß und sich als Vater aufspielte. Und Ben hätte mich wenigstens vorwarnen können. Er weiß doch, wie ich zu meinem so genannten Vormund stehe.«

»Du siehst am armen Peter, wohin es führt, wenn man vor der Wahrheit flieht. Willst du eine solch unglückliche Ehe führen wie . . .« Er stockte.

»Wie Lily, wolltest du sagen? Oder ist sie mit Edward glücklich geworden?«

Matui hob die Schultern.

»Erzählst du es mir, nachdem ich mit Ben gesprochen habe?«, fragte Vivian und sprang vom Boden auf. Sie fuhr sich noch einmal durchs Haar und öffnete die Tür.

»Es tut mir leid«, sagte sie. »Ich weiß auch nicht, was in mich gefahren ist. Wollen wir ein paar Schritte spazieren gehen?«

»Ja, gern«, erwiderte er versöhnlich und blickte sie zärtlich an. Sein Zorn schien verflogen.

An diesem Tag hingen dicke Wolken über dem Berg, aber es regnete nicht und war sehr warm, beinahe schwül. Eine Weile schlenderten sie wortlos nebeneinanderher zum Aussichtsplatz am Gipfel. Von hier aus konnten sie bis zum Meer blicken, aber auch über dem Wasser war alles grau in grau. Dieses triste Wetter passte zu Vivians Stimmung. In ihrem Kopf hämmerten Matuis Worte. Aber hatte der Maori denn recht? Hing ihr Herz immer noch an Fred?

»Weshalb bist du fortgerannt?«

»Ich war überrumpelt, dass plötzlich mein Va. . .« Erschrocken unterbrach sich Vivian und fuhr dann hastig fort: »Also, dass der Bischof plötzlich da war. Wir haben kein gutes Verhältnis, und ich hätte gern vorher gewusst, dass ich auf ihn treffen würde.«

Er hat etwas gemerkt, dachte Vivian, als sie Bens prüfenden Blick förmlich auf der Haut brennen fühlte.

»Was wolltest du eben sagen, Vivian?«, hakte Ben nach.

»Ich weiß nicht, was du meinst«, murmelte Vivian und blickte auf die Spitzen ihrer Schuhe.

»Halt mich nicht für blöd! Du wolltest sagen: *mein Vater.* Habe ich recht?«

Vivian spürte das Blut in ihren Ohren rauschen. Sollte sie ihn weiter belügen? Und das, obwohl es sinnlos war? Sie hatte sich verplappert, und er ließ sich nichts vormachen.

Vivian blickte ihm fest in die Augen. »Versprichst du mir, dass du es für dich behältst?«

»Aber warum diese Heimlichtuerei?«

»Gibst du mir dein Ehrenwort?«

»Ja, ja, ich halte meinen Mund, aber warum wird daraus so ein Geheimnis gemacht?«

Vivian stöhnte auf. »Weil es sich vielleicht nicht gut macht, wenn der Bischof von Auckland plötzlich eine erwachsene Tochter hat.«

Ben musterte sie eine Weile, bis sich sein Gesicht erhellte und er einen kurzen Pfiff ausstieß. »Ich glaube, ich verstehe.«

»Du verstehst gar nichts«, zischte Vivian. »Und es geht dich auch gar nichts an.«

»Ach nein? Soll es mir vielleicht gleichgültig sein, wer deine Eltern sind? Willst du unsere Kinder später auch belügen? Als dein zukünftiger Ehemann geht es mich sehr wohl etwas an, ob der Bischof von Auckland dein Vater ist oder nicht. Dann war deine Mutter also eine Maori?«

Das Rauschen in Vivians Ohren wurde immer heftiger. Sie nickte und war froh, dass Ben ihr damit eine plausible Erklärung für ihr Anderssein geliefert hatte.

413

»Und was ist dabei? Meine Mutter war auch Maori, aber mein Vater hat das niemals verleugnet.«

»Dein Vater ist auch nicht Bischof von Auckland«, konterte Vivian, während sie sich fragte, warum sie sich eigentlich als Verteidigerin jenes Mannes aufspielte, der sie verriet und ablehnte. Und nur, weil man ihr das Blut ansah, das seit Makere in ihrer aller Adern floss.

»Ich will nichts mehr davon hören!«, schrie sie ihn nun mit überschnappender Stimme an.

Ben ballte die Fäuste. »Willst du mich nicht verstehen? Ich möchte unseren Kindern keine Lügengeschichten über ihre Großeltern auftischen. Also behandle mich nicht, als ginge mich das alles nichts an.«

»Unsere Kinder wird es nicht geben!«, zischte sie.

Ben sah sie fassungslos an.

»Du hast richtig gehört. Du musst dir also nicht länger den Kopf über gemeinsame Großeltern zerbrechen.«

Er packte sie bei den Schultern und schüttelte sie. »Sag mal, bist du jetzt völlig durchgedreht? Ist das der Dank, dass ich dir ein Dach über dem Kopf geben wollte, weil ich dich für ein armes Waisenkind hielt?«

»Um dein Mitleid habe ich nicht gebeten«, gab sie leise zurück.

Ben ließ sie los und versuchte dann, sie in die Arme zu nehmen, doch sie stieß ihn weg.

»Komm, Vivian, lass das dumme Streiten«, murmelte er. »Ich habe dich doch lieb. Du bist die Frau, die ich immer gesucht habe. Klug und schön, weiblich und stark . . .«

Vivians Augen wurden feucht. Ben deutete das als Entschuldigung und riss sie an sich, doch sie befreite sich unsanft aus der Umarmung.

»Ich mag dich wirklich«, seufzte sie. »Sehr gern sogar, aber der Platz in meinem Herzen, der ist vergeben. Ich habe gehofft, ich würde ihn vergessen, aber Fred ist . . .«

»Moment! Du bist in Frederik Newman verliebt, aber der ist doch dein Bruder. Das ist ja widerlich. Was ist das für ein Sumpf, in den ich da hineingeraten bin?«

Vivian holte tief Luft, bevor sie gequält erwiderte: »Frederik ist nicht sein Sohn, aber bitte behalte das für dich. Du hast es mir versprochen.«

Ben musterte sie kalt. »Nein, dir habe ich das nicht versprochen. Meiner Verlobten habe ich das Ehrenwort gegeben. Und nicht einer hergelaufenen verlogenen Hure wie dir.«

Dann drehte er sich auf dem Absatz um und eilte davon. Nach einer Schrecksekunde, in der sie wie angewurzelt stehen geblieben war, rannte sie ihm hinterher. »Ben, bitte, warte, ich habe es nicht so gemeint!«, schrie sie verzweifelt, doch er lief davon, bis die grünen Farne ihn verschluckt hatten.

Vivian schlug sich die Hände vor das Gesicht. Was hatte sie da nur angestellt? Sie hatte sowohl Frederik als auch den Bischof ans Messer geliefert. Dabei hatte sie das niemals beabsichtigt, doch das würde ihr wahrscheinlich kein Mensch je glauben. Frederik würde das für ihre Form der Rache halten. Dafür, dass er bei ihrem Vater den Platz eingenommen hatte, der ihr gebührte. Sie schluchzte laut auf und machte sich auf den Weg zu Matuis Haus.

»Was ist geschehen, mein Kind?«, fragte der alte Maori ehrlich besorgt.

»Ich habe etwas Schreckliches getan«, weinte sie und warf sich in seine tröstenden Arme. »Er weiß jetzt, dass ich Peters Tochter bin, und vor allem, dass Frederik nicht dessen Sohn ist. Er wird es gegen sie verwenden. Und dann werden sie glauben, ich hätte alles verraten, um ihnen zu schaden. Dabei habe ich mich nur verplappert.«

Matui strich ihr eine ganze Weile stumm über das Haar, bis er mit fester Stimme sagte: »Du musst dir keinen Vorwurf machen. Du nicht. Sie können dir dankbar sein, dass du ihr Geheimnis für

415

dich behalten wolltest. Dabei wäre es dein gutes Recht, in die Welt hinauszurufen, dass Peter dein Vater ist. Du hättest ihn öffentlich anprangern können, weil der dich schändlich verlassen und zeitlebens verleugnet hat! Das hast du nicht getan, weil du ein gutes Herz hast. Wie Makere, nur dass du dir nichts gefallen lässt. Wie Lily! Und wenn sie dir Absicht unterstellen, dann kommt es aus ihren kleinlichen Herzen. Nicht aus deinem!«

Vivian hörte auf zu schluchzen. Matui hatte recht. Es sollte ihr gleichgültig sein, was ihr Vater ihr unterstellte. Vater? Sie stutzte. Merkwürdig, er ist nicht mehr nur einfach *der Bischof* für mich, kam es ihr in den Sinn. Und Frederik? Daran mochte sie gar nicht denken. Allein wenn sie sich die Schlagzeile in Mister Schneiders Zeitung vorstellte, wurde ihr unwohl. Würde Frederik sie nicht dafür hassen? Was, wenn sein blonder Engel ihn verließ, ihr Vater ihm kündigte? Was, wenn er mit seiner Befürchtung recht behalten sollte, dass er durch sie, Vivian, in dem Dreck landen würde, aus dem er kam, wenn er nicht der Sohn des Bischofs geworden wäre?

Es half alles nichts. Vivian fühlte sich schuldig und würde alles tun, damit Ben es nicht gegen Frederik verwendete. Alles? Vivian lief ein eiskalter Schauer den Rücken hinab. Sie fröstelte. Nach kurzem Zögern murmelte sie: »Ich kann nicht mit dem Gefühl leben, dass ich sein Leben zerstört habe, selbst wenn es auf Sand gebaut ist. Es gibt eine Möglichkeit, das alles zu verhindern.«

»Willst du nicht lieber erst hören, wie es deiner Großmutter Lily ergangen ist?«

»Das ist lieb von dir, Matui, aber ich muss es versuchen. Und es ist ja nicht so, dass ich Ben nicht mag. Ich habe ihm eben sehr wehgetan, als ich ihm sagte, dass der Platz in meinem Herzen vergeben sei.«

»Ich wünsche dir Glück und dass das geschieht, was die Ahnen für dich vorgesehen haben«, murmelte Matui.

Entschlossen verließ Vivian sein Haus, um Ben noch vor seiner

Abreise aus Whangarei zu erreichen. Sie hatte Glück. Sein Vater war gerade damit beschäftigt, die Zimmer zu bezahlen, als sie außer Atem an der Rezeption eintraf. Sie fragte sich, ob er wohl schon Bescheid wusste, als er die Antwort darauf selbst gab. »Na, Sie sind mir ja vielleicht eine Tiefstaplerin. Armes Waisenkind aus London entpuppt sich als uneheliche Maori-Tochter unseres lieben Bischofs . . .«

Vivian wurde es heiß. »Bitte, hören Sie auf damit! Es wird keine Schlagzeile geben, nicht wahr?«

»Nennen Sie mir einen einzigen vernünftigen Grund, warum ich darauf verzichten sollte.«

»Weil Sie sicher nicht wollen, dass über Ihre Schwiegertochter berichtet wird.«

Er lachte. »Schwiegertochter? Liebe Miss Taylor, soweit ich informiert bin, lieben Sie Ihren Bruder, der aber gar nicht der Sohn des Bischofs ist. Schade eigentlich, das wäre noch . . .«

»Bitte, Mister Schneider, hören Sie auf! Ich werde Ben heiraten.«

»Das bezweifle ich, aber fragen Sie ihn doch selbst. Da kommt er.«

Mit versteinerter Miene und ohne ein Wort an Vivian zu richten, ging Ben an ihr vorbei. Sie aber packte ihn am Arm. »Ben, es tut mir leid, ich möchte . . . ich habe das nur in meinem Ärger gesagt . . . ich . . .«

»Was willst du?«

»Die junge Dame ist der Meinung, ihr beide würdet heiraten, und du würdest im Gegenzug auf deine Geschichte verzichten.«

Ben verzog den Mund zu einem spöttischen Grinsen. »Da irrt die junge Dame. Eine Hochzeit ist kein Geschäft. Ich bin ein unverbesserlicher Romantiker, der an einem Platz im Herzen der Dame interessiert ist, aber dieser ist leider besetzt von . . . Tja, das werden wir hoffentlich herausbekommen, wer dieser Frederik Newman wirklich ist. Nicht wahr, Vater?«

417

Mister Schneider grinste mindestens ebenso breit wie sein Sohn.

Ben wollte sich aus Vivians Griff befreien, doch sie klammerte sich an ihn und flehte ihn an, sie zu heiraten. Er aber blickte sie an wie ein lästiges Insekt, das er nur noch loswerden wollte. Dann stöhnte er laut auf.

»Schauen Sie mich an, Miss Taylor. Und sagen Sie mir, ohne den Blick abzuwenden, dass Sie Frederik Newman nicht lieben, sondern mich.«

»Was soll das werden?«, mischte sich sein Vater ein. Ben aber kümmerte sich nicht darum. »Sind Sie bereit?«

Vivian nickte. Ihr Herz pochte so laut, als wolle es zerbersten. Was für eine unwürdige Vorstellung, dachte sie, aber ich tue es doch!

Sie blickte Ben unverwandt in die Augen. Dort, wo sie bisher stets Zärtlichkeit gelesen hatte, flackerte Hass.

»Ich liebe nicht Frederik Newman, sondern . . .« Vivian geriet ins Stocken und senkte den Blick. Nein, sie brachte es nicht über die Lippen.

Tränen rannen ihr die Wangen hinunter, während das hässliche Lachen der beiden Männer bis tief in ihre Eingeweide drang.

Dunedin, Januar 1867

Lily bekam kaum einen Bissen hinunter. Sie hatte vergeblich versucht, sich vor diesem Abendessen zu drücken, aber Edward hatte ihr das Unwohlsein nicht abgenommen, sondern ihr auf den Kopf zugesagt, dass es wohl eher an ihrer Abneigung gegen Doktor Claydon liege. Lily hatte es nicht geleugnet in der Hoffnung, Edward würde sie verstehen, doch dem war nicht so. Im Gegenteil, er hatte sich furchtbar aufgeführt und sie mit Vorwürfen überhäuft. Seine harten Worte schmerzten immer noch. Sie wollte nicht mehr daran denken, doch jeder Vorwurf hatte sich unauslöschlich in ihr Herz gebrannt. *Du denkst nur an dich, du bist ein verwöhntes dummes Ding. Du drückst dich vor deinen Pflichten. Oder willst du verhindern, dass er mir seine Praxis übergibt? Bist du neidisch, weil du gern an meiner Stelle wärst?*

»Noch ein Stück Fleisch?«, riss Mabel Newmans Stimme sie aus ihren Gedanken, bevor ihr der Geruch des gebratenen Lammes in die Nase stieg und ihr Magen rebellierte. Ihre Schwiegermutter hielt ihr fordernd die Fleischplatte hin. »Nun nimm schon! Du musst bei Kräften bleiben.«

»Nein danke«, entgegnete sie entschieden, und das bereitete ihr ein gutes Gefühl. Wenigstens beim Essen konnte sie sich den Übergriffen von Edward und seiner Familie widersetzen. Der aber warf ihr einen grimmigen Blick zu.

Wie so oft in letzter Zeit fieberte sie förmlich dem Tag entgegen, an dem Edward seine eigene Praxis haben würde. Er hatte ihr versprochen, dass sie ihm assistieren dürfe. Das würde ihren eintönigen Alltag endlich beleben, und dann kämen sie sich sicherlich wieder näher. Das jedenfalls hoffte Lily, die diese Entfremdung zwischen ihnen beiden kaum aushalten konnte. Das Schlimmste war, dass er nicht mehr mit ihr sprach. Und wieder einmal hatte er ihr keine Fachbücher mitgebracht.

»Wie geht es denn Ihrem Sohn, Misses Newman?«, fragte Doktor Claydon sie nun direkt. Sie seufzte. Es blieb ihr keine andere Wahl, als ihm zu antworten. Wenn sie es nicht täte, hätte man sie zu Recht der Unhöflichkeit bezichtigen können.

»Es geht ihm gut«, erwiderte sie förmlich, doch dann rutschte ihr in spitzem Ton heraus: »Er lebt, und das ist jeden Tag erneut Grund zur Freude. Was hatte ich für ein Glück, dass ...« Lily unterbrach sich und lief rot an. Nein, das hatte sie wirklich nicht aussprechen wollen, ahnte doch Edward nicht das Geringste von der dramatischen Geburt seines Sohnes. Lily hatte es vorgezogen, Doktor Ngata lieber gar nicht zu erwähnen. Die Erpressung ihres Schwiegervaters hatte seine Wirkung gezeigt. Sie traute ihm durchaus zu, Edward zu verraten, dass der fremde Doktor ganz allein ohne die Hebamme an ihrem Wochenbett geblieben war. Nun aber standen ihre Worte im Raum. Lily konnte nur hoffen, dass Edward nicht stutzig würde. Vergeblich, denn er blickte jetzt fragend von seiner Frau zu Doktor Claydon.

»Nun erzählt schon! Was soll ich nicht wissen?«

»Das Kind lag nicht so, wie es liegen sollte«, entgegnete Lily rasch. »Aber es ist ja alles gut gegangen. Sonst würde ich wahrscheinlich nicht hier sitzen.«

Lily hätte es dabei belassen, aber der aufgeblasene Arzt kräuselte verächtlich die Lippen.

»Da können Sie von Glück sagen. Und dieser Quacksalber auch.«

Edwards Blick wanderte irritiert zwischen seiner Frau und dem Arzt hin und her. »Von wem sprechen Sie? Ich denke, Sie waren bei der Geburt dabei?«

»Leider nicht. Ihre Frau hat es vorgezogen, sich einen Maori ins Haus zu holen. Der ihr Chloroform gegeben hat.«

»Aber das geht doch nicht. Die wenigstens Frauen sind dann in der Lage, ihr Kind unter derartiger Betäubung auf die Welt zu bringen. Hat er ihn mit der Zange bearbeitet?«

Lily hatte den Blick gesenkt. »Ich finde, das ist nichts, worüber wir beim Essen reden sollten«, murmelte sie.

»Da muss ich Lily recht geben«, warf Mabel Newman ein. »Noch ein Stück Fleisch, Doktor Claydon?«

Das ließ er sich nicht zweimal sagen und griff beherzt zu.

Edward schwieg zwar, aber in seinen Augen funkelte es gefährlich. Für ihn war die Angelegenheit noch nicht erledigt, und Lily ahnte, dass er sie darauf ansprechen würde, sobald sie unter sich wären.

Sie hatte ihn richtig eingeschätzt. Kaum war die Schlafzimmertür hinter ihnen zugeklappt, fragte er in scharfem Ton: »Was ist das für ein Maori-Arzt? Ich merke doch, dass ihr ein Geheimnis teilt.«

»Er ist Ripekas Doktor gewesen, und am Tag der Geburt hatte ich plötzlich Sorge, dass mit unserem Kind etwas nicht stimmte. An den Stellen, an denen ich vorher monatelang die Fußtritte gespürt hatte, war es so merkwürdig ruhig.«

»Und warum hast du nicht nach Doktor Claydon geschickt?«

Lily schwieg trotzig. Er sprach mit ihr wie mit einem ungezogenen Kind.

Nun straffte sie die Schultern. »Weil ich ihn für einen schlechten Geburtshelfer halte. Ihm eilt der zweifelhafte Ruf voraus, dass er sehr schnell damit ist, das Kind mit der Zange zu zerstückeln. Diese Meinung teilt auch die Hebamme.«

Edward schnappte nach Luft.

»Lily, rede keinen Unsinn! Mit der Zange zerstückeln? Das ist dummes Weibergeschwätz. Und außerdem ist es das Vernünftigste, was ein Arzt tun kann, wenn das Leben der Mutter in Gefahr ist.«

»Aber sowohl Peter als auch ich haben überlebt, und zwar nur deshalb, weil Doktor Ngata es anders gemacht hat.«

»Das war purer Zufall. Und wie kann ein Maori überhaupt Arzt sein? Wir haben in ganz Neuseeland noch keine Universität, und in Sydney habe ich keinen einzigen Studienkollegen gehabt, der Maori gewesen wäre. Da stimmt doch was nicht. Das war doch nicht etwa so ein Heiler?«

»Nein, Doktor Ngata hat in London studiert, wo er mit seinen Eltern gelebt hat, die aber bald darauf gestorben sind. Er hat es sich zur Aufgabe gemacht, zu verhindern, dass sein Volk ausgestorben ist, sobald sich dieses Jahrhundert dem Ende zuneigt.«

Edward winkte ab. »Schon gut, schon gut, er kann nur von Glück sagen, dass sein Draufgängertum sich nicht gerächt hat. Wenn ihr dabei umgekommen wärt, ich hätte ihn zu seinen Ahnen befördert, und zwar schneller, als es ihm recht gewesen wäre.«

»Hättest du auch so geredet, wenn Doktor Claydon dein Kind zerfleischt hätte und ich verblutet wäre?« Sie hatte die Arme vor der Brust verschränkt und sich kämpferisch vor ihm aufgebaut.

Edward war knallrot angelaufen.

»Lily, nimm das sofort zurück! Ich verlange, dass du dich auf der Stelle bei Doktor Claydon entschuldigst!« Die Art, wie er das sagte, ließ keinen Widerspruch zu. Lily rührte sich nicht vom Fleck. »Bist du wahnsinnig geworden, den Doktor so zu kränken. Und das für so einen Maori-Pfuscher!«, brüllte Edward sie an.

»Er ist kein Pfuscher«, widersprach Lily heftig. »Und ich habe nichts zu verbergen. Im Gegenteil, ich wollte dir eigentlich vorschlagen, dass wir ihn zum Dank zum Essen einladen, aber deine Eltern waren strikt dagegen. Dein Vater hat mir sogar geraten, dir nichts davon zu erzählen. Sonst hätte er dir im Gegenzug berichtet, wie lange der Arzt mit mir allein im Zimmer war, nachdem die Hebamme gegangen war.«

»Du warst allein mit diesem Kerl? Was geht nur in deinem

Köpfchen vor? Ist dir nicht klar, dass er dich überall angefasst hat? Niemals werde ich mich mit diesem Mann an einen Tisch setzen.«

»Ich hätte nie gedacht, dass du genauso verbohrt bist wie Doktor Claydon. Ich hatte gehofft, du bist so klug und suchst den Austausch mit deinem mutigen Kollegen. Ich dachte, du könntest etwas von ihm lernen ...«

Sie zuckte zusammen, als Edward die Hand hob, so als wolle er sie schlagen, sie aber gleich wieder sinken ließ. Sein Gesicht war knallrot angelaufen und die Falte auf seiner Stirn so tief eingekerbt wie ein Krater.

»Mein Vater hat recht. Du nutzt schamlos aus, dass ich dich bislang als ebenbürtig betrachtet habe. Das geht zu Lasten deiner Weiblichkeit. Du bist meine Frau, nicht mein Freund oder, schlimmer noch, mein Kollege.«

Lily war kalkweiß geworden. »Aber ich möchte doch nur, dass wir eine Praxis haben, in der sich die Menschen aufgehoben fühlen, weil wir auch etwas wagen und neuen Erkenntnissen gegenüber offen sind. Es ist nämlich eine Frage der Dosierung, habe ich nachgelesen. Je höher ...«

»Halt deinen Mund!«, zischte er. »Ich muss mich nicht von meiner Frau belehren lassen.«

»Aber wir beide, wir ziehen doch an einem Strang. Wenn wir erst unsere Praxis ...«

»Ich werde eine Praxis haben. Das ist richtig, aber auf deine Hilfe kann ich verzichten. Du bist ja gar keine Frau mehr. Glaubst du, ich habe nicht gemerkt, wie du mir in den zwei Wochen, seit ich wieder hier bin, ständig ausweichst? Du hast mich noch nicht einmal auf deine Bettseite gelassen. Glaubst du, ich merke das nicht? Lern erst einmal, mir eine gute Ehefrau zu sein.«

Ohne Vorwarnung packte er sie grob am Arm und schleuderte sie auf das Bett. Blitzschnell schob er ihr das Kleid so hoch, dass sie beinahe an dem Stoff erstickte. Dann zerrte er an ihrer Unter-

423

kleidung. Dabei stöhnte und ächzte er. Sie schrie auf, als er in sie eindrang. Der Schmerz fuhr wellenförmig durch ihren ganzen Körper, doch sie wehrte sich nicht. Wie tot ließ sie alles über sich ergehen, während sie etwas unwiederbringlich verlor: die Achtung vor ihrem Mann.

Dunedin, April 1871

Die Ehe zwischen Lily und Edward war zur reinsten Hölle geworden. Vier lange Jahre hatte sich Lily immer wieder in die Praxis des Maori-Doktors geflüchtet, wenn Edward die Hand ausgerutscht war, wie ihr Mann es nannte. Und nun wollte Doktor Ngata einfach gehen!

Mit hängenden Schultern stand Lily vor ihm und sah ihn traurig an.

»Aber warum geben Sie auf? Sie haben doch so viele Patienten, und alle sind begeistert...«

»Lily, es ist kein Platz für mich in dieser aufgeheizten Stimmung, die Ihr Mann gegen mich schürt. Er erzählt jedem, dass ich schuld am Tod Ihrer kleinen Tochter bin.«

Schon bei der Erwähnung des Mädchens, dem es nicht vergönnt gewesen war, auf diese Welt zu kommen, schossen Lily die Tränen in die Augen. Wenngleich sie die Umstände, wie sie gezeugt worden war, kaum verdrängen konnte.

»Aber das war doch dieser Stümper von Claydon. Er kann Sie nicht dafür verantwortlich machen.«

»Sehen Sie, er hat Einfluss in der Stadt. Wenn er nur lange genug das Märchen erzählt von dem Maori-Arzt, der bei der Geburt ihres Sohnes die werdende Mutter so verletzt hat, dass sie keine weiteren gesunden Kinder mehr gebären kann... Dagegen bin ich machtlos.«

»Ich stelle das doch stets richtig, wenn ich es mitbekomme«, entgegnete Lily gequält.

Tamati strich ihr zärtlich eine Locke aus dem Gesicht. Darunter wurde eine bläuliche Verfärbung ihrer Haut sichtbar.

»Der Preis, den Sie für Ihren Mut bezahlen müssen, ist zu hoch. Ich ertrage es nicht, dass man Ihnen wehtut. Ihr Mann hasst mich so sehr, dass er Sie so lange quälen wird, wie ich in Ihrer Nähe bin.«

»Aber . . . aber er weiß doch gar nicht, dass ich manchmal herkomme . . .«

»Das vielleicht nicht, aber er ist, auch wenn es nicht immer so aussehen mag, ein feinfühliger Mann. Er ahnt, dass ich Sie liebe.«

Lily hielt den Atem an. Noch nie hatte er so offen über seine Gefühle gesprochen. Es hätte nicht viel gefehlt, und sie hätte sich ihm in die Arme geworfen, um ihm zu zeigen, dass es ihr ebenso ging. Stattdessen aber blieb sie steif stehen und fragte: »Woher soll er es wissen? Er hat uns doch niemals zusammen gesehen, nicht wahr?«

»Sie vergessen jene Nacht, als Ihre Tochter geboren werden sollte. Ich weiß, dass Sie sich nicht mehr erinnern, aber ich glaube, es ist besser, wenn Sie es wissen. Dann haben Sie vielleicht sogar Verständnis für Ihren Mann. Als er merkte, dass Doktor Claydon es nicht schafft, hat er nach mir schicken lassen, doch ich kam zu spät. Der Schlachter hatte sein Handwerk bereits gründlich vollendet. Lily, Sie haben kurz die Augen aufgeschlagen und dann nach meiner Hand gegriffen. Er hat es gesehen, und ich las den Hass in seinen Augen. Ich will ehrlich zu Ihnen sein. Es ist Ihr Wohl, das mir mehr am Herzen liegt als alles andere. Und auch ich muss meinen inneren Frieden wiederfinden. Und da kommt es mir gerade recht, dass ein Freund von mir, der eine Praxis in der Nähe von Auckland hat, gern in den Süden möchte. Wir werden tauschen. Im Norden werde ich meinen Frieden wiederfinden.«

Lily blickte an ihm vorbei ins Leere. »Und was ist mit mir? Mit wem soll ich in Zukunft über alles reden?« Sie unterbrach sich hastig und sah ihn erschrocken an. »Entschuldigen Sie, dass ich so

426

selbstsüchtig bin, aber Ihre Nähe hat es mir überhaupt nur ermöglicht, dieses Leben zu ertragen, in dem nur die Konventionen zählen und es keine Leidenschaft gibt. Für gar nichts! Außer wenn es darum geht, mich zu einem folgsamen Eheweibchen zu erziehen!«

»Bitte, glauben Sie mir, das da . . .« Er deutete auf ihre blaue Verletzung an der Schläfe. »Das wird in Zukunft nicht mehr vorkommen.«

»Was macht Sie da so sicher?«

»Weil Sie nicht mehr in die Lage kommen, mich verteidigen zu müssen, und er sich dadurch nicht mehr erniedrigt fühlt.«

»Sie haben recht. Es wird alles gut«, sagte Lily leise. Dass sie kein bisschen daran glaubte, war unüberhörbar.

»Sie sind tapfer, und vielleicht wird er Ihnen ja erlauben, an unserer Universität selbst Medizin zu studieren. Im Juli wird man den Lehrbetrieb aufnehmen und auch Frauen zum Studium zulassen. Ich kenne da einen der Professoren und würde schon einmal im Vorweg ein gutes Wort für Sie einlegen . . .«

Lily lächelte. »Das würden Sie tun? Ach, das wäre zu schön, um wahr zu sein.«

»Versprechen Sie mir das eine: Setzen Sie alles daran, Ihren Mann davon zu überzeugen, dass an Ihnen eine Medizinerin verloren gegangen ist! Werden Sie das tun? Ja?« Tamati blickte ihr tief in die Augen und trat einen Schritt auf sie zu. Ohne zu überlegen, schlang sie die Arme um seinen Hals und bot ihm ihren Mund zum Kuss. Voller Leidenschaft küssten sie sich. Lily spürte das Kribbeln bis in die Fußspitzen. Sie hätte nicht gedacht, was für ein wunderbares Empfinden ihr ein solcher Kuss bereiten würde. Ihr ganzer Körper war in Aufruhr, und sie wollte nur noch eines von ganzem Herzen: die Hände dieses Mannes auf ihrer erhitzten Haut spüren.

Lily hörte die quengelnde Kinderstimme – »Mom, können wir jetzt los?« – zwar von Weitem, aber sie begriff nicht gleich, was das bedeutete. Tamati hatte die Situation schneller erfasst. Er löste sich von Lily und blickte den Jungen, der mit offenem Mund vor ihnen stand, freundlich an. »Ja, deine Mutter geht jetzt mit dir nach Hause. Du hast ja lange genug im Wartezimmer gesessen.« Er wandte sich um, griff in ein Glas und reichte dem Jungen ein Bonbon.

Das Kind aber versteckte trotzig die Hände hinter dem Rücken und stierte seine Mutter, die sich nicht rührte, fassungslos an.

Langsam, ganz langsam schien Lily zu verstehen, dass ihr Sohn sie gerade in inniger Umarmung mit einem fremden Mann ertappt hatte. Und das, wo er seinen Vater regelrecht vergötterte. Was sollte sie bloß tun? Sich mit Floskeln wie *Es ist nicht so, wie du denkst* oder Ähnlichem herausreden? Ihm erklären, dass sie sich nur von dem dunkelhäutigen Doktor verabschiedet hatte?

Sie entschied sich, so zu tun, als ob nichts geschehen wäre. »Komm, Peter, wir müssen nach Hause.« Sie nahm seine Hand. Er wehrte sich nicht.

»Auf Wiedersehen, Doktor Ngata, ich wünsche Ihnen alles Gute«, sagte sie mit fester Stimme, während ihr ein Kloß im Hals förmlich die Kehle zuschnüren wollte. Doch sie verließ die Praxis, ohne sich noch einmal umzudrehen. Als sie auf die Straße traten, setzte sie alles daran, sich Peter gegenüber so normal wie möglich zu verhalten. Sie fragte ihn, was er heute essen wolle, doch sein Mund blieb verschlossen. Trotzig presste er die Lippen aufeinander.

»Bist du böse auf mich?«

Sie bekam keine Antwort.

Kurz vor ihrem Haus blieb sie stehen und beugte sich zu dem blassen Jungen mit den rotblonden Locken und den ernsten braunen Augen hinunter.

»Bist du böse auf mich?«, wiederholte sie und hoffte, dass er das Beben ihrer Stimme nicht wahrnahm. Langsam breitete sich Panik in ihr aus. Nicht auszudenken, er würde alles brühwarm seinem Vater berichten. Dann wird er mich niemals zur Univer-

428

sität lassen, durchfuhr es sie eiskalt, und sie schämte sich für ihre selbstsüchtigen Gedanken. Aber sollte sie nicht eher Scham empfinden wegen des Kusses? Doch dieses Gefühl wollte sich partout nicht einstellen. Im Gegenteil, sobald sie nur flüchtig daran dachte, spürte sie nichts als Wonne.

Lily blickte unschlüssig in das abweisende Gesicht ihres Sohnes. Fieberhaft überlegte sie, wie sie ihn zum Schweigen bringen konnte. Da fiel ihr etwas ein, womit sie ihn auf ihre Seite zu ziehen hoffte. Peter wünschte sich sehnlichst eine Puppe, einer der wenigen Wünsche, die Edward ihm rigoros abschlug. »Ein Junge bekommt keine Puppen«, pflegte er streng zu sagen.

»Wünschst du dir zu deinem fünften Geburtstag immer noch eine Puppe?«, fragte Lily in schmeichelndem Ton.

Peter presste die Lippen nur noch fester zusammen, doch Lily gab nicht auf. Es war ihre einzige Chance, sich ihren Sohn zum stummen Verbündeten zu machen.

»Wenn du immer noch eine Puppe möchtest, wird sie zu deinem Geburtstag auf deinem Gabentisch liegen. Aber du musst mir sagen, ob du sie noch willst.«

Peter nickte.

»Gut, dann kümmere ich mich darum. Allerdings muss ich dich um einen Gefallen bitten . . .« Lily stockte. Sie kam sich so unendlich schäbig vor, das Schweigen ihres Vierjährigen zu erkaufen, aber hatte sie eine andere Wahl? Nicht auszudenken, er würde Edward von ihrem Besuch bei Tamati erzählen, ganz zu schweigen von dem Kuss. Lily befürchtete, ihr Mann würde sie grün und blau schlagen. Nicht zu vergleichen mit den gelegentlichen Ohrfeigen, wenn er sich von ihr bloßgestellt fühlte.

Ihre Schwiegereltern, die seine Wutausbrüche zwangsläufig mitbekommen mussten, weil sie immer noch im gleichen Haus wohnten, hüllten sich in Schweigen. Mabel sah sie manchmal, wenn sie sich unbeobachtet fühlte, mitleidig an. Nein, von heute an würde sie ihm eine gute Ehefrau sein, die ihn in ihr Bett ließ,

429

wann immer er es verlangte, und keine Widerworte gab. Dann bestand die Chance, dass er sie studieren ließ. Lily räusperte sich. »Also, du sagst Vater am besten nicht, wen wir heute besucht haben und ... na ja, dass ich ihm auf Wiedersehen gesagt habe, weil er weit fortgeht.«

Peters Blick verfinsterte sich noch mehr. Lily strich ihm über die Wange.

»Was meinst du? Kannst du mir den Gefallen tun? Dafür liegt an deinem Geburtstag im September eine Puppe auf dem Tisch.«

Peter nickte, bevor er sagte: »Ich will jetzt zu Vater nach Hause.«

»Natürlich«, beeilte sich Lily zu sagen und sprang auf.

Die ersten Tage nach diesem Vorfall zitterte sie jedes Mal, wenn Edward in der Nähe war. Zu tief saß ihre Angst, Peter könnte sich verplappern, doch nachdem mehr als eine Woche vergangen war, schien die Gefahr gebannt. Nun konnte sie sich daranmachen, ihren Plan in Angriff zu nehmen. Zu ihrer großen Erleichterung merkte Edward schnell, dass sie sich redlich bemühte, ihm eine gute Ehefrau zu sein. Und an dem Tag, an dem er von sich aus einen schwierigen Fall aus seiner Praxis schilderte, hatte sie gewonnen. In dieser Nacht war sie besonders zärtlich zu ihm und wunderte sich selbst am meisten darüber, wie sie das Ganze hinter sich bringen konnte ohne den Funken einer Empfindung. Immer wenn sie den Ekel spürte, der sie in Abständen überkam, stellte sie sich vor, sie würde Seite an Seite mit ihm in der Praxis arbeiten. Eines Tages würde sie den werdenden Müttern so helfen können, wie Tamati Ngata ihr geholfen hatte. Für dieses Ziel lohnten sich diese Mühen, zumal sie zunehmend zu einer List griff. Sie schloss die Augen und stellte sich vor, dass es der Maori wäre, dem sie sich hingab. Das machte ihre ehelichen Pflichten zwar noch immer nicht zu einem reinen Vergnügen, aber es erleichterte sie ihr ungemein.

430

Dunedin, September 1871

Lily war nicht wiederzuerkennen, seit sie zu den ersten Studenten der Universität von Dunedin gehörte. Sie strahlte geradezu vor Glück. Aus den verliebten Blicken, die Edward ihr ständig zuwarf, schloss sie, dass er glaubte, es liege an der Ehe.

Auch Mabel bemerkte diese Veränderung. Und ihr war es mehr als recht, dass ihre Schwiegertochter zum Studieren ging. So hatte sie Peter ganz für sich. Tomas sah das Ganze anders. Er fand es unmöglich, wie sich seine Schwiegertochter aufführte, doch es gelang ihm nicht mehr, seinen Sohn mit dem Gestichel gegen Lily aufzubringen. Im Gegenteil, Edward verteidigte seine Frau glühend gegen seinen Vater.

Manchmal dachte Lily noch an Tamati, denn an ihrer Liebe zu ihm hatte sich nichts geändert, aber Edward war es gelungen, ihre Achtung zurückzuerlangen.

Dementsprechend ausgelassen bereitete Lily an diesem Tag den Geburtstag ihres Sohnes vor. Sie hatte sich entschieden, die Puppe ohne Absprache auf den Tisch zu legen. Das Hauptgeschenk war ein hölzernes Schaukelpferd, das Edward von einem Patienten hatte anfertigen lassen. Lily hatte ihm nur gesagt, dass sie eine eigene Überraschung für Peter habe. Edward hatte auch nicht weiter nachgefragt. Sie konnte sich kaum vorstellen, dass er wegen der Puppe einen Streit vom Zaun brechen würde.

Lily platzierte das Püppchen auf das Schaukelpferd, damit Peter es gleich sehen konnte. Anschließend zündete sie fünf Kerzen an, holte erst ihre Schwiegereltern und Edward ins festlich geschmückte Zimmer und dann das Geburtstagskind. Sein Anblick rührte sie. In seinem Anzug strahlte er feierlichen Ernst aus. Artig nahm er die Gratulationen seiner Eltern und Großeltern entgegen, bevor er gemessenen Schrittes an den Gabentisch trat.

Lily beobachtete gerührt, wie beim Anblick der Puppe ein Lächeln über sein Gesicht huschte. Er freut sich, dachte sie, er freut sich wirklich. Doch er traute sich nicht, die Puppe in den Arm zu nehmen, sondern legte sie hastig beiseite. Er darf sie heute Abend mit ins Bett nehmen, beschloss Lily, dann geniert er sich nicht so, wenn er sie an sich drückt.

»Was für ein schönes Schaukelpferd!«, rief Lily aus, erleichtert darüber, dass die Sache gut gegangen war, doch in diesem Augenblick trat Tomas an den Tisch, griff sich die Puppe und hielt sie an den Füßen, weit weg vom Körper, als sei sie stinkender Abfall.

»Was ist das denn? Du bist doch kein Mädchen«, bemerkte er abschätzig.

Peter lief bis zu den Ohren rot an und senkte den Kopf.

Nun trat auch Edward hinzu. Lily warf ihm noch einen flehenden Blick zu, den er einfach übersah.

»Zeig doch mal her, das Mädchenspielzeug«, sagte er grinsend und ließ sich von seinem Vater die Puppe geben. »Die hast du dir doch nicht etwa gewünscht? Du bist doch schon ein großer Junge.«

Peter trat stumm von einem Bein auf das andere.

»Weißt du was?«, schlug Edward vor. »Ich habe in der Praxis viele kleine Mädchen, die sich so eine Puppe wünschen. Was meinst du, soll ich sie mitnehmen und verschenken?«

Peter hatte seinen Blick immer noch starr auf den Boden geheftet.

»Nun sag schon, du hast sie dir doch nicht gewünscht, oder?«

Lily ballte die Fäuste vor Zorn. Das war gemein, den Kleinen so zu demütigen. Sie musste ihm beispringen, selbst auf die Gefahr hin, dass ein Streit entbrannte.

»Edward, Vater, bitte hört auf damit! Ihr wisst doch genau, wie sehr er sich eine Puppe wünscht, und ich denke, ihr solltet respektieren, dass ich ihm diesen Wunsch erfüllt habe.«

»Soll er dir die Tochter ersetzen, die du nicht bekommen hast?«, zischte Tomas.

Lily zuckte zusammen. Sie war so geschockt, dass ihr die Worte fehlten. Sie erwartete, dass Edward ihr beistehen würde, doch der schwieg. Zu allem Überfluss mischte sich nun auch noch Mabel ein. »Wirklich, Lily, er ist ein Junge. Willst du, dass ihn seine Gäste nachher auslachen?«

Ein Wort gab das andere. Lily verteidigte das Geschenk wie eine Löwin ihr Junges, während Tomas sie ungestraft beleidigen durfte.

Plötzlich ertönte ein Schrei, der verzweifelte Schrei eines Kindes. Alle Augen waren nun auf Peter gerichtet, der sich die Puppe gegriffen und vor sich auf den Boden geworfen hatte. Immer noch schreiend trat er ihr mitten ins Gesicht. Das Porzellan zersprang, doch er schrie weiter.

»Ich will keine Puppe, ich will nicht! Mama hat sie mir geschenkt wegen dem fremden Mann. Damit ich nichts sage.« Schluchzend warf er sich auf den Boden.

Lily hatte für einen winzigen Augenblick die Befürchtung, sie müsse auf der Stelle umkippen. In ihrem Kopf war nichts als Leere.

Fassungslos sah sie zu, wie Edward seinen Sohn vom Boden hochhob und auf den Arm nahm. »Nicht weinen«, sprach er zärtlich auf das Kind ein, bis Peter sich beruhigt hatte.

»Und nun sagst du uns, warum Mama dir die Puppe geschenkt hat ...«

»Aber ich habe ihr versprochen, nichts zu sagen«, flüsterte Peter und suchte Lilys Blick, doch die sah wie versteinert an ihm vorbei.

»Ach, das hat die Mama nicht so gemeint. Siehst du, sie hat nichts dagegen. Du darfst es uns ruhig erzählen. Was war das für ein Mann?«

433

»Das war der schwarze Mann, dem Mom auf Wiedersehen gesagt hat. Ich habe auf sie gewartet, aber das war so langweilig. Dann habe ich leise die Tür aufgemacht, und Mama hat das nicht gemerkt. Sie hat dem Mann einen Gutenachtkuss gegeben.«

»Einen Gutenachtkuss?«

»Ja, so wie Mama es bei mir immer macht, wenn sie mich ins Bett bringt.«

»Zeigst du es deinem Vater einmal?«

Peter zögerte, doch dann schlang er Edward die Arme um den Hals und gab ihm einen Kuss auf den Mund.

Das war der Augenblick, in dem Lily aus ihrer Erstarrung erwachte. »Ich habe Doktor Ngata auf Wiedersehen gesagt, bevor er nach Auckland ging«, erklärte sie mit heiserer Stimme.

Mit einem unsanften Ruck setzte Edward seinen Sohn auf dem Boden ab und befahl: »Geh bitte auf dein Zimmer!« Peter aber blieb unschlüssig stehen, doch da setzte sein Großvater nach. »Hörst du nicht, was dein Vater gesagt hat?«

Mit einem lauten Aufschluchzen rannte Peter hinaus. Lily wollte ihm folgen, doch da packte Edward sie grob am Arm. »Du bleibst hier!«

»Ich glaube, es ist besser, wenn wir auch gehen«, stöhnte Mabel, doch ihr Sohn fuhr ihr über den Mund. »Ihr bleibt!« Dann wandte er sich drohend zu seiner Frau um.

Er wird doch nicht wagen, mich vor seinen Eltern zu schlagen, schoss es Lily noch durch den Kopf, als sie seine Hand bereits auf ihrer Wange spürte, doch es war gar nicht der Schmerz, der sie rot werden ließ, sondern die Scham.

»Das war dafür, dass du unseren Sohn in deine dreckige Affäre hineingezogen hast.«

»Ich hatte keine Affäre«, erwiderte Lily kämpferisch. Sie wusste auch nicht, woher sie den Mut nahm, aber sie dachte nicht daran, zu Kreuze zu kriechen. Sie hätte Tamati nicht küssen dürfen, keine Frage, aber deshalb war sie noch lange keine Verbrecherin, über die diese Leute zu Gericht sitzen durften.

»Sie lügt«, geiferte ihr Schwiegervater. »Ich habe es gleich gewusst, als sie diesen Quacksalber zu Hilfe geholt hat. Sei nur froh, dass deine Eltern nicht miterleben müssen, wie du dich einem Maori an den Hals wirfst. Deine Mutter würde sich im Grab umdrehen.«

»Welche meinst du, Vater? Meine Adoptivmutter June oder meine leibliche Mutter, das Maori-Mädchen, das mein Vater geschwängert hat?«, erwiderte Lily provozierend, obgleich sie nicht an diese Geschichte glaubte. Aber sie wollte es Edward und seinen Eltern heimzahlen.

Wenn es nicht so traurig gewesen wäre, sie hätte losprusten können. Wie steinerne Statuen standen die drei da und starrten sie mit dem gleichen irren Blick an.

»Du bist geschmacklos«, spuckte Edward schließlich verächtlich aus. »Dass du nicht nur unser Kind, sondern auch noch deine Eltern in den Schmutz ziehst. Die sich nicht mehr wehren können.« Er trat einen Schritt auf sie zu und packte sie am Arm. »Was hat dieser schwarze Teufel, was ich nicht habe? War er ein Tier im Bett?«, zischte er, während er ihr seine Finger schmerzhaft in die Haut grub.

»Ich war nie mit Doktor Ngata im Bett!«

»Ach nein? Und deshalb hast du auch zugelassen, dass er eigenhändig das Kind in deinem Leib dreht, nicht wahr? Und hast du die Hebamme fortgeschickt, um mit ihm allein zu sein? Gib es doch endlich zu!«, brüllte Tomas.

»Ich werde nichts zugeben, nur damit deine schmutzige Fantasie gefüttert wird. Ich habe ihn zum Abschied geküsst. Das ist wahr, und ich kann es nicht mehr rückgängig machen, obwohl es mir sehr leidtut, aber näher bin ich dem Doktor nie gekommen.«

»Lily? Wer hat dir den Unsinn über deine Eltern erzählt?«, mischte sich Mabel ein.

»Das hat sie sich ausgedacht, um uns noch mehr bloßzustellen, als sie es ohnehin schon getan hat.« Ihr Schwiegervater warf ihr einen hasserfüllten Blick zu.

»Ripeka hat es mir auf dem Sterbebett anvertraut. Ich weiß nicht, ob es die Wahrheit ist oder ob sie schon verwirrt war.«

»Es muss wahr sein«, stöhnte Edward. »Anders kann ich es mir nicht erklären, dass sie zu so etwas fähig ist. Keine Pakeha würde sich so tief erniedrigen.«

»Da gibt es nur eines: Verbiete ihr den Unsinn mit der Universität! Gib ihr Hausarrest«, schlug sein Vater vor.

»Nein, ich will sie nicht mehr sehen. Pack deine Sachen, du verdammte Hure!« Edward bebte vor Zorn, als er die Worte aussprach.

Lily blickte in das geschockte Gesicht seiner Mutter. »Aber . . . aber das kannst du doch nicht tun!«, stammelte Mabel.

»Du verlässt Dunedin noch heute. Verstanden? Wenn ich dich jemals wiedersehen sollte, schlage ich dich tot.« Edwards Wangen glühten vor Hass.

»Aber Junge, denk an Peter!« Mabel war den Tränen nahe.

»Edward, du wirst dich doch nicht verrückt machen wegen dieser Frau. Sperr sie ein, erteil ihr die Lektion, die sie braucht, aber denk an den Skandal«, geiferte sein Vater.

Edward aber scherte sich nicht um die Worte seiner Eltern. »Was stehst du hier noch herum? Pack deine Sachen! Und du, Mutter, begleite sie! Damit sie nicht auf den Gedanken kommt, das Kind mitzunehmen.«

»Bitte, Edward, sei vernünftig! Ich mache alles, was du willst. Ich höre auf zu studieren. Ich . . . bitte, bitte lass mich bei meinem Kind bleiben!«, flehte Lily ihren Mann an, aber er ging an ihr vorbei zur Tür und hielt sie weit auf. »Eine halbe Stunde gebe ich dir. Dann bist du aus diesem Haus verschwunden und kommst nie wieder.«

»Aber Peter . . .«

»Er wird glauben, du bist tot.«

436

»Edward, das kannst du nicht machen. Wir haben uns doch einmal geliebt.«

»Richtig, das haben wir, aber nun kenne ich nur noch zwei Gefühle für dich: Hass und Verachtung. Wenn du hierbleibst, werde ich mich nicht länger beherrschen können. Geh mir aus den Augen! Ich wollte nie eine Maori zur Frau!«

Wie betäubt setzte Lily einen Fuß vor den anderen und verließ das Zimmer, gefolgt von ihrer Schwiegermutter. »Ich glaube das nicht«, murmelte sie immerzu. »Ripeka war nicht mehr Herrin ihrer Sinne.«

Lily warf ein paar Kleidungsstücke in einen Koffer, zusammen mit den medizinischen Büchern und anderen persönlichen Dingen.

»Er wird sich wieder beruhigen. Geh nicht so weit fort. Bitte. Peter braucht dich doch.« Mabel schien ehrlich verzweifelt.

Schließlich packte Lily noch das Bündel mit dem Geld ihrer Mutter in den Koffer und schloss ihn. Er war so schwer, dass sie ihn kaum heben konnte.

Auf dem Flur vor Peters Zimmer setzte sie ihn ächzend ab. »Darf ich mich von ihm verabschieden?«

Mabel stöhnte gequält auf. »Du hast doch gehört, was er gesagt hat.«

»Du bist doch selbst eine Mutter. Kannst du wirklich so grausam sein?«

Das genügte, um Mabel zu überzeugen. »Nun geh schon«, schluchzte sie. »Es wird wieder gut, es wird alles wieder gut!«

Vorsichtig öffnete Lily die Tür zum Kinderzimmer. Peter saß zusammengekauert in einer Ecke. Als er seine Mutter sah, lief er ihr in die Arme. Sie drückte ihn, so fest sie konnte, an sich. Erst Mabels künstliches Hüsteln holte sie aus dieser verzweifelten Umarmung. Sanft löste sie sich daraus.

»Mein Kleiner, du musst jetzt tapfer sein. Mama wird eine Weile nicht zu Hause sein. Aber die Großmutter ist da.«

Peter aber klammerte sich an sie. »Du sollst nicht verreisen, Mama!«, schluchzte er.

Lily hörte zwar, dass Mabel einen heiseren Schrei ausstieß, aber sie kümmerte sich nicht weiter darum. Stattdessen nahm sie Peter auf den Arm. »Ich komme doch bald wieder«, versuchte sie ihn zu trösten, bis ihr der Junge unsanft entrissen wurde.

Edwards Gesicht glühte vor Hass, obwohl er Peter auf dem Arm hatte. »Deine Mama lügt«, zischte er dem Kind zu. »Sie verlässt uns für immer, weil sie zu dem Mann geht. Sie hat uns nicht mehr lieb ...«

»Edward, bitte!«, flehte seine Mutter, doch er fuhr ungerührt fort, auf seinen am ganzen Körper bebenden Sohn einzureden. »Sie kommt nie wieder!«

Lily wandte sich mit Grauen ab. Sie ertrug Peters Qual nicht. Diese Mischung aus Verzweiflung, Unverständnis, Ungläubigkeit und Angst in seinem kleinen verweinten Gesicht. Ihre Knie zitterten, als sie auf den Flur trat und ihren schweren Koffer in die Hand nahm. Sie war bereits bei der Haustür, als sie laute Schritte hinter sich vernahm. Sie wollte sich nicht umdrehen, doch Edward stürmte an ihr vorbei und versperrte ihr den Weg nach draußen.

»Wage nicht, noch einmal an der Universität aufzukreuzen. Ich werde mich dafür verwenden, dass du keine einzige Vorlesung mehr hörst.«

»Ja, Edward, ich verschwinde aus der Stadt«, entgegnete Lily schwach und versuchte, sich an ihm vorbeizudrücken. Vergeblich, denn er stand da wie eine Mauer, als wolle er sie in Wahrheit gar nicht gehen lassen. Lily verstand das als letzte Chance. »Edward, ich verstehe deinen Zorn, aber bitte, lass mich hierbleiben bei meinem Kind! Ich schwöre dir, zwischen Tamati und mir ist nie etwas gewesen.« Das Herz klopfte ihr bis zum Hals, und sie betete, dass er sich erweichen ließe, doch er trat einen Schritt beiseite.

»Verschwinde!«, brüllte er. »Nun verschwinde doch endlich!«

Lily verließ das Haus, ohne ihn noch einmal anzusehen, und beschleunigte ihren Schritt, kaum dass sie auf der Straße war. Das Gewicht des Koffers in ihrer Hand spürte sie kaum noch, bis sie schließlich die Kräfte verlassen wollten. Doch da hörte sie hinter sich das Trappeln von Pferdehufen. Sie wandte sich um und machte dem Kutscher ein Zeichen.

»Wohin?«, fragte er.

Lily hob die Schultern. In eine ungewisse Zukunft, dachte sie, doch sie sagte mit klarer Stimme: »Zum Hafen, bitte.«

WHANGAREI, MÄRZ 1920

Vivian saß auf der Veranda vor Matuis Haus und hing ihren Gedanken nach. Matui hatte sich, nachdem er ihr die traurige Geschichte ihrer Großmutter erzählt hatte, auf seine Matte zurückgezogen. Seit Tagen nahm er kaum Nahrung zu sich und dämmerte vor sich hin. Sie machte sich Sorgen um ihn und befürchtete schon, er werde die Geschichte womöglich gar nicht mehr vollenden können. Sie konnte sich nicht helfen, aber ihr Mitgefühl galt dem kleinen Peter. Es fiel ihr schwer, in ihm jenen kalten Mann, ihren Vater, zu sehen.

Ein Hüsteln holte sie aus ihren Gedanken. Sie sah erschrocken auf und wollte kaum den Augen trauen. Es war Frederik, der vor der Veranda stand, in der Hand eine Zeitung. Vivian klopfte das Herz bis zum Hals.

»Hast du schon gelesen, was dein Verlobter verfasst hat?«, fragte er und reichte ihr die neuste Ausgabe des *Chronicle*.

»Nein«, entgegnete sie schwach und weigerte sich, die Titelzeile zu lesen.

»Warum hast du das getan?«

Vivian atmete tief durch.

»Es ist mir aus Versehen herausgerutscht«, gab sie zähneknirschend zu.

Frederik hatte sich auf einen Stuhl fallen gelassen. Vivian wagte nicht, ihn anzusehen, aber aus den Augenwinkeln konnte sie erkennen, dass seine Haut aschfahl war. Ihr erster Impuls war, ihm um den Hals zu fallen und ihn um Entschuldigung zu bitten, doch seine abweisende Miene hielt sie davon ab.

»Wenn du willst, gehe ich zu Mister Morrison und sage ihm, dass das alles nicht wahr ist«, presste sie gequält hervor.

»Er hat mich beurlaubt, bis die Sache geklärt ist«, entgegnete er, ohne ihren Blick zu suchen. »Nun lies schon!«

Vivian zögerte, doch dann breitete sie die Zeitung vor sich aus. In ihrem Kopf hämmerte es, als sie die Schlagzeile vor ihren Augen tanzen sah. Sie konnte kein einziges Wort wirklich erkennen.

»Ich will nicht«, sagte sie entschieden und warf die Zeitung zu Boden, bevor sie hektisch aufsprang und die Terrasse panisch verließ.

Kopflos eilte sie ein Stück den Weg nach Whangarei hinunter und blieb erst stehen, als sie am Wasserfall vorbeikam. Keuchend rannte sie zum Wasser, riss sich die Kleider vom Leib und sprang in das kühle Nass. Wie eine Wahnsinnige tauchte sie wieder und wieder ihren Kopf unter Wasser. Er wollte schier zerbersten. Doch der Schmerz ließ nicht nach. Was hatte Janes Vater immer gesagt, wenn sie mit den Eltern ihrer Freundin an der See gewesen war? *Du schwimmst wie ein Fisch.* Vivian tauchte prustend auf. London, das kam ihr vor, als sei es eine halbe Ewigkeit her. O Jane, wenn du nur wüsstest, wie es mir geht, dachte Vivian, bevor sie noch einmal abtauchte. Endlich ließ der Schmerz nach.

Erfrischt und mit klarem Kopf stieg sie schließlich aus dem Wasser und kleidete sich an. Ihr schlechtes Gewissen war wie weggeblasen. Was konnte sie eigentlich dafür, dass der Bischof und Frederik mit aller Macht ihre Lebenslügen aufrechterhalten wollten? Warum sollte man ihr einen Vorwurf machen, dass ihr bei diesem Lügengewirr die Wahrheit herausgerutscht war?

Hocherhobenen Hauptes kehrte sie zurück. Frederik hockte noch immer auf dem Stuhl und warf ihr einen prüfenden Blick zu.

»Wenn du glaubst, dass ich das absichtlich gemacht habe, kann ich dir nicht helfen«, erklärte sie scharf.

»Vivian, was soll ich denn sonst glauben? Dass es ein Versehen war? Das kannst du nicht von mir erwarten.«

»Ich erwarte gar nichts von dir«, entgegnete sie, während sie an ihm vorbei ins Haus ging. Sie erschrak, als sie beinahe mit Matui zusammenstieß.

»Du bist wieder auf?«

»Ja, ich darf nicht mehr so viel schlafen. Nachher wache ich nicht mehr auf, und ich habe dir doch noch so viel zu erzählen«, lachte er, und er sah dabei erstaunlich jung aus. Von seiner Erschöpfung war keine Spur mehr zu erkennen.

»Soll ich dir weitererzählen?« Er strotzte nur so vor Unternehmungsgeist.

»Später«, sagte sie leise. »Wenn unser Besuch fort ist.«

»Besuch?«

Vivian nickte. »Frederik ist gekommen, um mir Vorwürfe zu machen. Ben hat im *Chronicle* geschrieben, dass die uneheliche Tochter des Bischofs Maori-Wurzeln habe und dass Frederik Newman gar nicht sein Sohn sei, sondern das Kind eines australischen Strafgefangenen, den man gehängt hat. Keine Ahnung, woher er das weiß, aber Fred glaubt jetzt, das alles hätte ich meinem Verlobten verraten.«

»Verlobten?«

Vivian seufzte tief. »Das wird mein Vater ihm berichtet haben.«

»Dann sag ihm die Wahrheit. Dass die Verlobung geplatzt ist und dass du dich verplappert hast.«

»Ich denke nicht daran, mich überhaupt noch einmal mit ihm zu unterhalten! Er glaubt doch nicht an ein Versehen«, zischte Vivian. »Wenn er mir so etwas Mieses zutraut, soll er!« Der Trotz blitzte ihr aus den Augen.

»Du hast den Dickkopf deiner Großmutter geerbt.«

»Meinst du? Ich finde, Lily hat sich ganz schön was bieten lassen. Ihr Mann hat sie aus dem Haus geworfen wie einen streunenden Hund.«

Matui lachte. »Das war eine andere Zeit, aber du hast recht. Du hättest dich wahrscheinlich nicht ohne dein Kind wegschicken lassen.«

»Niemals! Komm, begleite mich auf die Veranda, ich möchte nicht mit ihm allein sein.«

Lachend legte er den Arm um ihre Schultern. »Verlässt dich etwa dein Mut?«

»Pah! Mit dem werde ich doch fertig. Mit diesem selbstmitleidigen Feigling.«

»Du liebst ihn immer noch, nicht wahr?«

»Nein, das ist vorbei!«, schwindelte Vivian trotzig.

Als sie auf die Veranda kamen, war Frederik bereits aufgestanden und zum Gehen bereit.

»Ist das die Zeitung?«, fragte Matui und deutete auf den *Chronicle*, der immer noch am Boden lag.

»Ja, das ist die Zeitung von Vivians zukünftigem Schwiegervater«, fauchte Frederik.

Matui bückte sich flink wie ein junger Mann und riss die Zeitung, ohne auch nur einen Blick auf die Schlagzeile zu riskieren, in der Mitte durch.

»War das alles, was dich zu uns geführt hat, oder willst du mir ein wenig zuhören, wenn ich Vivian die Geschichte ihrer Familie weitererzähle?«

»Du willst doch nicht etwa in seiner Gegenwart darüber reden?«, fragte Vivian entsetzt.

»Warum nicht?«

»Aber Matui, er wird es vielleicht Mister Morrison weitergeben, um sich wieder lieb Kind zu machen.«

»Keine Sorge, ich gehe nicht mehr zum *Herald* zurück, selbst wenn Mister Morrison auf Knien vor mir herumrutscht. Jetzt hätte ich ihn gebraucht. Aber er konnte mich gar nicht schnell genug hinauswerfen.«

»Und was hast du vor?«

443

»Ich habe mich bei der *Otago Daily Times* in Dunedin beworben, und man hat mir dort eine lukrative Stellung angeboten.«

Vivian spürte, wie sich ihr Herzschlag beschleunigte. »Und deine Verlobte, wird sie dich begleiten?«

»Nein, die Verlobung ist gelöst.«

»Ach, du warst der feinen Isabel wohl nicht mehr gut genug.«

Frederik hob die Schultern. »Ich hatte sie einen Tag, bevor das da in der Zeitung stand, gelöst.«

»Du hast die Verlobung vorher gelöst? Aber warum?«

»Mir ist klar geworden, dass ich sie nicht genügend liebe und dass allein die Liebe ein Grund zum Heiraten sein kann. Und ich bin auch nicht gekommen, um dir Vorwürfe zu machen, denn ich kann doch gut verstehen, dass du die ganzen Lügen satthattest. Es hat mir nur wehgetan, dass du die Wahrheit ausgerechnet diesem Ben in den Rachen geworfen hast. Aber auch das ist dein gutes Recht. Ich wollte mich nur von Matui und dir verabschieden und dir viel Glück mit Ben wünschen.«

Matui warf Vivian einen auffordernden Blick zu. In ihm stand zu lesen: *Nun sag es ihm doch endlich!*

Doch Vivian funkelte Frederik wütend an. »Du glaubst also immer noch, ich hätte Ben absichtlich davon erzählt?«

»Vivian, lass gut sein. Ich wollte mich freundschaftlich von dir verabschieden und nicht im Streit auseinandergehen.« Dann wandte sich Frederik Matui zu und nahm den alten Mann herzlich in die Arme. »Ich hätte die Geschichte gern weitergehört, aber es war schließlich nicht meine«, flüsterte er bedauernd. »Und ich wünsche Ihnen von Herzen, dass eines Tages die richtige Schnitzerei vor der Kirche stehen wird.«

»Das hoffe ich auch«, erwiderte der alte Mann und klopfte Frederik freundschaftlich auf die Schulter. »Du bist ein guter Junge, und es wäre doch schade, wenn ihr beiden . . .«

»Matui, Frederik möchte wirklich gehen«, mischte sich Vivian in schroffem Ton ein.

Das brachte ihr einen verständnislosen Blick von Matui ein. Auch Frederik schien verblüfft.

»Sie hat recht, ich muss. Ich werde morgen früh zurück nach Auckland fahren, meine Sachen packen und ... Vivian, was soll ich mit deinem Zeug machen? Soll ich es gleich nach Wanganui schicken lassen?«

»Nein, mach dir keine Mühe. Ich hole es mir selbst, es sei denn, ich darf das Haus nicht mehr betreten, nachdem ich schuld daran bin, dass nun ganz Auckland von meiner Existenz weiß.«

»Doch, natürlich kannst du deine Sachen persönlich abholen. Mein Vater ... ich meine, dein Vater wird wahrscheinlich nicht mehr da sein ...«

»Was heißt das?«

»Vater wird sein Amt niederlegen und mit Mutter nach Sydney gehen. Sie haben ihm eine Stelle angeboten. Er wird dort zwar nicht mehr Bischof sein, aber er hat sein Auskommen.«

»Und ihr alle glaubt, dass es meine Schuld ist, nicht wahr?«, schnaubte Vivian.

Statt ihr böse zu sein, nahm Frederik Vivian in die Arme und drückte sie fest an sich.

»Nein, du hast dir nichts vorzuwerfen. Es war allein meine Eifersucht auf diesen Ben, warum ich dich so angefahren habe. Du hast mir einen Gefallen getan. Einen großen sogar. Durch dich habe ich begriffen, was wirklich wichtig im Leben ist. Und jetzt muss ich damit umgehen, dass ich das Liebste verloren habe, bevor ich es überhaupt jemals besessen habe.« Er ließ sie los und sah ihr fest in die Augen. »Du bist die ehrlichste, schönste und zauberhafteste Frau, die mir je begegnet ist.« Dann riss er seinen Blick los, wandte sich um und machte sich auf den Weg zurück.

Vivian starrte ihm stumm hinterher, bis Matui ihr unsanft in die Rippen stieß. »Aufwachen, Prinzessin! Lauf und sag ihm endlich die Wahrheit!«

445

Sie aber ließ sich laut stöhnend auf einen Stuhl fallen. »Erzähl weiter, Matui!«, bat sie den Maori.

»Ich möchte mal wissen, von wem du diese Sturheit geerbt hast«, knurrte Matui. »Makere war ein so sanftmütiges Wesen.«

»Und was hat es ihr genutzt? Sie ist todunglücklich geworden!«

»Aber, *tamahine*, was verlangst du denn noch von ihm?«

»Dass er um mich kämpft, dass er mir einen Antrag macht ...«

Matui schnaufte verächtlich. »Bist du taub? Er hat dir gerade seine Liebe zu Füßen gelegt, und du lässt ihn einfach ziehen. Wie kann man nur so nachtragend sein?«

»Das frage ich mich auch, denn du warst es doch, der Henry umgebracht hat. Er war die mumifizierte Leiche, die neulich in Russell gefunden wurde.«

Vivian hatte kaum zu Ende gesprochen, da bereute sie ihre Worte bereits bitter. Matuis Gesicht war wie versteinert.

»Bitte, Matui, sei mir nicht böse. Es tut mir leid. Ich benehme mich wie ein Kindskopf, nur weil Frederik mich völlig durcheinanderbringt und ich doch eigentlich ... ich ...«, stammelte sie verzweifelt, während ihr dicke Tränen über die Wangen rollten.

»Ich habe ihn nicht umgebracht.«

»Matui, und wenn schon, ich kann es verstehen. Ich weiß auch nicht, was mit mir ist. Ich liebe ihn doch.«

Matui aber hörte ihr gar nicht mehr zu, sondern fing mit seiner sonoren Stimme zu reden an. »Ich habe ihn damals in Russell aufgespürt und in den damals schon halb verfallenen Schuppen nach Oneroa gelockt. Er war völlig ahnungslos, wollte mich niederschlagen, weil seine Mutter meinetwegen zwischen die Linien geraten sei. Ich konnte den Schlag erfolgreich abwehren und mein Messer zücken. Er war verdutzt, schlug vor, wir sollten uns wieder vertragen. Schließlich seien wir wie Brüder aufgewachsen. Schlotternd stand er an eine Wand gelehnt da und flehte mich an, ich möge das Messer wegnehmen. Ich sagte, das werde ich tun, nachdem ich es ihm ins Herz gestoßen hätte. Er zitterte, während ich ihm ganz ruhig von der Frucht seiner Gewalttat und meinem Versprechen erzählte, das ich Tiaki gegeben hatte. Er war weiß wie die Wand hinter ihm. Dann ließ er unter sich. Ich wollte dem Elend ein Ende bereiten, doch da fasste er sich ans Herz, stöhnte auf und sackte leblos in sich zusammen. Und ich habe zu Gott gebetet und ihm gedankt, dass er ihn gerichtet hat, damit ich nicht zum Mörder wurde.«

Vivian sprang von ihrem Stuhl hoch und fiel Matui stürmisch um den Hals.

»Ich habe dich lieb«, flüsterte sie. Der Maori aber schien völlig entrückt zu sein.

»Als ich zurück nach Wanganui kam, war nur noch June dort. Sie kämpfte wie eine Löwin. Wollte mir nicht verraten, wo Lily abgeblieben war. Sie hat mich sogar auf eine falsche Fährte gelockt. Beinahe wäre ich nach Wellington gereist. Dann war auch June über Nacht verschwunden, und ich ging in den Norden zurück. Dort hatte ich eine Frau, die aber starb, ohne mir Kinder zu schenken. Mein Ruf als Meister der Schnitzerei eilte mir voraus. Und als ich eines Tages viele Jahre später nach Mangawhai gerufen wurde, um die Schnitzereien an den Kanus auszuführen, wurde ich von den Ahnen dorthin geführt, denn dort hörte ich von einer Pakeha, die den Maori half. Ihr Name war Lily, und ich wusste sofort, dass ich sie gefunden hatte.«

Vivian setzte sich leise zurück auf ihren Stuhl, schloss die Augen und war bereit, Matuis Geschichte zu lauschen.

Mangawhai, Januar 1880

Lily saß im warmen Sand und blickte über das Meer. Sie liebte diesen Platz und ritt, sooft es ihre Zeit erlaubte, zu diesem malerischen Strand auf der Landzunge. Das kam selten genug vor, weil es eigentlich immer etwas zu tun gab. Entweder bekam eine der Maori-Frauen ein Kind oder einer der Schiffsbauer aus dem Hafen hatte sich bei der Arbeit verletzt. Aber auch die Farmer aus den umliegenden Orten suchten die Praxis auf. Hier oben im Norden konnte sie endlich für ihre Berufung und ihre große Liebe leben, ohne mit Häme und Skepsis bedacht zu werden. Das war in Auckland anders gewesen. Da hatte es den weißen Arzt für die Pakeha gegeben und Tamati für die Maori. Und ständig hatte man über ihre Beziehung getratscht. Als die Gerüchte, dass sie nicht einmal ordnungsgemäß verheiratet waren, überhandgenommen hatten, waren sie in den Norden gezogen. Hier hatten sie in einer Maori-Zeremonie geheiratet, obwohl Lily auf dem Papier noch Edwards Ehefrau war, weil weder sie noch er je die Scheidung eingereicht hatten.

Das erinnerte Lily schmerzhaft an den Brief, der neben ihr im Sand lag und den sie seit seinem Eintreffen bereits Dutzende Male gelesen hatte. Allein bei dem Gedanken an diese Zeilen schossen ihr Tränen in die Augen, und sie entsann sich ihrer unbändigen Freude, als endlich ein Antwortbrief gekommen war. Jahrelang hatte sie ihrem Sohn Briefe geschickt, doch niemals eine Reaktion erhalten. Bis gestern. Ihr Herz hatte bis zum Hals geklopft, als sie ihn geöffnet und die gestochen scharfe Schrift ihres Sohnes gesehen hatte. Doch die Freude war von kurzer Dauer gewesen. Der vierzehnjährige Junge hatte ihr in knappen, sachlichen Sätzen mitgeteilt, dass sein Vater gestorben sei, er aber keinen Wert darauf lege, bei ihr zu leben. Sein Zuhause sei in Dunedin bei den Großeltern. Und er hatte ihr ausdrücklich untersagt, weiter Kontakt zu ihm zu suchen. *Du bist für mich vor vielen Jahren gestorben, als Du Vater und mich verlassen hast, um zu diesem Maori zu gehen. Ich verachte die Maori und möchte keine Maori-Hure zur Mutter.* Dieser Satz tat ihr besonders weh, und sie war versucht gewesen, ihm zu schreiben, wie es wirklich gewesen war, doch Tamati hatte ihr dringend davon abgeraten. Wie hatte er noch gesagt? *Das Kind ist ohnehin zerrissen. Willst du ihn wirklich gegen seine Großeltern aufwiegeln? Er lebt in ihrer Welt. Er will ein Pakeha sein. Er wird von sich weisen, was du ihm schreibst, aber der Zweifel wird wie ein schleichendes Gift an ihm nagen. Er ist ein unglückliches Kind, doch wenn du an ihm zerrst, wirst du seinen Hass nur noch weiter schüren.*

Bei dem Gedanken an Tamati, den sie ihren Mann nannte, wurde Lily warm ums Herz. Sie liebte ihn mit jeder Faser ihres Herzens und hatte nie bereut, damals zu ihm gegangen zu sein. Wenn sie an ihr Wiedersehen dachte, wurden ihre Knie noch heute weich. Sie waren sich stumm in die Arme gefallen und hatten sich wenig später, ohne viele Worte gewechselt zu haben, ihrer Leidenschaft hingegeben. Niemals hätte Lily zu hoffen gewagt, dass eine Hand auf ihrem Körper ein solches Feuer in ihr würde entfachen können. Noch heute, nach neun Jahren, die sie unter einem Dach lebten, begehrte sie ihn wie am ersten Tag.

Ich muss nach Hause, ging es ihr durch den Kopf. Er wird auf mich warten. Doch vorher wollte sie das Meer auf ihrer Haut spüren. Sie sah sich prüfend nach allen Seiten um. Nachdem sie sich vergewissert hatte, dass sie allein in Mangawhai Head war, zog sie ihr einfaches Kleid aus und rannte, so schnell sie konnte, ins kühlende Nass, weil sie befürchtete, der heiße Sand werde sonst ihre Füße verbrennen.

Mutig stürzte sie sich in die Fluten. Obwohl es ein warmer Sommertag war, brachen sich die hohen Wellen mit ziemlicher Kraft auf dem Strand, doch das schreckte sie nicht. Sie liebte das Meer und kannte keine Angst. Im Gegenteil, sie verstand es, geschickt unter den Wellen durchzutauchen. »Du musst Maori-Blut in dir haben«, hatte Tamati behauptet, als er sie das erste Mal hatte schwimmen sehen. »Wir saugen das mit der Muttermilch auf. Im Gegensatz zu den Pakeha.«

Lily hatte die Wellenkämme nun hinter sich gelassen und schwamm in ruhigen Bahnen entlang des puderig weißen Strandes. Sie hatte es längst aufgegeben, darüber nachzugrübeln, ob ihre Mutter wohl eine Maori gewesen war oder nicht. Das spielte in ihrem jetzigen Leben keine Rolle mehr. Sie war durch Tamati schnell vertraut geworden mit den Ritualen seines Volkes, und sie fühlte sich sehr wohl unter ihnen. Manchmal wurden sie in eines der Dörfer zu einem Hangi eingeladen, ein Erlebnis, das Lily immer wieder genoss. Fleisch und Gemüse aus dem Erdofen hatten einen ganz anderen, ungleich intensiveren Geschmack als in einer Küche zubereitet.

Heute bewies sie beim Schwimmen besonders viel Ausdauer. Sie hatte sich vorgenommen, bis an den Rand der Erschöpfung im Meer zu bleiben, aber mit immerhin so viel restlicher Kraft, dass sie es problemlos zurück an den rettenden Strand schaffte. Für sie war das ein Ritual, sich von ihrer Vergangenheit zu befreien. Sie war es so leid, sich in den Schlaf zu weinen oder schweißgebadet aus ihren Albträumen zu erwachen, in denen sie immer wieder ihren Sohn verlor. Sie musste Peter endlich loslassen. Er würde danach selbstverständlich seinen Platz in ihrem Herzen behalten, aber sie konnte nicht einfach in Dunedin auftauchen und ihn in eine Welt verschleppen, die ihm wahrscheinlich immer fremd bleiben würde. Und sie war nicht in der Lage,

450

reumütig nach Dunedin zurückzukehren und als Gefangene im Haus Newman ihr Leben zu fristen. Sosehr sie sich auch bemühte, Trauer über Edwards Tod konnte sie nicht empfinden. Lily drehte sich auf den Rücken und ließ den Blick gen Himmel schweifen. Er war von einem strahlenden Blau. Riesige Möwen zogen ihre Kreise. Lily seufzte, während sie sich zurück auf den Bauch drehte. Sie musste feststellen, dass sie sich heute sehr weit vom Strand entfernt hatte, doch noch besaß sie genügend Reserven.

Ihre Beine fühlten sich ein wenig wackelig an, als sie sich schließlich durch die Wellenkämme zurück ans Land gekämpft hatte. Trotzdem war jetzt keine Zeit zum Verschnaufen. Sie verspürte große Sehnsucht nach Tamati. Also zog sie sich schnell an und eilte zu dem rot blühenden Pohutukawa, unter dem sie ihr Pferd angebunden hatte. Im Galopp preschte sie nach Hause.

Tamati und sie hatten sich ein Haus direkt am Hafen gebaut. Lily hatte es eigentlich von dem Geld bezahlen wollen, das sie bei den Sachen ihrer Mutter gefunden hatte, doch das ging gegen Tamatis Stolz. Er wollte es unbedingt mit eigener Hände Arbeit errichten. Es war groß und aus Holz. Nur die Veranda war noch nicht fertig, denn vom ersten Tag an waren Patienten gekommen.

Lily stutzte, als sie vor dem Haus einen älteren Maori erblickte. Sie hielt ihn für einen Patienten und bat ihn, ihr zu folgen. Sie rief nach Tamati, aber er war nicht zu Hause.

»Kann ich Ihnen helfen? Mein Mann ist noch unterwegs.«

Der Mann, dessen Alter sie nicht genau einschätzen konnte und der im Gesicht ein Tattoo besaß, das sie nicht kannte, zögerte, doch dann sagte er: »Ich wollte zu Ihnen. Sind Sie Lily?«

Sie nickte. »Kennen wir uns?«

»Sie waren ein junges Mädchen, als ich Sie zum letzten Mal gesehen habe.«

Lily musterte ihn prüfend. Ganz dunkel kam eine Erinnerung in ihr hoch.

»Waren Sie nicht einmal bei uns in Wanganui, kurz bevor wir nach Dunedin gezogen sind?«

»Sie erinnern sich?«

»Dunkel. Ich weiß nur, dass die gute Ripeka sehr aufgeregt war, nachdem wir Sie getroffen hatten.«

»Wohnt sie auch bei Ihnen?«

Traurig schüttelte Lily den Kopf. »Sie ist schon ein paar Jahre tot. Leider. Es vergeht kein Tag, an dem ich nicht an sie denken muss.«

»Das tut mir leid. Sie war ein guter Mensch, wenngleich sie mich am liebsten zum Teufel gewünscht hätte.«

»Und was führt Sie zu mir?«

Er streckte ihr die Hand entgegen und sagte: »Ich wollte Sie einfach besuchen, weil ich in Mangawhai zu tun habe und zufällig hörte, dass Sie hier leben. Und darf ich Sie etwas Persönliches fragen? Man sagte mir, Ihr Nachname sei Ngata. Ist Ihr Mann Maori?«

Lily räusperte sich. Sie war sich nicht sicher, was dieser Mann wusste. Sie wollte ihn nicht belügen.

»Ich lebe mit Tamati Ngata bereits seit neun Jahren zusammen.«

»Sie sind nicht verheiratet mit ihm?«

»Entschuldigen Sie, aber Sie fragen ein wenig zu viel, Mister... äh... wie war noch Ihr Name?«

»Matui, Sie können Matui zu mir sagen.«

»Sehen Sie, Matui, es gibt Dinge in meinem Leben, über die ich nicht gern rede.«

»Haben Sie Kinder?«

Lily zuckte zusammen. »Das ist eine dieser Fragen, die ich nicht besonders mag, aber ich will ehrlich zu Ihnen sein. Ich habe einen Sohn, doch der lebt in Dunedin bei seinen Großeltern.«

»Entschuldigen Sie, ich möchte nicht aufdringlich sein, aber lebt er bei June Carrington?«

»June?«, wiederholte sie erschrocken. Obwohl er ein Fremder war und so direkte Fragen stellte, war sie innerlich bereit, ihm zu antworten. Er kam in guter Absicht. Das spürte sie ganz deutlich. »Nein, meine Mutter ist schon lange tot. Sie ist auf dem Schiff von Auckland nach Dunedin gestorben. Und mein Vater, falls Sie gleich auch noch danach fragen, der hat sich nach England davongemacht. Ohne meine Mutter und . . .« Sie stockte. »Jetzt bin ich mit Fragen dran. Ripeka hat kurz vor ihrem Tod behauptet, meine leibliche Mutter sei eine Maori gewesen. Wissen Sie etwas darüber, Matui? So heißen Sie doch, nicht wahr?«

In Matuis Augen flackerte es nervös. »Ich . . . also, ich habe ja nicht geahnt, dass Sie Bescheid wissen.«

»Dann ist es die Wahrheit.«

»Ihre Mutter war meine Schwester.«

»Oh«, entfuhr es Lily, bevor sie sich auf einen Stuhl fallen ließ.

»Ich bin damals gekommen, um Sie zu meinen Leuten zu holen, aber ich hatte im Norden noch etwas zu erledigen. Als ich nach Wanganui zurückkehrte, waren Sie verschwunden.«

»Und Sie sind sich ganz sicher . . . ich meine, dass June nicht meine Mutter ist?«

»Ja, der Reverend hat Sie meiner Schwester fortgenommen und als Waisenkind ausgegeben.«

»Sie sollen mich fortgenommen haben – das kann ich mir nicht vorstellen. Meine Mutter . . . ich meine, June war eine Seele von einem Menschen. Sie hätte niemals ein Kind gestohlen.«

»Sie war ahnungslos bis zu jenem Tag, als ich es ihr gesagt habe, damals in Wanganui. Ich habe ihr angedroht, Sie mit zu meinen Leuten zu nehmen, doch als ich Sie wenig später holen wollte, waren Sie fort. Die gute June wollte Sie wohl nicht mehr hergeben, was ich übrigens im Nachhinein sehr gut verstehen kann. Doch ich hatte mir geschworen, Sie eines Tages zu finden, und nun haben die Ahnen mir den Weg zu Ihnen gewiesen.«

453

»Aber mein Vater, der muss es doch gewusst haben«, bemerkte Lily fassungslos.

»Nein, seine Eltern hatten meine Schwester in einer Mission untergebracht, damit keiner Wind von der Schwangerschaft bekam, und ihren Sohn dann schnell mit June Hobsen verheiratet. Und Ihr Vater war so mit sich und seinem Saufen beschäftigt, der hat gar nichts gemerkt. Für ihn war meine Schwester nur . . .« Matui stockte. Sollte er ihr die ganze Wahrheit sagen? Nein, er mochte diese Lily auf Anhieb. Er wollte ihr nicht unnötig wehtun. ». . . eine kleine Liebschaft, die er nicht ernst genommen hat«, ergänzte er rasch.

»Dann hat Ripeka also die Wahrheit gesagt. Meine Mutter war eine Maori.«

»Sie haben Makeres Augen.« Seine Stimme bekam einen zärtlichen Klang.

»Makere? So hieß meine Mutter?«

»Im Hause der Carringtons war sie Maggy.«

Lily fasste sich an den Kopf.

»Jetzt erinnere mich. Sie haben sich damals als Ziehbruder meines Vaters vorgestellt. Aber das heißt ja, dass mein Vater seine eigene Schwester geschwängert hat.«

Matui kämpfte immer noch mit sich. Eigentlich war er gekommen, um ihr die ganze dreckige Wahrheit zu sagen, aber nun hatte er Hemmungen, diese Frau, die er auf Anhieb ins Herz geschlossen hatte, damit zu belasten. In ihren Augen lag unter all der Freundlichkeit eine tiefe Traurigkeit. Das hatte er sofort gesehen. Nein, sie hatte es nicht verdient, mit dieser alten Sache konfrontiert zu werden. Im Gegenteil, er musste sie schützen. Das und nichts anderes war seine Aufgabe! Schließlich war sie seine Nichte und die Einzige seines Stammes, die ihm noch geblieben war.

»Warum lebt dein Sohn nicht bei dir?«, fragte er mit weicher Stimme. Er konnte sie nicht länger wie eine Fremde ansprechen.

Der mitfühlende Ton seiner Worte trieb Lily auf der Stelle Tränen in die Augen.

»Mein Mann Edward hat mich aus dem Haus geworfen, nachdem ich Doktor Ngata zum Abschied einen Kuss gegeben hatte. Mein Sohn wurde Zeuge dieser Zärtlichkeit und hat es in einem Anfall von kindlichem Zorn seinem Vater verraten.«

»Aber das berechtigt ihn doch nicht, dir dein Kind zu nehmen. Das kannst du nicht zulassen. Er muss dir deinen Sohn zurückgeben.« Matuis Stimme vibrierte vor Empörung.

»Edward . . . also der Mann, mit dem ich offiziell noch verheiratet war, ist erst kürzlich gestorben. Ich bekam eine Anzeige von meiner Schwiegermutter. Ohne ein persönliches Wort, und dennoch habe ich verstanden, was sie mir damit hatte sagen wollen: *Das Kind gehört jetzt zu dir, nicht zu uns.*«

»Recht hat sie, aber dann sollte der Junge längst bei dir sein.«

»Das habe ich auch gedacht und ihm einen Brief geschrieben, dass ich ihn abholen werde, doch er . . .« Lily brach in lautes Schluchzen aus, holte den zerknitterten Brief aus ihrer Jackentasche und reichte ihn Matui.

»Lies, und du wirst verstehen, warum es nicht geht.«

Matui griff wortlos nach dem Schreiben und vertiefte sich in den Inhalt. Bei jedem Wort, das er nun las, versteinerte seine Miene mehr und mehr.

Nachdem er fertig war, blickte er Lily durchdringend an. »Aber er muss erfahren, dass auch durch seine Adern Maori-Blut fließt.«

»Nein, Matui, mir bleibt nur eines: die Hoffnung, dass er sich meiner besinnt, wenn er erwachsen ist.«

Herannahende Schritte ließen Lily und Matui verstummen.

»Mein Mann«, sagte Lily, und ihre Augen glänzten.

Tamati begrüßte Lily zärtlich und wandte sich danach Matui zu. »Warten Sie auf mich?«

»Nein, Tamati, das ist Matui, mein Onkel. Ripeka hat damals

die Wahrheit gesprochen. June war nicht meine leibliche Mutter, sondern seine Schwester Makere.«

»Habe ich doch immer gesagt, in dir steckt mindestens so viel Maori wie Pakeha«, lachte Tamati, doch die betretenen Gesichter der beiden ließen ihn gleich wieder ernst werden.

»Ich habe Matui Peters Brief gezeigt.«

»Ach, dieser verdammte Brief. Vernichte ihn doch endlich!« Er war auf Lily zugetreten und hatte ihr den Arm um die Schultern gelegt.

»Matui versteht nicht, warum ich den Jungen nicht gegen seinen Willen zu uns hole.«

Tamati verdrehte die Augen. »Wollt ihr wirklich ein Pakeha-Kind wie ihn gegen seinen Willen in diese fremde Welt verpflanzen? Er ist mit dem Hass gegen uns aufgewachsen, den sein Großvater weiterschürt.«

»Du darfst die Hoffnung trotzdem niemals aufgeben. Er gehört zu uns«, sagte Matui in scharfem Ton.

»Nein, Matui, du irrst, er gehört zu ihnen«, widersprach ihm Tamati.

»Matui hat recht. Ich werde nicht kampflos aufgeben, sondern ihm weiterhin Briefe schreiben«, seufzte Lily.

Tamati fuhr sich nervös mit der Hand durch das dichte schwarze Haar. »Ich will doch auch nur dein Bestes«, stöhnte er. »Aber ich ertrage es nicht, wie du leidest. Du wirst wieder Jahr für Jahr vergeblich auf eine Antwort warten. Lasst ihn in Frieden.«

Lily blickte verunsichert von Tamati zu Matui. »Vielleicht sollte ich euch jetzt erst einmal ein Essen zaubern, und wir lernen uns ein wenig besser kennen. Du bleibst doch, oder?« Sie wandte sich an Matui.

»Natürlich bleibe ich zum Essen. Meine Unterkunft bei den Bootsbauern ist ja nicht weit weg von hier.«

»Was machst du denn dort?«, fragte Tamati neugierig.

»Ich fertige Schnitzereien für die Wakas an, die in Mangawhai hergestellt werden.«

»Das ist ja spannend. Vielleicht könntest du uns ein Geländer für die Terrasse schnitzen, damit das endlich fertig wird.«

»Das mache ich doch gern«, erwiderte Matui begeistert.

»Aber dann wohnst du bei uns.«

Tamati klopfte Matui freundschaftlich auf die Schulter.

Die beiden verstehen sic auf Anhiebh, auch wenn sie unterschiedlicher Meinung sind, was Peter angeht, dachte Lily, während sie in die Küche ging. Und sie fand, dass ihr frischgebackener Onkel außerordentlich weise war. Natürlich durfte sie die Hoffnung nicht aufgeben und musste sich weiter um ihren Sohn bemühen, selbst auf die Gefahr hin, dass es für sie großes Leid bedeutete. Zwar verstand sie Tamati und sein Bedürfnis, sie zu schützen, aber sie war nicht in der Lage, ihren Sohn einfach so aufzugeben. Matui hatte ihr eben den Weg gewiesen. Sie konnte und durfte Peters Anordnungen, ihn nicht mehr zu kontaktieren, nicht Folge leisten. Sie musste so lange um ihren Sohn kämpfen, bis er ihr freiwillig die Gelegenheit gab, persönlich mit ihm zu sprechen. Beim Zubereiten der Süßkartoffeln überlegte sie, was sie ihm dann wohl alles sagen würde. Dass sie nie aufgehört hatte, ihn zu lieben, dass sie ihm nie böse gewesen war, weil er die Sache mit dem Kuss verraten hatte, und dass sie keine Hure war. Aber ihre tiefe Liebe zu Tamati, die würde sie niemals verleugnen. Sie erschrak. Was würde sie ihm antworten, wenn er fragte, ob sie seinen Vater geliebt hatte? Durfte sie ihn je mit der Wahrheit konfrontieren, dass auch in ihm das verhasste Maori-Blut floss? Lily wusste es nicht, aber sie ahnte, dass es noch lange dauern konnte, wenn es überhaupt jemals zu dieser Begegnung käme.

457

WHANGAREI, MÄRZ 1920

Vivian rutschte nervös auf ihrem Stuhl hin und her. Dabei hatte Matui doch gerade erst angefangen zu erzählen und war munter genug, um fortzufahren, doch er hatte innegehalten und musterte sie durchdringend.

»Kann es sein, dass du mit den Gedanken woanders bist?«, fragte er streng.

»Nein, ich höre dir zu. Ich ...«

»Nun geh schon!«

Vivian sah ihn verblüfft an. »Aber woher weißt du immer, was in meinem Kopf vor sich geht?«

Matui lachte. »Dazu muss man kein weiser Mann sein, sondern nur Augen im Kopf haben, denn du bist wie ein offenes Buch. Du überlegst doch die ganze Zeit, wie du mir, ohne mich zu beleidigen, beibringen kannst, dass ich meine Erzählung ein wenig unterbrechen möge.«

»Du bist großartig«, seufzte Vivian, bevor sie aufsprang, ihm noch einen Kuss auf die faltige Wange gab und ins Haus eilte.

»Das ist der falsche Weg«, lachte er, doch da war Vivian schon verschwunden. Hastig zog sie sich um. Sie wollte Fred in dem Kleid überraschen, das im Haus des Bischofs so viel Missfallen erregt hatte. Ob ich ihn wohl vor seiner Abreise noch einmal sehen werde?, schoss es ihr flüchtig durch den Kopf, doch sie verscheuchte den Gedanken an ihren Vater sofort wieder.

Als sie in ihrem knielangen Kleid auf die Veranda trat, schüttelte Matui missbilligend den Kopf.

Vivian aber lachte. »Meinem Vater hat das Kleid auch nicht gefallen, aber ich ziehe es schließlich nicht für euch an. Und Fred gefällt es.«

Sie küsste Matui zum Abschied noch einmal überschwänglich und sauste los. Auf dem Weg durch den Busch dachte sie nur an das eine: Wie würde Fred reagieren, wenn sie plötzlich vor seiner Tür stand?

Als sie unten ankam, beschleunigte sich ihr Herzschlag, und ihre Knie wurden weich bei der Vorstellung, in wenigen Augenblicken den Mann zu küssen, den sie von Herzen liebte. Sie musste an ihre Großmutter Lily denken, die es in jeder Faser ihres Körpers gespürt hatte, dass Tamati der richtige Mann für sie war. Genauso empfand es Vivian. Allein bei dem Gedanken, dass seine Hände sie überall voller Leidenschaft berühren würden, rieselten wohlige Schauer durch ihren Bauch.

Als sie das Hotel betrat, atmete sie noch einmal tief durch, bevor sie den alten Mann an der Rezeption nach Mister Newman fragte.

»Die sind da«, brummte er und deutete in Richtung Speisesaal. Vivian dachte zunächst, sie habe sich verhört. Deshalb fragte sie noch einmal nach.

»Die?«

»Ja, der Mister und diese Dame, die heute angekommen ist.«

Vivians wurde so schwummrig, dass sie sich gegen die Wand lehnen musste. In ihrem Kopf drehte es sich. Ihr erster Gedanke war die Flucht, doch dann fragte sie sich, ob sie wohl ihres Lebens froh würde, wenn sie wegen eines bedauerlichen Irrtums auf ihr Glück verzichtete. Denn wer sagte, dass es eine Frau war, die privat zu ihm gehörte?

Vivian straffte die Schultern, stolzierte aufrecht in den Saal und sah sich um. Heute waren alle Plätze besetzt, und an einem Tisch, an dem nur Männer saßen, verstummten sämtliche Gespräche, als sie hereinkam. Oh, wie sie diese gierigen Blicke verabscheute, in denen geschrieben stand: *Komm mit auf mein Zimmer!*

459

Sie missverstanden Vivians suchenden Blick. Einer der Herren sprang nun von seinem Stuhl auf und rief durch den halben Saal: »Kommen Sie, hier ist noch ein freier Platz!«

Vivians Wangen glühten vor Verlegenheit. Da entdeckte sie in einer Ecke Frederik, so vertieft in das Gespräch mit einer blond gelockten Frau, dass er sie nicht einmal bemerkte.

Der aufdringliche fremde Mann war inzwischen von seinem Stuhl aufgestanden und bot Vivian seinen Arm an, doch sie zischte nur: »Lassen Sie mich in Ruhe!« und steuerte auf Frederiks Tisch zu.

»Kann ich dich mal unter vier Augen sprechen?«, fragte sie, statt ihn zu begrüßen. Frederik fuhr herum und machte keinen besonders begeisterten Eindruck, sie zu sehen.

»Meine Güte, Sie haben aber auch ein Talent, in den unmöglichsten Augenblicken zu erscheinen! Und dass Sie sich das überhaupt noch trauen. Da haben Ihr Verlobter und Sie ja was Feines angerichtet«, schnaubte Isabel entrüstet.

Jetzt fand auch Frederik seine Sprache wieder. »Wie du siehst, ist es gerade schlecht, weil Isabel überraschend aus Auckland gekommen ist, um mit mir zu reden. Vielleicht setzt du dich einfach zu uns.«

»Nein, Frederik, ich setze mich doch nicht mit dieser Person an einen Tisch«, protestierte Isabel.

Frederik rang noch nach den richtigen Worten, als Vivian ihm zuvorkam. »Es hat sich schon erledigt«, bemerkte sie kühl und drehte sich auf dem Absatz um.

»Vivian, vielleicht später!«, rief er ihr hinterher, aber das hörte sie nicht mehr. Sie hatte das schreckliche Gefühl, das alles schon einmal erlebt zu haben. Wie dumm von mir zu glauben, dass er sich grämt und nur darauf wartet, dass ich ihm meine Liebe gestehe, dachte sie bitter. Zumal er davon ausgehen muss, dass ich mit Ben verlobt bin. Dieses Mal aber rannte sie nicht, sondern stieg wie betäubt auf einen Berg zurück.

Als sie bei Matuis Haus angekommen war, fand sie ihn tief schlafend auf seiner Matte vor. Das kam ihr sehr gelegen, denn sie hätte nicht die Kraft besessen, über ihren peinlichen Auftritt zu sprechen. So setzte sie sich auf die Veranda, um den Geräuschen der Tiere zu lauschen, die hier oben in der Dämmerung besonders intensiv waren. Ich habe alles falsch gemacht, dachte sie resigniert, und ich habe außer hier oben auf dem Berg kein Zuhause mehr. Das Schlimmste aber war die Erkenntnis, dass es auch kein Zurück nach London mehr gab, denn sie gehörte mit Leib und Seele in dieses Land. Ihr traten vor lauter Selbstmitleid Tränen in die Augen, als der Hund der alten Maori schwanzwedelnd auf sie zukam und sich vertrauensvoll auf ihre Füße legte. Vivian musste wider Willen lachen. *Einen* treuen Freund hatte sie wenigstens in Neuseeland gewonnen. Einen struppigen alten Huntaway.

Seufzend blickte sie in die Ferne. Es wurde langsam dunkel, doch der volle Mond sorgte dafür, dass die Umgebung noch gut zu erkennen war. Sie erschrak, als sie am Eingang zum Dorf einen Schatten sah. Auch der Hund schien Witterung aufgenommen zu haben, denn er setzte sich auf. Obwohl er Knickohren besaß, war unschwer zu erkennen, dass er etwas hörte. Als die Gestalt näher kam, erkannte Vivian, wer der späte Besucher war. Ebenso wie der Hund, der Frederik nun schwanzwedelnd und freudig bellend entgegenlief.

Vivian aber spürte einen solchen Kloß im Hals, dass sie befürchtete, kein Wort herauszubringen. Frederik betrat die Veranda und setzte sich.

»Du wolltest mit mir reden?«, fragte er.

»Ja ... nein, es hat sich schon erledigt«, erwiderte Vivian und bereute sogleich, dass sie ihm Gleichgültigkeit vorzuspielen versuchte, während in ihrem Herzen ein Feuer loderte und dies ihre allerletzte Gelegenheit war, die Missverständnisse auszuräumen.

»Das ist nicht wahr«, fügte sie deshalb heiser hinzu. »Ich habe dich aufgesucht, weil ich dir sagen wollte, dass ich nicht mehr mit

Ben verlobt bin. Ich habe die Verlobung gelöst, weil ich gemerkt habe, dass der Platz in meinem Herzen besetzt ist. Und im Streit ist mir herausgerutscht, dass ich die Tochter des Bischofs bin. Da hat er geglaubt, ich würde meinen eigenen Bruder lieben, und da musste ich es ihm doch sagen, um Schlimmeres zu verhindern.«

Sie blickte ihn fordernd an. Es verunsicherte sie zutiefst, dass er keine Miene verzogen hatte.

»Nun sag doch was! Vor allem das eine: Was wollte Isabel von dir?«

»Sie wollte mir sagen, dass sie zu mir steht, auch wenn ich nicht der Sohn des Bischofs bin. Dass ich in Auckland bleiben solle und dass ihr Vater mich wieder einstellen werde.«

»Dann ist doch alles in Ordnung«, brachte Vivian nur mit Mühe heraus, denn ihr Mund war so trocken, dass ihr das Reden Schwierigkeiten machte.

»Liebling, wie lange wollen wir das noch so weitermachen? Ich gratuliere dir zu deiner Verlobung, du gratulierst mir zu meiner Verlobung, ich wünsche dir viel Glück mit Ben, du mir alles Gute mit Isabel?«

Vivian blickte ihn verdutzt an. Und noch verblüffter war sie, als er in lautes Gelächter ausbrach.

»Ach, Vivi, wenn du dein Gesicht jetzt sehen könntest. Wie ein Fragezeichen. Aber selbst so bist du die süßeste, klügste und schönste Frau auf der Welt.«

Bevor Vivian überhaupt begriff, wie ihr geschah, hatte Fred sie vom Stuhl gezogen und sie an sich gedrückt. So kräftig, dass ihr beinahe die Luft wegblieb. Dann küsste er sie. Vivian erwiderte seinen Kuss leidenschaftlich.

Als sich ihre Lippen voneinander gelöst hatten, sah sich Fred suchend um. »Wo ist der Hund?«

»Der hat sich taktvoll davongemacht.« Sie lächelte.

»Was meinst du, machen wir noch einen Spaziergang?« Aus Freds Augen glitzerte Begierde.

462

»Du hast doch was vor«, entgegnete Vivian zärtlich.

»Vertraust du mir?«

»Ja«, entfuhr es ihr aus tiefstem Herzen, und sie hakte sich bei ihm unter. Vivian wunderte sich ein wenig, dass er mit ihr den Weg nach Whangarei einschlug. Als sie den Wasserfall passierten, schlug er ein Bad vor. Vivians Augen leuchteten. Das war eine wunderbare Vorstellung, mit Frederik unter dem sternenklaren Nachthimmel zu schwimmen.

»Wer zuerst ausgezogen ist!«, rief sie übermütig und riss sich die Kleidung vom Leib. Frederik war lange nicht so schnell, sodass sie vor ihm in den See springen konnte, auf dem das Mondlicht sich malerisch spiegelte.

»Na warte!«, drohte er ihr und beeilte sich.

Als er ins Wasser kam, schwamm sie vor ihm weg, aber schließlich konnte er sie packen. Erst balgten sie ein wenig, doch dann schmiegten sie sich aneinander. Selbst im kalten Wasser fühlte Vivian seine Erregung. Ihr wurde so heiß, als würden sie im warmen Sand liegen.

»Vivian, ich möchte dich etwas fragen.«

Sie stöhnte lustvoll auf. »Ich tu alles, was du willst. Auch hier im kalten Wasser.«

»Dann bedeutet das: ja?«

»Ja!«

Vivian wunderte sich, dass er sie losließ. Sie wollte ihm ganz gehören, an diesem einzigartigen Ort, umgeben von grünen Farnen, in den Ohren das Rauschen des Wasserfalles.

»Willst du meine Frau werden?«, fragte Frederik feierlich.

»Ja, auf der Stelle«, lachte sie.

Fred fiel in ihr Lachen ein. »Das wird nicht möglich sein, denn das Wasser ist zu kalt, um das Feuer meiner Lenden aufrechtzuerhalten. Ich schlage vor, wir machen uns ein Bett im Farn.«

Vivian blickte ihn zärtlich an. Der Mond ließ sein Haar fast weiß strahlen. Und dann seine warmherzigen Augen, sein sinnlicher Mund, sein energisches Kinn. Ich liebe ihn, durchfuhr es sie, ich liebe ihn so sehr.

Als sie aus dem Wasser geklettert waren, suchten sie sich einen geschützten Platz und ließen sich ins weiche Moos fallen, das unter den Farnen den Boden bedeckte.

Er küsste sie überall. Erst ihr Gesicht, dann ihren Hals, ihre Schultern. Er wanderte immer tiefer. Als er bei ihren Brustwarzen angekommen war, stöhnte sie leise auf. Er machte es so sanft, dass es ihr wie ein Blitz durch den ganzen Körper fuhr. Als er nun ihren Bauch mit heißen Küssen bedeckte, hatte sie für einen Augenblick Sorge, sie könnte das Bewusstsein verlieren.

Es schien ihn auch sehr zu erregen, denn an ihrem Schenkel spürte sie seine drängende Männlichkeit. Als er sie nun zwischen den Schenkeln küsste, schrie sie auf vor Lust, doch er hörte nicht auf. Vivian wusste nicht mehr, wo sie war. Alles konzentrierte sich auf das, was seine Zunge mit ihrem Körper anstellte, bis es urplötzlich in ihrem Bauch zu kribbeln begann, das zu einem Zucken wurde und sich zwischen ihren Schenkeln entlud. Sie wand sich und bebte von Kopf bis Fuß. Dabei stöhnte und schrie sie seinen Namen, und als er in sie eindrang, krallte sie sich in seinen Rücken und keuchte: »Ich liebe dich!«

Als sie schließlich erschöpft in seinen Armen lag und sie gemeinsam zum Himmel hinaufblickten, fragte Frederik noch einmal: »Willst du meine Frau werden?«

Vivian nickte trunken vor Glück.

»Dann kommst du also mit nach Dunedin.«

»Meinst du, wir können Matui mitnehmen?«

Frederik hob die Schultern. »Von mir aus gern, aber ich weiß nicht, ob der alte Mann sich noch verpflanzen lässt.«

Er beugte sich über sie und hauchte: »Du bist so wunderschön.«

Vivian lächelte und stellte zu ihrer Befriedigung fest, dass Fred erneut mehr als bereit war, in sie einzudringen.

»Komm!«, stöhnte sie heiser und zog ihn zu sich herunter.

Mangawhai, Januar 1884

Lily war gerade dabei, frische Kräutertinkturen herzustellen, als sie jemanden schreien hörte.

»Misses Ngata, kommen Sie schnell!«

Lily ließ alles stehen und liegen und rannte nach draußen. Dort traf sie auf einen wild gestikulierenden jungen Maori, der vor Aufregung kaum sprechen konnte.

»Was ist geschehen?«, fragte sie betont ruhig.

Der Maori rang noch ein paarmal nach Luft, bevor er sie bat, zu einem Unfallort mitzukommen.

»Das Pferd ist durchgegangen, die Kutsche ist verunglückt«, versuchte der junge Mann ihr zu erklären, während seine Stimme überschnappte.

Lily zögerte. Sie ging nie allein zu den Patienten, sondern ausschließlich gemeinsam mit ihrem Mann, nur der war unterwegs. Aber sollte sie deshalb ihre Hilfe verweigern? Nein, Lily eilte in die Praxis zurück und packte ein, was sie zur Wundversorgung benötigte. Dann folgte sie dem Maori ein ganzes Stück aus dem Ort hinaus zu einem holprigen, unbefestigten Weg in Strandnähe.

Sie erschrak, als sie von Weitem die verunglückte Kutsche sah. Es war genau so eine wie jene, mit der Tamati sich in die abgelegenen Orte fahren ließ, seit er einmal vom Pferd gefallen war und wegen seiner Rückenschmerzen nicht mehr reiten konnte.

Trotzdem beschleunigte sie ihren Schritt, während sie sich einredete, dass die Kutschen einander doch alle glichen. Dass dies nur ihrer Beruhigung diente, musste sie feststellen, als sie bei dem am Boden liegenden Kutscher angekommen war. Das war zweifelsohne James McDuffie, ein irischer Einwanderer, der ihren Mann zu den Patienten kutschierte. Er lag merkwürdig verrenkt da und stöhnte leise vor sich hin.

»Holen Sie eine andere Kutsche aus Mangawhai! Er kann nicht gehen«, befahl sie dem Maori, während sie das Bein des Kutschers betastete und sofort erkannte, dass es gebrochen war. »Mein Mann wird es sich ansehen, wenn er ...« Lily stockte. Erst in diesem Augenblick wurde ihr bewusst, dass es wirklich jene Kutsche war, mit der Tamati seine Krankenbesuche machte.

Wie betäubt stand sie auf und wankte zu dem Wagen, der auf der Seite lag. Sie schaffte es, hinaufzuklettern und die klemmende Tür zu öffnen. Als sie Tamati leblos und in seinem Blut entdeckte, wurde ihr schwindelig. Sie verlor das Gleichgewicht und stürzte zu Boden.

Lily erwachte Stunden später in ihrem Bett und blickte als Erstes in Matuis besorgtes Gesicht.

»Wo ist Tamati?«, stöhnte sie und fasste sich an den schmerzenden Kopf.

»Er liegt im Behandlungszimmer.«

»Gott sei Dank, er lebt. Und ich benehme mich so ungeschickt, statt ihm zu helfen.«

Matui biss sich auf die Lippen.

»Du hast ein Loch im Kopf. Du darfst dich nicht aufregen.«

»Aber ich will zu ihm.«

»Das geht jetzt nicht. Er schläft«, seufzte Matui und senkte den Blick.

»Du verbirgst doch etwas vor mir. Was hat er? Ich kann doch hier nicht tatenlos herumliegen. Ich muss ihm helfen.« Ehe sich's Matui versah, war Lily aus dem Bett gesprungen und zum

Behandlungszimmer geeilt. In der Tür blieb sie wie angewurzelt stehen. Tamati lag auf der Liege. Nirgendwo war Blut zu sehen, und er schien zu lächeln. Lily brauchte einen Augenblick, um zu begreifen, dass ihr über alles geliebter Mann nie mehr aufwachen würde. Mit einem Aufschrei stürzte sie zu ihm. Sie jammerte, schrie, fluchte und weinte, bis sie Matui leise sagen hörte: »Er ist bei den Ahnen.«

Lily verstummte und wandte sich zu ihm um. »Jetzt habe ich nur noch dich«, stieß sie heiser hervor.

Und deinen Sohn, dachte Matui, doch er sprach es nicht aus, sondern fasste im Stillen einen Plan. Er brachte Lily in ihr Bett zurück und setzte sich an seinen Schreibtisch. Seit vier Jahren lebte er in diesem Haus. Und seitdem hatte er mit Lily gelitten, wenn ihre Briefe an Peter zurückgekommen waren. Jetzt würde er die Sache in die Hand nehmen. Nun gab es keine Hindernisse mehr, warum die beiden nicht zusammenkommen sollten. Der Junge war achtzehn und gehörte endlich zu seiner Mutter.

Matui nahm mehrere Anläufe, bevor er die richtigen Worte fand. Unverblümt und direkt bat er den Jungen, nach Manga-whai zu kommen, weil es seiner Mutter sehr schlecht gehe. Seine Hände zitterten, während er diese Worte schrieb, und er betete, dass Peter sich erweichen ließe.

Er hatte den Brief gerade beendet, als ein Pochen an der Haustür ihn aufschrecken ließ. Es war einer der Bootsbauer, der völlig aufgelöst stammelte: »Der Doktor, schnell, meine Frau bekommt ihr Kind, aber es ist etwas nicht in Ordnung. Und die Hebamme ist nicht gekommen.«

Matui hob abwehrend den Arm. »Der Doktor kann nicht zu deiner Frau kommen«, entgegnete er entschieden.

»Dann die Frau Doktor. Bitte!«

Matui suchte noch nach den richtigen Worten, um ihm zu erklären, warum das nicht möglich sei, da trat Lily hinzu. Sie war weiß wie ein Gespenst und sah mit dem Kopfverband, den Matui

467

ihr notdürftig angelegt hatte, zum Fürchten aus. Der junge Maori schien das allerdings nicht einmal zu bemerken.

»Bitte, kommen Sie zu meiner Frau! Das Kind will nicht kommen. Sie hat solche Schmerzen.«

»Aber Wiramu, ich bin keine Ärztin. Ich darf deine Frau nicht behandeln«, erwiderte Lily schwach.

»Bitte, Missy, bitte!«, flehte er.

Lily suchte Matuis Blick. In ihm stand die pure Ratlosigkeit geschrieben, doch da war Lily schon losgeprescht.

»Ich hole die Tasche. Ich komme mit«, erklärte sie entschieden und folgte dem Maori bis zu seinem Haus. Es war glücklicherweise nur ein paar Häuser entfernt. Bis nach draußen erklang das jämmerliche Geschrei der werdenden Mutter.

Lily zögerte nicht lange. Sie erkannte sofort, dass es nicht der Kopf des Kindes war, der nach unten lag. Allein bei dem Gedanken, dass sie keine andere Wahl hatte, als das Baby zu drehen, kam sie ins Schwitzen. Sie hatte es zwar schon einmal selbst gemacht, aber unter Tamatis Aufsicht. Nun war sie auf sich selbst gestellt, und ihr blieb kaum noch Zeit. Die junge Frau war am Ende ihrer Kraft.

Sie schickte den Mann in die Küche, um heißes Wasser und Tücher zu holen. Kaum war die Tür zugeklappt, sagte sie mit fester Stimme: »Sie müssen jetzt ganz tapfer sein, Hera, dann wird alles gut. Ich muss das Kind drehen.«

Tatsächlich hörte die Frau zu jammern auf und biss die Zähne zusammen. Auch Lily wurde ganz ruhig und murmelte: »Tamati, steh mir bei!« Dann machte sie sich an die Arbeit und schaffte es mit einem einzigen Griff, das Kind zu drehen. Die Frau schrie auf, aber erst nachdem es bereits vorüber war. Lily ermutigte sie zu pressen, und es dauerte gar nicht lange, bis der Schädel des Kindes sichtbar wurde.

Als Lily ihr wenig später ein gesundes Mädchen in die Arme legte, weinte die junge Mutter vor Glück. Erst als alles vorüber war und sie sich vorstellte, was Tamati wohl dazu sagen würde, was sie soeben vollbracht hatte, drang Lily ins Bewusstsein, dass sie ihm niemals davon würde berichten können. Tränen rannen ihr über das Gesicht.

»Missy Ngata, was ist geschehen?«, fragte die junge Frau erschrocken.

»Mein Mann ist heute tödlich verunglückt.«

Hera riss die Augen vor Schreck ganz weit auf, bevor sie in Wehklagen ausbrach. Das lockte den nervösen Vater herbei, von der Sorge getrieben, dass etwas mit dem Kind nicht in Ordnung sei. Als er hörte, was wirklich geschehen war, fiel er in den Singsang seiner Frau ein.

Lily verstand nicht alles, was die beiden in ihrer Sprache sagten, aber es war merkwürdigerweise tröstlich. Lilys Tränen versiegten. Sie setzte sich auf einen Stuhl und wartete, bis Hera und Wiramu verstummt waren.

»Ich weiß nicht, wie ich Ihnen danken soll«, raunte der frischgebackene Vater ergriffen. »Dass Sie das für uns getan haben, obwohl Ihr Mann gerade zu den Ahnen gegangen ist. Wenn ich irgendetwas für Sie tun kann, dann sagen Sie es nur.«

»Nein, ich schaffe das schon«, murmelte Lily, aber dann kam ihr ein Gedanke. »Doch, es gibt etwas. Können Sie mir sagen, wo und wie ich meinen Mann nach Maori-Ritual begraben lassen kann?«

»Es wird mir eine Ehre sein, das für den Doktor zu tun. Sie müssen sich um nichts kümmern. Ich werde alles vorbereiten.«

»Das kann ich doch nicht annehmen, ich ...« Lily wurde durch das laute Geschrei des neugeborenen Mädchens unterbrochen.

»Sehen Sie, Sie müssen es sogar annehmen. Sie haben uns das Leben meiner Tochter geschenkt. Dafür kümmern wir uns darum, dass der Doktor in Frieden zu den Ahnen zurückkehrt.«

Lily wollte sich von ihrem Stuhl erheben, doch ihre Beine zitterten so sehr, dass sie es nicht schaffte.

»Kommen Sie, stützen Sie sich auf meinen Arm«, bot ihr Wiramu an, half ihr beim Aufstehen und brachte sie nach Hause. Matui erwartete sie schon ungeduldig auf der Veranda, der schönsten in der ganzen Straße. So hatte er sich einst dafür bedankt, dass Tamati und Lily ihn so herzlich aufgenommen hatten.

»Und?«

»Meine Tochter lebt, aber die Frau Doktor gehört ins Bett«, erklärte Wiramu.

»Es geht schon wieder«, entgegnete Lily. »Das war nur ein kleiner Schwächeanfall. Nichts weiter.«

»Keine Widerrede, du legst dich hin.«

Lily schüttelte unwirsch den Kopf. »Ich möchte zu ihm.« Sie drückte sich an den beiden Männern vorbei ins Haus und ging geradewegs in das Behandlungszimmer. Tamati sah wirklich aus, als ob er schliefe. Lily holte sich einen Stuhl und setzte sich neben die Liege. Während sie ihm in allen Einzelheiten berichtete, wie sie das Kind im Mutterleib gedreht hatte, nahm sie seine erkaltete Hand und streichelte sie. Und plötzlich war ihr, als höre sie ihn sagen: *Das hast du großartig gemacht, meine kleine Lily, ich bin stolz auf dich.*

Lily verließ das Behandlungszimmer erst, als längst die Nacht angebrochen war.

MANGAWHAI, FEBRUAR 1885

Tamati war jetzt schon über ein Jahr tot, und Lily besuchte ihn, sooft es ihre Zeit erlaubte, auf dem Maori-Friedhof. Seit sie die Praxis führte, arbeitete sie meistens von frühmorgens bis zum späten Abend. Anfangs hatte sie Skrupel gehabt, seine Arbeit fortzusetzen, doch die Frauen in und um Mangawhai hatten ihr keine Wahl gelassen. Sie konnte ihnen hundertmal versichern, dass sie keine Frau Doktor sei. Es war sinnlos, denn es hatte sich längst herumgesprochen, was für eine hervorragende Arbeit sie leistete. Und da es seit dem Tod der alten Hebamme weit und breit keine andere Geburtshilfe gab, erledigte Lily dies. Und wenn sie nicht in der Praxis oder bei ihren Patienten war, verschlang sie die Fachliteratur, die sie sich aus Europa kommen ließ. Besonders fasziniert war sie von der *Sectio Caesarea*, dem Kaiserschnitt, der in Europa immer häufiger bei Geburtsproblemen vorgenommen wurde. Nur leider starben bei dieser Methode, das Kind durch eine Operation zur Welt zu bringen, die meisten Mütter. Das hatte nicht einmal Tamati gewagt.

»Auf Wiedersehen, Liebster«, flüsterte sie und warf seinem Gesicht, das vor ihrem inneren Auge erschien, als wäre er immer noch am Leben, eine Kusshand zu. Sie vermisste ihn schrecklich.

Es war ein heißer Tag, und ihr Kopf machte sich wieder einmal unangenehm bemerkbar. Seit ihrem Sturz von der umgekippten Kutsche litt sie in regelmäßigen Abständen an Kopfweh, aber das wusste keiner. Nicht einmal Matui, dem sie sonst so gut wie alles anvertraute und der seit Tamatis Tod noch wichtiger für sie geworden war.

Schon von Weitem sah sie die Frau, die vor ihrem Haus auf sie wartete. Sie war unübersehbar hochschwanger. Lily beschleunigte ihren Schritt und fragte sich, wer diese Fremde wohl sein mochte. Sie hatte sie noch nie zuvor in dieser Gegend gesehen. Der Kleidung nach zu urteilen, handelte es sich um eine wohlhabende Frau.

»Sind Sie Lily Ngata?«, fragte die Fremde, bevor sie sich ihr selbst vorstellen konnte.

»Ja, die bin ich. Und Sie wollen sicher zu mir in die Praxis, nicht wahr?« Lily musterte eindringlich den Bauch der Frau. So prall, wie er war, musste die Fremde kurz vor der Entbindung stehen.

»Ja, ich habe viel von Ihnen gehört, aber können wir schnell ins Haus gehen? Wenn mein Mann uns zusammen sieht, dann wird er sehr böse.«

Verunsichert führte Lily die Schwangere in den Behandlungsraum und bot ihr einen Stuhl an.

»Wie meinten Sie das eben mit Ihrem Mann? Warum darf er uns nicht zusammen sehen?«

»Nicht alle lieben Sie. Nicht alle nennen Sie voller Hochachtung den *Engel der Maori*. Einige Farmer haben ihren Frauen verboten, Ihre Hilfe in Anspruch zu nehmen. Mein Mann gehört dazu. Er findet, Pakeha wie ich hätten bei Ihnen nichts verloren ...«

»Und warum sagen Sie mir das?«

»Damit Sie verstehen, in was für einer schrecklichen Zwickmühle ich stecke, denn Sie sind meine einzige Hoffnung. Mit dem Kind stimmt etwas nicht. Es bewegt sich nicht mehr. Und ich müsste längst entbunden haben.«

»Wie ist Ihr Name?«

»Claire Fuller.«

»Gut, Claire, dann legen Sie sich bitte auf die Liege und machen Sie Ihren Bauch frei«, ordnete Lily äußerlich völlig unaufgeregt an, obwohl ihr das Herz bis zum Hals klopfte. Sie hatte ein ungutes Gefühl, aber wenn sich ihr Verdacht bestätigte, dann musste sie handeln, und zwar schnell.

Sie beugte sich über die Schwangere und horchte mit einem Hörrohr den ganzen Leib der Frau ab. Er war so prall, dass Lily keinen Zweifel daran hegte, dass das Kind übertragen war, doch wie befürchtet, war nicht die Spur eines Herztones zu hören. Lily war sich fast sicher, dass das Kind bereits im Mutterleib gestorben war und dass es nun allerhöchste Zeit wurde, die Geburt einzuleiten.

»Es ist etwas nicht in Ordnung«, jammerte Claire. »Ich sehe es doch an Ihrem Gesicht.«

Ein Beben durchlief Lilys Körper, doch ihr blieb keine andere Wahl, als der Hochschwangeren die Wahrheit zu sagen.

»Ich befürchte, das Kind ist tot, aber wir können Sie retten, wenn wir sofort die Geburt einleiten.« In höchster Eile mischte Lily Claire einen Kräutertrank mit Rizinusöl, den sie ihr einflößen musste, denn die Frau schien in eine Art Schockstarre gefallen zu sein.

Dann bereitete sich Lily heißes Wasser zu und legte Handtücher bereit. Sie hatte mit Tamati schon häufig Geburten eingeleitet und wusste genau, was zu tun war. Meistens hatte es nach Einnahme des Tranks funktioniert.

»O weh, o weh!«, rief Claire plötzlich aus. »Ich habe Durchfall. Ich kann nichts dagegen tun.«

»Das ist gut. Sehr gut sogar. Wenn wir Glück haben, folgen die Wehen.«

Lily tastete nun den Bauch noch einmal ab. Jetzt erst fielen ihr die Hämatome auf, die über den Bauch der jungen Frau verteilt waren. Auch ihre Oberschenkel waren mit blauen Flecken übersät. Doch es war jetzt nicht der richtige Zeitpunkt, die arme Frau

473

danach zu fragen. Lily sah öfter solche Verletzungen und wusste, wo sie herrührten. Die meisten Frauen leugneten zunächst vehement, dass sie von ihren Männern misshandelt wurden, doch viele hielten das nicht lange durch und schütteten Lily schließlich doch noch ihr Herz aus. Sie flehten sie aber alle an, sich nicht einzumischen. Lily hielt sich daran, aber es fiel ihr verdammt schwer. Keine Frage, Mister Fuller war einer von diesen Schlägern. Ob er versucht hatte, sein eigenes Kind zu töten? Lily nahm sich vor, mit Claire ein offenes Gespräch zu suchen, sobald sie der Frau das Leben gerettet hatte, doch dazu sollte sie nicht mehr kommen.

In diesem Augenblick nämlich flog die Tür des Behandlungszimmers auf, und ein fluchender Mann stürzte herein. Er wurde gefolgt von Matui, der lauthals schrie: »Sie dürfen hier nicht rein! Sie haben hier nichts zu suchen!«

»Von dir lasse ich mir gar nichts sagen, schwarzer Mann!«, brüllte der breitschultrige, kahlköpfige Kerl unflätig, bevor er seine Frau auf das Übelste zu beschimpfen begann und die Hand hob, als wolle er sie schlagen. Sie stieß einen durchdringenden Schrei aus und hielt sich den Bauch.

Lily erschauderte. Die Wehen hatten eingesetzt. Sie musste handeln. Und zwar sofort. Außerdem nebelte dieser Kerl den Behandlungsraum mit seinen üblen Alkoholausdünstungen ein.

»Habe ich es dir nicht verboten, zu dieser Maori-Hure zu gehen?«, pöbelte der betrunkene Mann, aber Lily ging beherzt dazwischen, obwohl ihr seine Fahne so kräftig ins Gesicht blies, dass ihr schlecht wurde.

»Raus hier! Sofort! Wenn Ihre Frau das Kind nicht gebärt, dann ist ihr Leben in Gefahr. Für Ihr Kind können wir nichts mehr tun.«

Der Farmer aber packte Lily an den Schultern und schleuderte sie zu Boden. Mit der Art, wie er das tat, ohne mit der Wimper zu zucken, bewies er Lily, dass er öfter gewalttätig wurde.

»Du hast mir gar nichts zu sagen. Du bist ja nicht mal eine Ärztin!« Dann zerrte er grob an seiner Frau. »Los, aufstehen! Wir fahren nach Hause.«

Obwohl Lilys Lippe blutete und ihr Kopf schmerzte, flehte sie den Mann an, seine Frau mit ihrer Hilfe das Kind zur Welt bringen zu lassen. »Hören Sie, wenn Sie Ihre Frau jetzt von hier fortbringen, wird sie Ihnen unterwegs sterben.«

»Sie bekommt das Kind zu Hause und nicht in diesem Hurenhaus. Und jetzt halt deinen Mund. Sonst wirst du mich noch kennenlernen.« Dann hielt er inne. »Das ist ja widerlich. Was hast du mit ihr gemacht, dass sie sich vollgeschissen hat? Na warte, das wird ein Nachspiel haben!«

»Seien Sie vernünftig. Lassen Sie Ihre Frau da liegen!«, bat nun auch Matui. »Sie bringen Sie sonst um.«

»Wenn sie draufgeht, ist die da schuld«, geiferte der Farmer und zerrte seine halb bewusstlose Frau von der Liege und nach draußen.

Lily musste den Blick abwenden. Er zog sie wie einen Sack Kartoffeln hinter sich her. Sie starrte Matui voller Entsetzen an, bis das unflätige Fluchen des betrunkenen Burschen endlich verklungen war.

»Ich habe ihr nicht helfen können. Sie wird sterben«, schluchzte Lily.

Der Maori hockte sich zu ihr auf den Boden, legte ihr den Arm um die Schultern und ließ sie erst wieder los, nachdem sie sich an seiner Brust restlos ausgeweint hatte. Sie war verzweifelt. Ein entsetzliches Gefühl der Hilflosigkeit lähmte sie.

MANGAWHAI, FEBRUAR 1885

Lily hatte keine ruhige Nacht mehr, seit jedermann in Mangawhai von dem qualvollen Tod der jungen Claire Fuller wusste. Wie Lily befürchtet hatte, war die Hochschwangere auf dem Weg in die Berge auf dem schaukelnden Wagen, auf den ihr Mann sie wie ein Stück Vieh geworfen hatte, jämmerlich verblutet. Und nun behauptete ihr Mörder überall, sie, Lily Ngata, habe sein Kind und seine Frau auf dem Gewissen. Die weißen Frauen mieden ihre Praxis, seit der Mann in der gesamten Gegend die Unwahrheit verbreitetet hatte. Die Maori-Frauen aber suchten sie weiterhin auf. Matui stand ihr treu zur Seite und verteidigte sie gegen die üble Nachrede. Er war der festen Überzeugung, dass der Farmer seine Frau nicht aus purer Sorge um ihr Leben aus der Arztpraxis verschleppt hatte. Und so hatte Matui begonnen, Nachforschungen über Mister Fuller anzustellen, und war dabei auf interessante Ergebnisse gestoßen. Der Farmer hatte seine Frau schon von Anfang der Ehe an misshandelt. Das hatte man Matui unter vorgehaltener Hand verraten. Als er Lily davon berichtete, verriet sie ihm, welche Verletzungen sie am Körper der Frau mit eigenen Augen gesehen hatte.

Matui hatte ein ungutes Gefühl. Er traute diesem Kerl allerhand zu, aber er wollte Lily nicht unnötig beunruhigen. Es war alles schon schlimm genug, wenn jene Frauen, die Lily viel zu verdanken hatten, die Straßenseite wechselten, wenn sie ihr begegneten. Er hatte seine Zweifel, ob es gut für sie wäre, hierzubleiben, doch Lily lehnte mögliche Umzugspläne rigoros ab. »Ich kann doch die Frauen nicht sich selbst überlassen, sie brauchen mich«, behauptete sie und gab sich überhaupt kämpferisch. Dabei sah Matui doch genau, dass sie immer schwächer wurde, weil ihr diese unzumutbare Situation die Kräfte raubte.

Doch an diesem Tag konnte er ihr wenigstens eine Freude bereiten. Das hoffte er jedenfalls, denn er hatte soeben einen Brief aus Dunedin bekommen. Über ein Jahr lang hatte der Maori vergeblich auf dieses Schreiben gewartet. Mit zittrigen Fingern öffnete er den Brief und las angespannt die Zeilen, die der junge Mann in seiner akkuraten Schrift zu Papier gebracht hatte.

Sehr geehrter Herr Hone Heke, Sie baten mich jüngst, umgehend nach Mangawhai zu reisen, um meine Mutter zu sehen. Das möchte ich nicht. Aber ich werde im April nach Auckland kommen, um von dort aus für eine gewisse Zeit nach London zu gehen. Da meine Großeltern inzwischen verstorben sind, steht einem einmaligen Treffen in Auckland wohl nichts im Wege. Das Schiff legt am 26. April ab. Ich schlage vor, dass wir uns am 25. am Anleger treffen. Ich werde gegen sechzehn Uhr dort sein, wo das Schiff, die Queen Victoria, *ablegen wird, um mein Gepäck an Bord zu bringen. Bitte richten Sie das meiner Mutter so aus. Und es wäre mir lieb, wenn Sie nicht mitkämen, denn ich habe kein Interesse, einen ihrer Maori-Freunde kennenzulernen. Hochachtungsvoll*

Peter Newman

Der überhebliche Ton dieser Zeilen nahm Matui ein wenig von der Freude, dass es Lily endlich vergönnt sein würde, ihren Sohn wiederzusehen. Er hat eben nichts anderes gelernt und ist zeitlebens gegen die Maori aufgehetzt worden, dachte Matui grimmig. Er versuchte gegen seinen Groll anzukämpfen und murmelte: »Wenn du wüsstest, mein Junge, welches Blut durch deine Adern fließt.«

»Führst du neuerdings Selbstgespräche?«, neckte ihn Lily, die gerade von einer Patientin gekommen war. »Stell dir vor, es war die Frau vom Kolonialwarenhändler. Ihr Mann ist gerade unter-

477

wegs, neue Waren zu kaufen, und da hat sie mich geholt. Du siehst, es regelt sich alles. Bald ist Gras über die Sache gewachsen, dann werden auch die Männer wieder vernünftig.«

»Dein Wort in Gottes Ohr«, erwiderte Matui, der ihren Optimismus nicht teilen wollte. Dann kündigte er ihr feierlich eine Überraschung an.

»Am besten setzt du dich«, forderte er sie auf.

Lily musterte ihn fragend, doch sie tat, was er verlangte.

»Schließ die Augen!«, bat Matui.

»Du machst es aber spannend.«

Als ihr Onkel ihr einen Brief in die Hand drückte, schwante ihr etwas. Aufgeregt riss sie die Augen auf. »Peter hat doch nicht etwa geschrieben?« Sie warf einen Blick auf die Anschrift. »Aber der Brief ist ja an dich gerichtet.«

»Ja, ich muss dir etwas beichten. Nach Tamatis Tod habe ich deinem Sohn geschrieben und ihm mitgeteilt, dass es dir schlecht gehe . . .«

»Und hast du ihm von Tamatis Tod geschrieben?«, unterbrach sie ihn atemlos.

»Nein, ich habe ihn nach Mangawhai eingeladen, und jetzt – ein Jahr später – hat er mir endlich geantwortet.«

»O Gott, bin ich aufgeregt!«, rief Lily und nahm den Brief aus dem Umschlag. Beim Lesen verfinsterte sich ihre Miene zusehends. »Was haben sie ihm nur eingeredet?«, bemerkte sie gequält, nachdem sie den Brief gleich dreimal gelesen hatte.

»Tja, wenn er wüsste, wie viel Maori in ihm steckt, dann wäre er vielleicht nicht so überheblich«, sagte Matui ungerührt.

»Das wird er nicht erfahren. Lass ihm doch seine Pakeha-Welt. Ich kläre ihn jedenfalls nicht darüber auf – und du auch nicht.«

»Nein, nein, ich schweige, aber nur dir zuliebe. Doch stell dir mal vor: Er heiratet eines Tages und gründet eine Familie. Und nun erbt eines seiner Kinder nicht nur unsere braunen Augen, sondern unser schwarzes Haar oder unsere dunkle Haut. Wird er da nicht aus allen Wolken fallen?«

Lily seufzte tief. »Du hast recht, ich kann ihn damit nicht verschonen, aber noch habe ich ja genügend Zeit, mir zu überlegen, wie ich es ihm sage. Was meinst du? Wie sieht er aus? Wie Edward?«

»Lass dich überraschen, aber eines ist sicher: Matui Hone Heke sieht er nicht ähnlich. Sonst wüsste er, was für Blut durch seine Adern fließt«, lachte Matui.

»Warum hast du dich eigentlich nach diesem Häuptling benannt, der den Fahnenmastkrieg angezettelt hat?«

»Weil er mein großes Vorbild war.«

»Aber dieser Krieg hat meine Großmutter Emily das Leben gekostet.«

Matui hob die Schultern. »Ich weiß es wohl und werde es mir auch nie verzeihen, dass sie zwischen die Fronten geraten ist, weil sie mich retten wollte. Aber trotzdem hat Hone Heke wenigstens einen Versuch unternommen, der Dominanz der Briten etwas entgegenzusetzen. Und ist nicht alles so eingetreten, wie er es befürchtet hat? Die Pakeha sind uns zahlenmäßig inzwischen bei Weitem überlegen, und sie nehmen sich immer mehr von unserem Land. Ihre Krankheiten raffen unsere Leute dahin . . .«

»Siehst du, und deshalb kann ich nicht fortlaufen, weil ich ihnen helfen und dafür sorgen muss, dass ihre Frauen gesunde Kinder zur Welt bringen und nicht bei der Geburt sterben.«

»Aber du darfst auch nicht um jeden Preis bleiben. Die Männer, die das Wort führen, sind Säufer und Raufbolde. Und du bist ihnen ein Dorn im Auge.«

»Nur weil meine Liebe einem Maori gehört?«

»Ja, das geht gegen ihren Stolz, denn du bist die schönste Frau von ganz Mangawhai und Umgebung.«

»Du alter Schmeichler«, lachte sie.

»Ich weiß, dass du nichts darauf gibst, denn ich kenne kaum

479

eine Frau, die so wenig eitel ist, wie du es bist. Aber glaub mir, ich sehe die Blicke der Männer, und eine wie du, die macht ihnen Angst.«

»Ach, Matui, hoffen wir einfach darauf, dass der Spuk bald zu Ende ist und sich die Kerle aus den Bergen beruhigt haben.«

Matui wollte ihre Hoffnung gerade bekräftigen, als es laut an der Tür klopfte.

»Ich gehe schon«, sagte Lily und kam wenig später in Begleitung eines gut gekleideten, ernst dreinblickenden Herrn zurück. Sie stellte die beiden Männer einander förmlich vor. Der Fremde hieß William Brewer und war Anwalt. Er sah gut aus und war bestimmt schon über vierzig, was ihr die grauen Strähnen in seinem sonst dicken, vollen dunklen Haar verrieten. Mehr wusste Lily auch noch nicht über ihren Besucher, denn er hatte darum gebeten, ihr sein Anliegen im Haus und nicht vor der Tür vorzutragen.

Nun blickte sie ihn erwartungsvoll an.

Mister Brewer räusperte sich ein paarmal, bevor er mit dem Grund seines Kommens herausrückte. »Sagt Ihnen der Name Fuller etwas?«

Lily nickte. »Leider ja.«

»Dieser Mister Fuller hat sich an das Distrikt-Gericht in Whangarei gewandt, mit dem Antrag, man solle Sie wegen Totschlags an seinem Kind und seiner Frau vor Gericht stellen. Das Gericht hat entschieden, Anklage zu erheben. Diese wird Ihnen in wenigen Tagen zugehen.«

Lily schlug die Hände vor das Gesicht. »Das ist ja furchtbar.«

»Und ich bin hier, um Ihnen meine Hilfe anzubieten. Ihr Mann und Sie haben vor Jahren der Schwester meiner inzwischen verstorbenen Frau, die damals in Mangawhai lebte, das Leben gerettet. Das fiel mir ein, als ich von Ihrem Fall hörte, und ich ergreife nun die einmalige Gelegenheit, es wiedergutzumachen. Ich biete Ihnen an, Sie zu verteidigen.«

480

»Aber ich weiß nicht, ob ich das bezahlen kann.«

Der Anwalt lächelte. »Von Ihnen will ich keinen Cent. Es ist mir eine Ehre, dem *Engel der Maori* meine Dankbarkeit zu erweisen.«

Lily nahm die Hände vom Gesicht und sah ihn gerührt an. »Ich freue mich, wenn Sie mir beistehen, aber wie kann der Mann so etwas tun? Das Kind war tot, und ich hatte die Geburt eingeleitet. Da hat er seine Frau halb tot fortgezerrt, obwohl ich ihn deutlich gewarnt hatte, dass sie sterben würde.«

»Tja, und er behauptet, Sie hätten das Kind mit einem Eingriff getötet und seine Frau fehlerhaft behandelt, sodass sie an den Folgen gestorben ist.«

»Das ist gelogen. Ich war doch Zeuge. Er hat seine Frau auf dem Gewissen. Wahrscheinlich hat er das Kind durch Tritte oder Schläge getötet«, erklärte Matui empört.

»Aber was geschieht, wenn sie mich schuldig sprechen?«

»Das sollten Sie sich lieber nicht vorstellen. Auf Totschlag, begangen durch grobe Fahrlässigkeit, steht Gefängnis.«

»Ich kann beschwören, dass der Mann seine Frau misshandelt und sie fortgeschleppt hat, obwohl sie in Lebensgefahr schwebte«, mischte sich Matui energisch ein.

»Das ist gut. Sehr gut sogar. Natürlich werde ich Sie als Zeugen benennen. Aber stimmt es, dass Sie gar keine Ärztin sind?«

Lily wurde kreidebleich. »Ich habe kurz an der *Otago* in Dunedin studiert und mir sonst alles aus Büchern und durch die enge Zusammenarbeit mit meinem verstorbenen Mann angeeignet.«

Der Anwalt stöhnte laut auf. »Das ist nicht gut.«

»Aber es gibt doch so viele Frauen, die bezeugen können, dass ich ihnen geholfen habe.«

»Ich weiß. Leider ist meine Schwägerin nach dem Tod meiner Frau nach England gegangen. Sonst hätten Sie eine wahrlich glaubwürdige Zeugin. Schreiben Sie mir bitte alle Namen der

481

Frauen auf, die Sie erfolgreich behandelt haben. Die müssen das Gericht überzeugen, dass Sie niemals grob fahrlässig gehandelt haben.«

»Das habe ich doch auch nicht. Claire Fullers Kind war tot. Da habe ich die Geburt eingeleitet, und als die Wehen einsetzten, hat ihr Mann sie verschleppt«, protestierte Lily verzweifelt.

»Ich habe in Whangarei bereits erwirkt, dass man Sie auf keinen Fall vorher ins Gefängnis steckt, weil ich auf *nicht schuldig* plädieren werde und davon überzeugt bin, dass wir damit durchkommen. Sagen Sie, gibt es in der Nähe ein Hotel? Ich muss ein paar Tage bleiben, um alle möglichen Zeugen zu befragen.«

»Kommt gar nicht in Frage. Sie schlafen bei uns im Haus.«

»Gut, dann machen Sie doch mal die Liste fertig mit Adressen, damit ich die Leute vorher befragen und mich davon überzeugen kann, ob sie als Zeugen zu gebrauchen sind oder nicht.«

Lily atmete tief durch, bevor sie die Namen derer notierte, die sie in letzter Zeit erfolgreich behandelt hatte. Der Anwalt blickte ihr skeptisch über die Schulter. »Misses Ngata, das sind aber alles Maori-Namen.«

»Ja, na und? Sind das etwa keine Frauen?«, fauchte sie ihn an.

William Brewer aber schien ihr nicht böse zu sein. »Doch, doch, ich vertrete oft Maori, aber um die Jury zu überzeugen, sollten Sie ebenso viele Pakeha auf die Liste setzen. Weil die Tote eben eine weiße Farmersfrau war.«

Lily schrieb nun die Namen aller weißen Frauen auf, denen sie erfolgreich geholfen hatte, und reichte ihm das Papier.

»Dann werde ich gleich mal anfangen«, erklärte der Anwalt entschieden.

»Ich bringe Sie zur Tür«, erklärte Matui übereifrig und begleitete William Brewer auf den Flur hinaus.

»Sie werden sie da unbeschadet herausholen, nicht wahr?«

Der Anwalt nickte. »Ich bin mir ziemlich sicher, zumal dieser Mister Fuller ein ziemlich unangenehmer Mensch sein soll, für den ein Anwalt wie ich ein rotes Tuch ist. Wäre doch gelacht, wenn es mir nicht gelänge, ihn dazu zu bringen, dass er sich auf mich stürzt.«

»Ich weiß nicht, ob das wichtig ist, aber von einer Maori, deren Freundin auf der Farm gearbeitet hat, habe ich gehört, dass er seine Frau wohl gern losgeworden wäre. Er hat nämlich ein Techtelmechtel mit der jungen Haushaltshilfe angefangen.«

»Interessant, der jungen Dame werde ich mal auf den Zahn fühlen. Mich kennt Mister Fuller ja nicht. Noch nicht!« Der Anwalt strich sich nachdenklich über seinen Bart. »Wir schaffen das schon. Ich habe eigentlich selten einen Fall verloren, von dem ich überzeugt war.«

»Darf ich Sie noch etwas anderes fragen?« Matui blickte sich vorsichtig um. Erst nachdem er sich vergewissert hatte, dass Lily nicht zuhörte, trat er einen weiteren Schritt auf den Anwalt zu. »Ich brauche Ihren Rat. Für einen Freund. Der wollte aus gutem Grund jemanden umbringen. Er hat sein Opfer an einen einsamen Ort gelockt und wollte sein Werk vollenden, doch der Mann brach tot zusammen, bevor er ihm das Messer ins Herz rammen konnte. Man hat ihn offenbar nicht gefunden, denn es ist bereits ein paar Jahre her. Wenn man ihn doch einmal entdecken sollte, kann man dann feststellen, dass er eines natürlichen Todes gestorben ist? Oder kann mein Freund unter Umständen dafür vor Gericht gestellt werden?«

Täuschte sich Matui, oder war da gerade ein Lächeln über das markante Gesicht des Anwaltes gehuscht?

»Bestellen Sie Ihrem Freund Folgendes: Wenn man den Mann nach so langer Zeit fände, würde man wahrscheinlich nicht einmal mehr mit Sicherheit sagen können, wer er war, geschweige denn, wie er umgekommen ist. Und wenn Ihr Freund außer Ihnen keine Mitwisser hat, kann ihm gar nichts geschehen. Und falls alle Stricke reißen sollten, dann hätte Ihr Freund einen guten Anwalt.«

483

Matui wurde es heiß. Er hatte verstanden. Der Anwalt nahm ihm jenen ominösen Freund nicht ab.

»Danke!«, sagte er ergriffen. »Vielen Dank.«

»Darf ich Sie jetzt auch etwas fragen? Wie lange ist Misses Ngatas Mann eigentlich schon tot?«

»Über ein Jahr.«

»Danke!«, erwiderte der Anwalt verschmitzt. »Vielen Dank.«

Matui sah dem gut aussehenden Anwalt hinterher, während dieser mit energischem Schritt um eine Ecke verschwand. Es wäre schon gut, wenn Lily einen neuen Mann fände, der sie beschützt, ging es Matui durch den Kopf, für den Fall, dass die Ahnen ihn zu sich rufen würden. In dem Alter dafür war er allemal. Viele, die er kannte, erreichten nicht einmal das fünfzigste Lebensjahr, und er wurde bald sechzig. Er musste plötzlich an ein Erlebnis aus seiner Kindheit denken. Er hatte an einem Ritual teilnehmen dürfen. Er erinnerte sich noch genau an das Feuer, die Tänze und die Stimme seines Großvaters. *Komm her, Matui, sieh, was ich für ein alter Mann bin, aber ich schwöre, du wirst noch älter. Du wirst in einem biblischen Alter zu den Ahnen gehen, das noch keiner vor uns je erreicht hat.* Wie lange hatte er nicht mehr an seine Kindheit gedacht, und nun lief alles vor seinem inneren Auge ab, als sei es gestern gewesen. Und wenig später hatte man den alten Mann einfach abgeschlachtet. Matui schüttelte sich. Wenigstens durfte er in der Nähe seiner Nichte Lily sein. Er empfand es als Geschenk der Ahnen, dass er sie gefunden hatte. Manches Mal war er versucht gewesen, ihr anzuvertrauen, wie ihr Vater gestorben war, aber da sie niemals von ihm sprach, sah er letztendlich keine Notwendigkeit dazu.

Der Anwalt flößte ihm zwar Vertrauen ein, und trotzdem quälte ihn eine dunkle Ahnung, dass etwas Furchtbares geschehen würde.

Whangarei, April 1885

Dunkle Wolken hingen über dem neu errichteten Gerichtsgebäude an der Walton Street, als Lily es in Begleitung ihres Anwaltes betrat. Matui war vorgegangen, um sich einen Platz im Zuschauerraum zu sichern, denn die Farmer hatten angedroht, alle gemeinsam den Prozess zu besuchen.

Lily aber ging durch die Reihen zu ihrem Platz, ohne nach links oder rechts zu sehen. Kalte Schauer rieselten ihr den Rücken hinunter, als sie sich setzte. Sie kam sich vor wie in einem Käfig, doch William flüsterte ihr ermutigend zu: »Ich bin bei Ihnen, auch wenn ich da vorn an dem Tisch sitze.«

Lily nickte und entspannte sich ein wenig, wenngleich es in ihrem Kopf zum Zerbersten hämmerte. Es hatte heute Nacht angefangen und wollte und wollte nicht besser werden. Ich kann nur froh sein, dass ich nicht in Fesseln vorgeführt werde wie eine Mörderin, ging es ihr durch den Kopf, während sie ihre Finger sanft gegen die Schläfen drückte. Sie wandte ihren Blick jetzt dem Richter zu, einem älteren Herrn, der mit Sicherheit auch unter seiner weißen Perücke bereits weißes Haar besaß. Er machte einen gütigen Eindruck und wirkte beruhigend auf sie. Doch sie wusste, dass er nicht viel zu sagen hatte. William hatte ihr in allen Einzelheiten geschildert, wie dieser Prozess ablaufen würde. Über ihre Zukunft entschieden die zwölf Geschworenen, die ihr gegenüber auf der anderen Seite im Saal saßen. Es half nichts. Sie musste der Wahrheit ins Auge sehen. Ein Schreck durchfuhr ihre Glieder, als sie nur weiße Männer mittleren Alters erblickte.

Hatte William nicht versprochen, die Jury in ihrem Sinn auszusuchen? Maori und Frauen durften offenbar nicht ausgewählt werden. Daran hätte sie denken müssen. Ihr Blick verfinsterte sich angesichts dieser Front von verschlossenen Männergesichtern. Sie versuchte Fassung zu bewahren, als der Ankläger, Mister Owen, ein untersetzter kleiner Mann mit einem kahlen Schädel und listigen Augen, mit donnernder Stimme verkündete, dass die hier anwesende Emily Newman im Namen der Königin beschuldigt werde, durch grobe Fahrlässigkeit den Tod der Farmersfrau Claire Fuller und ihres ungeborenen Kindes verursacht zu haben.

Bei Nennung des Namens Emily Newman zuckte Lily unmerklich zusammen. Sie befürchtete, dass ihr die Tatsache, dass sie als verheiratete Frau mit einem anderen Mann unter dessen Namen zusammengelebt hatte, nicht zum Vorteil gereichte. Ihr Mut sank ins Bodenlose, als sie einen Blick in den Zuschauerraum wagte. Da hockten jene Männer mit anklagenden Mienen, die es allein Tamati und ihr zu verdanken hatten, dass ihre Kinder heute am Leben waren. Ihre Ehefrauen standen auf Lilys Zeugenliste. Die werden unter diesen Umständen niemals für mich aussagen, dachte sie verzweifelt, und sie hätte sich am liebsten die Ohren zugehalten, als der Ankläger die Lügen Mister Fullers zum Besten gab, als wären sie nichts als die Wahrheit. Und wer das hörte, musste sie doch für eine entsetzliche Pfuscherin halten. Sie habe mit obskuren Mitteln wie einer *inneren Wendung* versucht, das Kind im Mutterleib zu drehen, und es dabei getötet und seine Frau lebensgefährlich verletzt. Deshalb habe er sie ihren Händen entrissen. Weil er nicht wollte, dass sie auf dieser Liege in der Praxis starb, sondern zu Hause in ihrem Bett unter würdigen Umständen ...

Lilys undurchdringliche Gesichtszüge entgleisten bei so viel Unsinn, und sie verdrehte die Augen. Gerade in dem Augenblick, als der Richter sie aufforderte, sich zum Tatgeschehen zu äußern.

Lily räusperte sich ein paarmal, weil sie einen Kloß im Hals verspürte. Mit heiserer Stimme begann sie zu sprechen. Sie schilderte, wie die Frau sie aufgesucht habe und wie ihr beim Abtasten des Bauches der Verdacht gekommen sei, das Kind sei tot. Der Bauch sei mit Hämatomen übersät gewesen, genau wie Oberarme und Schenkel. Sie habe vermutet, dass die Frau misshandelt worden sei.

»Pass bloß auf, was du sagst!«, brüllte es da unflätig aus dem Zuschauerraum.

»Hinaus! Verlassen Sie den Saal!«, befahl der Richter barsch, und Lily konnte nicht ohne Schadenfreude beobachten, wie einer ihrer erbittertsten Gegner aus dem Saal geworfen wurde. Doch dann überwog die Traurigkeit. Selbst wenn sie den Prozess gewinnen sollte, sie würde nie wieder den Frauen helfen können, weil sie das nicht durfte, es sei denn, sie studierte zu Ende, aber in ihrem Alter?

»Fahren Sie fort«, forderte der Richter sie höflich auf.

»Nach den Verletzungen zu urteilen, musste ich von einer Misshandlung ausgehen. Ob das Kind durch äußere Einwirkung zu Tode gekommen war oder durch etwas anderes, konnte ich nicht feststellen. Um das Leben der Mutter zu retten, gab es nur eines: Ich musste die Geburt einleiten. Doch als gerade die Wehen einsetzten, kam Mister Fuller und zerrte seine Frau brutal von der Liege und aus dem Behandlungsraum ...«

Lily wusste, dass sie nun von ihrem Anwalt und dem Ankläger ins Kreuzverhör genommen würde.

William trat forsch vor und lächelte ihr gewinnend zu.

»Misses Newman, haben Sie einen irgendwie gearteten medizinischen Eingriff bei Claire Fuller vorgenommen?«

»Ich habe ihren Bauch vergeblich nach Herztönen abgehört.«

»Das war alles?«

»Ja, und weil ich vermutete, das Kind sei tot, musste ich die

Geburt einleiten, denn es war bereits übertragen, das heißt, länger im Mutterleib, als es sein sollte.«

»Und wie haben Sie das gemacht?«

»Ich gab Misses Fuller einen Trank aus wehentreibenden Kräutern und Rizinusöl.«

»Was soll das bewirken?«, mischte sich der Ankläger ein.

»Dass die Wehen einsetzen. Erst kommt der Durchfall, dann das Baby. Umbringen kann man damit keinen, falls Sie darauf hinauswollen.«

Im Saal kam es zu verhaltenem Gelächter. Mit einem flüchtigen Blick auf die Geschworenenbank stellte Lily befriedigt fest, dass sogar einigen der Geschworenen ein Lächeln über das Gesicht huschte.

»Misses Newman, was steht an der Tür Ihrer Praxis?«

»Praxis Doktor Tamati Ngata.«

»Und warum steht Ihr Name nicht an der Tür?«

»Weil ich keine examinierte Ärztin bin, sondern Doktor Ngata bis zu seinem Tod nur assistiert habe.«

»Misses Fuller haben Sie aber allein behandelt, nicht wahr?«

»Nach dem Tod von Doktor Ngata gab es in der Region weder eine Hebamme noch einen Arzt. Da ich über genügend Erfahrung verfügte und die Frauen nach mir verlangten, habe ich sein Werk weitergeführt und vielen Menschen damit helfen können ...«

»Ich beantrage, das Letzte als nicht gesagt zu werten. Das ist eine Einschätzung oder besser gesagt Überschätzung der Angeklagten, deren Wahrheitsgehalt die Gegenseite noch zu beweisen hat«, knurrte der Ankläger.

»Antrag stattgegeben«, murmelte der Richter, doch es war ihm anzumerken, dass ihm das gegen den Strich ging.

»Gut, dann frage ich Sie: Sie haben also bei einer Patientin eine Geburt eingeleitet, ohne Ärztin zu sein?«

»Ich hatte doch das Wissen und ...«

»Ja oder nein.«

»Ja.« Lily senkte den Kopf.

»Dann habe ich keine Fragen mehr an die Angeklagte«, bemerkte der Ankläger und warf einen siegessicheren Blick in Richtung der Geschworenenbank.

»Misses Newman, haben Sie Medizin studiert?«, fragte William sie jetzt in sanftem Ton.

»Ja, an der Universität von Otago bei Professor McWeir.«

»Auf welchem Weg haben Sie außerdem das nötige Fachwissen erlangt?«

»Mein Mann studierte in Sydney Medizin und brachte mir alle seine Lehrbücher mit, die ich verschlungen habe.«

»Und später?«

»Ich arbeitete als rechte Hand von Doktor Ngata und lernte dort in der Praxis alles über Geburtshilfe, was ich wissen musste, um es selbst anzuwenden.«

»Und was wäre geschehen, wenn Mister Fuller seine Frau nicht aus Ihrer Praxis gezerrt und auf seinem Wagen mitgenommen hätte?«

»Einspruch, Euer Ehren, das ist rein spekulativ. Das hat mit den Tatsachen nichts zu tun.« Der Ankläger wischte sich mit einem Tuch den Schweiß von der Stirn.

»Einspruch stattgegeben.«

William aber ließ sich nicht verunsichern.

»Dann will ich die Frage anders stellen. Misses Newman, was haben Sie getan, als Mister Fuller seine Frau aus Ihrer Praxis gezerrt hat?«

»Ich habe ihn eindringlich gewarnt. Ich habe gebettelt und gefleht, er möge sie in Ruhe lassen, weil die Wehen eingesetzt hatten und sie ihr totes Kind zur Welt bringen würde. Ich habe ihm auf den Kopf zugesagt, dass seine Frau sterben würde, wenn er sie mitnähme.«

»Ich habe keine Fragen mehr an die Angeklagte«, erklärte William und nickte Lily aufmunternd zu.

489

Der Ankläger rief jetzt Mister Fuller in den Zeugenstand. Lily bemerkte sofort, dass der Mann, der nun den Gerichtssaal betrat, nicht mehr in der Lage war, gerade zu gehen. Er schwankte hin und her. Auch sein knallrotes Gesicht bewies ihr, dass er sich Mut angetrunken hatte. Mit verwaschener Stimme schilderte er, wie er an jenem Tag nach seiner Frau gesucht habe, die angeblich einen Spaziergang am Hafen von Mangawhai habe machen wollen. Sein Kunde habe ihn versetzt, er habe zurück zur Farm gewollt und seine Frau gesucht. Ein altes Maori-Weib habe ihm versichert, sie sei in das Haus von Doktor Ngata gegangen. Er habe das nicht glauben wollen, weil inzwischen bekannt gewesen sei, dass sie gar keine Ärztin sei und das Liebchen eines ...

An dieser Stelle rief der Anwalt: »Halt! Das gehört nicht hierher. Ich beantrage, Euer Ehren, den Zeugen aufzufordern, Spekulationen über das Privatleben meiner Mandantin zu unterlassen!«

»Antrag der Verteidigung stattgegeben. Fahren Sie fort, aber sprechen Sie zur Sache ...«

William warf Lily erneut einen flüchtigen Blick zu, in dem so viel geschrieben stand wie: Der Richter ist auf unserer Seite.

»Dann muss ich anders fragen. Mister Fuller, wen meinten Sie, als Sie eben von Doktor Ngata sprachen?«

»Versteh ich nicht«, lallte Mister Fuller. Ihn hatte das verfahrensrechtliche Geplänkel der Parteien offenbar völlig aus dem Konzept gebracht. Jedenfalls brachte er keinen vernünftigen Satz mehr zustande.

»Sie da hat das Kind tot... sie hat es totgemacht und dann meine Frau, und ich habe sie gerettet.«

William trat nun einen Schritt auf den Zeugen zu und schnupperte: »Mister Fuller, kann es sein, dass Sie Alkohol getrunken haben?«

»Das geht dich gar nichts an, du Scheißkerl!«

»Mister Fuller, ist Ihnen nicht gut? Brauchen Sie ein wenig frische Luft?«, fragte der Ankläger in scharfem Ton.

490

Der Farmer sah ihn etwas dümmlich an, doch dann schien er zu begreifen. Er nickte eifrig.

»Ich beantrage eine kleine Unterbrechung«, verkündete der Ankläger und versuchte, nassforsch zu klingen. Dabei konnte er seine Sorge, was die Jury wohl von so einem Zeugen halten mochte, kaum verbergen.

»Antrag stattgegeben, wir machen fünfzehn Minuten Pause.«

»Ich glaube, wir haben gute Karten«, raunte William Brewer Lily zu. »Wenn Sie freigesprochen werden, darf ich Sie dann demnächst einmal in mein Haus in Auckland zu einem Essen einladen?«

Lily hatte bereits so eine vage Ahnung, dass der Anwalt mehr in ihr sah als eine bloße Mandantin. Sie mochte ihn auch, keine Frage, aber ob sie sich wirklich zu ihm nach Hause würde einladen lassen, das konnte sie zu diesem Zeitpunkt nicht mit Gewissheit sagen. Erst einmal musste dieser Albtraum zu Ende sein.

»Vielleicht, denn ich bin in der nächsten Woche in Auckland, um jemanden zu treffen«, erwiderte sie diplomatisch. An die bevorstehende Begegnung mit Peter konnte Lily nicht denken, ohne dass ihr das Herz bis zum Hals klopfte. Allein die Vorstellung, plötzlich einem jungen Mann gegenüberzustehen, im Wissen, dass er ihr Sohn war ...

»Sie haben einen guten Eindruck gemacht, Misses Ngata, der Richter mag Sie.«

Lily hob die Schultern. »Aber ich glaube, die grimmig dreinschauenden Geschworenen haben mich nicht ganz so in ihr Herz geschlossen.«

»Solange wir der Gegenseite keine Gelegenheit geben, der Jury Ihre privaten Verhältnisse auf die Nase zu binden, sehe ich da nicht so schwarz. Ich werde alles abwürgen, wenn der Ankläger versucht, Ihre Beziehung zu Doktor Ngata auf den Tisch zu bringen sowie die Tatsache, dass Sie all die Jahre auf dem Papier noch mit Mister Newman verheiratet waren.«

Weiter kam er nicht, weil der Prozess mit der Vernehmung des Farmers fortgesetzt wurde. Mister Fuller wirkte wie umgewandelt. Lily vermutete, der Ankläger hatte ihm einen Eimer mit kaltem Wasser über den Kopf gekippt.

Mister Fuller saß kerzengerade da, die Hände gefaltet. Er hatte jetzt eine ernste Miene aufgesetzt.

Doch bevor der Ankläger seine Befragung beginnen konnte, kam ihm William zuvor. In freundlichem Ton fragte er: »Hatten Sie an dem Tag, als es passierte, auch getrunken?«

»Das ist eine Frage, die nichts, aber auch gar nichts mit dem Sachverhalt zu tun hat. Ich beantrage, die Frage zu streichen!«, brüllte der Ankläger.

»Das sehe ich anders. Wenn Mister Fuller an jenem Tag betrunken war, so könnte dies einen Einfluss auf seine Wahrnehmungsfähigkeit und sein Verhalten gehabt haben«, entgegnete William scharf.

»Antrag abgelehnt. Bitte, Mister Fuller, beantworten Sie die Frage des Verteidigers. Haben Sie an dem Tag, als es geschah, Alkohol getrunken?«

Der Farmer lief knallrot an. Lily glaubte, er würde gleich wieder pöbeln, doch ein warnender Blick des Anklägers hielt ihn ganz offensichtlich davon ab.

»Ja, ich habe vielleicht einen Whisky getrunken oder auch zwei«, murmelte er.

»Was haben Sie gesehen, als Sie in das Behandlungszimmer kamen?«

»Meine Frau lag da in ihrem Kot und schrie erbärmlich.«

»Haben Sie gesehen, dass Misses Newman etwas mit ihr gemacht hat?«

»Nein, nicht direkt, aber das hatte sie ja vorher getan. Und ich hatte meiner Frau verboten, zu dieser ...« Er stockte.

»Mister Fuller, stimmt es, dass Sie Ihre Frau wiederholt geschlagen haben? Auch während der Schwangerschaft?«

»Euer Ehren, ich beantrage, diese Frage zu streichen. Sie hat nichts mit dem Sachverhalt zu tun.« Das Gesicht des Anklägers glühte nun feuerrot, und ständig wischte er sich mit einem riesigen Taschentuch den Schweiß von der Stirn.

»Antrag abgelehnt«, erklärte der Richter ungerührt.

»Haben Sie Ihre Frau während der Schwangerschaft geschlagen?«

»Was geht dich das an?«, schrie Mister Fuller. »Sie ist meine Frau gewesen, und die kann ich so oft schlagen, wie ich will! Weißt du, wie sie aussah? Wie eine tragende Kuh!«

»Hatten Sie während der Schwangerschaft Ihrer Frau bereits eine Beziehung zu einer anderen Frau?«

»Einspruch, Euer Ehren!«, schrie der Ankläger, aber Mister Fuller war bereits aufgesprungen und wollte sich auf William stürzen. »Lass Katarina aus dem Spiel!«, brüllte er, doch da hielten ihn bereits zwei starke Polizisten fest.

»Ich habe keine Fragen mehr«, sagte William, bemüht, sich den Triumph nicht anmerken zu lassen. »Bitte, Mister Owen, Ihr Zeuge.«

»Ich habe auch keine Fragen mehr an ihn«, zischte der Ankläger sichtlich angeschlagen, zumal sich in diesem Augenblick die Reihen der Zuschauer merklich lichteten. Geschlossen verließen die Männer aus Mangawhai den Saal.

Lily fasste neuen Mut. Plötzlich war ihr Kampfgeist wieder da. Ja, sie würde das Studium der Medizin eines Tages mit Bravour absolvieren, um ihre Arbeit fortführen zu dürfen. Schließlich gab es inzwischen auch ein College in Auckland, das Medizin anbot.

Lily war so in ihre Gedanken versponnen, dass sie im ersten Moment von dem Tumult im Saal wenig mitbekam. Erst als Matui in den Gerichtssaal trat, folgte sie dem Geschehen wieder. Ein Raunen ging durch den Saal, als sich der alte Maori in seinem feinen britischen Anzug in den Zeugenstand begab.

William bat ihn zu schildern, was er an jenem Tag in der Praxis erlebt hatte. Das tat Matui in perfektem Englisch und mit ruhiger Stimme. Alles deckte sich mit Lilys Aussagen, doch dann erstarrte sie, als sie Matui sagen hörte: »Lily Ngata ist ein Segen für die Frauen. Sie ist berufen, das Werk ihres Mannes Tamati fortzusetzen.«

Bevor Lily sich überhaupt ausmalen konnte, was diese nett gemeinten Worte auslösen würden, hatte der Ankläger die günstige Gelegenheit ergriffen.

»Ist die von Ihnen hochgelobte Lily Ngata hier im Saal anwesend?«

Lächelnd deutete Matui in Richtung der Angeklagten.

»Diese Frau ist also Lily Ngata?«

»Ja, aber das wissen Sie doch«, erwiderte Matui unwirsch.

»Nein, die Angeklagte ist uns bekannt als Emily Newman. Stimmt es, dass sie, obwohl sie mit einem gewissen Doktor Newman verheiratet war, sich als Ehefrau des Maori-Arztes Tamati Ngata ausgab und mit diesem unter einem Dach lebte?«

»Ich beantrage, diese Frage zu streichen«, verkündete William, der sichtlich um Fassung rang.

»Antrag stattgegeben!«

Lily spürte mehr denn je ihren pochenden Kopfschmerz, der sie seit Tagen wieder in aller Härte heimsuchte. Nun hat es diese Ratte doch geschafft, mich als Maori-Hure zu entlarven, dachte sie, und sie wünschte sich, dass die Geschworenen niemals diesen Einblick in ihr Privatleben gewonnen hätten.

»Keine Fragen mehr an den Zeugen Matui Hone Heke«, erklärte William hastig.

»Ich auch nicht«, pflichtete ihm der Ankläger bei.

Auf die Frage, ob es noch Zeugen gebe, die die Angeklagte belasteten, musste der Ankläger Mister Owen passen. Doch William hatte noch jede Menge Zeugen zu bieten. Zunächst ließ er drei Maori-Frauen schildern, wie Lily ihnen geholfen hatte. Dann rief er den ersten Namen einer Pakeha auf.

494

Lily befürchtete, sie würde nicht vor Gericht auftreten, obwohl Lily sie einst vor dem sicheren Tod gerettet hatte.

Der Richter wiederholte seinen Aufruf.

»Ich bitte Misses O'Neil in den Zeugenstand.«

Nichts rührte sich, und Lily gab die Hoffnung auf, dass eine der weißen Frauen für sie aussagen würde. Da trat Nora O'Neil, die Frau des Kolonialwarenhändlers, eines der Männer, die eben noch den Zuschauerraum bevölkert hatten, mit gesenktem Kopf auf den Richter zu.

William sagte nur: »Danke, dass Sie gekommen sind«, und überließ dem Ankläger das Wort.

»Sie wollen also behaupten, dass Misses Newman Sie geheilt hat?«

Nora O'Neil blickte dem Ankläger unverwandt in die Augen.

»Doktor Ngata ist nicht nur der *Engel der Maori,* sondern auch unser Engel. Ich hatte ein Kind, das sich auf die Seite gedreht hatte. Ein Todesurteil, aber sie hat mein Kind und mich gerettet.«

Der Ankläger wischte sich fahrig über die Stirn und murmelte: »Keine Fragen.«

So ging es ihm auch bei den folgenden Zeuginnen, alles Pakeha-Frauen, und zwar jene, die nicht mehr zu ihr gekommen waren, seit Mister Fuller seine Lügen in Mangawhai und Umgebung verbreitet hatte.

Lily verkniff sich ein Lächeln. Weitere Frauen lobten sie in höchsten Tönen. Sie lächelten ihr sogar zu. Dann kündigte William Professor McWeir aus Dunedin an. Als der weißhaarige Herr in den Zeugenstand trat, nachdem er seiner ehemaligen Studentin freundlich zugewunken hatte, stockte ihr der Atem. Davon hatte ihr der Anwalt nichts erzählt.

Bei seinen lobenden Worten konnte sie ihre Tränen nicht mehr zurückhalten. Er bezeichnete sie als *einzigartig begabt.*

Der Richter hörte aufmerksam zu. Lily warf einen flüchtigen

Blick zu den Geschworenen hinüber. Sie stierten sie immer noch wie eine Kapitalverbrecherin an.

Als der Professor geendet hatte, trat der Ankläger vor ihn und fragte süffisant: »Aber sie hat keinen Abschluss gemacht, nicht wahr? Warum nicht? Nachdem Sie doch in höchsten Tönen von ihr schwärmen.«

»Sie ist aus Dunedin in den Norden gezogen, soviel ich weiß.«

»Wie lange war sie denn überhaupt Ihre Studentin?«

Der Professor hob die Schultern. »Legen Sie mich nicht auf den Tag fest. Ein halbes Jahr.«

Der Ankläger lachte gekünstelt auf und stellte sich gewichtig vor der Geschworenenbank in Position.

»Und Sie können nach einem halben Jahr beurteilen, ob jemand das Zeug zum Arzt hat?«

»Ja, das kann ich in der Tat, denn es müssen zwei Dinge zusammenkommen: ein Händchen für den Beruf und die Bereitschaft, sich das Wissen anzueignen. Und Lily Newman besaß beides. Sie besitzt ein Gespür für den menschlichen Körper, sie ist einfühlsam, und sie verfügte schon damals über ein Wissen, das so mancher Student nicht hat, wenn er vor dem Examen steht.«

»Keine Fragen mehr«, knurrte der Ankläger.

»Dann darf ich Euer Ehren vielleicht bitten, die Zeugin Mary Ridley hereinzurufen.«

Der Ankläger stürmte zum Richtertisch. »Moment mal! Wer ist das? Was kann sie zu der Tat sagen?«

»Sie kann bezeugen, dass Mister Fuller einen Tag vor der angeblich fahrlässigen Tötung zu seiner Geliebten gesagt hat, dass er ihr seine Frau und das Balg vom Hals schaffen werde. Und dass Miss Ridley seine Frau kurz darauf fürchterlich hat schreien hören.«

»Was hat das mit diesem Fall zu tun? Ich beantrage, sie nicht in den Zeugenstand zu rufen!«, polterte der Ankläger los und lief krebsrot an.

»Antrag abgelehnt. Die Zeugin Mary Ridley, bitte!«

Die junge Frau betrat schüchtern den Saal. Sie war noch keine zwanzig und sichtlich gehemmt. Sie traute sich gar nicht, den Blick zu heben, als William sie aufmunternd fragte, was sie an jenem Februartag im Hause Fuller gehört habe.

Sie holte tief Luft, bevor sie mit leiser Stimme berichtete, dass sie zu dem Zeitpunkt Haushaltshilfe bei den Fullers gewesen sei und das Essen zubereitet habe, als sie vor dem Fenster laute Stimme gehört habe. Und sie habe plötzlich geglaubt, die Stimme der neuen Küchenhilfe herauszuhören. Das habe ihre Neugier erregt, weil deren Ton sehr unverschämt gewesen sei. Also habe sie unbemerkt einen Blick auf Mister Fuller und diese Katarina erhascht. Sie habe dagestanden, die Hände in die Hüften gestemmt, und Mister Fuller gesagt, er solle endlich dafür sorgen, dass *die Alte* von der Farm verschwinde. Das sei der Platz für sie und ihr Kind. Mister Fuller habe sie daraufhin in die Arme genommen und ihr versprochen, er werde dafür sorgen, dass die Alte samt dem Balg für immer verschwinde.

Die Zeugin sah beschämt zu Boden. »Das hat er wortwörtlich gesagt, und mir hat nur Misses Fuller von Herzen leidgetan.«

»Sie haben also gelauscht. Und woher wollen Sie wissen, dass Mister Fuller von seiner Ehefrau sprach?«, ging der Ankläger barsch dazwischen.

»Weil er kurz darauf zu seiner Frau ins Schlafzimmer gegangen ist und sie verprügelt hat.«

»Waren Sie dabei?«

Mary Ridley schluchzte laut auf. »Nein, aber ich habe sie schreien hören. *Bitte, nicht in den Bauch! Bitte nicht. Denk an das Kind!*«

»Keine Fragen mehr«, murmelte der Ankläger sichtlich betroffen.

Im Zuschauerraum weinten einige Frauen.

»Ich habe auch keine weiteren Fragen an Sie, Mary. Danke, dass Sie gekommen sind«, sagte William mit sanfter Stimme.

»Wenn es keinen weiteren Zeugen gibt, dann hören wir jetzt die Anklage. Mister Owen, Ihr Plädoyer, bitte!«, verkündete der Richter.

Der Ankläger rang sichtlich um Fassung, doch er lehnte sich betont lässig gegen die Brüstung der Geschworenenbank.

Mit schriller Stimme verteufelte er die falsche Ärztin, die jedermann in Mangawhai als Lily Ngata kannte, die aber in Wirklichkeit Emily Newman heiße. Diese Pfuscherin, die sich dazu aufgeschwungen habe, Frauen angeblich helfen zu können. Die sich aber dermaßen überschätzt habe, dass sie durch einen Fehler das ungeborene Kind der Claire Fuller getötet habe und unbefugt eine Geburt eingeleitet habe, die Claire Fuller nicht überlebt habe. Dass ihr Mann sie ihren Händen entrissen habe, sei nur verständlich. Und den Spieß nun umdrehen zu wollen, statt der Pfuscherin das Handwerk zu legen, sei perfide.

Er wurde immer lauter, bis er schließlich so laut brüllte, dass sich seine Stimme überschlug.

Lily musterte während seines Plädoyers der Reihe nach alle zwölf Geschworenen. Ihre Gesichter waren gleichermaßen ausdruckslos. Ein eiskalter Schrecken durchfuhr sie. Diese Männer fielen doch nicht etwa auf diesen üblen, verlogenen Auftritt des Anklägers herein? Sie war so aufgeregt, dass sie auf ihren Lippen herumkaute.

William Brewer hingegen setzte auf Ruhe und Gelassenheit. Er sprach mit fester, ruhiger Stimme und gab in knappen Worten wieder, wie sich die Ereignisse in Wirklichkeit abgespielt hatten. Er schilderte anschaulich, dass die Angeklagte alles getan habe, um Claire Fuller zu helfen. Und zwar genau so, wie es medizinisch erforderlich gewesen sei. Sie habe zwar kein Examen, aber sei vielleicht eine bessere Ärztin als viele andere. Sie habe den Ehemann angefleht, das Leben seiner Frau retten zu dürfen, aber

498

offenbar habe er kein Interesse daran gehabt, dass Lily Newman seiner Frau half, nachdem er sich bereits tags zuvor des ungeborenen Kindes entledigt habe.

Der Verteidiger legte eine Pause ein und blickte die Jury beschwörend an, bevor er fortfuhr.

»Aber ich bin nicht hier angetreten, um Mister Fuller zu verurteilen, sondern nur um darzulegen, dass er ein Motiv hatte, meiner Mandantin die Schuld in die Schuhe zu schieben. Der Frau, die Claire Fullers Leben mit Sicherheit gerettet hätte, wenn Mister Fuller sie nicht gewaltsam aus der Praxis Emily Newmans verschleppt und auf einen Wagen geladen hätte und so über die steinigen Pisten in die Berge gefahren wäre.«

Im Gerichtssaal hätte man in diesem Augenblick eine Nadel fallen hören können. So still war es. Das Einzige, was überhaupt Geräusche machte, war der schnaufende Atem des Anklägers.

Der Richter schickte die Geschworenen nun zur Beratung und gab seiner Hoffnung Ausdruck, dass sie möglichst zügig zu einem Urteil gelangen würden.

Wieder nutzte William die Gelegenheit, zu Lily zu gehen. »Es könnte gar nicht besser laufen«, flüsterte er befriedigt.

»Ich glaube es erst, wenn die Geschworenen zurück sind«, seufzte Lily.

»Vertrauen Sie mir. Da kann nichts mehr schiefgehen.«

»Und werden Sie Mister Fuller vertreten, wenn Anklage gegen ihn erhoben wird?«

»Wohl kaum. Ich muss meine Mandanten nicht lieben, aber sie sollten mir nicht ganz so zuwider sein wie er.«

»Wo ist er überhaupt?«

»Ich nehme an, er hat Fersengeld gegeben«, lachte der Anwalt.

Lily schien die Wartezeit endlos. Immer wieder schielte sie zu der Tür hinüber, durch die jene zwölf Männer verschwunden waren. Zu gern hätte sie Mäuschen gespielt und den Erwägungen der Geschworenen gelauscht.

499

Als es so weit war, klopfte ihr das Herz bis zum Hals. Angespannt beobachtete sie, wie der Sprecher der Geschworenen vor das Pult trat und dem Richter ein Stück Papier überreichte. Darauf steht mein Schicksal geschrieben, dachte Lily bang, während sie ihre zitternden Hände unter dem Tisch verbarg.

»Die Geschworenen sind zu einem einstimmigen Urteil gelangt. Nicht schuldig!«

Mehr hörte Lily nicht. Sie fing den triumphierenden Blick ihres Anwaltes auf und hörte zustimmendes Raunen aus dem Saal. Als sie einen Blick zu den Geschworenen hinüberwarf, stellte sie mit Genugtuung fest, dass die vormals versteinerten Gesichter der Männer jetzt menschliche Züge trugen. Der eine oder andere lächelte ihr sogar aufmunternd zu.

Auch dem Richter war deutlich seine Erleichterung anzumerken. Nur der Ankläger verließ den Saal eilig und mit gesenktem Kopf.

»Was halten Sie davon, wenn Sie mit uns nach Mangawhai kommen und ich Matui und Sie bekoche?«, fragte Lily den Anwalt, während sie auf den Flur hinaustraten.

Sein freudiges »Nichts lieber als das« ging in dem Ansturm der Reporter unter.

In der Menschenmenge wurden Lily und ihr Anwalt getrennt. Sie wurde von einem Pulk nach draußen geschoben und freute sich, als sie Matui erblickte, der über das ganze Gesicht strahlte. Sie winkte ihm zu, doch dann erstarrte sie. Wie aus dem Nichts war plötzlich Mister Fuller aufgetaucht. In der einen Hand hielt er eine Flasche Whisky, in der anderen einen in der Sonne glitzernden Gegenstand. Zu spät erkannte Lily, dass es ein Messer war, denn nun ging alles blitzschnell.

»Wenn ich schon ins Gefängnis muss, dann soll es sich wenigstens lohnen«, lallte er und stürzte sich auf sie.

Lily spürte einen leichten Schmerz in der Brust, während sie nach hinten kippte und zu Boden fiel. Sie war ganz ruhig, doch um sie herum schrien die Menschen. Lily aber wusste nicht, warum. Sie hatte nur noch Augen für Tamati, der in seiner ganzen Größe über ihr zu schweben schien.

»Komm mit mir«, lockte er sie zärtlich und streckte ihr seine Hand entgegen. Lily wollte sie ergreifen, aber sie konnte den Arm nicht heben.

»Du musst mich tragen, Liebster«, flüsterte sie, und sie fühlte sich unendlich geborgen, schwerelos und glücklich, wie lange nicht mehr.

Matui und William Brewer hatten sich gleichzeitig den Weg zu ihr gebahnt. Starr vor Entsetzen beugten sich die beiden sonst so starken Männer über die selig lächelnde Lily, die längst bei Tamati war. Der Anwalt war der Erste, der seinen Tränen freien Lauf ließ, doch dann schluchzte Matui ebenfalls voller Verzweiflung auf. Es war der Verlust, der ihn schmerzte, aber auch die Vorstellung, dass sie gestorben war, ohne ihren Sohn wiederzusehen. Und das, nachdem das Treffen zum Greifen nahe gewesen war. Noch fünf Tage, und sie wären einander begegnet. Und nun musste er sich statt ihrer nach Auckland aufmachen, um Peter die traurige Nachricht zu überbringen. Warum haben die Ahnen nicht mich genommen?, fragte er sich bekümmert.

501

Whangarei, März 1920

Vivian hatte das Gefühl, dass sie unbedingt etwas unternehmen sollte. Lilys Geschichte war ihr unendlich nahegegangen. Sie konnte Matuis Wunsch, dass ihre Großmutter ein Denkmal vor der Kirche bekam, von Herzen verstehen. Mehr noch, sie verspürte eine innere Unruhe bei dem Gedanken, dass sich die Sache vielleicht noch viel zu lange hinziehen würde. Matui wurde immer schwächer. Seit Tagen dämmerte er wieder auf seiner Matte vor sich hin.

Plötzlich kam ihr ein Gedanke. Warum sollte sie nicht zu dem zuständigen Geistlichen gehen und ihm klarmachen, warum nicht Walter Carrington, sondern Lily Ngata geehrt werden müsse? Der Zeitpunkt war günstig. Matui schlief, und Fred war für ein paar Tage nach Auckland gefahren. Er wollte seinem Ziehvater vor dessen Abreise nach Sydney unbedingt noch persönlich mitteilen, dass er seine Tochter heiraten werde.

Ohne zu zögern, machte sie sich auf den Weg zur Kirche und klopfte mutig an die Tür des Gemeindepfarrers. Er war ein Mittvierziger mit einem freundlichen, rundlichen Gesicht.

»Was kann ich für Sie tun?«, fragte er höflich.

Als Vivian ihm andeutete, dass sie wegen Matui Hone Heke und des Denkmalstreites gekommen sei, verdrehte er genervt die Augen.

»Noch einer mehr. Das fehlt mir noch zu meinem Glück.«
»Einer mehr?«
»Ach, kommen Sie schon rein! Ich meine, Sie sind wahrscheinlich auch für die Frau, nicht wahr?«

»Ja, aber . . .«

»Dann sind Sie in der richtigen Gesellschaft. Nun kommen Sie schon. Ich möchte es endlich hinter mich bringen.«

Zögernd folgte sie dem Geistlichen in sein Arbeitszimmer. An einem Tisch saß bereits ein älterer Herr mit schlohweißem Haar, der sie neugierig musterte.

»Sie bekommen Gesellschaft. Noch eine Fürsprecherin. Entschuldigen Sie, ich vergaß, Sie nach Ihrem Namen zu fragen.«

»Ich heiße Vivian Taylor.«

»Und warum meinen Sie, sollten wir die Schnitzerei aufstellen, die an jene Frau erinnert?«, fragte der Vikar und deutete auf Matuis Werk.

Vivian zögerte, vor dem alten Herrn loszuplappern, doch dann erzählte sie in knappen Worten, dass Lily Ngata die Enkelin Walter Carringtons gewesen sei und er diese kurz nach ihrer Geburt der Mutter, einer Maori, fortgenommen habe. Deshalb sei er nicht geeignet, ein Denkmal zu bekommen, während Lily so unendlich viel geleistet habe.

»Und wer sind Sie, dass Sie sich so für Lily Ngata einsetzen?«, fragte der weißhaarige Mann neugierig.

»Ich bin ihre Enkelin.«

»Nein, das kann nicht sein. Lily Ngata hatte kein Kind. Das weiß ich ganz genau. Seien Sie ehrlich. Sie sind Reporterin und haben sich hier eingeschlichen, weil Sie wissen wollen, was es mit den vielen Bittbriefen für Lily auf sich hat.«

»Sie irren sich. Lily Ngata hatte einen Sohn, der allerdings von ihr getrennt wurde, als er ein kleines Kind war . . .«

Der alte Herr musterte Vivian skeptisch. »Sie sehen ihr aber gar nicht ähnlich.«

»Ich komme mehr nach Lilys leiblicher Mutter, aber es wäre freundlich, wenn Sie mir jetzt auch Ihren Namen verrieten.«

Der Mann mit dem weißen Haar entschuldigte sich für sein

unhöfliches Benehmen. Er stand formvollendet auf und stellte sich vor. »Mein Name ist William Brewer.«

»Der Anwalt?«, entfuhr es Vivian.

»Ja, ich war einst Lilys Anwalt und bin es in gewisser Weise heute noch.«

Er deutete auf einen Stapel Briefe.

»Alle diese Menschen haben sich für Lily starkgemacht. Ich habe vor jeder Tür in Mangawhai gestanden und gefragt, wer den *Engel der Maori* gekannt habe. In fast jedem Haus wusste jemand eine Geschichte zu erzählen, wie Tamati und Lily Leben gerettet hatten.«

»Ich weiß. Matui hat es mir erzählt«, erwiderte Vivian ungerührt.

»Matui? Sie lügen!«, rief der alte Anwalt empört aus. »Er muss längst tot sein.«

»Nein, er ist der Unruhestifter, der uns wochenlang das Leben schwer gemacht hat«, mischte sich der Vikar ein.

»Aber warum haben Sie mir das nicht gesagt? Es wurde überall nur von dem *alten Maori* gesprochen. Aber Matui kann gar nicht mehr am Leben sein. Er war doch damals schon viel älter als ich. Und sehen Sie mich an. Ich werde bald achtzig.«

»Ja, das ist er, er ist uralt, und er hat nicht mehr lange zu leben. Deshalb bin ich ja hier. Ich möchte, dass Lily Ngata geehrt wird und dass Matui diesen Tag noch erleben darf. Herr Pfarrer, beeilen Sie sich, bitte!«

Dem weißhaarigen alten Mann liefen bei ihren Worten Tränen über die Wangen. Er stand auf und kam stürmisch auf Vivian zu. »Lass dich umarmen, du bist unverkennbar ihre Enkelin. Diese Stimme, diese Art zu sprechen.« Nachdem er sie kräftig gedrückt hatte, wandte er sich dem Vikar zu. »Nun hören Sie doch endlich, was sie sagt! Stellen Sie das Denkmal für Lily auf und eröffnen Sie es feierlich. Ist es denn schon fertig?«

Der Pfarrer erhob sich seufzend und griff nach der Schnitzerei.

504

»Da ist sie. Sehen Sie, er hat sogar ihren Namen hinein-
geschnitzt. *In Gedenken an Lily Ngata.* Und Sie dürfen mir glauben, natürlich würde ich Ihnen und all den Menschen den Gefallen tun, aber der Reverend war ein Vertreter unserer Kirche . . .«

William Brewer hörte ihm gar nicht mehr zu. Versonnen strich
er über das Gesicht aus Holz und murmelte: »Du bist es unverkennbar.«

»Sie haben sie geliebt, nicht wahr?«, fragte Vivian leise.

Der alte Anwalt nickte.

»Bitte, tun Sie es!«, bat Vivian den Pfarrer.

»Aber . . . ich . . . nein . . . gut . . . ja, sie soll ihr Denkmal bekommen.«

»Und wann weihen wir es ein?«

»Am Sonntag«, erwiderte der Geistliche gequält.

Vivian lächelte ihn dankbar an. »Sie werden es nicht bereuen.
Wahrscheinlich wird Ihre Kirche bis auf den letzten Platz besetzt
sein. Aber nun muss ich rasch fort. Ich muss Matui davon berichten. Er hat so viel für mich getan, und ich bin glücklich, dass ich
ihm etwas zurückgeben kann.«

»Er war ja schon schlimm mit seinem Gehocke und Gesinge
vor der Kirche, aber Sie sind eine Nervensäge, der man keinen
Wunsch abschlagen kann«, knurrte der Vikar, und das klang kei-
nesfalls böse, sondern eher bewundernd.

Vivian aber war in Eile. Sie war schon fast aus der Tür, als der
Anwalt sie aufhielt.

»Können Sie mich mitnehmen?«

Obwohl sie am liebsten auf den Berg gerannt wäre, ließ sie sich
darauf ein, mit dem Anwalt, der sich bei ihr untergehakt hatte,
gemächlichen Schrittes zu gehen.

Sie waren gerade auf halbem Weg, als sie ein Keuchen hinter
sich vernahm. »Vivi, warte!«

Ihr Herz tat einen Sprung, als sie Freds Stimme erkannte.

»Du bist schon zurück? Was hat er gesagt?«

505

»Er wünscht uns alles Gute . . .« Er stutzte. »Mister Brewer, was tun Sie denn hier in Whangarei?«

»Ihr kennt euch?«

»Natürlich, Mister Brewer ist der meistgefürchtete Strafverteidiger des Nordens. Ich habe oft über Prozesse berichtet, in denen er tätig wurde. Aber was treibt Sie auf diesen Buschweg?«

»Das wollte ich Sie auch gerade fragen. Es ist ja eine scheußliche Geschichte, was diese Schmierfinken vom *Chronicle* behaupten: dass Sie gar nicht Peter Newmans Sohn seien, sondern dass er eine uneheliche Tochter habe. Aber warum ist er gleich von seinem Amt zurückgetreten? Ich hätte ihn gern in einem Prozess wegen Verleumdung vertreten. Es ist doch sonst nicht seine Art zu kneifen.«

»Weil es die Wahrheit ist.«

»Gut, aber was ändert es? Er hat Sie doch adoptiert – und wo ist seine ominöse Tochter?«

»Hier!«

William Brewer fuhr herum. »Jetzt verstehe ich gar nichts mehr! Das würde ja bedeuten, dass . . . wenn Sie seine Tochter wären, dann müsste er Lilys Sohn . . .«

»Welche Lily?«

»Lily Ngata, die Frau auf dem Denkmal, ist meine Großmutter und Peter Newmans Mutter.«

»Moment einmal, das musst du mir in aller Ruhe erklären.«

»Später«, erwiderte Vivian streng, bevor sie beide Männer unterhakte und ihren Schritt beschleunigte.

Matui saß in seinem Sessel auf der Veranda.

»Was ist denn das für eine Abordnung?«, fragte er munter, als er die drei kommen sah. Dann stutzte er. »Das ist doch nicht etwa der Anwalt?«

»Doch, ich bin es, alter Junge. Es war nicht richtig, dass du damals spurlos verschwunden bist«, erwiderte William Brewer streng.

506

»Ich hatte einen guten Grund. Ich musste jemanden in Auckland treffen, und danach konnte ich nicht mehr zurückkommen. Ich hatte genug von den Pakeha und habe mich mit ein paar Alten auf den Berg zurückgezogen. Doch nun komm zu mir, mein Freund! Erzähl, wie es dir ergangen ist.«

Dann wandte er sich Frederik zu. »Dich habe ich ja lange nicht mehr gesehen. Bist du endlich zur Vernunft gekommen und machst ihr einen Antrag, wie es sich gehört?«

Über Vivians Gesicht huschte ein breites Grinsen. »Das hast du alles verschlafen, Matui. Fred und ich werden heiraten und nach Dunedin gehen. Man hat ihm dort eine lukrative Stelle angeboten.«

»Und so, wie es aussieht, haben sie auch was für dich.« Frederik holte ein zerknittertes Schreiben aus der Tasche und reichte es ihr.

Sehr geehrter Mister Newman, Sie fragten, ob wir auch etwas Geeignetes für Ihre Frau hätten. Ja, gerade suchen wir eine Reporterin, die über die Angelegenheiten der Frauen berichtet. Meinen Sie, dass . . .«

Vivian umarmte Frederik überschwänglich. »Ja, ich will!«

»Und weiß dein Vater . . . ich meine . . . Ziehvater schon, dass du sie heiratest?«

»Ja, und er hat mir einen Brief für dich mitgegeben, Vivi.« Frederik reichte ihn ihr, aber sie legte ihn ungelesen zur Seite.

»Also, dass Lily einen Sohn hatte und dass es der Bischof von Auckland ist, das schockiert selbst mich. Und ich bin von Berufs wegen so einiges gewöhnt«, seufzte der Anwalt.

»Er war derjenige, den ich damals in Auckland getroffen habe«, bemerkte Matui mit leiser Stimme und begann zu erzählen.

AUCKLAND, APRIL 1885

Die Reise nach Auckland war für Matui beschwerlich. Die Wege im Norden waren holprig und matschig. Letzteres besonders dann, wenn es viel geregnet hatte, und in den letzten Tagen war es feucht und kühl gewesen. Die Kutsche war mehrfach stecken geblieben, sodass die Reisenden einige Wege sogar zu Fuß hatten zurücklegen müssen.

So erreichte er die Stadt erst am Tag, an dem das Treffen mit Peter stattfinden sollte. Immer wieder zerbrach er sich den Kopf mit der Frage, warum Lily vor ihm gegangen und es ihr nicht vergönnt gewesen war, ihren Sohn in die Arme zu schließen.

Er trug schwer an seiner Tasche, denn er hatte ein paar persönliche Dinge von Lily sowie das Geld eingepackt, das sie einst bei Junes Habseligkeiten gefunden hatte. Lily hatte ihm schon vor langer Zeit eingeschärft, dies ihrem Sohn zu übergeben, wenn sie vor ihm sterben sollte. »Ach, Lily«, hatte er dann stets geseufzt, »das ist unmöglich. Ich bin ein alter Mann und du das blühende Leben!«

Ächzend saß er bereits seit Stunden in einer der Hafenspelunken, weil es dort warm und trocken war, während ein eisiger Wind über die Bucht fegte und der Regen auf die Kaimauern prasselte. Dafür konnte man kaum die Hand vor Augen sehen, weil die Seeleute, die hier aus aller Herren Länder versammelt waren, fast alle fortwährend rauchten. Außerdem sprachen sie eifrig dem Alkohol zu, sodass ein lautes Stimmengewirr den engen Raum erfüllte.

Matui schaffte es aber selbst an diesem Ort, seinen Gedanken nachzuhängen, und die galten – wie immer seit ihrem grausamen

Tod vor einigen Tagen – allein Lily. Dass er ihr herzliches Lachen nie mehr hören würde, wollte er immer noch nicht begreifen. Und er hatte ein schlechtes Gewissen, dass er nicht einmal bis zu ihrer Beerdigung geblieben war, nachdem er William Brewer eingeschärft hatte, sie solle neben Tamati begraben werden. Vielleicht hätte er dem armen Mann mitteilen sollen, dass er eine Mission zu erfüllen hatte, aber Matui war sich nicht sicher, ob es ihr recht gewesen wäre, dass der Anwalt von Peter erfuhr. Nun konnte er nur hoffen, dass er sich um alles gekümmert hatte.

Immer wieder warf er einen flüchtigen Blick auf seine Uhr. Gegen fünfzehn Uhr hielt er es nicht mehr aus. Er verließ das Lokal und ging hinaus in die Kälte. Zum Glück hatte der Regen inzwischen aufgehört. Dafür pfiff ihm ein eisiger Wind ins Gesicht.

Er wanderte den Hafen entlang, bis er die *Queen Victoria* vor sich auftauchen sah, ein riesiges Segelschiff. An der Pier gab es einen überdachten Unterstand, in den sich Matui nun setzte, um zu warten.

Immer wieder stand er auf und beobachtete die vereinzelt ankommenden Passagiere, die ihr Gepäck schon jetzt an Bord brachten. Als die Uhr vier zeigte, wurde er zunehmend nervös. Er wartete in der Nähe der Gangway und wurde sich bewusst, wie leicht er Peter übersehen konnte. Peter kannte ihn nicht, und Matui kannte Peter nicht. Was, wenn er einfach unerkannt an Bord ging? Auf einen alten Maori würde er, seinem Schreiben nach zu urteilen, mit Sicherheit nicht zugehen. Also musste Matui ihn erkennen. Mit Adleraugen musterte er die Gangway, doch nun kam gerade eine größere Gruppe an. Und die meisten von ihnen waren junge Männer.

Matui seufzte, aber er durfte den Jungen auf keinen Fall verpassen. Sonst würde der womöglich irrtümlich glauben, seine Mutter habe ihn absichtlich versetzt. Matui rieb sich die Augen. Durch das angestrengte Sehen verschwamm sein Blick immer mehr. Er half sich damit, dass er sich direkt neben die Gangway stellte, doch dort wurde er von einem Seemann fortgescheucht.

»Alter, du hast hier nichts zu suchen«, fuhr er Matui an.

»Ich bin hier verabredet mit einem jungen Mann, der nach London gehen will«, verteidigte sich Matui verzweifelt.

»Aus dem Weg, aber schnell!«

Matui trat einen Schritt zurück und versuchte von hier aus einen Blick auf die Gangway zu erhaschen. Das war nicht so einfach, denn dort wurden nun Kisten gestapelt, die ihm beinahe die Sicht versperrten. Matui verließ den Platz, ohne die Gangway aus den Augen zu lassen, und kehrte an die Stelle zurück, an der er zuerst gestanden hatte.

Er stutzte, als er einen großen, schlanken jungen Mann erblickte, der mit gesenktem Kopf auf die Gangway zugesteuert war, kurz stehen blieb und sich einmal flüchtig umwandte. Er sah Lily verblüffend ähnlich. Das konnte Matui sogar aus der Ferne erkennen. Matui begann zu winken, doch der junge Mann nahm ihn gar nicht wahr. Er setzte seinen Weg fort. Der Maori rannte los, doch der vermeintliche Peter war bereits ganz oben an der Gangway angekommen.

»Halt!«, schrie Matui, so laut er konnte. »Halt, Mister Newman!« Doch der junge Mann drehte sich nicht um.

»Was grölst du denn hier rum, Bursche?«, schnauzte der Seemann, der ihn vorhin weggescheucht hatte.

»Ich muss auf das Schiff. Bitte, lassen Sie mich nur für einen Augenblick hinauf!«

»Damit du dich als blinder Passagier einschleichst und wir dich dann in London tot aus deinem Versteck ziehen?«

Matui funkelte den Seemann wütend an. »Sehe ich so aus, als wolle ich mein Land verlassen?«

»Das sieht man nicht immer auf den ersten Blick, was die Leute im Schilde führen.«

»Dann begleiten Sie mich meinetwegen, aber bitte lassen Sie

510

mich auf das Schiff. Ich muss dringend mit jemandem sprechen.«

»Sprich mit mir!« Der Seemann lachte dröhnend.

»Nein, ich muss mit einem jungen Mann reden. Peter Newman heißt er. Ich muss ihm sagen, dass seine Mutter gestorben ist.«

Der Seemann lachte nicht mehr. »Gut, dann geh. Ich weiß auch nicht, warum ich dir glaube, aber nun hau schon ab.«

Der Seemann ließ Matui passieren.

Keuchend kam der Maori oben an.

»Dritte Klasse nach unten«, sagte ein anderer Seemann, der dafür zuständig war, die Reisenden zu ihren Decks zu schicken.

»Hören Sie, ich will nicht an Bord bleiben. Ich suche einen gewissen Peter Newman. Man hat mir erlaubt, kurz mit ihm zu sprechen . . .«

Der Seemann warf einen Blick in seine Liste und sah Matui schließlich empört an.

»Nein, Freundchen, du kommst mir nicht zu den Kabinen. Nachher willst du stehlen.«

Matui ballte die Fäuste und beschimpfte den Mann auf Maori. Er nannte ihn einen dummen Pakeha, der keinen blassen Schimmer habe.

Sämtliche Umstehende drehten sich um und gafften ihn an. Der Seemann bekam einen hochroten Kopf.

»Ist ja gut«, zischte er. »Du wartest hier.« Er winkte einen jungen Matrosen herbei. »Geh und hol diesen Passagier her. Er hat Besuch.« Dann musterte er Matui von Kopf bis Fuß. »Wen darf er denn anmelden?«

Matui wusste nicht, was er sagen sollte. Peter hatte doch nicht das geringste Interesse daran, ihn kennenzulernen, einen Maori-Freund seiner Mutter.

»Sagen Sie ihm, es gehe um eine Nachricht seiner Mutter.«

Es dauerte eine halbe Ewigkeit, bis er Peters blasses Gesicht auftauchen sah. Matui nahm all seinen Mut zusammen, rief

511

»Mister Newman!« und winkte den verdutzten Peter zu sich heran. »Wollen wir das Schiff verlassen, damit wir uns irgendwo in Ruhe unterhalten können? Ich bin Matui, der Ihnen den Brief geschrieben hat«, fügte er hinzu.

»Ich wüsste nicht, was wir zu reden hätten«, entgegnete Lilys Sohn schroff.

»Es geht um Ihre Mutter.«

»Sie soll mich in Ruhe lassen. Ich habe es mir anders überlegt. Ich will sie nicht sehen. Und keiner wird mich zwingen, dass wir uns treffen. Wartet sie da draußen? Dann bestellen Sie ihr, ich habe kein Interesse.«

Matui durchrieselte ein eisiger Schauer. Wie gut, dass Lily das erspart geblieben ist, schoss es ihm durch den Kopf. Nicht auszudenken, sie wäre nach Auckland gereist und ihr eigener Sohn hätte versucht, sich an ihr vorbei auf das Schiff zu schleichen. Tränen stiegen ihm in die Augen. Das war gemein, das war nicht mehr mit der Erziehung des Jungen und dem Einfluss der Familie seines Vaters zu erklären. Das war herzlos. So etwas grenzte an einen Charakterfehler.

»Mister Newman, wenn Sie mich nicht augenblicklich begleiten, mache ich hier einen Aufstand. Dann werden sie mich vom Schiff werfen, aber ich werde Sie vorher so beschimpfen, dass man Sie auf diesem Schiff kennen wird. Gute Reise!«, zischte Matui.

Peter wurde noch blasser. »Ich komme mit, aber nur unter einer Bedingung. Ich muss sie nicht sehen.«

»Sie werden sie nicht sehen. Das kann ich Ihnen schwören«, entgegnete Matui und schnappte nach Luft. Am liebsten hätte er dem Bengel eine Ohrfeige verpasst. Der kann seiner Mutter doch nicht das Wasser reichen, dachte Matui erbost.

Immerhin folgte ihm der junge Mann jetzt stumm die Gangway hinunter. Der Regen hatte wieder eingesetzt.

»Kommen Sie!« Matui steuerte schnellen Schrittes auf eine der Hafenkneipen zu. Murrend begleitete Peter ihn.

»Das ist ja ekelhaft«, schnaubte der junge Mann, als sie an einem Ecktisch Platz nahmen.

»Tja, es kann eben nicht überall auf der Welt alles so ordentlich sein wie bei Ihnen in Dunedin, junger Mann.«

Peter sah ihn empört an. »Wie reden Sie mit mir, und wer sind Sie überhaupt? Und was wollen Sie mir sagen? Machen Sie schnell, ich würde gern in meine Kabine gehen.«

»Ich bin einer der so genannten Maori-Freunde Ihrer Mutter.« Matui kämpfte mit sich. Wie gern hätte er dem überheblichen Bengel die Wahrheit gesagt, aber Lily hätte niemals gewollt, dass man ihn über seine wahren Wurzeln aufklärte. Also schluckte Matui hinunter, was er gern hinzugefügt hätte: *Und ich bin Ihr Großonkel, junger Mann!*

»Und sie hat Sie geschickt, damit Sie so lange auf mich einreden, bis ich mit um die nächste Ecke komme, wo sie auf mich wartet, nicht wahr?«

»Ihre Mutter ist weder in Auckland, noch hat sie mir den Auftrag erteilt, Sie aufzusuchen. Das habe ich aus freien Stücken getan und weil ich Ihnen etwas zu übergeben habe.« Matui griff in seine Tasche und legte das in Tücher eingewickelte Geld auf den Tisch.

Peter blickte leicht angewidert auf das Bündel.

»Nun werfen Sie schon einen Blick hinein!«

Zögernd tat Peter, was Matui verlangte. Als er das viele Geld sah, wurde sein Blick noch überheblicher als zuvor. »Mein Vater und meine Großeltern haben mir genügend hinterlassen.«

Matui aber bebte vor Zorn. »Was sind Sie nur für ein arroganter Kerl! Wie alt sind Sie? Neunzehn? Zwanzig? Und Sie benehmen sich wie ein verstockter alter Pakeha.«

Peter stand entschlossen auf. »Ich glaube, wir haben uns nichts mehr zu sagen.«

Matui aber griff über den Tisch, packte ihn grob am Arm und zog ihn zurück auf seinen Platz.

»Sie ist tot!«

»Wer ist tot?«

»Deine Mutter. Sie wurde vor ein paar Tagen von einem betrunkenen Pakeha niedergestochen.«

Peter verzog keine Miene. »Was erwarten Sie von mir? Dass ich in Tränen ausbreche? Meine Mutter hat Vater und mich verlassen, um mit einem Maori in wilder Ehe zu leben. Das ist die Wahrheit. Und da erwarten Sie von mir, dass ich den trauernden Sohn spiele? Nein, für mich ist meine Mutter vor mehr als vierzehn Jahren gestorben.«

»Du bist geschmacklos, Junge, und du gibst wie ein Papagei wieder, was man dir eingetrichtert hat. Deine Mutter hatte kein Verhältnis mit Tamati . . .«

»Ach ja, und warum ist sie zu ihm gegangen?«

»Weil dein Vater sie aus dem Haus geworfen hat.«

»Und warum? Weil sie eine Hure war!«

»Nein, das hat man dir eingeredet. Sie hat sich von Tamati Ngata mit einem Kuss verabschiedet, den du beobachtet hast. Und du hast es ausgeplaudert . . .«

»Was reden Sie für einen Unsinn? Und hören Sie auf, mich so plump anzusprechen, und überhaupt, was maßen Sie sich eigentlich an? Woher wollen Sie wissen, was ich getan habe? Ich kann mich nicht mehr an meine Kindheit erinnern. Und auch nicht an meine Mutter, außer dass sie mir ständig rührselige Briefe geschrieben hat. Ich finde es eine Schande, was sie getan hat. Meinen Vater mit einem Maori zu betrügen.«

»Glaubst du eigentlich, du bist was Besseres?«

»Ich bin stolz, ein Pakeha zu sein, falls Sie das meinen.«

»Dann hör mal gut zu, mein Junge. In dir fließt mehr Maori-Blut, als du glaubst.« Matui stockte. Eigentlich hatte er das nicht sagen wollen, aber die Arroganz dieses jungen Mannes reizte ihn über alle Maßen. Nun konnte und wollte er nicht mehr zurückrudern.

»Sie sind ja komplett verrückt«, stieß Peter voller Abscheu hervor und wollte erneut flüchten, doch wieder hinderte Matui ihn am Gehen.

»Deine Großmutter mütterlicherseits, ein unschuldiges Maori-Mädchen, wurde von deinem Großvater vergewaltigt. Er aber heiratete June Hobsen, eine reiche Pakeha, die zur Kinderlosigkeit verdammt war. Dein Urgroßvater stahl dem jungen Mädchen das Kind und täuschte seinem Sohn und seiner Schwiegertochter vor, das kleine Mädchen, das wie ein blonder Engel aussah, sei eine Waise. Denn dein Großvater war ahnungslos, dass er das Mädchen geschwängert hatte. Er glaubte sein ganzes Leben lang, seine Tochter sei das Kind fremder Leute. Und dieses kleine Mädchen wurde erwachsen, heiratete und bekam einen Sohn. Den kleinen Peter. Auch blond gelockt und hellhäutig. Aber mit ungewöhnlich braunen Augen. So versteckte sich das Maori-Blut, doch eines Tages wird es ausbrechen. Ich schwöre es dir.«

»Lassen Sie mich sofort los, Sie Spinner!«, zischte Peter Matui zu. »Woher wollen Sie das alles überhaupt wissen?«

»Weil ich der Bruder jenes Maori-Mädchens bin und damit Lilys Onkel und dein Großonkel.«

Ohne Vorwarnung begann Peter zu würgen. Matui ließ ihn los, was der junge Mann dazu nutzte, die Kaschemme fluchtartig zu verlassen. Vor der Tür erbrach er sich in einem großen Schwall.

Das ist nicht wahr, hämmerte es in seinem Kopf, das ist alles nicht wahr. Als er aus den Augenwinkeln sah, dass der alte Maori auf ihn zusteuerte, brüllte er: »Du mieser Lügner, du!«, bevor er losrannte. Er blieb erst keuchend stehen, als er auf dem rettenden Schiff angekommen war. Ihm war immer noch übel, und er schwor sich, niemals Kinder in diese Welt zu setzen. Allein bei der Vorstellung, sein Kind könne Maori-Züge haben, erzitterte er am ganzen Körper. Nein, er war ein reiner Pakeha, und das würde er auch auf immer und ewig bleiben. Und er nahm sich vor, nie wieder einen einzigen Gedanken an das blöde Geschwätz des verwirrten Alten zu verschwenden.

WHANGAREI, MÄRZ 1920

Vivian hatte sich leise fortgeschlichen. Matui, William und Fred saßen auf der Terrasse und unterhielten sich angeregt. Der alte Maori war völlig überdreht, seit er wusste, dass Lily Ngata am Sonntag geehrt werden sollte.

Vivian lag der Brief ihres Vaters schwer in der Hand. Sie hatte ihn mitgenommen zu ihrem Aussichtsplatz. Es war ein warmer Tag. Und auch noch in der Dämmerung hatte sie von hier aus einen unvergleichlichen Blick bis zum Meer. Eigentlich war alles wunderschön, und bei dem Gedanken, zusammen mit Frederik bald ein aufregendes neues Leben zu beginnen, wurde ihr warm ums Herz, nur der Brief brannte ihr auf der Seele. Sie schwankte. Sollte sie ihn einfach vernichten und die Papierfetzen in alle Winde verstreuen, oder wäre es mutiger, ihn zu lesen?

Vivian seufzte, doch dann entschied sie sich, ihn zu öffnen. Als sie seine Schrift sah, musste sie unwillkürlich lächeln. Was hatte Matui noch damals gedacht, als er Peters Brief gelesen hatte? Dass er eine gestochen scharfe Schrift besaß. Und daran hatte sich nichts geändert: ordentliche Buchstaben, akkurat aufgestellt wie Soldaten in Reih und Glied.

Noch einmal zögerte Vivian, doch dann vertiefte sie sich in diesen Brief.

Liebe Vivian,

ich erwarte nicht, dass Du mein schroffes Verhalten bei Deiner Ankunft verstehen, geschweige denn meine einstige Flucht aus London jemals entschuldigen wirst. Im Grunde meines Herzens kann ich es mir auch nicht verzeihen. Wenn man sich zeitlebens an etwas klammert, ist man ein Getriebener, immer auf der Flucht vor der Wahrheit. Ich habe versucht, es zu verdrängen, und nun bin ich dankbar, dass alle Welt erfahren hat, dass ich eine Tochter habe. Ich wäre zu feige gewesen, es öffentlich zu machen. Und warum das Ganze? Weil mir einst jener Matui gesagt hat, dass das Blut der Maori in mir fließe. Das war für mich das Schlimmste, was ich mir vorstellen konnte. Es hieß bei uns zu Hause immer, dass die Maori mir meine Mutter genommen hätten. Und nun sollte in mir jenes Blut fließen? Nein, ich wollte ihm seine Geschichte nicht glauben. Mein Kind, ich denke, Du kennst unsere Familiengeschichte inzwischen, denn ich weiß aus eigener Erfahrung, dass Matui damit nicht hinter dem Berg hält. Ich habe es krampfhaft für eine Lüge halten wollen, obwohl ich tief im Herzen längst wusste, dass es die Wahrheit war. Deshalb wollte ich auf keinen Fall eigene Kinder. Dann lernte ich Deine Mutter kennen und lieben. Es war die große Liebe, ob Du es mir glaubst oder nicht, und eines Nachts haben wir die Leidenschaft gelebt, als gäbe es kein Morgen. Ich war selten so glücklich, wollte Deine Mutter heiraten, ihr erklären, dass ich niemals Kinder haben wolle, da war sie bereits schwanger. Von dem Tag an habe ich gebangt und gebetet. Meine größte Hoffnung war, dass Du ein hellhäutiger, rötlich blond gelockter Engel sein würdest, wie es meine Mutter einst war. Denn ich habe mein Leben lang gelogen. Es ist kein Tag vergangen, an dem ich mich nicht nach ihr gesehnt hätte, ihrem lachenden Gesicht, ihren sanften Händen und ihrer rauen, unverwechselbaren Stimme. Doch je mehr ich mich nach der fernen Mutter verzehrt habe, desto mehr habe ich sie auch gehasst, weil sie fort war. Mit diesem schwarzen Mann. Ach, Vivian, ich hätte weiter den Bischof ohne Tadel gespielt, wenn es nicht in der Zeitung gestan-

den hätte. Aber so? Ich muss es Dir sagen, zumal Du auf wunderliche Weise auch noch zu meiner Schwiegertochter wirst. Ich wünsche Dir alles Glück dieser Welt. Entschuldige, ich schweife ab, um meine Schuld nicht beschreiben zu müssen, doch es bleibt mir nicht erspart. Ich machte Deiner Mutter einen Antrag, und sie war so glücklich, dass sie all meine Düsternis einfach so hinnahm, bis zu jenem Tag, an dem Du geboren wurdest und ich die Gewissheit hatte, dass in mir Maori-Blut fließt. Du warst der lebende Beweis. Kopflos bin ich davongerannt und habe mich in jener Nacht so furchtbar betrunken. Am nächsten Morgen fand ich mich auf einem Schiff nach Australien wieder. Und glaub mir, ich war zunächst erleichtert mit jeder Meile, die mich weiter fortbrachte. Erst als ich aus meinem Rausch erwachte, wurde mir klar, was ich meiner Mary damit angetan hatte, aber ich konnte nicht über meinen Schatten springen. Ich bildete mir ein, dass ich meinem Schicksal entkommen war, und versuchte fortan, mir mit Geld, das ich Euch schickte, mein Leben in Lüge zu erkaufen. In Sydney dann bot sich mir, wie ich dachte, die Gelegenheit, Buße für mein Vergehen zu tun, und ich nahm den kleinen Frederik an Sohnes statt an, der außer Prügeln von seinem Vater nicht viel Gutes in diesem Leben bekommen hatte. Ich heiratete Rosalind, deren Mann wegen Mordes hingerichtet worden war. Zurück in Neuseeland, gab ich dieses Kind als mein eigenes aus. Als ich dann den Brief Deiner Mutter bekam, habe ich ihn versteckt, aber Rosalind hat ihn gefunden. So blieb mir nichts anderes übrig, als Dich in meinem Haus aufzunehmen. Ich bin ein elender Feigling geblieben und flüchte nun zurück nach Sydney. Wir fahren morgen. Dir wünsche ich alles Gute für ein Leben mit Frederik. Dein Vater

Vivian ließ den Brief sinken und kämpfte gegen die Tränen an. Es war eine Mischung aus Rührung und Wut, weil er wieder davonlief. Erschrocken drehte sie sich um, als sie Schritte hörte. Es war Frederik.

»Hast du ihn gelesen?«, fragte er.

»Ja, er möchte, dass ich ihm verzeihe, aber ich kann nicht. Wenn er persönlich auf den Berg gekommen wäre und mir all das gesagt hätte, ich wäre ihm wahrscheinlich um den Hals gefallen, aber er kann mir einfach nicht in die Augen sehen ...« Vivian schluchzte laut auf.

»Ich verstehe dich sehr gut, aber er ist ein bedauernswerter Mann, der nicht aus seiner Haut kann. Er ist ein Mensch, der ein verdammt unglückliches Leben führt. Meinst du, ich habe nicht gemerkt, dass er meine Mutter nie wirklich geliebt hat? Der Einzige, dem er überhaupt Gefühle entgegenbringen konnte, war ich ... Und nach allem, was Matui eben erzählt hat, will er partout nicht wahrhaben, dass ein Teil von ihm ein Maori ist. Aber wenn er dich ansieht, dann lässt sich das nicht verdrängen.«

»Aber es ist doch entsetzlich, dass er diese Abneigung gegen die Maori, die ihm sein Vater und dessen Eltern eingetrichtert haben, nicht überwinden kann.«

»Soll ich dich nach Hause bringen, mein Liebling?«, fragte Fred rührend besorgt.

»Ja, ich glaube, das wird das Beste sein. Ich möchte mich hinlegen und morgen aufwachen und nicht mehr daran denken, was für einen Vater ich habe.«

Fred legte den Arm um ihre Schultern, und sie gingen eng umschlungen zu Matuis Haus. Matui und der Anwalt saßen immer noch auf der Veranda, sprachen reichlich dem Whisky zu und plauderten angeregt miteinander. Es war dem alten Mann deutlich anzumerken, wie sehr er sich über diesen überraschenden Besuch freute. Wahrscheinlich reden sie über Lily, dachte Vivian, nachdem sie sich mit einem leidenschaftlichen Kuss von Fred verabschiedet hatte. Am liebsten hätte sie sich gar nicht mehr von ihm getrennt, aber Matui hätte sicherlich nicht zugelassen, dass sie ihre Matte teilten. Also übernachtete er im Hotel. Am Sonntag nach der Feier in der Kirche wollten sie nach Auckland reisen, um

519

Vivians restliche Sachen zu holen und von dort aus weiter nach Dunedin fahren.

Vivian hatte Matui schon mehrfach gefragt, ob er sie begleiten werde. Bislang war er ihr eine Antwort schuldig geblieben. Möglichst unauffällig versuchte sie sich an den beiden Männern vorbeizudrücken, aber das gelang ihr nicht.

»Willst du dich nicht zu uns setzen?«, fragte Matui. Er war immer noch munter. Ganz im Gegensatz zu den vorhergegangenen Abenden zeigte er keine Spur von Müdigkeit.

»Nein, ich möchte lieber allein sein«, entgegnete sie und fügte hastig hinzu: »Mein Vater hat mir geschrieben. Es tut ihm alles leid, und er fährt morgen nach Sydney.«

»Sei nicht traurig, *tamahine*, eines Tages wird er zu dir kommen und dich persönlich um Verzeihung bitten. Das spüre ich genau.«

Vivian hob die Schultern und verschwand im Haus. Sie wollte ihm nicht widersprechen, aber sie glaubte nicht daran. Ja, sie wusste nicht einmal, ob sie das überhaupt wollte.

Sie lag noch lange wach und hörte immer wieder das Lachen der beiden Männer dort draußen. Am Morgen aber wachte sie mit einem rundherum zufriedenen Gefühl auf und versuchte sich an den letzten Traum zu erinnern. Es wollte ihr allerdings beim besten Willen nicht gelingen. Ihr war so, als habe er etwas mit ihrem Vater zu tun gehabt.

Die beiden Männer schliefen noch, als sie hinaus auf die Veranda trat. Sie streckte sich wohlig, gerade als ein kleiner Maori-Junge auf das Haus zugerannt kam.

»Sind Sie Miss Vivian?«, fragte er außer Atem.

Vivian nickte.

»Dann soll ich Ihnen von Mister Frederik bestellen, dass er seine Pläne geändert hat. Er ist in aller Frühe nach Auckland gereist und kommt am Sonntag direkt zur Kirche.«

»Danke für deine Mühe.« Vivian versuchte, sich ihre Enttäuschung nicht anmerken zu lassen.

»Keine Ursache, der Mister hat mich gut bezahlt.«

Vivian rang sich zu einem Lächeln durch. Sie konnte sich nicht helfen, aber sie war ein wenig verschnupft darüber, dass Frederik fort war. Wie sehr hätte ich ihn gerade jetzt gebraucht, dachte sie traurig und redete sich gut zu: Das ist egoistisch von dir, Vivi, er hat sicherlich gute Gründe.

Und trotzdem, die Tage bis zum Sonntag verliefen schleichend, zumal der Anwalt bis zur Feier bleiben wollte und die beiden Männer ständig in Erinnerungen an Lily schwelgten. Manchmal setzte sich Vivian dazu und hörte den alten Herren bei ihren Schwärmereien zu.

Doch die übrige Zeit verbrachte sie wie in diesem Augenblick an ihrem Aussichtsplatz und blickte versonnen über das Meer. Immer wieder erwachte in ihr das Bedürfnis, ihrem Vater in die Augen zu sehen und ihn wenigstens einmal auch *Vater* zu nennen. Und dann ärgerte sie sich maßlos, dass sie überhaupt einen Gedanken an ihn verschwendete. Sie setzte ihre ganze Hoffnung in ihr neues Leben auf der Südinsel. So weit weg von allem würde die Sehnsucht nach dem Vater sicherlich verblassen. Zum ersten Mal seit Langem dachte sie an London und ihre Freundin Jane. Ich sollte ihr schreiben und sie nach Neuseeland einladen, ging es Vivian durch den Kopf, und sie sprang eilig auf. Sie wollte es nicht hinausschieben und Jane alles berichten.

In der Nacht zum Sonntag schlief sie schlecht. Sie wachte immer wieder schweißgebadet auf, doch konnte sie sich beim besten Willen nicht mehr an ihre Träume erinnern. Schließlich stand sie in aller Herrgottsfrühe auf und hatte die Idee, diesen Tag mit einem kühlen Bad zu beginnen. Es war schon hell draußen, sodass sie ohne Angst den Weg zum Wasserfall einschlug. Die Strahlen der Sonne durchbrachen das dichte Grün und trafen auf das Wasser des Sees. Wie bezaubert zog sie sich aus und sprang in die

521

glasklare Flut. Im ersten Augenblick war es eisig kalt, aber dann gewöhnte sich ihr Körper daran. Vivian legte sich auf den Rücken und konnte zwischen den Kronen der Bäume hindurch ein Stück des weiß-blauen Himmels erhaschen. Plötzlich fühlte sie sich ganz leicht und unbeschwert. In dem Augenblick mischte sich in das Geräusch des rauschenden Wasserfalls der kraftvolle Gesang eines Vogels, der immer wieder durch ein Schnarren unterbrochen wurde. Vivian sah hoch zum Wipfel eines Baumes, und da sah sie sein bläulich grünes Gefieder schimmern. Ihr war so, als wolle er ihr etwas sagen. Ein Lächeln huschte über ihr Gesicht. Eine unbändige Freude darüber, dass das Schicksal sie in dieses Land verschlagen hatte, durchfuhr sie. »Danke, Mom, du hast mich nach Hause geschickt«, murmelte sie gerührt, bevor sie ans Ufer schwamm und zurückeilte.

Matui saß bereits fertig angezogen in einem dunklen Anzug auf der Veranda. Auf dem Schoß lag sein Federmantel.

»Ich habe mir schon Sorgen gemacht«, begrüßte er sie.

Vivian lächelte. »Ich war beim Wasserfall und habe einen Tui gesehen.«

»Ja, dann zieh dich um. Und wenn du mir einen Gefallen tun willst: Nimm nicht das kurze Kleid.«

Jetzt lachte Vivian aus voller Kehle. »Du willst mich wohl noch erziehen auf deine alten Tage, lieber Onkel, nicht wahr?«

»Ja, und ich kann sehr streng sein.« Auch er lachte bei diesen Worten.

Vivian gab ihm einen Kuss auf die faltige Wange und hüpfte auf einem Bein ins Haus, weil ein Glücksgefühl ihr durch alle Glieder rieselte.

Zu dritt gingen sie wenig später gemessenen Schrittes hinunter zur Kirche. Die Menschen strömten von allen Seiten herbei. Die Kirche war brechend voll, und Vivian hielt Matuis Hand, dessen Augen während der ganzen Predigt feucht glänzten. Nur die Tatsache, dass sie Fred nirgendwo gesehen hatte, beunruhigte

Vivian. Ein paarmal blickte sie sich suchend um, aber vergebens. Ihm wird doch nichts zugestoßen sein, schoss es ihr durch den Kopf, während sich ihr Magen allein bei dem Gedanken zu drehen schien. Nur mit Mühe konnte sie den Rest der Predigt verfolgen und war froh, als der Vikar nun alle Anwesenden bat, sich auf den Vorplatz zu begeben.

Vor das Denkmal, das mit einem weißen Tuch verhüllt war, hatte man eine Stuhlreihe aufgestellt. Der Anwalt und Matui setzten sich. Vivian zögerte. Unruhig blickte sie in die Menge, aber von Fred war keine Spur zu sehen. Schweren Herzens nahm sie an Matuis Seite Platz und versuchte, sich auf die Worte des Vikars zu konzentrieren. Das gelang ihr schließlich, weil er voller Hochachtung über das Leben und Wirken von Lily Ngata sprach. Plötzlich spürte sie auf der anderen Seite eine Hand, die sich auf ihre legte.

»Frederik«, raunte sie erfreut, doch als sie sich zu ihm umwenden wollte, erkannte sie, dass es ihr Vater war. Frederik saß neben ihm auf der anderen Seite und strahlte sie an.

»Verzeih mir«, flüsterte Peter. »Bitte, verzeih mir.«

Da hörte sie den Vikar wie von ferne sagen: »Und wir freuen uns, dass zu diesem Fest und Ehrentag Emily Ngatas Sohn, Peter Newman, ihre Enkelin Vivian Taylor und besonders ihr Onkel, Matui Hone Heke, gekommen sind. Und jetzt darf ich Sie bitten, werter Matui, das Denkmal zu enthüllen.«

Leichtfüßig wie ein junger Spund sprang der alte Maori von seinem Stuhl auf und trat auf das Denkmal zu. Feierlich nahm er das Tuch fort und murmelte etwas auf Maori, bevor er sich wieder setzte, aber nicht ohne Peter anerkennend zuzunicken.

Während die Zuschauer applaudierten, ergriff Vivian mit der Rechten Matuis Hand, mit der Linken die von Peter und drückte sie beide fest.

»Ich habe gewusst, dass er eines Tages vernünftig wird, *tama*«, flüsterte Matui.

523

Vivian aber kämpfte tapfer gegen die Tränen an. Was würde Mom sagen, wenn sie mich hier zwischen meinem Vater und meinem Urgroßonkel sitzen sähe?, dachte sie, während sie den Blick nicht von der kunstvoll geschnitzten Lily Ngata lassen konnte. Matui hatte wirklich ein wahres Wunderwerk vollbracht.

Zum Abschluss der Feier wurde ein Lied gesungen. Beseelt stand Vivian danach auf und wollte Matui vom Stuhl helfen, was der bestimmt entrüstet ablehnen würde, doch er rührte sich nicht. Als sie in seine weit aufgerissenen Augen blickte, wusste sie sofort, was geschehen war, doch bevor sie überhaupt reagieren konnte, traten zwei fremde Männer auf ihn zu.

»Sind Sie Matui Hone Heke?«, fragte der eine von ihnen. »Wir wussten, dass Sie heute hier sind, und haben ein paar Fragen. Es betrifft einen Toten, den wir kürzlich in Oneroa gefunden haben. Wir haben herausbekommen, dass Sie damals einen kleinen Jungen in Russell nach Henry Carrington gefragt haben. Wir haben nicht zu hoffen gewagt, Sie noch lebend ...« Der Mann kam ins Schwitzen und stockte.

»Sie sind unser einziger Zeuge ...«, ergänzte der andere.

Ein Lächeln erhellte Vivians Gesicht. »Zu spät, meine Herren, Matui Hone Heke ist gerade von uns gegangen.«

Was für ein Teufelskerl, dachte sie nicht ohne Stolz. Unsere Ahnen haben ganze Arbeit geleistet. Sie haben ihn zu sich geholt, nachdem er seine Mission erfüllt hatte und bevor er sich unangenehmen Fragen stellen musste.

Frederik hatte den Arm um ihre Taille gelegt. »Es tut mir so leid«, flüsterte er. Seine warme Hand, seine tiefe Stimme gaben ihr Trost.

»Er hat es so gewollt«, erwiderte Vivian. Sie strich dem alten Mann zärtlich über die faltigen Wangen und fragte sich, ob da oben wohl Makere und Lily schon auf ihn warteten.

NACHWORT

Da ich dieses Buch angefangen habe, gleich nachdem ich an den Orten des Geschehens recherchiert hatte, war es jeden Tag wie eine kleine Reise im Geist zurück nach Neuseeland. Auch wenn *Der Schwur des Maori-Mädchens* vorwiegend in der Gründerzeit Neuseelands spielt, die magischen Blicke, dieses einzigartige Wasser und die Luft in den Northlands werden sich kaum gravierend verändert haben.

Natürlich ist die Geschichte, wie immer in meinen Familiensagas, frei erfunden. Allerdings hat es den so genannten Fahnenmastkrieg tatsächlich gegeben, der von März 1845 bis Januar 1846 dauerte. Auslöser waren in der Tat Hone Hekes Aktionen. Seine Männer und er haben den Fahnenmast wirklich im Morgengrauen des elften März zum vierten Mal gefällt. Ich habe mich diesbezüglich ziemlich genau an den historischen Fakten orientiert. Auch das Treffen in Te Waimate zwischen den Häuptlingen, die nicht auf Hone Hekes Seite standen, und dem Gouverneur, dem Bischof, den Befehlshabern der Truppen und den Geistlichen hat so stattgefunden.

Die Familie Carrington entspringt natürlich meiner puren Fantasie. Zu der Zeit, in der die Geschichte spielt, gab es zwar eine Missionsstation in Paihia, aber der damals dort tätige Missionar hat meinen Quellen zufolge ein eher beschauliches Leben geführt. Hier gibt es keine Ähnlichkeiten mit Menschen, die dort einst gelebt haben.

Monate, nachdem ich die Geschichte von Matui und Makere fertig konzipiert hatte, fiel mir in einem Museumsshop in Russell zufällig ein neuseeländisches Jugendbuch von Anne de Roo in die

525

Hände. Es handelt von einem Jungen, der von Missionaren adoptiert wurde und vom Charisma Hone Hekes fasziniert ist. Das war natürlich ein Wahnsinnsfund, denn genau dieser Konflikt der Kulturen war bei meinem Matui angelegt. Und auch dass ihn ausgerechnet ein Missionar adoptiert. Das Buch war mir jedenfalls eine große Hilfe, weil die Autorin die historischen Fakten unglaublich präzise schildert. *Jacky Nobody* war mir eine wertvolle Quelle.

Obwohl ich die Geschichte der Orte oftmals bis ins kleinste Detail kenne, habe ich mir, wenn es sein musste, auch hin und wieder die künstlerische Freiheit genommen, Gebäude zu errichten, die in dem Jahr noch gar nicht dort standen. Mir fällt da das Gerichtsgebäude in Whangarei ein. Das wurde erst 1894 an der Walton Street errichtet. In meiner Geschichte findet dort bereits 1886 der Prozess gegen Lily Ngata statt.

Ich möchte an dieser Stelle noch einige wenige Begriffe erklären, die ich auf Maori benutzt habe, ohne sie zu übersetzen oder zu erklären. *Rangatira* ist ein hochgestellter Maori-Chef, *Hau Haus* werden Anhänger des militanten Zweiges der religiösen *Pai-Marire*-Bewegung genannt (gegründet von Te Ua Haumene 1862). Sie sahen die Maori als auserwähltes Volk an, die in Neuseeland eine Gesellschaft ohne weiße Siedler anstrebten. Obwohl sie Frieden predigten, kam es in der Folge zu einigen tödlichen Zusammenstößen mit weißen Siedlern. *Wakas* sind Kanus der Maori.

Werden Sie Teil der Bastei Lübbe Familie

- Lernen Sie Autoren, Verlagsmitarbeiter und andere Leser/innen kennen
- Lesen, hören und rezensieren Sie Bücher und Hörbücher noch vor Erscheinen
- Nehmen Sie an exklusiven Verlosungen teil und gewinnen Sie Buchpakete, signierte Exemplare oder ein Meet & Greet mit unseren Autoren

Willkommen in unserer Welt:

 www.luebbe.de

 www.facebook.com/BasteiLuebbe

twitter www.twitter.com/bastei_luebbe

 www.youtube.com/BasteiLuebbe